Dreiunddreißig Jahre nach Erscheinen seines großen Romans ›Catch 22‹ – »dem aufrichtigsten, also subversivsten Buch über den Zweiten Weltkrieg, das ich kenne« (Hans Magnus Enzensberger) – legt der amerikanische Bestsellerautor Joseph Heller einen Folgeband vor: ›Endzeit‹. Er erzählt darin, was aus seinen Helden von damals, dem Bomberpiloten John Yossarian, dem Schwarzmarktspezialisten Offizier Milo Minderbinder und anderen, geworden ist.

Das New York der 90er Jahre liefert das Szenarium für diesen gewaltigen Roman, der eine Endzeit in mehrfacher Hinsicht schildert: das Ende des schrecklichen, kriegerischen 20. Jahrhunderts. Und mit seinen Protagonisten, die jetzt in ihren späten 60ern sind, blickt Joseph Heller zurück im Zorn auf die Jahrzehnte nach dem Zweiten Weltkrieg. In einer raschen Abfolge von schrillen Momentaufnahmen, dramatischen Szenen, bühnenreifen Dialogen und Passagen der Erinnerung, in einer beispiellosen Mischung aus Satire, Melancholie und Phantasie entwirft der Roman sein apokalyptisches Panorama einer in Auflösung begriffenen Gesellschaft.

Grotesker Höhepunkt des Tanzes auf dem Vulkan: das Millionenfest einer Prominentenhochzeit in der verkommenen Kulisse eines Busbahnhofs, um die Genüsse der Luxusgesellschaft durch den Kitzel des Elends zu steigern, während immer tiefere Stollen darunter hinabführen zu dem Inferno einer Gesellschaft von Namenlosen, der Fixer und Obdachlosen unten bei den Ratten.

Joseph Heller, 1923 in Brooklyn/New York geboren, studierte in New York und in Oxford, war im Zweiten Weltkrieg Pilot der amerikanischen Luftwaffe; später lehrte er als Universitätsdozent in Pennsylvania und arbeitete als Werbefachmann. Heller hat mehrere große Romane geschrieben, darunter den Antikriegsroman ›Catch 22‹ (1961), ›Was geschah mit Slocum?‹ (1974) und ›Gut wie Gold‹ (1979). Joseph Heller lebt in East Hampton auf Long Island in der Nähe von New York.

Von Joseph Heller außerdem im Fischer Taschenbuch-Programm: ›Catch 22‹ (Bd. 12572), ›Was geschah mit Slocum?‹ (Bd. 12573), ›Gut wie Gold‹ (Bd. 12574) und mit Speed Vogel ›Überhaupt nicht komisch‹ (Bd. 13066).

Joseph Heller
Endzeit

Roman

Aus dem
Amerikanischen von
Joachim Kalka

Fischer
Taschenbuch
Verlag

Veröffentlicht im Fischer Taschenbuch Verlag GmbH,
Frankfurt am Main, Januar 1997

Lizenzausgabe mit Genehmigung
des S. Fischer Verlags GmbH, Frankfurt am Main
Die amerikanische Originalausgabe erschien 1994
unter dem Titel ›Closing Time‹
im Verlag Simon & Schuster, New York
© 1994 by Joseph Heller
Für die deutsche Ausgabe:
© 1994 S. Fischer Verlag GmbH, Frankfurt am Main
Druck und Bindung: Clausen & Bosse, Leck
Printed in Germany
ISBN 3-596-13439-0

Gedruckt auf chlor- und säurefreiem Papier

ENDZEIT

ERSTES BUCH

1. SAMMY

Wenn Leute in unserem Alter vom Krieg reden, ist nicht Vietnam gemeint, da geht's um den, der vor über einem halben Jahrhundert ausgebrochen ist und fast die ganze Welt erfaßt hat. Ehe wir auch nur eingestiegen sind, hat er schon zwei Jahre getobt. Über zwanzig Millionen Russen, heißt es, waren schon tot, als wir in der Normandie gelandet sind. Ehe wir einen Fuß auf den Kontinent gesetzt haben, war bei Stalingrad schon das Ruder rumgerissen, die Luftschlacht um England war bereits gewonnen. Trotzdem waren am Ende eine Million Amerikaner Opfer der Kampfhandlungen, dreihunderttausend von uns in der Schlacht gefallen. An die zweitausenddreihundert Tote allein in Pearl Harbor an diesem einzigen Schandtag vor einem halben Jahrhundert, über zweitausendfünfhundert Verwundete – mehr militärische Opfer an diesem einen Tag als sonst insgesamt in den langen Schlachten, die allerlängsten, blutigsten Verwicklungen im Pazifik ausgenommen, mehr als am Tag der Invasion in Frankreich.

Kein Wunder sind wir schließlich angetreten.

Gott sei Dank für die Atombombe. Ich hab mich mit dem Rest der zivilisierten Welt gefreut, vor fast einem halben Jahrhundert, als ich die Riesenschlagzeilen las, als ich erfahren habe, daß sie explodiert ist. Da war ich schon wieder da, unverletzt davongekommen, und als Exsoldat stand ich mich viel besser als vorher. Ich konnte aufs College gehen. Ich tat's auch, ich hab dann sogar zwei Jahre lang am College unterrichtet, in Pennsylvania, dann bin ich zurück nach New York und hab schließlich eine Stelle als Werbetexter gefunden, in der Verkaufsabteilung von TIME.

Nur noch zwanzig Jahre, bestimmt nicht mehr, dann drucken die Zeitungen im ganzen Land Fotos von den ältesten lebenden Veteranen dieses Krieges in jeder Stadt, die an den dünnbesetzten Gedenkparaden an patriotischen Feiertagen teilnehmen. Die Paraden sind bereits jetzt dünnbesetzt. Ich bin nie mitmarschiert. Ich glaube, mein Vater auch nie. Vor langer langer Zeit, als ich noch klein war, da hat der doofe Henry Kantowitz, ein alter Hausmeister im Mietshaus gegenüber, Generation meines Vaters, immer am Armistice Day und am Memorial Day seine altehrwürdige Ersteweltkriegsuniform rausgekramt und angezogen, sogar die ausgefransten Wadengamaschen aus der frühen Kriegszeit, und den ganzen Tag ist er dann auf dem Gehsteig auf und ab stolziert, von den Straßenbahngeleisen der North Point-Linie an der Railroad Avenue bis zum Süßwarenkiosk mit Sodafontäne an der Ecke von der Surf Avenue, das war näher am Ozean. Hat sich aufgespielt, der alte Henry Kantowitz – wie mein Vater damals war der alte Henry Kantowitz wahrscheinlich kaum über vierzig; da hat er dann Befehle gebrüllt, bis er heiser war, für die müden Frauen, die mit dicken Beinen heimgestiefelt sind in ihre winzigen Wohnungen, Papiertüten vom Gemüsehändler und vom Metzger im Arm, und die ihn nicht beachtet haben. Seine beiden peinlich berührten Töchter haben ihn auch ignoriert, kleine Mädels, die jüngere mein Alter, die andere ein, zwei Jahre älter. Er hatte im Schützengraben einen Schock weggekriegt, sagten manche, von Bombenneurose war die Rede, aber ich glaube nicht, daß das stimmte. Ich glaube, wir wußten gar nicht, was eine Bombenneurose sein sollte.

Es gab keine Aufzüge in unseren Mietshäusern aus Backstein, die drei oder vier Stock hoch waren, und für die Älteren und die Alten konnte es die Hölle sein, auf dem Heimweg die Treppen hochzugehen. Im Keller gab's Kohle, per Laster angeliefert und vermittels Schwerkraft mit viel Lärm eine Metallrutsche runtergeschüttet; es gab einen Heizofen und einen Boiler und auch einen Hausmeister, der im Gebäude wohnte oder auch nicht, und von dem wir, eher eingeschüchtert als aus Achtung, immer mit seinem Nachnamen und dem Titel »Mister« sprachen, weil er für den Hausherrn aufpaßte, vor dem damals fast alle (wie heute manche) von uns immer wenigstens ein bißchen Angst hatten. Nur eine bequeme Meile weg lag das berühmte Amüsierviertel von Coney Island mit den Hunderttausenden von bunten Glühbirnen und den Spielbuden und Karussells und Achterbahnen und Imbißständen. Der Lunapark war damals eine große, weitbekannte Attraktion, und ebenso der Steeplechase-Vergnügungspark *(Steeplechase – The Funny Place)* eines gewissen Mr. George C. Tilyou, der schon lange dahingegangen war und von dem niemand viel wußte. An jeder Schauseite des Steeplechase war das unvergeßliche Markenzeichen zu sehen, ein überwältigend grelles Comics-Bild vom grotesken, rosafarbenen, flachen, grinsenden Gesicht eines sanft idiotischen Mannes, der quasi erglühte vor diabolischer Heiterkeit und aufs unglaublichste in dieser riesigen, glatten, naiven Fläche einen manchmal fast häuserblockbreiten Mund zeigte und eine unmögliche und verblüffende Anzahl ungeheurer Zähne. Das Personal trug rote Jacken und grüne Jokkeymützen, viele rochen nach Whisky. Tilyou hatte an der Surf Avenue in seinem eigenen Haus gewohnt. Von der Tür dieses umfänglichen Holzgebäudes lief ein überdachter Gang zu der kurzen Steintreppe, die direkt zum Gehsteigrand hinunterführte und dort zu versinken schien. Als ich schließlich älter war und auf meinem Weg zur Stadtbücherei, zur U-Bahnstation oder samstagmittags ins Kino vorbeikam, da hing sein Familienname, der im Beton auf der Stirnseite der untersten Stufe eingeschrieben stand, schon etwas schräg und war schon mehr als zur Hälfte im Erdboden verschwunden. In meiner eigenen Nachbarschaft war die Installation einer Ölheizung, mit den Ausschachtungen für die Röhren und Tanks im Gehsteig, unweigerlich ein größeres Ereignis für die Anwohner, ein Zeichen des Fortschritts.

Nach besagten zwanzig Jahren werden wir alle ziemlich alt aussehen auf diesen Zeitungsfotos und Fernsehclips, irgendwie eigenartig, wie Leute in einer anderen Welt, vergreist und wacklig, kaum mehr Haare, vielleicht ein bißchen debil, zusammengefallen, mit zahnlosem Lächeln auf eingeschrumpften Runzelwangen. Leute, die ich kenne, sind bereits am Sterben, und andere, die ich gekannt habe, sind schon tot. Wir sehen schon jetzt nicht mehr so berühmt aus. Wir tragen Brillen und hören nicht gut, manchmal reden wir zuviel, wir wiederholen uns, irgendwelche Wucherungen bilden sich, die kleinsten Prellungen heilen nur langsam ab und hinterlassen ominöse Spuren.

Und wenig später ist dann niemand mehr da von uns.

Nur Aufzeichnungen und Andenken für andere, und die Bilder, die das zufällig hervorrufen mag. Eines Tages stößt vielleicht eins von meinen Kindern – ich hab sie adoptiert, ganz legal, mit ihrer Zustimmung natürlich – oder eins von meinen erwachsenen Enkelkindern auf mein Bomberschützenabzeichen oder meinen Luftkampforden, meine Schulterstücke oder meine Sergeantenstreifen oder auf dieses Foto von mir mit dem Jungengesicht – Klein-Sammy Singer, der Rechtschreibecrack seines Jahrgangs in ganz Coney Island und immer fast an der Spitze der Schulklasse in Arithmetik, elementarer Algebra und Geometrie – in der flauschigen Winterflugjacke mit dem Fallschirmgeschirr, vor fast fünfzig Jahren auf der anderen Seite der Welt aufgenommen, auf der Insel Pianosa vor der Westküste Italiens. Wir sitzen mit einem Lächeln für die Kamera neben einem Flugzeug, im frühen Morgenlicht auf einem niedrigen Stapel zünderloser Tausendpfundbomben, wir warten auf das Aufbruchssignal zum nächsten Einsatz, unser Bombenschütze für diesen Tag, ein Captain, schaut uns aus dem Hintergrund an, wie ich mich erinnere. Ein rabiater und impulsiver Armenier, oft etwas beunruhigend, nicht in der Lage, zu lernen, wie man bei dem beschleunigten Kurs navigieren mußte, den er plötzlich hingeknallt bekam bei der Ausbildung auf dem Stützpunkt in Columbia, South Carolina, wo unsere Gruppe als provisorische Besatzung zusammengebracht worden war, um für den Einsatz zu trainieren und eine Maschine rüberzufliegen in einen Kampfbereich. Der Pilot war ein nüchterner Texaner namens Appleby, sehr methodisch, sehr kompetent, Gott segne ihn, und sehr rasch war klar, daß die beiden nicht miteinander auskamen. Meine Gefühle waren auf Yossarians Seite, der quick war, Humor hatte, der etwas durchgedreht war, aber wie ich einer aus der Großstadt, der eher sterben würde als sich umbringen zu lassen, wie er einmal gegen Ende nur halb im Scherz sagte, und sich entschlossen hatte, ewig zu leben oder zumindest bei dem Versuch umzukommen. Damit konnte ich mich identifizieren. Von ihm lernte ich das Neinsagen. Als sie mir noch einen Ärmelstreifen als Beförderung und noch ein paar Spangen zu meinem Orden anboten, wenn ich noch zehn Einsätze fliegen würde, lehnte ich ab, und man schickte mich nach Haus. Ich hielt mich bei seinen Auseinandersetzungen mit Appleby ganz raus, weil ich schüchtern, klein, Mannschaftsdienstgrad und Jude war. Damals war es meine Art, mich bei neuen Bekannten erst genau zu versichern, wie's aussah, ehe ich mich äußerte, obwohl ich zumindest im Prinzip – wenn auch nicht immer ganz mit der wünschenswerten Überzeugung – glaubte, allen anderen ebenbürtig zu sein, auch den Offizieren, sogar diesem großen armenischen Bombenschützen mit dem frechen Maul, der immer seine verrückten Witze machte, er sei eigentlich Assyrer und praktisch schon ausgestorben. Ich war gebildeter als sie alle, merkte ich, meine Rechtschreibung war die beste, und ich war gewiß intelligent genug, all das nie zu betonen.

Unweigerlich verirrte sich Yossarian bei allen Nachteinsätzen, die wir während des Ausbildungsprogramms über South Carolina und Georgia flogen. Es wurde zu einem Witz. Von den anderen Mannschaften, die ich im Quartier und in der Kantine traf, hörte ich, daß alle ihre zu Navigatoren gemachten Bombenschützen sich ebenfalls auf allen Nachteinsätzen verflogen, und das wurde ebenfalls zum Witz. Der dritte Offizier bei uns war ein zurückhaltender Kopilot namens Kraft, der – drüben zum Piloten befördert – dann bei einem Einsatz im Norden Italiens über Ferrara von der Flak abgeschossen wurde, als seine Staffel im zweiten Versuch über die Brücke dort flog, und ums Leben kam. Yossarian, der kommandierende Bombenschütze, der seine Ladung beim ersten Mal nicht rechtzeitig losgeworden war, bekam einen Orden dafür, daß er umgedreht und zum zweiten Mal das Ziel angeflogen hatte, als er sah, daß die anderen es verfehlt hatten und die Brücke noch unbeschädigt war. Bei diesen Navigationsübungsflügen steuerte uns dann Appleby sicher mit dem Funkkompaß zurück. Von Gewittern in der Nähe kamen atmosphärische Störungen rüber, und heute noch kann ich Yossarians Stimme im Bordfunk hören, wie er sagt:

»Ich kann da drunten ein Flußufer sehen. Nach links drehen und den Fluß überqueren, dann kann ich auf der anderen Seite irgendeinen markanten Punkt finden.«

Das Ufer dieses Flusses stellte sich als die Atlantikküste heraus, und wir waren auf dem Weg nach Afrika. Appleby verlor wieder einmal die Geduld und übernahm nach einer weiteren halben Stunde die Führung, und als er schließlich genügend Funksignale zusammengesetzt hatte, um uns zum Flugplatz zurückzubringen, war gerade noch genug Benzin da, um uns vom Landestreifen zum Standplatz rollen zu lassen. Die Motoren erstarben, ehe man sie abschalten konnte.

Wir wären beinahe alle umgekommen.

Das wurde mir erst zu Beginn meiner mittleren Jahre so richtig klar, und von da ab erzählte ich die Anekdote nicht ausschließlich wegen ihrer Komik.

Auf dem Foto da ist mit mir zusammen ein Kumpel namens Bill Knight zu sehen, der Kanzelschütze an diesem Tag, der etwa zwei Jahre älter war als ich und schon verheiratet war, mit einem kleinen Kind, bei dem er nur eine Woche lang gewesen war, und ein magerer Junge meines Alters namens Howard Snowden, ein Rumpfschütze und Funker irgendwo aus Alabama, der bei einem Einsatz gegen Avignon etwa einen Monat später getötet werden sollte, wo er langsam starb, stöhnend vor Schmerzen und flüsternd, ihm sei kalt. Wir sind zwanzig Jahre alt und sehen aus wie Kinder, die bloß zwanzig Jahre alt sind. Howie Snowden war der erste tote Mensch, den ich je gesehen hatte, und blieb der einzige tote Mensch, den ich je außerhalb eines Bestattungsinstituts zu Gesicht bekommen habe. Meine Frau starb nachts und war bereits aus dem Zimmer verschwunden, als ich schließlich im Krankenhaus ankam, um den Papierkram zu erledigen und die Anordnungen für das Begräbnis zu treffen. Sie ging dahin, wie's der Onkologe vorhersagte, fast bis auf den Tag genau. In ihrer Krankheit hatte sie doch nur selten starke Schmerzen, und wir möchten gerne glauben, daß ihr diese Schmerzen erspart blieben, weil sie immer ein sehr guter Mensch war, mir gegenüber jedenfalls und den Kindern, immer fröhlich und großherzig. Wenn sie zornig war, dann nur auf ihren ersten Mann, und nur gelegentlich, besonders weil er oft nicht genug Geld für den Unterhalt von den Kindern hatte, aber genug für neue Freundinnen und genug, um sich noch ein paar Mal zu verheiraten. Mit Toten hab ich Glück gehabt, sagte Lew gleich nach dem Krieg, mein Freund seit der Kindheit, der als Infanterist in Kriegsgefangenschaft kam und Hunderte von Toten in Europa gesehen hatte, ehe er nach Hause kam, Amerikaner und Deutsche und Dutzende von deutschen Zivilisten in Dresden, wo man ihn zum Aufräumen hingeschickt hatte, nach dem britischen Brandbombenangriff, von dem ich zuerst durch ihn erfuhr, einem Luftangriff, der so ziemlich alle außer diesen Kriegsgefangenen und ihrem Wachpersonal umbrachte in der Stadt, einem Angriff, von dem ich nichts wußte und den ich nicht gleich glauben wollte.

»Über hunderttausend? Du bist verrückt, Lew. Das ist mehr als in Hiroshima bei der Atombombe.«

Ich schlug's nach und mußte zugeben, daß er recht hatte.

Aber das war fast fünfzig Jahre her. Kein Wunder, daß sich unsere Nachkommenschaft nicht besonders für den Zweiten Weltkrieg interessiert. Kaum einer war da auch nur geboren. Sie wären sonst schon an die Fünfzig.

Aber vielleicht wird eines Tages in einer Zukunft, die ich nicht ermessen kann, eins von den Kindern oder Enkelkindern auf einen Karton oder eine Schublade stoßen, wo meine Bomberschützenflügel, mein Luftwaffenorden, meine Sergeantenstreifen und das Foto aus dem Krieg drinliegen, und sich vielleicht veranlaßt sehen, über gewisse private Vorfälle nachzudenken, die sich in unserer Familie ereignet haben, zwischen uns, oder sich nie ereignet haben, obwohl es so hätte sein müssen. Wie bei mir mit der Gasmaske meines Vaters aus dem Ersten Weltkrieg.

Ich frage mich, was aus der wohl geworden ist. Ich liebte diese Gasmaske als Spielzeug, wie ich klein war, und spielte heimlich mit ihr, wenn er bei der Arbeit in der Stadt war und Stoffe für Kinderkleider nach Mustern zuschnitt. Ich habe auch seine Fotografie als Soldat. Nachdem ich noch in der Grundschulzeit eine Biographie des deutschen Starluftkämpfers aus dem Ersten Weltkrieg, Baron Manfred von Richthofen, gelesen hatte, wünschte ich mir eine Zeitlang, später ein Kampfflieger zu werden und mich mit ihm zu duellieren, jeden Tag im Zweikampf über den Schützengräben Frankreichs dahinzufliegen und ihn jedesmal abzuschießen. Er war mein Held, und ich träumte davon, ihn abzuschießen. Bald nach dem Krieg, meinem Krieg, starb mein Vater, man sprach von Krebs. Er mochte Zigarren. Er kaufte sie in dem kleinen Laden im Viertel, um die Ecke an der Surf Avenue, wo ein zufriedener Mr. Levinson mit seinem Lächeln an einem Arbeitstisch saß, mit Messern und Tabakblättern, und seinen Tabak schnitt und die Zigarren von Hand rollte, während Mrs. Levinson, eine ruhige, winzige Frau, eine Pygmäin mit dunklem Haar und Sommersprossen, Bademützen verkaufte, Ohrenstöpsel, Schwimmringe und Eimer und Schäufelchen und andere Kleinigkeiten für den Sandstrand, der nur einen Block weit weg lag. Sie hatten keine Kinder.

Alles arbeitete. Als kleiner Junge verkaufte ich eine Zeitlang Zeitungen in den Straßen und den Bars auf dem Pier. Sommers verkauften unsere Schwestern Softeis an Buden auf dem Pier, oder Ginger Ale. Davey Goldsmith verkaufte Würstchen. Auf dem Strand kämpften fliegende Händler ohne Gewerbeschein spartanisch mit den Trockeneisdünsten, die aus den unhandlichen Kartons aufnebelten, welche sie in ihren sonnengebräunten Armen schleppten, um alle ihre tiefgekühlten Schokoriegel und Eistüten für einen Nickel pro Nase loszuwerden, ehe die Polizisten sie schnappten, die sie durch den weichen Sand verfolgten und zwischen den Zuschauern in Badeanzügen hindurch, die den Jungs von ganzem Herzen applaudierten und hofften, daß sie entwischten. Viele von diesen flinken älteren Jungen, die einen so gefährlichen Beruf hatten, kannte ich gut.

Von unserer Wohnung aus konnten wir immer vom Ozean her die Brecher hören und das dumpfe Läuten der Glockenboje (vom Glockenboy, sagten wir immer, und das klingt für mich auch heute noch richtig). Manchmal, wenn es am frühen oder späten Nachmittag ungewöhnlich still war, konnten wir sogar ganz schwach die undeutliche Geistermusik unseres nächstgelegenen Karussells hören, den exotischen Blechbläserton des riesigen Karussells am Pier mit seinem kreisenden Ring von Reittieren, bemalt mit karamelbonbongetönter Goldfarbe, mit Pinselhieben von glänzendem Schwarz und flotten Färbungen von Blau und Rosa, die an andere Süßigkeiten erinnerten, Weingummis, Lakritze und Pfefferminz (wo kamen diese prächtigen, gleitenden Pferde her? Gab es irgendwo eine Firma, die bloß Pferde für Karussells herstellte? War da viel Geld zu holen?), fast eine halbe Meile weg. Reich war niemand.

2. DER KLEINE WICHSER

Der neue Präsident trat mit dem Ausscheiden seines Vorgängers offiziell sein Amt an, zerquält von der geistigen Ermüdung, die es kostete, ständig erklären zu müssen, weshalb er denn damals überhaupt so jemanden als seinen Vizepräsidentschaftskandidaten ausgesucht hatte.

»Warum hast du den genommen?« fragte ihn sein engster Freund, der Innenminister, obsessiv immer wieder. »Sag's wenigstens mir. Ich wahre dein Geheimnis.«

»Es gibt kein Geheimnis!« versuchte der erste Mann im Staat sich flehend zu rechtfertigen. »Keine faulen Geschichten, kein doppelter Boden. Ich hab einfach versucht, meine beste Wahl zu treffen. Ich geb dir mein Wort, es war nichts Illegales dabei.«

»Das ist das Furchterregende an der Sache.«

3. MR. YOSSARIAN

Als er bereits die zweite Woche im Krankenhaus lag, träumte Yossarian von seiner Mutter, und er wußte wieder, daß er sterben würde. Die Ärzte waren irritiert, als er ihnen die Neuigkeit erzählte.
»Wir können nichts finden, was Ihnen fehlt«, erklärten sie ihm.
»Suchen Sie weiter!« wies er sie an.
»Sie sind bei bester Gesundheit.«
»Warten Sie nur ab«, riet er.
Yossarian war zur Beobachtung im Krankenhaus, wohin er sich wieder einmal unter dem neurotischen Trommelfeuer widersprüchlicher körperlicher Symptome zurückgezogen hatte, die in vermehrtem Maße aufgetreten waren, als er plötzlich zum zweiten Mal in seinem Leben allein wohnte – Symptome, die eines nach dem anderen wie Rauch vergingen, wenn er sie beschrieb oder entsprechend untersucht wurde. Erst vor einigen Monaten hatte er sich von einem unheilbaren Ischiasleiden kuriert, indem er einfach einen seiner Ärzte angerufen hatte, um sich über sein unheilbares Ischiasleiden zu beklagen. Er lernte es nicht, allein zu leben. Er konnte kein Bett machen. Er wollte lieber verhungern als zu kochen.
Diesmal war er wieder in Deckung gegangen, sozusagen, weil sich seiner die morbide Vorstellung von einer morbiden Vorstellung bemächtigt hatte, kurz nachdem er gehört hatte, daß der Präsident, den er nicht ausstehen konnte, zurücktreten und der Vizepräsident, den er noch weniger ausstehen konnte, ihm auf jeden Fall im Amt nachfolgen würde – und kurz nachdem er

zufällig herausgefunden hatte, daß Milo Minderbinder, mit dem er nun auch schon an die fünfundzwanzig Jahre unvermeidlicher- und unentrinnbarerweise in Verbindung stand, sich nicht mehr auf Geschäfte mit muffigen Überschußbeständen wie alte Schokolade und ehrwürdige ägyptische Baumwolle beschränkte, sondern unter die Militärlieferanten gegangen war und Pläne für ein eigenes Kampfflugzeug hatte, das er der Regierung verkaufen wollte, jeder Regierung selbstverständlich, die es sich leisten konnte.

Es gab Länder in Europa, die sich das leisten konnten, und in Ostasien, und im Mittleren Osten auch.

Die Vorstellung von der morbiden Vorstellung, die er gehabt hatte, war die eines Schlaganfalls oder Infarkts gewesen, und er hatte wieder an den ausdauernden alten Gustav Aschenbach denken müssen, einsam an seinem mythischen Streifen italienischen Strandes, und an seinen unsterblichen Tod in Venedig, fertig mit Fünfzig, in einer Stadt mit einer Seuche, von welcher niemand zu reden wünschte. In Neapel damals, als er sich in eine lange Schlange einreihte, um an Bord des Truppentransporters nach Hause zu gehen, nachdem er siebzig Einsätze geflogen und alle überlebt hatte, da hatte er bemerkt, daß er hinter einem älteren Soldaten namens Schwejk stand und einem Mann, der als ein gewisser Krautheimer geboren worden war und sich später aus Gründen kultureller Anpassung Mr. Josephka genannt hatte, und dessen Name hatte Yossarian damals wie der von Schwejk nicht viel gesagt.

Wenn er die Wahl hatte, zog Yossarian es noch immer vor zu leben. Er aß keine Eier und nahm, obwohl er keine Kopfschmerzen hatte, jeden zweiten Tag ein kleines Aspirin.

Er war sich nicht im Zweifel darüber, daß er sehr viel Grund zur Besorgnis hatte. Seine Eltern waren tot, und alle seine Onkel und Tanten auch.

Ein Wichser im Weißen Haus? Es wäre nicht das erste Mal. Wieder war ein Öltanker auseinandergebrochen. Strahlung. Abfallhalden. Pestizide, Giftmüll und freie Marktwirtschaft. Es gab Abtreibungsgegner, die die Todesstrafe für jeden forderten, der sich nicht für das werdende Leben einsetzte. Es gab viel Mittelmaß in der Regierung, und Eigennutz auch. Es gab Probleme in Israel. Das waren alles keine fixen Ideen. Er bildete sich das nicht ein. Bald würde man menschliche Embryonen zum Verkauf, zum Vergnügen und zum Bezug von Ersatzteilen klonen. Es gab Leute, die machten Millionen, ohne etwas Konkreteres zu produzieren als kleine Verschiebungen in den Eigentumsverhältnissen. Der Kalte Krieg war vorbei, es gab immer noch keinen Frieden auf Erden. Nichts ergab einen Sinn, und alles andere auch nicht. Die Leute machten etwas, ohne zu wissen, warum, und versuchten den Grund dann herauszufinden.

Wenn Yossarian sich in seinem Zimmer im Krankenhaus langweilte, dann spielte er mit solchen großen Gedanken herum wie ein tagträumender Jugendlicher mit seinen Genitalien.

Mindestens einmal an jedem Werktagsmorgen kamen sie hereingestürmt und umringten ihn, sein Arzt Leon Shumacher und dessen smarte und ernsthafte Gefolgschaft heranreifender Jungärzte, begleitet von der lebhaften, attraktiven Stationsschwester mit dem hübschen Gesicht und dem wunderbaren Arsch, die offen erkennen ließ, daß sie sich zu Yossarian hingezogen fühlte, trotz seines Alters, und die er listig dazu verlockte, sich gutartig in ihn zu verknallen, trotz ihrer Jugend. Sie war eine großgewachsene Frau mit eindrucksvollen Hüften, die sich noch an Pearl Bailey, aber nicht mehr an Pearl Harbor erinnerte, so daß ihr Alter irgendwo zwischen fünfunddreißig und sechzig liegen mußte, die beste Zeit, so glaubte Yossarian, für eine Frau, vorausgesetzt natürlich, daß sie gesund war. Yossarian hatte nur eine sehr unklare Vorstellung davon, wer sie wirklich war, doch nützte er skrupellos jede Möglichkeit aus, sich mit ihr zusammen angenehm die Zeit zu vertreiben – in den mehreren friedlichen Wochen, die im Krankenhaus zu verbringen er fest entschlossen war, damit er sich gründlich ausruhen und seine Zukunftsperspektiven ordnen konnte, während die großen Nationen des Planeten in eine neue Weltordnung einstiegen, stabil und wieder einmal auf Dauer.

Er hatte sein Radio mitgebracht und bekam fast ständig Bach oder sehr gute Kammermusik oder Klavier- oder andere Konzerte auf irgendeinem Sender rein. Für die längere Konzentration auf Opernmusik, insbesondere Wagner, gab es zu viele Unterbrechungen. Es war diesmal ein gutes Zimmer, stellte er befriedigt fest, mit akzeptablen Nachbarn, die nicht auf peinliche Weise krank waren, und es war die attraktive Stationsschwester selbst, die auf sein Stichein hin bescheiden lachend mit einem Wippen ihres Körpers und einem hochmütigen Erröten trotzig behauptete, sie habe einen wunderbaren Arsch.

Yossarian sah keinen Grund zu widersprechen.

Im Lauf der ersten Woche hatte er schon angefangen, mächtig mit ihr zu flirten. Dr. Leon Shumacher war nicht immer ganz einverstanden mit dieser lüsternen Frivolität.

»Es ist schon schlimm genug, daß ich dich hier reingelassen habe. Wir sollten uns eigentlich beide schämen, du liegst hier in diesem Zimmer und bist überhaupt nicht krank –«

»Wer sagt das?«

»– und draußen liegen so viele Leute auf der Straße.«

»Läßt du einen von denen hier rein, wenn ich mich bereit erkläre auszuziehen?«

»Zahlst du die Rechnung für ihn?«

Yossarian zog es vor, das nicht zu tun.

Ein großer Experte für Angiogramme hatte ihm streng erklärt, daß er keins brauchte, ein Neurologe verkündete ebenso düster, mit seinem Gehirn sei alles in Ordnung. Leon Shumacher führte ihn wieder stolz seinen Schülern vor als rares Beispiel für etwas, dem sie in ihrer medizinischen Praxis nicht so schnell begegnen würden – ein Achtundsechzigjähriger ohne Symptome irgendeiner Krankheit, nicht einmal Hypochondrie.

Am späten Nachmittag oder manchmal am frühen Abend kam

Leon meist vorbei, um mit trauriger Singsangstimme von seinen langen Dienststunden, den makabren Arbeitsbedingungen und den ungerecht niedrigen Bezügen zu reden – taktlose, egozentrische Äußerungen einem Mann gegenüber, der, wie sie beide wußten, bald sterben würde.

Rücksichtsvoll war das nicht.

Der Name dieser Schwester lautete Melissa MacIntosh, und sie schien ihm – wie alle netten schönen Frauen für einen erfahrenen Mann, der dazu neigte, alles zu romantisieren – zu schön, um wahr zu sein.

Zu Beginn seiner zweiten Woche gestattete sie ihm, mit den Fingerspitzen den Spitzensaum an ihrem Unterrock zu liebkosen, wenn sie neben seinem Bett oder Stuhl stand oder saß und sich einfach so noch mit unterhielt und zurückflirtete, indem sie ihm gestattete, mit seinem Flirt fortzufahren. Rosig vor Unbehagen und angeregt durch das Ungehörige des Vorgangs, zeigte sie sich weder einverstanden noch verbot sie es, wenn er mit dem Rand dieses zarten Wäschestücks spielte, aber wohl war ihr nicht dabei. Sie befürchtete immer, daß jemand sie in dieser unzulässig intimen Situation überraschen könnte. Er betete darum, daß jemand käme. Er verbarg vor Schwester MacIntosh all die subtilen Anzeichen seiner knospenden Erektionen. Er wollte nicht, daß sie auf den Gedanken käme, er habe ernste Absichten. Sie hatte Glück, daß sie ihn hatte, da pflichtete sie ihm bei, als er es erwähnte. Er machte weniger Mühe als die anderen Männer und Frauen in den privaten oder halbprivaten Zimmern im selben Stockwerk. Und er wirkte auf sie interessanter, wie er merkte (und damit verführerischer, wie er erkannte und sie vielleicht nicht) als alle von den wenigen Männern, die sie außerhalb des Krankenhauses traf, selbst die ein oder zwei, mit denen sie sich fast ausschließlich seit einigen Jahren getroffen hatte. Sie war nie verheiratet gewesen, selbst nicht ein-, zweimal. Yossarian machte so wenig Mühe, daß sie und die anderen Schwestern kaum mehr für ihn tun mußten, als einmal während der Schicht ins Zimmer zu schauen, um sicherzugehen, daß er noch nicht tot war und nichts brauchte, um am Leben zu bleiben.

»Ist alles in Ordnung?« fragte eine jede.

»Alles bis auf meine Gesundheit«, seufzte er dann.

»Sie sind doch vollkommen gesund.«

Das war ja das Problem, erklärte er ihnen mit problembewußter Miene. Das hieß, es würde zwangsläufig schlechter gehen.

»Das ist kein Scherz«, scherzte er, wenn sie lachten.

Sie trug eines Tags einen schwarzen Unterrock, als er sie bat, zu wechseln, unter dem Vorwand ästhetischer Sehnsucht. Oft, wenn er sie im Zimmer haben wollte, empfand er den überwältigenden Wunsch nach etwas, was er sich wünschen könnte. Wenn er den Signalknopf drückte, kam manchmal eine andere Schwester.

»Schicken Sie mir meine Melissa«, kommandierte er dann.

Die anderen spielten mit. Er litt keinen Mangel an schwesterlicher Fürsorge. Er war bei guter Gesundheit, betonten die Ärzte täglich, und diesmal – so schloß er mürrisch und enttäuscht, mit dem Gefühl, daß man ihn übers Ohr haute – hatten sie anscheinend recht.

Sein Appetit und seine Verdauung waren gut. Sein Gehör und seine Reflexe waren mittlerweile CAT-getestet und für gut befunden. Die Nebenhöhlen waren frei, und es gab keinerlei Indizien für Arthritis, Bursitis, Angina oder Neuritis. Nicht einmal die Nase lief ihm. Um seinen Blutdruck beneidete ihn jeder Doktor, der ihn untersuchte. Er produzierte Urin, sie analysierten ihn. Sein Cholesterinspiegel war niedrig, sein Hämoglobinpegel hoch, seine Blutsenkungswerte ein Traum und der Stickstoffgehalt ideal. Man bezeichnete ihn als vollkommenen Menschen. Er dachte, seine erste Frau und seine zweite, von der er jetzt ein Jahr lang getrennt war, hätten da wahrscheinlich einige Einwände.

Es kam ein Star-Kardiologe, der nichts bei ihm fand, ein Pathologe für sein Pathos, der auch keinen Anlaß zur Besorgnis sah, ein geschäftstüchtiger Gastroenterologe, der noch einmal ins Zimmer zurückgerannt kam, um sich bei Yossarian eine zweite

Diagnose zu bestimmten kreativen Grundstücksinvestments in Arizona zu holen, und ein Psychologe für seine Psyche, dem sich Yossarian als letzte Hoffnung anvertraute.

»Und was ist mit diesen periodischen Perioden von Anomie und Übermüdung und Desinteresse und Depression?« fegte Yossarian in einem Sturmwind von Geflüster daher. »Ich stelle fest, daß ich bei Dingen nicht mehr zuhöre, die andere Leute ernst nehmen. Ich habe genug von Informationen, die ich nicht verwenden kann. Ich wünschte mir, die Tageszeitungen wären dünner und würden wöchentlich erscheinen. Ich bin überhaupt nicht mehr interessiert an alledem, was in der Welt passiert. Komiker bringen mich nicht zum Lachen, und lange Geschichten machen mich wild. Bin ich das, oder ist es das Alter? Oder wird der Planet einfach irrelevant? Die Fernsehnachrichten sind pervers. Überall sind alle so gut drauf. Meine Begeisterungsfähigkeit ist längst erschöpft. Fühl ich mich jetzt wirklich so gesund, oder bilde ich mir das nur ein? Ich hab sogar noch volles Haar auf dem Kopf! Doktor, ich muß die Wahrheit wissen. Ist meine Depression psychisch?«

»Das ist keine Depression, und erschöpft sind Sie auch nicht.«

Schließlich beriet sich der Psychologe mit dem Chefpsychiater, der all die anderen Ärzte konsultierte, und einstimmig entschieden sie, daß die ausgezeichnete Gesundheit, derer er sich erfreute, nichts Psychosomatisches hatte und daß das Haar auf seinem Kopf auch echt war.

»Obwohl«, fügte der Chefpsychiater hinzu und räusperte sich, »ich der guten Ordnung halber sagen muß, daß eine sogenannte Depression in vorgerücktem Alter bei Ihnen nicht unwahrscheinlich sein dürfte.«

»Depression in vorgerücktem Alter?« Yossarian ließ den Begriff auf der Zunge zergehen. »Wann wäre das denn etwa?«

»Etwa jetzt. Was machen Sie denn so, das Ihnen wirklich Spaß macht?«

»Nicht viel, fürchte ich. Ich lauf den Frauen nach, aber nicht sehr eifrig. Ich mache mehr Geld, als ich brauche.«

»Macht Ihnen das Spaß?«

»Nein, ich habe keinen Ehrgeiz, und es gibt nicht mehr viel, was ich noch erledigen möchte.«

»Kein Golf, Bridge, Tennis? Kunstsammeln? Antiquitäten?«

»Das kommt alles nicht in Frage.«

»Die Prognose ist da nicht gut.«

»Das hab ich immer gewußt.«

»So, wie es jetzt ausschaut für uns, Mr. Yossarian«, sagte der Chefarzt im Namen der ganzen Anstalt, während ihm Leon Shumachers dreiviertelskahler Kopf über die Schulter hing, »können Sie noch ewig leben.«

Er mußte sich also wegen nichts Sorgen machen, wie es schien, außer wegen der Inflation und der Deflation, der höheren Zinssätze und der niedrigeren Zinssätze, des Haushaltsdefizits, der drohenden Kriege und der Gefahren des Friedens, der unausgeglichenen Handelsbilanz und der ausgeglichenen Handelsbilanz, des neuen Präsidenten und des alten Militärkaplans sowie des stärkeren Dollars und des schwächeren Dollars, dazu noch Reibung, Entropie, Strahlung und Schwerkraft.

Aber er machte sich auch Sorgen wegen seiner neuen Bekanntschaft, Schwester Melissa MacIntosh, weil die kein Geld gespart hatte. Ihre Eltern hatten auch keins, und wenn sie lange genug lebte, dann würde sie nur ein wenig Sozialversicherung und eine Winzigkeit von Pension vom Krankenhaus bekommen, vorausgesetzt, sie arbeitete dort noch zwanzig oder dreihundert Jahre, was wohl nicht realistisch war – außer sie traf und heiratete vorher einen anständigen begüterten Herrn, den sie ebenso anziehend fand wie jetzt Yossarian, was diesem auch nicht realistisch erschien. Nur wenige Männer konnten so charmant obszön daherreden. Mehr als einmal betrachtete er sie, und es gab ihm einen Stich durchs Herz: sie war zu unschuldig, als daß man sie der herzlosen Logik finanzieller Sachzwänge überlassen dürfte, zu sanft, zu arg- und selbstlos.

»Was Sie absolut machen müssen«, sagte er eines Tages, nachdem sie ihn gebeten hatte, ihr doch zu raten, ob sie und ihre Mitbewohnerin individuelle Altersfinanzierungskonten eröffnen sollten (Yossarian riet ihr, er könne nicht sehen, wem außer den dafür werbenden Banken ein solches individuelles Scheißaltersfinanzierungskonto am Ende nützen sollte), »das ist, jemand wie mich heiraten, einen Mann, der etwas Geld gespart hat, sich mit Versicherungen und im Erbrecht auskennt und nur einmal vorher verheiratet war.«

»Wären Sie denn zu alt für mich?« fragte sie angstvoll.

»Sie wären für mich zu jung. Machen Sie's bald, machen Sie's heute noch! Selbst ein Arzt wäre vielleicht gut. Ehe Sie sich umsehen, sind Sie so alt wie ich und haben nichts.«

Er machte sich auch Sorgen über die tollkühne Sentimentalität, sich um einen Menschen kümmern zu wollen, der das brauchte.

Das war nicht gut amerikanisch.

Das letzte, was er nötig hatte, war noch eine Person, die von ihm abhängig war. Oder zwei, denn sie sprach stolz von einer gutaussehenden, lustigen Mitbewohnerin, die ihr knappes Apartment teilte, einer Frau namens Angela Moore, die größer war als sie und offener – eine naturblonde Australierin mit helleren Haaren und größerem Busen, mit Stöckelschuhen und weißem Lippenstift und weißem Augen-Make-up, die als Vertreterin für eine Scherzartikelfirma arbeitete, der sie äußerst derbe Vorschläge für neue Produkte einreichte, die den beiden älteren jüdischen Familienvätern, denen die Firma gemeinsam gehörte, die Sprache verschlugen und sie erröten ließen. Sie mochte den Eindruck, den sie – wie sie wußte – in den teuren Bars in Manhattan hinterließ, wo sie oft nach der Arbeit hinging, um gesellige Manager zu treffen, mit denen sie nach dem Abendessen tanzen ging, um sie dann unnachsichtig vor der Haustür des Apartmenthauses zu verabschieden, wenn der Abend vorbei war. Sie traf kaum jemanden, der ihr genug gefiel, daß sie länger mit ihm zusammensein wollte, weil sie es sich kaum jemals gestattete, so viel zu trinken, daß sie davon betrunken wurde. Die private Telefonnummer, die sie sich entlocken ließ, war die des Schauhauses, berichtete Melissa MacIntosh ihm mit so glücklichem Stolz auf das selbstbewußte, überschwengliche Auftreten ihrer Freundin, daß Yossarian wußte: Er würde sich beim ersten Blick in diese Frau verlieben, wenn er sie je zu Gesicht bekäme, und würde innig verliebt bleiben in sie, bis er sie zum zweiten Mal sähe. Aber die große Blondine um die Vierzig mit dem weißen Make-up und den schwarzen Strümpfen mit vertikalen schlangenförmigen Mustern hatte ebenfalls keine reichen Eltern und hatte kein Geld gespart, so daß Yossarian sich fragte:

Was war eigentlich los auf dieser lausigen Erde?

Es schien ihm nur vernünftig, daß jeder, gegen den er nichts hatte, genügend Geld gesichert besitzen sollte, um seiner Zukunft ohne Angst entgegenzusehen – und er senkte das Haupt in seiner noblen Mitgefühlsträumerei und wollte dieses prächtige, vollbusige Menschenkind von einer Mitbewohnerin in die Arme schließen, um ihre Tränen zu trocknen und ihr alle Angst zu nehmen und ihr den Reißverschluß am Kleid aufzuziehen, während er ihr den Hintern streichelte.

Das wäre doch ein gefundenes Fressen für die Privatdetektive, die ihn beschatteten, nicht wahr? Der erste Privatdetektiv – er durfte wohl voraussetzen, daß der Detektiv privat war – hatte ihn während der Besuchszeit bis ins Krankenhaus verfolgt und sich sofort eine ernste Staphylokokkeninfektion geholt, die ihn in einem anderen Flügel des Krankenhauses mit einer Blutvergiftung ins Bett warf, ebenso wie drei vormalige Besucher anderer Patienten, die auch mit ernsten Staphylokokkeninfektionen dort in ihren Betten lagen und, soweit Yossarian wußte, vielleicht ebenfalls Privatdetektive waren. Yossarian hätte ihnen allen dreien sagen können, daß ein Krankenhaus ein gefährlicher Ort war. Menschen starben dort. Ein Belgier wurde eines Tags eingeliefert, und man schnitt ihm die Kehle durch. Ein Privatdetektiv, der als Ersatz für den ersten ausgeschickt wurde, lag nach einem Tag mit einer Salmonellenvergiftung von einem Eiersalatsandwich aus der Krankenhauscafeteria flach und erholte sich ebenfalls nur langsam. Yossarian überlegte, ob er Blumen schicken sollte. Statt dessen unterschrieb er auf den Gute-Besserung-Karten, die er allen sandte, als Albert C. Tappman. Das war der Name des Militärkaplans seiner alten Bombereinheit, und er schrieb diesen Beruf auch dazu und fragte sich, was die Empfänger dieser Anteilnahmekarten wohl denken mochten, und wo der Kaplan wohl hingebracht worden war, und ob man ihn dort einschüchterte, beleidigte, aushungerte oder folterte. Einen Tag danach schickte er weitere Karten mit guten Wünschen an beide Privatdetektive und unterschrieb mit »Washington Irving«. Und wieder einen Tag später schickte er zwei weitere Karten ab, die er mit »Irving Washington« unterzeichnete.

Dem zweiten Privatdetektiv folgten zwei weitere, die einander offenbar nicht kannten, und einer davon schien geheimnisvollerweise mit ebensolcher Neugier die anderen zu beobachten wie Yossarian zu überwachen.

Er dachte darüber nach, was sie wohl über ihn herauszufinden hofften, das er ihnen nicht gerne auch direkt sagen würde. Wenn sie gern einen Ehebruch hätten, würde er ihnen einen Ehebruch liefern, und er fing an, sich solche Sorgen über Melissas gutes Herz und ihre prekäre finanzielle Zukunft zu machen, daß er begann, sich auch wegen seiner eigenen Zukunft zu ängstigen, und beschloß, den Onkologen noch einmal zu rufen und sich von ihm erstklassige Garantien gegen das Zuschlagen des großen Killers geben zu lassen, um dann vielleicht noch ein wenig zuzuhören, wie der Arzt über die Dominanz der Biologie im menschlichen Leben und über die Tyrannei der Gene bei der Regulierung der Gesellschaft und der Geschichte dozierte.

»Du bist verrückt«, sagte Leon.

»Dann hol mir auch den Psychiater her.«

»Du hast keinen Krebs. Warum willst du den Typ sprechen?«

»Um eine gute Tat an ihm zu tun, Blödmann. Glaubst du nicht an gute Taten? Der arme kleine Sack ist so ziemlich der traurigste

Bastard, der mir je unter die Augen gekommen ist. Was glaubst du denn, wie viele Patienten der in einer Woche sieht, denen er eine gute Nachricht bringen kann? Die Katastrophen von dem gehören vielleicht zu den wenigen um mich herum, die ich abwenden kann.«

»Das sind nicht meine«, sagte der freudlose Onkologe, in dessen kleinem Gesicht sich eine bedrohliche Miene, so naturgemäß wie die Schwärze der Nacht und die grauen Himmel des Winters, eingenistet hatte. »Sie würden allerdings staunen, wie viele Leute am Ende glauben, daß ich wirklich schuld daran bin. Sogar Kollegen mögen mich nicht. Nicht viele Leute wollen mit mir sprechen. Deshalb bin ich vielleicht so still. Ich kann nicht genug üben.«

»Solche Courage gefällt mir«, sagte Yossarian, der davon nicht viel erkennen konnte. »Gibt es Ihnen was, wenn Sie wissen, daß Sie früher oder später eine wichtige Rolle in meinem Leben spielen werden?«

»Nur ein bißchen.« Er hieß Dennis Teemer. »Wo wollen Sie denn, daß ich anfange?«

»Wo immer Sie wollen, wenn's ohne Schmerzen und Unbehagen geht«, sagte Yossarian fröhlich.

»Sie haben keinerlei Symptome, die irgendwo eine nähere Untersuchung nahelegen würden.«

»Warum müssen wir immer auf Symptome warten?« fragte Yossarian seinen Spezialisten von oben herab. »Ist es so unvorstellbar, daß seit der Beendigung unserer letzten Untersuchungen etwas entstanden ist, das jetzt in eben dem Augenblick kräftig wuchert, da wir hier sitzen und gemütlich Zeit verlieren?«

In Dennis flackerte ein wenig Lebhaftigkeit auf, und er machte mit. »Es stimmt schon, ich hab mit Ihnen wohl mehr Spaß als mit den meisten von meinen anderen Patienten, was?«

»Das hab ich Leon auch gesagt.«

»Aber das kommt sicher daher, daß Sie nicht richtig mein Patient sind«, sagte Doktor Teemer. »Was Sie da vorbringen, ist natürlich vorstellbar, Mr. Yossarian. Aber es ist bei Ihnen nicht wahrscheinlicher als bei irgend jemandem sonst.«

»Und was nützt mir das?« erwiderte Yossarian. »Das ist ein schwacher Trost, daß es uns allen passieren kann. Leon glaubt, ich fühle mich besser, wenn ich weiß, daß es mir auch nicht schlimmer geht als ihm. Fangen wir jetzt an!«

»Sollen wir Ihnen nochmal den Brustkorb röntgen?«

»Um Gotteswillen, nein!« schrie Yossarian in gespielter Panik. »Das löst es vielleicht erst aus! Sie wissen doch, was ich vom Röntgen und von Asbest halte.«

»Und vom Tabak. Ich sollte vielleicht eine Statistik zitieren, die Ihnen sicher gefallen wird. Wußten Sie, daß mehr Amerikaner jedes Jahr an Erkrankungen sterben, die mit dem Rauchen zusammenhängen, als im ganzen Zweiten Weltkrieg umgekommen sind?«

»Ja.«

»Dann können wir ja gradesogut weitermachen. Soll ich Ihnen aufs Knie schlagen, mal nach den Reflexen schauen?«

»Für was?«

»Ganz kostenlos.«

»Könnten wir nicht wenigstens eine Biopsie machen?«

»Wovon?«

»Von irgendwas, was einfach und zugänglich ist.«

»Wenn Sie das beruhigt?«

»Ich würde ruhiger schlafen.«

»Wir können nochmal ein Pröbchen von einem Muttermal wegkratzen oder von irgendeinem Leberfleck. Oder sollen wir die Prostata nochmal durchchecken? Die Prostata ist nicht ungewöhnlich.«

»Meine ist einzigartig«, widersprach Yossarian. »Sie ist die einzige, die mir gehört. Machen wir's mit einem Leberfleck. Shumacher hat eine Prostata in meinem Alter. Sagen Sie mir's, wenn Sie an seiner was finden.«

»Ich kann Ihnen jetzt schon sagen«, meinte Yossarians Lieblingsonkologe, »daß es mir eine Freude sein wird, Ihnen mitzuteilen, daß das Ergebnis negativ ist.«

»Ich kann Ihnen jetzt schon sagen«, sagte Yossarian, »daß ich das mit Vergnügen hören werde.«

Yossarian sehnte sich danach, mit diesem deprimierten Mann tiefer in die deprimierenden Krankheitsbilder seiner deprimierenden Arbeitswelt einzudringen und in die deprimierende Natur des Universums, in dem beide bis jetzt erfolgreich gewesen waren, insofern sie bis jetzt überlebt hatten, das aber täglich unberechenbarer wurde (in der Ozonschicht waren Löcher, man hatte keinen Platz mehr für den ganzen Müll, verbrannte man den Müll, verseuchte man die Luft, Luft hatte man auch nicht mehr genügend) – aber Yossarian befürchtete, daß ein solches Gespräch ihn deprimieren würde.

All das kostete natürlich Geld.

»Natürlich«, sagte Yossarian.

»Und wo kommt es her?« fragte sich Leon Shumacher laut, mit einem deutlich neidischen Knurren.

»Ich bin jetzt alt genug für Medicare.«

»Medicare zahlt von all dem nur einen winzigen Bruchteil.«

»Und der Rest kommt von meinem tollen Versicherungsplan.«

»So einen Plan hätte ich auch gern!« schmollte Leon.

Das Geld, erklärte Yossarian, zahlte die Firma, für die er arbeitete, die ihn immer noch zum Teil als teilweisen Teilzeitberater führte und bei der er sein Leben lang bleiben konnte, vorausgesetzt, daß er niemals darauf bestand, daß besonders viel passierte.

»So einen Job hätte ich auch gern. Was zum Teufel soll das eigentlich bedeuten?« Leon machte ihn mit höhnischer Verachtung nach: »Yossarian, John, Beruf: Teilweiser Teilzeitberater. Was zum Teufel sollen unsere Epidemologen denn damit anfangen?«

»Das ist eben eine von meinen Karrieren. Ich arbeite einen Teil der Zeit für ein ganzes Gehalt, und niemand hört auf mehr als die Hälfte von dem, was ich sage. Das würde ich eine teilweise Teilzeitberatung nennen, oder? Die Firma zahlt alles. Wir sind so groß wie Harold Strangelove und Partner und fast so liebenswert. Wir sind die M. & M.-Unternehmungen und Partner. Ich bin einer von den Partnern. Die anderen sind Unternehmer. Ich verhalte mich partnerschaftlich, die anderen unternehmend.«

»Was machen die tatsächlich?«

»Alles, was Geld bringt und nicht übertrieben kriminell ist, nehme ich an«, antwortete Yossarian.

»Stimmt auch nur ein Wort von alledem?«

»Ich habe keine Möglichkeit, das festzustellen. Die können mich genauso anlügen wie alle anderen. Wir haben Geheimnisse voreinander. Das erfinde ich jetzt nicht, das kannst du kontrollieren. Schließ mich an dieses Herzgerät an und schau, ob mein Puls stolpert, wenn ich etwas Gelogenes sage.«

»Macht der das?« fragte Leon überrascht.

»Warum denn nicht?«

»Und was machst du dort?«

»Ich erhebe Einspruch.«

»Sei doch nicht so empfindlich!«

»Ich beantworte deine Frage«, teilte Yossarian ihm freundlich mit. »Ich erhebe Einspruch gegen Dinge, die meinen strengen ethischen Maßstäben nicht entsprechen. Manchmal gebe ich mir viel Mühe mit meinen Einsprüchen. Dann machen sie's trotzdem oder auch nicht. Ich bin das Gewissen der Firma, eine moralische Instanz, und das gehört auch zu all dem, was ich mache, seit ich dort vor mehr als zwanzig Jahren reingeschaut habe, als ich auf der Suche nach ungesetzlichen Hilfsmitteln war, um meine Kinder aus dem Vietnamkrieg rauszuhalten. Wie hast du deine rausgehalten?«

»Medizinstudium. Natürlich sind sie beide gleich in die Betriebswirtschaft gewechselt, als die Gefahr vorüber war. Übrigens höre ich von meinem Nachrichtendienst, daß du immer noch ein ziemlich heißes Verhältnis mit einer unserer beliebtesten Stationsschwestern hast.«

»Ein besseres als mit dir und deinen Partnern.«
»Das ist ein sehr nettes Mädchen und eine sehr gute Kraft.«
»Das ist mir, glaube ich, auch aufgefallen.«
»Und attraktiv.«
»Hab ich auch gesehen.«
»Wir haben hier eine Reihe sehr angesehener Spezialisten, die mir ganz offen sagen, daß sie der gern ins Höschen steigen würden.«

»Das ist vulgär, Leon, sehr vulgär, und du solltest dich eigentlich schämen«, tadelte Yossarian ihn angewidert. »Das ist eine sehr obszöne Ausdrucksweise dafür, daß ihr sie alle gerne ficken würdet.«

Leon schaute verlegen drein, und Yossarian gelang es, ihm in seinem momentanen Verlust an Selbstbewußtsein geschickt den Gefallen abzuringen, daß man ein »KEIN ZUTRITT FÜR BESUCHER«-Schild draußen an die Tür hängte, das auch bereits angebracht war, als der nächste kam und ihn störte.

Das Klopfen klang so schüchtern, daß Yossarian einen Augenblick lang hoffte, der Kaplan sei als freier Mann von dort zurückgekehrt, wo auch immer man ihn illegalerweise legal festhielt. Yossarian fiel nichts mehr ein, wie er ihm helfen könnte, und er war jetzt auch hier so gut wie hilflos.

Aber es war nur Michael, sein jüngster Sohn, der Versager unter den vier erwachsenen Kindern einer einstigen Familie. Neben Michael gab es seine Tochter Gillian, Richterin an einem sehr nachgeordneten Gerichtshof, Julian, seinen Ältesten, auch erfolgreich, und Adrian, der höchst durchschnittlich und zufrieden war und von den anderen nicht beachtet wurde, weil er nur Durchschnitt war. Michael – ehelos, ruhelos, arbeitslos und unauffällig – war vorbeigekommen, um nachzuschauen, was er denn schon wieder im Krankenhaus machte, und um zu gestehen, daß er sich überlege, sein Jurastudium abzubrechen, weil er es auch nicht stimulierender fand als Medizin, Betriebswirtschaft, Kunst, Architektur und verschiedene andere Studiengänge, die er nach kurzen Versuchen abgebrochen hatte, was schon seit langer Zeit so ging – so lange irgend jemand überhaupt zurückdenken wollte.

»Ach Scheiße«, klagte Yossarian, »ich geb mir immer wieder Mühe, dich irgendwo reinzubekommen, und du springst immer wieder ab.«

»Ich kann's auch nicht ändern«, sagte Michael entschieden. »Je mehr ich vom Recht kennenlerne, desto mehr erstaunt es mich, daß es nicht verboten ist.«

»Das ist mit ein Grund, weshalb ich das auch aufgegeben habe. Wie alt bist du jetzt?«

»Nicht mehr lang, und ich bin vierzig.«

»Du hast immer noch Zeit.«

»Ich weiß nicht, ob du da einen Witz machst oder nicht.«

»Ich auch nicht«, sagte Yossarian zu ihm. »Aber wenn du die Entscheidung, was du mit deinem Leben anfangen willst, aufschieben kannst, bis du alt genug bist, dich vom Berufsleben zurückzuziehen, dann brauchst du sie gar nie zu treffen.«

»Ich weiß immer noch nicht, ob du einen Witz machst.«

»Ich bin mir immer noch auch nicht sicher«, antwortete Yossarian. »Manchmal meine ich das, was ich sage, und gleichzeitig meine ich's nicht. Sag mal, mein Augapfel, glaubst du denn, daß ich in meiner wechselhaften Lebensgeschichte je irgend etwas von dem wirklich machen wollte, was ich da plötzlich machte?«

»Nicht mal die Drehbücher?«

»Im Grund nicht, nicht lange. Das war irgendwie so tun als ob, das hat nicht angehalten, und mit den Endprodukten war ich auch nicht so glücklich. Glaubst du, ich wollte in die Werbung oder zur Wall Street, oder mich mit Sachen wie Baulanderschließung oder Warentermingeschäften abgeben? Wer hat denn schon den Traum, eine Karriere in Public Relations zu machen?«

»Hast du wirklich für Noodles Cook gearbeitet?«

»Noodles Cook hat für mich gearbeitet. Gleich nach dem College. Glaubst du denn, wir wollten wirklich Politikerreden schreiben, Noodles Cook und ich? Wir wollten Theaterstücke schreiben und im *New Yorker* veröffentlicht werden. Wer hat denn schon groß die Wahl? Wir nehmen das Beste, was wir kriegen können, Michael, nicht das, was uns hinreißt. Sogar der Prince of Wales.«

»Das ist doch eine furchtbare Art zu leben, oder, Dad?«

»Das ist die Art, wie wir zu leben haben.«

Michael war einen Augenblick still. »Ich hab Angst gekriegt, als ich das Schild an deiner Tür gesehen hab«, gestand er in leicht gekränktem Ton. »Wer zum Teufel hat das hingehängt? Ich dachte schon, du bist wirklich krank.«

»Das ist so meine Idee von einem kleinen Scherz«, murmelte Yossarian, der mit einem Filzstift auf dem Schild noch den Hinweis hinzugefügt hatte, daß Zuwiderhandelnde erschossen würden. »So bleiben die Leute draußen. Den ganzen Tag kommen sie hier rein, ohne auch nur vorher anzurufen. Anscheinend ist es keinem klar, daß es eine ziemlich aufreibende Tätigkeit sein kann, den ganzen Tag in einem Krankenhausbett rumzuliegen.«

»Du gehst doch nie ans Telefon. Ich wette, du bist der einzige Patient hier mit einem Anrufbeantworter. Wie lange willst du eigentlich noch hierbleiben?«

»Ist der Bürgermeister noch Bürgermeister? Ist der Kardinal noch Kardinal? Ist dieser Wichser noch im Amt?«

»Welcher Wichser?«

»Jeder Wichser, der gerade im Amt ist. Ich möchte alle Wichser raus haben.«

»So lange kannst du nicht hierbleiben!« rief Michael. »Was zum Teufel machst du hier überhaupt? Du hast erst vor ein paar Monaten deine jährliche Generaluntersuchung machen lassen. Alle glauben, du bist verrückt.«

»Ich erhebe Einspruch. Wer glaubt das?«

»Ich.«

»Du bist verrückt.«

»Wir glauben's alle.«

»Ich erhebe nochmals Einspruch. Ihr seid alle verrückt.«

»Julian sagt, du hättest schon längst die ganze Firma übernehmen können, wenn du irgendeinen Ehrgeiz und irgendwelchen Verstand hättest.«

»Der ist auch verrückt. Michael, diesmal hatte ich Angst. Ich habe eine Vision gehabt.«

»Wovon?«

»Nicht davon, daß ich M. & M. übernehme. Ich spürte einen Anfall aufziehen, oder dachte es wenigstens, und ich hatte Angst, ich bekomme Epilepsie oder einen Tumor, und mir war nicht klar, ob ich mir das einbilde oder nicht. Wenn ich mich langweile, fange ich an, Angst zu haben. Dann kriege ich so Sachen wie Bindehautentzündung und Fußpilz. Ich schlafe nicht gut. Du wirst es nicht glauben, Michael, aber wenn ich nicht verliebt bin, langweile ich mich, und ich bin nicht verliebt.«

»Ich weiß schon«, sagte Michael. »Du machst keine Diät.«

»Daran merkst du das?«

»Das ist ein Indiz.«

»Ich habe an Epilepsie gedacht, weißt du, und an TI, temporäre Ischämie, davon hast du noch nie was gehört. Dann hatte ich Angst vor einem Schlaganfall, davor sollte man immer Angst haben. Rede ich zuviel? Ich dachte, ich sehe alles zweimal.«

»Doppelt, meinst du?«

»Das nicht, noch nicht. Das Gefühl des Verdachts, daß ich das alles schon einmal mitgemacht habe. Es gab für mich in den Tagesnachrichten kaum mehr etwas Neues. Jeden Tag lief wieder eine politische Kampagne weiter oder sie fing gerade an, wieder eine Wahl, und wenn's das nicht war, war's wieder ein Tennisturnier oder wieder diese elende Olympiade. Ich dachte mir, es wäre keine schlechte Idee, hierherzukommen und alles kontrollieren zu lassen. Jedenfalls ist mein Gehirn in Ordnung, mein Bewußtsein klar. Und mein Gewissen rein.«

»Das ist ja alles sehr gut.«

»Sei dir da nicht zu sicher. Große Verbrechen werden von Leuten mit reinem Gewissen begangen. Und vergiß nicht, mein Vater ist an einem Schlaganfall gestorben.«

»Mit zweiundneunzig?«

»Meinst du, er ist deswegen in Freudentränen ausgebrochen? Michael, was willst du eigentlich mit dir anstellen? Es stört meine Seelenruhe, daß ich nicht weiß, wo zum Teufel du hingehören möchtest.«

»Jetzt redest du zu viel.«

»Du bist der einzige in der Familie, mit dem ich wirklich reden kann, und du willst nicht zuhören. Die anderen wissen das alle, sogar deine Mutter, die immer noch mehr Alimente will. Geld ist wichtig, mehr als fast alles andere. Möchtest du einen klugen Gedanken hören? Beschaff dir jetzt einen Job in einer Firma mit einer guten Pensionskasse und einem guten Krankenversicherungsplan, irgendeinen Job bei irgendeiner Firma, egal, wie sehr er dich ankotzt, und bleib dort, bis du zu alt bist, um weiterzumachen. Das ist die einzige Art zu leben, indem man sich auf das Sterben vorbereitet.«

»Ach Scheiße, glaubst du das wirklich?«

»Nein, obwohl ich glaube, daß es wahr sein dürfte. Aber mit der Sozialhilfe kann man nicht überleben, und du wirst nicht mal die kriegen. Selbst die arme Melissa wird es besser haben.«

»Wer ist die arme Melissa?«

»Diese süße Krankenschwester da draußen, die attraktive, die ziemlich junge.«

»So attraktiv ist sie nicht, und älter als ich ist sie auch.«

»Tatsächlich?«

»Kannst du das nicht sehen?«

Gegen Ende von Yossarians zweiter Woche inszenierte man die Intrige, die ihn vertrieb.

Sie vertrieben ihn mit dem Mann aus Belgien im Nebenzimmer. Der Belgier war ein Finanzschamane bei der Europäischen Gemeinschaft. Er war ein sehr kranker belgischer Finanzschamane und sprach nur wenig Englisch, was keine Rolle spielte, da man ihm gerade einen Teil seiner Kehle entfernt hatte, so daß er gar nichts sagen konnte – und er verstand auch kaum etwas von dieser Sprache, was wiederum eine große Rolle für die Schwestern und für verschiedene Ärzte spielte, für die es keine sinnvolle Art und Weise der Verständigung mit ihm gab. Den ganzen Tag und den größten Teil der Nacht saß an seinem Bett seine wachsblasse kleine belgische Ehefrau in zerknitterter modischer Kleidung, die ständig Zigaretten rauchte und auch kein Englisch verstand und unablässig und hysterisch auf die Schwestern einschnatterte, wobei sie jedesmal in kreischendes Entsetzen ausbrach, wenn er stöhnte oder würgte oder einschlief oder aufwachte. Er war in dieses Land gekommen, um sich gesund machen zu lassen, und die Ärzte hatten ihm den Kehlkopf herausgenommen, weil er gewiß gestorben wäre, wenn sie ihn dringelassen hätten. Jetzt war es nicht so gewiß, ob er überleben würde. Mein Gott, dachte Yossarian, wie hält er das aus?

Mein Gott, dachte Yossarian, wie halt ich's aus?

Der Mann hatte keine andere Möglichkeit, seine Gefühle zum Ausdruck zu bringen, als auf die insistierenden Fragen seiner Frau zu nicken oder den Kopf zu schütteln, die wiederum keine wirksame Möglichkeit hatte, seine Antworten weiterzugeben. Er befand sich in mehr Gefahren und Unbequemlichkeiten, als Yossarian an den Fingern beider Hände abzählen konnte. Yossarian kam beim ersten Versuch ans Ende seiner Finger und versuchte es nicht noch einmal. Es waren ihm keine neuen Finger gewachsen. Es herrschte gewöhnlich ein so lauter Tumult in seiner Nähe, daß Yossarian kaum Zeit fand, über sich selbst nachzudenken. Yossarian machte sich mehr Sorgen über den Belgier, als er wollte. Er näherte sich einer Streßsituation, und er wußte: Streß war ungesund. Vom Streß bekamen die Leute Krebs. Die Sorgen wegen seiner Streßsituation vermehrten seinen Streß, und Yossarian fing an, sich selber leid zu tun.

Der Mann litt Schmerzen, die unvorstellbar waren für Yossarian, der keine Schmerzmittel dagegen bekam und das Gefühl hatte, er würde es nicht mehr lange aushalten und das Ganze nicht durchstehen. Der Belgier wurde narkotisiert. Er wurde drainiert. Er wurde katheterisiert und sterilisiert. Er hielt alle so in Atem, daß Schwester MacIntosh kaum Zeit fand, Yossarian den Spitzensaum ihres Unterrocks liebkosen zu lassen. Dienst war Dienst, und bei dem kranken Belgier wurde es ernst mit dem Dienst. Melissa war gehetzt und zerzaust, unruhig und atemlos. Er hatte das Gefühl, es sei unangemessen, wenn er um ihre Aufmerksamkeit warb, wenn so viel Kritisches nebenan vor sich ging, und jetzt, nachdem er früher so verwöhnt worden war, fühlte er sich verarmt ohne sie. Niemand sonst würde taugen.

Der Belgier, der sich kaum regen konnte, hielt alle auf Trab. Er wurde durch einen Schlauch gefüttert, der in seinem Hals steckte, damit er nicht verhungerte. Man führte dem armen Mann intravenös Wasser zu, damit er nicht austrocknete, und saugte Flüssigkeit aus seiner Lunge ab, damit er nicht ertrank.

Der Mann war eine Ganztagsaufgabe. Er hatte einen Brustschlauch und einen Bauchschlauch und benötigte so ununterbrochene Hilfeleistungen, daß Yossarian wenig Zeit hatte, über Kaplan Tappman und sein Problem oder über Milo und Wintergreen und ihre Staffeln unsichtbarer Bomber oder über die große australische Freundin mit dem weißen Make-up, den Stöckelschuhen und den vollen Brüsten oder über sonst jemand nachzudenken. Ein paar Mal am Tag drang Yossarian auf den Korridor vor, um ins andere Zimmer zu schauen, was denn da vor sich ging. Jedesmal wankte er zurück zu seinem Bett und brach in einer schwindligen Ohnmacht zusammen, den Arm vor die Augen gepreßt.

Wenn sich dann sein Blick klärte und er wieder aufschaute, spähte immer der Geheimnisvollere von den Privatdetektiven ins Zimmer. Dieser Geheimagent war ein schick gekleideter Mann mit sorgfältig geschneiderten Anzügen und zurückhaltend bunten Krawatten, mit einem ausländischen Teint und dunklen Augen in einem starkknochigen Gesicht, das irgendwie orientalisch aussah und ihn an eine Nuß erinnerte, eine geschälte Mandel.

»Wer bist du, du Arschloch?« wollte Yossarian ihn mehr als einmal anschreien.

»He, wer sind Sie denn?« fragte er einmal freundlich und zwang sich zu einem Lächeln.

»Reden Sie mit mir?« war die hochherrschaftliche Antwort, mit geschmeidiger Stimme und makelloser Aussprache.

»Kann ich irgendwas für Sie tun?«

»Durchaus nicht. Ich habe mich lediglich gefragt, wer wohl der untersetzte, schon recht kahle Herr mit dem blonden Haar sein mag, der bis vor einigen Tagen recht häufig hier im Korridor anzutreffen war.«

»Der andere Privatdetektiv?«

»Ich habe nicht die leiseste Ahnung, wovon Sie reden!« antwortete der Mann und entfernte sich verstohlen.

»Wer bist du, du Arschloch?« schrie Yossarian hinter ihm her, in eben dem Augenblick, als der vertraute Aufschrei wieder auf dem Korridor hörbar wurde und das Trappeln von Gummisohlen ertönte.

»Wer kann Französisch? Wer kann Französisch?« Diesen Klageruf stießen dutzendmal am Tag Schwester MacIntosh, Schwester Cramer oder eine der anderen Schwestern aus, oder einer unter den Myriaden von Ärzten, Technikern oder afroamerikanischen, hispanischen oder asiatischen Krankenpflegern oder den anderen Sorten von Wirtschaftsflüchtlingen, die sich gegen Entgelt um den Belgier kümmerten, in dieser bizarren, unnatürlichen Krankenhauszivilisation, die vollkommen natürlich war. Jetzt, da es in jedem Stockwerk neben den Automaten für Süßigkeiten und Getränke auch noch einen Bankomaten gab, brauchte ein Patient mit Kreditkarte und satter Krankenversicherung nie mehr einen Fuß nach draußen zu setzen.

Der Geheimagent mit der makellosen Aussprache und der tadellosen englischen Kleidung meldete sich nicht sofort mit dem Eingeständnis, daß er Französisch sprach, obwohl Yossarian hätte wetten mögen, daß er's tat und dazu noch Codes knacken konnte.

Yossarian konnte ein klein wenig sehr schlechtes Französisch, beschloß aber, sich um seinen eigenen Kram zu kümmern. Er war nervös wegen möglicher Kunstfehler. Wer konnte es wissen? Eine falsche Übersetzung würde vielleicht zu einer Anklage wegen angemaßter Ausübung eines ärztlichen Berufs führen. Yossarian wußte Bescheid: Er wußte, wenn er in seinem Alter vier oder vierzehn Tage lang all das mitmachen sollte, um dann ohne oder mit seinem Stimmapparat noch eine weiß Gott wie kurze Zeit weiterleben zu können, dann würde er wohl Einspruch erheben. Er wollte lieber nicht. Am Ende lief's auf Grundsatzfragen hinaus. Er konnte die Schmerzen des Belgiers nicht ertragen. Er mußte sie verlassen.

Yossarian war, was die Symptome verschiedener Erkrankungen betraf, sehr suggestibel und wußte es auch. Es dauerte keinen Tag, und seine Stimme wurde heiser.

»Was ist denn mit Ihnen los?« fauchte Schwester MacIntosh besorgt am nächsten Morgen, als sie zur Arbeit gekommen war, ihr Make-up aufgelegt hatte, die Nähte ihrer nahtlosen Strümpfe zurechtgezogen hatte und dann unüberbietbar flott ins Zimmer gekommen war, um zu kontrollieren, ob es ihm auch gutging. »Sie hören sich so anders an. Warum essen Sie nichts?«

»Ich weiß. Ich bin heiser. Ich bin jetzt gerade nicht hungrig. Ich weiß nicht, wieso ich so heiser bin.«

Er hatte kein Fieber und keinerlei körperliche Schmerzen, und es gab keine erkennbaren Anzeichen einer Entzündung in seinem Hals, seiner Nase oder seinen Ohren, sagte der Hals-Nasen-Ohren-Spezialist, der geholt wurde.

Am nächsten Tag hatte er einen rauhen Hals. Er spürte auch etwas wie einen Kloß dort und hatte Schwierigkeiten, sein Essen zu schlucken, obwohl es immer noch kein Anzeichen einer Infektion oder Beeinträchtigung der Körperfunktionen gab, und er wußte so genau, wie er alles andere wußte, daß auch er bald seinen Kehlkopf an eine bösartige Wucherung verlieren würde, wenn er hier noch länger herumhing und sich nicht so schnell wie möglich aus dem Krankenhaus davonmachte.

Schwester Melissa MacIntosh sah untröstlich aus. Es war nichts Persönliches, versicherte er ihr. Er versprach galant, sie bald zum Essen in ein gutes Restaurant auszuführen, und nach Paris und Florenz, und München vielleicht auch, und mit ihr in den Schaufenstern Spitzenunterwäsche auszusuchen, wenn sie sich gut verstehen sollten, und wenn es ihr nichts ausmachte, daß ihnen beiden ständig Privatdetektive folgen würden. Sie dachte, das mit den Privatdetektiven sei ein Witz, und sagte, sie würde ihn vermissen. Er antwortete souverän, daß er ihr dazu keine Gelegenheit geben würde, und fragte sich beim Blick in ihre treuherzigen blauen Augen, während er ihr herzlich die Hand zum Abschied drückte, ob er auch nur daran denken würde, das Bedürfnis zu verspüren, sie wiedersehen zu wollen.

ZWEITES BUCH

4. LEW

Ich war seit meiner Geburt stark und furchtlos. Bis zum heutigen Tag weiß ich eigentlich nicht, was es heißt, vor einem anderen Menschen Angst zu haben. Ich hab meine Muskeln und starken Knochen und die breite Brust nicht davon, daß ich als Junge im Altwarenschuppen meines Vaters alte Zeitungen gebündelt und schwere Lasten geschleppt habe. Wär ich nicht stark gewesen, hätte er mich nicht dort hingestellt. Er hätte mich auch die Sachen zählen lassen und Botengänge machen, wie meine Schwestern und meinen älteren Bruder Ira. Wir waren vier Söhne bei uns zu Haus und zwei Mädels, und von den Jungs war ich der vorletzte. Meine Mutter erzählte den Leuten immer, daß ich das stärkste Baby war, das sie je gesehen hat, und das hungrigste. Sie mußte mich mit beiden Händen von der Brust wegziehen.

»Wie Herkules in der Wiege«, sagte Sammy Singer einmal.
»Wer?«
»Herkules. Herkules als kleines Kind.«
»Was war mit dem?«
»Man hat ihm zwei große Schlangen in die Wiege geschickt, daß sie ihn töten sollten. Er hat mit jeder Hand eine erwürgt.«
»Das ist bestimmt kein Vergleich, Schlaumeier.«

Der kleine Sammy Singer wußte solche Sachen sogar schon damals, als wir zusammen in der dritten oder vierten Klasse waren. Oder vielleicht war's die sechste oder siebte. Wir anderen schrieben Hausaufgaben über Tom Sawyer und Robinson Crusoe und er über die Ilias. Sammy war klug, ich war schlau. Er schlug Sachen nach, ich brachte sie heraus. Er war gut im Schach, ich beim Binokel. Ich hörte auf, Schach zu spielen, er verlor immer wieder Geld an mich beim Binokel. Wer war der Schlaue? Als wir in den Krieg gingen, wollte er Kampfflieger werden und suchte sich die Luftwaffe aus. Ich nahm die Bodentruppe, weil ich die Deutschen direkt bekämpfen wollte. Ich hoffte, ich würde in einem Panzer sitzen und direkt durch Hunderte von ihnen durchfahren. Er wurde dann Heckschütze in einem Bomber, ich kam in die Infanterie. Ihn hat's mal ins Meer geschmissen, und er kam mit einem Orden heim, ich kam in Gefangenschaft und mußte bis zum Ende drüben warten. Vielleicht war er der Schlauere. Nach dem Krieg ging er mit einem Stipendium von der Regierung aufs College, ich kaufte mir einen Holzhof vor der Stadt. Ich kaufte ein Stück Bauland und stellte auf gut Glück ein Haus drauf, mit ein paar von meinen Kunden als Partnern, die mehr vom Bauen verstanden als ich. Ich verstand mehr vom Geschäft. Mit dem Profit von dem ersten baute ich das nächste Haus allein. Ich entdeckte den Bankkredit. Wir wußten in Coney Island zunächst mal nicht, daß die Banken gerne Geld ausleihen wollten. Er ging in die Oper, ich ging mit Installateuren von nebenan und Yankeebankiers Enten und Kanadagänse schießen. Als Gefangener in Deutschland machte ich mir immer Sorgen, wenn wir verlegt wurden, was wohl passieren würde, wenn das neue Wachpersonal meine Hundemarke anschauen und entdecken würde, daß ich Jude war. Ich machte mir Sorgen, aber daß ich je Angst gehabt hätte, daran kann ich mich nicht erinnern. An jedem Ort, wo sie mich hinbrachten, als wir tiefer und tiefer ins Land hinein verfrachtet wurden, Richtung Dresden, sorgte ich dafür, daß sie's von mir erfuhren, ehe sie es selber herausfanden. Ich wollte nicht, daß sie glaubten, sie hätten da einen vor sich, der irgendwas verbergen wollte. Ich kam nicht auf den Gedanken – bis Sammy mich später danach fragte –, sie könnten mich anspucken oder mir mit dem Gewehrkolben den Schädel einschlagen oder mich einfach von den anderen wegführen, ins Gebüsch, und mich dort mit ihren Gewehren und Bajonetten erschießen oder erstechen. Die meisten von uns waren noch Jungs, und ich dachte mir, sie würden mich vielleicht eine Zeitlang verhöhnen und anrempeln und ich müßte vielleicht ein paar die Schnauze polieren, ehe das aufhörte. Daß ich das tun konnte, war für mich nie eine Frage. Ich war L. R., Lewis Rabinowitz von der Neptune Avenue in Coney Island in Brooklyn, New York, und ich hatte damals nicht den geringsten Zweifel, daß ich in nichts zu schlagen war und daß mir alles gelingen würde, was ich wollte.

Das Gefühl hatte ich als Junge immer. Ich war von Anfang an groß und breit und hatte eine starke Stimme, und ich fühlte mich noch größer und breiter, als ich war. In der Schule konnte ich mit eigenen Augen sehen, daß es ältere Jungen gab, die größer waren als ich, vielleicht waren sie auch stärker, aber gespürt hab ich das nie. Und ich fürchtete mich nie vor den Jungs aus den paar italienischen Familien in der Nachbarschaft, all diesen Bartolinis und Palumbos, von denen die anderen kaum zu sprechen wagten, außer wenn sie zu Hause waren. Die hatten Messer dabei, diese Spaghettis, hieß es in Flüstergerüchten. Gesehen hab ich nie welche. Ich ließ sie in Ruhe, und sie machten mir keine Schwierigkeiten. Oder irgend jemand sonst, soweit ich sah. Bis auf ein einziges Mal. Ein magerer älterer Junge in der achten Klasse kam vorbeigelatscht und trat mir mit Absicht auf den Fuß, als ich nach dem Mittagessen in der Schlange vor dem Schulhof, wo alles wartete, daß die Türen aufgemacht wurden und der Nachmittagsunterricht anfing, auf dem Gehsteig saß. Er hatte Turnschuhe an. Wir durften eigentlich zur Schule keine Turnschuhe anziehen, außer zum Sport, aber all diese Bartolinis und Palumbos machten, was sie wollten. »Heeeee«, sagte ich bei mir, als ich sah, wie das passierte. Ich hatte ihn rankommen sehen. Ich hatte gesehen, wie er sich mit einem boshaften, unschuldigen Blick zu mir hingedreht hatte. Ich sah nicht, wie meine Hand vorschoß, um ihn am Knöchel zu packen und dort gerade hart genug zuzudrücken, um ihn festzuhalten, als er sich losmachen und ohne auch nur einen Seitenblick weitergehen wollte. Er war höchst überrascht, als er merkte, daß ich ihn nicht fortließ. Er versuchte, die Miene eines harten Burschen aufzusetzen. Wir waren noch keine dreizehn.

»He, was machst du da?« sagte er knurrend.

Ich schaute härter drein als er. »Du hast was fallen lassen«, sagte ich mit einem kalten Lächeln.

»Ja? Was?«

»Deine Schritte.«

»Sehr komisch. Laß mein Bein los.«

»Und einer ist auf mich draufgefallen.« Mit der freien Hand klopfte ich auf die Stelle, wo er draufgetreten war.

»Ach ja?«

»Ja.«

Er zog stärker. Ich drückte stärker zu.

»Wenn ja, dann war das keine Absicht.«

»Das hab ich mir fast gedacht«, sagte ich zu ihm. »Wenn du bei Gott schwörst und mir nochmal sagst, daß das keine Absicht war, dann glaub ich dir wahrscheinlich.«

»Du bist ganz schön hart, ha? Das glaubst du, ja?«

»Ja.«

Andere Kinder schauten zu, Mädchen auch. Ich hatte ein gutes Gefühl bei der Sache.

»Also, das war keine Absicht«, sagte er und hörte auf zu ziehen.

»Dann glaub ich das wohl.«

Danach waren wir eine Weile Freunde.

Sammy beschloß eines Tages, mir beizubringen, wie man kämpft, und mir gleichzeitig zu zeigen, daß er viel besser boxen konnte.

»Du kommst nicht bloß mit Muskeln durch, Lew.«

Er hatte ein Heft mit Instruktionen dabei, die er durchgelesen hatte, und zwei Paar Boxhandschuhe, die er sich geliehen hatte. Ich mußte ihn immer wieder anlächeln, als wir uns gegenseitig die Handschuhe zuschnürten. Er zeigte mir die Grundstellung, die Linke, die Rechte, den Haken, den »Uppracut«.

»Also, Tiger, du hast mir's gezeigt. Was machen wir jetzt?«

»Wir machen's jetzt mal drei Minuten oder so, eine Minute Pause, und ich zeig dir, was du falsch gemacht hast, und dann machen wir noch eine Runde. Denk dran, immer in Bewegung bleiben. Im Clinch nicht zuschlagen, auch nicht ringen. Das ist nicht erlaubt. Nimm die Linke hoch, höher, laß sie oben und streck sie weiter vor. Sonst bin ich sofort da und schieb dir eine. Gut so. Los geht's.«

Er setzte sich in Positur und tänzelte vor- und rückwärts. Ich bewegte mich direkt auf ihn zu und drückte mit meiner linken Hand seine beiden Arme ohne Anstrengung nach unten. Mit dem offenen rechten Handschuh umfaßte ich rasch sein Gesicht und drehte es spielerisch nach rechts und links.

»Das ist ein Clinch!« rief er. »Das ist nicht erlaubt, daß man ein Gesicht festhält. Du mußt schlagen oder nichts machen. Jetzt gehen wir auseinander und fangen wieder an. Denk dran, du mußt versuchen, mich mit einem Schlag zu treffen.«

Er tanzte diesmal schneller hin und her, erwischte mich seitlich am Kopf mit einem von seinen schnellen Schlägen und sprang wieder zurück. Ich bewegte mich wieder direkt auf ihn zu, drückte seine Arme leicht mit einer Pfote nach unten und fing an, ihm mit der anderen sanft gegen das Gesicht zu klatschen. Ich mußte lachen, als ich ihn anschaute. Ich grinste, er keuchte.

»Machen wir was anderes«, sagte er traurig. »Das funktioniert einfach nicht, was?«

Ich machte mir manchmal Sorgen um den kleinen Sammy, weil er nicht viel konnte und gerne die Leute anmachte. Aber er war doch schlau, und es stellte sich heraus, daß er nur Leute reizte, von denen er wußte, sie würden nicht wütend auf ihn sein. Wie mich.

»He, Lew, wie geht's deiner Freundin mit den großen Titten?« sagte er während des Kriegs immer zu mir, als ich dann mit Claire ging und sie mal mitgebracht hatte.

»Du bist ein kluges Kerlchen«, sagte ich dann mit gezwungenem Lächeln durch zusammengebissene Zähne. Ich hab auf der einen Seite hinten am Kiefer und seitlich am Hals einen Muskel, den ich immer zucken spürte, wenn ich anfing zu kochen. Ich spürte ihn auch beim Binokel, wenn ich zu hoch gesteigert hatte und jeden Stich brauchte.

»He, Lew, grüß mir deine Gattin mit den großen Titten«, sagte er dann, nachdem Claire und ich geheiratet hatten. Winkler fing auch an, mich mit der Nummer aufzuziehen, und ich konnte ihm keine reinwürgen, wenn ich's bei Sammy nicht tat, und Sammy eine reinwürgen, das konnte ich nicht. Er wäre mein Trauzeuge gewesen, bloß meine Eltern, die wollten meine Brüder, und in meiner Familie taten wir alle, was die anderen von uns wollten.

Sie gaben mir den Namen Lewis und riefen mich Louie, als hieße ich Louis, und ich merkte den Unterschied gar nicht, bis Sammy darauf hinwies. Und selbst so seh ich noch keinen großen Unterschied.

Sammy las Zeitungen. Er mochte die Farbigen und sagte, die sollten im Süden wählen dürfen und wohnen können, wo sie wollten. Mir war das egal, wo die wohnten, solange es nicht bei mir in der Nähe war. Ich hab im Grunde nie jemand so richtig gemocht, den ich nicht persönlich kannte. Wir mochten Roosevelt eine Zeitlang, als er Präsident wurde, aber das war hauptsächlich, weil er nicht Herbert Hoover war oder sonst so ein Republikaner oder einer von diesen antisemitischen Hinterwäldlern aus dem Süden oder dem Mittleren Westen oder dieser Pfarrer Coughlin in Detroit. Aber wir trauten ihm nicht und wir glaubten ihm nicht. Wir trauten den Banken nicht und den Bankkonten nicht, und wir machten von unseren Geschäften soviel wie möglich in bar. Schon vor Adolf Hitler mochten wir keine Deutschen. Und zu den Deutschen, die in unserem Haus keine Chance hatten, gehörten die deutschen Juden. Und das galt sogar nach Hitler. Als Kind hörte ich immer von denen.

»Ich hab noch nie jemand was Böses gewünscht«, sagte meine Mutter regelmäßig. Das bekam ich immer wieder und wieder von ihr zu hören, und es war nicht wahr. Ihre furchtbaren Verwünschungen fielen auf alle nieder, sogar auf alle von uns. »Aber wenn's je ein Volk verdient hat, bestraft zu werden, dann die. Als wir durchs Land kamen, von Polen nach Hamburg, haben sie uns nicht einmal angeschaut. Wir waren Dreck für die. Sie schämten sich wegen unserer Koffer und Kleider, und wir konnten kein Deutsch. Sie schämten sich alle wegen uns und ließen uns das spüren. Manche stahlen uns Geld, wo sie konnten. Wenn's einen freien Platz auf einer Bank oder im Zug gab, dann haben sie immer den Hut dahingelegt, als ob da für jemand besetzt wäre, damit wir uns nicht neben sie setzen konnten. Stundenlang ließen sie uns da stehen, sogar mit unseren Kindern. Die mit Geld haben das alle gemacht. Und sie haben sogar so getan, als würden sie kein Jiddisch verstehen.«

Als Sammy uns vor nicht allzulanger Zeit einmal besucht hat, erwähnte er, daß seiner Ansicht nach die deutschen Juden wahrscheinlich kein Jiddisch sprachen. Wenn meine Mutter das gehört hätte, hätte sie getan, als sei sie schwerhörig.

Als der Krieg in Europa anfing, waren wir alle noch ein paar Jahre zu jung, um gleich eingezogen zu werden. Ich tauschte auf der High School Spanisch gegen Deutsch (ich fing an, mich vorzubereiten) und begann Sammy und die Jungs verrückt zu machen mit meinem *Achtung*, meinem *Wie geht's*, meinem *Hallo*, *Nein* und *Jawohl*. Wenn sie mich anbrüllten, ich solle aufhören, bekamen sie ein oder zwei *Dankeschön* verpaßt. Ich machte mit dem Deutschlernen sogar bis zum Militärdienst weiter. Als ich anfing, konnte ich genug, um die Kriegsgefangenen anzuscheißen, die ich in Fort Dix und Fort Sill und Fort Riley und Fort Benning traf. Als Kriegsgefangener bei Dresden konnte ich mich ein wenig mit den Bewachern verständigen und manchmal für die anderen Amerikaner dolmetschen. Weil ich Deutsch konnte, wurde ich als Führer eines Arbeitstrupps nach Dresden reingeschickt, obwohl ich als Sergeant eigentlich nicht hätte gehen müssen.

Der Altwarenhandel nahm einen enormen Aufschwung, während ich noch ein Halbwüchsiger in Zivil war. Sammys Mutter sammelte alte Zeitungen und spendete Aluminiumtöpfe und Aluminiumpfannen, mein Vater verkaufte sie. Vom Abfall ließ es sich gut leben, wie der alte Herr bemerkte, und mit Altmetall konnten die Händler mehrere kleine Vermögen machen. Wir rannten zu den Gebäuden, die zum Abriß freigegeben waren. Wir folgten den Feuerwehrautos. Die großen Brände in Coney Island waren immer eine Goldgrube (eine Kupfer- und Bleigrube) für uns, weil es da Leitungsrohre einzusammeln gab. Als der Lunapark bald nach dem Krieg abbrannte, saßen wir auf einem Vermögen von Altmetall. Wir wurden dafür bezahlt, daß wir's wegbrachten, und wieder bezahlt, wenn wir's beim Altmetallhändler anlieferten. Alles, was noch heiß war, wurde in Asbest verpackt, und dann rollten wir den Asbest zusammen und verkauften den auch. Danach standen wir ziemlich gut da, und der alte Herr konnte mir die zehntausend für den Holzhof leihen, mit gemeinen Zinsen, weil so war er eben, und die Idee gefiel ihm nicht. Er wollte nicht, daß ich aus dem Altwarengeschäft ausstieg und daß wir fast drei Stunden weit wegzogen. Alte Schulhäuser und Krankenhäuser waren besonders gut. Wir kauften einen zweiten Lastwagen und stellten kräftige Figuren aus der Nachbarschaft an, die ordentlich was stemmen und die anderen Altwarenjäger vertreiben konnten. Wir stellten sogar einen großen *Shvartza* ein, einen starken ruhigen Schwarzen namens Sonny, der eines Tags hereinmarschiert kam und nach Arbeit fragte. Wir rissen Gipswände und Asbestisolierungen mit Brechstangen und Hämmern raus, um an die Kupfer- und Bleirohre ranzukommen mit unseren Haken, Brecheisen und Metallsägen. Mein Vater schmiß Smokey Rubin raus.

Ich sagte im Viertel Bescheid. Von Smokey kam die Nachricht zurück, daß er sich nach mir umschauen würde und daß es besser wär für mich, wenn er mich nicht fände. Am Abend darauf ging ich in Happy's Luncheonette auf der Mermaid Avenue und setzte mich hin, um dort auf ihn zu warten. Sammy und Winkler schauten ziemlich schwach auf der Brust aus, als sie reinkamen und mich sahen. Ich dachte schon, die werden ohnmächtig.

»Was machst du denn hier?« fragte Winkler. »Hau ab, hau ab!«

»Weißt du denn nicht, daß Smokey Jagd macht auf dich?« fragte Sammy. »Er hat ein paar von seinen Kumpeln dabei.«

»Ich mach's ihm leicht, mich zu finden. Ich zahl euch ein paar Sodas und Sandwiches, wenn ihr hier warten wollt. Ihr könnt euch anderswo hinsetzen, wenn ihr mögt.«

»Hol doch wenigstens deine Brüder, wenn du schon so eine durchgedrehte Nummer bringen willst«, sagte Sammy. »Soll ich zu eurem Haus rüberlaufen?«

»Trink lieber eine Malted Milk.«

Wir warteten nicht lang. Smokey sah mich sofort, als er reinkam – ich saß mit dem Gesicht zur Tür – und kam direkt zu unserem Tisch rüber, hinter ihm ein Kerl namens Red Benny und eine eigenartige Type, die man Willie mit dem Hau nannte.

»Ich hab dich gesucht. Ich hab dir einiges zu sagen.«

»Ich höre.« Wir schauten einander mit starrem Blick an. »Ich bin da, um mir genau das anzuhören.«

»Dann komm raus. Ich will allein mit dir sprechen.«

Ich dachte drüber nach. Die waren dreißig oder älter, und wir waren siebzehneinhalb. Smokey hatte im Boxring gestanden. Er war im Gefängnis gewesen und war mindestens einmal in einer Messerstecherei übel mitgenommen worden.

»Okay, Smokey, wenn du's so haben willst«, entschied ich mich. »Aber laß deine Jungs hier ein bißchen Platz nehmen, wenn du mich allein draußen sprechen möchtest. Wenn das wirklich das ist, was du willst.«

»Du hast Schlechtigkeiten über mich rumerzählt, ja? Erzähl bloß keinen Scheiß jetzt. Dein Vater auch.«

»Was für Schlechtigkeiten?«

»Daß ihr mich rausgeschmissen habt, und daß ich gestohlen hätte. Dein Vater hat mich nicht rausgeschmissen, das wollen wir doch mal festhalten. Ich hab gekündigt. Ich hab keine Lust, je wieder für einen von euch zu arbeiten.«

»Smokey« (ich fühlte, wie der Muskel an meinem Kiefer und meinem Hals zu ticken anfing), »der alte Herr möchte, daß ich dir auf jeden Fall eins sage: Wenn du noch einmal seinen Laden betrittst, bricht er dir das Kreuz.«

Das ließ Smokey innehalten. Er kannte meinen Alten. Wenn der das sagte, das wußte Smokey, war es ihm ernst. Mein Vater war ein kleiner Mann mit den breitesten, massivsten Schultern, die ich je gesehen habe, und mit kleinen blauen Augen in einem Gesicht, das einen an einen Torpedo oder ein Artilleriegeschoß erinnerte. Mit seinen Sommersprossen, den harten Zügen und den Leberflecken sah er aus wie ein Stück Eisenguß, ein Amboß, fünfeinhalb Fuß hoch. Er war Schmied gewesen. Wir haben alle große Köpfe mit großem eckigem Unterkiefer. Wir schauen aus wie Polacken und wissen, daß wir Jidden sind. In Polen hatte er mit einem einzigen Faustschlag vor die Stirn einen Kosaken getötet, der mit erhobener Stimme zu meiner Mutter gesprochen hatte, und in Hamburg war er nahe daran gewesen, dasselbe mit einer Art von Einwanderungsbeamten zu machen, der denselben Fehler beging, grob zu meiner Mutter zu sein, aber noch rechtzeitig zurückwich. In meiner Familie kam nie jemand damit durch, daß er irgendeinen von uns beleidigte, außer, nun ja, Sammy Singer bei der Sache mit mir und meiner Frau mit den großen Titten.

»Wie geht's dem Vater, Marvin?« sagte Red Benny zu Winkler, während alles in Happy's Luncheonette uns beobachtete, und da hatte Smokey einen weiteren Grund, vorsichtig zu sein.

Winkler trommelte mit den Fingern einer Hand auf den Tisch und sagte nichts.

Sein Vater war Buchmacher und machte so ziemlich das meiste Geld von allen im Viertel. Sie hatten sogar eine Zeitlang ein Klavier im Haus stehen. Red Benny war ein Lotteriehecht, ein Wetteneinsammler, ein Geldverleiher, Schuldeneintreiber und Einbrecher. Im Sommer räumten er und seine Gang einmal jedes einzelne Zimmer in einem Ferienhotel aus außer dem einen, das die Familie Winkler gemietet hatte, so daß sich die Leute dort droben im Staate New York wunderten, was Winklers Vater wohl beruflich machte, um da verschont zu bleiben.

Mittlerweile bremste Smokey bereits ein wenig. »Du und dein Vater – ihr erzählt rum, daß ich deinem Vater ein Gebäude weggeklaut habe, ja? Das hab ich nicht geklaut, dieses Haus. Ich hab mir den Hausmeister gesucht und selber abgeschlossen.«

»Du hast das Haus gefunden, während du für uns gearbeitet hast«, sagte ich zu ihm. »Du kannst für uns arbeiten oder selbständig losziehen. Nicht beides zur selben Stunde.«

»Jetzt wollen die Händler nichts mehr von mir abnehmen. Dein Vater läßt sie nicht.«

»Die können machen, was sie wollen. Aber wenn sie von dir kaufen, kriegen sie nichts von ihm. Mehr hat er nicht gesagt.«

»Das gefällt mir nicht. Ich will mit ihm sprechen. Ich will jetzt mit ihm sprechen. Dem will ich auch einiges erzählen.«

»Smokey«, sagte ich langsam und mit dem plötzlichen Gefühl großer, großer Selbstsicherheit, »wenn du auch nur ein lautes Wort zu meinem Vater sagst, schau ich zu, daß du stirbst. Wenn du nur mit dem kleinen Finger auf mich losgehst, schaut er zu, daß du stirbst.«

Das schien ihn zu beeindrucken.

»Okay«, gab er mit bereits betrübter Miene nach. »Ich komm wieder bei ihm arbeiten. Aber sag du ihm, ich will ab jetzt sechzig pro Woche.«

»Du verstehst mich nicht. Er nimmt dich vielleicht nicht mal mehr für fünfzig. Ich muß versuchen, ihn zu überreden.«

»Und er kann das Haus haben, das ich gefunden hab, wenn er mir fünfhundert gibt.«

»Vielleicht gibt er dir die üblichen zwei.«

»Wann kann ich anfangen?«

»Laß mir morgen noch Zeit, um ihn rumzukriegen.«

Tatsächlich mußte ich eine Weile reden, um den Alten daran zu erinnern, daß Smokey hart arbeitete und daß er und unsere schwarze Kraft zusammen recht gut waren, wenn's darum ging, andere Altwarenjäger wegzutreiben.

»Leih mir doch fünfzig, Louie, hm?« Smokey bettelte um einen

Gefallen. »Draußen gibt's gutes Zeug zum Rauchen, aus Harlem, ich will was investieren.«

»Ich kann dir nur zwanzig leihen.« Ich hätte ihm mehr geben können. »Komisch«, sagte ich, als sie zur Tür raus waren. Ich krümmte und streckte meine Finger. »Mit meiner Hand ist irgendwas. Als ich ihm die zwanzig gegeben hab, konnte ich kaum die Finger geradedrücken.«

»Du hast die Zuckerdose in der Hand gehabt«, sagte Winkler. Seine Zähne klirrten.

»Welche Zuckerdose?«

»Hast du das nicht gemerkt?« fuhr Sammy mich fast wütend an. »Du hast die Zuckerdose umklammert, als wolltest du ihn umbringen damit. Ich dachte, du drückst sie in Stücke.«

Ich lehnte mich zurück und lachte und bestellte für uns drei Kuchen und Eis. Nein, das hatte ich nicht gewußt, daß ich während unseres Gesprächs diesen dicken zylindrischen Zuckerstreuer umklammert hatte. Ich hatte einen kühlen, ruhigen Kopf, während ich ihm direkt in die Augen schaute, und mein Arm war bereit zuzuschlagen, ohne daß ich es wußte. Sammy atmete lange aus und wurde blaß, als er seine Hand aus dem Schoß hochhob und das Besteckmesser hinlegte, das er festgehalten hatte.

»Tiger, warum hast du das versteckt?« sagte ich und lachte. »Was hätte ich davon?«

»Ich wollte nicht, daß sie sehen, wie mir die Hände zittern«, flüsterte Sammy.

»Würdest du denn wissen, was du damit anstellen sollst?«

Sammy schüttelte den Kopf. »Und ich will's auch gar nie herausfinden. Lew, ich muß dir eins jetzt gleich sagen. Wenn wir je zusammen sind, und dir ist danach, dich mit irgend jemand rumzuschlagen, dann sollst du wissen, du kannst auf jeden Fall damit rechnen, daß ich nicht nochmal hinter dir stehe.«

»Ich auch nicht«, sagte Winkler. »Red Benny würde nix anfangen, wenn ich dabei bin, aber bei den anderen war ich mir nicht so sicher.«

»Leute«, sagte ich zu ihnen, »ich hab diesmal nicht mit euch gerechnet.«

»Wolltest du dem wirklich eins mit dem Zuckerstreuer verpassen?«

»Sammy, ich hätte dem eins mit dem ganzen gottverdammten Lokal verpaßt, wenn's notwendig gewesen wäre. Ich hätt ihm eins mit dir verpaßt.«

Ich war schon über fünfundsechzig, auf den Tag zwei Jahre, als ich diesen jungen Handtaschenmarder schnappte, einen großen raschen Burschen in den Zwanzigern. Kein Problem, mich daran zu erinnern, wegen meines Geburtstags. Als Geschenk für mich mußte ich mit Claire in die Stadt rein zu einer von diesen Shows mit Songs, die sie sehen wollte und ich nicht. Wir waren zeitig dort und standen mit anderen Leuten zusammen draußen unter dem Vordach eines Theaters, nicht weit weg vom Port Authority-Busbahnhof. Dieser Busbahnhof ist ein Ort, wo ich immer noch jedesmal lachen muß, wenn ich daran denke, wie Sammy auf dem Rückweg von einem Besuch bei uns dort von einem Taschendieb bestohlen wurde und beinahe ins Gefängnis kam, weil er die Polizisten anbrüllte, daß sie endlich was unternehmen sollten. Zu der Zeit hatte ich schon meinen Frieden mit den Deutschen gemacht und fuhr einen Mercedes. Claire hatte auch einen, ein flottes Kabrio. Ganz plötzlich ließ eine Frau ein großes *Geschrey* los. Ich sah zwei Burschen direkt hinter mir vorbeirennen. Ohne nachzudenken, packte ich einen davon. Ich wirbelte ihn herum, hob ihn hoch und knallte ihn auf die Kühlerhaube eines Autos. Erst, als ich ihn da liegen hatte, sah ich, daß er jung, groß und kräftig war. Es war ein brauner Typ.

»Wenn du die kleinste Bewegung machst, brech ich dir das Kreuz«, sagte ich ihm ins Ohr. Er machte nicht die kleinste Bewegung.

Als ich sah, wie vorsichtig die Polizisten waren, als sie ihn durchsuchten, schüttelte ich lange meinen Kopf und dachte, ich müßte jetzt eigentlich Angst bekommen. Sie kämmten sein Kopfhaar mit den Fingern durch, ob er da vielleicht eine Klinge oder irgendeinen Stichel versteckt hatte. Sie kniffen durch seinen Kragen und seine Taschen und die ganzen Nähte an seinem Hemd und seiner Hose und fühlten überall von oben bis unten nach einer Pistole oder einem Messer oder irgendwas Kleinem und Scharfem. Mir wurde klar, daß ich hätte umgebracht werden können. Erst, als sie seine Turnschuhschäfte innen befühlt hatten und fertig waren, entspannten sie sich alle.

»Da haben Sie großes Glück gehabt, Sir«, sagte der junge Polizist, der das Kommando hatte und dabei der Älteste war.

Die Leute lächelten mich immer wieder an, und ich lächelte zurück. Ich kam mir vor wie ein Held.

»Gut jetzt, Lew, deine Show ist vorbei«, sagte Claire trocken zu mir (ich hätte gewettet, daß das kommen würde). »Gehen wir jetzt rein zu der richtigen Show.«

»Noch einen Moment, Claire«, sagte ich laut und prahlerisch. »Da drüben die hübsche blonde junge Dame möchte mich, glaube ich, näher kennenlernen.«

»Lew, nun komm schon nach drinnen, um Himmelswillen«, sagte sie, »oder soll ich jetzt ohne dich rein?«

Wir gingen lachend hinein. Nur zwei Wochen später waren meine Symptome wieder da, und ich lag wieder im Krankenhaus zur Chemotherapie.

5. JOHN

Außerhalb des Krankenhauses ging es immer noch so weiter. Männer wurden verrückt und bekamen einen Orden. Innenarchitekten waren Kulturheroen, und Modeschöpfer waren ihrer Kundschaft gesellschaftlich weit überlegen.

»Und warum auch nicht?« hatte Frances Beach auf diese Bemerkung Yossarians bereits erwidert – mit einer so perfekten Aussprache, daß andere Leute sich oft fragten, wie man Englisch so makellos sprechen konnte, ohne daß es klang, als hätte man Polypen in der Nase. »Hast du vergessen, wie wir nackt aussehen?«

»Wenn das ein Mann sagen würde, John«, sagte Patrick Beach, ihr Ehemann, der wieder einmal stolz auf sie war, »würde man ihm bei lebendigem Leibe die Haut abziehen.«

»Männer sagen das ständig, Darling«, sagte Frances Beach, »immer bei ihren Frühjahrs- und Herbstkollektionen, und sie machen Milliarden, indem sie uns bekleiden.«

Es gab immer noch viele Arme.

Yossarian schaute von der Seite eine Gruppe Menschen an, die auf dem Gehsteig vor dem Krankenhaus hingestreckt lagen, als er hinausschritt zum Straßenrand, wo die überlange Limousine mit den dunkelgetönten Fenstern wartete, um ihn in das Luxusapartement in dem Hochhaus am anderen Ende der Stadt zu fahren, wo er jetzt sein Heim hatte. Er hatte einen normalen Wagen bestellt; sie hatten wieder die Limousine geschickt; zusätzliche Kosten würde man ihm nicht berechnen. Das Hochhaus, in dem er wohnte, nannte sich Luxuswohngebäude, weil es große

Summen kostete, dort zu wohnen. Die Zimmer waren klein. Die Decken der Räume waren niedrig, die beiden Badezimmer hatten keine Fenster, und im Küchenbereich war kein Platz für einen Tisch oder einen Stuhl.

Weniger als zehn Straßen von seiner Wohnung entfernt lag der Busbahnhof, den die Port of New York Authority betrieb, ein Gebäudekomplex, der den Verkehr sieben Stockwerke hoch aufeinanderstapelte. Im Erdgeschoß lag eine Polizeistation mit drei großen, ständig benutzten Durchgangszellen, die mehrere Male am Tag gedrängt voll Gefangener waren; in eine hatte man vor einem Jahr Michael Yossarian geschleift, nachdem er aus einem U-Bahn-Ausgang herausgetreten war und dann versucht hatte, wieder zurückzugehen, weil ihm klarwurde, daß er auf seinem Weg in die Innenstadt zu dem Architekturbüro, für das er Reinzeichungen machte, zu früh ausgestiegen war.

»Das war der Tag«, so erinnerte er sich immer noch, »als du mir das Leben gerettet und mir jeden Stolz genommen hast.«

»Wolltest du denn mit all den anderen eingesperrt bleiben?«

»Ich wäre gestorben, wenn das passiert wäre. Aber es war nicht leicht zuzuschauen, wie du explodiert bist und die ganzen Polizisten in die Ecke geredet hast und mit dieser Nummer glanzvoll durchgekommen bist. Und zu wissen, daß ich das nie bringen würde.«

»Jeder wird auf die Art wütend, wie er wütend werden muß, Michael. Ich hatte wohl keine große Wahl.«

»Ich werde deprimiert.«

»Du hattest einen älteren Bruder, der dich tyrannisiert hat. Vielleicht liegt darin der Unterschied.«

»Warum habt ihr ihn nicht dran gehindert?«

»Wir wußten nicht wie. Wir wollten ihn nicht tyrannisieren.«

Michael antwortete mit einem routinemäßigen kurzen Lacher.

»Du hast da wirklich einen Auftritt hingelegt, hm?« bezichtigte er Yossarian neidvoll. »Du hast eine richtige kleine Menschenmenge um dich versammelt. Ein paar haben sogar geklatscht.«

Beide waren danach schlaff und kraftlos.

Es lebten mittlerweile Menschen im Busbahnhof, eine feste Bevölkerung aus Männern und Frauen und entlaufenen Jungen und Mädchen, von denen die meisten nachts in den dunkleren Tiefen schliefen und wie Pendler den größten Teil des Tages auftauchten, um ihren jeweiligen Geschäften nachzugehen in den oberen, offenen Stockwerken.

Es gab heißes und kaltes fließendes Wasser in den Toiletten der verschiedenen Ebenen, dazu eine reiche Auswahl von Huren und Homosexuellen für jeden Geschmack und reichlich Ladengeschäfte in der Nähe für die täglichen Grundbedürfnisse wie Kaugummi, Zigaretten, Zeitungen und Marmeladendoughnuts. Klopapier gab's umsonst. Fruchtbare Mütter auf der Flucht aus sentimentalen Heimatstädtchen kamen regelmäßig mit kleinen Kindern an und nahmen hier ihren Wohnsitz. Der Busbahnhof war eine gute Ausgangsbasis für Prostituierte, Bettler und junge Ausreißer. Neben Hunderten von Touristen versuchten Tausende von täglich zur Arbeit fahrenden Angestellten sie jeden Morgen möglichst zu ignorieren, und ebenso am Ende des Arbeitstages bei der Heimfahrt. Reich war von denen niemand, weil niemand, der reich war, mit dem Bus zur Arbeit fahren würde.

Von den hochgelegenen Panoramafenstern seiner Hochhauswohnung hatte Yossarian einen ungehinderten Blick auf ein anderes Luxuswohngebäude, das sogar noch höhergelegene Wohnungen bot. Zwischen diesen Bauten verlief drunten die breite Straße, die jetzt auf immer monströsere Weise wimmelte von knurrenden Horden kriegerischer, abstoßender Penner und Bettler, Prostituierter, Süchtiger, Dealer, Zuhälter, Räuber, Pornographen, Perverser und konfuser Psychopathen, die alle ihre kriminellen Spezialinteressen auf der Straße zwischen sich vervielfältigenden Trupps heruntergekommener, abgerissener Menschen betrieben, die jetzt geradezu auf der Straße lebten. Unter den Obdachlosen waren jetzt auch Weiße, und auch sie pinkelten gegen die Wand und entleerten sich in Seitengassen, die sich andere aus ihren Kreisen später als einladende Schlafplätze aussuchten.

Selbst in der besseren Nachbarschaft der Park Avenue, er wußte es, konnte man Frauen in den gepflegten Blumenrabatten der Verkehrsinseln in der Straßenmitte hocken sehen, um sich zu erleichtern.

Es war schwer, sie nicht alle zu hassen.

Und das war New York, The Big Apple, Empire City im Empire State, das finanzielle Herz, Hirn und Muskelpaket der Nation, und auf der ganzen Welt, London vielleicht ausgenommen, die Stadt mit den bedeutendsten Kulturveranstaltungen.

Niemals in seinem Leben, mußte Yossarian oft denken, nicht in Rom im Krieg oder in Pianosa, nicht einmal im verwüsteten Neapel oder auf Sizilien war er Zeuge einer so entsetzlichen Drekkigkeit geworden, wie er sie nun ringsum zu einem mächtigen Reich des Verfalls anschwellen sah. Nicht einmal – sagte er zynischerweise mehr als einmal zu Frances Beach, einer guten alten Freundin – bei den geschlechtslosen Sponsorendiners und Abendanzugsempfängen, die er häufiger besuchte, als er wollte, weil er der einzige präsentable leitende Angestellte von M. & M.-Unternehmungen und Partner war, dazu ein interessanter heiratsfähiger Mann und außerdem jemand, der noch über etwas anderes reden konnte als über Geschäfte, wenn sich die wohlinformierten Gäste unterhielten, die egoistisch glaubten, sie würden das Weltgeschehen beeinflussen, indem sie darüber sprachen.

Niemand war natürlich schuld daran.

»Mein Gott, was ist das?« rief Frances Beach, als die beiden in ihrer gemieteten Limousine mit dem gemieteten Chauffeur wieder einmal von einer Party nach Haus rollten, wo sich bei lauwarmem Tee und Wein Vorstand und Freunde der New York Public Library getroffen hatten oder jedenfalls diejenigen davon, die noch in der Stadt waren und sich nach langer Unentschlossenheit entschieden hatten, mal hinzugehen.

»Der Busbahnhof«, sagte Yossarian.

»Entsetzlich, wie? Wofür zum Teufel soll der denn gut sein?«
»Für die Busse. Was zum Teufel meinst denn du? Weißt du, Frances«, spottete Yossarian freundlich, »du solltest dir überlegen, ob du dort drin nicht deine nächste Modenschau hältst oder ein, zwei von deinen prächtigen Wohltätigkeitsbällen. Ich kenne McBride.«
»Wovon redest du eigentlich? Wer ist McBride?«
»Ein Expolizist, der da jetzt arbeitet. Warum nicht eine Hochzeit«, fuhr er fort, »eine richtig große? Das würde wirklich Schlagzeilen bringen. Du hast doch schon welche –«
»Ich hab niemals welche.«
»– im Museum und in der Oper organisiert. Der Busbahnhof ist viel malerischer.«
»Die gute Gesellschaft auf einer Hochzeit in diesem Bahnhof?« erwiderte sie grinsend. »Du mußt verrückt sein. Ich weiß, du machst nur einen Scherz, also laß mich mal nachdenken. Olivia und Christopher Maxon schauen sich vielleicht bald nach etwas Neuem um. Sieh dir diese Leute an!« Sie setzte sich plötzlich auf. »Sind das Männer oder Frauen? Und die anderen da – warum müssen sie das hier auf der Straße machen? Warum können sie nicht warten, bis sie zu Hause sind?«
»Viele haben kein Zuhause, liebe Frances«, sagte Yossarian und lächelte sie gütig an. »Und die Schlangen vor den Toiletten im Busbahnhof sind lang. In den Stoßzeiten sind Reservierungen nötig. Ohne bekommt man keinen Sitzplatz. Die Toiletten in den Restaurants und Hotels sind, so steht es dort auf vielen Schildern, nur für die Gäste da. Ist dir je aufgefallen, Frances, daß Männer, die auf der Straße pinkeln, gewöhnlich sehr lange pinkeln müssen?«
Nein, das war ihr nicht aufgefallen, teilte sie ihm kühl mit. »Du hörst dich jetzt immer so verbittert an. Du warst komischer früher.«
Vor Jahren, als sie beide noch nicht verheiratet waren, hatten sie sich gemeinsam genüßlich dem hingegeben, was man heute eine Beziehung nennen würde, obwohl es ihnen nie eingefallen

wäre, eine so propere Bezeichnung für das zu wählen, was sie so nachdrücklich und unaufhörlich miteinander machten, ohne irgendein Versprechen oder einen ernsthaften Gedanken an eine gemeinsame Zukunft. Dann hatte er sich innerhalb kurzer Zeit von seiner vielversprechenden Tätigkeit als Anfänger in der Anlageberatung abgewandt und es noch einmal mit dem Unterrichten versucht, ehe er in die Werbeagentur zurückging und dann Public Relations machte und als freier Schriftsteller arbeitete, um so als Hansdampf in allen Gassen erfolgreich zu sein außer in irgendeiner, wo man ein Produkt herstellte, das man sehen, berühren, verwenden oder verzehren konnte, ein Produkt, das einen bestimmten Raum einnahm und für das ein bestimmter Bedarf bestand. Während sie mit ihrer Neugier, Energie und einer gewissen angeborenen Begabung zu entdecken begann, daß sie attraktiv für Theaterproduzenten und andere Herren war, die ihr vielleicht noch im Film, auf der Bühne und beim Fernsehen nützlich sein könnten.

»Und du«, erinnerte er sie jetzt, »hattest früher viel mehr Mitgefühl. Du hast deine Vergangenheit vergessen.«

»Du auch.«

»Und radikaler warst du auch.«

»Genau wie du. Und jetzt bist du so ein Neinsager«, bemerkte sie ohne viel Emotion. »Und immer so sarkastisch, ja? Kein Wunder, daß die Leute sich in deiner Anwesenheit nicht immer ganz wohl fühlen. Du scherzt über alles, und sie wissen nie, ob du auch wirklich ihrer Meinung bist. Und du flirtest ständig.«

»Tu ich nicht!«

»Doch, tust du.« Frances Beach bestand darauf, ohne auch nur den Kopf zur Seite zu drehen, um ihre Behauptung zu bekräftigen. »Mit so ziemlich allen außer mir. Man weiß doch, wer flirtet und wer nicht. Patrick und Christoper tun's nicht. Du schon. Du warst immer schon so.«

»Das ist doch nur meine Art Humor.«

»Manche von den Frauen glauben, du hast eine Geliebte.«

»Eine Geliebte?« Das Wort wurde in Yossarians Mund zu einem lachenden Schnorchlaut. »Nur eine wäre eine zuviel.«

Frances Beach lachte auch, und die Spannung, die sich bei ihr angedeutet hatte, verschwand. Sie waren beide über fünfundsechzig. Er hatte sie gekannt, als sie noch Franny hieß. Sie wußte noch, wie man ihn Yo-Yo nannte. Sie hatten seither nicht miteinander getändelt, nicht einmal zwischen den Ehen, weil beide nicht das Bedürfnis hatten, die Stabilität der Regelungen zu testen, welche die andere Seite für ihr Leben getroffen hatte.

»Es scheint so, als gäb's von diesen Leuten überall immer mehr«, murmelte sie sanft mit einer Verzweiflung, die, so ließ sie erkennen, leicht zu kontrollieren war, »und sie machen alles, was man sich nur vorstellen kann, direkt hier in der Öffentlichkeit. Patrick ist direkt vor unserem Haus überfallen und zusammengeschlagen worden, und an unseren Ecken stehen Tag und Nacht Huren, ganz unansehnliche mit häßlichen Kleidern, wie die bei diesem Gebäude da drüben.«

»Laß mich an diesem Gebäude da drüben raus«, sagte Yossarian. »Da wohne ich jetzt.«

»Da?« Als er nickte, sagte sie: »Zieh um.«

»Bin ich doch erst. Was ist denn? Oben auf meinem Zauberberg haben wir ein paar Fitneßklubs, darunter den sogenannten Tempel der Liebe. Unten gibt's neun Kinos, zwei davon mit Sexfilmen, eins schwul, und zwischendrin Börsenmakler, Anwaltsbüros und Werbeagenturen. Alle möglichen Ärzte. Es gibt auch eine Bank mit Geldautomat und diesen großen Supermarkt. Ich habe noch ein Pflegeheim vorgeschlagen. Wenn wir erst mal ein Pflegeheim haben, kann ich dort ein Leben lang wohnen und muß nie auch nur einen Fuß vor die Tür setzen.«

»Liebe Zeit, John, du mußt immer Witze über alles machen. Zieh in ein gutes Viertel.«

»Wo find ich eins? Montana?« Er lachte wieder. »Frances, das hier ist ein gutes Viertel. Glaubst du denn, ich würde auch nur einen Fuß in ein schlechtes setzen?«

Mit einem Mal sah Frances müde und niedergeschlagen aus.
»John, du hast früher doch immer überall durchgeblickt«, sagte sie nachdenklich und ließ die affektiert kultivierte Ausdrucksweise beiseite. »Was kann man tun?«
»Nichts«, sagte er hilfsbereit.
Denn es stand sehr gut, erinnerte er sie; an offiziellen Maßstäben gemessen, hatte es eigentlich nie besser gestanden. Diesmal waren nur die Armen wirklich arm, und der Bedarf an neuen Gefängniszellen war dringender als die Bedürfnisse der Obdachlosen. Die Probleme waren hoffnungslos: es gab zu viele Menschen, die Nahrung brauchten, und es gab zuviel Nahrung, als daß man die Menschen mit entsprechendem Profit hätte ernähren können. Was notwendig war, fügte er mit ganz schmalem Lächeln hinzu, war größerer Mangel. Er behielt es für sich, daß er mittlerweile ein weiterer Angehöriger der soliden Mittelklasse war, der nicht scharf darauf war, die Steuern erhöht zu bekommen, um die elende Lage derer zu verbessern, die keine zahlten. Er wollte lieber mehr Gefängnisse.

Yossarian war achtundsechzig und einigermaßen stolz, denn er sah jünger aus als viele Siebenundsechzigjährige und besser als alle Frauen seiner ungefähren Altersgruppe. Seine zweite Frau war noch dabei, sich von ihm scheiden zu lassen. Daß es eine dritte geben würde, glaubte er nicht.

Alle seine Kinder waren von der ersten Frau.

Seine Tochter Gillian, die Richterin, ließ sich von ihrem Mann scheiden, der trotz einem viel höheren Einkommen vergleichsweise ein Versager war und kaum je etwas anderes sein würde als ein zuverlässiger Ehemann, Vater und Ernährer.

Sein Sohn Julian, der Älteste, war ein Prahlhans und ein weiterer Erfolgsfetischist, einer von den weniger bedeutenden bedeutenderen Wall-Street-Cracks, der immer noch nicht genug verdiente, um pompös nach Manhattan zu ziehen. Er und seine Frau bewohnten nun getrennte Partien ihrer rasch an Wert verlierenden Vorortvilla, während ihre jeweiligen Anwälte in Stellung gingen, um die Scheidungsklage und Gegenklage einzureichen, und unmöglicherweise versuchten, eine Teilung des Vermögens und der Kinder auszuhandeln, die beide vollkommen befriedigen würde. Die Gattin war eine gutaussehende, unangenehme Frau mit modischen Geschmacksneigungen, aus einer Familie, die ihr Geld tollkühn ausgab, ebenso laut wie Julian und von ebenso despotischer Selbstgewißheit, und Sohn und Tochter der beiden waren ebenso rücksichtslos und abstoßend egoistisch.

Yossarian spürte aufziehende Gewitter in der Ehe seines anderen Sohnes Adrian, eines Chemikers ohne Studienabschluß, der für eine Kosmetikfirma in New Jersey arbeitete und einen großen Teil seines Berufslebens damit zubrachte, eine Formel zum Graufärben des Haars zu suchen; seine Frau hatte angefangen, verschiedene Erwachsenenbildungskurse zu besuchen.

Er machte sich die größten Sorgen wegen Michael, der anscheinend nicht das Bedürfnis entwickeln wollte, etwas Besonderes zu sein, und blind war für die Gefahren, die im Mangel eines solchen Lebenszieles lagen. Michael hatte einmal im Scherz zu Yossarian gesagt, er würde auf seine Scheidung sparen, bevor er anfangen würde, auf die Ehe zu sparen, und Yossarian hielt sich zurück und bemerkte nicht, daß dieser Witz kein Witz war. Michael empfand kein Bedauern, daß er nie richtig versucht hatte, Erfolg als Künstler zu haben. Auch diese Rolle reizte ihn nicht.

Frauen, besonders Frauen, die einmal vorher verheiratet gewesen waren, mochten Michael und lebten mit ihm zusammen, weil er friedlich, verständnisvoll und anspruchslos war, und wurden es dann bald müde, mit ihm zusammenzuleben, weil er friedlich war, verständnisvoll und anspruchslos. Er wich konsequent jedem Streit aus und schwieg bei Auseinandersetzungen traurig. Yossarian hatte den respektvollen Verdacht, daß Michael auf seine schweigsame Art genau wußte, was er tat, bei den Frauen wie bei der Arbeit. Aber nicht beim Geld.

Um Geld zu verdienen, übernahm Michael als freier Mitarbeiter Zeichenarbeiten für Agenturen und Magazine oder für Kunststudios mit Terminaufträgen, oder er nahm mit reinem Gewissen das Geld von Yossarian an, das er brauchte, und er weigerte sich zu glauben, daß einmal ein Tag kommen könnte, wo es diese Aufträge für den freien Mitarbeiter nicht mehr geben würde, oder daß Yossarian ihn nicht immer vor der endgültigen finanziellen Tragödie bewahren würde.

Alles in allem, entschied Yossarian, handelte es sich um eine typische moderne ungefestigte New-Age-Familie, in der außer der Mutter niemand alle anderen wirklich gut leiden konnte oder auch nur irgendeinen Grund für eine solche Zuneigung sah. Und alle, vermutete er, waren deswegen zumindest von Zeit zu Zeit traurig und machten sich Vorwürfe.

Sein Familienleben war vollkommen, lamentierte er gerne. Wie Thomas Manns Gustav Aschenbach hatte er keins.

Er stand immer noch unter Beobachtung. Wie viele damit beschäftigt waren, konnte er nicht ausmachen. Gegen Ende der Woche schritt sogar ein orthodoxer Jude auf der anderen Seite der Avenue seinem Gebäude gegenüber auf und ab, und auf seinem Anrufbeantworter fand sich eine Mitteilung von Schwester MacIntosh, an die er schon kaum mehr gedacht hatte, mit dem Hinweis, sie sei jetzt eine Weile zur Nachtschicht versetzt worden, falls er je vorgehabt haben sollte, sie zum Abendessen auszuführen (und nach Paris und Florenz zum Unterwäscheeinkauf, erinnerte sie ihn mit einem sardonischen Kichern), und mit der unglaublichen Nachricht, daß der Belgier immer noch lebe, starke Schmerzen habe und daß seine Temperatur fast wieder normal sei.

Yossarian hätte sein Leben darauf verwettet, daß der Belgier schon tot war.

Von allen, die ihn beschatteten, konnte er sich nur ein paar erklären – die, die der Anwalt seiner zur Scheidung entschlossenen Frau angeheuert hatte, und die, die der impulsive, zur

Scheidung entschlossene Ehemann einer Frau losgeschickt hatte, mit der er halb betrunken vor nicht allzulanger Zeit geschlafen hatte, einer Mutter halbwüchsiger Kinder, mit der er – dachte er halbherzig – vielleicht gerne einmal wieder schlafen würde, wenn ihn je das Bedürfnis anflöge, wieder mit einer Frau zu schlafen, deren Mann jeden ihrer männlichen Bekannten beschatten ließ in seinem wahnwitzigen Drang, Beweismaterial für ihre unzüchtigen Eskapaden zusammenzubekommen, mit dem er das Beweismaterial für die seinen aufwiegen könnte, das sie sich bereits beschafft hatte.

Die Frage, wer die anderen waren, nagte an ihm, und nach einigen weiteren Phasen verstärkter Verbitterung packte Yossarian den Stier bei den Hörnern und rief im Büro an.

»Irgendwas Neues?« fing er an, als Milos Sohn am Apparat war.

»Soweit ich weiß, nichts.«

»Sagen Sie mir die Wahrheit?«

»Nach bestem Vermögen.«

»Sie verschweigen nichts dabei?«

»Nicht, soweit ich weiß.«

»Würden Sie mir's sagen, wenn Sie's täten?«

»Ich würd's Ihnen sagen, wenn ich's könnte.«

»Wenn Ihr Vater heute anruft, M2«, sagte er zu Milo Minderbinder II, »sagen Sie ihm doch, ich brauchte den Namen eines guten Privatdetektivs. Eine persönliche Angelegenheit.«

»Er hat schon angerufen«, sagte Milo junior. »Er empfiehlt einen Mann namens Jerry Gaffney von der Gaffney-Agentur. Erwähnen Sie unter keinen Umständen, daß mein Vater ihn vorgeschlagen hat.«

»Das hat er Ihnen schon gesagt?« Yossarian war entzückt. »Wie hat er gewußt, daß ich fragen würde?«

»Das kann ich unmöglich sagen.«

»Wie fühlen Sie sich, M2?«

»Es ist schwer, sich da sicher zu sein.«

»Ich meine ganz allgemein. Waren Sie noch einmal im Busbahnhof, die Monitorschirme kontrollieren?«
»Ich muß da nochmal die Zeit nehmen. Ich will wieder hin.«
»Das kann ich nochmal arrangieren.«
»Kommt Michael mit?«
»Wenn Sie ihm den Tag bezahlen. Laufen die Sachen gut?«
»Würde ich Ihnen das nicht gerne erzählen, wenn's so wäre?«
»Ja, aber würden Sie's auch sagen?«
»Das hinge davon ab.«
»Wovon?«
»Ob ich Ihnen die Wahrheit sagen könnte.«
»Würden Sie mir die Wahrheit sagen?«
»Weiß ich, was das ist?«
»Könnten Sie mir eine Lüge erzählen?«
»Nur, wenn ich die Wahrheit wüßte.«
»Sie sind offen und ehrlich zu mir.«
»Mein Vater will das.«
»Mr. Minderbinder hat gesagt, Sie würden anrufen«, sagte die muntere, höfliche Stimme, die dem Mann namens Jerry Gaffney gehörte, als Yossarian ihn anrief.
»Das ist komisch«, sagte Yossarian. »Welcher?«
»Mr. Minderbinder senior.«
»Das ist schon sehr komisch«, sagte Yossarian mit härterer Stimme. »Weil Minderbinder senior darauf bestanden hat, daß ich seinen Namen nicht erwähne, wenn ich Sie anrufe.«
»Das war ein Test, um festzustellen, ob Sie was geheimhalten können.«
»Sie haben mir keine Möglichkeit gegeben, ihn zu bestehen.«
»Ich vertraue meinen Klienten, und ich möchte, daß auch sie alle wissen: Jerry Gaffney können sie immer vertrauen. Wo käme man sonst hin? Ich bin absolut offen. Ich werde es Ihnen sofort beweisen. Sie wissen wohl, daß diese Leitung abgehört wird?«
Yossarian holte tief Luft. »Wie zum Teufel haben Sie das herausgekriegt?«

»Es ist meine Leitung, und ich will, daß sie abgehört wird«, erklärte Mr. Gaffney in vernünftigem Ton. »Sehen Sie? Auf Jerry Gaffney können Sie sich verlassen. Das bin bloß ich, der das Gespräch aufzeichnet.«

»Wird meine Leitung abgehört?« Yossarian dachte, er solle das wohl besser fragen. »Ich führe viele Firmengespräche.«

»Warten Sie, ich schau mal nach. Ja, Ihre Firma hört Sie ab. Sie haben möglicherweise auch Wanzen in Ihrer Wohnung.«

»Mr. Gaffney, woher wissen Sie das alles?«

»Nennen Sie mich doch Jerry, Mr. Yossarian.«

»Woher wissen Sie das alles, Mr. Gaffney?«

»Weil ich die Leitung angezapft habe und weil ich einer von denen bin, die möglicherweise Ihre Wohnung verwanzt haben, Mr. Yossarian. Ich darf Ihnen einen guten Rat geben: Die Wände haben vielleicht Ohren. Reden Sie nur, solange dabei ein Wasserhahn läuft, wenn Sie irgend etwas Privates zu besprechen haben. Lieben Sie nur im Bad oder in der Küche, falls Sie sich sexuell betätigen wollen, oder unter der Klimaanlage, wenn Sie den Ventilator aufgedreht haben bis – hervorragend!« jubelte er, nachdem Yossarian mit seinem schnurlosen Telefon in die Küche gegangen war und beide Wasserhähne voll aufgedreht hatte, um sich vertraulich unterhalten zu können. »Jetzt kommt nichts mehr durch. Ich kann Sie kaum mehr verstehen.«

»Ich sage gar nichts.«

»Lernen Sie Lippenlesen.«

»Mr. Gaffney –«

»Nennen Sie mich doch Jerry.«

»Mr. Gaffney, Sie haben mein Telefon angezapft und meine Wohnung verwanzt?«

»Vielleicht hab ich sie verwanzt. Ich werde einen von meinen Angestellten Nachforschungen anstellen lassen. Ich verberge nichts. Mr. Yossarian, Sie haben eine Gegensprechanlage für das Hauspersonal im Foyer. Können Sie sicher sein, daß die jetzt nicht an ist? Gibt es keine Videokameras, die Sie beobachten?«

»Wer würde sowas tun?«

»Ich zum Beispiel, wenn man mich dafür bezahlen würde. Jetzt, wo Sie wissen, daß ich die Wahrheit sage, da sehen Sie doch, daß wir gute Freunde werden können. Nur so kann man arbeiten. Ich dachte, Sie wüßten, daß Ihr Telefon abgehört wird und daß möglicherweise Ihre Wohnung voller Wanzen ist und Ihre Post, Ihre Reisen, Ihre Kreditkarten und Bankkonten überwacht werden.«

»Scheii-ße nochmal, ich weiß jetzt nicht, was ich weiß.« Yossarian sog die unangenehmen Informationen mit einem langgezogenen Stöhnen in sich ein.

»Sehen Sie das Positive an der Sache, Mr. Yossarian. Machen Sie das immer. Bald werden Sie in einen weiteren Ehescheidungsfall verwickelt sein, glaube ich. Da können Sie das alles als mehr oder weniger selbstverständlich voraussetzen, wenn die Gegenpartei die Mittel hat, uns zu bezahlen.«

»Sowas machen Sie auch?«

»Sowas mach ich oft. Aber hier geht's nur um die Firma. Was kann Sie das kümmern, wieviel M. & M.-U. & P. abhört, wenn Sie nie etwas sagen, von dem Sie nicht möchten, daß die Firma es belauscht? Soviel glauben Sie doch auch, oder?«

»Nein.«

»Nein? Denken Sie dran, Mr. Yossarian, daß ich das alles aufzeichne, obwohl ich gerne lösche, was Sie wollen. Wie können Sie irgendwelche Vorbehalte M. & M.-U. & P. gegenüber haben, wenn Sie am Fortschritt der Firma teilhaben? Sind nicht alle beteiligt?«

»Zu der Frage habe ich mich nie fürs Protokoll geäußert, Mr. Gaffney, und ich werde das auch jetzt nicht tun. Wann können wir uns treffen und anfangen?«

»Ich habe bereits angefangen, Mr. Yossarian. Señor Gaffney verliert niemals Zeit. Ich habe mir unter Berufung auf das Gesetz über die Freiheit der Information Ihre Akten von den entsprechenden Regierungsbehörden kommen lassen, und ich hole mir den Bericht über Sie von einer der besten Kreditauskunfteien. Ihre Sozialversicherungsnummer habe ich schon. Wie hört sich das erst mal an?«

»Ich gebe Ihnen doch keinen Auftrag, gegen mich selbst zu ermitteln!«

»Ich will herausfinden, was die über Sie wissen, ehe ich herausfinde, wer die alle sind, ja? Wie viele, sagten Sie, sind's?«

»Ich zähle mindestens sechs, aber zwei oder vier arbeiten vielleicht je zu zweit. Mir ist aufgefallen, daß sie billige Autos fahren.«

»Einfache Autos«, verbesserte Gaffney pedantisch, »um nicht aufzufallen. Deshalb sind sie Ihnen dann wahrscheinlich aufgefallen.« Er kam Yossarian äußerst präzise vor. »Sechs, sagen Sie? Sechs ist eine gute Zahl.«

»Wofür?«

»Fürs Geschäft natürlich. In größerer Zahl liegt größere Sicherheit, Mr. Yossarian. Wenn zum Beispiel einer oder zwei beschließen würden, Sie zu ermorden, dann gäbe es schon mal Zeugen. Ja, sechs ist eine sehr gute Zahl«, fuhr Gaffney hochzufrieden fort. »Es wäre schön, wenn wir auf acht oder zehn kommen könnten. Das mit unserem Treffen vergessen Sie erst einmal. Ich möchte nicht, daß irgendeiner von denen draufkommt, daß ich für Sie arbeite, es sei denn, es stellt sich heraus, daß er für mich arbeitet. Ich habe gerne ein paar Lösungen parat, ehe ich das Problem herausbekomme. Bitte stellen Sie jetzt das Wasser ab, wenn Sie sich nicht gerade sexuell betätigen. Ich werde jetzt langsam heiser vom lauten Schreien, und Sie verstehe ich kaum. Sie brauchen das nicht, wenn Sie mit mir reden. Ihre Freunde nennen Sie Yo-Yo? Manche nennen Sie John?«

»Nur meine besten Freunde, Mr. Gaffney.«

»Meine nennen mich Jerry.«

»Ich muß Ihnen sagen, Mr. Gaffney, daß ich es sehr irritierend finde, mich mit Ihnen zu unterhalten.«

»Ich hoffe, das ändert sich noch. Wenn Sie mir die Bemerkung gestatten, es war sehr beruhigend, den Bericht von Ihrer Krankenschwester zu hören.«

»Von was für einer Krankenschwester?« fauchte Yossarian. »Ich habe keine Krankenschwester.«

»Sie heißt Miss Melissa MacIntosh, Sir«, korrigierte Gaffney mit einem vorwurfsvollen Husten.

»Sie haben auch meinen Anrufbeantworter abgehört?«

»Ihre Firma macht das. Ich bin nur der Ausführende. Ich würd's nicht machen, wenn ich nicht dafür bezahlt würde. Der Patient überlebt. Es gibt keine Anzeichen einer Infektion.«

»Das ist phänomenal.«

»Es freut uns sehr, daß Sie zufrieden sind.«

Und der Kaplan war immer noch verschwunden – irgendwo zu Zwecken der Untersuchung und des Verhörs festgesetzt, nachdem es ihm unter Berufung auf das Gesetz über die Freiheit der Information gelungen war, Yossarian in seinem Krankenhaus aufzuspüren und mit einem Problem in sein Leben hineinzustolpern, mit dem er nicht fertig wurde.

Yossarian lag auf dem Rücken in seinem Krankenhausbett, als der Kaplan ihn damals fand, und er wartete mit einem Ausdruck wütender Feindseligkeit, wie die Tür seines Zimmers sich langsam öffnete, nachdem er auf das schüchterne Klopfen zuvor keine Antwort gegeben hatte, und sah schließlich ein ausdrucksloses Pferdegesicht mit höckriger Stirn und sich lichtenden Strähnen heufarbenen Haares, da und dort zu stumpfem Silber verfärbt, scheu um die Ecke hereinspähen. Die Augen hatten rosige Lider und glühten sofort leuchtend auf, als sie ihn erblickten.

»Ich wußte es!« platzte der Mann, dem dieses Gesicht gehörte, gleich vor Freude heraus. »Ich wollte Sie so oder so wiedersehen. Ich wußte, ich würde Sie finden! Ich wußte, ich würde Sie wiedererkennen. Wie gut Sie aussehen! Was bin ich glücklich, daß wir beide noch am Leben sind! Hurra!«

»Wer«, fragte Yossarian streng, »zum Teufel sind Sie?«

Die Antwort kam sofort. »Kaplan, Tappman, Kaplan Tappman, Albert Tappman, Kaplan?« schnatterte Kaplan Albert Tappman geschwätzig. »Pianosa? Luftwaffe? Zweiter Weltkrieg?« Yossarian gestattete sich endlich ein Grinsen des Wiedererkennens. »Na, verdammt nochmal!« Er sprach nicht ohne Wärme, als er endlich begriff, daß er wieder mit dem Militärkaplan Albert T. Tappman zusammen war, nach mehr als fünfundvierzig Jahren. »Kommen Sie rein. Sie schauen auch gut aus«, meinte er generös zu dem Mann, der mager aussah, unterernährt, fahrig und alt. »Setzen Sie sich doch hin, Menschenskind.«

Der Kaplan setzte sich gefügig. »Aber, Yossarian, es tut mir leid, Sie im Krankenhaus wiederzufinden. Sind Sie sehr krank?«

»Ich bin überhaupt nicht krank.«

»Na, das ist dann doch gut, oder?«

»Ja, das ist gut. Und wie geht's Ihnen?«

Und plötzlich sah der Kaplan sehr nervös aus. »Nicht gut, denke ich mir mittlerweile, nein, vielleicht nicht so gut.«

»Das ist aber schlecht«, sagte Yossarian und war froh, daß der Zeitpunkt, zur Sache zu kommen, so rasch da war. »Na, Herr Kaplan, was führt Sie denn hierher? Wenn es wieder um so ein Treffen von Luftwaffenveteranen geht, sind Sie bei mir falsch.«

»Es geht nicht um ein Treffen.« Der Kaplan sah elend aus.

»Worum dann?«

»Ich habe ein Problem«, sagte er schlicht. »Ich glaube, es ist etwas Ernstes. Ich verstehe es nicht.«

Er hatte natürlich einen Psychiater konsultiert, der ihm eröffnet hatte, bei ihm sei eine Depression im vorgerückten Alter sehr wahrscheinlich, und für irgendeine bessere Sorte sei er schon zu alt.

»Das hab ich auch.«

Es war möglich – hatte man angedeutet –, daß der Kaplan sich alles nur einbildete. Der Kaplan bildete sich eigentlich nicht ein, daß das alles nur Einbildung war, was er sich da einbildete.

Eines aber stand fest.

Als niemand in dem ganzen unablässigen Strom furchterregender Untersuchungsspezialisten, die im offiziellen Auftrag in Kenosha auftauchten, um ihn über sein Problem zu befragen, geneigt schien, ihm auch nur beim Begreifen dessen zu helfen, was sein Problem überhaupt war, hatte er sich an Yossarian erinnert und an das Gesetz über die Freiheit der Information.

Das Gesetz über die Freiheit der Information, erläuterte der Kaplan, war ein Bundesgesetz, das es Regierungsbehörden zur Auflage machte, jedem Anfragenden alle Informationen in ihrem Besitz zugänglich zu machen, ausgenommen diejenigen Informationen, die sie niemandem zugänglich machen wollten.

Und weil in das Gesetz über die Freiheit der Information dieser Haken, dieser eine geniale Catch eingebaut war, gab es – so fand Yossarian schließlich heraus – im Grunde gar keine Möglichkeit, die Behörden zur Herausgabe auch nur einer einzigen Information zu zwingen. Hunderttausende Aktenseiten wurden jede Woche an Antragsteller geschickt, auf denen alles außer Satzzeichen, Präpositionen und Konjunktionen geschwärzt war. Kein schlechter Catch, urteilte Yossarian fachmännisch, weil die Regierung hinsichtlich der nicht mitgeteilten Informationen keinerlei Informationen herausrücken mußte, und es so unmöglich war festzustellen, ob sich irgend jemand an das zur Liberalisierung der Informationspolitik erlassene Bundesgesetz hielt, das sich Gesetz zur Freiheit der Information nannte.

Der Kaplan war nicht länger als ein, zwei Tage wieder in Wisconsin, als ohne Vorwarnung die Abteilung stämmiger Geheimagenten bei ihm auftauchte, um ihn spurlos verschwinden zu lassen. Sie waren, sagten sie, wegen einer so brisanten und die nationale Sicherheit so eng berührenden Sache da, daß sie nicht einmal sagen konnten, wer sie waren, ohne die Geheimhaltung der Behörde, für die sie arbeiteten, zu gefährden. Sie hatten keinen Haftbefehl. Dem Gesetz zufolge brauchten sie auch keinen. Welchem Gesetz zufolge? Demselben, nach dem sie es nie nennen mußten.

»Das ist merkwürdig, oder?« sagte Yossarian nachdenklich.

»Ja, meinen Sie?« sagte die Frau des Kaplans überrascht, als sie sich am Telefon unterhielten. »Warum?«

»Bitte erzählen Sie weiter.«

Sie lasen ihm seine Rechte vor und sagten ihm, er hätte keine. Wollte er Schwierigkeiten machen? Nein, Schwierigkeiten wollte er keine machen. Dann mußte er den Mund halten und mitkommen. Sie hatten auch keinen Haussuchungsbefehl, aber sie durchsuchten das Haus trotzdem. Sie und andere genau wie sie waren seitdem mehrfach zurückgekommen, mit Trupps von Technikern mit Ärmelabzeichen, weißen Kitteln, Handschuhen, Geigerzählern und Atemschutzmasken, die Proben von Erde, Anstrichfarbe, Holz, Wasser und so ziemlich allem anderem in Glasflaschen und Reagenzgläsern und anderen Spezialbehältern einsammelten. Sie gruben den Garten um. Die Nachbarschaft staunte.

Das Problem des Kaplans war schweres Wasser.

Er ließ es.

»Ich fürchte, es stimmt«, hatte Leon Shumacher Yossarian anvertraut, als ihm der volle Urinanalysebericht vorlag. »Wo hast du die Probe her?«

»Von dem Freund, der letzte Woche da war, als du reingeschaut hast. Mein alter Militärkaplan.«

»Wo hat der sie her?«

»Aus seiner Blase, nehme ich an. Warum?«

»Bist du sicher?«

»Wie sicher kann man da sein?« sagte Yossarian. »Ich hab ihm nicht zugeschaut. Wo zum Teufel soll er's sonst herhaben?«

»Aus Grenoble zum Beispiel. Oder aus Georgia, Tennessee oder South Carolina, glaube ich. Da wird das meiste davon hergestellt.«

»Das meiste wovon?«

»Schweres Wasser.«

»Was zur Hölle hat das alles zu bedeuten, Leon?« wollte Yossarian wissen. »Sind die sich absolut sicher? Kein Irrtum?«

»Nicht nach dem, was ich hier lese. Daß es schwer war, haben sie sofort festgestellt. Die Pipette mußten sie zu zweit hochheben. Natürlich sind die sich sicher! In jedem Hydrogenmolekül im Wasser war ein Extraneutron! Weißt du, wie viele Moleküle in wenigen Unzen Wasser drin sind? Dein Freund da muß fünfzig Pfund mehr wiegen, als man ihm ansieht.«

»Hör mal, Leon«, sagte Yossarian mit vorsichtig gedämpfter Stimme. »Ihr werdet das geheimhalten, oder?«

»Natürlich werden wir das. Dies ist ein Krankenhaus. Wir werden niemand etwas sagen außer der Regierung.«

»Der Regierung? Die machen ihm doch die ganzen Schwierigkeiten! Vor denen hat er am meisten Angst!«

»Das müssen sie, John«, intonierte Leon Shumacher in automatischem beruhigendem Ärzteton. »Das Labor hat's vorsichtshalber in die Radiologische geschickt, und die Radiologische mußte die Nuklearkontrollbehörde anrufen und das Energieministerium. John, es gibt kein Land auf der Welt, das schweres Wasser ohne Genehmigung erlaubt, und dieser Typ produziert es mehrmals am Tag quartweise. Dieses Deuteriumoxyd ist Dynamit, John.«

»Ist es gefährlich?«

»Medizinisch gesehen? Wer weiß? Ich sag dir, sowas hab ich überhaupt noch nie gehört. Aber er sollte sich informieren. Vielleicht verwandelt er sich nach und nach in einen Reaktor oder in eine Atombombe. Du solltest ihn gleich mal warnen.«

Als Yossarian dann Militärkaplan Albert T. Tappman (US-Luftwaffe, pensioniert) anrief, um ihn zu warnen, war nur Mrs. Tappman daheim, hysterisch und in Tränen aufgelöst. Den Kaplan hatte man nur wenige Stunden vor Yossarians Anruf verschwinden lassen. Sie hatte seitdem nichts mehr von ihm gehört, obwohl Mrs. Karen Tappman pünktlich jede Woche aufgesucht wurde, versichert bekam, ihm ginge es gut, und eine Summe in bar ausgehändigt erhielt, die in etwa dem Betrag entsprach, den er in Freiheit nach Hause gebracht hätte, großzügig aufgerundet.

Die Besucher strahlten zufrieden, wenn sie ihnen schluchzend sagte, sie hätte nichts von ihm gehört. Das war die Bestätigung, die sie haben wollten, daß es ihm nicht gelungen war, sich mit irgend jemand draußen in Verbindung zu setzen.

»Ich bleib dran und versuche, ihn für Sie aufzuspüren, Mrs. Tappman«, versprach ihr Yossarian jedesmal, wenn sie miteinander sprachen. »Obwohl ich eigentlich nicht weiß, wo ich jetzt weitersuchen soll.«

Die Anwälte, die sie konsultiert hatte, glaubten ihr nicht. Die Polizei in Kenosha war ebenfalls skeptisch. Ihre Kinder wußten auch nicht so recht, was sie von der Sache halten sollten, wenn sie sich auch nicht der Polizeitheorie anschließen mochten, der Kaplan sei wie so viele andere Vermißte in ihren Vermißtenlisten mit einer anderen Frau durchgebrannt.

Alles, was John Yossarian seither hatte herausfinden können, war, daß die Bedeutung des Kaplans für seine staatlichen Entführer lediglich eine finanzielle, militärische, industrielle, diplomatische und internationale war.

Das bekam er durch Milo heraus.

Er ging zuerst zu guten Freunden in Washington, die einflußreich waren: einem Anwalt, einem Parteispendensammler, einem Zeitungskolumnisten und einem Imagearchitekten, die alle sagten, sie wollten das lieber nicht anrühren, und von da an seine Anrufe nicht mehr beantworteten und ihn nicht länger zum Freund haben wollten.

Ein Lobbyist und ein Public-Relations-Berater verlangten hohe Honorare und garantierten, sie könnten nicht garantieren, daß sie irgend etwas tun würden, um sie zu verdienen. Sein Senator war nutzlos, sein Gouverneur hilflos. Auch die Bürgerrechtsunion zog sich vom Fall des verschwundenen Kaplans rasch zurück; sie stimmte mit der Polizei darin überein, daß er wahrscheinlich mit einer anderen Frau auf und davon war. Endlich ging er frustriert zu Milo Minderbinder, der an seiner Oberlippe nagte und dann an seiner Unterlippe und dann sagte:

»Schweres Wasser? Was bringt denn schweres Wasser so?«

»Es fluktuiert, Milo. Ziemlich stark. Ich hab's nachgesehen. Es gibt ein Gas, das daraus entsteht, das kostet sogar noch mehr. Etwa dreißigtausend Dollar pro Gramm, jetzt im Moment, würde ich sagen. Aber darum geht's nicht.«

»Wieviel ist ein Gramm?«

»Etwa eine Dreißigstelunze. Aber darum geht's nicht.«

»Dreißigtausend Dollar für eine Dreißigstelunze? Das hört sich fast so gut an wie Drogen.« Während er sprach, schauten Milos uneinheitliche Augen spekulativ in eine weite Ferne, jede braune Pupille wies in eine andere Richtung, als erfaßten sie gemeinsam die Gesamtheit dessen, was bis zum Horizont für die Menschheit sichtbar war. Die Hälften seines Schnurrbarts bebten in getrennten Rhythmen, die einzelnen rostgrauen Haare oszillierten mit koketter Sprunghaftigkeit wie Sensoren, die sich elektronisch Notizen machten. »Gibt es eine große Nachfrage nach schwerem Wasser?«

»Jedes Land will welches. Aber darum geht's nicht.«

»Wozu wird es verwendet?«

»Atomenergie vor allem. Und zur Herstellung von Nuklearsprengköpfen.«

»Das hört sich besser an als Drogen«, fuhr Milo fasziniert fort. »Würdest du sagen, daß schweres Wasser eine ebenso gute Wachstumsbranche ist wie illegale Drogen?«

»Ich würde schweres Wasser nicht als Wachstumsbranche bezeichnen«, antwortete Yossarian trocken. »Aber all das gehört nicht hierher. Milo, ich möchte herausfinden, wo er ist.«

»Wo wer ist?«

»Tappman. Der, von dem ich die ganze Zeit rede. Er war Kaplan in unserer Einheit beim Militär.«

»Ich war mit vielen Leuten beim Militär.«

»Er hat ein gutes Wort für dich eingelegt, als du fast Schwierigkeiten bekommen hättest, weil du unseren eigenen Flugplatz bombardiert hast.«

»Für mich haben schon viele ein gutes Wort eingelegt. Schweres Wasser? Ja? So heißt das? Was ist schweres Wasser?«

»Es ist schweres Wasser.«

»Ja, ich verstehe. Und was ist dieses Gas?«

»Tritium. Aber darum geht's nicht.«

»Wer macht schweres Wasser?«

»Kaplan Tappman zum Beispiel. Milo, ich will ihn finden und ihn wieder zurückbringen, ehe ihm was passiert, ja?«

»Und ich will dabei helfen«, versprach Milo, »ehe Harold Strangelove, General Electric oder sonst jemand von der Konkurrenz es tut. Ich kann dir gar nicht genug danken dafür, daß du damit zu mir gekommen bist, Yossarian. Du bist Gold wert. Sag mal, was ist wertvoller, Gold oder Tritium?«

»Tritium.«

»Dann bist du Tritium wert. Ich hab heute viel zu tun, aber ich muß diesen Kaplan finden und einen Mann bei den Wissenschaftlern einschleusen, die ihn untersuchen, um meinen Besitzanspruch klarzustellen.«

»Wie willst du das machen?«

»Ich werde einfach sagen, daß es im nationalen Interesse liegt.«

»Wie willst du das beweisen?«

»Indem ich's zweimal sage«, antwortete Milo und flog nach Washington zur zweiten Präsentation des neuen geheimen Bombers, den er plante, der kein Geräusch machte und nicht zu sehen war.

6. MILO

»Sie können es nicht hören, und Sie können es nicht sehen. Es wird schneller fliegen als der Schall und langsamer als der Schall.«
»Deshalb sagen Sie, Ihr Flugzeug sei infrasupersonisch?«
»Jawohl, Major Bowes.«
»Wann möchten Sie es langsamer als der Schall fliegen lassen?«
»Wenn es landet, und vielleicht beim Start.«
»Ist das wahr, Mr. Wintergreen?«
»Genauso ist es, Captain Hook.«
»Vielen Dank, Mr. Minderbinder.«

Man traf sich einen Stock tief unter der Erde im Souterrain von BÜGMASP, dem Büro für geheime militärische Angelegenheiten und Spezialprojekte, in einem kreisrunden Raum mit ozeanblauen Luzitwänden, erhellt von gekrümmten Meridianen, die sich über verzerrte Kontinente zogen, und von frei modellierten Skulpturentafeln mit emporschnellenden Raubfischen, die im Krieg mit herabstoßenden Vögeln lagen. Hinter dem Halbrund, wo die Köpfe der Fragesteller mit ihren makellosen Haarschnitten aufragten, hing ein Kondor mit riesigen Schwingen und krallenden goldenen Klauen. Nur Männer waren anwesend. Keinerlei Mitschrift war gestattet. Hier saßen Leute von scharfem Verstand, und ihr kollektives Gedächtnis war Beleg genug. Zwei unterdrückten bereits ein Gähnen. Alle setzten ohnehin voraus, daß der Raum verwanzt war. Derartige Unterhandlungen waren zu geheim, als daß sie vertraulich bleiben konnten.

»Wird es schneller fliegen als das Licht?« erkundigte sich ein Colonel aus dem Halbkreis der Experten, welche genau in der

Mitte einen Mann flankierten, der auf einem höheren Stuhl als die anderen den Vorsitz führte.

»Es wird fast genauso schnell fliegen.«

»Wir können noch einen Zahn zulegen, daß es sogar noch schneller fliegt als Licht.«

»Es käme dann zu einem gewissen Anwachsen des Treibstoffverbrauchs.«

»Einen Moment, bitte einen Moment, Mr. Minderbinder, lassen Sie mich eine Frage stellen«, unterbrach langsam ein verblüffter Zivilist mit professoralem Gehabe. »Warum würde Ihr Bomber lautlos sein? Wir haben jetzt schon supersonische Flugzeuge, und die machen doch wahrhaftig genügend Krach beim Durchbrechen der Schallmauer, oder?«

»Unsere wären geräuschlos für die Besatzung.«

»Warum sollte das für den Feind eine Rolle spielen?«

»Es könnte eine Rolle für die Besatzung spielen«, betonte Milo, »und niemand denkt mehr an diese Jungs als wir. Manche von denen sind vielleicht monatelang in der Luft.«

»Jahre vielleicht, mit den neuen Auftankflugzeugen, die wir empfehlen.«

»Sind die dann auch unsichtbar?«

»Wenn Sie das wünschen.«

»Und machen kein Geräusch?«

»Die Besatzung wird nichts hören.«

»Solange sie nicht den Flug verlangsamt und sich vom Schall einholen läßt.«

»Ich verstehe, Mr. Wintergreen. Das ist ja alles sehr raffiniert.«

»Danke, Colonel Pickering.«

»Wie groß ist Ihre Besatzung?«

»Nur zwei. Zwei sind billiger auszubilden als vier.«

»Ist das wahr, Mr. Minderbinder?«

»Genauso ist es, Colonel North.«

Der Offizier in der Mitte war ein General, und er gab nun eine

Absichtserklärung ab: er räusperte sich. Im Raum wurde es still. Er kostete die Spannung aus.

»Bewegt sich Licht?« wollte er endlich wissen.

Eine bleierne Stille senkte sich herab.

»Licht bewegt sich, General Bingam«, sprang schließlich Milo Minderbinder ein, froh, daß er es konnte.

»Schneller als alles«, fügte Exsoldat Wintergreen hilfsbereit hinzu. »Licht ist so ziemlich das Schnellste, was es gibt.«

»Und das Hellste.«

Bingam wandte sich mißtrauisch den Männern zu seiner Linken zu. Ein paar nickten. Er runzelte die Stirn.

»Sind Sie sicher?« fragte er und schwenkte seine strenge Miene zu den Spezialisten auf der rechten Seite hinüber.

Ein paar von denen nickten ebenfalls furchtsam. Manche schauten weg.

»Das ist komisch«, sagte Bingam langsam. »Ich sehe das Licht da drüben auf dem Tisch, und es sieht völlig still aus.«

»Das kommt deshalb«, brachte Milo vor, »weil es sich so schnell bewegt.«

»Es bewegt sich mit Überlichtgeschwindigkeit«, sagte Wintergreen.

»Kann Licht sich mit Überlichtgeschwindigkeit bewegen?«

»Selbstverständlich.«

»Sie können Licht nicht sehen, wenn es sich bewegt, Sir.«

»Ist das wahr, Colonel Pickering?«

»Genauso ist es, General Bingam.«

»Sie können Licht nur sehen, wenn es nicht da ist«, sagte Milo.

»Wenn ich Ihnen das mal zeigen darf«, sagte Wintergreen und fuhr ungeduldig von seinem Sitz hoch. Er klickte die Lampe aus. »Sehen Sie das?« Er schaltete die Lampe wieder an. »Sehen Sie irgendeinen Unterschied?«

»Ich verstehe, was Sie meinen, Eugene«, sagte Bingam. »Ja, wir sehen langsam das Licht am Ende des Tunnels, was?« General Bingam lächelte und neigte sich über die Lehne seines Sessels.

»Ganz vereinfacht ausgedrückt, Milo, wie sieht Ihr Flugzeug aus?«

»Auf dem Radarschirm? Man sieht's nicht. Nicht einmal, wenn es mit allen Atomwaffen ausgerüstet ist.«

»Für uns. Auf Fotos und Zeichnungen.«

»Das ist geheim, Sir, bis Sie uns die Mittel beschaffen.«

»Es ist unsichtbar«, fügte Wintergreen augenzwinkernd hinzu.

»Ich verstehe, Gene. Unsichtbar? Hört sich fast an wie die alte Stealth.«

»Also, es ist ein bißchen wie die alte Stealth.«

»Die B-2 Stealth?« rief Bingam schockiert.

»Nur ein kleines bißchen!«

»Aber besser als die Stealth«, warf Milo hastig ein.

»Und viel schöner.«

»Nein, also wie die alte Stealth ist es nicht.«

»Nicht im geringsten wie die alte Stealth.«

»Da bin ich froh.« Bingam entspannte sich wieder und stützte sich auf seine Armlehne. »Milo, ich kann Ihnen auf jeden Fall sagen, daß uns allen hier sehr imponiert, was Sie da vortragen. Wie nennen Sie Ihr wundervolles neues Flugzeug? Soviel müssen wir wissen.«

»Wir nennen unser wundervolles neues Flugzeug den M. & M.-U. & P.-Infrasupersonischen Unsichtbaren und Geräuschlosen Verteidigungszweitschlagsangriffsbomber.«

»Das ist ein sehr anständiger Name für einen Verteidigungszweitschlagsangriffsbomber.«

»Irgendwie hat sich der Name fast von selbst ergeben, Sir.«

»Einen Moment, Mr. Minderbinder«, wandte ein magerer Zivilist aus dem National Security Council ein. »Sie reden vom Feind, als hätten wir einen. Wir haben keine Feinde mehr.«

»Wir haben immer Feinde«, widersprach ein streitlustiger Geopolitiker, der eine randlose Brille trug und sich für genauso schlau hielt. »Wir müssen welche haben. Wenn wir keine Feinde haben, müssen wir uns welche machen.«

»Aber wir haben es diesmal mit keiner Supermacht zu tun«, meinte ein dicker Mann aus dem State Department. »Rußland ist zusammengebrochen.«

»Dann ist's wieder Zeit für Deutschland«, sagte Wintergreen.

»Ja, Deutschland ginge immer. Haben wir das Geld?«

»Leihen«, sagte Milo.

»Die Deutschen borgen uns das«, sagte Wintergreen. »Japan auch. Und wenn wir ihr Geld erst mal haben«, fügte Wintergreen triumphierend hinzu, »müssen die sicherstellen, daß wir jeden Krieg gegen sie gewinnen. Das ist noch ein wesentlicher geheimer Verteidigungsmechanismus an unserem wundervollen Verteidigungsangriffsbomber.«

»Gut, daß Sie darauf hingewiesen haben, Gene«, sagte General Bingam. »Milo, ich möchte bei dieser Sache stahlhart aufs Ganze gehen und werde eine entsprechende Empfehlung aussprechen.«

»An den kleinen Wichser?« platzte Milo hoffnungsvoll heraus.

»Nicht doch«, erwiderte Bingam mit tröstender Fröhlichkeit. »Es ist noch zu früh für den kleinen Wichser. Wir brauchen mindestens noch eine Sitzung mit Strategieexperten aus den anderen Waffengattungen. Und dann gibt's immer noch diese verdammten Zivilisten um den Präsidenten, Noodles Cook und so. Es müssen jetzt sofort geheime Informationen an die Zeitungen gehen. Ich will anfangen, eine Lobby aufzubauen. Sie sind nicht die einzigen, die hier zum Zug kommen wollen, das ist Ihnen sicherlich klar.«

»Wer sind die anderen?«

»Strangelove zum Beispiel.«

»Strangelove?« sagte Milo. »Der bringt's nicht.«

»Ein absoluter Einseifkünstler«, betonte Wintergreen.

»Der hat sich für die Stealth eingesetzt!«

»Was will denn der jetzt?«

»Er hat da was, was er den Unzerstörbaren Phantastischen

Strangelove-Hightech-Allzweck-Do-It-Yourself-Verteidigungs-Erst-Zweit-und-Drittschlagangriffsbomber nennt.«

»Funktioniert nie«, sagte Wintergreen. »Unserer ist besser.«

»Sein Name ist besser.«

»Wir arbeiten noch an unserem Namen.«

»Sein Unzerstörbarer Phantastischer Strangelove-Hightech-Allzweck-Do-It-Yourself-Verteidigungs-Erst-Zweit-und-Drittschlagsangriffsbomber kann sich nie und nimmer mit unserem M. & M.-U. & P.-Infrasupersonischen Unsichtbaren und Geräuschlosen Verteidigungszweitschlagsangriffsbomber messen«, sagte Milo knapp.

»Nichts, was der macht, hat je funktioniert, oder?«

»Freut mich, das zu hören«, sagte General Bingam, »weil ich mit euch Jungs hier an die Front will. Da ist seine neue Geschäftskarte. Einer von unseren Abwehragenten hat sie von einem Abwehragenten bei einer anderen Beschaffungskommission gestohlen, mit der wir kurz vor dem Krieg stehen. Ihr Bomber wird uns da helfen, wenn's losgeht.«

Die den Tisch entlang weitergereichte Geschäftskarte zeigte als Wappen den Doppeladler von Österreich-Ungarn und folgenden gestochenen, rötlichgolden gedruckten Text:

Harold Strangelove und Partner
Beste Verbindungen, exzellente Hinweise
Einfluß aus zweiter Hand: An- und Verkauf
Pomp und Bombast auf Anfrage
Beachten Sie: Die Information auf dieser Karte ist nicht-öffentlich

Milo war bedrückt. Die Karte war besser als seine.

»Milo, wir befinden uns alle mitten im Wettlauf des Jahrhunderts, wer zuerst die absolute und unüberbietbare Superwaffe hat, die zum Ende der Welt führen könnte und dem Sieger, der sie zuerst einsetzt, unsterblichen Ruhm verschaffen dürfte. Wer dieses Baby anschafft, wird möglicherweise an die Spitze des Generalstabs befördert, und das würde ich, Bernard Bingam, gerne sein.«

»Hört, hört!« kam es im Chor von den Offizieren zu beiden Seiten von General Bingam, der voll schüchterner Überraschung lächelte, während der dicke Zivilist und der magere Zivilist betrübt und betroffen schwiegen.

»Dann schlagen Sie besser rasch zu, Sir«, drohte Wintergreen rücksichtslos. »Wir sitzen nicht gern auf dem Arsch und warten ewig, wenn wir so ein heißes Produkt anzubieten haben. Wenn Sie's nicht haben wollen –«

»Natürlich, Eugene, natürlich. Geben Sie mir nur ein paar Seiten flottes Verkaufsmaterial, daß wir wissen, wovon wir reden, wenn wir den Leuten erzählen, was Sie uns heute gesagt haben. Nicht zuviel Einzelheiten, oder wir kommen in die Bredouille. Nur ein paar ekstatische Abschnittchen knallharte Werbung, und vielleicht ein paar farbige Zeichnungen, daß man so eine Idee hat, wie das Ding aussieht. Die brauchen nicht akkurat sein, bloß eindrucksvoll. Und wir machen alle, so schnell wir können. Mit Lichtgeschwindigkeit, was? Und, Milo, ich muß noch eine peinliche Frage stellen.«

»Ich auch«, sagte der Dicke.

»Ich hab auch eine«, sagte der Magere.

»Ist etwas delikat, ich entschuldige mich im voraus. Werden Ihre Flugzeuge auch funktionieren? Werden sie das bringen, was Sie sagen? Die Zukunft der Welt hängt vielleicht davon ab.«

»Würde ich Ihnen was Falsches sagen?« sagte Milo Minderbinder.

»Wenn vielleicht die Zukunft der Welt davon abhängt?« sagte Exsoldat Wintergreen. »Eher würde ich meine Exfrau anlügen.«

»Sie haben mir die nötige Gewißheit gegeben.«

»General Bingam«, sagte Wintergreen mit dem schmerzlichen Ernst eines Mannes, der etwas sehr übelnimmt. »Ich weiß, was Krieg bedeutet. Im Zweiten Weltkrieg habe ich in Colorado Gräben ausgehoben. Ich war als Soldat in Europa. Ich habe im

Mittelmeer Post sortiert, während die Invasion in der Normandie lief! Ich war dabei am D-Day, in meinem Postzimmer, meine ich, und das war kaum größer als der Raum, in dem wir heute hier sitzen. Ich habe den Kopf hingehalten, mit meinen gestohlenen Feuerzeugen für die kämpfende Truppe in Italien.«

»Ich hab dasselbe mit Eiern getan«, sagte Milo.

»Niemand muß uns daran erinnern, was alles auf dem Spiel steht. Niemand in diesem Raum ist sich meiner Verantwortung stärker bewußt oder ist entschlossener, ihr auch nachzukommen.«

»Es tut mir leid, Sir«, sagte General Bingam devot.

»Sie ausgenommen, Herr General, und Mr. Minderbinder. Und Ihre Kollegen hier am Tisch neben Ihnen, Sir. Ich wußte doch, daß diese Arschgesichter noch was von uns haben wollen«, beklagte sich Wintergreen, als die beiden aus dem Besprechungszimmer draußen waren.

Zusammen bewegten sie sich durch das labyrinthische Souterraingeschoß voran, das von resolut auftretenden Männern und Frauen wimmelte, die in offiziellen Geschäften dahineilten, in Zivil oder Uniform. Der ganze Arschlochhaufen, bemerkte Wintergreen mit gedämpftem Knurren, sah wohlhabend und sauber und steril aus, und viel zu beschissen selbstbewußt. Die Frauen in Uniform schienen alle sehr zierlich gebaut, von denen abgesehen, die Offiziersrang hatten, und die ragten überlebensgroß. Und jedes einzelne von diesen Arschlöchern, murmelte Wintergreen mit schuldbewußt niedergeschlagenen Augen, sah sehr suspekt aus, sehr suspekt.

Auf dem Weg zu den Aufzügen kamen sie an einem Schild vorüber, das die Richtung zum Justizministerium zeigte. Im nächsten Korridor wies ein anderer Pfeil (schwarz diesmal) eine Abkürzung zum neuen Nationalen Militärfriedhof. Der öffentlich zugängliche Teil des BÜGMASP-Gebäudes, mit seinem glitzernden Einkaufszentrum in der riesig hohen Atriumshalle, war bereits die zweitbeliebteste Touristenattraktion in der Hauptstadt der Vereinigten Staaten; die beliebteste war das neueste Kriegerdenkmal. Man brauchte einen speziellen, streng geheimen BÜGMASP-Ausweis, um höher oder tiefer vorzudringen als zu den aufgetürmten Passagen und offenen Galerien mit ihrer Fülle von Neo-Art-déco-Zeitungskiosken, Imbißrestaurants und Souvenirläden sowie den berühmten Panoptika, Dioramen und Virtual-Reality-Schießständen, einem Ensemble, das schon bei verschiedenen internationalen Architekturwettbewerben vorne gelegen hatte.

Zu ihrer Rechten im Souterrain lenkte ein funkelndroter Pfeil wie ein flammendes Projektil ihren Blick zu einem Hinweisschild, das ankündigte:

UNTERGESCHOSSE A–Z

Der Pfeil knickte plötzlich in scharfem Winkel nach unten ab und wies auf eine geschlossene Metalltür mit der Aufschrift

NOTEINGANG
Eintritt verboten
Zuwiderhandelnde werden erschossen

Diese Tür wurde von zwei Wachen in Uniform flankiert, die vor dem Noteingang aufpostiert schienen, um die Leute draußen zu halten. Ein großes gelbes S auf glänzend schwarzem Hintergrund erinnerte beruhigend daran, daß drunten ein neuer altmodischer Schutzraum zur größeren Sicherheit und Bequemlichkeit des Publikums wie der Angestellten angelegt worden war.

An den Aufzügen standen weitere Wachen, die nicht einmal miteinander sprachen. Im Aufzug war ein Fernsehmonitor. Milo und Wintergreen bewegten sich nicht und sagten nichts, nicht einmal, als sie wieder droben im Foyer der Wirklichkeit angekommen waren, wo Touristenführer Touristengruppen aus den vor den Drehtüren des Haupteingangs auf dem eigens reservierten Parkplatz geparkten Touristenbussen herumführten. Sie sprachen erst wieder miteinander, als sie draußen durch einen leichten

Frühlingsnieselregen von dem majestätischen Spezialprojektsgebäude fort schritten.

»Wintergreen«, flüsterte Milo endlich. »Werden unsere Flugzeuge wirklich funktionieren?«

»Scheiße, woher soll ich das denn wissen?«

»Wie werden sie aussehen?«

»Tja, das werden wir wohl auch mal rauskriegen müssen.«

»Wenn die Zukunft der Welt davon abhängt«, überlegte Milo, »dann sollten wir, glaube ich, diesen Deal durchziehen, solange die Welt noch da ist. Sonst werden wir vielleicht nie bezahlt.«

»Wir brauchen ein paar Zeichnungen. Der Strangelove, dieses Arschloch.«

»Und etwas Text für eine Broschüre. Wen nehmen wir da?«

»Yossarian?«

»Der erhebt vielleicht Einspruch.«

»Am Arsch, dann ist auf den doch sofort geschissen!« sagte Wintergreen. »Soll er doch Einspruch erheben, den Arsch ignorieren wir einfach wieder. Scheiß drauf! Wo ist denn da der Unterschied, ob dieses Arschloch Einspruch erhebt oder nicht? Wir können das arschblöde Arschgesicht doch wieder ignorieren, oder? Scheiße!«

»Es wär mir lieber«, sagte Milo, »wenn du in der Bundeshauptstadt nicht so viel fluchen würdest.«

»Niemand außer dir kann mich hören.«

Milo schaute unentschlossen drein. Der sanfte sonnendurchglitzerte Schauer streute Regentropfen um ihn her, durch einen prismatischen Dunst, der seine Stirn umkränzte. »Yossarian hat in letzter Zeit wieder zu oft Einspruch erhoben. Ich könnte meinen Sohn umbringen dafür, daß er ihm erzählt hat, es geht um einen Bomber.«

»Bring deinen Sohn lieber nicht um.«

»Ich würde gerne irgendeinen zweitklassigen Schreiberling mit einer guten Stellung in der Regierung nehmen, der nicht allzuviel Skrupel hat, wenn's ums Geld geht.«

»Noodles Cook?«

»Noodles Cook ist der, an den ich gedacht habe.«

»Noodles Cook ist für so eine Sache schon viel zu groß. Und wir würden Yossarian als Kontaktmann brauchen.«

»Wegen Yossarian mache ich mir Sorgen.« Milo sah brütend vor sich hin. »Ich bin mir nicht sicher, ob ich ihm noch traue. Ich fürchte, er ist noch ehrlich.«

DRITTES BUCH

7. BUFFKAMMA

Yossarian fuhr mit dem Taxi hinüber zum Metropolitan Museum of Art, zur monatlichen BUFFKAMMA-Sitzung, und kam noch rechtzeitig zur Verlesung eines anonymen Antrags auf Schaffung eines Dekonstruktionsfonds zur Schrumpfung der Bestände des Museums, die durch sein absurdes Wachstum mittlerweile einen grotesken Umfang angenommen hatten. Er hörte zu, wie der Antrag als nicht geschäftsordnungsgemäß abgewiesen wurde, und er sah, wie Olivia Maxon sich umdrehte, um streng den Blick ihrer glänzendschwarzen Augen auf ihn zu richten, während er sich umwandte, um mit einem halben Lächeln zu Frances Beach hinzusehen, die mit bewundernd hochgezogenen Brauen fragend Patrick Beach betrachtete, der seine Fingernägel musterte und Christopher Maxon keine Aufmerksamkeit schenkte, der neben ihm, ganz Hängebacken und unterdrücktes Gekicher, eine imaginäre Zigarre zwischen den Fingern rollte, ihre imaginäre Spitze beleckte, den imaginären Rauch genießerisch einsog, sich die imaginäre Zigarre in den realen Mund steckte und mit tiefen Zügen in ein träumerisches Delirium sank.

BUFFKAMMA, der sehr exklusive Beirat zur Unterstützung und Förderung festiver und kultureller Aktivitäten am Metropolitan Museum of Art, war eine erlesene Körperschaft, von deren siebzig oder achtzig Mitgliedern heute nur dreißig oder vierzig gekommen waren, um sich wieder mit derselben kitzligen Frage zu befassen: ob und wie man die Einkünfte vermehren konnte, indem man die Räumlichkeiten weiter für gesellschaftliche Anlässe – Hochzeiten, Verlobungsparties, Bridgeturniere, Modeschauen und Geburtstagsfeiern – zur Verfügung stellte, oder ob man diese Veranstaltungen ihrer Geschmacklosigkeit wegen ganz einstellen sollte.

Dringender Bedarf bestand wie immer an Geld.

Es wurden Themen vorgeschlagen (und zur ausführlicheren Diskussion auf spätere Sitzungen vertagt) wie die Kunst des Spendensammelns, die Kunst der vertraulichen Absprache, das Kunsthandwerk der Publicity, die Kunst des Antichambrierens, die Kunst der Modeschöpfung sowie die Kunst der Erschaffung einer Mode, die Kunst des kalten Büffets und die Kunst, pünktlich und ohne Reibereien eine zweistündige Sitzung zu Ende zu bringen, die angenehm, ereignislos, überraschungsfrei und überflüssig war.

Was sich an Dissens regte, wurde geschickt abgefangen.

Ein letzter anonymer Antrag, in Zukunft alle anonymen Anträge ohne auch nur die geringste Beachtung glatt zu ignorieren, wurde dem Geschäftsordnungsausschuß zur Beratung überwiesen.

An der Hotelbar in der Nähe, wohin sich Yossarian anschließend mit Patrick und Frances Beach flüchtete, fing Frances an, sich mit einem Gin-Tonic zu beschäftigen, und Patrick machte ein gelangweiltes Gesicht.

»Natürlich langweile ich mich«, teilte er seiner Frau mit ärgerlichem Stolz mit. »Mittlerweile hasse ich die Bilder genauso wie das Gerede darüber. Ach Frances« – sein Seufzen war das liebenswürdige Flehen eines Märtyrers – »warum mußt du uns beide immer in solche Inszenierungen lotsen?«

»Haben wir denn was Besseres zu tun?« fragte Frances Beach ihren Gatten sanft. »Dort bekommen wir doch Einladungen zu so viel anderen Sachen, die noch viel schlimmer sind. Nicht wahr? Und so kommt unser Name immer mal wieder in die Zeitungen, daß die Leute wissen, wer wir sind.«

»Daß *wir* wissen, wer wir sind.«

»Das ist wirklich göttlich.«

»Ich habe geschworen, sie zu töten, wenn sie das Wort nochmal benutzt.«

»Kommen wir zur Sache«, sagte Frances ernst.

»Das kann niemals sein Ernst gewesen sein.«

»Aber ja. War das dein Ernst, John, als du eine Hochzeit im Busbahnhof vorgeschlagen hast?«

»Selbstverständlich«, log Yossarian.

»Und du glaubst, das ginge? Eine große?«

»Ich bin mir sicher«, log er wieder.

»Olivia Maxon.« Frances verzog rasch das Gesicht. »Sie richtet die Hochzeit für eine Stiefnichte oder sowas aus und will neue Ideen für einen originellen Austragungsort. Das ist ihre eigene Formulierung. Das Museum ist nicht gut genug, seit die beiden Juden da ihren Empfang gegeben haben und diese anderen beiden Juden da in den Vorstand gekommen sind. Das sind ebenfalls ihre Formulierungen. Die gute Olivia kann sich einfach nicht merken, daß ich vielleicht Jüdin sein könnte.«

»Warum erinnerst du sie nicht daran?« sagte Yossarian.

»Ich will nicht, daß sie's weiß.«

Alle drei lachten vor sich hin.

»Daß ich es weiß, war dir jedenfalls sehr wichtig«, tadelte Patrick sie liebevoll. »Und meine ganze Familie.«

»Da war ich arm«, sagte Frances, »und eine zornige Schauspielerin, die von dramatischen Widersprüchen gelebt hat. Jetzt bin ich mit einem reichen Mann verheiratet und verhalte mich klassenloyal.«

»Und pflegst eine Begabung für kluge theatralische Antworten. Frances und ich sind am glücklichsten miteinander, wenn ich weg bin zum Segeln.«

»Was mir bei geistreichen Komödien immer verdächtig war«, sagte Yossarian, »– die Leute dort sagen komische Sätze, und die anderen lachen nicht. Sie wissen nicht einmal, daß sie Teil einer Komödie sind.«

»So wie wir«, sagte Patrick.

»Kommen wir wieder zur Tagesordnung«, sagte Frances gebieterisch. »Ich würde sehr gerne sehen, daß diese Hochzeit in deinem Busbahnhof stattfindet, Olivia zuliebe. Mir zuliebe sollte diese Hochzeit die Katastrophe des Jahrhunderts werden.«

»Ich kann vielleicht mit dem Austragungsort behilflich sein«, sagte Yossarian. »Die Katastrophe kann ich nicht garantieren.«

»Da hilft Olivia dir weiter. Sie ist sich ganz sicher, daß sie unseren neusten Präsidenten kriegen kann. Christopher spendet mit vollen Händen, seit er ein Urteil auf Bewährung bekommen hat und keine Sozialarbeit ableisten muß.«

»Das ist doch schon mal ein Anfang.«

»Der Bürgermeister würde kommen.«

»Auch nicht schlecht.«

»Und der Kardinal wird drauf bestehen.«

»Wir haben alle Trümpfe in der Hand«, sagte Yossarian. »Ich werde mich vor Ort mal umsehen, wenn du wirklich möchtest.«

»Wen kennst du denn da?« Frances war äußerst interessiert.

»McMahon und McBride, der eine ist der Polizist da, der andere ist in der technischen Leitung. McBride war Captain in dem Revier dort –«

»Haben die ein eigenes Revier?« rief Patrick.

»Das ist doch mal was Neues«, bemerkte Frances. »Die Schutztruppe wird gleich mitgeliefert.«

»Und praktisch ist es auch«, sagte Yossarian. »Die können den Gästen gleich die Fingerabdrücke abnehmen, wenn wir ankommen. McBride müßte eigentlich wissen, ob's geht. Wir haben uns recht gut kennengelernt, seit mein Sohn Michael dort verhaftet worden ist.«

»Weswegen?« wollte Patrick wissen.

»Deswegen, weil er aus der U-Bahn rauskam und wieder rein wollte, als er merkte, daß er sich in der Haltestelle geirrt hatte. Sie haben ihn mit den Handschellen an der Wand angekettet.«

»Gotteswillen!« Patrick reagierte mit einer wütenden Miene. »Das muß ja entsetzlich gewesen sein.«

»Es hat uns beide fast umgebracht«, sagte Yossarian mit nervösem, depressivem Lachen. »Geh doch mit mir dorthin, Patrick. Da siehst du was ganz Neues. Kannst du mal schauen, wie das moderne Leben wirklich ist. Es gibt nicht nur das Museum.«

»Ich geh lieber Segeln.«

Patrick Beach, vier Jahre älter als die beiden anderen, war reich und intelligent auf die Welt gekommen und hatte früh alle Antriebsenergie verloren, als ihm seine wesentliche Nutzlosigkeit klarwurde. In England, so hatte er einmal zu Yossarian gesagt, oder in Italien oder einer der wenigen übriggebliebenen republikanischen Gesellschaftsordnungen mit einer genuin aristokratischen Tradition hätte er wohl versucht, sich als Wissenschaftler oder Gelehrter auszuzeichnen. Aber hierzulande, wo die intellektuelle Anstrengung als plebejisch gilt, war er von Geburt an verurteilt, ein harmloser Kunstfreund oder ein Karrierediplomat zu werden, was für sein Empfinden meist dasselbe war. Nach drei raschen oberflächlichen Ehen mit drei oberflächlichen Frauen hatte er sich endlich auf Dauer mit Frances Rosenbaum liiert, die unter dem Künstlernamen Frances Rolphe auf der Bühne stand und sein regelmäßig wiederkehrendes Bedürfnis nach Einsamkeit und Nachdenken leicht begriff. »Ich hab mein Geld geerbt«, sagte er gerne mit übertriebener Liebenswürdigkeit zu neuen Bekannten, denen gegenüber er sich verpflichtet fühlte, höflich zu sein. »Ich mußte nicht hart arbeiten, um jetzt hier mit Ihnen zusammenzusein.«

Es beunruhigte ihn nicht, daß viele ihn nicht mochten. Doch sein Patrizierantlitz konnte sich versteinern, seine noblen Lippen in ohnmächtiger Frustration beben, wenn jemand zu beschränkt war, das Beleidigende an seinen herablassenden Bemerkungen wahrzunehmen, oder zu grobschlächtig, um sich etwas daraus zu machen.

»Olivia Maxon«, sagte Frances abschließend, »wird mit allem einverstanden sein, was ich vorschlage, solange ich sie in dem Glauben lasse, die Idee sei von ihr.«

»Und Christopher Maxon ist immer entgegenkommend«, versprach Patrick. »Wenn man ihm irgendeinen Standpunkt vorgibt, kommt er einem sofort dankbar entgegen. Widerspruchslos. Ich esse oft mit ihm zu Mittag, wenn ich Lust habe, allein bei Tisch zu sein.«

Wenn er Lust hatte, mit jemandem zusammen zu essen, dachte er oft an Yossarian, der es zufrieden war, sich über fast alle laufenden Ereignisse beiläufig zu unterhalten und Erinnerungen an ihre jeweiligen Erfahrungen im Zweiten Weltkrieg auszutauschen, als Yossarian ein hochdekorierter Bombenschütze auf einer Insel vor Italien war und Patrick im Kriegspresseamt in Washington. Patrick war immer noch beeindruckt und bezaubert, wenn er sich mit einem ihm sympathischen Mann unterhalten konnte, der seine Zeitung so skeptisch zu lesen wußte wie er selbst, der im Einsatz verwundet worden war und von einer italienischen Prostituierten ein Messer in die Seite bekommen hatte, der seinen unmittelbaren Vorgesetzten den Gehorsam verweigert und sie schließlich gezwungen hatte, ihn nach Haus zu schicken.

Frances fuhr fröhlich fort. »Olivia wird entzückt sein zu hören, daß du behilflich bist. Sie ist sehr neugierig, was dich angeht, John«, setzte sie kokett hinzu. »Jetzt seid ihr ein ganzes Jahr lang auseinander, und du bist noch immer nicht mit einer anderen Frau zusammen. Mich wundert das auch. Du sagst doch, du hast Angst davor, alleine zu leben.«

»Ich hab noch mehr Angst davor, mit jemandem zusammenzuwohnen. Ich weiß es jetzt schon, die mag dann auch wieder Filme und Fernsehnachrichten! Und ich bin mir gar nicht sicher, ob ich mich überhaupt noch einmal verlieben kann«, meinte er sehnsüchtig. »Ich fürchte, diese Wunder sind alle vorbei.«

»Und was glaubst du denn, wie sich eine Frau in meinem Alter fühlt?«

»Aber was würdest du sagen«, fragte Yossarian provozierend, »wenn ich zugeben würde, daß ich mich in eine Krankenschwester namens Melissa MacIntosh verliebt habe?«

Frances ging gern auf das Spielchen ein. »Ich würde dich daran erinnern, daß es die Liebe in unserem Alter selten schafft, das zweite Wochenende zu überstehen.«

»Und außerdem finde ich eine gutgebaute australische Blondine sehr attraktiv, die sich mit ihr das Apartment teilt, eine Freundin namens Angela Moorecock.«

»In die könnte ich mich selbst noch verlieben«, überlegte Patrick. »So heißt die wirklich? Moorecock?«

»Moore.«

»Ich dachte, du hättest Moorecock gesagt.«

»Moore hab ich gesagt, Peter.«

»Er hat schon Moorecock gesagt«, sagte Frances vorwurfsvoll. »Und ich würde dich auch bezichtigen, daß du skrupelloserweise unschuldige, hart arbeitende junge Mädchen deinen abseitigen sexuellen Bedürfnissen zuliebe ausnutzt.«

»Unschuldig ist sie nicht, und auch nicht mehr so jung.«

»Dann kannst du doch gleich was mit einer von unseren verwitweten oder geschiedenen Damen anfangen. Die lassen sich gern becircen, aber niemals ausnutzen. Sie haben Rechtsanwälte und Finanzberater, die lassen es nicht zu, daß sie außer ihnen jemand ausbeutet.«

Patrick schnitt ein Gesicht. »John, wie hat sie geredet, ehe sie zum Theater gegangen ist?«

»Wie ich jetzt. Manche Leute würden meinen, daß du dich glücklich schätzen solltest, Patrick, wenn deine Frau ständig in Epigrammen spricht.«

»Und uns bald auch schon soweit hat.«

»Ich finde das göttlich.«

»Ach, Scheiße, Darling«, sagte Patrick.

»Das ist ein obszöner Ausdruck, mein Lieber, den John nie in Gegenwart von uns beiden verwenden würde.«

»Mit mir redet er dreckig.«

»Mit mir auch. Aber niemals mit uns beiden.«

Er schaute Yossarian überrascht an. »Stimmt das?«

»Da kannst du deinen strammen Arsch drauf wetten«, sagte Yossarian lachend.

»Erkundigst du dich mal nach allem? Wegen der Hochzeit im Busbahnhof?«

»Bin schon unterwegs.«

Vor dem Hotel standen keine Taxis. Ein Stück die Straße hinunter lag das Frank-Campbell-Bestattungsinstitut, ein ehrfurchterregendes Unternehmen, das viele aus der dahingegangenen Prominenz der Stadt versorgte. Zwei Männer vor dem Eingang – einer im feierlich korrekten Anzug eines Angestellten, der andere abgerissen aussehend, mit einem Rucksack und einem langen Wanderstock – knurrten sich in gedämpftem Streit an, aber keiner von beiden sah zu ihm hin, als er den Arm hob und dort ein Taxi fand.

8. TIME

Das Gebäude, in dem die Büros von M. & M. lagen und wohin Yossarian sich ein paar Stunden später begeben würde, war ein Bau zweiten Ranges in dem japanischen Immobilienkomplex, der als Rockefeller Center bekannt ist. Früher war es das alte *Time-Life*-Building gewesen und die Zentrale der Verlagsgesellschaft *Time Incorporated* – jener Gesellschaft, bei der im selben Haus vor langer Zeit Sammy Singer als Werbetexter angefangen hatte, nachdem er seine Stellung als Lehrer in Pennsylvania lieber aufgegeben hatte, als einen Loyalitätseid auf den Staat zu unterschreiben, bloß um einen Job zu behalten, der gerade eben 3200 Dollar im Jahr brachte. Und in dem Gebäude hatte er die Frau getroffen, die er fünf Jahre später heiraten sollte. Glenda war ein Jahr älter als Sammy, was sie bei seiner Mutter unmöglich gemacht hätte, wäre die noch am Leben gewesen, und war keine Jüdin, was sie wohl noch stärker beunruhigt hätte.

Und sie war geschieden. Glenda hatte drei kleine Kinder, von denen einem traurigerweise das Schicksal eines Borderline-Schizophrenen mit schwach entwickelter Willenskraft, einem Hang zu Drogen und einer wachsenden Neigung zum Suizid bevorstand, während die beiden anderen, wie sich schließlich herausstellte, Symptome entwickelten, die ein besonders hohes Risiko bösartiger Krebserkrankungen anzeigten. Das einzige, was Sammy an seiner Ehe bedauerte, war ihr tragisch unerwartetes Ende. Sammy hatte keine besonders ausgeprägte Meinung zu Loyalitätsschwüren, aber eine leidenschaftliche Abneigung gegen die Leute, die überall allen Leuten solche Eide abnötigen wollten. Es war dasselbe mit dem Koreakrieg und dem Vietnamkrieg: er hatte keine tiefsitzenden politischen Überzeugungen, entwickelte aber einen feindseligen Abscheu gegen die Demagogen in den beiden großen Parteien, die verlangten, er solle denken wie sie. Er mochte Harry Truman nicht, nachdem er die Jubelorgie seines siegreichen Wahlkampfs 1948 mitgemacht hatte, und später konnte er Eisenhower und Nixon nicht leiden. Kennedy sagte ihm auch nicht mehr als Eisenhower, und er hörte auf, bei Präsidentenwahlen seine Stimme abzugeben. Bald ging er überhaupt nicht mehr zur Wahl und fühlte sich an Wahltagen genüßlich überlegen. Glenda hatte schon Jahre, ehe sie sich trafen, nicht mehr gewählt und fand alle Bewerber für ein öffentliches Amt ordinär, langweilig und abstoßend.

Bei *Time* fing er mit einem Gehalt von neuntausend Dollar im Jahr an, etwas mehr als das Dreifache dessen, was er als Lehrer am College verdient hätte, und hatte im Sommer vier Wochen Urlaub. Am Ende des dritten Jahres entdeckte er, daß ihm die Segnungen eines großzügigen Betriebsrentenplans mit Gewinnbeteiligung zuteil geworden waren. Mit einem Universitätsabschluß – das Studium hatte die Regierung durch das GI-Gesetz ermöglicht und finanziert – und einer Stellung bei einer illustren, landesweit bekannten Firma galt er schon mit fünfundzwanzig bei allen seinen Kindheitsfreunden aus Coney Island als großartig erfolgreich. Als er nach Manhattan in ein kleines eigenes Apartment zog, stieg er charismatisch in den Olymp der Elite auf, und sogar Lew Rabinowitz beäugte ihn mit einer Art nachkostendem Neid. Sammy gefiel seine Umgebung, ihm gefiel sein Leben. Nach der Heirat liebte er seine Frau, er liebte seine Stiefkinder, und er ging – wenn Lew sich auch weigerte, das zu glauben – mit keiner anderen Frau ins Bett, solange er mit Glenda zusammen war.

Bei seiner Arbeit in der Stadt sah sich Sammy zum erstenmal im Leben unter lauter Republikanern. Nichts in seinem eigenen Milieu oder in seinem Studium hatte ihn darauf vorbereitet, daß irgendwer außer Banditen, Antisozialen oder Ignoranten je Republikaner sein wollte. Aber diese Arbeitskollegen waren nicht ignorant, und Banditen oder Antisoziale waren sie auch nicht. Er trank bei langen Mittagessen Martinis mit anderen Männern und Frauen aus der Firma, rauchte ein paar Jahre lang abends oft mit alten und neuen Freunden Hasch, beklagte die Bekannten daheim in Brooklyn, die jetzt am Heroin hingen. Es schien den Goyim, mit denen er Whisky trank und Marihuana rauchte, schlicht unvorstellbar, daß jüdische Halbwüchsige in Brooklyn, New York, drogenabhängig sein sollten. Er brachte Freunde aus Manhattan mit nach Brooklyn zu den alten Bekannten, zum Muschelessen an der Sheepshead Bay und auf ein Hot Dog nach Coney Island, zu den Jahrmarktsvergnügungen – man machte beim Parachute Jump und beim Wonder Wheel mit und schaute anderen auf den furchterregenden Achterbahnen zu. Er nahm sie mit in George C. Tilyous Steeplechase Park. Am hellichten Tag und in der Dunkelheit ging er mit jungen Frauen ins Bett, die Pessare und empfängnisverhütenden Vaginalschaum verwendeten, und darüber war er noch nicht ganz weggekommen. Im Gegensatz zu den Freunden, mit denen er aufgewachsen war, heiratete er nicht sofort, nachdem er lebendig aus dem Krieg zurückgekommen war, erst als er fast dreißig war. Er war oft einsam in seinem Leben als Junggeselle und kaum je einmal unglücklich.

Sein Chef war ein redegewandter Mann mit einer maneriert eleganten Suada, der für die Redakteure nur Verachtung empfand, hauptsächlich, weil er nicht zu ihnen gehörte und belesener war als alle, und bei Sitzungen behauptete er mit großer Eloquenz, die Wirtschaftsfachleute und Werbetexter in seiner Abteilung könnten besser schreiben als die in den Redaktionen und wüßten mehr. Damals schrieben alle Texter dort, Sammy eingeschlossen, selber etwas oder redeten wenigstens ständig davon – Bücher, Artikel, Erzählungen, Drehbücher, und die Männer und Frauen in der Bildredaktion waren an den Wochenenden Maler oder Bildhauer, die alle von Ausstellungen träumten. Der Abteilungsleiter mit den irritierenden Ansichten, auf den alle stolz waren, wurde schließlich in die vorzeitige Pensionierung abgedrängt. Wenig später starb er an Krebs. Gleich nach seinem Ausscheiden fand sich Sammy, ein Jude aus Coney Island in einem protestantischen Unternehmen, wo hochgradig typische Vorstadtspießer das Sagen hatten, plötzlich als Leiter einer der kleineren Abteilungen wieder und als Stiefvater dreier Kinder einer Protestantin aus dem Mittelwesten mit sehr konsequenten Emotionen, die eines Morgens zum Arzt gegangen war und sich die Eileiter hatte abbinden lassen, um in einer konfusen und sicherlich nicht mehr lange dauernden Ehe mit einem ständig fremdgehenden Mann keine weiteren Kinder zu bekommen. Mit dem Fremdgehen kam sie klar, hatte sie gesagt (und Sammy hatte ihr das nicht geglaubt), aber seine Taktlosigkeit verabscheute sie. Kurz nach der Scheidung zeigte sich bei ihm ein Melanom. Er lebte noch, als Sammy zu Glenda zog, und war noch immer am Leben, als sie heirateten.

Sammy blieb zufrieden bei *Time* und schrieb Texte, um den Werbeumsatz des Magazins zu vergrößern, das er nur als hochwertigen Konsumartikel schätzte und sonst kaum zur Kenntnis nahm. Er mochte die Arbeit, er mochte die Leute, mit denen er zusammenarbeitete, er genoß das immer bessere Gehalt und das behagliche Bewußtsein, daß er finanziell abgesichert war. Seine beruflichen Kontakte mit den internationalen Ausgaben von *Time* und *Life* brachten ihm verschiedene Gelegenheiten, in andere Länder zu reisen, wo er dauerhafte Freundschaften schloß. Wie andere seiner Generation war er in dem praktischen Ideal erzogen worden, daß die beste Arbeit, die es gab, die war, die man kriegen konnte.

Er blieb dort, bis auch er mit dreiundsechzig Jahren vorzeitig abgeschoben wurde – von einer florierenden Firma, die sich vornahm, noch üppiger zu florieren, indem sie das Personal reduzierte und alternde Klötze am Bein wie ihn abschüttelte. Er zog sich heiter zurück, mit einem durch den massiven Pensions- und Gewinnbeteiligungsplan des Unternehmens garantierten guten

Einkommen für den Rest seines Lebens, plus dreitausend Unternehmensanteile, die über hundert Dollar das Stück standen, sowie generösen Krankenversicherungs- und Pflegekostengarantien, die so ziemlich alle Rechnungen Glendas während ihrer letzten Krankheit abdeckten und auch ihn für den Rest seines Lebens sichern würden und selbst (wären sie noch jung genug gewesen, um anspruchsberechtigt zu sein) die beiden überlebenden Stiefkinder noch versorgt hätten, bis sie neunzehn waren oder ihr Studium abgeschlossen hatten.

9. PORT AUTHORITY BUS TERMINAL

Die Penner an der Gehsteigkante vor dem Busbahnhof, die sich als Gepäckträger etwas Geld verdienen wollten, starrten eisig durch ihn hindurch, als er ohne ausstieg. Im PABT sah alles aus wie gewöhnlich. Reisende strömten ihren Zielen entgegen, glitten die Rolltreppen hinab zu den Bussen, die sie überallhin führen, oder hinauf zu den zweiten, dritten und vierten Ebenen, wo andere Busse sie überall anderswohin bringen würden.

»Ich mach's Ihnen für nen Nickel, Mister«, sprach ein magerer Junge von etwa vierzehn ihn schüchtern an.

Ein Nickel hieß fünf Dollar, und Yossarian hatte nicht das Herz, ihm zu sagen, daß er das nicht wert war.

»Ich mach's Ihnen für nen Nickel, Mister«, sagte ein flachbrüstiges Mädchen gleich dahinter, ein paar Jahre älter, doch ohne die sich wölbenden Körperformen halber weiblicher Reife, während eine dicke Frau – mit geschminkten Lidern und Rouge auf den Wangen und fetten Grübchengesichtern um die prallen Knie, die ihr enger Rock sehen ließ – ein paar Schritte weiter stand und vor sich hin lachend zusah.

»Ich lutsch Ihnen die Eier«, schlug die Frau vor, als Yossarian vorüberging, und rollte kokett die Augen. »Wir können's im Nottreppenhaus machen.«

Nun wurde er starr vor Wut. Ich bin achtundsechzig, sagte er zu sich selbst. Was an ihm war es, das diesen Leuten die Idee eingab, er wäre zum Busbahnhof gekommen, um es sich machen zu lassen oder die Eier gelutscht zu bekommen? Wo zum Teufel war McMahon?

Police Captain Thomas McMahon von der Port Authority-Polizei befand sich zusammen mit dem stellvertretenden technischen Leiter Lawrence McBride im Polizeirevier, und sie schauten zu, wie Michael Yossarian etwas mit einem Bleistift auf die Rückseite eines grossen Papierbogens zeichnete – schauten mit jener besonderen Ehrfurcht zu, mit der manche Laien die ganz gewöhnlichen Techniken des Künstlers betrachten, die ihnen fehlen. Yossarian hätte ihnen sagen können, dass Michael wahrscheinlich aufhören würde, ehe seine Skizze fertig war, dass sie unvollendet liegenbleiben würde. Michael neigte dazu, die Dinge nicht zu Ende zu bringen, und war klug genug, viele gar nicht erst anzufangen.

Er war damit beschäftigt, ein greuliches Bild seiner selbst zu entwerfen, wie er damals an die Wand gefesselt stand, an dem Tag, als man ihn verhaftet hatte, als Yossarian ins Revier hereingestürmt gekommen war. Mit krummen, sich schlingenden Strichen hatte er die Rechteckigkeit der Gefängniszelle in eine tiefe, senkrechte Grube voll Schlick und Schleim verwandelt, die taumelnd im Kreis wirbelte und in die man schräg hineinschaute und in der das steife Strichmännchen – er selber –, das er eben umrissen hatte, verschluckt und verloren stand.

»Lassen Sie ihn da, wo er jetzt ist, verstanden!« hatte Yossarian eine halbe Stunde zuvor am Telefon ins Ohr des Beamten gebrüllt, der angerufen hatte, um Michaels Identität zu verifizieren, weil die Sekretärin des Architekturbüros, für das Michael Pläne gezeichnet hatte, nicht wusste, dass man ihn als freien Mitarbeiter angestellt hatte. »Wagen Sie es bloss nicht, ihn in eine Zelle zu stecken!«

»Einen Augenblick, Sir, einen Augenblick jetzt!« unterbrach ihn der beleidigte Polizist mit einem schrillen Aufschrei des Protests. »Ich rufe an, um die Identität festzustellen. Wir haben unsere Regeln.«

»Auf Ihre Regeln wird geschissen!« befahl Yossarian. »Verstehen Sie mich?« Er war zornig genug und verängstigt genug und fühlte sich hilflos genug, um jemand umzubringen. »Tun Sie, was ich sage, oder ich reiß Ihnen den Arsch auf!« brüllte er grob, im Glauben, das sei ihm ernst.

»He, he, he, Moment mal, Mister, einen Moment, Mister!« Der junge Polizist kreischte jetzt mit fast hysterischer Intensität. »Sie Mistkerl, was glauben Sie eigentlich, wer Sie sind?«

»Ich bin Major John Yossarian vom M. & M.-Pentagon-Luftwaffenprojekt«, erwiderte Yossarian in scharfem, strengem Ton. »Sie unverschämtes Arschloch! Wo ist Ihr Vorgesetzter?«

»Hier Captain McMahon«, sagte ein älterer Mann mit ausdrucksloser Überraschung. »Haben Sie ein Problem, Sir?«

»Ich bin Major John Yossarian vom M. & M.-Pentagon-Luftwaffenprojekt. Sie haben da meinen Sohn festgenommen! Ich will nicht, daß man ihn anrührt, ich will nicht, daß man ihn verlegt, ich will nicht, daß man ihn in die Nähe von irgend jemandem bringt, der ihm was tun könnte! Und das gilt auch für Ihre Leute. verstehen wir uns?«

»Ich verstehe Sie«, antwortete McMahon kühl. »Aber ich glaube, Sie verstehen mich nicht. Wer, sagten Sie, sind Sie?«

»John Yossarian, Major John Yossarian. Und wenn Sie mir noch länger Schwierigkeiten machen, kostet Sie das auch Ihren Arsch! In sechs Minuten bin ich da.«

Dem Taxifahrer gab er einen Hundertdollarschein und sagte respektvoll, wobei er sein Herz pochen hörte: »Bitte fahren Sie über alle roten Ampeln, wo's nicht gefährlich ist. Wenn die Polizei Sie anhält, geb ich Ihnen nochmal hundert und geh zu Fuß weiter. Ein Kind von mir ist in Gefahr.«

Daß das Kind schon siebenunddreißig war, spielte keine Rolle. Daß es hilflos war, das war es.

Aber Michael war immer noch in Sicherheit, mit Handschellen an einer von der Wand hängenden Kette befestigt, als würde er zu Boden sinken, wenn ihm nicht die Kette als Stütze bliebe. Er war weiß wie ein Gespenst.

Das Revier war in Aufruhr. Überall bewegten sich Menschen

und schrien. Die Gitterzellen schwärmten von Armen und schweißüberströmten Gesichtern und glitzernden Augen und Mündern, der Korridor auch, die Luft stank nach allem, und die Polizisten und Gefängnisbeamten, die ebenfalls schwitzten und überall herumschwärmten, mühten sich ächzend, die Gefangenen herauszusuchen, herumzuzerren, zu schieben und stoßen, die in die Wagen draußen gesteuert und in die Stadt hinunter verfrachtet werden mußten, in andere Hände. Unter allen Anwesenden war es allein Michael und Yossarian anzusehen, daß sie die Szenerie für etwas Ungewöhnliches hielten. Sogar die Gefangenen schienen ideal angepaßt an diese turbulente Umgebung und die energischen Prozeduren. Viele langweilten sich, andere zeigten sich verächtlich-amüsiert, manche brüllten verrückt. Ein paar junge Frauen schrien vor Lachen und kreischten Obszönitäten, herausfordernd verrucht, um das frustrierte Personal zu provozieren und scharf zu machen, das sie ertragen und mit ihnen fertig werden sollte, ohne es ihnen heimzuzahlen.

McMahon und der diensthabende Sergeant erwarteten ihn mit steinernen Gesichtern.

»Captain – sind Sie derjenige welcher?« fing Yossarian an und sprach direkt in McMahons hellblaue, stählerne Augen, mit seinem eigenen harten starrenden Blick. »Machen Sie sich mit dem Gedanken vertraut: Sie werden ihn nicht in so eine Zelle stecken! Und ich will auch nicht, daß er mit den anderen in den Transport kommt. Ein normales Polizeiauto, von mir aus, aber ich fahre mit. Wenn Sie möchten, besorge ich privat einen Mietwagen, und Sie können ein paar Beamte mitfahren lassen.«

McMahon höre mit verschränkten Armen zu. »Tatsächlich?« sagte er leise. Er war schlank, hielt sich gerade, war über sechs Fuß groß – mit einem knochigen Gesicht, dessen einzelne Züge eher klein waren. Die hohen Wangenknochen zeigten schwach leuchtende rosa Flecken, als würde er die bevorstehende Auseinandersetzung schon genüßlich im voraus durchleben. »Sagen Sie mir doch noch einmal, Sir: Wer sind Sie?«

»Major John Yossarian. Ich arbeite am M. & M.-Pentagon-Luftwaffenprojekt.«

»Und Sie glauben, das macht Ihren Sohn zum Ausnahmefall.«

»Er *ist* ein Ausnahmefall.«

»Tatsächlich?«

»Sind Sie blind?« explodierte Yossarian. »Schauen Sie doch mal richtig hin, Menschenskind! Er ist der einzige hier mit einer trokkenen Hose und einer trockenen Nase. Er ist der einzige Weiße hier.«

»Nein, Captain, das stimmt nicht«, wandte der Sergeant ruhig ein. »Wir haben noch zwei andere Häftlinge weißer Hautfarbe, die hinten sitzen, weil sie irrtümlicherweise einen Polizisten zusammengeschlagen haben. Sie waren auf Geld aus.«

Alle Umstehenden betrachteten Yossarian jetzt wie etwas höchst Bizarres. Und als ihm der Grund klar wurde: daß er vor ihnen stand, die Arme in einer blöden Preisboxerpose halb erhoben, als wolle er gleich zuschlagen – da wollte er am liebsten in ein ironisches Wehgeheul ausbrechen. Er hatte vergessen, wie alt er war. Auch Michael hatte ihn erstaunt angesehen.

Und in eben diesem Augenblick peinlicher Selbsterkenntnis kam McBride herangeschlendert und fragte mit entschiedener, versöhnlicher Freundlichkeit: »Was gibt's denn, meine Herren?«

Yossarian sah einen stämmigen Mann mittlerer Größe mit einem geröteten Gesicht und einem banal hellgrauen Polyesteranzug, dessen breite Brust in einen massiven Bauch überging, so daß sich vom Hals zu den Hüften ein Bollwerk vorzuwölben schien.

»Wer zum Teufel sind Sie?« seufzte Yossarian verzweifelt.

McBride antwortete ruhig, mit dem furchtlosen Selbstvertrauen eines Mannes, der eine Spezialausbildung für die Kontrolle von Straßenkämpfen hat: »Hallo. Ich bin Lawrence McBride, stellvertretender technischer Leiter des Port-Authority-Busbahnhofes. Hallo, Tommy. Spielt sich was ab?«

»Er hier glaubt, er wär's«, sagte McMahon. »Er sagt, er sei Major. Und er glaubt, er kann uns sagen, was wir tun sollen.«

»Major Yossarian«, stellte Yossarian sich vor. »Mein Sohn ist hier, Mr. McBride, an die Wand gekettet.«

»Er ist verhaftet worden«, sagte McBride freundlich. »Was erwarten Sie denn, daß mit ihm geschieht?«

»Ich möchte, daß Sie ihn lassen, wo er ist, bis wir zu einer Entscheidung kommen, was geschehen soll. Das ist alles. Er ist nicht vorbestraft, nichts.« Zu dem unmittelbar neben Michael stehenden Polizisten blaffte Yossarian einen Befehl hinüber. »Schließen Sie ihn los! Bitte tun Sie das jetzt gleich.«

McMahon überlegte einen Moment und gab dann ein zustimmendes Zeichen.

Yossarian fuhr in freundschaftlichem Ton fort: »Sagen Sie uns, wo er hin soll. Wir laufen nicht weg. Ich will keine Schwierigkeiten. Soll ich den Mietwagen besorgen? Rede ich zuviel?«

Michael war gekränkt. »Die haben mir nicht mal meine Rechte vorgelesen, daß ich nichts sagen brauche.«

»Sie haben wahrscheinlich nicht von Ihnen verlangt, daß Sie irgendwas sagen«, erklärte McBride. »Oder?«

»Und die Handschellen haben wahnsinnig weh getan! Nicht die hier. Die richtigen, die gottverdammten Dinger. Eine Brutalität.«

»Tommy, weswegen ist er hier?« fragte McBride.

McMahon schaute unter sich. »Schwarzfahren.«

»Ach Scheiße, Tommy«, sagte McBride beschwörend.

»Wo ist Gonzales?« fragte McMahon den Sergeant.

»Das ist der, der mich gepackt hat!« schrie Michael.

Der Sergeant errötete. »Draußen am U-Bahn-Eingang, Captain, damit er die Quote schafft.«

»Aha, ich hab's mir doch *gedacht*, daß die da eine Quote haben!« rief Michael.

»Herr Major, können Sie nicht dafür sorgen, daß Ihr Sohn sich ruhig verhält, bis wir das geregelt haben?« bat McMahon.

»Tommy«, sagte McBride, »kannst du ihm nicht einfach eine Strafanzeige verpassen und ihn entlassen? Wir können wohl sicher sein, daß er erscheint.«

»Was hast du denn gedacht, daß wir machen würden, Larry?« antwortete McMahon. Er wandte sich an Yossarian, als wären sie Verbündete. »Haben Sie das gehört, Herr Major? Ich bin Captain, er war Sergeant, jetzt will er mir meinen Beruf erklären. Sir, sind Sie wirklich Major?«

»Im Ruhestand«, gab Yossarian zu. Er fand unter den verschiedenen Geschäftskarten, die er bei sich trug, die, die er wollte. »Meine Karte, Captain. Und eine für Sie, Mr. McBride – McBride, das stimmt doch? – falls ich Ihnen auch einmal einen Gefallen tun kann. Sie hat der Himmel geschickt.«

»Das ist meine, Herr Major«, sagte McBride und reichte Michael eine zweite: »Und für Sie auch eine, wenn Sie je wieder Probleme hier haben.«

Michael schmollte melancholisch, als sie mit McBride zusammen hinausgingen. »Bloß gut, daß du immer noch nach mir schaust, was?« schimpfte er mürrisch. Yossarian zuckte die Achseln. »Ich komm mir jetzt so beschissen klein und häßlich vor. Ein Schwächling.«

McBride schaltete sich ein. »He, das haben Sie schon richtig gemacht, junger Mann.« Er hielt inne, lachte, fing noch lauter zu lachen an. »Wie hätten Sie uns denn davon überzeugen können, Sie würden uns das Kreuz brechen? Wo wir Sie doch in Handschellen hatten?«

»Hab ich das getan?« fragte Yossarian voller Furcht.

McBride lachte wieder. »Wo bleibt da die Glaubwürdigkeit? So ist es doch, Major Yossarian, was?«

»Nennen Sie mich bloß Yo-Yo, Menschenskind«, sagte Yossarian jovial. »Ich muß wohl ganz vergessen haben, wie alt ich bin.«

»Das hast du allerdings!« sagte Michael vorwurfsvoll. »Ich hab richtig Angst gekriegt, verdammt nochmal. Und ihr lacht. Du warst echt Spitze, Pop«, fuhr er sardonisch fort. »Ich hab nicht mal eine laute Stimme. Als mich vorher dieser Polizist angehalten hat, haben mir die Hände so gezittert, daß er Angst gekriegt hat, ich krieg einen Herzanfall. Beinahe hätte er mich gehen lassen.«

»So sind wir eben, Michael, der eine oder der andere, wenn wir Angst haben oder eine Wut. Ich werd dann eben verrückt und rede zuviel.«

»Ich konnte denen nicht einmal meinen richtigen Namen sagen, damit sie mir glauben. Und wann bist du eigentlich je Major gewesen?«

»Willst du eine Geschäftskarte?« Yossarian lachte schlau in sich hinein und drehte sich zu McBride. »Etwa anderthalb Minuten lang«, erklärte er. »Sie haben mich gegen Ende kurzzeitig befördert, weil sie nicht wußten, was sie sonst anstellen sollten mit mir. Dann haben sie mich nach Hause geschickt, mich wieder auf meinen alten Dienstgrad gesetzt und ehrenhaft entlassen. Ich hatte die Orden, ich hatte die Tressen, ich hatte sogar mein Verwundetenabzeichen.«

»Sie sind verwundet worden?« rief McBride.

»Ja, und verrückt war er auch«, antwortete Michael stolz. »Einmal ist er nackt herumgelaufen.«

»Sie sind nackt herumgelaufen?« rief McBride.

»Und sie haben ihm einen Orden verliehen«, prahlte Michael, jetzt völlig entspannt. »Einen Orden für Tapferkeit.«

»Sie haben einen Orden für Tapferkeit bekommen?« rief McBride.

»Und den konnten sie ihm nicht anstecken.«

»Weil er nackt war?«

»Immer noch nackt.«

»War Ihnen das nicht peinlich? Hat man nichts unternommen?«

»Er war verrückt.«

»Wofür haben Sie den Orden bekommen, Herr Major? Wie haben Sie das Verwundetenabzeichen gekriegt? Warum sind Sie nackt rumgelaufen?«

»Hören Sie auf, zu mir Herr Major zu sagen, Mr. McBride«,

sagte Yossarian, der jetzt nicht in Stimmung war, über den Rumpfschützen aus dem Süden zu sprechen, der über Avignon getötet wurde, und den kleinen Heckschützen Sam Singer aus Coney Island, der immer wieder ohnmächtig wurde, wenn er zu sich kam und sah, wie der Rumpfschütze starb und Yossarian sich vollkotzte, als er mit Verbandszeug hantierte und vergeblich versuchte, den sterbenden Mann zu retten. Mittlerweile war die Erinnerung für ihn eben wegen dieser grauenvollen anekdotischen Züge gelegentlich komisch. Der verwundete Rumpfschütze fror und hatte Schmerzen, und Yossarian fiel nichts ein, womit er ihn hätte wärmen können. Jedesmal, wenn Singer das Bewußtsein wiedererlangte, schlug er die Augen auf und sah eine neue Geschäftigkeit Yossarians, vor der er gleich wieder in Ohnmacht fiel: Yossarian würgte, wickelte fühlloses Fleisch ein, schwang eine Schere. Der sterbende Schütze fror sich auf dem Flugzeugboden in einem Fleck von Mittelmeersonnenlicht zu Tode, Sam Singer fiel ständig in Ohnmacht, und Yossarian hatte alle seine Kleider ausgezogen, weil der Anblick von Erbrochenem und Blut auf seiner Fliegeruniform in ihm erneuten Brechreiz aufsteigen ließ, so daß er mit würgender Gewißheit sicher war, daß er nie wieder eine Uniform tragen wollte, niemals, und als die Maschine schließlich landete, wußten die Sanitäter nicht so recht, wen von den dreien sie zuerst in den Krankenwagen tragen sollten. »Reden wir doch mal von Ihnen.«

Yossarian wußte nun, daß McBrides Frau ihn verlassen hatte – fast über Nacht in eine zürnende Figur reiner Wut verwandelt, überwältigt von einem inneren Zorn, den er nie geahnt hatte, und daß er allein wohnte, seit seine Tochter zusammen mit einem Freund als Physiotherapeutin nach Kalifornien gezogen war. Für McBride war das unerwartete Zerbrechen seiner Ehe eine weitere herzzerreißende Grausamkeit, die er nicht enträtseln konnte, in einer Welt, die barbarisch von unzähligen solchen Grausamkeiten brodelte. Der einstige Detective Sergeant der Port Authority Police Larry McBride war fünfzig und hatte das knäbische, mollige

Gesicht eines sinnenden Seraphs in harten Zeiten. Als Polizist war es ihm nie gelungen, das Mitgefühl abzustreifen, das er für jede Art Opfer empfand, die ihm begegnete – jetzt im Augenblick plagte ihn der Gedanke an die einbeinige Frau, die im Bahnhof hauste –, und jedesmal nach Abschluß eines Falles begann er (zu seinem qualvollen emotionalen Schaden) auch mit den Verbrechern zu fühlen, gleich, wie verstockt, bestialisch oder abgestumpft sie waren, gleich, wie niederträchtig ihre Tat war. Er sah sie alle voll Mitleid so, wie sie als Kinder gewesen waren. Als sich die Gelegenheit ergab, mit voller Pension aufzuhören und die gutbezahlte Stellung in der technischen Verwaltung des Busbahnhofs zu übernehmen – an einem Ort, wo er nun in der einen oder anderen Wächterfunktion mittlerweile sein ganzes Berufsleben verbracht hatte –, ergriff er sie begeistert.

Das Ende einer Ehe, die er für befriedigend gehalten hatte, war ein Schlag, von dem er zunächst glaubte, er werde sich nicht mehr davon erholen. Jetzt (Michael schickte sich an zu warten) fragte sich Yossarian, was für eine neue Sache McBride ihm zeigen wollte.

»Ja, was meinen Sie wohl«, antwortete McBride geheimnisvoll.

Letztes Mal hatte er seine Pläne für eine Mutterschaftszelle dargelegt: er wollte eine von den zwei vorsichtshalber eingebauten Käfigzellen hinten im Revier, die nie gebraucht worden waren, als einen Raum für die Mütter ungewollter Kinder einrichten, die sich gewöhnlich ihrer Neugeborenen in Nebenstraßen und Hausfluren entledigten oder sie in Papierkörbe, Abfalltonnen oder Müllcontainer warfen. Er hatte bereits auf eigene Kosten ein paar Möbelstücke aus seiner Wohnung herbringen lassen, die er nicht mehr benötigte. Yossarian hörte nickend zu, sog das Fleisch seiner Wangen etwas nach innen, nickte wieder ein paarmal. Niemand wollte diese Säuglinge haben, hätte er ihm sagen können, und niemand kümmerten diese Mütter, die der Gesellschaft einen Dienst erwiesen, indem sie die Kinder wegschmissen.

Für die andere Zelle, fuhr McBride fort, schwebte ihm eine Art Tageshort für die kleinen Kinder vor, die immer im Busbahnhof lebten – die Mütter sollten einen sauberen, sicheren Ort zur Verfügung haben, wo sie ihre Sprößlinge lassen konnten, während sie draußen mit Bettelei und Prostitution Drogen und Schnaps und Nahrung anzuschaffen versuchten. Die Stelle sollte auch für die Ausreißer da sein, die weggelaufenen Kinder, die im Herzen dieser Stadt auftauchten – bis sie eine gute Verbindung zu einem befriedigenden Dealer oder Zuhälter gefunden hatten.

Yossarian unterbrach ihn voll Bedauern.

»McBride?«

»Sie glauben, ich spinne?« McBride sprach rasch abwehrend weiter. »Ich weiß, Tommy glaubt, ich hab sie nicht alle. Aber wir könnten Mobiles und Stofftiere und Malbücher hertun für die Kleinen. Und für die Älteren Fernsehapparate und Videospiele, vielleicht Computer, klar, Textverarbeitungssysteme, könnten die das nicht lernen?«

»McBride?« wiederholte Yossarian.

»Yossarian?« McBride hatte unbewußt einige von Yossarians charakteristischen Sprechweisen übernommen.

»Mobiles und Computer für die Kids, die Drogen und Sex wollen?«

»Bloß während sie hier rumhängen und ihre Kontakte suchen. Hier wären sie doch sicherer als sonstwo, oder nicht? Was haben Sie dagegen? Yossarian, was spricht dagegen?«

Yossarian seufzte müde und fühlte sich hoffnungslos. »Sie reden von einer Einrichtung zur Unterstützung von Kindern, die in die Prostitution gehen? Auf einem Polizeirevier? Larry, die Öffentlichkeit bekäme einen Anfall. Ich wohl auch.«

»Was haben Sie denn für einen besseren Vorschlag? Die kommen so oder so hierher, oder etwa nicht?«

Da McBride dann über diese humanitären Vorhaben geschwiegen hatte, nahm Yossarian an, daß sie verschleppt oder untersagt worden waren.

Heute hatte er eine neue Überraschung, und Yossarian ging mit ihm in die geräumige Architektur des Bahnhofs hinaus, wo die verschiedensten Aktivitäten jetzt mit viel größerer Energie betrieben wurden. Die Leute bewegten sich rascher, und es waren viel mehr, sie schlugen ihre Wege automatisch ein wie Gespenster, die einen anderen Pfad gewählt hätten als den nun verfolgten, wenn sie nur in ihrer Entscheidung frei gewesen wären. So viele aßen im Gehen und verstreuten Krümel und Einwickelpapier – Schokoriegel, Äpfel, Hot Dogs, Pizza, belegte Brote, Kartoffelchips. Die Nutten und Stricher mit ihren verschiedenen Spezialfächern waren an der Arbeit – die besten davon fischten lebhaft, mit scharfen Augen, nach günstigen Zielen, andere stolperten mit brutaler Unbeholfenheit durch die Gegend, auf der Suche nach irgend etwas, egal was, Ausnahmen wurden nicht mehr gemacht, während wieder andere, männlichen und weiblichen Geschlechts, weiß und schwarz, in leeräugiger, sehnsüchtiger Betäubung umherdrifteten und weniger wie Jäger aussahen als wie verkrüppelte Beutetiere.

»Taschendiebe«, sagte McBride und ruckte das Kinn in die Richtung einer Gruppe von drei Männern und zwei Mädchen, alle anständig aussehend und von lateinamerikanischem Äußeren. »Die sind besser ausgebildet als wir. Kennen sogar die Rechtslage besser. Schauen Sie.«

Eine muntere Gruppe von Transvestiten fuhr mit der Rolltreppe einen Stock höher. Die Gesichter erglänzten in kosmetischem Schein, alle zeigten in ihren Zügen und ihrem Wesen eine androgyne Eitelkeit, alle waren so ausgelassen kokett wie pubertierende Pfadfinderinnen, die high sind von den eigenen Hormonen.

McBride gab die Richtung an. Sie durchmaßen den leeren Raum unter den Säulen, die das Zwischengeschoß der Observationszentrale droben stützten, wo verschiedene Angestellte Drogen schmissen, während sie die fünf Dutzend Videoschirme im Kontrollzentrum des Bahnhofs überwachten. Die Hunderte von azuräugigen stummen Videokameras schoben die flachen Schnauzen in jeden Winkel jedes Stockwerks des weitläufigen siebengeschossigen Gebäudekomplexes, der sich über zwei Häuserblocks erstreckte; sie drangen ohne Erröten in die Herrentoiletten vor und in das notorische Nottreppenhaus, den Fluchtweg, wo die meisten Einwohner des Bahnhofs nachts hinschlichen, um etwas Schlaf, Freundschaft und apathischen Geschlechtsverkehr zu finden. Milo und Wintergreen dachten bereits daran, das Kontrollzentrum in ein lukratives Unternehmen zu verwandeln, indem man die Anzahl der Bildschirme erhöhte und Sendeblöcke an eifrige Zuschauer, Mitspieler und Wettbegierige verkaufte, die an die Stelle des Bahnhofspersonals mit seinen Gehältern und kostspieligen Krankenversicherungen und Urlaubsgeldern und Pensionskassen treten würden. Die Leute würden herbeiströmen, um zuzusehen, um Räuber, Gendarm und Spanner zu spielen. Man könnte die Chose »Alles echt!« nennen. Wenn die Verbrechensrate zurückging, könnte man entsprechende Nummern inszenieren und so garantiert genügend Sex und Gewalt bieten, daß auch das blutdürstigste zahlende Publikum zufrieden wäre.

Man könnte japanische Reisegesellschaften en bloc durchschleusen. Früher oder später könnte man das Ganze an eine japanische Filmgesellschaft abstoßen.

McBride ging an einem Kiosk vorüber, der von Indern betrieben wurde. Dort hingen Zeitungen und bunte Illustrierte wie *Time, das wöchentliche Nachrichtenmagazin*, mit Schlagzeilen, die den Zusammenbruch des Sozialismus in Rußland, die Prächtigkeit des amerikanischen Kapitalismus und die jüngsten Bankrotte und Arbeitslosenzahlen sowie den Verkauf einer weiteren Traditionsfirma ans Ausland meldeten, und dann kam der Eingang zu einem der Nottreppenhäuser. Yossarian wollte nicht schon wieder diese Route einschlagen.

»Nur ein Stockwerk«, versprach McBride.
»Was Schreckliches?«
»Das würd ich doch nicht machen.«
Müßige Stimmen hallten wohltönend von oben herab. Das

Treppenhaus war praktisch leer, der Boden fast sauber. Aber die Gerüche dieser Zivilisation waren stark, die Luft stank nach Rauch, nach ungewaschenen Körpern und ihren Ausscheidungen, ein Geruch von Zerfall und Würdelosigkeit, der allen ekelerregend und in seiner Penetranz unerträglich erscheinen mußte außer der Menschenmasse, die ihn täglich produzierte. Um Mitternacht gab es kaum mehr einen gefeiten Körper, der noch so viel Lebensraum um sich bewahrt hatte, daß kein anderer Leib, noch verlebter und übelriechender, gegen ihn gesackt wäre. Manche zankten sich. Schreie, Streitigkeiten, Messerstechereien, Verbrennungen, Sex, Drogen, Besäufnisse und splitterndes Glas; am Morgen gab es Todesopfer und eine Aufhäufung von Dreck und Unrat jeglicher Art, Industrieabfälle ausgenommen. Es gab kein Wasser und keine Toilette. Der Müll wurde erst morgens gesammelt, wenn die Einwohner sich aufrafften und zu den Waschbecken und Toiletten marschierten, um sich dort auf den Tag und seine Verrichtungen vorzubereiten und – trotz angeschlagener Verbote – in den Waschbecken zu baden und Wäsche zu waschen.

Zu dieser Stunde war der Putztrupp mit den Spritzschläuchen und den Schutzmasken schon durchgezogen und hatte die Massen von Exkrementen, Müll und Abfall aus der vorigen Nacht entfernt, die verkohlten Streichhölzer und leeren Drogenkapseln, die Cola-Dosen, Nadeln, Weinflaschen, gebrauchten Kondome und alten Heftpflaster. Der spröde Geruch eines scharfen Desinfektionsmittels hing unauslöschlich in der Luft wie die karbolische Ankündigung eines gnadenlosen Zerfalls.

McBride ging die Treppe hinab, vorbei an zwei flott gekleideten Männern mit dreisten, gelangweilten Mienen, die Marihuana rauchten und Wein tranken und ihn sozusagen schweigend billigten, nachdem sie ihn prüfend gemustert und mit einer Art sachlicher Taxierung die latente Autorität und Kraft anerkannt hatten, die er ausstrahlte. In der Nähe des Treppenendes schlief ein einzelner Mann, mit dem Kopf ans Geländer gelehnt.

Sie erreichten den Beton des Treppenabsatzes, ohne ihn geweckt zu haben, und gingen vorsichtig auf Zehenspitzen um die einbeinige Frau herum, die von einem Mann mit faltigen vergilbten Hinterbacken und einem rotglänzenden Hodensack vergewaltigt wurde. Ein paar Yards weiter hatte eine breite braunhäutige Frau Schlüpfer und Rock ausgezogen und wischte sich den Hintern und die Achselhöhlen mit ein paar feuchten Handtüchern ab, die sie auf Zeitungen ausbreitete, während neben zwei braunen Einkaufstüten aus Papier weitere Handtücher lagen, trocken und zusammengefaltet. Sie hatte verwischte Sommersprossen um die gedunsenen Augen und narbige, teerschwarze Leberflecke an Nacken und Rücken, die ihn an Melanome denken ließen. Sie starrte beide nacheinander an, mit einem nüchtern-freundlichen Nicken für jeden. Ihre baumelnden Brüste in einem ärmellosen rosa Unterhemd waren sehr groß, ihre Achselhöhlen dunkel und buschig. Yossarian wollte nicht zu ihrem entblößten Genitalbereich hinabschauen. Er wußte nicht, wer sie war, aber er wußte, es gab keine einzige Sache, über die er sich mit ihr unterhalten wollte.

Auf der letzten Treppenflucht hinunter zu der außerhalb des Gebäudes liegenden Unterführung saß nur eine magere blonde Frau mit einem blauen Auge und einem zerfransten roten Pullover, die verträumt einen Riß in einer schmutzigweißen Bluse nähte. Unten, wo die Treppe ans Ende kam und man sich einer Ausgangstür zur Straße gegenüber sah, hatte bereits jemand in die Ecke geschissen. Sie sahen weg und gingen mit gesenkten Blicken dahin, als befürchteten sie, einen falschen, fatalen Schritt zu tun, hinein in etwas Sündiges. Anstatt sich dem Ausgang zuzuwenden, kehrte sich McBride unter der Treppe um und ging in die dichten Schatten, fast bis ans Ende dieses untersten Treppenabsatzes, bis er vor eine farblose Tür kam, die Yossarian fast unsichtbar schien.

Er knipste ein Licht an, das schwach und gelb war. Der kleine Raum, den sie betreten hatten, enthielt nur einen Metallschrank, der mit rostenden Türen und zerbrochenen Angeln an der Wand stand. McBride zwängte diese Türen auf und trat in das ausgezehrte Möbel hinein. Es hatte keine Rückwand. Er fand einen Riegel und stieß einen Eingang auf, der direkt in die Mauer eingelassen war.

»Ein Junkie hat das entdeckt«, murmelte er rasch. »Ich hab ihn in dem Glauben gelassen, daß er sich's nur eingebildet hat. Gehen Sie rein.«

Yossarian stöhnte vor Überraschung auf, als er in einem engen Vestibül stand, das mit einer breiten Brandtüre aus Metall abschloß, ein paar Fuß vor seinem Gesicht. Die glatte Oberfläche hatte einen militärisch grünen Anstrich und war in Augenhöhe mit einer Warnung in wuchtigen Lettern beschriftet, die kein des Lesens Kundiger übersehen konnte.

NOTEINGANG
Eintritt verboten
Zuwiderhandelnde werden erschossen

Die solide Türe schien neu zu sein, die Buchstaben standen frisch auf der makellosen Oberfläche.

»Gehen Sie hinein. Das ist es, was ich Ihnen zeigen will.«

»Ich habe keine Erlaubnis.«

»Ich auch nicht.«

»Wo ist der Schlüssel?«

»Wo ist das Schloß?« McBride grinste siegesgewiß, den Kopf schiefgelegt. »Kommen Sie.«

Die Klinke bewegte sich, und die schwere Tür glitt auf, wie von großen Gegengewichten bewegt, in lautlosen Lagern sich drehend.

»Die machen's einem einfach, hier reinzugehen, was?« sagte Yossarian leise.

McBride blieb stehen und zwängte erst Yossarian hinein. Yossarian zuckte zurück, als er entdeckte, daß er auf einer kleinen schmiedeeisernen Plattform dicht unter dem Dach eines Tunnels stand, der sehr viel höher wirkte, als er eigentlich war, weil die

Treppe, auf welcher Yossarian sich befand, in schwindelerregendem Winkel hinabführte. Instinktiv umklammerte er das Geländer. Hier war die Treppe schmal und kehrte sich nach einem winzigen elliptischen Metallgitterabsatz abrupt in die Gegenrichtung, wo dann die nächste Treppe im selben abrupt außer Sichtweite stürzenden Winkel begann. Er konnte nicht erkennen, wo die Treppe in diesem Kellerabgrund an ein Ende kam, dessen dunkler Boden frisch mit irgendeinem gummiartigen Material belegt schien. Wie er hinabschaute durch das schmiedeeiserne Muster aus verschlungenen Weinranken, das die eigene lastende Schwere zu verspotten schien, fand er sich plötzlich lächerlicherweise an die Rutschbahn in einem altmodischen Vergnügungspark erinnert, wo man in einer zylindrischen Röhre in der Dunkelheit lag, mit gekreuzten Armen, und dann losließ und mit zunehmender Geschwindigkeit in Spiralkurven hinabsauste, um endlich auf ein flaches rundes Parkett ausgespien zu werden, eine Arena, wo verschiedene große Scheiben in verschiedenen Richtungen rotierten und einen hierhin und dorthin trugen, zum Vergnügen müßiger Zuschauer, bis man endlich gegen die feste Barriere geworfen wurde, welche das Rund dieser speziellen Attraktion umschloß. Das Beispiel, an welches er sich am besten erinnerte, war der sogenannte Menschliche Billardtisch im alten George C. Tilyou-Steeplechase Park in Coney Island. Da war das eiserne Geländer um den Schauplatz elektrisch angeschlossen, so daß die nichtsahnend gaffende Kundschaft gelegentlich einen heftigen Schlag bekam, wann immer es einem von den Wärtern in ihren roten Uniformen und grünen Jockeymützchen einfiel. Diese plötzliche Attacke winziger prickelnder Nadelstiche, die Hände und Arme überrannten, war unerträglich und denkwürdig, und alle, die jene halbe Sekunde der Angst und der panischen Verlegenheit bei anderen sahen, lachten; die Opfer lachten anschließend ebenfalls. Zusätzlich drang noch Gelächter aus Lautsprechern. Wenige Blocks entfernt konnte man Freakshows besuchen, wo es Leute mit winzigen Köpfen zu sehen gab.

Yossarian stand jetzt unter der Decke eines fast zwei Stockwerke hohen Raumes, einer seltsamen unterirdischen Straße von beeindruckender Breite und ohne erkennbaren Zweck, deren Deckenwölbung mit höckrig-löcherigen pfirsichfarbenen Schallschutzelementen isoliert und von schmalen apfelgrünen Rändern begrenzt war. Die hohen, glatten Steinwände waren von dunkelroter Färbung. Sie waren am unteren Rand bis zu einer gewissen Höhe weiß gefliest wie die Stationen der Untergrundbahn. Der seltsame Gang war so breit wie eine Avenue in der Stadt droben, ohne Gehsteige und Bordsteinkanten. Er hätte auch als Bahnhof dienen können, nur sah man keine Schienen oder Bahnsteige. Dann entdeckte er in Bodennähe auf der anderen Seite einen langen glänzenden roten Pfeil, der ihn einen Augenblick lang an einen lodernden Penis und im nächsten Moment an ein flammendes Geschoß erinnerte – er schoß leuchtend nach links und sank dann vertikal nach unten auf eine Inschrift in Schwarz zu, die verkündete:

UNTERGESCHOSSE A-Z

Über dem Pfeil, wo die weißen Fliesen endeten, und vielleicht dreißig Fuß weiter rechts erkannte er ein großes schabloniertes S, das bernsteingelb auf einem glänzendschwarzen Quadrat erstrahlte. Offensichtlich, so begriff er, standen sie in einem alten Luftschutzbunker – bis ihm unten am Boden eine Metalltür von derselben olivbraunen Farbe auffiel wie die hinter ihm, mit einer Aufschrift, die er nicht glauben wollte, selbst nachdem er seine Trifokalbrille aufgesetzt hatte, um besser in die Ferne sehen zu können.

GEFAHR
KEINE EXPLOSIVSTOFFE

»Das könnte mindestens zweierlei bedeuten, was?« sagte er.
McBride nickte grimmig. »Das hab ich mir auch gedacht.«

Unerwartet lachte er laut, als sei er stolz auf sich selber. »Jetzt schauen Sie mal die Tafel an.«

»Welche Tafel?«

»Mit den dunklen Buchstaben. Sie ist in die Mauer neben der Tür eingelassen, und der Text besagt, daß ein Mann namens Kilroy hier war.«

Yossarian schaute McBride prüfend an. »Kilroy? Das steht da? Kilroy war hier?«

»Kennen Sie Kilroy?«

»Ich war mit Kilroy beim Militär«, sagte Yossarian.

»Vielleicht ist das nicht derselbe Kilroy.«

»Der ist es schon.«

»Drüben in Europa?«

»Überall. Scheiße, klar kenn ich den mittlerweile. Überall, wo ich stationiert war, da war der auch. Man sah den Namen immer an der Wand stehen. Ich bin verhaftet worden und saß eine Woche im Arrest – der war auch da gewesen. Auf dem College nach dem Krieg, als ich ins Magazin von der Bibliothek gegangen bin, da war er auch schon da.«

»Könnten Sie ihn für mich finden?«

»Ich bin ihm nie begegnet. Ich kenne keinen, der ihn je gesehen hat.«

»Ich könnte ihn finden«, sagte McBride. »Durch das Gesetz über Informationsfreiheit komm ich an alle Daten. Wenn ich mal seine Sozialversicherungsnummer habe, dann schnapp ich ihn mir. Wollen Sie dann mitkommen, wenn ich mit ihm rede?«

»Lebt er denn noch?«

»Warum soll der nicht mehr leben?« fragte McBride, der erst fünfzig war. »Ich will mehr über das hier wissen, ich will wissen, was er hier gemacht hat. Ich will wissen, was zum Teufel das alles ist hier.«

»Wie weit geht das noch runter?«

»Ich weiß es nicht. Es ist nicht auf den Plänen eingezeichnet.«

»Warum irritiert Sie's?«

»Ich bin wohl immer noch irgendwie Polizist. Meine detektivische Ader. Gehen Sie mal ein paar Stufen runter«, wies ihn McBride nun an. »Noch eine.«

Yossarian erstarrte, als der Lärm anfing. Es war ein Tier, die röhrende, sich hochwälzende Wut von etwas Lebendigem, der ominöse Schrei eines aufgeschreckten gefährlichen Viehzeugs, ein Dröhnen, das in röchelnden Stadien in ein langes Gurgeln verebbte. Dann kam ein Knurren, guttural und tödlich, und ein unruhiges Beben erwachter Kraft, die Bewegung sich reckender Gliedmaßen, die drunten umherschritten, wo er nichts sehen konnte. Dann schloß sich ein zweites Tier an, vielleicht waren es drei.

»Gehen Sie hinunter!« flüsterte McBride. »Noch eine Stufe.«

Yossarian schüttelte den Kopf. McBride stieß ihn sacht voran. Auf Zehenspitzen ließ Yossarian seinen Fuß eine weitere tiefere Stufe berühren und hörte, wie das Klirren begann, als ob Metall an Stein entlang scheuerte, Metall gegen Metall rasselte, und diese Geräusche wuchsen rasch auf eine dämonische Klimax zu, irgendeinen schlimmen Höhepunkt, und ganz plötzlich, wie ohne Warnung – obwohl die Warnungen in unablässiger Steigerung erfolgt waren – kam der Ausbruch, die Explosion, das wilde und lähmende Chaos durchdringenden Gebells und ohrenbetäubenden Gebrülls, eine donnernde Attacke gewaltiger Tatzen raste mit entfesselter Gier heran und stockte (Gnade!) krachend mit einem dröhnenden Kettengeklirr, das ihn vor Schreck zusammenfahren ließ, um dann in langem Nachhall wie ein Einschlag von großer ballistischer Wucht nach beiden Seiten der unterirdischen Halle abzuebben, in der sie standen. Der wahnsinnig tobende Lärm unter ihnen wurde noch wilder, als die Tiere sich wütend gegen die massiven Fesseln warfen, an denen sie nun mit all ihren übernatürlichen Kräften bissen und rissen. Sie knurrten und röhrten und fauchten und heulten. Und Yossarian horchte mit äußerster Anspannung zu, in einem irrationalen Begehren, noch mehr zu hören. Er wußte, er würde sich nie wieder bewegen können. In dem Moment, in dem er es wieder vermochte, machte er lautlose Schritte rückwärts, kaum atmend dabei, bis er wieder auf dem Absatz neben McBride stand, dessen Arm er ergriff und festhielt. Ihm war eisig kalt, und er wußte, daß er schwitzte. Er spürte eine schwindelerregende Angst, sein Herz könne sich verkrampfen und aufhören zu schlagen, eine Arterie in seinem Kopf könne platzen. Er wußte, ihm würden auch noch acht andere Arten einfallen, wie er hier auf der Stelle sterben könnte, falls er nicht tot war, ehe er sie aufzählte. Die unbändige Wut in den brüllenden Leidenschaften unten schien nach und nach zurückzugehen. Die ungezähmten Ungeheuer hatten begriffen, daß er ihnen entgangen war, und er lauschte voll Erleichterung, wie die unsichtbare Gefahr sich legte, wie jene hungrigen Wesen dort drunten, welche Gestalt auch immer sie haben mochten, sich langsam mit rasselnd schleifenden Ketten in die dunklen Höhlen zurückzogen, aus denen sie hervorgebrochen waren. Endlich herrschte Schweigen, die letzten leise klirrenden Laute verschmolzen zu einem Ton, so zart wie eine Spieluhr, und lösten sich in einem ersterbenden Hall auf, der ihm absurderweise wie die stapfende, nostalgisch süße Musik eines fernen, einsamen Karussells erschien, und auch das versank in der Stille.

Er dachte: Nun wußte er, wie es sich anfühlt, wenn man in Stücke gerissen wird. Er zitterte.

»Was halten Sie davon?« fragte McBride mit gedämpfter Stimme. Seine Lippen waren blutleer. »Sie sind immer da, das geschieht jedesmal, wenn man diese Stufe berührt.«

»Es ist ein Tonband«, sagte Yossarian.

Einen Augenblick lang war McBride sprachlos. »Sind Sie sicher?«

»Nein«, sagte Yossarian, selbst von dem spontanen Einfall überrascht, den er gerade geäußert hatte. »Aber es ist einfach zu perfekt. Oder?«

»Wie meinen Sie?«

Yossarian wollte jetzt nicht über Dante, den Zerberus, Vergil und Charon reden oder über die Flüsse Acheron und Styx. »Es ist vielleicht nur da, um uns abzuschrecken.«

»Der Junkie war verschreckt genug, das kann ich Ihnen sagen«, sagte McBride. »Er war sich sicher, daß er Halluzinationen hat. Ich hab alle außer Tommy in dem Glauben gelassen, daß das stimmt.«

Dann hörten sie das neue Geräusch.

»Hören Sie das?« fragte McBride.

Yossarian hörte die Räder rollen und schaute auf den Fuß der Mauer gegenüber. Irgendwo dahinter entstand das gedämpfte Geräusch von Rädern auf Schienen, abgeschwächt von der Distanz und den Hindernissen dazwischen.

»Die U-Bahn?«

McBride schüttelte den Kopf. »Das ist zu weit weg. Was würden Sie zu der Möglichkeit sagen«, fuhr er nachdenklich fort, »daß es eine Achterbahn ist?«

»Sind Sie verrückt?«

»Es könnte ja auch ein Tonband sein, oder?« beharrte McBride.

»Warum ist das verrückt?«

»Weil das keine Achterbahn ist.«

»Woher wissen Sie das?«

»Ich glaube, ich kann's beurteilen. Hören Sie auf, den Detektiv zu spielen.«

»Wann sind Sie denn zum letztenmal Achterbahn gefahren?«

»Vor einer Million Jahren. Aber das ist zu gleichmäßig. Keine Beschleunigung. Was wollen Sie mehr? Ich muß gleich lachen. Sagen wir, es ist ein Zug«, fuhr Yossarian fort, als das Fahrzeug ihre Höhe erreichte und nach links davonrollte. Es hätte der Metroliner auf der Strecke Boston–Washington sein können, aber das hätte McBride gewußt. Und als er über die Achterbahn nachdachte, fing er an zu lachen, weil er sich erinnerte, daß er bereits viel länger lebte, als er es je für möglich gehalten hatte.

Er hörte zu lachen auf, als er den schmalen Steg mit dem Geländer sah, der etwa drei Fuß vom Boden entfernt an der Wand entlanglief und auf beiden Seiten in das weißdunstige, goldene Dämmerlicht der Tunnels verschwand.

»War das schon die ganze Zeit da?« Er war verwirrt. »Ich dachte, ich halluziniere, als es mir gerade eben aufgefallen ist.«

»Es war da«, sagte McBride.

»Dann hab ich halluziniert, als ich gedacht habe, es ist nicht da. Hauen wir jetzt bloß ab hier.«

»Ich will da runter«, sagte McBride.

»Ich werde nicht mitgehen«, erklärte Yossarian.

Überraschungen hatte er nie geschätzt.

»Sind Sie nicht neugierig?«

»Ich habe Angst vor den Hunden.«

»Sie haben doch eben«, sagte McBride, »gesagt, das sei nur ein Tonband.«

»Das macht mir vielleicht noch mehr Angst. Gehen Sie mit Tom runter. Ist doch sein Beruf.«

»Das ist nicht Tommys Ressort hier. Ich habe hier offiziell überhaupt nichts zu suchen«, gestand McBride. »Ich sollte zusehen, daß solche Verbote eingehalten werden, und sie nicht übertreten. Fällt Ihnen jetzt was auf?« fügte er hinzu, als sie die Treppe wieder hinaufgingen.

Innen an der Metalltür sah Yossarian jetzt zwei massive Schlösser, ein Schnappschloß und eines mit versenkter Verriegelung. Und über den Schlössern, bedeckt von einem Rechteck aus Lack, sah er einen Block weißer Druckbuchstaben auf scharlachrotem Hintergrund, gerahmt von einer dünnen Silberleiste, und da stand:

NOTAUSGANG
Kein Zutritt!
Diese Tür ist während des Gebrauchs zu verschließen
und zu verriegeln

Yossarian kratzte sich am Kopf. »Von dieser Seite sieht es eher so aus, als ob sie die Leute nicht reinlassen wollen, hm?«

»Oder nicht raus?«

Er würde denken, dachte er, als sie hinausgingen, daß es sich hier um einen alten Luftschutzraum handelte, der nicht auf den alten Plänen eingezeichnet war. Die Texte der Schilder konnte er sich nicht erklären, das mußte er zugeben. McBride schloß die Brandtür leise und knipste sorgfältig das Licht aus, daß alles wieder so war wie bei ihrer Ankunft. Die Hunde, das Geräusch der Killerwachhunde? »Um Leute rauszuscheuchen, nehme ich an, wie diesen Junkie und Sie und mich. Warum wollten Sie, daß ich das sehe?«

»Damit Sie es wissen. Sie scheinen alles zu wissen.«

»Von dem hier weiß ich nichts.«

»Und außerdem sind Sie jemand, dem ich vertraue.«

Sie konnten an den Stimmen weiter oben erkennen, daß das Treppenhaus sich beträchtlich gefüllt hatte. Sie hörten deutlich das schlüpfrige Gelächter, die trägen Begrüßungen derer, die sich wiedererkannten, die Obszönitäten, sie konnten den Qualm von Streichhölzern und Dope und versengtem Zeitungspapier riechen, sie hörten eine Glasflasche zerbrechen, sie hörten das klatschende Plätschern, als ein Mann oder eine Frau auf den Boden urinierte, und sie rochen auch das. Am oberen Absatz der untersten Treppe sahen sie die einbeinige Frau (die weiß war), wie sie mit einem Mann und zwei Frauen Wein trank, die alle schwarz waren. Ihr Gesicht war leer, und sie redete wie betäubt, wobei sie rosa Unterwäsche mit der ruhig in ihrem Schoß liegenden Hand zusammenknüllte. Ihre hölzernen Krücken, die alt und abgestoßen und aufgesplittert und fleckig waren, lagen neben ihrer Hüfte auf der Treppe.

»Sie bekommt einen Rollstuhl«, hatte McBride bereits erklärt, »und jemand stiehlt ihn. Dann stehlen ihre Freunde ihr einen von jemand anderem. Dann wird der auch wieder gestohlen.«

Diesmal nahm McBride die Ausgangstür, und Yossarian ging

plötzlich auf dem Gehsteig neben Bussen dahin, die auf den Rampen der Unterführungen vorüberrollten, wo das Auspuffgeknatter und das Knirschen der Getriebe noch lauter waren und die Luft nach Dieseldämpfen und heißem Gummi stank. Sie gingen an den Abfahrtsstellen für Fernbusse nach El Paso und Saint Paul vorbei, wo man Anschluß an Verbindungen bis weit nach Kanada hinauf und über Mexiko bis tief nach Mittelamerika hatte.

McBride empfand einen unternehmerischen Stolz auf die Effizienz, mit der die Organisation des Busbahnhofes lief: die Zahlen – fast fünfhundert Abfahrtsbahnsteige, sechstausendachthundert Busse und fast zweihunderttausend ankommende und abreisende Passagiere an einem normalen Arbeitstag – gingen ihm geläufig von der Zunge. Die Arbeit wurde immer noch abgewickelt, versicherte er rasch, der Bahnhof funktionierte, und darum ging's doch, oder?

Yossarian war sich nicht sicher.

Jetzt nahmen sie den Aufzug zurück ins Erdgeschoß. Als sie am Kontrollzentrum mit den Monitoren vorbeikamen, betrachteten sie leicht beunruhigt die Schwärme männlicher und weiblicher Nutten, die an den Hauptplätzen der Prostitution zusammenströmten, wo bald immer mehr und mehr herandrängen würden, listige und erbarmungswürdige Legionen, wie Moleküle menschengestaltiger Materie, bewußtlos angezogen von einer zentralen Schwere, von der sie sich nicht losmachen wollten, es nicht wollen konnten. Sie schritten an einer in sich zusammengefallenen Schwarzen vorbei, die mit offenen Turnschuhen zwischen den Kiosken der staatlich zugelassenen Lotterien stand und in der ausgestreckten Hand einen schmutzigen Pappbecher hielt, während sie tonlos psalmodierte: »Fünfzehn Cents? Gemmir fünfzehn Cents? Was zu essen? Altes Essen?« Eine grauhaarige aufgedunsene Frau mit einem grünen Schlapphut und grünem Rock und Pullover, mit Schwären an ihren fleckigen Beinen, sang mit rauher Stimme selig falsch ein irisches Lied, nahebei schlief ein verdreckter Teenager auf dem Boden, und ein schmaler, großgewachsener, schokoladenfarbener Mann mit wildem Blick, der makellos sauber war und nur aus Haut und Knochen zu bestehen schien, predigte mit karibischem Akzent die Erlösung durch Christus vor einer dicken Schwarzen, die zustimmend nickte, und einem hageren Weissen aus dem Süden mit geschlossenen Augen, der ihn gelegentlich mit Zurufen begeisterter Beistimmung unterbrach. Als sie sich dem Polizeirevier näherten, fiel Yossarian mit kapriziöser Bosheit ein, dass er seinen erfahrenen Führer noch etwas Spezielles fragen wollte.

»McBride?«

»Yossarian?«

»Ich hab mich mit ein paar Freunden unterhalten. Die hatten die Idee, hier im Bahnhof eine Hochzeit zu halten.«

McBride errötete warm. »Klar doch, he, das ist eine gute Idee. Jawoll, Yo-Yo, da könnte ich euch bestimmt helfen. Wir würden, glaub ich, eine hübsche Hochzeit hinbringen. Ich hab immer noch die leere Zelle für die Kinder. Das wäre schon mal die Kapelle für die Trauung. Und natürlich, gleich daneben, ahem, ich hab das Bett noch, für die Brautnacht. Wir könnten ihnen vielleicht ein schönes Hochzeitsfrühstück in einem von den Imbissläden geben, vielleicht ein paar Lotterielose als Geschenk, als Glücksbringer. Was ist denn komisch dran? Warum soll das nicht gehen?«

Yossarian brauchte ein Weilchen, bis er nicht mehr lachen musste. »Nein, Larry, nein«, erläuterte er. »Ich rede von einer grossen Hochzeit, einem gigantischen Ding, High Society, Hunderte von Gästen, Limousinen an den Busrampen, Reporter und Fernsehen, eine Tanzfläche und ein Orchester, vielleicht zwei Tanzflächen und zwei Orchester.«

»Spinnen Sie total, Yo-Yo?« Jetzt lachte McBride in sich hinein. »Das Ordnungsamt erlaubt das nie!«

»Diese Leute kennen den Leiter des Ordnungsamts. Der ist sicher als Gast dabei. Und der Bürgermeister und der Kardinal, vielleicht sogar der neue Präsident. Geheimdienstleute und hundert Polizisten.«

»Wenn der Präsident käme, dürften wir sicher da runtergehen und uns umsehen. Der Geheimdienst wäre da bestimmt dafür.«

»Klar, und Ihnen würde das auch gefallen. Es wäre die Hochzeit des Jahres. Ihr Bahnhof wird berühmt.«

»Man müßte all die Leute raussetzen! Alle Busse anhalten!«

»Nee.« Yossarian schüttelte den Kopf. »Die Busse und die Menschenmenge gehören zum Ambiente. Das käme in die Zeitungen. Vielleicht ein Bild von Ihnen und McMahon dabei, wenn ich Sie beide in der richtigen Pose hinstelle.«

»Hunderte von Gästen?« wiederholte McBride mit schriller Stimme. »Ein Orchester, eine Tanzfläche? Und Limousinen?«

»Vielleicht fünfzehnhundert! Die könnten die Busrampen nehmen und oben in Ihren Garagen parken. Und jede Menge Restaurantservice, Floristen, Kellner, Barkeeper. Die könnten im Takt der Musik die Rolltreppen rauf und runter fahren. Ich müßte mal mit den Orchestern reden.«

»Das geht nicht!« entschied McBride. »Alles würde falsch laufen. Das wäre eine einzige Katastrophe.«

»Hervorragend«, sagte Yossarian. »Dann würde ich Sie also bitten anzufangen. Können Sie sich mal informieren? Gehen Sie mir aus dem Weg!«

Letzteres galt, mit scharfer Stimme gesprochen, einem öligen Latino, der ihm verführerisch eine gestohlene American-Express-Karte hinhielt und ein schmeichlerisches Lächeln von beleidigender Vertraulichkeit zeigte, wobei er fröhlich trällerte: »Grad gestohlen, grad gestohlen. Gehen Sie nie ohne. Schauen Sie doch mal, schauen Sie doch mal.«

Im Polizeirevier gab es keine Meldungen über weitere tote Babys, teilte der diensthabende Beamte McBride mit scherzhafter Dreistigkeit mit.

»Und auch keine lebendigen.«

»Ich hasse den Typ«, murmelte McBride und bekam vor ärgerlicher Verlegenheit einen roten Kopf. »Der glaubt auch, ich bin verrückt.«

McMahon war nach einem Notruf fort, und Michael, der mit seiner unfertigen Zeichnung fertig war, erkundigte sich beiläufig: »Wo warst du denn?«

»Coney Island«, sagte Yossarian jovial. »Und was meinst du wohl? Kilroy war da.«

»Kilroy?«

»Stimmt's, Larry?«

»Wer ist Kilroy?« fragte Michael.

»McBride?«

»Yossarian?«

»In Washington hab ich mal nach einem Namen auf dem Vietnamdenkmal gesucht, da, wo alle Namen von denen stehen, die dort getötet worden sind. Kilroy war da, ein Kilroy.«

»Derselbe?«

»Wie zum Teufel soll ich das wissen?«

»Ich schau schon nach«, versprach McBride. »Und lassen Sie uns mit dieser Hochzeit da dranbleiben. Vielleicht geht's, ich glaube, wir könnten's packen. Ich schau da auch mal nach.«

»Was war das mit einer Hochzeit?« wollte Michael kriegerisch wissen, als sie das Polizeirevier verlassen hatten und durch den Bahnhof davongingen.

»Nicht meine«, lachte Yossarian. »Ich bin zu alt, um noch einmal zu heiraten.«

»Du bist zu alt, um nochmal eine Frau dazu zu kriegen, dich zu heiraten.«

»Na eben. Und du, bist du noch zu jung? Die Ehe ist vielleicht nichts Gutes, aber auch nicht immer ganz schlecht.«

Yossarian folgte einer festen Gewohnheit im Umgang mit den zahlreichen Bettlern, durch die sie hier hindurchgingen; er teilte Ein-Dollar-Scheine aus der zusammengeknifften täglichen Ration in der Tasche an jene aus, die scheu waren, und an die, die drohend wirkten. Ein Hüne mit entzündeten Augen und einem Fetzen Stoff bot ihm an, für einen Dollar seine Brille zu putzen oder sie ihm runterzuschlagen, wenn er ablehnte. Yossarian gab ihm zwei Dollar und steckte seine Brille weg. Keine Überraschung schien in dieser freien Marktwirtschaft, die sich in letzter Zeit noch radikaler befreit hatte, ungewöhnlich. Er war zum Tode verurteilt, er wußte es, aber er versuchte, Michael die Neuigkeit euphemistisch verbrämt mitzuteilen. »Michael, ich möchte, daß du bei deinem Jurastudium bleibst«, entschied er ernsthaft.

Michael machte einen Schritt zur Seite. »Ach, Scheiße, Dad! Das will ich nicht. Teuer ist es auch. Eines Tages«, fuhr er fort, deprimiert stockend, »möchte ich was Vernünftiges arbeiten.«

»Weißt du was Vernünftiges? Für das Jurastudium zahle ich.«

»Du wirst nicht verstehen, was ich sagen will, aber ich will mir nicht wie ein Parasit vorkommen.«

»Doch, das verstehe ich. Deswegen habe ich Warentermingeschichten, Devisen, Aktien, Maklergeschäfte und Anlagewerte aufgegeben. Michael, ich kann dir noch sieben Jahre gute Gesundheit zusagen. Das ist das Äußerste, was ich versprechen kann.«

»Was passiert dann?«

»Frag Arlene.«

»Wer ist Arlene?«

»Die Frau, mit der du zusammenlebst. Heißt die nicht so? Die mit den Kristallkugeln und den Tarotkarten.«

»Das ist Marlene, und die ist ausgezogen. Was passiert mit mir in sieben Jahren?«

»Mit mir, du Idiot! Ich werde fünfundsiebzig. Michael, ich bin bereits achtundsechzig. Ich garantiere dir noch sieben Jahre meiner guten Gesundheit, in denen du lernen kannst, ohne mich zu leben. Wenn du das nicht schaffst, gehst du unter. Danach kann ich nichts weiter versprechen. Man kann ohne Geld nicht leben. Es macht süchtig, wenn man es einmal ausprobiert hat. Leute stehlen, um an Geld zu kommen. Das Äußerste, was ich jedem von euch hinterlassen kann, nach Abzug der Steuern, ist etwa eine halbe Million.«

»Dollars?« Michael lächelte strahlend. »Das klingt ja nach einem Vermögen!«

»Bei acht Prozent«, sagte Yossarian kühl, »würdest du vierzigtausend im Jahr kriegen. Mindestens ein Drittel davon sind Steuern, macht siebenundzwanzigtausend.«

»He, das ist ja gar nichts! Davon kann ich nicht leben!«

»Das weiß ich auch. Deswegen rede ich so auf dich ein. Wo ist deine Zukunft? Kannst du eine erkennen? Hier herüber.«

Sie gingen einem jungen Mann aus dem Weg, der in Turnschuhen vor einem halben Dutzend Polizisten um sein Leben rannte, die ebenso schnell waren wie er und sich ihm aus verschiedenen Richtungen näherten, weil er soeben in einem anderen Teil des Bahnhofs jemanden erstochen hatte. Unter den Rennenden war Tom McMahon, stampfend in schweren schwarzen Schuhen, dem es von der Anstrengung fast schlecht zu werden schien. Als ihm der Weg abgeschnitten wurde, ließ der flinke Junge sie alle stehen, indem er einen raschen Haken schlug und in demselben Nottreppenhaus verschwand, wo Yossarian mit McBride gewesen war, und wahrscheinlich, sann Yossarian müßig vor sich hin, würde man nie mehr etwas von ihm hören – oder, noch besser, war er schon wieder in dieses Stockwerk hier zurückgekehrt und ging auf seinen Turnschuhen hinter ihnen her und schaute unschuldig drein. Sie kamen an einem Mann vorbei, der schlafend auf dem Boden saß, in einer von ihm selbst erzeugten Pfütze, und an einem weiteren völlig bewußtlos daliegenden Teenager, und dann verstellte ihnen eine magere Frau um die Vierzig den Weg, die strähniges blondes Haar hatte und eine gespenstische Blase am Mund.

»Ich mach's Ihnen für nen Nickel, Mister«, bot sie ihm an.

»Bitte –!« sagte Yossarian und ging um sie herum.

»Ich mach's euch beiden, jedem für nen Nickel. Ich mach's euch beiden zusammen, jedem für nen Nickel. Pop, ich mach's euch beiden für nen Nickel zusammen.«

Michael wich ihr mit gezwungenem Lächeln hastig aus und

ging um sie herum. Sie griff nach Yossarians Ärmel und hielt ihn fest.

»Ich lutsch Ihnen die Eier.«

Stolpernd befreite sich Yossarian, beschämt, gedemütigt. Sein Gesicht brannte. Mit entsetztem Erstaunen sah Michael seinen Vater so erschüttert.

10. GEORGE C. TILYOU

An einem alten Rollschreibtisch, viele Stockwerke weiter drunten in der Tiefe, zählte Mr. George C. Tilyou, der Vergnügungsunternehmer von Coney Island, der seit achtzig Jahren tot war, sein Geld und fühlte sich auf dem Gipfel des Lebens. Seine Einkünfte wurden niemals geringer. Vor seinen Augen lagen Start und Ende der Achterbahn, die er aus seinem Steeplechase-Vergnügungspark hier herunter hatte nachkommen lassen. Die Schienen hatten nie nagelneuer ausgesehen als nun, da sie sich am Anfang der Strecke zum Gipfel des höchsten Abfahrtspunktes hochschwangen und in die Höhlenwölbung des Tunnels verschwanden, den er bewohnte. Stolz erfüllte ihn, wenn er sein prachtvolles Karussell betrachtete, sein El Dorado. Ursprünglich in Leipzig für Wilhelm II. konstruiert, war es möglicherweise immer noch das herrlichste aller Karusselle. Drei Plattformen mit Pferden, Gondeln und holzgeschnitzten Enten und Schweinchen drehten sich mit verschiedenen Geschwindigkeiten. Oft ließ er sein El-Dorado-Karussell ohne Fahrgäste laufen, nur um die Reflexe der silbernen Spiegel in der blinkenden Säule im Mittelpunkt zu betrachten und sich an der schallenden Stimme der Dampforgel zu ergötzen, die, wie er zu scherzen pflegte, Musik für seine Ohren war.

Er hatte seiner Achterbahn den neuen Namen »Die Drachenschlucht« gegeben. An anderer Stelle hatte er seine Höhle der Winde, und am Eingang kreiste sein sogenanntes Faß voll Spaß, in dem die Unerfahrenen sogleich auf dem rotierenden Boden in die Knie gingen und in schräg purzelnder Unordnung gegeneinander kippten, bis sie am anderen Ende hinauskrochen und wieder auf die Füße kamen oder sich von Wärtern oder erfahreneren Besuchern aufhelfen ließen. Wer Bescheid wußte, konnte ohne weiteres aufrecht hindurchgehen, indem er sich einfach an eine der Drehbewegung entgegengesetzte schwach diagonale Linie hielt, aber das machte keinen Spaß. Oder er konnte auf dem sich herabdrehenden Boden aufwärts ausschreiten und nie vom Fleck kommen, ewig und ewig an derselben Stelle, aber viel Spaß machte auch das nicht. Zuschauer beiderlei Geschlechts entzückte vor allem die erschrockene Konfusion attraktiver Damen, die versuchten, nach dem Verlust der Balance ihre Röcke nicht hochrutschen zu lassen – in jenen Tagen, bevor die lange Hose sich als respektables weibliches Kleidungsstück durchsetzen konnte.

»Wenn Paris ganz Frankreich ist«, erinnerte er sich, damals als erster Sprecher und Impresario des ganzen Rummelplatzgeländes gesagt zu haben, »so ist Coney Island zwischen Juni und September die ganze Welt.«

Das Geld, das er jeden Tag an seinem Schreibtisch zählte, würde nie seinen Wert verlieren oder veralten. Seine Barschaft war unzerstörbar und würde immer wertvoll bleiben. Hinter ihm erhob sich ein gußeiserner Geldschrank, größer als er selbst. Er hatte Wachen und Personal aus den alten Tagen, gekleidet in rote Jacken und grüne Jockeymützen aus den alten Tagen. Viele waren Freunde von Anfang an und waren schon eine Ewigkeit bei ihm.

Mit fast unheimlicher, zäher Genialität hatte er sich gegen alle Experten gestellt, gegen die Rechtsanwälte und die Bankiers, und hatte den Gegenbeweis tatsächlich angetreten: Er hatte alles mitgenommen. Was er besonders schätzte und behalten wollte, besaß er nach wie vor. Sein Testament versorgte seine Witwe und seine Kinder ausreichend. Besitzurkunden, Wertpapiere und eine beträchtliche Menge Bargeld wurden weisungsgemäß in einer wasserdichten, vor dem Verfall geschützten Kiste versiegelt und mit ihm in seinem Grab auf dem Greenwood-Friedhof in Brooklyn beigesetzt, wo sein Gedenkstein die Inschrift trug:

VIELE HOFFNUNGEN LIEGEN HIER BEGRABEN.

Während sich Erben und Nachlaßverwalter untereinander und mit dem Finanzamt stritten, verschwand Steeplechase (»the Funny Place«) unerbittlich Stück um Stück vom Angesicht der Erde, bis auf das bankrotte phallische Stahlträgerskelett des Fallschirmsprungturms, der lange nach seiner Zeit aufgestellt worden war und den er abgelehnt hätte. Der Turm war bieder und ordentlich und verängstigte oder amüsierte die Besucher nicht. Mr. Tilyou genoß die Dinge, die zu überraschen vermochten, die die Leute verwirrten, ihre Würde vernichteten, Jungs und Mädels einander mit grobem Schwung in die Arme bliesen und mit etwas Glück ein bißchen Wade und Petticoat zeigten, gelegentlich sogar eine weibliche Unterhose, während ein entzücktes Publikum, das genau den Herumgewirbelten glich, die Komödie ihrer völligen, lachhaften Hilflosigkeit mit heiterem Gelächter besah.

Mr. Tilyou lächelte immer, wenn er an die Inschrift auf seinem Grabstein dachte.

Er konnte sich nun nichts vorstellen, was ihm fehlte. Er hatte eine zweite Achterbahn, genannt »Der Tornado«. Droben hörte er ständig das Halten und Starten der U-Bahn-Züge, die Menschenmengen von Hunderttausenden sommersonntags an den Strand gebracht hatten, und das Auspuffknattern der hin- und herfahrenden Autos, Lastwagen und Busse. Da auch das Plätschern und Strömen des ziehenden Kanalwassers in einer höhergelegenen Zone an sein Ohr gedrungen war, hatte er seine flachen Boote heruntergeholt und den Tunnel der Liebe wieder eingerichtet. Er hatte wie einst das Peitschenrad und den Strudel installiert, mit denen er die Besucher hin- und herschleudern und im Kreis herumwirbeln konnte, und den Menschlichen Billardtisch mit seiner senkrechten Rutschbahnröhre und den kreisenden Scheiben drunten am Auslaß, auf denen die daliegenden Besucher in die verschiedensten Richtungen rotierten, während sie vor wehrlosem Vergnügen kreischten und die ganze Zeit beteten, daß es bald enden möge. An den Geländern hatte er elektrische Schocks für die Ahnungslosen, und Spiegel verwandelten die normalen Besucher in fröhliche und lächerliche Monstrositäten. Und er hatte sein grinsendes, rosenwangiges Markenzeichen, dieses dämonische flache Gesicht mit dem flachen Kopf und dem Scheitel und dem breiten Mund voller riesiger, quadratischer Zähne wie weiße Kacheln, vor dem die Leute beim ersten Anblick ungläubig zurückwichen, um es beim zweiten Mal gutgelaunt als normalen Anblick zu begrüßen. Von einer unbekannten Ebene tiefer unten hörte er wiederholt die ruhige, stete Vorbeifahrt von Eisenbahnwagen, deren rollende Räder sich bei Tag und Nacht drehten, aber er war nicht neugierig. Er war nur daran interessiert, was er besitzen konnte, und er wollte nur das besitzen, was er sehen und beobachten und mit der einfachsten Geste kontrollieren konnte: dem Knipsen eines Schalters, dem Druck auf einen Hebel. Er liebte den Geruch von Elektrizität und das scharfe Knistern elektrischer Funken.

Er hatte mehr Geld, als er je ausgeben konnte. Er hatte nie etwas von Trusts, Stiftungen, Schenkungen gehalten. John D. Rockefeller kam nun regelmäßig zu ihm, um ihn um zehn Cent zu bitten und eine Freifahrt zu schnorren, und J. P. Morgan, der seine Seele in Gottes Hände empfohlen und keine Zweifel gehabt hatte, daß der sie auch annehmen würde, suchte um kleine Gefälligkeiten nach. Da sie wenig zum Leben hatten, gab es für sie wenig, wofür es sich zu leben lohnte. Ihre Kinder schickten nichts. Mr. Tilyou hätte es ihnen gleich sagen können, sagte er ihnen oft: Ohne Geld kann das Leben die Hölle sein. Mr. Tilyou hatte so eine Ahnung gehabt, daß die Geschäfte überall gleich liefen, und er hätt's ihnen gleich sagen können, sagte er ihnen.

Er war adrett, korrekt, frisch und geschniegelt. Seine Melone, sein Derby, auf den er stolz war, hing fleckenlos an einem Haken seiner Garderobe. Er trug nun täglich ein frisches weißes Hemd mit spitzem Kragen, mit einer makellos geschlungenen dunklen Schalkrawatte, säuberlich in den Westenausschnitt seines Anzugs geschoben, und die Enden seines dünnen braunen Schnurrbarts waren auf jeden Fall sorgfältig gewichst.

Sein erster großer Erfolg war ein Riesenrad gewesen, halb so groß wie jenes, das ihn in Chicago fasziniert hatte, und er erklärte sein eigenes kühn schon vor der Fertigstellung zum größten der Welt. Er schmückte es mit funkelnden Girlanden aus Mr. Edisons neuen Glühbirnen, und die verzauberten Besucher staunten und amüsierten sich.

»Ich hab nie eine Seele mit irgend etwas betrogen«, erklärte er gerne, »und wer reinfallen wollte, konnte bei mir immer reinfallen.«

Er schätzte Rummelplatzanlagen, die im Kreise liefen und die Kundschaft an die Stelle zurückbrachten, wo sie gestartet war. Fast alles in der Natur, vom Größten bis zum Kleinsten, schien sich ihm in Kreisen zu bewegen und zum Ursprungspunkt zurückzukehren, um vielleicht wieder aufzubrechen. Die Menschen hatten für ihn einen größeren komischen Reiz als die Affen im Zoo, und es gefiel ihm, sie in seinen Manipulationen mit den Tricks harmloser öffentlicher Bloßstellung dem Vergnügen aller preiszugeben, dem Vergnügen, für das jedermann zahlen würde: der Hut, den ein Luftstrahl wegbläst, oder die Röcke, die über die Schultern hochflattern, die beweglichen Fußböden und zusammenklappenden Treppen, das lippenstiftverschmierte Pärchen, das aus dem bergenden Dunkel des Liebestunnels ins Licht treibt und nicht begreift, weshalb die Zuschauer sich bei seinem Anblick vor Lachen schütteln, bis ein paar Spaßvögel es ihm unmißverständlich derb zurufen.

Und er besaß immer noch sein Haus. In der Surf Avenue, dem Steeplechase-Vergnügungspark gegenüber, hatte Mr. Tilyou in einem geräumigen Holzhaus gewohnt, mit einem schmalen Weg aus Steinfliesen und flachen gemauerten Stufen, und all dies schien kurz nach seinem Begräbnis nach und nach langsam in die Erde zu versinken. Auf der vertikalen Seite der untersten Stufe, jener, die den Gehsteig berührte, hatte er einen Steinmetzen den

Familiennamen einmeißeln lassen: TILYOU. Den ständigen Bewohnern des Viertels, die auf dem Weg ins Kino oder zur U-Bahn vorüberkamen, fiel es zuerst an den Lettern dieses Namens auf, daß die Stufe in den Gehsteig einzusinken schien. Als schließlich das ganze Haus verschwunden war, schenkte man einem weiteren leeren Grundstück in einer abgerissenen Nachbarschaft, die ihre große Zeit hinter sich hatte, nicht viel Aufmerksamkeit.

Nördlich von dem schmalen Streifen Grund, aus dem Coney Island bestand – keine echte Insel, sondern eine schmale Landzunge, vielleicht fünf Meilen lang und eine halbe Meile breit –, lag ein Gewässer namens Gravesend Bay. Eine Färbemittelfabrik dort verwendete große Mengen Schwefel. Jungen am Rand der Pubertät hielten brennende Streichhölzer an die gelben Klumpen, die sie in der Nähe des Fabrikgebäudes auf dem Boden fanden, und waren dankbar und fasziniert, daß sie sich leicht entzünden ließen und mit bläulichem Glanz und einem schwefligen Geruch brannten. Nahebei stand eine Fabrik, die Eis herstellte und einmal die Szene eines spektakulären Raubüberfalls war, bei dem die Gangster mit einem Motorboot flohen, das in die Gravesend Bay hinausraste und auf dem Wasser entkam. So gab es Feuer, und es gab auch Eis in der Zeit, ehe der Kühlschrank für den Massengebrauch entwickelt wurde.

Feuer war eine stete Gefahr, und große Brände flammten immer wieder über Coney Island. Nur Stunden, nachdem Mr. Tilyou seinen ersten Vergnügungspark vom Feuer zerstört gesehen hatte, stellte er Schilder auf, die für seine neueste Attraktion warben, seine Coney-Island-Brandstätte, und seine Kartenverkäufer hatten genug zu tun, die zehn Cents Eintritt abzukassieren, die er von Besuchern erhob, die mit eifrigem Interesse das Katastrophenterrain betreten wollten, um sich in seinen rauchenden Ruinen umzuschauen. Warum hatte er daran nicht gedacht, sann der Teufel nach. Sogar Satan nannte ihn Mr. Tilyou.

VIERTES BUCH

11. LEW

Sammy und ich meldeten uns am selben Tag zum Militär. Vier von uns gingen zusammen hin. Wir kamen alle nach Übersee. Alle vier sind wir zurückgekehrt, obwohl ich in Gefangenschaft geriet und Sammy abgeschossen wurde und ins Meer fiel und ein anderes Mal mit einem vergeßlichen Piloten namens Hungry Joe in einer Bruchlandung runterkam – Hungry Joe vergaß, den Notgriff zum Runterlassen des Fahrwerks zu ziehen. Niemand wurde verletzt, erzählt mir Sammy, und Hungry Joe bekam einen Orden. Ein einprägsamer Name. Milo Minderbinder war damals sein Verpflegungsoffizier und nicht der große Kriegsheld, als der er heute gerne rumlaufen möchte. Sammy hatte einen Kommandanten namens Major Major, der nie da war, wenn ihn irgend jemand sprechen wollte, und einen Bombenschützen, von dem er meinte, der hätte mir gefallen, ein Yossarian, der zog sich die Uniform aus, als einer in ihrem Flugzeug verblutet ist, und Sammy sagt, er ist sogar nackt zum Begräbnis, saß so auf einem Baum.

Wir fuhren mit der U-Bahn, um uns beim großen Rekrutierungszentrum in der Grand Central Station in Manhattan freiwillig zu melden. Das war ein Stadtteil, wo die meisten von uns kaum je hinkamen. Dann folgte die ärztliche Untersuchung, das hatten wir von den älteren Jungs schon gehört, die bereits weg waren. Wir drehten den Kopf und husteten, zeigten, daß sich aus dem Schwanz keine tripperverdächtigen Tröpfchen pressen ließen, wir beugten uns vor und zogen die Hinterbacken auseinander und fragten uns, wonach die wohl schauten. Onkel und Tanten hatten zwar schon mal was von Hämorrhoiden erzählt, aber wir wußten eigentlich nicht, was das ist. Ein Psychiater sprach allein mit mir und fragte, ob ich Mädchen gerne hätte. Ich hatte sie so gerne, daß ich sie fickte, antwortete ich. Er schaute neidisch aus.

Sammy hatte sie auch gern, wußte aber nicht, wie er's machen sollte.

Wir waren über achtzehn, und wenn wir bis neunzehn gewartet hätten, wären wir eingezogen worden, so stellte Roosevelt das klar, und diesen Grund gaben wir vor unseren Eltern an, die nicht sehr glücklich waren, uns ziehen zu sehen. Wir lasen vom Krieg in den Zeitungen, hörten davon im Radio, sahen ihn herrlich in den Hollywoodfilmen vorgeführt, und das Ganze sah und hörte sich für uns besser an, als daheim im Altwarenhandel meines Vaters zu ackern wie ich, oder in einer Ablage bei der Versicherungsgesellschaft wie Sammy, oder wie Winkler in einem Zigarrenladen rumzustehen, der das Wettbüro deckte, das sein Vater im Hinterzimmer betrieb. Und auf lange Sicht war's auch wirklich besser, für mich und für die meisten von uns.

Als wir uns eingeschrieben hatten und nach Coney Island zurückkamen, aßen wir ein paar Hot Dogs zur Feier des Tages und fuhren ein paar Runden Achterbahn – den Tornado, den Zyklon und den Donnerkeil. Wir fuhren mit dem großen Wonder Wheel hoch und aßen Karamelpopcorn dazu und schauten in eine Richtung auf den Ozean und in die andere über Gravesend Bay weg. Wir versenkten in den Pennybuden an den Spielautomaten U-Boote und schossen Flugzeuge ab, wir rannten eine Weile in den Steeplechase rein und rollten in den Fässern rum und ließen uns im Strudel und auf dem Menschlichen Billardtisch durch die Gegend wirbeln und fingen die Ringe auf dem großen Karussell, dem größten Karussell der Welt. Wir fuhren mit einem flachen Boot durch den Liebestunnel und produzierten laute obszöne Geräusche, um die Leute dort zu amüsieren.

Wir wußten, in Deutschland gab's Antisemitismus, aber wir wußten nicht, was das war. Wir wußten, die taten da den Leuten was an, aber wir wußten nicht, was.

Wir kannten damals nicht viel von Manhattan. Wenn wir überhaupt in die Stadt reingingen, dann meist ins Paramount oder ins Roxy, um die Big Bands zu hören und die großen neuen Filme zu sehen, die erst ein halbes Jahr später in die Kinos in der Nachbarschaft kamen, ins Loew's Coney Island oder ins RKO-Tilyou. Die großen Kinos in Coney Island waren damals sichere, einträgliche Geschäfte, komfortable Paläste. Jetzt sind sie bankrott, raus aus dem Geschäft. Ein paar von den älteren Jungs nahmen uns manchmal im Auto samstagabends mit nach Manhattan in die Jazzclubs an der Fifty-Second Street oder rauf nach Harlem, zu der Musik in dem großen farbigen Ballhaus oder Theater oder zum Marihuana-Kaufen, billig Koteletts-Essen und für nen Dollar Ficken und Blasen, wenn man wollte, obwohl mir das alles nicht so viel sagte, nicht mal die Musik. Als dann der Krieg da war, machten viele Leute eine Menge Geld, und wir auch. Bald nach dem Krieg konnte man sich direkt hier in Coney Island, im alten Viertel, einen blasen lassen undsoweiter, von weißen, jüdischen Mädchen, die am Heroin hingen und mit Jungs aus der Nachbarschaft verheiratet waren, die auch Junkies waren, aber der Tarif war jetzt zwei Mäuse, und das größte Geschäft machten sie mit Anstreichern und Gipsern und anderen Arbeitern von außerhalb, die nicht mit den Mädchen zur Schule gegangen waren und denen's egal war. Manche in meiner Clique, Sammy zum Beispiel und Marvelous Marvin Winkler, der Kleine vom Buchmacher, die fingen schon vor dem Krieg an, Marihuana zu rauchen, und man konnte diesen Landgeruch nach Hasch immer auf den Rauchersitzen in den Kinos von Coney Island rausschnüffeln, wenn man einmal wußte, wie das Zeug roch. Das war auch nicht mein Fall, und die Jungs, die mit mir befreundet waren, haben ihre Zigarettchen nie angesteckt, wenn ich dabei war, obwohl ich ihnen gesagt hab, das sei von mir aus schon in Ordnung.

»Was soll's?« stöhnte Winkler gerne, die Augen rot und halb geschlossen. »Du ziehst mich runter.«

Ein gewisser Tilyou, der vielleicht schon tot war, das wurde eine Art Vorbild für mich, als ich von ihm erfuhr, zu dem konnte man aufsehen. Als alle andern arm waren, gehörte ihm ein Kino, und er besaß den Steeplechase-Vergnügungspark und ein Haus an derselben Straße gegenüber, und ich brachte die beiden überhaupt nicht miteinander in Verbindung, bis Sammy mich drauf hinwies, ist noch nicht lange her, bei einem von seinen barmherzigen Besuchen hier bei mir, als alle anderen schon dahin waren und George C. Tilyou auch. Sammy fing an, häufiger bei uns reinzuschauen, nachdem seine Frau an Ovarienkrebs gestorben war und er nicht wußte, was er an den Wochenenden mit sich anstellen sollte, besonders als ich dann wieder aus dem Krankenhaus kam und selber auch nicht viel mit mir anfing, ich hing bloß rum und wollte wieder zu Kräften kommen, wenn ich eine Bestrahlung oder eine Chemotherapie hinter mir hatte. Zwischen diesen Krankenhausaufenthalten konnte ich mich blendend fühlen und stark wie ein Stier. Als es hier schlimmer wurde, bin ich in ein Hospital in der Stadt, nach Manhattan rüber, zu einem Onkologen namens Dennis Teemer. Wenn ich mich wohl fühlte, war ich prima drauf.

Aber jetzt ist die Katze aus dem Sack. Und alle wissen, ich bin krank, ich hab diese Krankheit, die gelegentlich andere Leute ins Grab bringt. Wir nennen es nie beim Namen, wir sprechen so davon, als sei es derart unwichtig, daß es keinen Namen braucht. Selbst bei den Ärzten sagen Claire und ich das Wort nicht. Ich will Sammy nicht fragen, aber ich glaube, wir haben ihn keine Minute lang getäuscht in all den Jahren, wo ich gelogen habe darüber – *als* ich gelogen habe, würde er mich jetzt verbessern. *Wo* ich doch genau weiß, wie es heißen müßte, aber ich rede so mit ihm, wie ich's gewohnt bin, um ihn ein wenig zu ärgern.

»Tiger, ich weiß es doch«, sag ich dann und lache. »Glaubst du immer noch, ich kenn mich nicht aus? Ich zieh dich nur auf, *wo* mir das doch so gut gefällt, und du wirst es eines Tages auch noch begreifen.«

Sammy ist klug und merkt die Einzelheiten, wie den Namen

Tilyou oder die Narbe an meinem Mund, bevor ich mir den dikken Schnurrbart hab stehen lassen und das Haar hinten lang wachsen, daß man die Schnitte nicht sieht und die blauen Brandstellen an den Drüsen hinten im Nacken. Ich hab vielleicht viel im Leben versäumt, weil ich nicht aufs College bin, aber ich wollte nie hin, und ich glaube nicht, daß ich was versäumt habe, was für mich wirklich etwas bedeutet hätte. Außer den Studentinnen vielleicht. College Girls! Aber Mädchen hab ich immer gehabt. Ich hatte nie Angst vor ihnen, und ich wußte, wie man sie kriegt und mit ihnen redet und mit ihnen Spaß hat, auch mit älteren. Ich war schon immer priapisch veranlagt, wie Sammy mir mitteilte.

»Ganz genau, Tiger«, gab ich zur Antwort. »Und jetzt sag mir, was das bedeutet.«

»Du warst immer total Schwanz«, sagte er, als ob's ihm Spaß macht, mich zu beleidigen, »und keine Konflikte.«

»Konflikte?«

»Du hattest nie Probleme.«

»Ich hab nie Probleme gehabt.«

Ich hatte nie Zweifel. Meine erste war eine Ältere, eine Straße weiter, die hieß Blossom. Meine zweite war eine Ältere, die nannten wir Squeezy. Eine hab ich in dem Versicherungsbüro kennengelernt, als Sammy da gearbeitet hat, und die war auch älter, und die wußte, ich bin jünger, aber sie wollte trotzdem mehr von mir und hat mir zu Weihnachten zwei Hemden gekauft. Damals hab ich's mit jedem Mädchen gebracht, das ich wirklich haben wollte. Bei den Mädchen und überall anderswo, auch beim Militär, da hab ich entdeckt, daß man den Leuten nur klarmachen muß, was man will, und den Eindruck machen, daß man glaubt, man bekommt's auch, dann lassen sie einen auch meistens. Als ich bloß Korporal war, da hat mein Sergeant beim Einsatz in Europa mich schon alle Entscheidungen für uns beide treffen lassen. Aber Collegestudentinnen hab ich nie gehabt, so wie man sie im Kino sieht. Vor dem Krieg ist niemand aufs College, den wir kannten, kein Gedanke. Nach dem Krieg fingen alle damit an. Die Frauen, die ich durch Sammy kennengelernt hab, von seinem *Time Magazine*, ehe er verheiratet war und auch noch nachher, die fanden mich nicht immer so toll, wie ich mir das eigentlich vorstellte, also hab ich da meinen Charme etwas runtergedreht bei denen, um ihn nicht in Verlegenheit zu bringen, und sogar seine Frau, Glenda, die war zuerst von mir und Claire nicht so angetan wie die Leute, an die wir in Brooklyn und Orange Valley gewöhnt waren. Claire hatte den Eindruck, Glenda sei ein Snob, weil sie keine Jüdin war und nicht aus Brooklyn, aber es hat sich herausgestellt, daß es das gar nicht war. Als wir anfingen, krank zu werden, erst ich, dann sie, sind wir ziemlich eng zusammengerückt, auch vorher eigentlich schon, als ihr Junge, der Michael, sich umgebracht hat. Wir waren das Ehepaar, bei dem sie sich am leichtesten aussprechen konnten, und Claire war die Freundin, der Glenda am meisten vertraut hat.

In Coney Island, Brighton Beach und überall sonst hatte ich immer Frauen, sooft ich wollte, und ich konnte sogar anderen welche besorgen, sogar Sammy. Vor allem beim Militär, in Georgia, Kansas und Oklahoma, und zwar auch verheiratete, bei denen die Männer weg waren. Und das hat mich oft ein wenig irritiert anschließend, aber es hat mich nie davon abgehalten, mich erstmal zu amüsieren, wenn was lief. »Tu's nicht rein bei mir«, manchmal wollten sie mir vorher das Versprechen abnehmen, ehe ich uns dann beide glücklich machte, indem ich's reintat. In England, bevor ich auf den Kontinent rüberkam, gab's viele. In England im Krieg konnte jeder Amerikaner bei den Frauen landen, sogar Eisenhower, und manchmal in Frankreich auf einem Dorf oder einem Hof, während wir damit beschäftigt waren vorzurücken, bis wir uns zurückziehen mußten und ich in Gefangenschaft kam, mit einer ganzen Menge anderer Jungs, in der sogenannten Ardennenschlacht, wie ich später herausfand. In Deutschland nicht, aber selbst da fast, in Dresden als Kriegsgefangener, als ich in der Fabrik arbeitete, Vitaminsäfte für schwangere Frauen in Deutschland, die Nahrung brauchten und nichts zu essen hatten. Das war gegen Kriegsende, und ich haßte die Deutschen mehr denn je und konnte es nicht zeigen. Sogar da war ich nahe dran, mal ne Nummer zu bringen, ich konnte so gut mit den Wachtposten, und dann die Polinnen und die anderen Zwangsarbeiterinnen dort – vielleicht hätte ich wirklich meine Lieblingsposten (die Wachen waren alles alte Männer oder Soldaten, die an der Ostfront schwer verwundet worden waren) dazu gekriegt, daß sie weggucken, wenn ich mit der einen oder anderen mal ein Weilchen in ein Nebenzimmer oder einen Wandschrank gegangen wäre. Die Frauen schienen nicht gerade scharf drauf, aber sie hatten auch nichts gegen mich – bis dann die große Brandbombennacht kam, als alles um uns her an einem einzigen Tag zu Ende ging und alle die Frauen auch verschwunden waren. Die anderen Jungs dachten immer, ich spinne, weil ich so rumgeflachst habe, aber so hatten wir ein bißchen mehr Zeitvertreib, bis der Krieg zu Ende war und wir nach Hause konnten. Den Engländern in dem Gefängnis war ich ein völliges Rätsel. Die Wachen waren müde, denen hab ich bald Spaß gemacht. Die wußten, daß ich Jude war. Das stellte ich überall eindeutig klar.

»*Herr Reichsmarschall*«, so nannte ich die deutschen Gemeinen, ein Standardwitz, wenn ich mit ihnen sprechen mußte, um etwas zu übersetzen oder zu fragen. »*Fucking Fritz*« hieß jeder einzelne privat bei mir, ganz ohne Scherz. Oder »*Nazi kraut bastard*«.

»Herr Rabinowitz«, antworteten sie mit gespieltem Respekt.

»*Mein Name ist Lew*«, hab ich dann immer laut und lustig zurückgerufen. »Bitte nennt mich so.«

»Rabinowitz, du bist verrückt«, sagte mein Helfer, Vonnegut aus Indiana. »Du bringst es noch so weit, daß sie dich umbringen.«

»Willst du denn nicht ein bißchen Spaß haben?« Ich versuchte immer, uns alle aufzuheitern. »Wie hältst du diese endlose Langeweile aus? Ich wette, ich kann hier einen Tanzabend organisieren, wenn wir denen die Musik abschwatzen können.«

»Nicht mit mir«, sagte der alte Typ namens Schwejk. »Ich bin ein braver Soldat.«

Beide konnten besser Deutsch als ich, aber Vonnegut war bescheiden und schüchtern, und Schwejk, der ständig über seine Hämorrhoiden und die schmerzenden Füße klagte, wollte nie in irgend etwas reingezogen werden.

Dann sahen wir einmal, daß der Zirkus in die Stadt kam. Wir hatten die Plakate gesehen, auf dem Marsch zur Lebensmittelfabrik von unseren Quartieren in dem massiven Kellergeschoß, das früher der Keller des Schlachthauses gewesen war, als sie noch Tiere zum Schlachten hatten. Mittlerweile hatten die Wachen mehr Angst als wir. Nachts konnten wir die Flugzeuge aus England über uns wegfliegen hören, auf ihrem Weg zu den militärischen Zielen in der Region. Und manchmal hörten wir befriedigt, wie in nicht allzu großer Entfernung Hunderte von Bomben explodierten. Von Osten her kamen, wie wir wußten, die Russen.

Ich hatte eine Mordsidee, als ich diese Zirkusplakate sah. »Reden wir mit dem Obermotz und schauen wir, ob wir nicht hingehen dürfen. Die Frauen auch. Wir brauchen mal Abwechslung. Laßt mich reden.« Ich fand die Chance aufregend. »Versuchen wir's.«

»Ohne mich«, sagte der brave Soldat Schwejk. »Ich kann auch so in genug Schwierigkeiten kommen, wenn ich bloß tue, was man mir sagt.«

Die Frauen, die mit uns arbeiteten, waren bleich und verschlampt und so dreckig wie wir, und ich glaube, in niemand von uns waren noch irgendwelche Sexualhormone aktiv. Und ich war abgemagert und hatte die meiste Zeit noch dazu Diarrhöe, aber das wäre doch eine Nummer gewesen, mit der ich später Claire hätte aufziehen können, und jetzt mit ihr angeben. Ich hätte ja lügen könnne, aber ich lüge nicht gern.

Claire und ich haben noch geheiratet, ehe ich entlassen worden bin, gleich nach meiner Leistenbruchoperation in Fort Dix, als ich aus Europa und den deutschen Gefängnissen zurück war, und ich wurde beinahe wild, wie zwei deutsche Kriegsgefangene da in New Jersey Stielaugen gemacht haben und blöd gegrinst und was auf deutsch gesagt haben, wie sie Claire da auf mich warten sahen; verlobt waren wir da noch.

Ich sah sie zuerst in Oklahoma, diese deutschen Kriegsgefangenen hier bei uns, und ich traute meinen Augen nicht. Sie arbeiteten mit Schaufeln im Freien und sahen besser aus als wir, und zufriedener auch auf diesem großen Stützpunkt. Das war der Krieg? Nicht meine Idee vom Krieg. Ich dachte, Kriegsgefangene gehören doch wohl ins Gefängnis und nicht nach draußen, wo sie sich zusammen gut unterhielten und Witze rissen über uns. Ich wurde wütend, wenn ich sie anschaute. Sie wurden von ein paar schlaff rumhängenden GIs bewacht, die faul und gelangweilt dreinschauten und Gewehre trugen, die zu schwer aussahen. Die Krauts sollten eigentlich an irgend etwas arbeiten, aber sie strengten sich nicht besonders an. Überall ringsum gab's amerikanische Arrestanten, unerlaubte Entfernung von der Truppe, die mußten zur Strafe Löcher graben und wieder auffüllen, und die arbeiteten immer härter als irgendeiner von denen. Ich wurde noch wütender, wenn ich ihnen bloß zusah, und eines Tages, ohne daß ich recht wußte, was ich tat, beschloß ich, an ihnen mein Deutsch auszuprobieren, und marschierte einfach hin.

»He, Soldat, das ist nicht erlaubt«, sagte der Wachtposten in der Nähe von den beiden, auf die ich zuging, und sprang nervös auf mich zu; er hatte so einen ausländischen Südstaatenakzent, wie ich sie gerade erst langsam gewohnt war. Er fing sogar an, das Gewehr in Anschlag zu bringen.

»Junge, ich hab Familie in Europa«, sagte ich zu ihm, »und das hier geht einwandfrei in Ordnung, wirst du gleich hören.« Und ehe er antworten konnte, fing ich sofort mit meinem Deutsch an, erst mal nur Probeläufe, aber das wußte er nicht. *»Bitte. Wie ist Ihr Name? Dankeschön. Wie alt sind Sie? Danke vielmals. Wo du kommst her? Danke.«* Mittlerweile waren einige von den anderen nähergekommen, und sogar ein paar von den Wachen waren herangetreten und hörten zu und grinsten, als würden sie sich bei einer Truppenbetreuungsshow amüsieren. Das gefiel mir auch nicht. Was zum Teufel, dachte ich, haben wir Krieg oder Frieden? Ich redete immer weiter. Wenn sie mich nicht verstanden, änderte ich meine Sätze so lange, bis sie's begriffen, und dann nickten und lachten sie alle, und ich tat, als grinste ich vor Glück, wenn sie mir gute Noten gaben. »*Bitteschön, bitteschön*«, sagten sie, wenn ich überschwenglich »*Danke, danke*« zu ihnen sagte, nachdem sie mir versichert hatten, ich sei »*gut, gut*«. Aber ehe es vorbei war, wollte ich ihnen auf jeden Fall klarmachen, daß eine Person unter den Anwesenden sich nicht so gut amüsierte, und das war ich. »*So, wie geht jetzt?*« fragte ich sie und wies mit dem Arm im Kreis auf den ganzen Stützpunkt. »*Du gefällt es hier? Schön? Ja?*« Als sie sagten, ja, es gefiele ihnen hier, als würden wir alle eine Deutschübung zusammen machen, stellte ich ihnen eine Frage. »*Gefällt hier besser wie Zu Hause mit Krieg? Ja?*« Ich hätte wetten mögen, daß es ihnen in der Tat da besser gefiel als daheim in Deutschland, wo Krieg war. »Klar«, sagte ich auf englisch zu ihnen, und inzwischen hatten sie aufgehört zu lächeln und sahen konfus drein. Ich starrte einem, mit dem ich zuerst gesprochen hatte, fest ins Gesicht. »*Sprechen du!*« Ich bohrte meinen Blick in seine Augen, bis er als Antwort schwach zu nicken anfing. Als ich sah, wie er einknickte, wollte ich laut lachen, obwohl ich es nicht komisch fand. »*Dein Name ist Fritz? Dein Name ist Hans? Du bist Heinrich?*« Und dann sagte ich ihnen, wer ich war. »*Und mein Name ist Rabinowitz.*« Ich sagte es noch einmal, so, wie es vielleicht ein Deutscher gesagt hätte. »*Rabinowitz. Ich bin Lew Rabinowitz, L. R., von Coney Island in Brooklyn, New York. Du kennst?*« Und dann sprach ich Jiddisch. »*Und ich bin ein Jid. Farschtest?*« Und dann auf englisch. »*I am a Jew. Understand?*« Und in meinem gebrochenen Deutsch. »*Ich bin Jude. Verstehst?*« Jetzt wußten sie nicht, wo sie hinsehen sollten, aber mich wollten sie nicht anschauen. Ich hab blaue Augen, die können Eisspalten werden, sagt Claire mir noch immer, und eine blasse europäische Haut, die sich rasch rötet, wenn ich laut lache oder wütend werde, und ich war mir nicht sicher, ob sie mir glaubten. Also hab ich noch einen Knopf an meinem Uniformhemd aufgemacht und meine Hundemarke rausgezogen und ihnen den Buchstaben J gezeigt, der dort unten mit der Blutgruppe eingestanzt war. »*Sehen du? Ich bin Rabinowitz, Lew Rabinowitz, und ich bin Jude. Verstanden? Gut. Danke*«, sagte ich sarkastisch und schaute jeden einzelnen kalt an, bis ich sah, wie er den Blick senkte. »*Dankeschön, danke vielmals, für alles,* und ein *bitte* und *bitteschön* dazu. Und beim Leben meiner Mutter, ich schwör's euch, ich zahl euch alles heim. Danke, Sportsfreund*«, sagte ich zu dem Korporal, als ich wegging. »Hat mich gefreut, daß es dir auch so gut gefallen hat.«

»Was war das denn jetzt eigentlich?«

»Hab nur mein Deutsch ein bißchen ausprobiert.«

In Fort Dix, als Claire dabei war, da war ich nicht mehr am Ausprobieren. Ich war in Sekundenschnelle wütend, als ich die beiden lachen und etwas über Claire sagen sah, und ich war bereit, voll draufloszugehen, wütender als je im Gefecht, als ich direkt auf sie zukam. Meine Stimme war leise und ganz ruhig, und der Muskel in meinem Hals und an meinem Kiefer tickte schon wie die Uhr einer Zeitbombe, die sich danach sehnt zu explodieren.

»*Achtung*«, sagte ich leise und langsam und dehnte das Wort so lange, wie ich nur konnte, bis ich neben ihnen anhielt, dort, wo sie auf dem Rasen standen mit ihren Schaufeln, bei einem Weg aus festgestampfter Erde, den sie anlegen mußten.

Die beiden schauten einander mit einem kaum versteckten Lächeln an, von dem sie wohl meinten, ich würde es nicht übelnehmen.

»*Achtung*«, sagte ich wieder, mit etwas mehr Biß in der zweiten Silbe, als führte ich eine höfliche Unterhaltung mit einem leicht schwerhörigen Freund der Familie im Wohnzimmer von Claires

Mutter daheim droben im Staate New York. Ich schob mein Gesicht direkt vor ihre Gesichter, nur ein paar Zoll entfernt. Meine Lippen waren breit auseinandergezogen, wie am Anfang eines Lachens, aber ich lächelte nicht einmal, und ich glaube, noch war ihnen das gar nicht klar. »*Achtung, aufpassen*«, sagte ich betont.

Sie machten ernste Gesichter, als ich nicht laut wurde. Sie begriffen langsam, daß ich kein Späßchen machte. Und dann richteten sie sich aus ihrer bequem entspannten Haltung auf und fingen an, irgendwie hilflos auszusehen, als wüßten sie nicht, was sie von mir halten sollten. Ich begriff erst später, daß ich meine Fäuste geballt hatte, ich wußte es nicht, bis ich das Blut an meinen Handflächen sah, wo sich die Nägel eingegraben hatten.

Jetzt waren sie sich nicht mehr so sicher, aber ich war's. Der Krieg in Europa war vorbei, aber sie waren immer noch Kriegsgefangene, und sie waren hier, nicht drüben. Es war Sommer, und sie waren gesund und standen mit nacktem Oberkörper da, sonnengebräunt, wie ich immer am Strand von Coney Island vor dem Krieg. Sie sahen stark aus, muskulös, nicht wie die hundert und aberhundert anderen, die ich drüben in die Gefangenschaft hatte kommen sehen. Die hier waren zuerst kassiert worden und hatten sich als Gefangene am amerikanischen Essen gesundgefuttert, während mir von den nassen Socken und Schuhen die Füße faulten und Insekten auf mir rumkrochen, die ich noch nie gesehen hatte, Läuse. Sie waren gleich zu Anfang gefangen worden, dachte ich mir, die strammen brutalen Elitetruppen vom Kriegsbeginn, diese ganze Generation, die mittlerweile gefangen, getötet oder verwundet war, und sie schauten für meinen Geschmack zu gut und komfortabel aus, aber die Genfer Konvention enthielt eben Vorschriften für die Behandlung von Kriegsgefangenen, und da waren sie nun. Die beiden, denen ich gegenüberstand, waren älter und größer als ich, aber ich hatte keinen Zweifel, daß ich sie auseinandernehmen konnte, wenn's drauf ankam, schwach wie ich nach den Operationen war, dünn wie ich nach dem Krieg war, und vielleicht täuschte ich mich da. Ich war als Gefangener nicht so gut versorgt worden.

»*Wie geht's?*« sagte ich beiläufig und schaute einen nach dem anderen auf eine Art und Weise an, daß sie wußten: ich war nicht so freundlich aufgelegt, wie sich das anhörte. Mittlerweile war mein Deutsch ziemlich gut. »*Was ist dein Name?*«

Der eine hieß Gustav, der andere Otto. Ich weiß noch die Namen.

»*Wo kommst du her?*«

Einer kam aus München. Von dem anderen Ort hatte ich noch nie gehört. Ich sprach mit großer Autorität, und ich konnte sehen, daß sie beunruhigt waren. Sie hatten keinen höheren Rang als ich. Offiziere konnten sie keine sein, wenn man sie hier arbeiten ließ, nicht einmal Unteroffiziere, es sei denn, sie hatten gelogen wie ich, als ich einfach aus dem letzten Gefangenenlager rauswollte, irgendwohin zum Arbeitseinsatz. »*Warum lachst du, wenn du siehst Lady hier?* Du auch.« Ich deutete auf den anderen. »Warum hast du eben gelacht, als du die Lady da angeschaut hast, und was hast du über sie zu dem da gesagt, daß er noch mehr gelacht hat?«

Ich vergaß, das auf deutsch zu sagen, und sprach Englisch. Sie wußten sehr wohl, wovon ich redete, aber die einzelnen Worte waren ihnen nicht klar. Mir war's egal. Es war mühsam, das in eine andere Sprache rüberzubringen, aber ich wußte, sie würden mich schon verstehen, wenn ich mich konzentrierte.

»*Warum hast du gelacht, wenn du siehst meine* girlfriend *hier?*«

Jetzt wußten wir alle, sie hatten's verstanden, weil keiner antworten wollte. Der Posten mit seinem Gewehr begriff nicht, was hier abging, und wußte nicht, was er tun sollte. Er sah aus, als hätte er mehr Angst vor mir als vor denen. Ich wußte, es war eigentlich sogar verboten, daß ich mit ihnen sprach. Ich wußte, Claire wollte bestimmt, daß ich aufhörte. Ich würde nicht aufhören. Nichts hätte mich davon abgebracht. Ein junger Offizier mit verschiedenen Gefechtsauszeichnungen, der hergekommen war, hielt abrupt an, als er mein Gesicht sah.

»Bleiben Sie lieber hier«, hörte ich Claire warnend sagen.

Ich hatte auch meine Orden an, ein Bronze Star dabei, der war dafür, daß ich in Frankreich zusammen mit einem Burschen namens David Craig einen Tigerpanzer geknackt hatte. Ich glaube, der Offizier las meine Gedanken und war schlau genug, mir nicht in die Quere zu kommen. Ich machte einen offiziellen Eindruck, ich redete knallhart. Mein Deutsch verwirrte sie alle, und ich achtete darauf, sehr laut zu sprechen.

»Antworten!« sagte ich. »*Du verstehst, was ich sage?*«
»*Ich verstehe nicht.*«
»*Wir haben nicht gelacht.*«
»*Keiner hat gelacht.*«

»Otto, du bist ein Lügner«, sagte ich auf deutsch zu ihm. »Du hast es verstanden, und du hast gelacht. *Gustav, sag mir, Gustav, was du sagen*« – ich deutete auf Claire – »*über meine Frau hier? Beide lachen, was ist so komisch?*« Wir waren noch nicht verheiratet, aber ich warf nicht ungern ein, sie sei meine Frau, nur um die Schraube etwas fester anzudrehen. »Sie ist meine Frau«, wiederholte ich auf englisch, damit der Offizier es hörte. »Was habt ihr für gemeines Zeug gesagt über sie?«

»*Ich habe nichts gesagt. Keiner hat gelacht.*«
»*Sag mir!*« kommandierte ich.
»*Ich habe es vergessen. Ich weiß nicht.*«

»*Gustav, du bist auch ein Lügner, und du wirst gehen zur Hölle für deine Lüge.* Zur Hölle mit euch beiden für eure Lügen und eure dreckigen Bemerkungen über diese junge Dame, und wenn ich euch selbst dorthin bringen muß! Also jetzt. *Schaufeln hinlegen!*«

Ich deutete auf die Erde. Sie legten zahm ihre Schaufeln hin und warteten. Ich wartete auch.

»*Schaufeln aufheben!*« sagte ich ohne ein Lächeln.

Sie schauten sich hilfesuchend um. Sie hoben die Schaufeln auf und standen da und wußten nicht, was sie mit ihnen anfangen sollten.

»*Dein Name ist Gustav?*« sagte ich nach einer halben Minute weiterer Wartezeit. »*Dein Name ist Otto? Jawohl? Du bist von München? Und du bist von . . . Ach wo!*« Mir war es ganz egal, wo zum Teufel der herkam. »*Mein Name ist Rabinowitz.* Lewis Rabinowitz. *Ich bin Lewis Rabinowitz, aus Coney Island, West Twenty-fifth Street, zwischen Railroad Avenue und Mermaid Avenue, bei Karussell*, am großen Karussell auf dem Pier.« Ich konnte den Puls in meinen Daumen pochen spüren, als ich meine Hundemarke rauszog, um sie den Buchstaben J sehen zu lassen, um ganz sicher zu gehen, daß sie wußten, wovon ich redete, wenn ich als nächstes zu ihnen auf jiddisch sagte: »*Un ich bin ein Jid.*« Und dann auf deutsch: »*Ich bin Jude. Jüdisch. Verstehst du jetzt?*« Sie waren jetzt nicht mehr so sonnenbraun und sahen nicht mehr so kräftig aus. Ich fühlte mich so gelassen, wie man es nur sein kann, und nie war ich meiner selbst als L.R., Louie Rabinowitz aus Coney Island, sicherer. Es war nicht mehr notwendig, mit ihnen zu kämpfen. Ich sagte mit meinem häßlichen Lächeln, das laut Claire schlimmer aussieht als das von einem Skelett, wie eine Todesgrimasse: »*Jetzt . . . noch einmal.*« Sie legten die Schaufeln hin, als ich es sagte, und hoben sie auf, als hätte ich sie perfekt abgerichtet. Ich deutete auf Claire. »*Hast du schlecht gesagt wie als er hat gesagt, wie du gesehen Dame hier?*«

»*Nein, mein Herr.*«

»*Hast du mitgelacht, als er hat gesagt schlecht?*«

»*Nein, mein Herr.*«

»Ihr lügt wieder, ihr beide, und da habt ihr Glück, weil ich euch vielleicht sonst das Kreuz gebrochen hätte, wenn ihr mir sagt, ihr habt über sie gelacht oder was Schlechtes gesagt. *Geh zur Arbeit.*« Ich wandte mich angewidert ab von ihnen. »Korporal, sie gehören wieder ganz Ihnen. Danke für diese Gelegenheit.«

»Lew, das war nicht nett«, sagte Claire als erste.

Dann sprach der Offizier. »Sergeant, das ist Ihnen nicht gestattet. So dürfen Sie mit denen nicht reden.«

Ich salutierte respektvoll. »Ich kenne die Regeln der Genfer Konvention, Captain. Ich war drüben in Gefangenschaft, Sir.«

»Worum ging's denn da eben?«

»Sie haben meine Verlobte angeschaut, Sir, und etwas Schmutziges gesagt. Ich bin eben erst zurückgekommen. Ich bin noch nicht ganz richtig im Kopf.«

»Lew, du *bist* auch nicht ganz richtig im Kopf«, fing Claire sofort an, als wir alleine waren. »Und wenn die jetzt nicht getan hätten, was du ihnen gesagt hast?«

»Beruhige dich, Mädelchen. Die haben gemacht, was ich gesagt habe. Sie mußten es tun.«

»Warum? Wenn die Wache dazwischengetreten wäre? Oder der Offizier?«

»Das konnten die nicht.«

»Woher wolltest du das wissen?«

»Das mußt du einfach verstehen.«

»Warum konnten sie's nicht?«

»Ich sag's dir, und du mußt es mir glauben. Bestimmte Dinge geschehen so, wie ich sage, daß sie geschehen sollen. Frag mich nicht, warum. Für mich ist das ganz einfach. Sie haben dich beleidigt, und sie haben dadurch mich beleidigt, und ich mußte ihnen zeigen, daß sie das nicht bringen können. Sie dürfen das nicht.« Wir waren schon verlobt. »Du bist meine Verlobte, *n'est-ce pas?* Mein *Fräulein*. Ich würde auf jeden wütend werden, der dich anschaut und eine unanständige Bemerkung macht, und mein Vater und meine Brüder auch, wenn sie einen andren Typ so über dich grinsen sehen würden, oder über eine von meinen Schwestern. Genug geschwatzt, meine Liebe! Gehen wir wieder ins Hospital. Verabschieden wir uns von Hermann dem Teutonen.«

»Lew, mir langt's schon mit Hermann. Ich warte unten und trinke solang was, wenn du glaubst, du mußt das unbedingt nochmal treiben mit ihm. Ich find das nicht komisch.«

»Du wirst's mir immer noch nicht glauben, Baby, aber ich auch nicht. Wegen der Komik mach ich das bestimmt nicht.«

Das Problem mit Claire war damals einfach – wie Sammy und Winkler klar sahen und mich wissen ließen –, daß sie große Titten hatte. Und mein Problem war, daß ich schnell eifersüchtig wurde und so ziemlich jeden anderen Mann, dem die auch auffielen, am liebsten umgebracht hätte, Sammy und Winkler eingeschlossen.

Also vier von uns gingen damals hin und haben sich gemeldet, und wir sind alle vier zurückgekommen. Aber Irving Kaiser aus dem Mietshaus nebenan starb im Artilleriefeuer in Italien, und ich sah ihn nie wieder, und Sonny Ball fiel dort auf dieselbe Weise. Freddy Rosenbaum verlor ein Bein, und Manny Schwartz läuft immer noch mit Haken an einer künstlichen Hand rum und nimmt das nicht mehr so fröhlich wie früher, und Solly Moss hat einen Kopfschuß und kann nichts mehr richtig sehen oder hören, und wie Sammy mal sagte, als wir so zurückgesehen haben, das kommt einem doch vor wie eine ganze Menge Verluste für bloß ein paar Straßenzüge in einem ziemlich kleinen Teil eines ziemlich kleinen Viertels, also müssen überall noch eine Menge anderer getötet und verwundet worden sein. Ich hatte mir das auch schon gedacht. Aber an dem Tag, als wir vier los sind, haben wir nicht geglaubt, daß es wirklich gefährlich wird, daß es wirklich Tote gibt.

Wir gingen in den Krieg und wußten nicht, was das war.

Die meisten von uns heirateten jung. Und von Scheidung war damals noch nirgendwo die Rede. Das war was für die Goyim, für die reichen Leute, von denen wir immer in den Zeitungen lasen, die fuhren sechs Wochen nach Reno, Nevada, weil's dort einfacher ging. Und für jemand wie Sammys Glenda und ihren unternehmungslustigen ersten Mann, der gerne mal hier, mal da zuschlug und dem es scheißegal war, wer das wußte. Jetzt hat sogar eine von meinen eigenen Töchtern ihre Scheidung. Als ich zuerst gehört habe, daß die Ehe auseinandergeht, wollte ich am liebsten sofort hinter meinem Ex-Schwiegersohn her und die Vermögensaufteilung mit bloßen Händen regeln. Claire ist mir über den Mund gefahren und hat mich statt dessen zum Abkühlen wieder mit in die Karibik genommen. Sammy Singer war der einzige, den ich kenne, der gewartet hat, und dann hat er seine

Schickse geheiratet, mit den drei Kindern und dem hellbraunen Haar, das fast blond war. Aber Sammy Singer war immer ein kleines bißchen anders, kleiner und anders, ruhig, hat viel nachgedacht. Er war so der Eigenartige, er ist aufs College gegangen. Ich war schlau genug und hatte auch meine GI-Ansprüche, um das Studium zu finanzieren, aber ich war schon verheiratet und hatte Besseres zu tun, als nochmal zur Schule zu gehen, und ich hatte es eilig weiterzukommen. Das ist auch so ein Grund, weshalb ich Kennedy und seine ganze Korona nie leiden konnte, als er da ins Rampenlicht gehüpft ist und losgelegt hat wie ein Schauspieler, der alles viel zu wunderbar findet. Ich kann's einem Mann ansehen, wenn er's eilig hat. Ich hab den Kopf geschüttelt, einmal, als er erschossen wurde, hab gesagt: Schade, schade, und hab am selben Tag mit meiner Arbeit weitergemacht und mich darauf eingerichtet, ab jetzt Lyndon Johnson nicht leiden zu können, wenn ich mir dazu mal die Zeit nehmen wollte. Ich kann Schönschwätzer nicht leiden, Leute, die immer zuviel reden, und Präsidenten tun das eben. Sogar damals ist mir nicht klargeworden, warum ein Junge mit Verstand wie Sammy Singer eigentlich aufs College wollte, um da Sachen wie englische Literatur zu studieren, die er auch in seiner Freizeit lesen konnte.

Als ich dreizehn war und reif für die High School, hab ich's in die Brooklyn Technical High School geschafft, was damals nicht einfach war, und ich war gut in so Sachen wie Mathe, technisches Zeichnen und ein paar von den naturwissenschaftlichen Fächern, wie ich mir das auch gedacht hatte. Und dann hab ich so ziemlich alles außer der Arithmetik wieder vergessen, als ich abging und für meinen Vater zu arbeiten anfing, im Altwarengeschäft mit meinem Bruder und einem Schwager zusammen, der mit meiner ältesten Schwester die Souterrainwohnung in unserem Vierfamilienhaus hatte. Das Haus, aus Backstein mit einer Veranda vorne, gehörte damals schon unserer Familie. Die Arithmetik hab ich wohl hauptsächlich beim Binokel eingesetzt, beim Steigern und Spielen, und ich konnte ziemlich gut mithalten bei den Partien auf dem Pier und am Strand, fast mit den besten von den alten Juden aus Rußland und Ungarn und Polen und Rumänien, die redeten und redeten und redeten beim Spielen, über die Karten und die jüdischen Zeitungen und über Hitler, den ich früh schon haßte, so früh wie sie, und Stalin, Trotzki, Mussolini und Franklin Delano Roosevelt, den sie mochten, also mochte ich ihn auch. In Coney Island hat es, da möchte ich wetten, bestimmt nie einen einzigen jüdischen Wähler gegeben, der für einen Republikaner gestimmt hat, außer vielleicht mein Schwager Phil, der war immer gegen alles, wofür die anderen um ihn herum gewesen sind, und ist es immer noch.

Mein Vater hielt nicht viel von meinem genialen Kartenspiel. Als ich ihn fragte, was ich denn sonst mit meiner Zeit anfangen sollte, wenn wir nicht bei der Arbeit waren, wußte er nichts. Wenn er etwas nicht wußte, wollte er nicht darüber reden. Beim Militär gab's kein richtiges Binokelspiel, also verdiente ich mein Geld mit Blackjack, Poker und Würfeln. Ich gewann fast immer, weil ich wußte, ich würde gewinnen. Wenn ich verlor, war es nicht viel. Ich konnte sofort erkennen, ob da Spieler am Werk waren, die genauso gut waren wie ich und grade eine Strähne hatten, und ich wußte, da mußt du abwarten. Jetzt gebrauche ich meine Mathematik zum Berechnen von Rabatten, Kosten, Steuervorteilen und Profitmargen, und ich kann rechnen, ohne auch nur das Gefühl zu haben, ich muß denken dabei, das geht wie bei meinem Buchhalter oder bei den Kassiererinnen mit dem Computer, und fast genauso schnell. Ich liege nicht immer richtig, aber kaum je ganz daneben. Mit der Idee für die Heizöluhren für einzelne Häuser und Wohnungen war ich, auch nachdem ich die passende Meßuhr gefunden hatte, nie so recht glücklich. Mit solchen Uhren würde man nicht für jedes neue Haus in einer Neubauzone einen eigenen Öltank brauchen, und die Firma, die die Uhren installierte, würde das Öl direkt verkaufen. Aber ich hatte das Gefühl, es würde mir schwerfallen, die Leute von den großen Ölgesellschaften dazu zu kriegen, daß sie mich ernst nahmen, und so war's auch. Als wir uns trafen, war ich nicht wie sonst. Ich trug einen Anzug mit Weste und hatte eine andere Persönlichkeit, weil ich dachte, meine würde ihnen nicht gefallen. Die, die ich da einsetzte, fanden sie auch nicht so toll. Ich spielte nicht mehr in meiner Liga, das wußte ich sofort, als ich bei denen antrat. Es gibt Grenzen, und ich hatte schon von Anfang an gedacht, daß mir hier wohl meine gezeigt würden.

Der Krieg war eine große Hilfe, sogar für mich, mit dem Bauboom und der Baumaterialknappheit. Wir machten viel Geld mit Abrißgrundstücken, und beim ersten Lunaparkbrand gleich nach dem Krieg, als mein Bruch geheilt war und ich wieder im Altmaterialhandel war und stark wie ein Stier, da merkte ich, daß ich immer noch die harte, schwere Arbeit mit meinen Brüdern und dem Schwager und dem alten Herrn liebte. Smokey Rubin und der Schwarze waren weg, aber wir hatten andere, wenn wir welche brauchten, und zwei eigene Lastwagen und noch einen, den wir wochenweise mieteten. Aber was ich haßte, war der Dreck, der Schmutz, der Unrat, der Ozeangestank von den fauligen Zeitungen aus den Abfalltonnen am Strand, die die Lumpensammler auf ihren Karren vorbeibrachten, welche sie zerrten und schoben. Ich hatte Angst vor dem Schmutz und vor der Luft, die wir atmeten. Ich hab Angst vor Ungeziefer. Bei den alten Zeitungen waren manchmal tote Krebse und Klumpen von Muscheln mit Sand und Seetang dabei, und Orangenschalen und anderer Müll, und das stopften wir dann in die Mitte von den großen Papierballen, die wir immer noch von Hand mit der Drahtzange verschnürten. Es gab mittlerweile Maschinen, die Zeitungspapier zu Ballen bündelten, erzählte uns Winkler in weisem Ton an den Tagen, wo er nichts Besseres zu tun hatte und vorbeikam, um zuzuschauen, wie wir uns den Arsch abarbeiteten, und wartete, bis ich fertig war. Winkler konnte für alles eine Maschine besorgen, auch eine gebrauchte. *Up-to-date* nannte er sie gerne, *state-of-the-art*. Ich war mir nicht ganz sicher, was eine *state-of-the-art*-Maschine sein sollte.

Winkler hat sich *state-of-the-art*-Maschinen besorgt, um Film für Luftaufnahmen aus Militärrestbeständen in passende Größen für die normalen Kameras zu schneiden, und hatte vor, damit seine ersten Millionen zu machen, bis Eastman Kodak auch auf den Trichter kam und Massenartikel für die gesamte Bevölkerung auf den Markt warf. Die Leute heirateten und bekamen Babys, und sie wollten Babyfotos haben.

»Vergiß deine Maschinen, ich will deine Maschinen nicht«, knurrte der alte Herr Winkler an, er knirschte mit seinem Gebiß und sprach mit dem starken polnisch-jüdischen Akzent, den Claire kaum je gehört hatte, ehe sie anfing, mit mir zu gehen und im Zimmer meiner anderen Schwester zu schlafen. Niemand ließ uns unter diesem Dach zusammen. Sie war aus einer jüdischen Familie oben im Staat New York, wo alles anders war als in Coney Island, und beide Eltern waren schon hier geboren, das war auch etwas ganz anderes. Wir begegneten uns, als sie sich einen Sommer lang in Sea Gate einmieteten, wegen dem Strand und dem Meer – wir hatten einen von den schönsten Ozeanstränden zum Schwimmen, wenn das Wasser nicht gerade verdreckt war von den Kondomen und anderem Zeug aus den Toiletten der großen Ozeandampfer, die beinahe täglich an uns vorbei in den Hafen einliefen, oder aus Abwasserleitungen. Wir nannten so ein Kondom »Coney-Island-Weißfisch«. Den Müll und das andere Zeug, was da rumschwamm, nannten wir »Aufpassen!«. Wir hatten noch einen Namen für die Kondome. Wir nannten sie Rotzbeutel. Jetzt nennen wir diese Wichser in Washington so. Wie Noodles Cook, und vielleicht dieser Neue im Weißen Haus auch.

»Ich hab meine eigenen Maschinen, da sind sie«, sagte der Alte und spannte die Muskeln und lächelte. Er meinte seine Schultern und Arme. »Und da drüben sind auch noch drei.« Da meinte er mich und meinen Bruder und Schwager. »Und meine Maschinen leben und kosten nicht soviel. Los, ziehen, ziehen«, rief er. »Steht nicht da rum. Hört dem nicht zu. Wir müssen nachher Rohre sägen und Boiler abholen.«

Und er und seine drei lebendigen Maschinen gingen wieder ans Werk, mit unseren Stahlhaken und langen Zangen und den dicken Stahlstreifen, die um die Zeitungsballen geschlungen und verknotet wurden, wobei wir unsere Augen und unsere Eier sorgfältig aus der Schußlinie hielten, falls wieder so ein schmaler Stahl riß und wegplatzte. Wir rollten einen Ballen auf den anderen hinunter, daß beide auf eine Art bebten und schütterten, die Claire sehr erotisch fand, wie sie mir sagte, als ob ein kräftiger Typ wie ich auf ein Mädchen wie sie draufginge.

Der alte Herr mochte Claire von Anfang an, als sie im Geschäft auftauchte, um zuzusehen und mitzuhelfen, damit ich früher gehen konnte, wenn wir verabredet waren, und es gefiel ihm auch, daß sie viel Zeit damit verbrachte, mit meiner Mutter zu reden, was damals manchmal nicht mehr einfach war. Und sie packte die kleinen Geschenke schön ein, die sie zu Geburts- und Feiertagen mitbrachte. Geschenkpapier! Claire war der erste Mensch, den wir kannten, der was in Geschenkpapier einschlug. Wer in der ganzen großen Familie, wer in der ganzen Welt von Coney Island, hatte vor Claires Auftreten je was von Geschenkpapier und buntem Band gehört? Oder von einem Gläserservice, von Gläsern mit Stiel, *stemware*? Keiner bei uns daheim war sich sicher, was »*stemware*« sein mochte, aber ich wußte, ich wollte das haben, weil Claire es wollte, und ich redete mit einem ziemlich arrivierten Italiener namens Rocky, von dem ich verschiedenes kaufte, über unsere *stemware*. Rocky mochte mich und mochte die Art, wie Claire geradeaus mit ihm redete, und nachdem wir beide weggezogen waren und jeweils anfingen, Grundstücke zu kaufen und Häuser draufzustellen, taten wir uns manchmal den einen oder anderen Gefallen. Rocky mochte Frauen, Blondinen und Rote mit viel Make-up und Stöckelschuhen und großen Busen, und war Ehefrauen wie Claire und seiner eigenen gegenüber sehr respektvoll.

Ihr Vater war tot, und mein Vater sagte mir gleich zu Anfang, wo's langging, als die Frage auftauchte, ob ich mal bei ihr zu

Hause schlafen könnte – unmöglich, sogar wenn ihre Mutter da war.

»Hör mir zu, Louie«, sagte Morris, mein Vater, zu mir, »hör mir gut zu. Das Mädchen ist Waise. Sie hat keinen Vater. Heirate sie oder laß sie in Ruh. Das ist mein Ernst.«

Ich entschied mich, sie zu heiraten, und ich entdeckte, als ich drüber nachdachte: ich wollte, daß meine Frau noch Jungfrau ist. Ich war überrascht, aber es stellte sich eben heraus: so war ich. Ich mußte zugeben, wenn ich ein Mädchen überredet hatte, mal den Sprung zu machen, dann hielt ich nachher zumindest ein kleines bißchen weniger von ihr, obwohl ich's meist wieder mit ihr bringen wollte. Und sogar sechs Jahre später, als Sammy Glenda mit ihren drei Kindern geheiratet hat, wollte es mir immer noch nicht in den Kopf, daß ein Mann wie er eine Frau heiraten konnte, die schon von einem anderen gefickt worden war, insbesondere einem, der noch am Leben war, und nicht nur einmal, und nicht nur von ihm. Ich weiß, es ist komisch, aber es hat sich herausgestellt: so bin ich.

Ich bin's immer noch, weil mit meinen zwei Töchtern, da gibt's Sachen, bei denen haben Claire und ich es aufgegeben, uns zu streiten. Sie würden es mir nicht glauben, wenn ich ihnen anvertrauen würde, daß ihre Mutter bis zu unserer Heirat Jungfrau war. Und Claire hat mich schwören lassen, daß ich das nie mehr jemandem erzähle.

Ich zieh mich normalerweise vor Claires Ärger zurück, aber nie aus Angst. Ich hab keine Angst beim Militär und in Gefangenschaft gehabt, nicht einmal in den Feuergefechten und den gelegentlichen Artillerieattacken, als wir durch den Rest von Frankreich und durch Luxemburg zur deutschen Grenze vorgerückt sind, nicht einmal, als ich nach der großen Dezemberüberraschung aus dem Schnee hochschaute und diese deutschen Soldaten mit den sauberen Gewehren und den hübschen, neuen weißen Uniformen sah, und unser Haufen in Gefangenschaft ging.

Aber ich hatte Angst vor den Ratten in unserem Altwarengeschäft. Und ich haßte den Dreck, vor allem dann nach dem Krieg. Schon eine Maus an einer Fußbodenleiste reichte, daß es mir ganz schlecht wurde und ich eine Minute lang zittern mußte, so, wie es jetzt ist, wenn ich den Geschmack von den grünen Äpfeln meiner Mutter plötzlich wieder spüre oder auch nur daran denke. Und als ich endlich mein eigenes Geschäft in einer Stadt aufmachte, die über zweieinhalb Stunden von unserem Laden in Brooklyn entfernt lag, war der beste Platz, den ich finden konnte, das Grundstück einer in Konkurs gegangenen Mausefallenfabrik in der Nähe der Gütergeleise eines Bahnhofs, und da waren jetzt auch Mäuse genug.

Einen Tag nach dem anderen ekelte mich der Schmutz unter meinen Fingernägeln, und ich schämte mich. Wir schämten uns alle. Wir schrubbten uns sauber, wenn wir fertig waren, mit kaltem Wasser aus dem Schlauch, was anderes gab's nicht. Es dauerte vielleicht eine Stunde. Selbst im Winter seiften wir uns ein und spritzten uns ab, mit groben Werkzeugbürsten und Kernseife. Wir wollten nicht raus und nach Hause gehen und den ganzen Dreck noch an uns haben. Ich haßte dieses Schwarze unter meinen Fingernägeln. In Atlanta in der Armee entdeckte ich die Maniküre – zusammen mit dem Krabbencocktail und dem Filet Mignon – und fand sie in England wieder, und in Frankreich auf dem Durchmarsch ließ ich mich maniküren, wo's nur ging. Und nach der Rückkehr nach Coney Island wollte ich das nie mehr missen. Und tat's auch nicht. Selbst im Krankenhaus, wenn's mir besonders lausig geht, kümmere ich mich immer um meine Sauberkeit, und eine Maniküre gehört zu den Dingen, für die ich auf jeden Fall sorge. Claire wußte schon Bescheid mit der Maniküre. Nach der Heirat war das Teil unseres Vorspiels. Pediküre gefiel ihr auch, und den Rücken gekratzt bekommen und die Füße massiert, und ich hielt gern ihre Zehen in der Hand.

Ich fuhr einen guten Wagen, sobald ich das Geld für einen hatte, und kaufte Claire auch ein gutes Modell, als ich dafür Geld hatte, und wir mußten nicht mehr mit dem Lastwagen von der

Firma losziehen, wenn wir ausgehen wollten, und als ich mal die maßgeschneiderten Anzüge entdeckt hatte, wollte ich nie mehr was anderes tragen. Als Kennedy Präsident wurde, stellte sich raus, daß wir beide unsere Anzüge vom selben Laden in New York machen ließen, aber ich mußte zugeben, ich sah in meinen nie so gut aus wie er in seinen. Sammy sagte immer, ich wüßte mich nicht zu kleiden, und Claire hat das auch oft gesagt, und vielleicht haben sie recht, weil auf Sachen wie Farbe und Schnitt hab ich nie viel geachtet, ich hab's den Schneidern überlassen, das für mich auszusuchen. Aber soviel wußte ich jedenfalls: ich fühlte mich großartig, wenn ich in einem Maßanzug rumlief, der über dreihundert Dollar mit Mehrwertsteuer kostete, vielleicht sogar bis zu fünfhundert. Jetzt kosten sie mehr als fünfzehnhundert, bis zu zweitausend, aber mir ist's immer noch egal, und ich hab jetzt mehr davon, als ich jemals auftragen werde, weil mein Gewicht zwischen den Behandlungen stark schwankt und ich immer schön ordentlich aussehen möchte, gut sitzender Anzug und Maniküre, wenn ich ausgehe.

Ich trug Baumwollhemden, ausschließlich Baumwolle. Kein Nylon, kein Polyester, nichts Knitter- und Bügelfreies. Aber keine ägyptische Baumwolle, nie, nicht nach der Gründung von Israel und dem Krieg von 1948. Als Milo Minderbinder und seine M. & M. Enterprises groß in ägyptische Baumwolle eingestiegen sind, hab ich ihre M. & M.-Toilettenschüsseln in meinem Installationsgeschäft nicht mehr geführt und ihre Materialien nicht mehr auf meinem Bauhof. Winkler weiß, daß mir das nicht paßt, aber er kauft immer noch Minderbinders Kakaobohnen für die Schokoladenosterhasen, die er produziert, aber die schmeißen wir weg, wenn er sie als Geschenk schickt.

Ich habe den Käse entdeckt, als ich die Karibik entdeckte, französischen Käse. Ich habe die französischen Käse vom ersten Tag an geliebt. Martinique und Guadeloupe und später Saint Barthélemy wurden unsere Lieblingsurlaubsorte im Winter in der Karibik. Wegen der Käse. Auf Europa war ich nie scharf. Einmal war ich in Frankreich und einmal in Spanien und Italien, und ich wollte eigentlich nie wieder in ein Land zurück, wo man nicht meine Sprache sprach und nicht richtig merken konnte, was für eine Art Mensch ich dachte, daß ich war. Und dann, eines Tages in Saint Bart's, als ich gerade mit Claire in bester Laune zusammen war und mir zwei hübsche Grundstücke in Saint Maarten geholt hatte, zu einem Preis, ich wußte es einfach, der hervorragend war, da aß ich ein Stück Käse, der mir immer gut geschmeckt hatte, auf einem Stück Brot, das ich auch mochte, ein St. André war das, glaube ich, und dann, ein wenig später, spürte ich den Geschmack von grünen Äpfeln hochsteigen, den ich nie vergessen hatte, diesen brennenden, sauren Geschmack, an den ich mich von ganz früh erinnere, wie mir als kleiner Junge schlecht war, und ich bekam Angst, daß irgendwas in mir nicht in Ordnung war. Und mein Hals fühlte sich starr an, als würde er aufschwellen. Sammy würde sagen, natürlich schwillt er *auf*, *runter*schwellen kann er nicht. Ich kann jetzt darüber lächeln. Es waren nicht nur Magenschmerzen oder so. Bis dahin war mir kaum je richtig schlecht gewesen, egal, wieviel ich aß oder trank, und ich glaube, ich hab mich die ganze Zeit als Erwachsener immer wohl gefühlt. Beim Militär hab ich oft gefroren, ich war verdreckt, ich sehnte mich nach mehr Schlaf und besserem Essen, aber ich hab mich eigentlich immer sicher gefühlt und gesund und nie gedacht, mir würde irgend etwas Schlimmes oder Ungewöhnliches passieren. Selbst als der Scharfschütze diesen Korporal Hammer mit einer Kugel durch den Kopf erwischt hat, als wir zusammen neben dem Spähjeep standen und miteinander sprachen, nur einen Fuß auseinander. Die Stadt sah sauber aus, das meldete er mir gerade, und er war sicher, wir könnten reingehen. Es hat mich nicht überrascht, daß er's war und nicht ich. Ich hab nicht das Gefühl gehabt, daß das Glück war. Ich dachte, das mußte so sein.

»Honey, fliegen wir doch morgen zurück«, sagte ich zu Claire, als ich diesen alten, ekligen Geschmack von grünen Äpfeln hochgurgeln fühlte, und später erzählte ich ihr irgendeinen Quark, nachdem wir wieder auf unserem Zimmer waren und es noch einmal miteinander getrieben hatten. »Mir ist da was eingefallen, was ich in Newburgh anleiern könnte, das wäre vielleicht was recht Günstiges für uns.«

Ich fühlte mich nach dem Sex zusammen gut, sogar noch dann, als wir daheim waren. Nur zur Sicherheit bin ich mal beim Arzt vorbeigegangen. Emil schaute nach und fand nichts. Ich weiß bis heute nicht, ob er genauer hätte nachsehen sollen, oder ob das keinen Unterschied gemacht hätte. Emil könnte durchaus glauben, daß das, was ich auf der Insel hatte, mit dem gar nichts zu tun hat, was ich jetzt habe.

Ich hab keine Angst vor irgend jemand, aber vor grünen Äpfeln mehr und mehr. Das erste Mal in meinem Leben, als mir schlecht war (soweit ich mich erinnere), da sagte mir meine Mutter, mir wäre schlecht, weil ich von den grünen Äpfeln gegessen hätte, die sie in einer Schüssel aufgehoben hatte, um damit etwas zu kochen oder zu backen. Ich weiß nicht, ob ich sie wirklich gegessen habe. Aber jedesmal, wenn mir wieder so schlecht wurde, wenn ich mich erbrechen mußte, vom Mumps, von den Windpocken, einmal von einer Halsentzündung, machte sie wieder diese grünen Äpfel verantwortlich dafür, und nach einer Weile fing ich an, ihr zu glauben, auch wenn ich gar keine gegessen hatte, weil das Erbrechen immer gleich schmeckte. Und ich glaube es immer noch. Weil jedesmal, wenn mir schlecht wird, vor der Bestrahlung oder der Chemotherapie oder während der Bestrahlung oder der Chemotherapie oder nach der Bestrahlung oder der Chemotherapie, schmecke ich grüne Äpfel. Ich hab grüne Äpfel bei der Bruchoperation geschmeckt. Und als ich zum erstenmal zusammengeklappt bin, auf der Rückfahrt von einem Wochenende in Sammys Haus auf Fire Island mit ein paar von Sammys flotten Freunden von *Time*, als ich spürte, wie mein Hals anschwoll, daß ich den Kopf nicht mehr drehen und nicht mehr richtig fahren konnte, und dann am Steuerrad fast ohnmächtig wurde und mich gerade noch neben dem Auto erbrach und halb im Delirium vor mich hinzuplappern anfing, da plapperte ich was von grünen Äpfeln, sagte mir Claire. Und die Kinder hinten im Kombiwagen, wir hatten gerade drei damals, die sagten es auch. Wir sagten den Bekannten, die sich wunderten, weshalb wir erst sehr spät zu Hause waren, daß es nur eine Magenverstimmung war, weil wir das tatsächlich glaubten. Später sagten wir: eine Angina. Dann das Pfeiffersche Drüsenfieber. Dann Bronchiallymphknotentuberkulose. Als ich sieben Jahre später den ersten totalen Zusammenbruch hatte und im Krankenhaus in der Stadt lag und Claire Glenda sagte, was es wirklich war, stellte sich heraus, daß sie und Sammy es bereits wußten oder ahnten. Glenda hatte da Erfahrungen mit einem Ex-Ehemann mit einer anderen Art von Krebs, und Sammy, das weiß man ja, war als regelmäßiger *Time*-Leser ein kluger Kopf.

Claire hatte vorher nie eine Familie wie unsere kennengelernt, mit dem Brooklynakzent und dazu dem jüdischen Akzent von Mom und Pop, und war nie mit jemand wie mir ausgegangen, der sie bei der ersten Begegnung seinem Freund ausspannte und mit ihr machen konnte, was er wollte, und dessen Zukunft im Altmaterial lag. Letzteres hörte ich nicht so gern, aber ich zeigte das nicht, bis wir verheiratet waren.

»Das Altmaterial hat keine Zukunft, es gibt zuviel davon«, erklärte Winkler uns immer vor seiner ersten Pleite. »Louie, Überproduktion ist immer schlecht. Die Wirtschaft braucht Versorgungslücken. Das ist das Gute an Monopolen – die halten die Ware kurz, die die Leute wollen. Ich kaufe Luftaufnahmen-Spezialfilm von Eastman Kodak aus Militärbeständen für praktisch gar nichts auf, niemand sonst hat Interesse, weil zuviel da ist, und ich verwandele ihn in normalen Farbfilm, den man nirgendwo kriegen kann. Überall heiraten die Leute, klar, und kriegen Kinder, sogar ich, und alle wollen sie Farbbilder, und sie können nicht genug Film bekommen. Eastman Kodak ist hilflos. Es ist ihr eigener Film, sie können ihn nicht schlechtmachen. Ich verwende den Namen Kodak, und sie können nicht an meinen Preis ran.

Meine erste Bestellung, die reinkam, als die Postkarten verschickt waren, die kam von Eastman Kodak, vier Rollen Film, damit sie rausfinden können, was ich treibe.«

Er und Eastman Kodak fanden bald heraus, daß die fraglichen Spezialfilme ausgezeichnete Bilder aus zehntausend Fuß Höhe lieferten, aber körnige Flecke auf Babys und Bräuten hinterließen, und dann war er wieder da und fuhr für uns den Lastwagen, wenn wir ihn gerade brauchten – bis er dann anfing, Doughnuts mit Honig- oder Schokoglasur für die erste von den Bäckereien herzustellen, in die er dann investierte, bis er nach Kalifornien zog und die erste von seinen Pralinenfabriken kaufte, die auch nicht liefen. Zwanzig Jahre lang hab ich ihm hin und wieder Geld zugesteckt, ohne daß Claire etwas erfuhr. Zwanzig Jahre lang hat Claire ihnen Geld geschickt, wenn sie's brauchten, ich hab nie was davon erfahren.

Ehe ich aus der Armee entlassen wurde, da redete Claire, damals wirklich noch sehr jung, ernsthaft auf mich ein, ich solle doch wieder zum Militär, die Möglichkeiten, zu reisen und herumzukommen, würden sie reizen.

»Das kann doch wohl nicht dein Ernst sein«, sagte ich ihr, gerade aus Dresden zurück und flach auf dem Rücken im Krankenhaus nach meiner Operation. »So bescheuert bin ich nicht. Reisen? Wohin? Georgia? Kansas? Fort Sill, Oklahoma? Das läuft nicht.«

Claire half im Altwarengeschäft am Telefon und bei der Buchführung, wenn meine große Schwester Ida zu Hause bei meiner Mutter sein mußte. Und sie blieb bei meiner Mutter, wenn Ida im Geschäft war. Sie konnte sie öfter zum Lächeln bringen als wir. Die alte Dame wurde immer wunderlicher, der Doktor hatte uns gesagt, wegen der Arterienverkalkung im Gehirn, was im Alter natürlich war, sagte er; heute denken wir, es war wahrscheinlich die Alzheimersche Krankheit, die wir jetzt vielleicht auch im Alter natürlich finden, wie Dennis Toomer den Krebs.

Claire versteht immer noch nicht viel von Mathematik, und

das macht mir jetzt Sorgen. Sie kann natürlich addieren und subtrahieren, vor allem wenn man ihr dazu einen Taschenrechner gibt, und sogar ein bißchen multiplizieren und dividieren, aber bei Brüchen, Dezimalstellen und Prozenten ist sie verloren, und sie begreift nichts von Aufschlägen, Abzügen und Zinsen. Sie war damals aber gut genug für die Buchhaltung, und das war so ziemlich das einzige, was der Alte noch von ihr erledigt sehen wollte, nachdem sie einmal Messing- und Kupferteile in den letzten Papierballen des Tages reingeworfen hatte, um uns zu helfen, früher fertig zu werden. Der alte Herr konnte es einfach nicht fassen, sein ungläubiges Aufstöhnen erschütterte die Wände und scheuchte wahrscheinlich alle unsere Ratten und Mäuse und Kakerlaken in völliger Panik hinaus auf die McDonald Avenue.

»Ich wollte nur helfen«, brachte sie als Entschuldigung vor. »Ich dachte, ihr wollt die Ballen schwerer haben.«

Ich mußte laut lachen. »Nicht mit Messing!«

»Mit Kupfer?« fragte mein Bruder und lachte auch.

»*Tschotschkele*, wo bist du zur Schule gegangen?« fragte der alte Herr sie und ließ sein Gebiß schrammen, mit jenem anderen Geräusch, das entstand, wenn er lustig war. »Kupfer, Messing auch, bringt vierzehn Cents das Pfund. Zeitungen verkauft man für *Bubkes*, für gar nichts das Pfund. Was ist mehr wert? Da braucht man nicht nach Harvard gehen, um das zu rechnen. Hier, *Tschotschkele*, da setz dich her, mein kleiner Liebling, und schreib deine Zahlen und sag, wer muß uns Geld zahlen und wem müssen wir zahlen. Keine Angst, du gehst schon noch tanzen. Louie, komm her. Wo hast du so ein kleines Spielzeug gefunden?« Er nahm meinen Arm mit dem Griff, den er hatte, und zog mich in eine Ecke, um mit mir alleine zu reden, rot im Gesicht, mit seinen großen Sommersprossen. »Louie, hör gut zu. Wenn du nicht mein eigener Sohn wärst und sie dafür meine Tochter, würd ich sie nicht mit einem *Tamler* wie dir ausgehen lassen. Du darfst ihr nicht weh tun, nicht einmal ein bißchen.«

Sie war nicht so leicht zu täuschen, wie er dachte, obwohl ich wahrscheinlich mit ihr hätte machen können, was ich wollte. Sie hatte von einer Cousine in der Gegend schon von den Jungs in Coney Island und ihren Clubs gehört, wo sie dich in das Hinterzimmer reintanzen, das mit der Tür und den Sofas, und dir rasch einen Teil der Kleider runterziehen, daß du nicht mehr rauskannst, ohne dich zu schämen, bis du sie zumindest zum Teil machen läßt, was sie möchten. Als sie beim ersten Mal sagte, sie würde nicht mit mir nach da hinten gehen, hob ich sie einfach vom Fußboden hoch, noch während wir tanzten, und tanzte mit ihr den Korridor hinunter in unser Hinterzimmer, nur um ihr zu zeigen, daß das nicht immer stimmte, nicht bei mir, nicht jetzt. Was ich ihr nicht sagte, war, daß ich schon vor einer Stunde mit einem anderen Mädchen dort gewesen war.

Sie war wirklich schwach im Rechnen, aber ich fand bald heraus, daß ich besser fuhr, wenn ich das Geschäftliche in ihren Händen ließ, als bei irgendeinem von meinen Brüdern oder Partnern, und ich habe meinen Brüdern und Partnern immer vertraut. Keiner hat mich je betrogen, soweit ich weiß, und ich glaube, keiner von ihnen hat es je tun wollen, weil ich mir immer Männer ausgesucht habe, die großzügig waren und gern soviel lachten und tranken wie ich.

Claire hatte gute Beine und diese wundervolle Brust, hat sie immer noch. Ihr fiel es lange vor mir auf, daß fast alle die italienischen Bauunternehmer, mit denen wir Geschäfte machten, bei Terminen auf der Baustelle immer mit auffälligen Blondinen und Rothaarigen anrückten, und sie machte mit, indem sie ihr Haar eher in Richtung Blond tönte, wenn ich sie zu etwas mitnahm, was vielleicht wichtiger war als das Übliche. Sie belud sich mit Modeschmuck, und sie konnte mit allen, Männern und Frauen, reden, wie sie's gewohnt waren. »Das trag ich immer, wenn ich mit ihm unterwegs bin«, grinste sie dann mit müdem Zynismus, wenn jemand was zu ihrem Ehering sagte oder zum tiefen Ausschnitt ihres Kleids oder Kostüms, und wir lachten alle. »Den Trauschein kann ich jetzt grade nicht vorlegen«, sagte sie, wenn einer von denen fragte, ob wir wirklich verheiratet wären. Ich überließ ihr das Antworten und genoß es, und manchmal, wenn der Abschluß gut lief und das Mittagessen sich lange hinzog, gingen wir auch für den Nachmittag in das nächste Motel mit und zogen vor dem Abend wieder aus. »Er muß nach Hause«, sagte sie dann immer. »Er kann auch nicht die ganze Nacht hierbleiben.« In Restaurants, Nachtclubs und Urlaubshotels hatte sie eine große Begabung, Unterhaltungen auf der Damentoilette anzufangen und Mädchen für die Jungs in unserer Gesellschaft abzuschleppen, die keines hatten und eines wollten. Und sie wußte noch vor mir, was ich mir langsam in bezug auf die Wahnsinnsfreundin eines italienischen Baulöwen auszumalen anfing, eine große australische Blondine, ein lebhaftes, rasantes Ding mit weißem Make-up und Stöckelschuhen und ebenfalls mit herrlichen Möpsen, die nicht ruhig dastehen konnte, so als wollte sie immer gleich zu tanzen anfangen, auch ohne Musik, und die immer anzügliche Bemerkungen über die kessen Spielzeuge machte, die sie für die Spielzeugfirma entwerfen wollte, wo sie arbeitete.

»Sie wohnt mit einer Freundin zusammen«, sagte der Typ zu mir, ohne die Lippen dabei zu bewegen. »Einer Krankenschwester. Ne Wucht. Die bringen's beide. Wir könnten zusammen ausgehen.«

»Ich möchte aber die Süße hier«, sagte ich, daß sie es hören konnte.

»Das geht in Ordnung. Ich riskier's mit der Schwester«, sagte er, und ich wußte, daß ich mit ihm nichts Freundschaftliches zu tun haben wollte. Er begriff nicht, daß für mich der Spaß darin lag, sie rumzukriegen, ich wollte sie nicht als Geschenk abgeliefert bekommen.

Claire erriet alles. »Nein, Lew, das nicht«, erklärte sie mir ein für allemal, sobald wir im Auto saßen. »Niemals, nein, nicht, wenn ich's schon kommen sehen kann.«

Ich hielt mich daran, und sie sah's auch nie mehr kommen, soweit ich weiß.

Und im Krankenhaus in Fort Dix setzte sie sich gegen mich durch, was Hermann den Teutonen betraf, Herman the German. Ich wußte, sie hatte recht, hatte an meiner Stelle recht, ich wußte es dann später, als ich mich abgekühlt hatte und nicht mehr vor mich hin kochte.

»Wer versorgt dich hier?« wollte sie bei einem ihrer Wochenendbesuche wissen, als sie aus der Stadt herkam. »Was machst du, wenn du etwas brauchst? Wer kommt dann?«

Ich würde ihr das mit Vergnügen vorführen, versicherte ich ihr. Und dann brüllte ich: »Hermann!« Ich hörte die ängstlichen Schritte des Krankenwärters, ehe ich zum zweiten Mal brüllen konnte, und dann stand Herman my German da, schmal, schüchtern, heftig atmend, nervös, in den Fünfzigern, kein arischer Supermann, kein *Übermensch*, der nicht.

»*Mein Herr Rabinowitz?*« fing er sofort an, wie ich es ihm beigebracht hatte, daß ich's haben wollte. »*Wie kann ich Ihnen dienen?*«

»*Achtung*, Hermann«, befahl ich obenhin. Und nachdem er die Hacken zusammengeschlagen und Haltung angenommen hatte, gab ich den Befehl, den er verstand. »*Anfangen!*« Er fing an, mir von sich zu erzählen. Und ich wandte mich zu Claire. »Also, Honey, wie war die Fahrt hierher? Wo wohnst du? Im selben Hotel?«

Sie riß die Augen auf, als der Mann seine Litanei rezitierte, und sie konnte es nicht glauben, als ihr klarwurde, was geschah. Und es schien ihr nicht zu gefallen. Ich mußte fast lachen über ihren komischen Gesichtsausdruck. Hermann meldete seinen Namen, Dienstgrad und Stammrollennummer, dann seinen Geburtstag und Geburtsort, die Ausbildung, den Beruf, Herkunft und Familienstand und alles andere, von dem ich ihm gesagt hatte, ich wollte es jedesmal hören, wenn ich ihn Haltung annehmen ließ und ihm sagte, er solle anfangen, mir wieder von sich zu erzählen. Und ich unterhielt mich weiter mit Claire, als sähe ich ihn nicht und würde mich nicht um ihn bekümmern, gewiß nicht.

»Also, ich sag dir, was ich mir gedacht habe. Ich geh bestimmt nicht nochmal zum Militär, das kannst du vergessen. Der alte Herr braucht mich vielleicht eine Weile im Geschäft.«

Claire konnte sich nicht entscheiden, wem von uns sie zuhören sollte. Ich verzog keine Miene. Es wurde still im Zimmer. Hermann war fertig und stand blinzelnd und schwitzend da.

»Ach ja«, sagte ich, ohne mich umzudrehen, als hätte ich mich eben an ihn erinnert. »*Noch einmal.*«

Und er fing wieder an. »*Mein Name ist Hermann Vogeler. Ich bin ein Soldat der deutschen Wehrmacht. Ich bin Bäcker. Ich wurde am dritten September 1892 geboren, und ich bin dreiundfünfzig Jahre alt.*«

»Lew, hör auf. Das reicht jetzt«, unterbrach ihn Claire endlich, und sie war ärgerlich. »Schluß! Schluß jetzt!«

Ich mochte es nicht, wenn sie so zu mir redete, und Hermann oder irgend jemand sonst war dabei. Der Muskel an meinem Hals fing zu ticken an. »Also werde ich wohl wieder bei dem Alten anfangen«, sagte ich und sprach an ihr vorbei. »Bloß, um mal ein Einkommen zu haben, während ich mir überlege, was wir dann anstellen sollen.«

»Lew, laß ihn gehen«, befahl sie. »Mein Ernst!«

»Mein Vater hatte Kühe und verkaufte Milch«, sagte Hermann auf deutsch auf. »Ich ging zur Schule. Nach der Schule wollte ich zur Universität, doch wurde ich nicht angenommen. Ich war nicht besonders klug.«

»Ist schon gut«, sagte ich unschuldig, während Hermann so gehorsam wie beim ersten Mal fortfuhr. »Dazu hab ich ihn ausgebildet. Die haben ihn als Bäcker ausgebildet, ich für das hier. Wenn er fertig ist, laß ich ihn das Ganze noch ein paarmal wiederholen, daß es keiner von uns vergißt. Wir können eine Weile bei meiner Familie im Dachgeschoß wohnen. Wir sind die Jüngsten, also müssen wir Treppen steigen. Ich möchte eigentlich nicht die ganze Zeit ans College hängen, nicht, wenn wir verheiratet sind. Willst du heiraten?«

»Lew, ich will, daß du ihn gehen läßt! Das will ich! Ich warne dich.«

»Zwing mich doch.«

»Das werde ich. Reiz mich nicht.«

»Wie denn?«

»Ich zieh mich aus«, entschied sie, und ich konnte sehen, daß es ihr Ernst war. »Hier und jetzt zieh ich mich aus. Das langt jetzt! Ich ziehe alles aus und leg mich ins Bett auf dich drauf, gleich jetzt, wenn du ihn nicht sofort aufhören läßt. Ich setz mich auf dich drauf, auch mit deinen Nähten, auch wenn sie aufgehen. Ich laß ihn alles sehen, was du gesehen hast, ich zeig es ihm, ich schwör's, das tu ich. Schick ihn weg.«

Sie wußte schon, was das für mich bedeutete, die Schlaue. Als die Bikinis Mode wurden, da mußte ich ihr nicht extra sagen, daß sie keinen tragen sollte, und bei meinen Töchtern gab ich's endlich auf, noch groß drüber zu reden, und wollte einfach nicht mehr an den Strand, wenn sie dort waren.

Sie fing an, sich aufzuknöpfen. Knopf um Knopf, und sie knöpfte immer weiter. Und als ich den weißen Unterrock mit dem tiefen Ausschnitt und den Spitzen sah und darunter die Wölbung dieser wirklich großen Titten, die ich nie irgendeinen anderen Mann auf der Welt auch nur flüchtig sehen lassen wollte, da mußte ich kapitulieren. Ich sah das Bild schon vor mir, wie sie ihren Reißverschluß aufmachen und aus dem Rock steigen würde, mit ihm hier im Zimmer, und dann den Unterrock hochheben würde, und davor hatte ich Angst und konnte den Gedanken einfach nicht ertragen, und ich mußte Hermann anhalten und tat es, als wäre ich wütend auf ihn anstatt auf sie, als wäre alles seine Schuld, nicht ihre, oder meine, und ich müßte ihn deshalb wegschicken.

»Okay, es reicht, knöpf dich zu.« Auf sie war ich auch wütend. »Okay, Hermann. *Genug. Fertig. Dankeschön.* Geh jetzt! *Schnell! Mach schnell!* Raus jetzt, zum Teufel.«

»*Danke schön, Herr Rabinowitz. Danke vielmals.*« Er zitterte, was mich verlegen machte, und ging rückwärts, sich verbeugend, hinaus.

»Das war nicht komisch, Lew, nicht für meinen Geschmack«, teilte sie mir mit, während sie die Knöpfe schloß.

»Ich hab's auch nicht gemacht, weil das komisch sein sollte.« Ich war auch in gemeiner Stimmung.

»Warum dann?«

Ich wußte nicht, warum.

Als er dann entlassen wurde, mochte ich den armen alten Burschen sogar ganz gern, und ich strengte mich an und wünschte ihm viel Glück, als er schließlich abtransportiert wurde, zur sogenannten Repatriierung.

Da empfand ich bereits Mitleid mit ihm. Er war schwach. Selbst andere Deutsche würden ihn für schwach halten, und in seinem Alter würde er nie mehr stark werden. Schon erinnerte er mich in mancher Hinsicht an Sammys Vater, einen sanften alten ruhigen Mann mit Silberhaaren, der den ganzen Sommer über immer gleich an den Strand ging und ein langes Bad im Ozean nahm, sobald er von der Arbeit nach Hause kam. Sammy oder sein Bruder oder seine Schwester wurden dann von Sammys Mutter ausgeschickt, ein Auge auf ihn zu haben und ihn daran zu erinnern, daß er rechtzeitig zum Abendessen kam. Sammy und ich hatten beide Glück. Wir hatten beide eine ältere Schwester, die sich am Ende um die Eltern kümmern konnte. Sammys Vater las, die ganzen jüdischen Zeitungen, und in seinem Haus hörten sie alle gerne klassische Musik im Radio. In der Stadtbücherei bestellte Sammy für ihn Bücher, die ins Jiddische übersetzt worden waren, Romane meistens, und meistens von Russen. Er war freundlich. Mein Vater war's nicht. Meine Leute lasen kaum etwas. Ich konnte nie die Zeit finden. Am Anfang, als Sammy versuchte, Kurzgeschichten und komische Artikel zu schreiben, die er an die Magazine verkaufen wollte, probierte er sie an mir aus. Ich wußte nie, was ich sagen sollte, und ich bin froh, daß er damit aufgehört hat.

Sammy hatte dieses alte Foto von seinem Vater in Uniform, aus dem Ersten Weltkrieg. Er sah schon komisch aus, wie alle Soldaten damals, mit einem Helm, der für seinen kleinen Kopf zu groß wirkte, und mit einer Gasmaske und einer Feldflasche am Gürtel. Der alte Jacob Singer war in dieses Land gekommen, um den Armeen drüben zu entrinnen, und da war er wieder in einer gelandet. Seine Augen waren liebenswürdig und lächelten und schauten einen an. Sammy sieht einem nicht immer in die Augen. Als wir jünger waren und mit den Kußspielen anfingen, da mußte ich ihm sagen, er sollte immer das Mädchen, das er im Arm hatte und küßte, direkt anschauen und nicht so seitlich weggucken. Mit achtundsechzig ist Sammy schon älter, als sein Vater es bei seinem Tod war. Ich weiß bereits, ich werde nicht so lange leben wie meiner.

Sammy und ich wohnten in verschiedenen Blocks, und unsere Eltern lernten sich nie kennen. Von Verwandten abgesehen, die anderswo lebten und an Sommerwochenenden auf einen Tag am Strand herkamen, wurden da wie dort keine anderen Familien zum Essen oder so eingeladen.

Mein alter Herr war mit niemandem außerhalb der Familie besonders freundlich, und Freunde von mir wie Sammy und Winkler fühlten sich gar nicht sehr wohl, wenn sie zu mir nach Hause kamen und er war da. Ich war der Lieblingssohn, von dem er sich wünschte, er solle das Geschäft übernehmen, wenn er selber zu alt war, und zusehen, daß es immer genug abwarf für ihn und die ganzen Brüder und Schwestern und ihre Kinder, die es nötig hatten und sonst nichts finden konnten. Die Familie Rabinowitz hielt eng zusammen. Ich war auch immer der beste Außenkontakt, der Redner, der *Schmeichler*, der Verkäufer, der *Schmuser*, der freundliche, lockere Typ, der von einem alten Haus zum anderen ging, um einem armen Schwein von Hausmeister, das gerade Kohlen in den Kellerofen schippte oder Mülltonnen rausrollte, Honig ums Maul zu schmieren. Da fragte ich höflich, ob er der »Verwalter« sei oder hier die »Geschäfte führte«. Ich wollte mich gerne mit dem »Herrn« unterhalten, der hier verantwortlich war – und ich deutete an, auf welche Arten und Weisen wir einander behilflich sein konnten. Ich ließ ihm eine Geschäftskarte da, die Winkler mir billig bei einem Drucker hatte machen lassen, den er kannte, und versuchte, eine Verbindung aufzubauen, die vielleicht dazu führen könnte, daß wir die alten Rohre kriegten und die alten Installationen – Waschbecken, Toilettenschüsseln, Badewannen und die defekten Dampf- und Heißwasserboiler im Gebäude, manchmal schon, bevor sie defekt waren. Wir kannten Leute, die alles reparieren konnten. Ließ es sich nicht reparieren, verkauften wir's als Altmaterial. Altmaterial würde es immer geben, versprach mein Vater uns optimistisch, während Claire und ich versuchten, nicht zu lächeln, und immer jemand, der zahlt, daß man's abholt, und einen, der zahlt, wenn man's ihm verkauft. Er ließ es sich angelegen sein, zu uns beiden zu reden, wenn er vom Geld sprach, als ich wieder da war. Jetzt, wo ich kein Kind mehr war, würde er mir sechzig Dollar die Woche geben, fast das Doppelte. Und fünfundsechzig, wenn wir verheiratet waren. Und natürlich bekamen wir das Dachgeschoß, bis wir uns was Eigenes leisten konnten.

»Hör zu, Morris, hör mir gut zu«, sagte ich zu ihm, als er fertig war. Ich hatte fast viertausend auf der Bank vom Spiel und von meinem Militärsold. »Ich biete dir noch was Besseres an. Und eines Tages kannst du mir dann was Besseres bieten. Ich gebe dir ein Jahr umsonst. Aber nach einem Jahr setze ich mein Gehalt selber fest. Und ich bin dann der, der bestimmt, wo, wann und wie ich arbeiten will.«

»Umsonst?«

Das ging von ihm aus in Ordnung. Daraus folgte dann nach einer Weile der Umzug in die alte Mausefallenfabrik in Orange Valley, New York, und die Idee, gebrauchtes Bau- und Installationsmaterial und alte Boiler und Heißwasserbereiter an einem Ort zu verkaufen, wo's nicht viel gab und wo man rasch verschiedenes brauchte.

Claire fuhr besser Auto als irgend jemand sonst von uns – sie kam aus dem Norden des Staates und hatte mit sechzehn den Führerschein –, und sie fuhr den Lastwagen nach Brooklyn und zurück, hin und her, wenn ich zu beschäftigt war. Sie war zäh, und sie war klug und konnte keß daherreden, wenn es nötig war, und sie wußte, wie sie ihr Aussehen bei Polizisten oder Tankwarten einsetzen konnte, wenn irgend etwas schiefgelaufen war, ohne sich etwas zu vergeben oder in eine blöde Situation zu geraten. Ich erinnere mich an die erste Anzeige für die Lokalzeitung, wo Sammy beim Texten mitgeholfen hatte, die, über die wir immer noch lachen. IHR ROHR EXAKT NACH PLAN GESÄGT.

»Was soll das sein?« fragte er.

»Was da steht«, sagte ich.

Die Zeile brachte hier droben mehr Umsatz in allen Sparten, als irgend jemand außer mir gedacht hätte.

Darauf baute dann der Holzhof auf und die Firma für Installations- und Sanitärbedarf, mit dem Zehntausenddollarkredit von meinem Vater, mit strammen Zinsen. Er machte sich Sorgen wegen seines Alters, sagte er. Sein Kopf zitterte etwas von einem leichten Schlaganfall, den nie jemand erwähnte außer ihm.

»Louie, sag mir's, sag mir's richtig«, fragte er mich öfters. »Sieht es aus, als zittert mein Kopf ein bißchen, und die Hand?«

»Nein, Pop. Nicht mehr als bei mir.«

Ich erinnerte mich daran, daß meine Mutter zu der Zeit, als ihr Verstand schon fast dahin war, immer noch das Haar gekämmt und weißgespült haben wollte, und die Haare in ihrem Gesicht mußten mit der Pinzette entfernt werden. Ich kenne jetzt das Gefühl, daß man so gut wie möglich aussehen will. Und seit fast dreißig Jahren versuche ich jetzt, mich nicht sehen zu lassen, bis ich wieder gut und gesund ausschaue.

»Du bist ein guter Junge, Louie«, sagte er mit spöttischer Mißbilligung. »Ein Lügner wie immer, aber ich mag dich trotzdem.«

Wir mieteten in unserer neuen Stadt ein Haus und hatten zwei Kinder, dann kauften wir ein Haus und bekamen ein drittes, und dann baute ich ein Haus zum Verkaufen und noch mehr, immer eins auf einmal, zuerst mit Partnern zusammen, und sie ließen sich auch verkaufen, mit Profit. Profit war immer das Motiv. Ich trank und ging essen mit Leuten, die auf die Jagd gingen und hauptsächlich republikanisch wählten, und an Nationalfeiertagen hängten sie die Fahne raus und hatten das Gefühl, daß sie dadurch ihrem Land einen Dienst erwiesen. Sie hängten jedesmal die traditionellen gelben Bänder aus, wenn das Weiße Haus in den Krieg zog, und führten sich auf wie Kriegshelden. Warum Gelb, fragte ich sie im Spaß, die Nationalfarbe der Feigheit? Aber sie hatten eine freiwillige Feuerwehr, die immer auf der Matte stand, wenn's nötig war, und einen Rettungsdienst, den ich in Anspruch nehmen mußte, als mir zum zweitenmal ganz übel wurde und ich alle Kraft verlor, und Claire Panik bekam und mich sofort ins Krankenhaus bringen ließ. Die überwiesen mich wieder nach Manhattan zu Dennis Teemer, der mich reparierte und nach Hause schickte, als alles normal war. Ich trat der American Legion bei, als wir hier hochzogen, um ein paar Freunde zu haben und einen Ort, wo man hingehen konnte. Die brachten mir das Jagen bei, und mir gefiel's, und ich mochte die Leute, mit denen ich losging, ich fühlte mich großartig, wenn ich traf. Sie riefen Hurra, wenn ich eine Gans runterholte, einmal schoß ich ein Reh. Sie mußten die Tiere für mich ausnehmen. Ich konnte nicht einmal zuschauen. »Das ist etwas für Christenmenschen«, sagte ich immer, und wir lachten alle. Als ich meinen ältesten Sohn mitnahm, war immer noch jemand dabei, der das dann für uns machen konnte. Ihm hat die Jagd nicht sehr gefallen, und bald hörte ich auch auf damit.

Als nächstes sind wir in den Golfclub in der Nähe aufgerückt. Ich schloß weitere Freundschaften, viele aus New York, die hierhergezogen waren, in die Vorstädte ganz draußen, und es gab verschiedene Restaurants, wo wir hingingen und mit anderen Ehepaaren aßen und was tranken.

Ich lernte viel über Banken, und auch über Bankiers. Am Anfang ließen sie uns spüren, sogar die Kassiererinnen, daß sie keinen besonderen Wert darauf legten, Kunden mit Namen wie Rabinowitz zu bedienen. Das hat sich geändert, ich geb's zu. Aber ich nicht. Sie haben sich an mich gewöhnt und an eine Menge andere, nachdem die Gegend so gewachsen ist. Sie hielten sehr viel mehr von mir, als ich mir Geld lieh, als vorher, wo ich einzahlte. Da war ich bloß irgendwer, der hart arbeitete und sich mit einer kleinen Firma plagte. Als ich groß genug war, mir was zu leihen, verwandelte ich mich in Mr. Rabinowitz, dann (für die höheren Bankbeamten, für Mr. Clinton und Mr. Hardy) in Lew – einen guten Kunden mit nicht ganz unbedeutenden Mitteln. Ich nahm sie als Gäste mit in den Golfclub, sobald ich aufgenommen worden war, und stellte sie als Ed Clinton und Harry Hardy vor, meine Bankiers, da waren sie natürlich gebauchpinselt. Über Konkurse lernte ich auch einiges. Ich konnte es gar nicht glauben, was es da für Gesetze gab, als ich das erste Mal damit gelinkt wurde.

Was es mit Paragraph 11 auf sich hatte, wurde mir durch einen Bauunternehmer namens Hanson und seinen Anwalt klar, und denen wurde einiges klar über mich. Als sie am Anfang eines Arbeitstages bei ihm aus dem Haus kamen, war ich schon aus dem Auto, als sie noch auf der Veranda standen.

»Lew?« Hanson war so überrascht, daß er tatsächlich lächelte, bis er sah, daß ich's nicht tat. Er war ein großgewachsener Mann und trug das Haar über den Ohren ganz kurzgeschnitten, die Art Haarschnitt, die wir bei der Armee tragen mußten, und schon damals hat er mir nicht gefallen. Der Mann neben ihm war mir unbekannt. »Wie geht's denn?«

»Hanson, Sie schulden mir viertausendzweihundert Dollar«, sagte ich gleich vorweg. »Für Bauholz und Schindeln und Sanitär- und Kücheninstallationen und Rohre. Ich hab Ihnen Rechnungen geschickt und mit Ihnen telefoniert, und jetzt sag ich's Ihnen persönlich: Ich will das Geld heute noch haben. Heute morgen. Jetzt. Ich bin hier, um es zu holen.«

»Lew, das ist mein neuer Anwalt. Der hier ist Rabinowitz.«

»Ah ja«, sagte der neue Anwalt mit der Art von Lächeln, die man immer bei Anwälten sieht, ein Lächeln, daß sie aussehen wie Schönfärber, die man auf der Stelle erwürgen möchte. »Die Firma meines Mandanten ist in Konkurs, im Sinne des Paragraphen 11, Mr. Rabinowitz. Das ist Ihnen, glaube ich, bekannt.«

»Sagen Sie Ihrem Mandanten – Sir, wie heißen Sie? Das hat er, glaube ich, nicht erwähnt.«

»Brewster, Leonard Brewster.«

»Bitte setzen Sie Ihrem Mandanten auseinander, Brewster, daß Paragraph 11 etwas für ihn und seine Rechtsanwälte ist, und fürs Gericht und vielleicht für seine anderen Gläubiger. Nicht für mich. Nicht für Rabinowitz. Hanson, wir haben einen Vertrag, Sie und ich. Sie haben mein Material genommen, Sie haben es verbraucht, Sie haben sich nicht über die Art der Lieferung oder die Qualität beklagt. Jetzt müssen Sie dafür bezahlen. So mache ich Geschäfte. Hören Sie mir gut zu. Ich will mein Geld.«

»Sie können es nicht bekommen, Mr. Rabinowitz«, sagte Brewster, »außer über ein Gerichtsverfahren. Lassen Sie mich die Sachlage erklären.«

»Hanson, ich bekomme es.«

»Lew –«, fing Hanson an.

»Erklären Sie Ihrem Anwalt, daß ich es bekomme. Ich hab keine Zeit fürs Gericht. Ich hol's mir durch die Poren Ihrer Haut, einen Tropfen nach dem anderen, wenn Sie mich zwingen. Sie behalten Ihr Haus? Nicht mit meinen Viertausendzweihundert. Es wird Stein um Stein verschwinden, unter Ihren Füßen. Hören Sie mir auch genau zu?«

»Lenny, lassen Sie mich mal drinnen mit Ihnen reden.«

Als sie herauskamen, sprach Brewster mit niedergeschlagenen Augen.

»Sie müssen es bar nehmen«, flüsterte er mir zu. »Wir können nichts dokumentieren.«

»Ich glaube, das läßt sich einrichten.«

Ich traute den Banken mittlerweile etwas mehr, doch nicht sehr weit, und ich bewahrte mein Geld in einem Schließfach auf, weil ich auch nicht haben wollte, daß ich jemals meinem Buchhalter trauen müßte. Claire schaute ganz angegriffen drein, als ich ihr erzählte, wo ich gewesen war.

»Du konntest doch nicht wissen, daß die zahlen würden.«

»Wenn ich's nicht gewußt hätte, wäre ich nicht hingefahren. Ich verschwende meine Zeit nicht. Frag mich nicht, wieso ich das wußte. Die Leute machen, was ich will, daß sie machen. Ist dir das noch nicht aufgefallen? Nein? Und jetzt, was ist mit Mehlman, diesem *Ganef*, wo wir schon grade Zahltag haben?«

»Dieselbe Geschichte.«

»Ruf ihn an. Mit dem sprech ich auch.«

»Wieviel soll ich von ihm verlangen?«

»Wieviel ist sechs mal sieben?«

»Bring mich jetzt nicht durcheinander. Bekommt er den Abzug noch?«

»Könntest du das denn ausrechnen?«

»Zahlt er Zinsen oder nicht? Mehr will ich nicht wissen von dir! Man kommt sich vor wie auf der Schulbank.«

Claire hatte auch nichts übrig für Schnorrer und Pleitiers, egal welcher Religion, genausowenig wie ich damals in den Tagen, als wir sehr hart ackerten und sie mir am Telefon half, als der Holzhof noch klein war und sie noch nicht damit beschäftigt, die Kinder rasch zur Schule zu bringen oder nach Hause zu eilen, um rechtzeitig dazusein, wenn sie zurückkamen. Später, als sie mehr Zeit hatte und mehr Geld da war, hatte sie einen Anteil an einer Kunstgalerie hier oben, von der keine Gewinne erwartet wurden und die auch keine machte, und danach sogar einen halben Anteil an einer Kunstschule in Lucca in Italien, den ich ihr kaufte, um ihr zu helfen, an etwas anderes zu denken, wenn sich hierzulande nicht mehr an allzuviel Angenehmes denken ließ. Als Mehlman zurückrief, riß ich ihr den Hörer aus der Hand. Sie war zu höflich, als wären wir diejenigen, die sich entschuldigen müßten.

»Mehlman, Sie sind ein Lügner«, sagte ich gleich, ohne irgendeine Ahnung, was er eben gesagt hatte. »Hören Sie mir gut zu. Wenn Sie mich zwingen, den Beweis anzutreten, legen Sie sich selber den Strick um den Hals, weil es dann keinen Ausweg mehr gibt und keine Lügen übrig sind und ich Sie beschämen werde. Mehlman, ich weiß, daß Sie ein sehr religiöser Mann sind, deshalb werde ich Ihnen die Sache so vortragen: Wenn ich das Geld nicht Donnerstag um zwölf Uhr mittags in Händen habe, dann werden Sie diesen Schabbes auf den Knien zur *Schul* kriechen, und jeder im Tempel wird wissen, daß Rabinowitz Ihnen die Knie gebrochen hat, weil er sagt, Sie sind ein Lügner und Betrüger.«

Ich wußte nicht, ob Mehlman log oder nicht. Aber das Geld gehörte mir, und ich bekam's.

Natürlich hatte ich später eine wesentlich mildere Meinung vom Paragraphen 11, als ich schließlich selber in Konkurs ging, aber meine Gläubiger waren auch keine Leute. Es waren alles Gesellschaften. Die Leute waren stolz auf mich und schlugen mir auf die Schulter.

Da war ich älter, und diese Krankheit machte mich langsam. Ich hatte weniger Energie und kaum mehr einen Grund, mit den Neulingen mitzuhalten, die jünger und hungriger waren und bereit, so hart zu arbeiten, wie wir's damals wollten. Ich hätte gerne den Holzhof und die Installationsfirma behalten, um sie den Kindern zu vermachen, falls die sie übernehmen wollten, oder sie andernfalls zu verkaufen. Wir hatten beide das Gefühl, daß der Preis zu hoch war und das Risiko zu groß.

Da war die Katze auch aus dem Sack. Meine Krankheit war in der Familie ein offenes Geheimnis. Die Kinder wußten es, wußten aber nicht, was sie davon halten sollten, und drei davon waren nicht mehr so klein. Eine Zeitlang müssen sie gedacht haben, ich wüßte es selbst nicht. Es dauerte sogar ein paar Tage, bis Claire mir in die Augen schaute und mir sagte, was ich bereits wußte und ihr verheimlichen wollte: daß ich Lymphogranulomatose hatte, die sogenannte Hodgkinsche Krankheit, und daß das etwas Ernstes war. Ich wußte nicht, wie sie reagieren würde. Ich wußte nicht, wie ich es aushalten würde, daß sie mich schwach und krank sah.

Ich hab länger durchgehalten, als es irgendeiner geglaubt hätte. Ich zähle ständig. Ich teile mein Leben seitdem in Siebenjahreseinheiten auf.

»Jetzt hör mir zu«, sagte ich zu ihr in der ersten Woche im Krankenhaus hier oben. »Ich will nicht, daß irgend jemand davon erfährt.«

»Meinst du, ich?«

»Wir werden was erfinden.«

Als es soweit war, daß wir das Geschäft abgaben und nur noch den Grund und das Gebäude behielten, war's allgemein bekannt, und wir konnten endlich aufhören, überall so zu tun, als hätte ich eine Angina pectoris, die mich oft ins Bett zwang und zu einem starken Brechreiz führte, oder ein wiederkehrendes Drüsenfieber mit denselben Symptomen, oder eine lästige Entzündung, die ich mir ausgedacht hatte, die ich Lymphdrüsentuberkulose nannte und deren Behandlung diese kleinen Narben und bläulichen Verbrennungsspuren am Nacken und den Lippen und der Brust hinterließ. Meine Muskeln bauten sich rasch wieder auf, und mein Appetit kam auch wieder. Zwischen den Schüben schaute ich zu, daß ich übergewichtig blieb, für alle Fälle, und ich sah immer noch großmächtig aus.

»Also, Emil, keine Ammenmärchen mehr«, hatte ich im Hospital nach den Tests zu meinem Arzt gesagt, als ich merkte, daß sein Lachen falsch klang. Er schluckte häufig und räusperte sich. Wenn ich ihm die Hand gab, wußte ich, seine würde sich schlaff anfühlen. »Hör mir gut zu, Emil. Es waren keine grünen Äpfel, wie ich dir's erzählt habe, weil ich keine esse und nicht einmal weiß, wie die schmecken würden. Mein Hals ist geschwollen und tut weh. Wenn es keine Allergie ist und du mir nicht sagen willst, daß es eine Lebensmittelvergiftung sein könnte, dann muß es ja wohl was anderes sein, oder?«

»Die Hodgkinsche Krankheit«, sagte Emil, und das war das letzte Mal in achtundzwanzig Jahren, daß jemand in meiner Gegenwart den Namen erwähnt hat. »Nennt man das«, fügte Emil hinzu.

»Krebs?« Auch dieses Wort war für mich schwer auszusprechen. »Davor haben wir alle Angst.«

»Eine Form davon.«

»Ich hab befürchtet, es wäre Leukämie.«

»Nein, Leukämie ist es nicht.«

»Ich kenne die Symptome nicht, aber ich hab befürchtet, das wäre es. Emil, ich will's ja nicht hören, aber es muß wohl sein. Wieviel Zeit habe ich? Keine Lügen, Emil, jetzt noch nicht.«

Emil sah entspannter aus. »Viel vielleicht. Ich will nicht spekulieren. Es hängt viel von der Physiologie des Individuums ab.«

»Ich weiß nicht, was das heißen soll«, sagte ich zu ihm.

»Es sind deine Zellen, Lew. Wir können nicht immer vorhersagen, wie sie sich verhalten werden. Viel hängt von dir ab. Wieviel hältst du aus? Wie stark ist deine Widerstandskraft?«

Ich hatte ihn mit der Hand am Unterarm festgehalten, ohne es zu merken, und jetzt drückte ich im Spaß mal zu, bis er etwas blaß wurde. Ich lachte ein wenig, als ich ihn losließ. Ich war immer noch sehr stark. »Die beste, die du je sehen wirst, Emil.«

»Dann, Lew, bist du vielleicht noch lange, lange Zeit da. Und fühlst dich den größten Teil davon wohl.«

»Ich glaube, so werde ich's halten«, teilte ich ihm mit, als würde ich eine geschäftliche Entscheidung treffen. »Claire soll nichts erfahren. Ich will nicht, daß sie mitbekommt, was es ist.«

»Sie weiß es, Lew. Ihr seid beide erwachsene Menschen. Sie wollte nicht, daß du es erfährst.«

»Dann sag ihr nicht, daß du mir's gesagt hast. Ich will mal zusehen, wie sie lügt.«

»Lew, würdest du die Kindereien lassen? Diese Geschichte ist kein Scherz.«

»Als ob ich das nicht wüßte.«

Emil nahm die Brille ab. »Lew, in New York sitzt ein Mann, zu dem ich dich schicken möchte. Er heisst Teemer, Dennis Teemer. Du wirst dort in sein Krankenhaus kommen. Er weiss mehr über diese Sache als irgend jemand hier.«

»Ich werde keinen Krankenwagen brauchen.«

Wir fuhren in einer Limousine, einer perlgrauen extralangen Limousine mit schwarzen Fenstern, die es uns gestatteten, hinauszusehen, während niemand hereinschauen konnte. Ich lag hinten im Wagen ausgestreckt, der Raum hätte für einen Sarg ausgereicht, vielleicht für zwei.

»Wir benutzen sie manchmal auch dafür«, sagte der Fahrer, der uns erzählt hatte, er sei aus Venedig und sein Bruder sei dort Gondoliere. »Die Sitze lassen sich runterklappen, und der Wagen ist hinten zu öffnen.«

Claire gab ihm ein sehr hohes Trinkgeld. Wir geben immer gute Trinkgelder, aber diesmal sollte es Glück bringen.

Teemer hatte eine Praxis in der Fifth Avenue, dem Metropolitan Museum gegenüber, und ein Wartezimmer voll stiller Patienten. Einen Block die Strasse rauf auf dem Weg zu seinem Krankenhaus war das Frank-Campbell-Bestattungsinstitut (*Funeral Home* nennt sich so etwas – willkommen daheim!), und ich scherzte mit mir selber über die praktische Adresse. Wenn ich jetzt von diesen grossen Society-Festen höre, die im Museum und an anderen solchen Orten stattfinden, dann hab ich das Gefühl, ich stehe auf dem Kopf in einer verrückten, verkehrten Welt. In der Stadt stehen grosse neue Gebäude, die ich überhaupt nicht kenne. Es gibt neue Multimillionäre an Stelle der Rockefellers und J. P. Morgans, und ich weiss nicht, wo sie herkommen oder was sie machen.

Nach diesem ersten Besuch in Dr. Teemers Praxis liess ich Claire nie wieder da mit mir hineingehen. Sie besuchte das Museum gegenüber, und dort traf ich sie, wenn ich fertig war, und wir schauten uns Bilder an, wenn sie noch Lust hatte, und gingen dann irgendwo essen und fuhren heim. In diesem Wartezimmer lacht nie jemand, und ich bin selbst auch nie in der Stimmung, da irgendwas Lustiges anzufangen. Teemer selber ist immer noch ein magerer kleiner Mann mit düsterer Miene, und wenn er mich aufheitert, tut er das auf eine Art und Weise, die mich immer ärgert.

»Es wird Sie vielleicht interessieren, Mr. Rabinowitz«, fing er an, als wir uns zuerst trafen, »daß wir das nicht länger als unheilbar betrachten.«

Sogleich fühlte ich mich sehr viel besser. »Ich erwürge diesen Emil. Das hat er mir nicht gesagt.«

»Er weiß so etwas nicht immer.«

»Man kann das also heilen? Was?«

Teemer schüttelte den Kopf, und mir stockte der Atem. »Nein, so würde ich das nicht sagen. Von einer Heilung sprechen wir eigentlich nicht in diesem Zusammenhang.«

Nun hatte ich das Gefühl, daß ich ihm gleich eine aufs Auge geben würde. »Ich höre Ihnen gut zu, Dr. Teemer. Die Krankheit ist jetzt heilbar, aber von einer Heilung kann nicht die Rede sein?«

»Es ist eine Frage der Begrifflichkeit«, fuhr er fort. »Wir haben Therapien.« Er strengte sich aufs äußerste an, zu sehr vielleicht, nett zu mir zu sein. »Und die Therapien führen zu positiven Ergebnissen. So wird es auch bei Ihnen sein, aber wir wissen nicht, *wie* positiv. Oder wie lange das Ergebnis anhält. Wir können es nicht wirklich heilen. Wir können es unterdrücken. Das ist nicht dasselbe wie eine Heilung. Wir haben nie das Gefühl, daß wir es endgültig vertrieben haben, weil die Genese der Krankheit, der Ursprung, immer in Ihnen selber liegt.«

»Für wie lange Zeit können Sie es unterdrücken?«

»Sehr lange, wenn die Therapie anschlägt. Es gibt Probleme, aber die kriegen wir in den Griff. In den Perioden zwischen den Schüben sollten Sie sich völlig normal fühlen. Wenn die Symptome zurückkehren, werden wir weiterbehandeln.«

»Sind Sie sicher, daß die wiederkommen?«

»Sie scheinen das in der Regel zu tun.«

Es war nicht der Asbest, mit dem ich bei der Arbeit zu tun gehabt hatte. Da konnte er sich beinahe definitiv festlegen, wenn man überhaupt irgendeine Gewißheit haben konnte, solange es um die Gene ging, die immer eigenwillig waren, sagte er, und von nichts andrem wußten.

»Die machen nicht, was ich will?« Ich lachte fast nervös auf. »Es sind meine, und die kümmern sich nicht um mich?«

»Sie wissen nichts von Ihnen, Mr. Rabinowitz.« Er lächelte ein klein wenig. »Es kann von den verschiedensten Sachen ausgelöst werden. Tabak, Strahlung.«

»Strahlung wovon?«

»Radium, Elektrizität, Uran, vielleicht sogar Tritium.«

»Was ist Tritium?«

»Ein radioaktives Gas, das aus schwerem Wasser entsteht. Sie haben vielleicht sogar etwas davon in Ihrer Armbanduhr oder Ihrem Wecker.«

»Strahlung ist die Ursache, und Strahlung hat auch eine heilende Wirkung? Verzeihung, eine unterdrückende Wirkung?«

Mein kleines Scherzchen.

»Und auch Chemikalien«, sagte er. »Oder – ich sage das eigentlich ungern, manche Leute möchten es nicht hören – es ist vielleicht Ihre natürliche biologische Bestimmung, gar nichts irgendwie Unheimlicheres.«

»Natürlich? Natürlich nennen Sie das?«

»Im Reich der Natur, Mr. Rabinowitz, sind alle Krankheiten natürlich.« Es leuchtete mir damals ein, aber ich hörte es nicht gerne. »Ich habe jetzt genug Bedrückendes gesagt. Lassen Sie mich Ihnen nun helfen. Sie werden ins Krankenhaus gehen. Haben Sie einen Wagen? Plant Ihre Frau, hier in New York zu bleiben?«

Sie blieb im Hotel dieses erste Mal, beim nächsten, sieben Jahre später, als wir beide dachten, sie verliert mich, bei Sammy und Glenda, weil sie jemand brauchte, mit dem sie reden konnte. Dieses letzte Mal gab es keine Glenda mehr, also ging sie wieder in ein Hotel, mit meiner ältesten Tochter zusammen, aber sie gingen mit Sammy essen, und er kam jeden Tag. Teemer war auch Glendas Arzt gewesen.

Nach drei Tagen ging es mir besser, nach fünf Tagen konnte ich nach Hause. Aber an dem Tag, als ich wußte, ich würde überleben, ging es mir auch sehr schlecht, weil ich da wußte, ich mußte sterben.

Ich hatte immer gewußt, daß ich sterben mußte. Aber da *wußte* ich, daß ich sterben mußte. Nach der Nacht, als mir das wirklich klarwurde, wachte ich morgens mit nassen Augen auf, und eine von den Nachtschwestern bemerkte es, sagte aber nichts, und ich sagte es nur Claire. Wir wollten nach meinem Frühstück nach Hause.

»Letzte Nacht hab ich eine Träne vergossen«, gestand ich.

»Glaubst du vielleicht, ich nicht?«

* * *

Das ist gerade achtundzwanzig Jahre her, ein wenig drüber, und den größten Teil der ersten sieben hab ich mich so gut gefühlt wie je. Ich konnte dann kaum glauben, wie wohl ich mich fühlte, ich glaubte immer schon, es wäre endgültig weg. Wenn ich mich nicht mehr so wohl fühlte, ging ich einmal die Woche einen halben Tag lang zu Teemer nach New York. Wenn's mir gutging, spielte ich mit Emil vielleicht einmal die Woche Golf oder Karten und blieb so in Verbindung. Als das Diaphragma verrutschte und Claire plötzlich wieder schwanger war, entschieden wir uns gegen eine Abtreibung, ohne auch nur darüber zu reden, und bekamen unseren kleinen Michael, so gesund fühlte ich mich. Auf die Art haben wir auch unsere Zuversicht gezeigt. Wir haben ihn nach meinem Vater genannt, Mikey sagten wir zu ihm, heute immer noch, wenn wir rumalbern. Ich fühlte mich so energiegeladen, daß ich noch hundert Kinder hätte haben können. Sein jüdischer Name ist Moische, das war der jüdische Name meines Vaters. Da war der alte Herr schon tot, und wir konnten seinen Namen verwenden, ohne daß es aussah wie ein Fluch über ihn, solang er noch lebte. Wir Juden aus dem Osten nennen nie Kinder nach Eltern, die noch am Leben sind. Aber jetzt mach ich mir Sorgen über Michael, den kleinen Mikey, denn ich weiß nicht, was ich ihm, vom Geld abgesehen, da noch genetisch hinterlasse, was für eine »natürliche biologische Bestimmung«, oder auch den anderen Kindern und vielleicht sogar meinen Enkeln. Diese Scheißgene, diese verdammten. Es sind meine, und sie hören nicht auf mich? Ich kann's nicht glauben.

Ich bin mit Teemer nie richtig warm geworden, aber ich habe keine Angst mehr vor ihm und seinen Krankheiten, und als Sammy einen Spezialisten wie ihn für Glenda brauchte, hab ich ihn empfohlen anstelle von dem, den sie schon hatten, und ihn haben sie dann die kurze Zeit, die's brauchte, auch behalten. Die grünen Äpfel sind es, vor denen ich jetzt mehr Angst habe, die ganze Zeit, diese grünen Äpfel in der bescheuerten Theorie meiner Mutter, daß es den Menschen immer von grünen Äpfeln schlecht wird. Weil ich jetzt mehr als vor allem anderen davor Angst habe, mich zu übergeben. Ich will mich nicht ad nauseam erbrechen.

»Guter Witz, Lew«, sagte Sammy anerkennend, als er das letzte Mal hier war.

Später bin ich dann draufgekommen.

Sammy trägt sein Haar zurückgekämmt mit einem Scheitel auf der Seite, und es ist silbrig und wird lichter, so wie ich's bei seinem Vater in Erinnerung habe. Sammy hat nicht sehr viel zu tun, seit seine Frau gestorben ist und sie ihn dann aus seinem Beruf bei *Time* rausgedrängt haben, in Pension, also kommt er oft hier oben bei uns vorbei. Daß er hier rauf ins Krankenhaus kommt, will ich nicht, aber manchmal schaut er doch rein, mit Claire, und wir quasseln, bis er sieht, mir reicht's jetzt. Wir reden von den guten alten Zeiten in Coney Island, und von heute aus gesehen kommen sie einem auch gut vor, über den Lunapark und Steeplechase und das große alte RKO-Tilyou-Kino, und wie das alles weg ist, verschwunden, *in d'r Erd,* wie mein Vater und meine Mutter immer gesagt haben, in der Erde, unter der Erde. Er kommt mit dem Bus, und wenn er nicht bei uns übernachtet, fährt er abends auch so zurück zum Busbahnhof, dieser Phantomstadt, sagt er, und dann geht er in das moderne Hochhausapartment, in das er gezogen ist, in einem Gebäude mit allem Drum und Dran, ein paar Wahnsinnsmannequins und Call Girls eingeschlossen, da ist er hin, als er nicht mehr in einer großen leeren Wohnung bleiben wollte, die er nicht braucht. Sammy weiß immer noch nicht, was er mit sich anfangen soll, und wir wissen auch nicht, wie man ihm helfen könnte. Er scheint noch nicht daran interessiert, sich mit jemand zusammenzutun, obwohl er davon spricht, daß er das möchte. Meine älteste Tochter hat ihn ein paar von ihren unverheirateten Freundinnen vorgestellt, und die älteste Tochter von Glenda auch, aber nichts ist passiert. Sie finden einander immer »nett«, und das ist alles. Claires alleinstehende Freundinnen sind zu alt. Das war uns klar, da brauchten wir kein Wort darüber zu verlieren. Er schläft immer noch gern gelegentlich mit einer, und tut's auch, wie er andeutet, wenn ich ihn aufziehe. Sammy und ich können jetzt drüber grinsen, wenn er erzählt, wie's ihm öfter mal beim Nahkampf in die Hose gespritzt ist – das hab ich nie nötig gehabt –, und von den ersten paar Mal, wo er endlich den Nerv hatte, sich von den Mädchen einen runterholen zu lassen: den Mädchen gefiel er, aber er wußte nicht, was er mit ihnen anfangen sollte. Und die Nacht, wo ihm im Busbahnhof die Brieftasche geklaut wurde und er stand ohne Geld da, nicht mal genug für die Fahrt nach Hause, und er wurde verhaftet und auf dem Polizeirevier dort eingesperrt. Ich war der, den er anrief. Ich hab den Polizisten fertiggemacht, nachdem ich mich für Sammy verbürgt hatte, und den Sergeant verlangt, ich hab den Sergeant angeschrien und seinen Vorgesetzten verlangt, und ich hab zu diesem Captain McMahon gesagt, ich würde dafür sorgen, daß die American Legion und die Nationalgarde und das Pentagon über ihn kommen und dazu die ganze Macht von mir, von dem ehemaligen Sergeanten Lewis Rabinowitz von der legendären Ersten Division, wenn er nicht Vernunft annehmen und ihm das Geld für ein Taxi nach Hause geben würde. Sammy kann sich immer noch nicht beruhigen, wie gut ich sowas in den Griff kriegen kann.

»Der hatte sich hingelegt, dieser Captain McMahon«, beteuerte Sammy, »auf einem Bett in einer Zelle hinten in dem Revier, eingerichtet wie ein Schlafzimmer, und er sah aus, als ob's ihm ganz übel wäre. Und die Zelle daneben war mit Bänken und Spielzeug eingerichtet wie ein kleines Klassenzimmer, ein Kindergarten, aber Polizisten mit ihren Aschenbechern spielten da Karten. Da hingen so Kindermobiles über ihnen in der Zelle, eins davon mit schwarz-weißen Kühen, die über den Mond springen wie im Kindervers, und die glänzten so seltsam, als würden sie reflektieren und im Dunklen leuchten«, erklärte Sammy, »wie diese alten Radiumarmbanduhren, die wir alle getragen haben, ehe sich herausstellte, daß sie gefährlich waren. Da war noch ein anderer Mann namens McBride, der staubte ab und schob Möbel hin und her, und der hat mir das Geld für die Fahrt nach Hause geliehen. Als ich ihm dann einen Scheck geschickt habe, hat er mir sogar geschrieben und sich bedankt. Was sagt man dazu?«

Als der Junge, ihr Michael, von seinen Drogen ausgeflippt und irgendwo auf dem Land verschwunden ist, etwa ein Jahr, ehe er sich aufgehängt hat, hab ich dieselbe Nummer am Telefon gebracht, aber ich wäre auch bis nach Albany raufgefahren, wenn's nötig gewesen wäre, war's aber nicht. Ich rief das Büro des Gouverneurs an, die Führung der Nationalgarde und das Hauptquartier der Staatspolizei. Es war eine persönliche Angelegenheit, das wußte ich schon, aber das hier war Sergeant Rabinowitz, ehemals bei der legendären Ersten Division in Europa, und es ging um Leben und Tod. Sie fanden ihn in einem Krankenhaus in Binghamton und brachten ihn in einem Regierungsauto auf Staatskosten in ein Krankenhaus in New York. Sammy konnte sich auch da nicht beruhigen, wie gut ich sowas im Griff hatte.

»Ich hab schon bessere Witze gemacht«, sagte ich ihm, wie er mir anerkennend das mit dem guten Witz sagte, als ich gemeint hatte, ich wollte mich nicht ad nauseam erbrechen. »Ich wollte gar nicht witzig sein.«

»Es heißt ›bis zum Erbrechen‹«, sagt er zu mir.

»Was?« Ich hatte keine Ahnung, wovon er redete.

»Ad nauseam«, erklärte er, »heißt ›bis zum Erbrechen‹. Man kann sich nicht bis zum Erbrechen erbrechen.«

»Hast du eine Ahnung. Sammy, quatsch mich jetzt nicht klug an hier. Wenn ich dran denke, es ist noch nicht lange her, daß ich diesen jungen Kerl in der Stadt geschnappt hab, mit der gestohlenen Handtasche. Ich hab ihn hochgehoben, ihn mitten in der Luft rumgedreht und ihn grade hart genug auf die Kühlerhaube da geknallt, daß er wußte, ich bin Lew Rabinowitz. ›Wenn du die kleinste Bewegung machst, brech ich dir das Kreuz‹, hab ich gesagt und hab ihn festgehalten, bis die Polizei da war. Wer wollte das glauben, wenn er mich jetzt anschaut? Jetzt komm ich mir vor, als könnte ich kein Pfund Butter heben.«

Mein Gewicht kommt nicht mehr schnell genug wieder, und Teemer und Emil überlegen, vielleicht was Neues auszuprobieren. Mein Appetit wird auch nicht mehr der alte. Meist hab ich gar keinen, und ich frage mich nachgerade, ob sich diesmal nicht etwas Neues abspielt, von dem ich noch nichts weiß. Sammy ist uns vielleicht allen voraus, weil er ausschaut, als machte er sich Sorgen um mich, aber er sagt nichts. Was er sagt, mit seinem halben Lächeln, ist: »Wenn du so schwach bist, Lew, dann bin ich vielleicht bereit, beim Armdrücken gegen dich anzutreten.«

»Ich pack dich immer noch«, gab ich zurück. Da mußte ich lachen. »Und beim Boxen auch, falls du das nochmal mit mir versuchen willst.«

Er lacht auch, und wir essen den Rest von unseren Thunfischsandwichs. Aber ich weiß, ich sehe dünn aus. Mein Appetit ist einfach nicht wieder so massiv zurückgekommen wie die anderen Male, und jetzt ist es so, als wüßte ich langsam – das war bisher noch nie der Fall –, diesmal scheint es so, als wüßte ich langsam, daß ich diesmal anfangen könnte zu sterben.

Ich sag nichts zu Claire.
Ich sage nichts zu Sammy.
Ich bin schon weit in den Sechzigern, wir sind alle ein gutes Stück in den Neunzigern, und diesmal spüre ich langsam, wie mein Vater, als er alt wurde, und sein Bruder genauso, daß diesmal alles langsam zu Ende geht.

12. NOODLES COOK

Der Aufstieg des Mannes mit dem Codenamen Kleiner Wichser in den Thronsaal des Weißen Hauses ging nicht ohne diverse zeremonielle Stolperer und verschiedene boshafte Vergnügungen ab, die G. Noodles Cook in allen Einzelheiten hätte dokumentieren können, wäre da nicht seine lebenslange Neigung gewesen, vorsichtig zu sein, selbstsüchtig, berechnend, verlogen und käuflich – alles Qualitäten, die ihn als souverän geeignete Seele für den erhabenen Posten empfahlen, als zehnter der neun Cheftutoren für den Mann anzutreten, der mittlerweile der neueste Präsident des Landes geworden war. Yossarian hatte dem FBI mitgeteilt, daß sein alter Freund Noodles Cook ein Judas sei, ein Reptil, und daß die Regierung kaum jemand besseren für welche Position auch immer finden dürfte. Noodles Cook war ein Mann, auf dessen Lügenhaftigkeit man sich immer verlassen konnte.

Er bekam den Job.

Schon damals in Seminaren auf der Universität, wo sie sich zuerst begegnet waren, hatte Noodles eine Neigung verraten, seine Begabungen nur in Gegenwart einer offiziellen Autorität zu verraten, der es auffallen würde, daß ein überraschend origineller Gedanke von Noodles Cook stammte. Dieser (der während Yossarians Abwesenheit im Krieg auf einer nicht besonders feinen Privatschule gute Noten geholt hatte) erarbeitete sich seinen Doktor und stellte bald fest, daß er damit kaum etwas anderes anfangen konnte, als zu unterrichten.

Zu dieser Zeit war Yossarian, der bloß mit einem Magister abgegangen war, schon in der Lage, Noodles für seine Arbeitsgruppe in der PR-Agentur anzuheuern, wo er arbeitete, als Noodles sich klugerweise entschloß, es mal mit diesem Geschäft zu probieren. Er hatte durch seine Verwandtschaft gute Verbindungen, und die Agentur schien ihm kein schlechtes Sprungbrett für Größeres und Besseres.

Die anderen rochen rasch, daß Noodles niemals eine Idee vorbrachte, wenn Yossarian nicht in Hörweite war, und noch öfter sogar zu Yossarian nichts sagte, bis sich beide in Gegenwart des Klienten oder eines ranghöheren Mitarbeiters der Agentur befanden. Allzuoft rückte Noodles bei der Teamarbeit an ihren Drehbüchern oder Fernsehszenarien auf eine Art und Weise mit der schlagenden Formulierung heraus, daß es den Verdacht erregte, er hätte sie auch schon am Vortag liefern können. Ihm zu sagen, er solle sich ändern – überlegte Yossarian –, wäre, als wollte man einem Buckligen sagen, er solle sich aufrecht hinstellen. Nudeln waren eben Nudeln. Auf seine eigene Art war er Yossarian gegenüber loyal, der ihn nicht mochte, den er aber auch nicht störte, und ihre Freundschaft hielt sich.

Nachdem er die Universität mit der nüchternen Erkenntnis verlassen hatte, daß er keinen Wert darauf legte, seine höhere Bildung noch weiter zu erhöhen, hatte Yossarian erst eine Weile unterrichtet und war dann in die Werbung gegangen. Er reüssierte, genoß seine jährlichen Gehaltserhöhungen und kleinen Beförderungen, mochte die Leute dort lieber als die an der Universität, bekam am Ende des dritten Jahres wieder eine kleine Aufbesserung und beschloß, sich nach einer anderen, besser bezahlten Arbeit umzusehen. Er fand rasch eine besser bezahlte Stelle bei einer anderen Agentur, die so ziemlich dieselben Aufträge bearbeitete wie die, bei der er soeben aufgehört hatte. Er blieb, bis er seine jährliche Gehaltserhöhung bekam, und sah sich dann nach einem anderen Job um und einer weiteren schnellen Gehaltserhöhung.

Jedesmal wenn er eine Firma verließ und zur nächsten ging, geschah es mit dem entmutigenden Entschluß, daß er den Rest seines Lebens nicht damit verbringen wollte, seine Intelligenz, Phantasie und gute Erscheinung zur Förderung des Umsatzes von Produkten einzusetzen, die er selbst nicht benutzte, und von Veröffentlichungen, die er normalerweise nicht lesen würde. Andererseits fielen ihm kein Produkt und keine Idee ein, für die er sich gerne engagiert hätte und die ihm auch genug für all die Dinge eingebracht hätten, die er für sich, seine Frau und die Kinder zu erwarten gelernt hatte. Das Dilemma war nicht allzu qualvoll.

Er mußte sich keine beschönigende Erklärung zurechtlegen.

Er arbeitete, weil er mußte.

In der Wall Street war natürlich – in unvorstellbarem Maße – der exotische Reiz eines reinen Produkts, eines Destillats zu finden, das frei war von allen den anderen Produkten anhaftenden Komplikationen. Es hieß Geld, und Berge davon ließen sich aus nichts herstellen, auf fast so magische Weise und fast so naturhaft, wie ein schlichter Baum Tonnen von Holz aus Luft, Licht und Regenwasser herstellt. Geld war vielleicht nichts als Scheiße, wie jeder Student, der ein wenig Freud gelesen hatte, irritierenderweise auf Partys und bei Familienfeiern zum besten geben konnte, aber es war Scheiße, für die man sich was kaufen konnte: Freunde mit Stellung und Einfluß, ein Wappen (beim Kürschner oder beim Juwelier oder in einem internationalen Modesalon), feudale Ländereien in Connecticut, Virginia, Mexiko, East Hampton und Colorado, und einen distinguierten Ruf in Kennerkreisen, der es erlaubte, den ersten Vornamen zum Initial schrumpfen zu lassen, während sich der Akzent auf den zweiten verlagerte, wie bei G. Noodles Cook oder C. Porter Lovejoy, der grauesten aller grauen Eminenzen in der Cosa Loro von Washington.

Der geduldige Noodles Cook wiederholte unermüdlich, daß seine Mutter eine Tochter aus dem Hause Goodman war, berühmt wegen der berühmten *Goodman Noodles*, und sein Vater aus einer Seitenlinie der britischen Cooks von Cooks Reisebüro kam, so daß er selbst ein Nachfahr der Noodles und der Cooks war, dem im Verlauf des normalen Erbwegs verschiedene Vermögenswerte zugefallen waren. Noodles Cook hatte auf der Universität immer Goody geheißen, Goodman im Geschäft und Noodles in den Klatschspalten der Zeitungen, in denen regelmäßig über gesellschaftliche Ereignisse berichtet wurde. Und heute war er G. Noodles Cook im *Who's Who* und auf offiziellem Briefpapier des Weißen Hauses.

Noodles, der seine regierungsamtliche Tätigkeit als zehnter von neun Cheftutoren für das Erstsemester von Vizepräsidenten begonnen hatte, kam immer bereitwillig ans Telefon, wenn Yossarian – bei seltenen Gelegenheiten – veranlaßt war, ihn anzurufen, und Yossarian hatte festgestellt, daß der Zugang immer noch da war, selbst in Noodles' jetziger Stellung als einer der einflußreichsten Vertrauten des neuen Mannes im Weißen Haus.

»Wie läuft's mit der Scheidung?« fragte stets der eine oder der andere, wenn sie miteinander sprachen.

»Ausgezeichnet. Und mit deiner?«

»Nicht schlecht. Meine läßt mich so oder so beschatten.«

»Meine auch.«

»Und wie kommst du mit deinem Chef zurecht?« fragte Yossarian unweigerlich.

»Immer besser und besser – das überrascht dich, ich weiß.«

»Nein, das überrascht mich nicht.«

»Was ich jetzt davon halten soll, weiß ich nicht. Du solltest zu uns nach Washington kommen, wenn ich einen Weg finden kann, dich an Bord zu schmuggeln. Das ist endlich eine echte Chance, was Gutes zu tun.«

»Für wen?«

Die Antwort war ein diskretes Lachen. Es war zwischen ihnen nicht nötig, hier noch etwas in Worte zu fasssen.

Keiner von beiden hatte damals in der Agentur moralische Zweifel bei der Arbeit für Konzerne gehabt, die sich niemals ums öffentliche Interesse scherten, oder für Politiker, für die sie nie stimmen würden, und für eine große Zigarettenfirma, die hauptsächlich New Yorkern gehörte, die eigentlich keinen Tabak anbauen mußten, um ihren Lebensunterhalt aus der Erde zu scharren. Sie machten Geld, lernten einflußreiche Leute kennen und genossen es insgesamt, Erfolg zu haben. Reden zu schreiben, die andere hielten, selbst Leute, die sie verabscheuten, schien nur eine andere Form literarischer Betätigung zu sein.

Doch die Zeit verging, und die Arbeit wurde (wie jede Arbeit für einen Mann mit wachem Geist) langweilig. Als kein Zweifel mehr bestand, daß Tabak krebserregend war, sahen ihre Kinder sie voll Verachtung an, und ihre Rolle bekam nachgerade etwas Zwielichtiges. Unabhängig voneinander fingen sie an, sich nach etwas anderem umzusehen. Keiner hatte je so getan, als brächten die Werbung, die Public Relations und die politischen Hilfsdienste, die sie betrieben, etwas anderes zustande als Banalitäten, Belanglosigkeiten und Betrügereien.

»Wenn ich schon banal, belanglos und trügerisch bin«, verkündete Noodles, »kann ich ja genausogut in die Politik gehen.«

Und er brach mit verschiedenen Empfehlungsschreiben (darunter eines von Yossarian) nach Washington, D.C., auf, um dort seine Familienverbindungen bei dem kühnen Vorhaben zu nutzen, sich in die Cosa Loro einzuschlängeln.

Während Yossarian sich noch einmal aufs große Geld warf, angehängt an einen Wall-Street-Insider, der nur sichere Sachen zu einem Zeitpunkt verkaufte, da sie noch sicher waren. Er schrieb weiter Kurzgeschichten und kleine Artikel von genialer satirischer Schärfe, genau richtig für die Veröffentlichung im berühmten *New Yorker*; jedesmal wurden seine Einsendungen abgelehnt, und jedesmal, wenn er sich dort um einen Redaktionsposten bewarb und abgewiesen wurde, stieg seine Achtung vor diesem Magazin. Er hatte mit zwei Drehbüchern Erfolg und halbwegs mit einem dritten, und er schrieb die Grundideen für ein bissiges Bühnenstück auf, das er nie zu Ende brachte, und für einen komplexen komischen Roman, bei dem er keinen Anfang fand.

Er verdiente auch Geld, indem er Klienten profitabel privat beriet, Honorare, Prozente und Vermittlungsgebühren kassierte und in bescheidenem Umfang an verschiedenen vorteilhaften Grundstücksprojekten teilnahm, die er nie begriff. Als sich die nationalen Verhältnisse wieder zum Bedrohlichen wandten, ging er schließlich als von quälenden Sorgen geplagter Vater zu seinem alten Kriegsbekannten Milo Minderbinder. Milo war hochzufrieden, ihn zu sehen.

»Ich war mir gar nicht sicher, ob du mich überhaupt richtig leiden kannst«, vertraute er ihm fast dankbar an.

»Wir sind immer Freunde gewesen«, sagte Yossarian ausweichend, »und wozu sind Freunde da?«

Milo wurde sofort vorsichtig, mit einem angeborenen Sensorium, das ihn nie im Stich zu lassen schien. »Yossarian, falls du gekommen bist, weil du Hilfe brauchst, um deine Söhne aus Vietnam rauszuhalten –«

»Das ist der einzige Grund, weshalb ich hier bin.«

»Es gibt nichts, was ich tun kann.« Dies verstand Yossarian so, daß Milo sein Kontingent an illegalen Freistellungen vom Militärdienst schon ausgeschöpft hatte. »Wir haben alle unser Päcklein zu tragen. Ich hab meine Pflicht erkannt und folglich getan.«

»Wir haben alle unsere Arbeit zu tun«, fügte Wintergreen hinzu. »So ist das Leben.«

Yossarian erinnerte sich daran, daß Wintergreens Arbeit im letzten großen Krieg im wesentlichen darin bestanden hatte, im Arrest Löcher zu graben und wieder zuzuschaufeln, weil er sich ständig unerlaubt von der Truppe entfernt hatte, um nicht in ein Einsatzgebiet und in Gefahr zu geraten, dann darin, in Europa (schließlich doch) gestohlene Feuerzeuge zu verscherbeln und die Feldpost zu leiten, wo er alle Befehle von höheren Stellen, die seinen strengen Maßstäben nicht genügten, kassierte, indem er sie einfach wegschmiß.

»Ich rede hier von einem einzigen Jungen, gottverdammt«, bat Yossarian. »Ich will nicht, daß er wegmuß.«

»Ich weiß, was du durchmachst«, sagte Milo. »Ich hab selbst

einen Sohn, um den ich mir Sorgen mache. Aber wir haben unsere Verbindungen schon aufgebraucht.«

Yossarian stellte trübsinnig fest, daß er nicht weiterkam und daß er wahrscheinlich, wenn Michael Pech beim Losverfahren hatte, mit ihm nach Schweden fliehen mußte. Er seufzte. »Dann gibt es nichts, was du für mich tun kannst? Absolut nichts?«

»Doch, es gibt was, was du für mich tun kannst«, erwiderte Milo, und Yossarian befürchtete kurz, man habe ihn mißverstanden. »Du kennst Leute, die wir nicht kennen. Wir würden gerne«, fuhr Milo fort, und seine Stimme wurde leise, ehrfurchtsvoll sozusagen, »eine sehr gute Anwaltskanzlei in Washington verpflichten.«

»Habt ihr keine guten Anwälte dort?«

»Wir wollen *jede* gute Kanzlei dort, daß nie irgendeine bei einem Verfahren gegen uns auftreten kann.«

»Wir wollen den Einfluß«, erläuterte Wintergreen, »nicht die juristische Beratungsscheiße. Wenn wir den Einfluß erst haben, ist auf die ganze arschblöde juristische Beratung geschissen und auf die ganzen Scheißanwälte. Yossarian, wo könnten wir anfangen, wenn wir die ganzen besten juristischen Verbindungen in Washington haben wollen?«

»Habt ihr schon an Porter Lovejoy gedacht?«

»C. Porter Lovejoy?« Hier geriet selbst Wintergreen in einen Zustand momentaner Ehrfürchtigkeit.

»Kommst du an C. Porter Lovejoy ran?«

»Ich komme an Lovejoy ran«, antwortete Yossarian obenhin, der Lovejoy nie begegnet war, ihn aber schlicht und einfach mit einem Anruf in seiner Kanzlei erreichte, als Repräsentant eines äußerst solventen Konzerns, der, für eine angemessene Summe im voraus, die guten Dienste eines Mannes mit entsprechender Erfahrung in Washington suchte.

Milo sagte, er sei ein Genie. Wintergreen sagte, er sei in Ordnung, Scheiße nochmal.

»Und Eugene und ich sind uns darin einig«, sagte Milo, »daß

wir dich auch als Berater und Repräsentanten anstellen möchten, auf Teilzeitbasis natürlich. Nur, wenn wir dich brauchen.«

»Für besondere Fälle.«

»Wir geben dir ein Büro. Und eine Geschäftskarte.«

»Ihr werdet mir noch mehr geben.« Yossarian wurde sehr verbindlich. »Seid ihr sicher, daß ihr euch's leisten könnt? Es kostet eine Menge.«

»Wir haben eine Menge. Und bei einem alten Freund wie dir sind wir bereit, uns großzügig zu zeigen. Wieviel willst du, wenn wir's ein Jahr lang ausprobieren?«

Yossarian tat, als überlege er. Die Zahl, die er nennen würde, war blitzartig in seinem Kopf aufgetaucht. »Fünfzehntausend im Monat«, sagte er endlich mit großer Präzision.

»Fünfzehn Dollar im Monat?« wiederholte Milo noch präziser, wie um sich ganz sicher zu sein.

»Fünfzehn*tausend* im Monat.«

»Ich dachte, du hättest ›hundert‹ gesagt.«

»Eugene, sagen Sie es ihm.«

»Er hat ›tausend‹ gesagt, Milo«, half Wintergreen traurig.

»Ich hab Probleme mit dem Hören.« Milo zog kräftig an einem Ohr, als schimpfe er mit einem ungezogenen Kind. »Ich dachte mir schon, fünfzehn Dollar klingt nach recht wenig.«

»Mal tausend, Milo. Und für zwölf Monate, obwohl ich vielleicht bloß in zehn davon zur Verfügung stehe. Ich nehme immer einen zweimonatigen Sommerurlaub.«

Diese schamlose Lüge entzückte ihn. Aber es wäre schön, die Sommer frei zu haben und vielleicht zu seinen beiden literarischen Projekten zurückzukehren, dem Stück und dem komischen Roman.

Seine Idee für ein Bühnenstück, die von Charles Dickens' *Weihnachtsabend* ausging, war es, Dickens und seinen gesegnet zahlreichen Haushalt beim Weihnachtsabendessen zu zeigen, zu einem Zeitpunkt, da die Familie unter besonders katastrophalen Spannungen litt – kurz bevor der gallige Autor so vieler sentimentaler Gefühlsphantasien die Mauer in seinem Haus einziehen ließ, die seine eigenen Räume von denen seiner Gattin trennte. Sein heiterer komischer Roman war von Thomas Manns *Doktor Faustus* abgeleitet und hatte zum Mittelpunkt einen Prozeß über die Rechte an Adrian Leverkühns fiktivem und entsetzenerregendem choralem Meisterwerk, der sogenannten *Apokalipsis*, die laut Mann nur einmal aufgeführt worden war, 1926 in Deutschland, Hitler vorwegnehmend, und möglicherweise nie mehr aufgeführt würde. Auf der einen Seite des Rechtsstreits standen die Erben des musikalischen Genies Leverkühn, das die kolossale Komposition geschaffen hatte, auf der anderen die Erben Manns, der Leverkühn erfunden und dieses prophetische, furchterregende und unvergeßlich einzigartige Opus von Fortschritt und Vernichtung orchestriert hatte, bei dem das Deutschland der Nazis Symbol und Substanz zugleich war. Der Reiz beider Projekte lag für Yossarian darin, daß sie bemerkenswert ungeeignet waren.

»Fünfzehn im Monat«, rechnete Milo schließlich laut, »zwölf Monate im Jahr, das macht...«

»Hundertundachtzig«, sagte Wintergreen in grobem Ton.

Milo nickte, mit einem Gesichtsausdruck, der nichts preisgab.

»Also sind wir uns einig. Du arbeitest ein Jahr lang für uns für hundertachtzig Dollar.«

»Tausend, Milo. Hundertachtzigtausend Dollar im Jahr plus Spesen. Sagen Sie's ihm nochmal, Eugene. Und schreib einen Scheck aus, für ein Vierteljahr im voraus. So werde ich immer bezahlt, per Vierteljahr. Ich hab euch C. Porter Lovejoy schon so gut wie besorgt.«

Milos schmerzliche Miene war reine Gewohnheit. Doch von diesem Augenblick an, das wußte Yossarian, wenn er es sich auch nicht gerne eingestand, fehlte es ihm nie ernsthaft an Geld, abgesehen von der Ausnahmesituation seiner Scheidung und dem sukzessiven Auffliegen all seiner Steuerschlupflöcher, etwa ein Jahrzehnt, nachdem unfehlbare Experten sie jeweils konstruiert hatten.

»Und übrigens« – Wintergreen nahm ihn am Schluß beiseite –, »das mit Ihrem Sohn. Sorgen Sie für einen meldungsmäßig einwandfreien Wohnsitz in einer schwarzen Nachbarschaft, wo die Rekrutierungsbüros kein Problem mit ihren Quoten haben. Dann sollten Schmerzen im unteren Rückenbereich und ein Brief von einem Arzt reichen. Ich habe einen Sohn, der wohnt jetzt offiziell in Harlem, und zwei Neffen mit Adresse in Newark.«

Yossarian hatte, was Michael – und ihn selbst – betraf, das Gefühl, daß sie besser nach Schweden fliehen sollten.

C. Porter Lovejoy und G. Noodles Cook schlossen sich von dem Tage, da Yossarian sie zusammenbrachte, symbiotisch eng aneinander an, mit einer herzlichen Wärme, die Yossarian Noodles gegenüber nie empfunden hatte und ebensowenig gegenüber Porter Lovejoy bei ihren wenigen Begegnungen.

»Da bin ich dir sehr verpflichtet«, hatte Noodles anschließend gesagt.

»Nicht nur da«, hatte Yossarian ihn vorsichtshalber erinnert.

C. Porter Lovejoy, silberhaarig, überparteilich und klarsichtig, wie die ihm wohlgesonnene Presse ihn ständig schilderte, war ein Mann, der das Leben immer noch mit großer Gelassenheit genoß. Er war seit fast einem halben Jahrhundert ein Insider in Washington und ein eingeweihtes Mitglied der Cosa Loro dort und hatte sich mittlerweile – so dachte er gerne laut vor Zuhörern nach – das Recht verdient, das Ganze etwas gemächlicher laufen zu lassen.

Für die Öffentlichkeit trat er oft in Regierungskommissionen auf, die jemand zu entlasten hatten, und als Mitautor von Untersuchungsberichten, die etwas rechtfertigten.

Privat war er der bedeutendste Partner und Rechtsbeistand in der Washingtoner Cosa-Loro-Kanzlei von Atwater, Fitzwater, Dishwater, Brown, Jordan, Quack und Capone. In dieser Eigenschaft konnte er wegen seines aristokratischen Prestiges und seines Rufes für Unbestechlichkeit ungehindert jeden Mandanten vertreten, den er wollte, auch solche mit entgegengesetzten Interessen. In einem Grenzstaat geboren, machte er in alle Richtungen legitime Heimatinteressen geltend und konnte zu Nordstaatlern im beruhigenden Tonfall des Südstaatengentleman der alten Schule sprechen und zu Leuten aus dem Süden mit den erlesen nasalen Tönen des kultivierten Neuengländers. Sein Partner Capone, mit dunklem Teint und halber Glatze, sah aus wie eine praktische Natur und wie ein ziemlich harter Bursche.

»Wenn Sie auf der Suche nach politischem Einfluß zu mir kommen«, betonte Porter Lovejoy jedem hoffnungsvoll auftauchenden Klienten gegenüber, »dann sind Sie zu dem falschen Mann gekommen. Wenn Sie jedoch die Dienste erfahrener Leute in Anspruch nehmen möchten, die sich in den Korridoren der Macht auch mit verbundenen Augen auskennen, die gut bekannt sind mit den Leuten, die Sie kennenlernen möchten, die Ihnen sagen können, wer das ist, und ein Treffen herbeiführen, die Sie zu solchen Begegnungen begleiten und den größten Teil des Gesprächs übernehmen, die herausfinden, was bei anderen Treffen, an denen Sie nicht beteiligt sind, im Hinblick auf Ihre Interessen geschieht, und die über alle unteren Instanzen hinweg sich direkt an die Vorgesetzten wenden könnten, wenn Entscheidungen getroffen werden, die Ihnen nicht gefallen, dann kann ich Ihnen möglicherweise helfen.«

Es war C. Porter Lovejoy, der am meisten dazu tat, die Karrierepläne von G. Noodles Cook zu fördern und ihren Umfang zu erweitern. Er schätzte die Parameter der Initiative des jungen Mannes mit subtiler Genauigkeit ab und führte ihn mit großzügiger Geschwindigkeit bei anderen Notabeln der Cosa-Loro-Familie ein, die Noodles' raffinierte Einsichten in die Mechanik der politischen Public Relations und der Imagekonstruktion zu schätzen wußten: seine Geschicklichkeit beim Entwerfen der hetzerischen Headline, der gemeinen kleinen Anspielung, der glatten geistreichen Beleidigung, der Täuschung (deren unlogischer

Trick rascher, als das Auge folgen konnte, unsichtbar vorbeischlüpfte) und der schmeichlerischen Lüge. Wenn er einmal seine Chance bekommen hatte, dann hatte Noodles noch nie jemanden enttäuscht, der – wie C. Porter Lovejoy – das Schlimmste von ihm erwartete.

Zwischen Yossarian und einem Cosa-Loro-Killer wie Noodles Cook hatte sich ein Graben friedlicher Distanz aufgetan, den aufzufüllen keiner der beiden Anlaß hatte. Doch zögerte Yossarian nicht, ihn jetzt anzurufen, um die lächerliche Möglichkeit zu diskutieren, daß man den neuen Präsidenten veranlassen könnte, eine Einladung von Christopher Maxon zur Hochzeit einer Stiefnichte (oder wie auch immer) im Port-Authority-Busbahnhof ernst zu nehmen.

»Er bringt Millionen an Spenden für eure Partei auf, Noodles.«
»Warum nicht?« sagte Noodles fröhlich. »Hört sich amüsant an. Sag denen, er überlegt sich's ernsthaft, ob er kommen soll.«
»Du brauchst ihn nicht zu fragen?«
»Nein.« Noodles hörte sich überrascht an. »John, es ist noch kein Hirn aufgetaucht, das groß genug wäre, alles zu bewältigen, was ein Präsident scheinbar verstehen muß. Ich bin noch sehr gut angeschrieben, seit ich ihn durch die Amtseinführung durchgeschleust habe.«

Als zehnter und neuester der neun Cheftutoren mit ihren elf Doktortiteln in dem Braintrust, welcher den Mann umgab, der jetzt Präsident geworden war, war G. Noodles Cook noch nicht von jener besonderen Verachtung infiziert, die sprichwörtlich aus der Vertrautheit geboren wird.

Es war C. Porter Lovejoy gewesen, der den verblassenden Glanz der ursprünglichen neun Tutoren betrachtet und die Ernennung von C. Noodles Cook als eines zehnten vorgeschlagen hatte, um die Illusion einer Aura brillanter Intelligenz um den damaligen Vizepräsidenten neu zu entfachen: eine Wahl, betonte er mit neutraler Autorität, die sowohl diesem Vizepräsidenten nützen müßte wie der Regierung insgesamt, dem ganzen Land,

Noodles Cook selbst und Lovejoys eigenen Interessen als Partner in der Cosa-Loro-Firma von Anwälten und Lobbyisten namens Atwater, Fitzwater, Dishwater, Brown, Jordan, Quack und Capone. Capone, wie Lovejoy ein Gründungspartner, spielte in exklusiven Clubs Golf mit führenden Geschäftsleuten und hohen Regierungsbeamten, und man gestattete ihm dabei selten zu verlieren.

Die Hindernisse bei den Formalien der Amtseinführung ergaben sich aus dem natürlichen Verlangen des Vizepräsidenten, in das höhere Amt mit einer Eidesleistung vor dem Vorsitzenden Richter des Obersten Gerichtshofs der Vereinigten Staaten eingeführt zu werden. Der ehrenwerte Inhaber dieses Amtes, eine stählern aufrechte, einigermaßen überwältigende Persönlichkeit mit einem Kneifer und einer hochgewölbten Stirn, trat abrupt zurück, um nicht an einer Amtshandlung beteiligt sein zu müssen, die ihm dem Geist des Rechts, wenn schon nicht dem Buchstaben des Gesetzes zuwider schien.

Dieses unerwartete Vorgehen ließ der neuen politischen Führungskraft kaum eine andere Wahl, als an eine der anderen Zelebritäten des Gerichtshofs mit den richtigen parteipolitischen Verbindungen heranzutreten.

Die Frau, die zu der Zeit dem Gericht angehörte, trat freiwillig vierzehn Minuten nach Unterbreitung des Vorschlags zurück. Sie gab als Erklärung an, sie würde sich auf das Gebiet zurücksehnen, das ihr am meisten bedeutete: die Hausarbeit. Ihr ganzes Leben, ließ sie verlauten, hatte sie nur davon geträumt, Hausfrau zu sein.

Und der andere leuchtende Stern in der ehrwürdigen Konstellation von Juristen, zu welcher die Leute früher gerne aufgeblickt hatten, ein ehrenwerter Amtskollege, den freundliche Journalisten wegen seines sogenannten Witzes und seines Showbusineß-Flairs für willkürliche und selbstgefällige Haarspaltereien feierten, ging angeln.

Der Afroamerikaner kam natürlich nicht in Frage. Das weiße Amerika würde keinen Präsidenten dulden, dessen Amt und Würde durch einen Schwarzen legitimiert worden war, und ganz besonders nicht durch einen wie diesen, der kein besonderer Jurist und kein besonderer Richter war und bei den Anhörungen vor seiner Bestätigung im Amt als zu gleichen Teilen aus Galle und dummem Geschwätz bestehend auffiel.

Die anderen orthodoxen Parteimitglieder des Gerichts wurden verworfen, weil sie einfach nicht pittoresk genug und viel zu unbekannt waren. Ihre Zurückweisung wurde um so endgültiger, als aus ihren Amtszimmern über anonyme Kanäle und nicht genannte Subalternbeamte durchsickerte, daß sie starke verfassungsrechtliche Bedenken hatten, ob überhaupt irgendein ehrenwertes Mitglied irgendeines Gerichtshofes im ganzen Land das Recht hatte, einem Mann wie ihm den Amtseid für die höchste Position im Staate abzunehmen. Mit seltener Einstimmigkeit beglückwünschten sie den Vorsitzenden zu seinem Rücktritt, die Frau zu ihrer Hausarbeit und den Witzbold zu seiner Neigung zum Angeln.

So blieb nur noch der Mann von der Demokratischen Partei übrig, der von dem angeblich liberalen Kennedy vor langer Zeit ernannt worden war und der seitdem durchgängig konservativ gestimmt hatte.

Konnte ein Präsident sein Amt antreten, ohne den Amtseid zu leisten? Es war nicht genug Gerichtshof übrig, um das zu entscheiden. Aber dann kam Noodles Cook – und Noodles ganz allein unter den Cheftutoren – mit jenem energischen Vorschlag, den er schon von Anfang an geplant, aber für sich behalten hatte, bis die Spannung auf dem Höhepunkt war und seine Lösung den befriedigenden Ausweg aus einer peinlichen Sackgasse darstellte.

»Ich versteh's immer noch nicht ganz«, sagte der Vizepräsident wieder, als die beiden noch einmal zu zweit konferierten. Mittlerweile hatten die anderen neun von seinen Cheftutoren mit den elf Doktortiteln bei ihm mehr und mehr ihr Gesicht verloren. »Bitte erklären Sie es nochmal.«

»Das kann ich, glaube ich, nicht«, sagte Noodles Cook grimmig. Ihm gefiel seine Position, bei seiner Arbeit und seinem Arbeitgeber war er sich aber nicht mehr so sicher.

»Versuchen Sie es. Wer ernennt den neuen Vorsitzenden des Obersten Gerichtshofs?«

»Sie tun das«, sagte Noodles griesgrämig.

»Richtig«, sagte der Vizepräsident, der technisch gesehen seit dem Rücktritt seines Vorgängers bereits Präsident war. »Aber ich kann ihn nicht ernennen, ehe ich nicht vereidigt bin?«

»Ebenfalls richtig«, sagte Noodles Cook verdrossen.

»Wer vereidigt mich?«

»Wer immer Sie wollen.«

»Ich will den Obersten Richter.«

»Wir haben keinen Obersten Richter«, sagte Noodles düster.

»Und wir kriegen keinen, bis ich einen ernenne? Und ich kann keinen ernennen, bis –«

»Jetzt haben Sie's erfaßt, glaub ich.«

Stumm und mit einem Gesichtsausdruck mürrischer Enttäuschung bedauerte Noodles es wieder einmal, daß er und seine dritte Frau Carmen, mit der er im Clinch einer bitteren Scheidung lag, nicht mehr miteinander sprachen. Er sehnte sich nach einem vertrauenswürdigen Menschen, mit dem er solche Unterhaltungen in aller Sicherheit parodistisch durchspielen konnte. Er dachte an Yossarian, der ihn mittlerweile – befürchtete er – wohl für ein Arschloch hielt. Noodles war intelligent genug, um zu begreifen, daß er selbst, wäre er ein anderer, auch nicht viel von sich halten würde. Noodles war ehrlich genug, um zu wissen, daß er unehrlich war, und besaß gerade noch genügend Integrität, um zu erkennen, daß ihm keine mehr geblieben war.

»Ja, ich glaube, ich hab's jetzt«, sagte der Vizepräsident mit aufkeimender Hoffnung. »Ich glaube, ich hab jetzt wieder volle Power auf allen Zylindern.«

»Das würde mich nicht überraschen.« Noodles' Worte hörten sich nicht so bestätigend und bekräftigend an, wie er sich das gedacht hatte.

»Na, warum können wir dann nicht beides zusammen machen? Kann ich ihn nicht als Obersten Richter vereidigen, und gleichzeitig vereidigt er mich als Präsidenten?«

»Nein«, sagte Noodles.

»Warum nicht?«

»Er muß vom Senat bestätigt werden. Erst müßten Sie ihn ernennen.«

»Na«, sagte der Vizepräsident und saß kerzengerade mit dem sehr breiten Lächeln schlauen Stolzes auf bedeutende Leistungen da, das er gewöhnlich an der Armatur eines seiner Videospiele trug, »kann dann der Senat ihn nicht bestätigen, während ich ihn ernenne und er mich gleichzeitig vereidigt?«

»Nein«, sagte Noodles mit Nachdruck. »Und bitte fragen Sie mich nicht, warum. Es ist nicht möglich. Bitte glauben Sie mir das einfach, Sir.«

»Na, das ist doch aber wirklich gemein! Ich meine doch, der Präsident müßte eigentlich das Recht haben, seinen Amtseid vor dem Vorsitzenden des Obersten Gerichtshofs abzulegen.«

»Ich kenne niemand, der Ihnen da widersprechen wollte.«

»Aber es geht nicht, es geht einfach nicht! Und warum? Weil wir keinen Vorsitzenden haben! Wie hat denn das überhaupt passieren können?«

»Ich weiß es nicht, Sir.« Noodles warnte sich mißbilligend, daß seine Sätze nicht sarkastisch klingen durften. »Das ist vielleicht eine Möglichkeit, die die Gründerväter übersehen haben.«

»Was zum Teufel reden Sie da!« Hier sprang der Vizepräsident auf, wie von cholerischer Wut angesichts einer unvorstellbaren Blasphemie übermannt. »Die haben nichts übersehen, oder? Unsere Verfassung war immer vollkommen! Oder nicht?«

»Wir haben siebenundzwanzig Verfassungszusätze, Sir.«

»Tatsächlich? Das wußte ich nicht.«

»Es ist kein Geheimnis.«

»Woher soll ich das denn wissen? Das meinen die also immer mit dem soundsovielten Zusatz? Haben die was geändert?«

»Genau.«

»Na, wie soll ich das denn wissen?« Seine Stimmung war wieder mürrisch-verzweifelt. »Also stehen wir immer noch auf demselben Fleck, was? Ich kann keinen —«

»Ja.« Es schien Noodles besser, ihn zu unterbrechen, als sie beide noch einmal der ganzen Litanei auszusetzen.

»Dann ist das ja gerade so wie Catch-22, wie?« rief der Vizepräsident unerwartet, um dann angesichts dieser Inspiration stolz dreinzuschauen. »Ich kann keinen Obersten Richter ernennen, bis ich Präsident bin, und er kann mich nicht vereidigen, bis ich ihn ernenne. Ist das nicht ein echter Catch-22?«

Noodles Cook starrte wild gegen die Wand und beschloß, lieber sein Prestige und seine Position bei der neuen Regierung aufs Spiel zu setzen, als sich mit einem Menschen wie dem hier auf dieses Thema einzulassen.

Er starrte, merkte er nun, auf eine große, stark vereinfachte Karte der militärischen Stellungen bei der Schlacht von Gettysburg, die hier als Kunst an der Wand hing. Noodles begann, düster der Geschichte nachzuhängen. Vielleicht war es zwischen Souverän und Berater immer schon so gewesen, dachte er, daß der Untergeordnete in jeder Hinsicht der Überlegene war, bis auf seinen Rang. Und da befahl Noodles – erschöpft und verzweifelt – mit scharfer Stimme die Lösung, die am Ende alles rettete:

Den Demokraten nehmen!

Was?

»Ja, den Arsch von einem Demokraten nehmen.« Er wischte alle Einwände beiseite, indem er sie vorwegnahm. »Das war ein Kennedy-Demokrat, also was will das schon heißen? Der Bursche ist so schlecht wie wir anderen alle. Sie kriegen eine viel bessere Presse, weil Sie sich unparteiisch auf eine breite politische Basis stützen. Und wenn Ihre Beliebtheitskurve sinkt, können Sie den Typ verantwortlich machen, weil er Sie vereidigt hat.«

Porter Lovejoys visionärer Scharfsinn war wieder einmal bestätigt worden. Als er Noodles instruiert hatte, da hatte er hervorgehoben, wie gut ihn der Vizepräsident brauchen könnte. Der Bedarf bestand unmittelbar, die Möglichkeiten waren unbegrenzt. Es würde ein Einstellungsgespräch geben. »Wieviel soll ich ihm sagen?« wollte Noodles wissen. Porter Lovejoy strahlte ihn blinzelnd an. »Soviel, wie er Sie sagen läßt! Tatsächlich werden Sie mit ihm ein Gespräch führen, um herauszufinden, ob Sie die Stelle möchten, aber das weiß er nicht.« Und wie, fragte Noodles amüsiert, würde er das wohl hinkriegen? Porter Lovejoy strahlte nur erneut. Der Codename?

»Das lassen Sie jetzt beiseite«, warnte Porter Lovejoy. »Er hat ihn selber ausgesucht, wissen Sie. Sie werden keine Probleme haben.«

»Kommen Sie, kommen Sie, kommen Sie herein«, sagte der Vizepräsident jovial zu Noodles Cook, nach freundlichen Begrüßungen im Vorzimmer, die Noodles verwirrend informell fand.

Es überraschte ihn, daß dieser jüngere Mann, Inhaber eines hohen Amtes, herausgehüpft gekommen war, um ihn herzlich willkommen zu heißen. Noodles hatte kaum Zeit, die High-School- und College-Wimpel an den Wänden des Vorzimmers zu bemerken. Er konnte die zahlreichen Fernsehschirme nicht zählen, die alle auf verschiedene Kanäle geschaltet waren. »Wir warten auf alte Interviews und Dreisekundensätze«, erklärten die jungen Damen kichernd, und Noodles wußte nicht, ob das ernst gemeint war oder nicht.

»Ich habe mich schon sehr darauf gefreut, Sie kennenzulernen«, fuhr der Vizepräsident mit überzeugender Wärme fort. »Varuum, varuum, varuuuum«, fügte er vertraulich hinzu, als sie allein waren und die Tür sich geschlossen hatte. »Das ist aus einem Videospiel, in dem ich unbesiegt bin, es heißt *Indianapolis Speedway*. Kennen Sie das? Das lernen Sie bald. Sind Sie gut bei Videospielen? Ich wette, ich kann Sie schlagen. Jetzt, also, bitte erzählen Sie mir doch alles von sich. Ich bin äußerst gespannt.«

Das war für Noodles ein Kinderspiel. »Nun, Sir, was interessiert Sie da? Wo soll ich anfangen?«

»Was das Besondere an mir ist«, antwortete der Vizepräsident, »das ist meine Fähigkeit, alles zu erreichen, was ich mir einmal vornehme. Was passiert ist, ist passiert, dem weine ich keine Träne nach, das Vergangene ist vergangen. Wenn ich mir ein Ziel setze, verfolge ich dieses Ziel unerbittlich.«

»Ich verstehe«, sagte Noodles nach einem Augenblick der Überraschung, als er erriet, daß ihm hier Gelegenheit zu einer Bemerkung gegeben wurde. »Und Sie wollen damit sagen, daß Sie das Ziel hatten, Vizepräsident zu werden?«

»O ja, definitiv, definitiv. Und dieses Ziel habe ich unerbittlich verfolgt.«

»Was haben Sie getan?«

»Ich habe ja gesagt, als sie mich gefragt haben. Sehen Sie, Mr. Cook – darf ich Noodles sagen? Danke. Ich weiß das sehr zu schätzen –, für mich gibt es ein Wort, welches das Amt des Vizepräsidenten besonders gut beschreibt: Bereit sein. Oder sind das zwei Wörter?«

»Ich glaube, es sind zwei.«

»Danke! Ich glaube, ich könnte von keinem von meinen anderen Tutoren eine so klare Antwort bekommen. Und das will ich unerbittlich verfolgen. Bereit sein. Natürlich, je länger man Vizepräsident ist, desto bereiter ist man, Präsident zu werden. Meinen Sie nicht auch?«

Noodles wich der Frage geschickt aus. »Und das ist das nächste Ziel, das Sie unerbittlich verfolgen wollen?«

»Ist doch die Hauptaufgabe eines Vizepräsidenten, oder? Meine anderen Tutoren stimmen mir zu.«

»Weiß es der Präsident?«

»Ich würde das nie unerbittlich verfolgen, wenn er nicht seine volle Zustimmung geben würde. Gibt es noch irgend etwas über mich, was Sie wissen möchten, damit Sie entscheiden können, ob Sie gut genug sind für den Job? Porter Lovejoy sagt, Sie sind's.«

»Nun, Sir«, sagte Noodles Cook zögernd und fuhr behutsam fort: »Gibt es irgend etwas, mit dem Sie jetzt zu tun haben, wo Sie meinen, Sie sind vielleicht nicht vollkommen in der Lage, es ganz allein ideal in den Griff zu kriegen?«

»Nein. Da fällt mir nichts ein.«

»Warum meinen Sie dann, Sie bräuchten noch einen Tutor?«

»Damit er mir bei solchen Fragen hilft. Sehen Sie, ich habe auf dem College den Fehler gemacht, mich nicht richtig auf meine Studien zu konzentrieren, und das bedauere ich jetzt.«

»Aber Sie haben doch ausreichende Noten bekommen, oder?«

»So gut wie die, die ich bekommen habe, wenn ich mich konzentriert habe. Sie waren auf dem College, Mr. Cook? Sie sind ein studierter Mann?«

»Jawohl, Sir. Ich habe meine Abschlüsse.«

»Gut. Ich war auch auf dem College, wissen Sie. Wir haben viel gemeinsam und sollten gut miteinander auskommen – besser, hoffe ich« (hier schlich sich ein pikierter Tonfall ein) »als ich mit den anderen auskomme. Ich habe das Gefühl, die machen hinter meinem Rücken Witze über mich. Im nachhinein denke ich, ich hätte Philosophie und Geschichte und Wirtschaftswissenschaften und dergleichen auf dem College stärker berücksichtigen sollen. Ich hole das jetzt nach.«

»Wie –« begann Noodles eine Frage und überlegte es sich dann anders. »Sir, nach meiner Erfahrung –«

»Ich weine dem keine Träne nach, was passiert ist, das ist passiert.«

»Nach meiner Erfahrung«, tastete sich Noodles unterwürfig weiter, »als Student, und selbst als ich dann ein wenig unterrichtet habe, tun die Leute eben das, was sie sind. Wer an Sport, Golf und Partys interessiert ist, verbringt seine Zeit bei Sportveranstaltungen, auf dem Golfplatz und auf Partys. Es ist sehr schwierig, im späteren Leben noch zu einem Interesse an Themen wie Philosophie, Geschichte oder Wirtschaft zu kommen, wenn einen das früher nicht interessiert hat.«

»Ja. Und es ist auch nie zu spät«, sagte der Vizepräsident, und Noodles wußte nicht, ob sie einer Meinung waren oder nicht. »In letzter Zeit habe ich die Napoleonischen Kriege studiert, um meine Allgemeinbildung quasi abzurunden.«

Eine Sekunde oder zwei saß Noodles reglos da. »Welche?« fiel ihm schließlich als einzige Äußerung ein.

»Gab's da mehr als einen?«

»Das war nicht so mein Fach«, antwortete Noodles Cook und fing an, alle Hoffnung aufzugeben.

»Und die Schlacht bei Antietam nehme ich auch durch«, hörte er den zweiten Mann im Staate (im Ernstfall war es der erste) fortfahren. »Und dann kommt mal Bull Run dran. Das war schon ein toller Krieg, dieser Bürgerkrieg. So einen haben wir seitdem nicht mehr gehabt, wie? Sie wären überrascht, aber Bull Run ist nur eine kurze Autofahrt von hier, mit einer Polizeieskorte.«

»Bereiten Sie sich auf den Krieg vor?«

»Ich bilde mich stets weiter. Ich glaube an das Prinzip, daß man bereit ist. Die ganze andere Arbeit eines Präsidenten ist ziemlich anstrengend, scheint mir, und irgendwie langweilig. Ich lasse all diese Schlachten auf Videokassetten übertragen, als Spiele, wo beide Seiten gewinnen können. Varuum, varuum, varuum! Gettysburg auch. Mögen Sie Videospiele? Welches ist da Ihr Lieblingsspiel?«

»Ein Lieblingsspiel habe ich keines«, murmelte Noodles niedergeschlagen.

»Bald haben Sie eins! Kommen Sie, schauen Sie sich die mal an.«

Auf einer Konsole unter einem Videoschirm (in vielen Winkeln dieses Arbeitszimmers gab es einen Videoschirm mit Armaturen für den Spieler), zu dem der Vizepräsident ihn nun führte, lag das Spiel mit dem Titel *Indianapolis Speedway*. Noodles sah noch andere, sie hießen *Bomben los!* und *Wer muß nicht zum Militär?*

Und noch eins, es hieß *Stirb lachend*.

Sein Gastgeber lachte leise vor sich hin. »Ich habe neun Akademiker angestellt mit elf Doktortiteln, und kein einziger hat mich bei irgendeinem von denen hier auch nur ein einziges Mal schlagen können. Sagt das nicht viel über das Bildungssystem in diesem Land heutzutage?«

»Ja«, sagte Noodles.

»Und was sagt es einem?«

»Viel«, sagte Noodles.

»So sehe ich das auch. Jetzt kommt gerade ein neues raus, nur für mich, das heißt Triage. Kennen Sie das?«

»Nein.«

»*Triage* ist ein Wort, das aus dem Französischen kommt, und falls es einen großen Krieg gibt und wir müssen entscheiden, wer die Wenigen sind, die in unseren Bunkern überleben sollen –«

»Ich weiß, was das Wort bedeutet, Herr Vizepräsident!« unterbrach ihn Noodles mit größerer Schärfe, als es seine Absicht gewesen war. »Ich kenne nur das Spiel nicht«, erklärte er mit einem gezwungenen Lächeln.

»Bald werden Sie's kennenlernen. An dem trainiere ich Sie. *Triage* wird viel Spaß machen, eine echte Herausforderung. Sie hätten Ihre Favoriten und ich meine, und nur einer kann dann gewinnen und sagen, wer leben wird und wer stirbt. Das wird sicher nett. Ich glaube, ich würde es gerne sehen, daß Sie sich auf *Triage* spezialisieren, weil man nie weiß, wann es tatsächlich mal ins Spiel kommen muß, und ich glaube nicht, daß die anderen das bringen. Okay?«

»Ja, Herr Vizepräsident.«

»Und seien Sie nicht so förmlich, Noodles. Nennen Sie mich Wichser.«

Noodles war entsetzt. »Das könnte ich nicht!« erwiderte er laut, mit einem Reflex spontanen Ungehorsams.

»Versuchen Sie's.«

»Nein, tu ich nicht.«

»Nicht einmal, wenn's um Ihren Job geht?«

»Nein, nicht einmal dann, Herr Wichser – ich meine, Herr Vizepräsident.«

»Sehen Sie? Bald wird's Ihnen ganz leichtfallen. Alle anderen tun es auch. Schauen Sie sich mal diese anderen Geschichten an, wo Porter Lovejoy meint, das könnten Sie übernehmen. Was wissen Sie über schweres Wasser?«

»Fast gar nichts«, sagte Noodles, der sich hier auf festerem Boden fühlte. »Es hat was mit atomaren Reaktionen zu tun, oder?«

»Fragen Sie mich nicht. Irgend sowas steht hier. Ich weiß auch nicht viel darüber, also kommen wir da einander schon näher.«

»Wo liegt das Problem?«

»Also, die haben einen Mann festgesetzt, der es ohne Erlaubnis herstellt. Ein pensionierter Kaplan vom alten Army Air Corps, heißt es da, im Zweiten Weltkrieg.«

»Warum zwingen sie ihn nicht, aufzuhören?«

»Er kann nicht aufhören. Er produziert es sozusagen, wenn Sie verstehen, was ich meine, organisch.«

»Nein, ich verstehe nicht, was Sie meinen.«

»Also, das steht jedenfalls hier im Überblick von der Zusammenfassung auf dieser Geheimakte, Codename Wasserhahn. Er ißt und trinkt wie wir anderen auch, aber was aus ihm rauskommt, das ist dann wohl dieses schwere Wasser. Eine private Firma, M. & M.- U. & P., hat ihn erforscht und weiterentwickelt, die haben jetzt eine Option auf ihn. Ihr Patent ist angemeldet.«

»Wo haben die ihn jetzt?«

»Irgendwo unterirdisch, falls er beschließt, radioaktiv zu werden. Kurz ehe sie ihn geschnappt haben, war er noch mit einem anderen in Verbindung, und seine Frau und der sprechen regelmäßig in Code zusammen am Telefon und tun so, als wüßten sie von gar nichts. Noch nichts Unanständiges zwischen den beiden. Der spricht auch viel mit einer Krankenschwester, und da könnte einiges Unanständige bald losgehen. Es ist, als hätten die noch nie was von Aids gehört! Und es gibt vielleicht eine belgische Spionageverbindung mit der neuen Europäischen Gemeinschaft. ›Der Belgier schluckt wieder‹, hat sie ihm neulich gemeldet, als sie das letzte Mal telefoniert haben.«

»Und was wollen Sie da unternehmen?«

»Ach, wir könnten ihn leicht von einer unserer Antiterroreinheiten töten lassen, wenn's nötig wird. Aber wir brauchen ihn vielleicht, weil wir auch das Problem einer Tritiumknappheit haben. Was wissen Sie über Tritium, Noodles?«

»Tritium? Nie davon gehört.«

»Gut. Dann können Sie ganz objektiv sein. Ich glaube, es ist irgendein radioaktives Gas, das wir für unsere Wasserstoffbomben und andere Sachen brauchen. Man kann es aus schwerem Wasser gewinnen, und dieser Kaplan würde sehr wertvoll werden, falls er andere ausbilden könnte, daß sie auch schweres Wasser lassen. Der Präsident hat für dieses Projekt nicht die Muße und will, daß ich mich darum kümmere. Ich hab die Muße auch nicht, also geb ich's Ihnen.«

»Mir?« rief Noodles überrascht. »Sie meinen, ich bin angestellt?«

»Wir haben uns doch unterhalten, oder? Lassen Sie mich wissen, was ich Ihrer Ansicht nach empfehlen sollte.«

Er reichte Noodles eine recht umfangreiche rote Akte mit einem Deckblatt, auf dem ein einziger Satz den Inhalt der Synopse des Digests eines Überblicks der summarischen Kurzfassung zusammenzog: Ein pensionierter Militärkaplan von einundsiebzig Jahren stellte innerlich ohne Genehmigung schweres Wasser her und befand sich nun in geheimem Gewahrsam zu Zwecken der Untersuchung und Befragung. Noodles wußte wenig über schweres Wasser und nichts über Tritium, aber er wußte genug, um keine Miene zu verziehen, als er die Namen John Yossarian und Milo Minderbinder las, obwohl er ernst über die Krankenschwester Melissa MacIntosh nachsann, von der er nie gehört hatte, und ihre Mitbewohnerin Angela Moore oder Angela Moorecock, und über einen geheimnisvollen belgischen Agenten mit Kehlkopfkrebs in einem New Yorker Krankenhaus, über den die Schwester regelmäßig Codenachrichten am Telefon durchgab, und einen verbindlichen, gutgekleideten, mysteriösen Mann, der die anderen anscheinend beobachtete, entweder als Schnüffler oder als Beschützer. Als Kenner von Informationstexten war Noodles von der Genialität beeindruckt, mit welcher der Verfasser so vieles auf einen einzigen Satz gekürzt hatte.

»Sie möchten, daß ich hier entscheide?« murmelte Noodles schließlich verblüfft.

»Warum nicht Sie? Und dann haben wir hier noch dieses andere Ding, jemand hat ein perfektes Militärflugzeug, das er uns verkaufen möchte, und jemand anderes ein besseres perfektes Militärflugzeug, das wir auch kaufen sollen, und wir können bloß eins davon kaufen.«

»Was sagt Porter Lovejoy?«

»Der bereitet sich auf seinen Prozeß vor. Ich möchte, daß Sie's beurteilen.«

»Ich glaube, da bin ich nicht qualifiziert.«

»Ich glaube an die Sintflut«, erwiderte der Vizepräsident.

»Das habe ich jetzt, glaube ich, nicht verstanden.«

»Ich glaube an die Sintflut.«

»Welche Sintflut?« Wieder war Noodles verwirrt.

»Die von Noah natürlich, die in der Bibel. Meine Frau auch. Kennen Sie das nicht?«

Mit zusammengekniffenen Augen musterte Noodles das unschuldige Gesicht und suchte nach einem Augenzwinkern, einem leisen Lächeln. »Ich bin mir jetzt nicht sicher, daß ich weiß, was Sie meinen. Glauben Sie, daß es naß war?«

»Ich glaube, daß das wahr ist. In allen Einzelheiten.«

»Daß er Männlein und Weiblein von allen Tierarten mit in die Arche genommen hat?«

»So steht es da.«

»Sir«, sagte Noodles höflich. »Wir haben mittlerweile mehr Arten von Tieren und Insekten verzeichnet, als irgend jemand je in seinem Leben sammeln und in einem Schiff von dieser Größe unterbringen könnte. Wie würde er sie sich beschaffen, wo würde er sie hintun, von dem Raum für sich und die Familien seiner

Kinder ganz abgesehen und von den Problemen mit dem Futter und der Säuberung des Laderaums in den vierzig Tagen und Nächten im Regen?«

»Sie kennen das also?«

»Ich hab davon gehört. Und die hundertundfünfzig Tage und Nächte anschließend, als der Regen aufgehört hatte.«

»Das wissen Sie auch!« Der Vizepräsident sah ihn anerkennend an. »Dann wissen Sie wohl auch, daß die Evolution Quatsch ist. Ich hasse die Evolution.«

»Wo kommt das ganze tierische Leben her, von dem wir jetzt wissen? Es gibt allein drei- oder vierhunderttausend verschiedene Arten von Käfern.«

»Ach, die haben sich wahrscheinlich einfach entwickelt.«

»In nur siebentausend Jahren? Mehr war's kaum, wenn man die biblische Zeitrechnung nimmt.«

»Das können Sie dann ja nachschlagen, Noodles. Alles, was wir über die Erschaffung der Welt wissen müssen, steht direkt in der Bibel, klar und deutlich auf englisch.« Der Vizepräsident schaute ihn heiter an. »Ich weiß, daß es Skeptiker gibt. Alles Kommunisten. Da hat keiner recht.«

»Es gibt da immerhin Mark Twain«, konnte Noodles sich nicht enthalten vorzubringen.

»Ach, den Namen kenne ich!« rief der Vizepräsident mit großem eitlem Entzücken. »Mark Twain ist dieser große amerikanische Humorist aus meinem Nachbarstaat Missouri, nicht wahr?«

»Missouri grenzt nicht an Indiana, Sir. Und Ihr großer amerikanischer Humorist hat sich über die Bibel lustig gemacht, das Christentum verachtet, unsere imperialistische Außenpolitik verabscheut und jede Einzelheit in der Geschichte von der Arche Noah mit Hohn und Spott übergossen, insbesondere was die Stubenfliege betrifft.«

»Offenbar«, antwortete der Vizepräsident, ohne seine Gelassenheit einzubüßen, »reden wir hier von zwei verschiedenen Mark Twains.«

Noodles war wütend. »Es gab nur einen, Sir«, sagte er sanft und lächelte. »Wenn Sie wünschen, schreibe ich Ihnen eine kurze Zusammenfassung seiner Ansichten und gebe sie bei einer von Ihren Sekretärinnen ab.«

»Nein, ich hasse Geschriebenes. Tun Sie's auf ein Video, und vielleicht können wir ein Spiel draus machen. Ich begreife wirklich nicht, wie manche Leute, die lesen, solche Schwierigkeiten haben, die einfachen Wahrheiten zu beherzigen, die dort so klar niedergelegt sind. Und bitte sagen Sie nicht Sir, Noodles. Sie sind so viel älter als ich. Sagen Sie doch bitte Wichser zu mir.«

»Nein, Sir, ich werde nicht Wichser zu Ihnen sagen.«

»Alle anderen tun's. Sie haben auch das Recht dazu. Ich habe einen Eid geleistet, dieses verfassungsmäßige Recht zu schützen.«

»Hören Sie zu, Sie Wichser – « Noodles war aufgesprungen und schaute sich hektisch nach einer Tafel um, nach Kreide, einem Zeigestock, irgend etwas! »Wasser gleicht seine Oberfläche immer aus.«

»Das habe ich auch schon gehört.«

»Der Mount Everest ist fast fünf Meilen hoch. Damit die Erde ganz mit Wasser bedeckt ist, müßte überall auf dem ganzen Globus das Wasser fast fünf Meilen tief sein.«

Sein zukünftiger Arbeitgeber nickte, erfreut, daß Noodles anscheinend endlich begriff, was los war. »Soviel Wasser war damals da.«

»Dann verliefen sich die Wasser. Wohin?«

»Ins Meer natürlich.«

»Wo waren die Meere, wenn die Welt ganz unter Wasser stand?«

»Unter der Sintflut drunter natürlich«, kam die Antwort ohne Zögern, und der geniale Mann erhob sich. »Wenn Sie sich eine Landkarte anschauen, Noodles, sehen Sie genau, wo die Meere sind. Und Sie werden auch sehen, daß Missouri wirklich an meinen Heimatstaat Indiana grenzt.«

»Er glaubt an die Sintflut!« berichtete Noodles Cook, immer

noch in Rage und fast schreiend, Porter Lovejoy unverzüglich. Es war das erste Mal in ihrer Beziehung, daß er seinem Mentor anders als mit verschwörerischer Zufriedenheit begegnete.

Porter Lovejoy blieb ungerührt. »Seine Frau auch.«

»Da will ich mehr Geld!«

»Das ist eigentlich bei der Stelle nicht vorgesehen.«

»Ändern Sie die Stellenbeschreibung!«

»Ich spreche mal mit Capone.«

Seine Gesundheit war gut, Wohlfahrt brauchte er keine, und alle, die es anging, stimmten darin überein, daß Noodles als Minister für Gesundheit, Wohlfahrt und Bildung im neuen Kabinett seine Energien ganz auf die Bildung des Präsidenten konzentrieren konnte.

FÜNFTES BUCH

13. TRITIUM

Schweres Wasser hatte wieder um zwei Punkte angezogen, stand auf dem Fax im M. & M.-Büro im Rockefeller Center in New York, im selben Stockwerk und fast auf demselben Fleck, wo Sammy Singer fast sein gesamtes Berufsleben bei *Time* verbracht hatte, in einem Büro, dessen Fenster – wie Michael Yossarian jetzt wieder sah – auf die legendäre Eisbahn weit drunten schauten, den glitzernden, gefrorenen Mittelpunkt des altehrwürdigen japanischen Immobilienkomplexes, der kürzlich für Geld der verlöschenden Finanzdynastie Rockefeller abgekauft worden war. Die Eisbahn war der Ort, wo Sammy vor Jahren mit Glenda zum erstenmal in seinem Leben Schlittschuhlaufen gegangen war, und er war nicht hingefallen und war mehr als einmal eine lange Mittagspause mit ihr dort gewesen, nachdem sie angefangen hatten, einander regelmäßig zu treffen – damals, als sie ihn immer noch drängte, er solle in ihr Apartment auf der West Side ziehen, zu ihr und den drei Kindern und der bemerkenswerten, robusten Mutter aus Wisconsin, die Sammy gut leiden konnte und die nach seinem Einzug gerne wieder zu ihrer Schwester auf eine kleine Farm ging: niemand sonst von den Eltern in New York, die er kannte, nicht einmal seine eigenen, waren je von so unaufdringlicher Opferbereitschaft. Und Tritium, das aus schwerem Wasser gewonnene Gas, war auf den internationalen Warenbörsen für radioaktive Substanzen in Genf, Tokio, Bonn, im Irak, im Iran, in China, Pakistan, London und New York *um zweihundertsechzehn Punkte* gestiegen. Tritium bekam optimistischen Auftrieb durch die natürliche Eigenschaft dieses Hydrogenisotops, sich in

Atomwaffen mit einer vorhersagbaren Geschwindigkeit zu verflüchtigen, was periodisches Nachfüllen erforderlich machte – sowie durch die reizvolle Neigung des Gases, seine Quantität zwischen dem Zeitpunkt, da es der Absender versiegelte, und der Stunde, da der Empfänger es entgegennahm, zu verringern – der Empfänger war dabei meistens ein Fabrikant von Scherzartikeln oder Hinweisschildern mit selbstleuchtender Oberfläche oder ein Verfertiger und Lieferant von Nuklearsprengköpfen.

Kunden meldeten häufig einen Schwund von bis zu vierzig Prozent der Tritiummenge, für die sie bezahlt hatten, vierzig Prozent weniger, als verpackt und versandt worden war, ohne daß es Indizien für Diebstähle, Ableitungen oder undichte Stellen gab.

Das Tritium war einfach beim Anliefern nicht mehr da.

Vor nicht langer Zeit hatte eine Testlieferung von einem Gebäude in ein benachbartes Gebäude, von der man sich Aufschlüsse über den Vorgang erhoffte, auch keine neuen Ergebnisse erbracht, nur den Verlust von drei Vierteln des für den Test verpackten Tritiums. Es war nicht richtig, meinte ein verlegener Sprecher, zu sagen, daß es sich in Luft auflöste. Die Luft wurde ständig überprüft, und in sie hatte sich das Tritium nicht aufgelöst.

Trotz seiner Strahlung und seinem sich daraus ergebenden Potential als lebhafter Erreger von Krebs war Tritium immer noch das traditionelle Material für selbstleuchtende Hinweisschilder und Uhrenzifferblätter, für die Visiereinrichtungen bei Nachtwaffen, für Plaketten mit Hakenkreuzen, Kruzifixen, Davidssternen und Heiligenscheinen, die im Dunkeln strahlten, und für die ungeheure Steigerung der Explosivkraft atomarer Waffen.

Melissa MacIntoshs hinreißende Freundin Angela Moore, an die Yossarian nun nur noch unter dem unwiderstehlichen Namen Angela Moorecock denken konnte, hatte mittlerweile ihren ältlichen, gutbürgerlichen Arbeitgebern die Idee vorgetragen, selbstleuchtende Figurinen zu verkaufen, bei denen die hervorstechenderen Geschlechtsorgane phosphoreszierend betont waren, und hatte an Einkäufern auf der Spielzeugmesse – Männern und Frauen – ihre Idee für eine Schlafzimmeruhr mit einem durch tritiumhaltige Farbe strahlenden Zifferblatt ausprobiert, auf dem die Zeiger beschnittene männliche Glieder waren und die Zahlen keine Zahlen, sondern eine Abfolge nackter weiblicher Gestalten, die sich zusehends im Laufe der Stunden sinnlich auseinanderreckten und in erotischer Trance öffneten, bis um zwölf das Ende vollkommener Befriedigung erreicht war. Yossarian wurde scharf, als er sie in der Cocktaillounge über diesen inspirierten Einfall für einen Konsumartikel berichten hörte (ein, zwei Tage, ehe sie ihn zum erstenmal lutschte, um ihn dann nach Hause zu schicken, weil er älter war als die Männer, die sie sonst kannte, und sie nicht genau wußte, ob sie ihn intimer kennenlernen wollte, und es später wegen Melissas wachsender Zuneigung für ihn sowie wegen ihrer eigenen wachsenden Beunruhigung im Hinblick auf Aids abzulehnen, ihn noch einmal zu lutschen oder in vergleichbarer Form zu verwöhnen); und wie er aufmerksam bei jenem ersten Anlaß ihrem rauschhaften Gerede lauschte, merkte er, daß er fast einen beginnenden Halbsteifen hatte, und nahm ihre Hand, wie sie beide nebeneinander auf der rotsamtenen Bank in der üppigen Cocktaillounge saßen, und rieb damit über den Reißverschluß seiner Hose, damit sie es selbst fühlte.

Die massive Steigerung der Explosivkraft, die Tritium bei atomaren Sprengköpfen bewirkte, machte eine ästhetisch befriedigende Verkleinerung von Größe und Gewicht der Bomben, Raketen und Geschosse möglich und gestattete es, eine größere Anzahl davon durch kleinere Träger transportieren zu lassen wie zum Beispiel Milos (und Strangeloves) geplante Bomber, ohne daß man bei der nuklearen Zerstörungskraft nennenswerte Opfer bringen mußte.

Der Kaplan hatte bedeutend an Wert zugenommen und war vollkommen sicher.

14. MICHAEL YOSSARIAN

»Wann kann ich ihn sehen?« hörte Michael Yossarian seinen Vater fragen. Das Haar seines Vaters war dichter als seines und lockigweiß, eine Farbe, für die sein Bruder Adrian geschäftig eine chemische Färbeformel suchte, die zu einem jugendlichen, natürlichen Grau führen würde, das in Yossarians Alter nicht jugendlich aussehen und nicht natürlich wirken würde.

»Sobald er sicher ist«, antwortete M2, in einem sauberen weißen Hemd, das noch nicht zerknittert war, nicht feucht war, nicht gebügelt werden mußte.

»Michael, hast du nicht eben gesagt, der Kaplan sei sicher?«
»Ich hab gedacht, ich hätt's gehört.«

Michael lächelte vor sich hin. Er drückte die Stirn gegen das Glas der Fensterscheibe, um konzentriert auf die Eisbahn und ihr buntes Kaleidoskop gemütlicher Läufer hinunterzusehen, und fragte sich mit dem niedergeschlagenen Vorgefühl, daß ihm gleich klarwerden würde, was er alles schon versäumt hatte, ob vielleicht in diesem Zeitvertreib etwas Lohnendes, Kostbares stecken könnte, etwas, was ihm gefiele, wenn er sich die Mühe machen könnte, danach zu suchen. Das spiegelnde Oval der Eisfläche war in diesen Tagen von ziehenden Wellen von Bettlern und Obdachlosen umgeben, von schlendernden Angestellten in ihren Kaffee- und Essenspausen, von berittenen Polizisten auf dräuenden Pferden. Michael Yossarian tanzte nicht, er konnte sich nicht in den Rhythmus finden. Er wollte nicht Golf spielen, Skifahren oder zum Tennis gehen, und er wußte schon jetzt, daß er nie eislaufen würde.

»Sicher für uns, meine ich.« Er hörte, wie sich M2 in klagendem Tonfall verteidigte, und drehte sich, um zuzusehen. M2 schien triumphierend auf die Frage vorbereitet zu sein, die man ihm gestellt hatte. »Er ist M. & M. sicher und kann nicht einmal mehr von Mercedes Benz oder der N. & N.-Abteilung von Nippon & Nippon übernommen werden. Sogar Strangelove ist blockiert. Wir werden den Kaplan sofort patentieren lassen, wenn wir herausfinden, wie er funktioniert, und wir sind auf der Suche nach einem Warenzeichen. Wir denken an einen Heiligenschein. Weil er ein Kaplan ist, natürlich. An einen leuchtfarbenen Heiligenschein. Vielleicht einer, der im Dunkeln angeht, die ganze Nacht.«

»Warum nicht einen aus Tritium?«

»Tritium ist teuer und radioaktiv. Michael, können Sie einen Heiligenschein malen?«

»Das sollte nicht schwierig sein.«

»Wir bräuchten da was Fröhliches, aber Ernsthaftes.«

»Ich würde versuchen«, sagte Michael, der nun wieder lächelte, »ihn ernsthaft zu gestalten, und es ist schwer, sich einen vorzustellen, der nicht fröhlich ist.«

»Wo halten sie ihn fest?« wollte Yossarian wissen.

»Am selben Ort, denke ich. Ich weiß es nicht genau.«

»Weiß es Ihr Vater?«

»Weiß ich, ob er's weiß?«

»Würden Sie mir's sagen, wenn Sie's wüßten?«

»Wenn er sagen würde, das kann ich machen.«

»Und wenn er sagt, das können Sie nicht?«

»Dann würde ich sagen, ich weiß es nicht.«

»Wie jetzt im Augenblick. Sie sind wenigstens ehrlich.«

»Ich versuche es.«

»Sogar, wenn Sie lügen. Darin steckt ein Paradox. Wir reden im Kreise.«

»Ich war auf dem Theologieseminar.«

»Und was«, sagte Yossarian, »soll ich der Frau des Kaplans

sagen? Bald treffe ich sie wieder. Wenn es irgend jemanden gibt, wo ich ihr raten könnte: bei dem kann sie sich beschweren, dann sage ich ihr das gewiß.«

»Wen könnte sie finden? Die Polizei ist hilflos.«

»Strangelove?«

»O nein!« sagte M2 und wurde noch blasser als gewöhnlich.

»Das muß ich herausfinden. Was Sie Karen Tappman jetzt schon sagen können —«

»Karen?«

»Steht hier auf meiner Information zur Lage. Was Sie Karen Tappman jetzt schon ganz aufrichtig sagen können —«

»Ich würde sie, glaube ich, nie anlügen.«

»Wir entscheiden uns stets für die Aufrichtigkeit. Das steht im Handbuch, Abschnitt Lügen. Was Sie Karen Tappman sagen müssen«, sprach M2 pflichtbewußt, »ist: daß er gesund ist und sie vermißt. Er freut sich darauf, sie wiederzusehen, sobald er nicht länger eine Gefahr für sich selbst und die Öffentlichkeit darstellt und seine Anwesenheit in der Familie und im Ehebett ihre Gesundheit nicht länger gefährden würde.«

»Und das ist also euer neuester Scheiß?«

»Bitte . . .« M2 verzog verlegen das Gesicht. »Das ist jetzt zufällig die Wahrheit.«

»Das würden Sie doch sagen, auch wenn es nicht so wäre?«

»Das ist durchaus wahr«, gab M2 zu. »Aber wenn sich Tritium in ihm zeigen sollte wegen diesem ganzen schweren Wasser, dann könnte er radioaktiv sein, und wir müßten uns ohnehin alle von ihm fernhalten.«

»M2«, sagte Yossarian scharf, »ich will jetzt bald mal mit dem Kaplan reden. Hat Ihr Vater ihn gesehen? Ich weiß, was Sie antworten werden. Sie müssen sich erkundigen.«

»Zuerst muß ich feststellen, ob ich das feststellen kann.«

»Stellen Sie fest, ob Sie feststellen können, ob er das arrangieren kann. Strangelove könnte es.«

M2 wurde wieder bleich. »Sie würden zu Strangelove gehen?«

»Strangelove wird zu mir kommen. Und der Kaplan hört mit der Produktion auf, wenn ich's ihm sage.«

»Das muss ich meinem Vater sagen.«

»Ich hab's ihm schon gesagt, aber er hört nicht immer zu.«

M2 machte einen angegriffenen Eindruck. »Da ist mir grade noch was eingefallen. Sollten wir über all das vor Michael reden? Der Kaplan ist jetzt geheim, und ich weiß wirklich nicht, ob ich autorisiert bin, jemand anderen etwas über ihn hören zu lassen.«

»Über wen?« fragte Michael amüsiert.

»Den Kaplan«, erwiderte M2.

»Welchen Kaplan?«

»Kaplan Albert T. Tappman«, sagte M2. »Diesen Freund Ihres Vaters aus der Armee, der innerlich ohne Genehmigung schweres Wasser herstellt und sich jetzt in geheimem Gewahrsam befindet, während man ihn untersucht und überprüft und während wir ihn so schnell wie möglich patentieren und als Warenzeichen eintragen lassen möchten. Wissen Sie etwas von dem?«

Michael sprach grinsend. »Sie meinen diesen Freund meines Vaters aus der Armee, der angefangen hat, illegalerweise innerlich schweres Wasser zu produzieren, und jetzt –«

»Der ist es!« schrie M2 und starrte ihn an, als stünde er vor einem Phantom. »Wie haben Sie das herausgefunden?«

»Sie haben's mir eben gesagt«, lachte Michael.

»Ich hab's wieder mal fertiggebracht, was?« schluchzte M2 und fiel krachend in den Sessel hinter seinem Schreibtisch, in einem kummervollen Paroxysmus reuiger Klage. Jetzt war sein glänzendweißes Hemd, das aus Kunstfaser bestand, zerknittert, feucht und mußte dringend gebügelt werden, und nässende Schatten unruhiger, schwüler Besorgnis verdunkelten bereits das Gewebe unter den Trägern des ärmellosen weißen Unterhemdes, wie er es immer noch zusätzlich anhatte. »Ich kann einfach kein Geheimnis bewahren, wie? Mein Vater ist immer noch böse mit mir, weil ich Ihnen von dem Bomber erzählt habe. Er sagt, er könnte mich umbringen. Und meine Mutter auch. Und meine Schwestern. Aber Sie sind auch schuld, wissen Sie das? Sie müßten mich daran hindern, ihm hier solche Geheimnisse anzuvertrauen.«

»Was für Geheimnisse?« fragte Michael.

»Solche wie das mit dem Bomber.«

»Welchem Bomber?«

»Unserem M. & M.-U. & P.-Infrasupersonischen Unsichtbaren und Geräuschlosen Verteidigungszweitschlagsangriffsbomber. Ich hoffe, davon wissen Sie nichts.«

»Jetzt weiß ich davon.«

»Wie haben Sie das herausbekommen?«

»Ich habe so meine Methoden«, sagte Michael und wandte sich stirnrunzelnd an seinen Vater. »Sind wir jetzt auch in der Rüstung?«

Yossarian antwortete gereizt. »Irgend jemand muß in der Rüstung sein, ob uns das gefällt oder nicht, sagen die mir ständig, also können sie's geradesogut auch selber sein, und irgend jemand wird mit ihnen an dieser Sache arbeiten, erzählen sie mir, ob ich ja sage oder nein, also können das geradesogut ich und du sein, und das ist ja auch die lautere Wahrheit.«

»Auch wenn es gelogen ist?«

»Sie haben mir gesagt, es ist ein Kreuzfahrtschiff.«

»Der Bomber kreuzt dann auch«, erklärte M2 Michael.

»Mit zwei Mann Besatzung?« widersprach Yossarian. »Und hier gibt es noch einen weiteren Ausweg für dein Gewissen«, fügte Yossarian hinzu, zu Michael gewandt. »Das Ding wird nicht funktionieren. Richtig, M2?«

»Wir geben unsere Garantie.«

»Und außerdem«, sagte Yossarian, dessen Ärger jetzt offenbar wurde, »will man nur von dir, daß du eine Zeichnung von dem Ding machst, nicht, daß du es fliegst oder Ziele angreifst. So eine Chose braucht ewig, wir sind vielleicht beide tot, ehe die auch nur eine Maschine in die Luft kriegen, selbst wenn sie den Auftrag holen. Im Augenblick ist es denen egal, ob's funktioniert oder nicht. Sie wollen bloß an das Geld ran. Richtig, M2?«

»Und wir werden Sie natürlich bezahlen«, bot M2 an, der nun wieder unruhig zappelnd auf die Füße kam. Er war schlank, schmal, mit formlosen Schultern und hervortretenden Schlüsselbeinen.

»Wieviel zahlen Sie?« fragte Michael unbeholfen.

»Soviel Sie wollen«, antwortete M2.

»Das ist sein Ernst«, sagte Yossarian, als Michael ihn mit komischer Ratlosigkeit ansah.

Michael kicherte. »Also, wie wär's«, er suchte nach einer extravaganten Idee und schaute seinen Vater an, um dessen Reaktion zu beobachten, »mit genügend Studiengeld für noch ein Jahr Jura?«

»Wenn Sie das haben wollen«, stimmte M2 sofort zu.

»Und meine Lebenshaltungskosten auch?«

»Natürlich.«

»Auch das ist sein Ernst«, sagte Yossarian beruhigend zu seinem ungläubigen Sohn. »Michael, du wirst es nicht glauben (ich glaube es im Grunde auch nicht), aber manchmal gibt es mehr Geld auf der Welt, als der Planet je fassen könnte – sollte man meinen –, ohne vollkommen ins Nirgendwo zu sinken.«

»Wo kommt das alles her?«

»Niemand weiß es«, sagte Yossarian.

»Wo geht es hin, wenn es nicht mehr da ist?«

»Auch das ist ein Rätsel für die Wissenschaft. Es verschwindet einfach. Wie diese Tritiumpartikel. Aber im Augenblick ist eine Menge da.«

»Versuchst du, mich zu korrumpieren?«

»Ich glaube, ich versuche dich zu retten.«

»Okay, ich glaube dir. Was möchtet ihr? Was soll ich machen?«

»Ein paar lockere Zeichnungen«, sagte M2. »Können Sie technische Pläne lesen?«

»Versuchen wir's.«

Die fünf Blaupausen, die für eine künstlerische Darstellung des Flugzeugäußeren nötig waren, hatte man bereits ausgesucht und auf einem Konferenztisch in einem benachbarten Konferenzraum ausgelegt, direkt vor der hinteren falschen Vorderseite der zweiten feuerfesten Panzerkammer aus dickem Stahl und Beton, mit Alarmknöpfen und radioaktiven Zifferblättern aus Tritium.

Es brauchte einen Augenblick, bis Michael sich in den technischen Zeichnungen zurechtfand, in den weißen Linien auf Königsblau, die zuerst aussahen wie eine verworrene okkulte Glyphe, verziert mit kryptischen Kritzeleien in nicht zu entziffernden Alphabeten.

»Es ist irgendwie häßlich, glaube ich.« Michael fühlte sich angeregt durch die Arbeit an etwas Neuem, das durchaus innerhalb seiner Möglichkeiten lag. »Fängt an, auszusehen wie so ein fliegender Flügel.«

»Gibt es Flügel, die nicht fliegen?« neckte ihn Yossarian.

»Die Flügel der menschlichen Lunge«, sagte Michael, ohne seinen analytischen Blick von dem Plan abzuwenden. »Der Flügel in einem Konzertsaal, die Flügel einer politischen Partei.«

»Du liest viel, hm?«

»Manchmal.«

»Wie sieht ein fliegender Flügel aus?« M2 war ein Mann von feuchtem Naturell, und seine Stirn und sein Kinn waren mit glänzenden Tröpfchen beperlt.

»Wie ein Flugzeug ohne Rumpf, Milo. Ich habe das Gefühl, als hätte ich das schon einmal gesehen.«

»Ich hoffe nicht. Unser Flugzeug ist neu.«

»Was ist das?« Yossarian deutete hin. In der linken unteren Ecke aller fünf Blätter war die beschreibende Legende vor dem Kopieren mit einem Stück schwarzen Klebebands abgedeckt worden, auf dem ein weißes S aufgedruckt war, wobei der Letter die Krümmungen an den Enden fehlten. »Das habe ich schon mal gesehen.«

»Du und jedermann«, antwortete Michael leichthin. »Das ist die Standardschablone. Du hast es an alten Luftschutzräumen gesehen, S für Schutzraum. Aber was zum Teufel ist das da?«

»Das hab ich auch gemeint.«

Rechts von dem Buchstaben S verlief eine Spur winziger Zeichen, abgeplatteter kleiner Krakel, und während Yossarian seine Brille aufsetzte, spähte Michael durch ein Vergrößerungsglas, das er da liegen sah, und entdeckte ein kleines handschriftliches h, mehrere Male wiederholt, am Ende ein Ausrufezeichen.

»Also das«, bemerkte er, immer noch sehr guter Laune, »soll der Name für Ihr Flugzeug sein, was? Die *M. & M.-Shhhhh*! Die neue Pssssssst!«

»Sie wissen doch, wie wir es nennen.« M2 war indigniert. »Es ist der M. & M.-U. & P.-Infrasupersonische Unsichtbare und Geräuschlose Verteidigungszweitschlagsangriffsbomber.«

»Wir würden uns viel Zeit sparen, wenn wir ihn ›Shhhhh!‹ nennen. Sagen Sie mir nochmal, was Sie wünschen.«

M2 sprach in unsicherem Ton. Was gewünscht wurde, waren nett aussehende Bilder des Flugzeugs im Flug, von oben, unten und von der Seite, und mindestens eins von dem Flugzeug am Boden. »Genau müssen sie nicht sein. Aber lassen Sie's realistisch aussehen, wie die Flugzeuge in einem Comic Strip oder in einem Dokumentarfilm. Details lassen Sie weg. Mein Vater will nicht, daß die irgendwelche sehen, bis wir den Vertrag haben. Er hat im Grunde kein Vertrauen mehr in unsere Regierung. Außerdem hätten sie gerne auch ein Bild, wie das Flugzeug wirklich aussehen würde, nur für den Fall, daß sie's je bauen müssen.«

»Warum fragen Sie nicht Ihre Ingenieure?« überlegte Michael.

»Wir vertrauen unseren Ingenieuren im Grunde nicht.«

»Als Iwan der Schreckliche«, sann Yossarian, »mit dem Bau des Kreml fertig war, ließ er alle Architekten hinrichten, damit ihn kein Lebender nachbauen könnte.«

»Was war an dem Iwan so schrecklich?« fragte M2 verwundert. »Das muß ich meinem Vater erzählen.«

»Laßt mich jetzt in Ruhe«, sagte Michael, der sich konzentriert das Kinn rieb. Er schlüpfte aus seiner Kordjacke und pfiff eine Melodie von Mozart vor sich hin. »Wenn ihr zumacht, vergeßt nicht, ich bin hier eingeschlossen, eines Tages müßt ihr mich wieder rauslassen.« Vor sich hin sagte er: »Sieht recht flott aus.«

Bei der nächsten Jahrhundertwende – er war sich dessen zynisch gewiß – würde es monatelange sinnlose Zeremonien geben, sorgfältig auf Wahlkämpfe abgestimmt, und der M. & M.-Bomber könnte dabei eine besondere Pointe sein. Und das erste im neuen Jahrhundert geborene Kind würde zweifellos im Osten zur Welt kommen, im Osten nichts Neues, jenseits von Eden.

Er sah wieder auf die Pläne für diese Waffe zum Jahrhundertende hinunter und erblickte vor sich einen Entwurf, der ihm ästhetisch unvollständig erschien. Vieles fehlte in der hier antizipierten Form, vieles wurde von ihr nicht umschlossen. Und wenn er auf die Blaupausen und in die Zukunft sah, in die das Flugzeug fliegen würde, konnte er nirgendwo eine Stelle erkennen, an die er, mit den abgedroschenen Worten seines Vaters, passen würde, wo er mit weniger Unsicherheit und Unzufriedenheit existieren konnte als in der Gegenwart. Sein Leben ließ durchaus Raum für Verbesserungen, aber er sah wenig Möglichkeiten dafür. Er erinnerte sich an Marlene und ihre Horoskope und Tarotkarten, und er spürte, wie er sie wieder vermißte, wenn er sich auch nicht sicher war, ob er sie mehr gemocht hatte als irgendeine andere in seiner Serie monogamer Affären. Es begann ihn zu ängstigen, daß er vielleicht gar keine weitere Zukunft haben könnte, daß er sich bereits in seiner Zukunft befand – wie sein Vater, dem er immer mit gemischten Gefühlen gegenübergestanden hatte, war er schon dort. Er mußte einen Anruf bei Marlene riskieren.

Sogar sein Bruder Julian hatte neuerdings seine Schwierigkeiten, so viel Geld zu verdienen, wie er es sich selbst dreisterweise prophezeit hatte. Und seine Schwester würde auch noch mit ihrer Scheidung warten müssen und erst einmal vorsichtig prüfen, ob sich irgend etwas mit einer Stelle bei einer von den Anwaltskanzleien tat, mit deren Partnern sie gelegentlich zusammengekommen war.

Sein Vater würde tot sein. Papa John hatte mehr als einmal

deutlich gemacht, daß er nicht damit rechnete, weit ins einundzwanzigste Jahrhundert hinein vorzudringen. Den größten Teil seines Lebens hatte Michael vertrauensvoll vorausgesetzt, daß sein Vater immer am Leben sein würde. Er hatte dieses Gefühl noch immer, obwohl er wußte, daß es nicht wahr war. Das gab es bei richtigen Menschen nicht.

Und wen sonst gab es dann noch für ihn? Niemanden, den man achten konnte, keine Figur, zu der sich aufschauen ließ, deren Verdienste länger als eine Viertelstunde fleckenlos blieben. Es gab Leute, welche die Macht hatten, anderen große Vergünstigungen zuteil werden zu lassen, Filmregisseure etwa und den Präsidenten, aber das war alles.

Die halbe Million Dollar, die sein Vater ihm zu hinterlassen hoffte, schien nicht länger ein ewig währendes Vermögen. Er würde von den Zinsen nicht leben können, obwohl neun Zehntel der Bevölkerung mit weniger auskamen. Am Ende würde er gar nichts haben, niemand, *niemanden*, hatte sein Vater betont, der ihm helfen würde. Sein Vater war ihm immer etwas eigenartig vorgekommen, ein rationaler Irrationalist, ein unlogischer Logiker, dessen Äußerungen nicht immer klar zusammenhingen.

»Es ist einfach, als Nihilist in Diskussionen zu siegen«, hatte er gesagt, »weil so viele Leute, die's besser wissen sollten, einen Standpunkt einnehmen.«

Er redete glatt und leichthin von Dingen wie dem Ewing-Sarkom, der Hodgkinschen Krankheit, amyotrophischer Lateralsklerose, TI (temporärer Ischämie) und osteogenen Geschwulsten und sprach offen über seinen eigenen Tod, mit solch nüchterner Objektivität, daß Michael sich fragen mußte, ob sein Vater sich jetzt selbst etwas vormachte oder nur die anderen zu täuschen versuchte. Michael wußte nicht immer, wann es Yossarian ernst war und wann nicht, wann er recht hatte und wann er sich irrte, und wann er gleichzeitig recht hatte und im Unrecht war. Und Yossarian erklärte, er wisse das bei sich selber auch nicht immer genau.

»Eins meiner Probleme«, hatte sein Vater fast reumütig eingestanden, doch auch mit einem gewissen Stolz, »ist es, daß ich bei fast jeder Frage fast immer beide Seiten sehen kann.«

Und fast immer war er mit Übereifer dabei, herzliche Beziehungen zu der einen oder anderen Frau zu pflegen, immer noch war er von dem Traum besessen, eine Arbeit zu finden, die er gerne machte, und von dem Bedürfnis, das zu sein, was er »verliebt« nannte. Michael hatte nie eine Arbeit gefunden, die er gerne machte – die Juristerei war für ihn auch nicht schlimmer als irgend etwas anderes, die Kunst auch nicht besser. Er schrieb an einem Drehbuch, aber er wollte noch nicht, daß sein Vater das erfuhr. Aber in bezug auf ein zentrales Problem schien Yossarian wirklich genau Bescheid zu wissen.

»Eh du noch weißt, was los ist, du Idiot«, hatte er ihn in zärtlich schlechter Laune zornig angeblafft, »bist du so alt wie ich jetzt und hast überhaupt nichts.«

Nicht einmal Kinder, konnte Michael melancholisch hinzusetzen. Soweit er sehen konnte, stand auch das für ihn nicht in den Sternen, nicht in Marlenes Horoskopen, nirgendwo. Michael schaute wieder konzentriert auf die Blaupausen vor sich, zog sich seinen Block näher her und nahm einen Bleistift zur Hand. Er beneidete die Leute nicht, die immer viel härter arbeiten wollten, um viel mehr zu bekommen, aber er mußte sich erneut fragen, warum er nicht war wie sie.

15. M2

»Sie mögen Michael, hm?«
»Ja, ich mag Michael«, sagte M2.
»Geben Sie ihm Arbeit, wenn Sie können.«
»Das mach ich. Ich will noch weiter mit ihm wegen dieser Videoschirme im Busbahnhof zusammenarbeiten. Ich zahl ihm nochmal ein Jahr Jura.«
»Ich weiß nicht, ob er das will. Aber machen Sie's, versuchen Sie's.«

Alle Eltern mit erwachsenen Kindern, die er kannte, hatten mindestens eins, dessen dubiose Zukunft ihnen ständige Sorgen machte, und viele hatten zwei. Milo hatte den hier, und er hatte Michael.

Gereiztheit kämpfte mit Erstaunen, als er die neuen Nachrichten las, die Jerry Gaffney von der Agentur Gaffney hinterlassen hatte. Die erste riet ihm, seinen Anrufbeantworter zu Hause anzurufen, um gute Nachrichten von seiner Krankenschwester und schlechte Nachrichten von seinem Sohn bezüglich seiner ersten Frau entgegenzunehmen. Die guten Nachrichten von seiner Krankenschwester bestanden darin, daß sie heute abend Zeit hatte, mit ihm essen zu gehen oder ins Kino, und daß der belgische Patient im Krankenhaus sich gut von der schlimmen Dysenterie erholt hatte, die ihm die guten Antibiotika angehängt hatten, die er für die schlimme Lungenentzündung bekommen hatte, welche von der heilsamen Entfernung eines Stimmbands hervorgerufen worden war – das Ganze im Zusammenhang des zudringlichen (bis jetzt erfolgreichen) Versuches, sein Leben zu retten. Das zweite Fax meldete, daß er sich jetzt für die Hypothek qualifiziert hatte. Yossarian hatte keine Ahnung, was das heißen sollte. »Wie weiß er überhaupt, daß ich hier bin?« hörte er sich laut denken.

»Mr. Gaffney weiß alles, glaube ich«, sagte M2 gläubig. »Er überwacht auch unsere Faxleitungen.«

»Bezahlt ihr ihn dafür?«

»Jemand wohl schon, glaube ich.«

»Wer?«

»Ich habe keine Ahnung.«

»Kümmert Sie das nicht?«

»Sollte es das?«

»Können Sie's nicht herausfinden?«

»Ich muß herausfinden, ob ich das herausfinden darf.«

»Es überrascht mich, daß Sie das nicht wissen wollen.«

»Sollte ich das?«

»M2, Michael nennt Sie Milo. Welchen Namen ziehen Sie vor?«

Milos einzigem Sohn wurde es unbehaglich. »Ich würde lieber«, sagte er schweratmend, »Milo genannt werden, obwohl das der Name meines Vaters ist. Es ist auch meiner, wissen Sie? Er hat ihn mir gegeben.«

»Warum haben Sie das nie gesagt?« fragte Yossarian, den das, was er nun als unausgesprochene Kritik auf sich beziehen mußte, irritierte.

»Ich bin schüchtern. Meine Mutter sagt, ich bin ein regelrechtes Kaninchen. Meine Schwestern sagen das auch. Sie fangen immer wieder an, ich soll doch meine Persönlichkeit ändern, damit ich stark genug bin, wenn ich alles übernehmen muß.«

»Mehr wie Ihr Vater sein?«

»Sie halten nicht viel von meinem Vater.«

»Wie wer dann? Wintergreen?«

»Sie hassen Wintergreen.«

»Ich?«

»Sie? Sie mögen sie auch nicht.«

»Wer dann?«

»Es fällt ihnen keiner ein, der gut genug wäre.«

»Darf ich fragen«, sagte Yossarian, »ob ihr immer noch euren Restaurantservice habt?«

»Ich glaube, ja. Es ist auch Ihr Restaurantservice, wissen Sie. Alle sind beteiligt.«

Der M. & M.-Restaurantservice war die älteste ununterbrochen existierende Firma dieser Art in der Geschichte des Landes; seine Ursprünge gingen auf Milos Anstrengungen als Verpflegungsoffizier seiner Staffel im Zweiten Weltkrieg zurück, da er folgenreiche und abstruse Finanzmanöver ersann, um frische italienische Eier aus Sizilien für sieben Cents das Stück in Malta aufzukaufen und sie für fünf Cents mit schönem Profit an seine Kantine in Pianosa zu vertreiben (was das Kapital der Staffel beträchtlich erhöhte, an dem jeder einen Anteil hatte, und die Lebensqualität und den Lebensstandard aller verbesserte), und um Scotch für Malta an der Quelle in Sizilien einzukaufen und den Zwischenhandel auszuschalten.

»M2«, sagte Yossarian: und merkte, daß er wieder den anderen Namen gesagt hatte. Er wollte ihn nicht verletzen. »Wie soll ich Sie denn nennen, wenn Sie mit Ihrem Vater hier sind? Zwei Milos, das ist vielleicht einer zuviel, möglicherweise zwei.«

»Ich muß das mal klären.«

»Wissen Sie wirklich nicht einmal das?«

»Ich kann nichts entscheiden.« M2 wand und krümmte sich. Seine Hände röteten sich, als er sie rang. Die Ränder seiner Augen röteten sich ebenfalls. »Ich kann keine Entscheidung treffen. Sie wissen doch noch, wie es das letzte Mal war, als ich das versucht habe.«

Einmal, vor langer Zeit, kurz bevor Yossarian Milo um seine Hilfe anbettelte, um Michael aus dem Vietnamkrieg herauszuhalten, hatte ein sehr viel jüngerer M2 versucht, allein zu einem Entschluß zu kommen und sich in einer Frage von überwältigender Bedeutung selbst zu entscheiden. Er hatte gedacht, er hätte eine wirklich gute Idee: dem Ruf seines Landes – man hatte ihm gesagt, es wäre seines – zu folgen und in die Armee einzutreten, um in Asien asiatische Kommunisten zu töten.

»Das kommt überhaupt nicht in Frage«, sagte seine Mutter bestimmt. »Man dient seiner Regierung besser«, antwortete sein Vater in nachdenklicherem Tonfall, »wenn man herausfindet, wen die Rekrutierungskommissionen *nicht* rekrutieren, da stellt sich nämlich heraus, wer wirklich gebraucht wird. Wir kümmern uns da mal für dich darum.«

Die zweieinhalb Jahre, die M2 auf dem Theologieseminar verbrachte, hatten ihn fürs Leben gezeichnet und ihm eine traumatische Aversion gegen alle geistigen Dinge eingeflößt – sowie eine mißtrauische Angst vor Männern und Frauen, die nicht rauchten, tranken, fluchten, sich nicht schminkten, nirgendwo auch nur teilweise entkleidet herumliefen, keine unanständigen Witze erzählten, ständig lächelten, selbst wenn nichts Komisches zur Sprache kam, lächelten, wenn sie alleine waren, und einen glückseligen Glauben an eine hygienische, sich selbst wohlgefällige Tugendhaftigkeit teilten, den sie für ihr ganz besonderes Privileg hielten und den er boshaft und abstoßend fand.

Er hatte nie geheiratet, und die Frauen, mit denen er sich zeigte, waren unweigerlich Damen in etwa seinem Alter, die sich schlicht in Faltenröcke und korrekte Blusen kleideten, säuberliches Make-up in winzigen Mengen trugen, scheu, farblos und rasch wieder verschwunden waren.

Wie er sich auch anstrengte, Yossarian konnte den ungehörigen Verdacht nicht loswerden, daß M2 zu jener Klasse einsamer und rachsüchtiger Männer gehörte, die im wesentlichen die weniger ausgelassene unter den beiden Hauptgruppen der entschlossenen Nuttenfreier in seinem Hochhaus stellten, wie er sie im Aufzug hinauf zu den Sextherapien im üppigen Tempel der Liebe fahren sah oder hinunter in die Eingeweide des Gebäudes zu den drei oder vier weniger eleganten Massagesalons in den Untergeschossen, die unter den mehreren Kinos des ersten Souterraingeschosses lagen, das man noch direkt von der Straße aus erreichte.

Michael hatte einmal leichthin zu Yossarian bemerkt, daß M2 ihm all die typischen Eigenschaften des Serienlustmörders zu besitzen schien: er war weiß.

»Als wir in den Bahnhof sind«, vertraute er Yossarian an, »da war er nur daran interessiert, die Frauen anzuschauen. Ich glaube, die Transvestiten hat er nicht erkannt. Ist sein Vater auch so?«

»Milo weiß, was eine Prostituierte ist, und hat es nicht gern gesehen, wenn wir auf die Mädels los sind. Er hat immer keusch gelebt. Ich bezweifle, daß er weiß, was ein Transvestit ist, und wenn er's wüßte, würde er wohl keinen großen Unterschied sehen.«

»Warum haben Sie gefragt«, fragte jetzt M2 Yossarian, »ob wir noch unseren Restaurantservice haben?«

»Ich habe vielleicht einen Auftrag. Es geht da um diese Hochzeit –«

»Ich bin froh, daß Sie das erwähnt haben! Ich hätte es sonst wohl vergessen – meine Mutter möchte, daß ich mit Ihnen über unsere Hochzeit spreche.«

»Es geht jetzt nicht um Ihre Hochzeit«, korrigierte Yossarian.

»Die Hochzeit meiner Schwester. Meine Mutter möchte, daß meine Schwester heiratet, und sie möchte, daß es im Metropolitan Museum of Art stattfindet. Sie erwartet, daß Sie das arrangieren. Sie weiß, daß Sie bei BUFFKAMMA sind.«

Yossarian war freundlich erstaunt. »Auch die Zeremonie selbst?«

»Ist das schon mal gemacht worden?«

»Die eigentliche Trauungszeremonie? Nicht, daß ich wüßte.«

»Kennen Sie Mitglieder des Verwaltungsrats?«

»Ich bin bei BUFFKAMMA. Aber es ist vielleicht unmöglich.«

»Das läßt meine Mutter nicht gelten. Sie sagt – ich zitiere jetzt direkt aus ihrem Fax –, wenn Sie das nicht zustande bringen, weiß sie auch nicht, wozu Sie eigentlich noch gut sein sollen.«

Yossarian schüttelte gutmütig den Kopf. Er war weit davon entfernt, das als Beleidigung zu nehmen. »Es wird Geld brauchen und Zeit. Sie müßten, schätze ich mal, mit einer Schenkung an das Museum in Höhe von zehn Millionen Dollar anfangen.«

»Zwei Dollar?« fragte M2, als wiederhole er die Angabe.

»Zehn *Millionen* Dollar.«

»Ich dachte, ich hätte ›zwei‹ gehört.«

»Zehn hab ich gesagt«, sagte Yossarian. »Für den Anbau eines neuen Flügels.«

»Das läßt sich schon machen.«

»Aber daraus ergibt sich natürlich noch kein Obligo.«

»Ein Obligo, ja?«

»Ich sagte: kein Obligo, obwohl es schon irgendwie so laufen wird. Ihr Vater ist Obligospezialist. Aber ihr seid stadtfremd, ihr seid sozusagen hergelaufen, und die nehmen nicht einfach von jedem zehn Millionen an, der sie gerade loswerden möchte.«

»Könnten Sie sie nicht dazu überreden?«

»Das könnte ich. Und auch dann gibt es keine Garantie.«

»Es gibt dann eine Garantie?«

»Es gibt keine Garantie«, korrigierte Yossarian ihn wieder. »Sie und Ihr Vater haben anscheinend denselben selektiven Hörfehler.«

»Einen kollektiven Hörfehler?«

»Ja. Und das Ganze muß dann schön protzig rauskommen.«

»Trotzig?«

»Ja. Protzig. Es muß üppig und geschmacklos genug sein, daß es in die Zeitungen und die Lifestyle-Magazine kommt.«

»Ich glaube, das wollen sie auch.«

»Es könnte vielleicht irgendwo eine Möglichkeit geben, an die man noch nicht gedacht hat«, entschied Yossarian schließlich. »Die Hochzeit, von der ich rede, findet im Busbahnhof statt.«

M2 fuhr überrascht zusammen, genau, wie Yossarian es erwartet hatte. »Was ist daran gut?« wollte er wissen.

»Das ist innovativ, Milo«, antwortete Yossarian. »Das Museum ist manchen Leuten nicht mehr gut genug. Der Busbahnhof ist genau richtig für die Maxons.«

»Die Maxons?«

»Olivia und Christopher.«

»Der Grossindustrielle?«

»Der noch nie im Leben den Fuss in eine Fabrik gesetzt und noch nie ein Produkt irgendeiner seiner Firmen zu Gesicht bekommen hat, ausgenommen vielleicht seine Havannazigarren. Ich helfe Maxon ein bisschen mit der Logistik«, führte er nonchalant aus. »Die ganzen Medien werden natürlich da sein. Wollen Sie den Busbahnhof, wenn wir das Museum nicht bekommen können?«

»Ich müsste meine Mutter fragen. Spontan –«

»Wenn es gut genug ist für die Maxons«, lockte Yossarian, »mit dem Bürgermeister, dem Kardinal, vielleicht sogar dem Weissen Haus...«

»Das könnte schon einen Unterschied machen.«

»Natürlich könnten Sie nicht die ersten sein.«

»Wir könnten natürlich die ersten sein?«

»Sie könnten nicht die ersten sein, falls nicht Ihre Schwester dieses Maxonmädel heiratet oder ihr gleich eine Doppelhochzeit draus macht. Ich kann mit den Maxons reden, wenn Ihre Mutter das möchte.«

»Was würden Sie«, fragte M2 mit einer scheinbar umsichtigen Miene, »mit den Huren am Busbahnhof machen?«

Das weissglühende Licht in den grauen Augen von M2, als er das Wort »Huren« aussprach, gab ihm blitzschnell das Gesicht eines vor Gier hechelnden Mannes, kochend vor besitzergreifender Begierde.

Yossarian gab die Antwort, die ihm angemessen schien. »Ganz wie's beliebt«, sagte er achtlos. »So viele, wie Sie wollen. Die Polizei macht das. Die Möglichkeiten sind unbegrenzt. Was das Museum angeht, bin ich da Realist. Ihr Vater *verkauft* Sachen, Milo, und das ist unelegant.«

»Meine Mutter hasst ihn deshalb.«

»Und sie wohnt in Cleveland. Wann heiratet Ihre Schwester?«

»Wann immer Sie wollen.«

»Das erleichtert die Sache. Wen heiratet sie?«

»Wen immer sie muß.«

»Das gibt uns echten Spielraum.«

»Meine Mutter wird dann wollen, daß Sie die Gästeliste aufsetzen. Wir kennen niemanden hier. Unsere besten Freunde wohnen in Cleveland, und viele können nicht kommen.«

»Warum machen Sie's nicht im Museum in Cleveland? Und Ihre besten Freunde könnten alle kommen.«

»Wir ziehen Ihre Fremden vor.« M2 setzte sich behutsam vor seinen Computer. »Ich faxe meine Mutter an.«

»Können Sie nicht anrufen?«

»Sie nimmt meine Anrufe nicht entgegen.«

»Stellen Sie fest«, sagte Yossarian, in dessen Kopf sich neue närrische Projekte formten, »ob Sie einen Maxon nehmen würde. Die haben vielleicht einen übrig.«

»Würden die eine Minderbinder nehmen?«

»Würden Sie eine Maxon nehmen, wenn die nur noch ein Mädchen übrig haben?«

»Würde sie mich nehmen? Ich hab so einen großen Adamsapfel da.«

»Es besteht eine gute Chance, daß sie's machen, sogar mit dem Adamsapfel, wenn Sie einmal diese zehn Millionen für den nächsten neuen Flügel ausgespuckt haben.«

»Wie würde der dann heißen?«

»Der Milo-Minderbinder-Flügel natürlich. Oder vielleicht der Tempel des Milo, wenn Sie das vorziehen.«

»Ich glaube, dafür würden die sich entscheiden«, vermutete M2. »Und das wäre auch angemessen. Mein Vater war Kalif von Bagdad, wissen Sie, damals einmal im Krieg.«

»Weiß ich«, sagte Yossarian. »Und Imam von Damaskus. Ich war dabei, und überall, wo er hinkam, hat man ihm zugejubelt.«

»Was würde dann in den neuen Flügel von dem Museum hineinkommen?«

»Was Sie denen dann schenken, oder das Zeug aus dem Magazin. Sie brauchen mehr Platz für eine größere Küche. Auf jeden Fall würden sie ein paar von diesen wundervollen Statuen Ihres Vaters aufstellen, an steinernen Altären, rot von Menschenblut. Geben Sie mir bald Bescheid.«

Und wie M2 ein wenig rascher auf seine Tastatur einschlug, ging Yossarian davon in sein eigenes Büro, um sich dort am Telefon mit eigenen Angelegenheiten zu befassen.

16. GAFFNEY

»Sie will mehr Geld«, sagte Julian sofort zu ihm, in seiner typischen Manier: Kommen wir zur Sache.

»Sie kriegt keins.« Yossarian sprach ebenso brüsk.

»Wieviel hältst du?« forderte sein Sohn ihn heraus.

»Julian, ich will nicht mit dir wetten.«

»Ich werde ihr raten zu klagen«, sagte seine Tochter, die Richterin.

»Da verliert sie. Sie hätte Geld genug, wenn sie die Privatdetektive heimschickt.«

»Sie schwört, daß sie keine beschäftigt«, sagte sein anderer Sohn Adrian, der Kosmetikchemiker ohne Graduiertenabschluß, dessen Frau festgestellt hatte (in einem Erwachsenenbildungsseminar über Stärkung des Selbstbewußtseins), daß sie in Wirklichkeit nicht so glücklich war, wie sie immer gedacht hatte.

»Aber ihr Anwalt vielleicht, Mr. Yossarian«, sagte Mr. Gaffney, als Yossarian ihn anrief und ihm die jüngste Entwicklung mitteilte.

»Ihr Anwalt behauptet, das macht er nicht.«

»Anwälte, Mr. Yossarian, haben, wie man weiß, auch schon gelogen. Von den acht Leuten, die Ihnen folgen, Yo-Yo –«

»Mein Name ist Yossarian, Mr. Gaffney. *Mr.* Yossarian.«

»Ich nehme an, das wird sich noch ändern, Sir«, sagte Gaffney, ohne daß sich seine Freundlichkeit verringert hätte, »wenn wir uns einmal begegnet und enge Freunde geworden sind. In der Zwischenzeit, Mr. Yossarian« – das kam ohne schmeichlerische Betonung –, »habe ich gute Neuigkeiten, sehr gute Neuigkeiten, von beiden Kreditauskunftsbüros. Sie haben sich hervorragend gehalten, von einem verspäteten Alimentescheck an Ihre erste Frau und gelegentlichen verspäteten Unterhaltszahlungen an Ihre getrennt lebende zweite Frau abgesehen, aber eine Rechnung über siebenundachtzig Dollar und neunundsechzig Cents steht noch offen, von einem mittlerweile eingegangenen Einzelhandelsgeschäft mit dem einstigen Namen *The Tailored Woman*, das sich im Konkurs nach Paragraph 11 befindet oder befand.«

»Ich schulde einem Laden namens *The Tailored Woman* siebenundachtzig Dollar?«

»Und neunundsechzig Cents«, sagte Mr. Gaffney mit seinem Flair für Präzision. »Die Regelung dieser Rechnung könnte Ihre Gattin Marian in Ihre Verantwortung legen, wenn der Rechtsstreit schließlich entschieden ist.«

»Meine Gattin hieß nicht Marian«, teilte Yossarian ihm mit, nachdem er zur Sicherheit kurz überlegt hatte. »Ich hatte nie eine Frau namens Marian. Keine von beiden hieß so.«

Mr. Gaffney antwortete im Tonfall schonender Vorsicht: »Ich fürchte, da irren Sie sich, Mr. Yossarian. Die Leute werden häufig konfus, wenn es sich um die Erinnerung an eheliche Verhältnisse handelt.«

»Ich bin nicht konfus, Mr. Gaffney!« erwiderte Yossarian ärgerlich. »Ich habe nie eine Frau mit Namen Marian Yossarian gehabt. Das können Sie nachschlagen, wenn Sie möchten. Ich stehe im *Who's Who*.«

»Ich finde eigentlich immer wieder die unter dem Gesetz über die Informationsfreiheit zugänglichen Daten eine viel bessere Quelle, ich will das aber gerne nachschlagen, und sei es nur, um diesen kleinen Streitfall zwischen uns beizulegen. Aber in der Zwischenzeit ... « Es herrschte eine kurze Stille. »Darf ich Sie schon John nennen?«

»Nein, Mr. Gaffney.«

»Alle anderen Berichte sind tadellos, und Sie können jederzeit eine Hypothek aufnehmen, wann immer Sie wollen.«

»Was für eine Hypothek? Mr. Gaffney, ich will keineswegs unhöflich sein, wenn ich Ihnen jetzt sage, daß ich nicht die geringste Ahnung habe, weshalb Sie jetzt von irgendeiner Scheißhypothek zu faseln anfangen!«

»Wir leben in Zeiten mit vielen Belastungen, Mr. Yossarian, und manchmal überkommen uns die Dinge allzu rasch.«

»Sie reden wie ein Leichenbestatter.«

»Die Grundstückshypothek natürlich. Für ein Haus auf dem Land oder an der Küste, oder vielleicht für ein sehr viel besseres Apartment hier in der Stadt.«

»Ich kaufe kein Haus, Mr. Gaffney«, antwortete Yossarian. »Und ich denke nicht an ein neues Apartment.«

»Dann sollten Sie vielleicht anfangen, daran zu denken, Mr. Yossarian. Manchmal weiß es Señor Gaffney einfach am besten. Grundstücke können nur im Wert steigen. Es gibt nur soundsoviel Land auf dem Planeten, hat mein Vater immer gesagt, und so hat er es schließlich zu etwas gebracht. Wir brauchen nur noch eine Probe Ihrer DNS mit dem Antrag.«

»Meiner DNS?« wiederholte Yossarian, dem sich der Kopf zu drehen begann. »Ich gestehe, daß ich jetzt verwirrt bin.«

»Das ist Ihre Desoxyribonukleinsäure, Mr. Yossarian, die enthält Ihren gesamten genetischen Code.«

»Das weiß ich auch, daß das meine Desoxyribonukleinsäure ist, gottverdammt! Und ich weiß, was die macht.«

»Die kann keiner fälschen. Sie wird beweisen, daß Sie Sie sind.«

»Wer zum Teufel sollte ich sonst sein?«

»Kreditinstitute sind jetzt sehr vorsichtig.«

»Mr. Gaffney, wo soll ich denn die Probe meiner DNS herbekommen, die ich meinem Hypothekenantrag für ein mir unbekanntes Haus beifügen soll, das ich niemals zu kaufen wünsche?«

»Nicht einmal in East Hampton?« lockte Gaffney.

»Nicht einmal in East Hampton.«

»Es gibt da gerade ganz ausgezeichnete Angebote. Das mit der DNS kann ich für Sie erledigen.«

»Wie wollen Sie sich die beschaffen?«

»Unter dem Gesetz über Informationsfreiheit. Die DNS ist in Ihrem Sperma mit Ihrer Sozialversicherungsnummer zusammen gespeichert. Ich kann eine beglaubigte Fotokopie bekommen –«

»Von meinem Sperma?«

»Von Ihrer Desoxyribonukleinsäure. Die Spermazelle ist nur ein Transportmittel. Die Gene sind's, die zählen. Ich kann mir die Fotokopie Ihrer DNS besorgen, wenn Sie mit Ihrem Antrag dann fertig sind. Lassen Sie mich nur machen! Und ich habe noch weitere gute Nachrichten! Einer von den Gentlemen, die Ihnen als Beobachter auf den Fersen bleiben, ist gar keiner.«

»Über diesen Witz möchte ich jetzt nicht lachen.«

»Ich sehe da keinen Witz.«

»Wollen Sie sagen, daß er kein Gentleman ist, oder daß er mich nicht beobachtet?«

»Ich versteh's immer noch nicht. Er ist kein Beobachter. Er beobachtet einen oder mehrere von den anderen, die Sie beobachten.«

»Warum?«

»Da sind wir aufs Raten angewiesen. Das ist auf dem Bericht zufolge dem Gesetz über Informationsfreiheit geschwärzt gewesen. Vielleicht, um Sie vor Entführung, Folter oder Mord zu schützen, oder vielleicht nur, um über Sie herauszufinden, was die anderen herausfinden. Es gibt tausend Gründe. Und der orthodoxe Jude – verzeihen Sie, sind Sie Jude, Mr. Yossarian?«

»Ich bin Assyrer, Mr. Gaffney.«

»Ja. Also, der orthodox jüdische Herr, der vor Ihrem Haus auf und ab geht, ist tatsächlich ein orthodox jüdischer Herr und wohnt in der Nachbarschaft. Aber er ist außerdem ein FBI-Mann und äußerst gewitzt. Also passen Sie schön auf.«

»Was will er von mir?«

»Fragen Sie ihn das, wenn Sie wollen. Vielleicht geht er nur spazieren, wenn er nicht im Auftrag da ist. Sie wissen ja, wie diese Leute sind. Vielleicht geht's nicht um Sie. Sie haben einen CIA-

Mann bei sich im Haus, der sich als CIA-Strohmann getarnt hat, und außerdem eine Sozialversicherungsnebenstelle, von diesen ganzen Massagesalons, Prostituierten und anderen Firmen zu schweigen. Versuchen Sie, Ihre Sozialversicherungsnummer für sich zu behalten. Es zahlt sich immer aus, wenn man vorsichtig ist. Der beste Teil der Tapferkeit ist Vorsicht, sagen Shakespeare und Señor Gaffney ihren Freunden. Keine Angst. Señor Gaffney hält Sie auf dem laufenden. Service ist sein zweiter Name!«

Yossarian hatte das Gefühl, er müsse jetzt deutlich werden. »Mr. Gaffney«, sagte er, »wann kann ich Sie sehen? Es tut mir leid, ich muß darauf bestehen.«

Einen Augenblick lang klang ein schnurgelndes Kichern auf, ein selbstzufriedenes, ausgiebiges, regelmäßiges Gackern. »Sie haben mich schon gesehen, Mr. Yossarian, und Sie haben es gar nicht bemerkt, nicht wahr?«

»Wo?«

»Im Busbahnhof, als Sie mit Mr. McBride nach unten sind. Sie haben mich direkt angeschaut. Ich trug ein rehbraunes Fischgrätwolljackett mit einem schmalen dunkelroten Fadenmuster, braune Hosen, ein hellblaues Schweizer Chambrayhemd aus feinster ägyptischer Baumwolle und eine passende rostrote Krawatte sowie entsprechende Socken. Ich habe einen glatten gebräunten Teint, schwarzes, seitlich sehr kurz geschnittenes Haar und eine lichte Stelle oben auf dem Kopf, sehr dunkle Augenbrauen und Augen. Ich habe edle Schläfen und markante Wangenknochen. Sie haben mich nicht wiedererkannt, was?«

»Wie konnte ich, Mr. Gaffney? Ich hatte Sie vorher nie gesehen.«

Das stille Gelächter kam wieder. »Doch, Mr. Yossarian, mehr als einmal. Vor dem Hotelrestaurant, nachdem Sie dort mit Mr. und Mrs. Beach gewesen waren, nach der BUFFKAMMA-Versammlung im Metropolitan Museum of Art. Vor dem Frank-Campbell-Beerdigungsinstitut auf der anderen Straßenseite. Erinnern Sie sich an den rothaarigen Mann mit dem Wanderstab und dem grünen Rucksack auf dem Rücken, der mit dem Uniformierten am Eingang geredet hat?«

»Sie waren der rothaarige Mann mit dem Rucksack?«

»Ich war der Uniformierte.«

»Sie waren verkleidet?«

»Ich bin *jetzt* verkleidet.«

»Ich weiß nicht recht, ob ich das jetzt verstehe, Mr. Gaffney.«

»Vielleicht ist es ein Witz, Mr. Yossarian. Man erzählt ihn häufig in unserem Beruf. Vielleicht wird mein nächster kleiner Scherz überzeugender sein. Und ich glaube wirklich, Sie sollten Ihre Krankenschwester anrufen. Sie hat jetzt wieder Tagesschicht und kann heute abend ausgehen. Und ihre Freundin mitbringen.«

»Ihre Mitmieterin?«

»Nein, nicht Miss Moorecock.«

»Sie heißt Miss Moore«, tadelte Yossarian ihn kühl.

»Sie nennen Sie Miss Moorecock.«

»Und Sie werden sie Miss Moore nennen, wenn Sie weiter für mich arbeiten wollen. Mr. Gaffney, halten Sie sich aus meinem Privatleben raus.«

»Kein Leben ist heute noch privat, muß ich zu meinem Bedauern sagen.«

»Mr. Gaffney, wann treffen wir uns?« insistierte Yossarian. »Ich will Ihnen ins Auge schauen und sehen, mit wem zum Teufel ich es zu tun habe. Ich habe kein sehr gutes Gefühl, wenn ich mit Ihnen rede, Mr. Gaffney.«

»Das wird sich ändern, da bin ich sicher.«

»Ich bin mir da gar nicht sicher. Ich glaube nicht, daß ich Sie mag.«

»Das wird sich auch ändern, wenn wir in Chicago miteinander gesprochen haben.«

»Chicago?«

»Wenn wir uns auf dem Flughafen treffen und Sie sehen, daß ich vertrauenswürdig, loyal, hilfsbereit, höflich und liebenswürdig bin. Geht's besser?«

»Nein, ich komme nicht nach Chicago.«

»Ich glaube schon, Mr. Yossarian. Sie könnten jetzt schon reservieren.«

»Was soll ich denn in Chicago?«

»Umsteigen.«

»Wohin?«

»Zurück, Mr. Yossarian. Von Kenosha, Wisconsin, nach Ihrem Besuch bei Mrs. Tappman. Wahrscheinlich wollen Sie gleich weiter nach Washington zu Ihren Treffen mit Mr. Minderbinder und Mr. Wintergreen, und vielleicht noch mit Noodles Cook.«

Yossarian seufzte. »Das wissen Sie jetzt alles über mich?«

»Ich höre bei meiner Arbeit verschiedenes, Mr. Yossarian.«

»Für wen arbeiten Sie denn noch so, während Sie verschiedenes über mich hören?«

»Für jeden, der mich bezahlt, Mr. Yossarian. Es gibt keine Diskriminierung. Da haben wir jetzt Gesetze dagegen. Und ich lasse alle persönlichen Sympathien aus dem Spiel. Ich bin immer objektiv und mache keine Unterschiede. Unterschiede sind eine Herabwürdigung. Und eine Verunglimpfung dazu.«

»Mr. Gaffney, ich habe Ihnen noch nichts gezahlt. Sie haben mir keine Rechnung geschickt und noch nicht mit mir über Ihr Honorar geredet.«

»Ihre Kreditwürdigkeit ist hervorragend, Mr. Yossarian, wenn man den Auskunfteien glauben darf, und Sie können die Hypothek jederzeit haben. Es gibt jetzt gerade ausgezeichnete Seegrundstücke in New York, Connecticut und New Jersey, und gute Strandangebote in Santa Barbara, San Diego und Long Island. Ich kann Ihnen mit den Hypothekenformularen helfen, wenn Sie wollen, wie mit Ihrer DNS. Jetzt wäre ein ausgezeichneter Zeitpunkt für eine Hypothek und eine sehr gute Zeit, zu kaufen.«

»Ich will keine Hypothek, und ich will nichts kaufen. Und wer ist die Freundin, die Sie vorher erwähnt haben?«

»Von Ihrer Krankenschwester?«

»Ich habe keine Krankenschwester mehr, verdammt nochmal.

Ich bin bei hervorragender Gesundheit. Ich dachte, Sie überprüfen mich ständig! Jetzt ist sie einfach eine Freundin. Melissa.«

»Schwester MacIntosh.« Mr. Gaffney bestand sehr förmlich auf der anderen Bezeichnung. »Ich lese hier aus den Akten, Mr. Yossarian, und die Akten lügen nie. Vielleicht stimmen sie nicht oder sind veraltet, aber sie lügen nie. Sie haben kein Bewußtsein, Mr. Y.«

»Wagen Sie es nicht, mich so anzureden.«

»Sie können nicht lügen, und sie sind immer offiziell und autoritativ, selbst wenn sie irrig sind und einander widersprechen. Miss MacIntoshs Freundin ist die Schwester im postoperativen Ruhesaal, die Sie gerne kennenlernen wollten. Ihr Taufname ist Wilma, aber viele Leute neigen dazu, sie Angel oder Honey zu nennen, vor allem Patienten, die nach einem chirurgischen Eingriff aus der Narkose erwachen, und zwei oder drei der Ärzte dort, die gelegentlich den Ehrgeiz zeigen, in – wie sie das formulieren, nicht ich – ihr Höschen zu steigen. Das mag ein medizinischer Fachausdruck sein. Vielleicht kommt Miss Moore dazu.«

»Miss Moore?« Yossarian, dessen Empfindungen durcheinanderwirbelten, fand es immer schwieriger, mitzukommen. »Wer zum Teufel ist Miss Moore?«

»Sie nennen sie Moorecock«, erinnerte ihn Gaffney mit leise tadelndem Tonfall. »Verzeihen Sie, daß ich mich erkundige, Mr. Yossarian – aber unsere Abhörer haben seit geraumer Zeit keine Geräusche sexueller Aktivität mehr in Ihrem Apartment belauscht. Geht's Ihnen gut?«

»Ich hab's immer auf dem Fußboden gemacht, Mr. Gaffney«, antwortete Yossarian standhaft, »unter der Klimaanlage, wie Sie es mir geraten haben, und in der Badewanne bei laufendem Wasser.«

»Das beruhigt mich. Ich war in Sorge. Und Sie sollten jetzt wirklich Miss MacIntosh anrufen. Ihre Leitung ist im Augenblick frei. Sie hat beunruhigende Neuigkeiten wegen der chemischen Zusammensetzung des Blutes bei dem Belgier, aber sie scheint sich danach zu sehnen, Sie zu sehen. Ich würde meinen, daß trotz des Altersunterschiedes –«

»Mr. Gaffney?«

»Verzeihen Sie! Und Michael wird jetzt gerade fertig und packt zusammen, und Sie könnten ihn vergessen.«

»Das sehen Sie auch?«

»Ich sehe auch verschiedenes, Mr. Yossarian. Das ist für meine Arbeit unerläßlich. Er zieht sein Jackett an und wird bald mit seinen ersten Skizzen für diesen neuen Milo-Minderbinder-Flügel wieder da sein. Diesen kleinen Scherz gestatten Sie Señor Gaffney doch? Ich dachte, vielleicht finden Sie den komischer als den ersten.«

»Ich bin Ihnen dankbar . . ., Jerry«, sagte Yossarian, der jetzt keinen Zweifel mehr hatte, daß ihm Mr. Gaffney massiv auf die Nüsse ging. Er behielt seine Stimmung sarkastischer Feindseligkeit für sich.

»Danke . . ., John. Es freut mich, daß wir jetzt Freunde sind. Rufen Sie jetzt Schwester MacIntosh an?«

»Noch keine erlesene Reizwäsche?« zog ihn Melissa auf, als er's dann tat. »Nichts mit Paris oder Florenz?«

»Nimm heute abend deine eigene«, schäkerte Yossarian zurück. »Wir sollten noch ein bißchen ausprobieren, wie wir uns vertragen, ehe wir verreisen. Und bring deine Mitbewohnerin mit, wenn sie möchte.«

»Du kannst sie Angela nennen«, sagte Melissa schnippisch. »Ich weiß, was du mit ihr gemacht hast. Sie hat mir alles von dir erzählt.«

»Das ist aber nicht nett«, sagte Yossarian einigermaßen betreten. Bei diesen beiden, das wurde ihm klar, mußte er gut aufpassen. »Abgesehen davon«, sagte er vorwurfsvoll, »hat sie mir auch alles von dir erzählt. Das muß ein Alptraum sein. Du könntest gleich ins Kloster gehen. Deine antiseptischen Zwangsvorstellungen sind geradezu unglaublich.«

»Ist mir ganz egal«, sagte Melissa in einem Ton, der fanatische

Entschlossenheit ahnen ließ. »Ich arbeite in einem Krankenhaus und sehe dort die ganzen Patienten. Ich geh jetzt kein Risiko mehr ein mit Herpes oder Aids oder auch nur einer Vaginalreizung oder Halsentzündung oder irgendwas von dem ganzen Zeug, was ihr Männer einem so gerne andreht. Ich weiß Bescheid mit Krankheiten.«

»Tu, was du willst. Aber bring diese andere Freundin da mit. Die, die im postoperativen Ruhesaal arbeitet. Dann kann ich mich ja mal mit der anfreunden.«

»Wilma?«

»Man nennt sie auch Angel, oder? Und Honey?«

»Nur, wenn es den Patienten nach der Narkose dann bessergeht.«

»Dann sag ich das auch. Mir soll es auch bessergehen.«

SECHSTES BUCH

17. SAMMY

Knee-action wheels!

Wahrscheinlich kenne ich kaum mehr als ein Dutzend Leute aus den alten Tagen, die sich noch an diese Automobilwerbung mit den »knee-action wheels« erinnern; ich glaube nicht, daß ich noch mehr als ein Dutzend aufstöbern könnte, die übriggeblieben sind. Es wohnen keine mehr in Coney Island oder auch nur in Brooklyn. All das ist dahin, abgesperrt, der Pier und der Strand und der Ozean ausgenommen. Wir wohnen in Hochhausapartments wie ich jetzt oder in Vorstädten, von denen aus man noch einigermaßen bequem Manhattan erreichen kann, wie Lew und Claire, oder in Rentnerimmobilien in West Palm Beach in Florida wie mein Bruder und meine Schwester, oder wenn man mehr Geld hat, in Boca Raton oder Scottsdale, Arizona. Die meisten von uns haben es viel weiter gebracht, als wir es je gedacht haben oder als unsere Eltern es sich je hätten träumen lassen.

Lifebuoy-Seife.

Mundgeruch.

Fleischmans Hefeextrakt gegen Akne.

Ipana-Zahnpasta für das Lächeln der Schönheit, und Sal Hepatica für das Lächeln der Gesundheit.

Läßt die Natur sich zuviel Zeit, dann halte stets Ex-Lax bereit.

Pepsi-Cola schmeckt uns allen
(Wenn ich futze, muß es knallen).

Für einen Nickel doppelt so viel,
Pepsi-Cola bei Sport und Spiel.

Keiner von uns Schlaumeiern in Coney Island glaubte damals, daß dieser neue Drink Pepsi-Cola (trotz der Versicherung »Pepsi wird auch euch gefallen«, wie es eigentlich in der Werbemelodie im Radio hieß) eine Chance im Wettbewerb gegen das Coca-Cola hatte, das wir kannten und liebten, das Cola in der eiskalten, kleineren, schwitzenden, leicht grünlichen Glasflasche mit ihren graziösen Schwüngen, deren Oberfläche balsamisch kühl in Hände aller Größen paßte, das bei weitem der allgemeine Favorit war. Heute schmecken beide für mich ganz genau gleich. Beide Firmen sind mächtiger geworden, als man es je einem Unternehmen gestatten sollte, und die Six-Ounces-Flasche ist auch so eine untergegangene Kostbarkeit meines Lebens. Niemand will heute ein beliebtes Erfrischungsgetränk, sechs Ounces die Flasche für nur einen Nickel, mehr herstellen, und vielleicht will niemand außer mir eins kaufen.

Es wurde ein Zwei-Cent-Pfand für jede kleine Getränkeflasche erhoben, ein Nickel für die größeren Flaschen, die für zehn Cents verkauft wurden, und in all den Familien in unserem Abschnitt der West Thirty-First Street in Coney Island gab es niemand, der nicht den Wert dieser leeren Getränkeflaschen gekannt und einkalkuliert hätte. Damals konnte man für zwei Cents noch richtig etwas kaufen. Manchmal gingen wir Kinder auf Schatzsuche an vielversprechenden Plätzen am Strand und holten Pfandflaschen zusammen. Wir gaben sie gegen bar in Steinbergs Süßwarenladen gleich in meiner Straße ab, Ecke Surf Avenue, und mit dem Kleingeld spielten wir Poker oder Siebzehn und Vier, als wir das mal gelernt hatten, oder gaben es gleich alles auf einmal für Sachen zum Essen aus. Für zwei Cents konnte man einen hübschen Riegel Schokolade kaufen, Nestlé oder Hershey, ein paar Brezeln oder Zuckerstangen, oder im Herbst ein schönes Stück von dem Halva, nach dem wir eine Zeitlang alle verrückt waren. Für einen Nickel gab's ein Milky Way oder eine Coca-Cola, ein Melorol oder ein Eskimo Pie, ein Hot Dog in Rosenbergs Feinkostladen auf der Mermaid Avenue oder bei Nathan's, etwa eine Meile weiter im Vergnügungsdistrikt, oder eine Fahrt auf dem Karussell. Als Roby Kleinlines Vater in Tilyous Steeplechase arbeitete, kriegten wir Freikarten, und mit ein paar Cents konnten wir meist beim Pennywerfen eine Kokosnuß gewinnen. Wir lernten, wie's ging. Die Preise waren niedriger und die Einkommen auch. Die Mädchen spielten Seilhüpfen und Himmel und Hölle und warfen Knöchelsteine. Wir spielten Faustball und Besenstiel-Baseball, bliesen Mundharmonika und auf dem Kamm. Am frühen Abend nach dem Essen – Abendbrot, wie das bei uns hieß – spielten wir oft Blinde Kuh auf dem Gehsteig, während die Eltern zusahen, und alle wußten – und die Eltern sahen –, daß wir nicht allzu blinden Jungen das Spiel vor allem als Gelegenheit benutzten, den Mädchen, die wir fingen, jedesmal ein paar Sekunden lang an den Tittchen rumzufingern, während wir tasteten und so taten, als wüßten wir noch nicht, wer das war. Das war, ehe wir Jungen mit der Onanie angefangen hatten und die Mädchen mit der Menstruation.

Früh an jedem Werktagmorgen tauchten alle Väter in unserem Straßenzug – und all die Brüder und Schwestern, die die Schule schon hinter sich hatten – lautlos aus den Häusern auf und gingen in Richtung der Straßenbahnhaltestelle Richtung Norton's Point an der Railroad Avenue, wo sie einstiegen und zum Hochbahnhof an der Stillwell Avenue fuhren, mit seinen vier U-Bahn-Linien, deren verschieden geführte Strecken alle in Coney Island endeten. Von hier würde die U-Bahn sie in die Stadt befördern, zu all den Arbeitsplätzen – oder in meinem Fall, als ich gerade siebzehneinhalb war mit meinem High-School-Zeugnis, zu einer Stellenvermittlungsagentur in Manhattan nach der anderen, auf der schüchternen Suche nach einem Job. Manche gingen die Meile zum Bahnhof zu Fuß, wegen der Bewegung oder um einen Nickel zu sparen. Abends im Stoßzeitverkehr sockten sie nach Hause. Im Winter war's schon dunkel. Und an den meisten Abenden von Anfang Frühjahr bis Frühherbst ging mein Vater allein zum Strand hinunter, mit seinem immerwährenden Lächeln, in einem Frotteebademantel und mit dem Handtuch über den Schultern, um ein erfrischendes Bad zu nehmen oder zu schwimmen, und manchmal blieb er bis zum Einbruch der Dunkelheit, und wir anderen ließen uns von der Angst unserer Mutter anstecken, diesmal würde er wirklich ertrinken, wenn ihn nicht jemand rasch holen würde.

»Geh ihn holen!« wies sie das ihr gerade zunächst stehende Kind an. »Sag ihm, er soll essen kommen!«

Es war wahrscheinlich die eine Stunde am Tag, da er es genießen konnte, allein zu sein und an das zu denken (was immer es war), das ihm sein freundliches Gebaren gab und dieses ruhige Lächeln auf sein Gesicht treten ließ. Wir waren damals alle bei bester Gesundheit, und diese Tatsache gehörte sicher dazu. Er hatte seine Arbeit. Er hatte seine jüdische Tageszeitung, und beide Eltern hatten im Radio die Musik, die sie liebten: Puccini besonders, *The Bell Telephone Hour*, die Symphoniesendung von NBC, WQXR (dem Radiosender der *New York Times*) und WNYC, dem Sender, wie der Ansager verkündete, »der Stadt New York, wo sieben Millionen Menschen in Frieden und Harmonie leben und die Vorteile der Demokratie genießen«.

Ich zog musikalisch an ihnen vorbei, von Count Basie, Duke Ellington und Benny Goodman zu Beethoven und Bach, Kammermusik und Klaviersonaten, und jetzt wieder Wagner und Mahler.

Und Hitler und seine tapferen Legionäre hätten uns alle umgebracht.

Die Vierzigstundenwoche war eine Wasserscheide der Sozialreform, die ich gerade noch so weit mitbekam, daß ich später ihre Bedeutung begriff, ein Schritt in ein besseres Leben, das meine Kinder und Enkel selbstverständlich voraussetzen. Es sind Stiefkinder, weil Glenda sich schon die Eileiter hatte abbinden lassen, als ich sie kennenlernte. Plötzlich arbeiteten wir alle bei Firmen, die samstags zumachten. Wir konnten freitags lange aufbleiben. Ganze Familien konnten gemeinsam ein langes Wochenende wegfahren. Der Mindestlohn und die Kinderarbeitgesetzgebung waren die anderen Segnungen, die wir Roosevelt und dem New Deal verdankten, obwohl uns immer unklar blieb, was es mit letzterem eigentlich auf sich hatte. Erst auf dem College las ich, daß Kinder von zwölf und noch weniger Jahren *überall* in den Industrieländern der westlichen Welt *immer* Arbeitstage von zwölf und mehr Stunden gehabt hatten, in Bergwerken und Fabriken – und erst, als ich vom Militär zurück war und mehr mit Leuten zusammenkam, die nicht aus Coney Island waren, wurde mir klar, daß ein Coney-Island-»Futz« normalerweise ein Furz war.

Der Mindestlohn damals war fünfundzwanzig Cents die Stunde. Als Joey Heller im Wohnblock gegenüber mit sechzehn alt genug war, sich seine Papiere zu besorgen und auf Arbeit zu gehen, fand er einen Job bei der Western Union und trug vier Stunden am Tag nach der High School in der Stadt drüben Telegramme aus – da brachte er jeden Freitag vier Dollar nach Hause für seine Woche. Und von dem Geld kaufte er fast jedesmal eine neue gebrauchte Schallplatte für den Klub in der Surf Avenue, den wir damals schon hatten, wo wir den Lindy Hop lernten, das Zigarettenrauchen und das Knutschen im Hinterzimmer – wenn wir Glück hatten und ein Mädchen dazu brachten, daß es, freiwillig oder durch einen Trick verleitet, mit nach hinten kam. Während mein Freund Lew Rabinowitz und sein anderer Freund Leo Weiner und ein paar andere kühnere Figuren sie bereits auf den Sofas vögelten und auch anderswo. Joey Hellers Vater war tot, und sein älterer Bruder und seine Schwester arbeiteten auch, wann immer sie konnten, meistens zur Aushilfe bei Woolworth oder im Sommer am Pier an den Softeis- und Hot-Dog-Ständen. Seine Mutter, die als Mädchen Näherin gewesen war, arbeitete jetzt für meine, machte Kleider kürzer oder länger, und wendete

für die Wäscherei in der Nähe abgewetzte Hemdenkragen, für zwei, drei Cents das Stück, glaube ich, vielleicht einen Nickel.
Sie kamen über die Runden. Joey wollte auch Schriftsteller werden. Von Joe hab ich zum ersten Mal diese Variante der Pepsi-Radiowerbung gehört. Ich erinnere mich noch an den ersten Vers einer anderen Parodie von ihm, auf einen Schlager, der damals ziemlich an der Spitze der Lucky-Strike-Hitparade war, einen, den man heute immer noch auf Schallplatten von einigen der besseren Interpreten hören kann, die wir damals hatten:

> Tritt in ihre Augen ein zärtlicher Glanz,
> Streift sie beim Rendezvous deinen Schwanz,
> Dann weißt du, daß das die wahre Liebe ist ...

An den Rest kann ich mich leider nicht mehr erinnern. Er wollte kurze Komödien für Film, Funk und Theater schreiben. Ich wollte das gerne mit ihm zusammen machen und außerdem Kurzgeschichten schreiben, die eines Tages vielleicht gut genug wären, um im *New Yorker* veröffentlicht zu werden und überall sonst. Wir schrieben zusammen Sketche für unseren Pfadfinderzug Nr. 148, und später, älter, für Tanzabende in unserem Klub, wo wir zehn Cents oder einen Vierteldollar Eintritt von den Gästen aus einem Dutzend anderer Klubs in Coney Island oder Brighton Beach kassierten, Mädchen umsonst. Einer von unseren längeren Pfadfindersketchen, »Die Plagen und Prüfungen von Georgie Greenhorn«, war so komisch, ich weiß es noch, daß man uns aufforderte, ihn noch einmal bei einer von den regelmäßigen Freitagabendveranstaltungen unserer Schule zu bringen, Public School Nr. 188. Joey ging auch zum Air Corps und wurde Offizier und Bombenschütze, und er unterrichtete dann auch an einem College in Pennsylvania. Aber da war er nicht mehr »Joey«, ich war nicht mehr »Sammy«. Er war Joe, und ich war Sam. Wir waren jünger, als wir glaubten, aber wir waren keine Jungs mehr.

Doch Marvin Winkler redet immer noch von ihm als Joey, wenn er sich erinnert, und ich bin Sammy für ihn.

Alles lachte, als ich mich ans Klavier setzte. Doch als ich zu spielen begann...

Diese Anzeige war die erfolgreichste Fernkurs-Werbekampagne, die es je gegeben hatte, und ist es vielleicht immer noch. Man füllte einen Coupon aus und bekam einen Stapel Instruktionen, um – so hieß es – in zehn leichten Lektionen oder so das Klavierspielen zu erlernen. Es half natürlich, wenn man wie Winkler ein Klavier hatte, obwohl er's nie lernen wollte.

In unserer Zukunft gab es einen Ford, teilte uns der Hersteller mit, und bei Gulf oder im Zeichen des Fliegenden Roten Pferdes an den Tankstellen gab es klopffreies Benzin für die Automobile mit den *knee-action wheels*, die wir uns noch nicht leisten konnten. Lucky Strike ist Spitzentabak, hieß es in jenen Tagen, »man rief nach Philip Morris« und ging meilenweit für eine Camel, und für die anderen Zigaretten und Zigarren auch, von denen mein Vater den Lungenkrebs bekam, der auf die Leber und das Gehirn übergriff und ihn dann sehr rasch sterben ließ. Er war schon älter, als er dahinging, aber Glenda war nicht alt, als ihr Gebärmutterkrebs auftrat, und starb dreißig Tage nach der Diagnose. Verschiedene Beschwerden traten bei ihr auf, nachdem Michael sich das Leben genommen hatte, und heute würden wir vielleicht sagen, daß die Ursache ihres Leidens im Streß zu suchen war. Sie war es, die ihn fand. Ein einziger verkrüppelter Baum stand hinten im Hof des Hauses, das wir für den Sommer auf Fire Island gemietet hatten, und er hatte es fertiggebracht, sich dort aufzuhängen. Ich schnitt ihn ab, obwohl ich wußte, daß ich das nicht tun sollte, ich wollte ihn nicht dort baumeln lassen, damit er von uns und den Frauen und Kindern aus den Nachbarhäusern noch die zwei Stunden lang angestarrt wurde, die Polizei und Gerichtsmediziner brauchen mochten, um in ihren Strandbuggys anzurücken.

Ein Dollar die Stunde ... eine Meile pro Minute ... hundert die Woche ... hundert Meilen die Stunde? Wow!

Das war alles möglich. Wir wußten, daß es Autos gab, die so schnell daherrasten, und wir alle in Coney Island hatten anderswo Verwandte wohnen, denen es besser ging als uns und die diese Autos hatten, die eine Meile pro Minute brachten oder mehr. Unsere lebten meist in New Jersey, in Paterson und Newark, und kamen an Sommersonntagen mit ihren Automobilen her, um den Pier entlangzuspazieren, zum Karussell oder bis hinaus zum Steeplechase-Vergnügungspark, um dort am Strand zu liegen oder im Ozean zu waten. Sie blieben dann zum Abendessen, das meine Mutter ihnen gerne auftischte, meine Schwester half dabei, es gab die panierten Kalbskoteletts mit Bratkartoffeln, die sie hervorragend machte, weil sie ihnen »gut was zu essen« vorsetzen wollte. Stellen beim Staat waren sehr begehrt, wegen der Bezahlung, der regelmäßigen sauberen Arbeit und den Urlaubs- und Pensionsvorteilen, und weil sie auch an Juden gingen, und wer eine bekam, war als was Besseres geachtet. Man konnte als Lehrling bei der Regierungsdruckerei anfangen, las mein älterer Bruder mir aus einem Amtsblatt vor, und dann als Drucker mit einem Anfangsgehalt von sechzig Dollar die Woche arbeiten (das war der Dollar pro Stunde, fast greifbar nahe, und noch drüber), wenn die Lehrlingszeit vorbei war. Aber ich würde in Washington wohnen und arbeiten müssen, und niemand bei uns zu Hause war sich sicher, ob ich deshalb fortziehen sollte. Eine kürzere Zeit als Schmiedegehilfe auf der Norfolk-Marinewerft in Portsmouth, Virginia, während eine Reihe anderer Jungs aus Coney Island auch auf der Werft arbeiteten, schien eine bessere Idee, während wir warteten, ob der Krieg aus sein würde, ehe ich neunzehn wurde, und ob ich in die Armee eingezogen würde oder in die Marine. In der Bank Street 30 in Norfolk, eine Fahrt mit der Fähre von Portsmouth rüber, da, hieß es, gab's einen Puff, ein Bordell, aber ich hatte nie den Nerv, hinzugehen, und auch wenig Zeit. Ich stand die harte körperliche Arbeit dort fast zwei Monate durch, sechsundfünfzig Tage hintereinander, wegen der anderthalbfachen Überstundenbezahlung samstags und sonntags, ehe ich total erschöpft aufgab und wieder nach Hause kam, um schließlich eine Stelle in der Ablage bei einer Autoversicherungsgesellschaft mit sehr viel weniger Gehalt zu finden – im selben Gebäude in Manhattan übrigens, dem alten General Motors Building, Broadway 1775, wo Joey Heller bei der Western Union in seiner Uniform als Bote gearbeitet und Telegramme abgeholt und angeliefert hatte.

Wo waren Sie – ?

Als Sie von Pearl Harbor hörten. Als die Atombombe explodierte. Als Kennedy ermordet wurde.

Ich weiß, wo ich war, als der Funkschütze Snowden auf unserer zweiten Mission Richtung Avignon getötet wurde, und das war für mich damals wichtiger als später die Ermordung Kennedys, ist es jetzt noch. Ich war im Heck meiner B-25, immer wieder ohnmächtig, nachdem ich zuerst das Bewußtsein nach dem Schlag auf den Kopf wiedererlangt hatte, der mich traf, als der Kopilot durchdrehte und das Flugzeug in einen vertikalen Sturzflug hängte und durch den Sprechfunk wimmerte, wir alle im Flugzeug sollten allen andern im Flugzeug helfen, die nicht antworteten. Jedesmal, wenn ich zu mir kam und Snowden stöhnen hörte und sah, wie Yossarian bei seinen unnützen Anstrengungen, ihm zu helfen, wieder irgend etwas anderes an ihm anstellte, wurde ich erneut ohnmächtig.

Vor diesem Flug hatte ich einmal eine Bruchlandung mit einem Piloten namens Hungry Joe mitgemacht, der immer schreiende Alpträume hatte, wenn er nicht im Einsatz war, und einmal war ich mit einem Piloten namens Orr ins Meer abgestürzt, der dann angeblich irgendwie sicher in Schweden landete – aber beide Male wurde ich nicht verletzt, und ich konnte mir immer noch nicht klarmachen, daß das Ganze nicht wirklich so war wie im Kino. Aber dann sah ich Snowden, dem die Gedärme raushingen, und danach sah ich, wie ein magerer Mann, der auf einem Floß am Strand herumsprang, plötzlich von einem Propeller entzweigesägt wurde, und ich glaube jetzt, wenn ich vorher gedacht hätte, eins von diesen Dingen könnte sich in meiner Gegenwart ereignen, dann hätte ich mich vielleicht nicht überwinden können, in den Krieg zu ziehen. Meine Mutter und mein Vater wußten beide, daß der Krieg eine fürchterlichere Sache war, als irgendeiner von uns Jungs in der Nachbarschaft es sich vorstellen konnte. Sie waren entsetzt, als ich ihnen später erzählte, daß ich beim Flugeinsatz als Schütze angenommen worden war. Beide waren nie geflogen. Ich ebensowenig, und auch sonst niemand, den ich kannte.

Beide brachten mich zur Straßenbahnhaltestelle an der Railroad Avenue, dort bei dem zweiten Süßwarenladen, den's in unserer Straße gab. Von da würde ich zur Stillwell Avenue fahren und mit den drei anderen die Sea-Beach-U-Bahn nach Manhattan rein nehmen, zur Pennsylvania Station, um mich dort zum Dienst zu melden, den ersten Tag beim Militär. Jahre später erfuhr ich, daß meine Mutter, nachdem sie mich mit einem sanften Lächeln und einem ruhigen Gesicht zum Abschied umarmt hatte und ich mit der Bahn davongefahren war, unter Tränen zusammenbrach und untröstlich weinte, an der Haltestelle, und erst eine halbe Stunde später konnten mein Vater und meine Schwester sie wieder die Straße hinunter in unsere Wohnung führen.

An dem Tag, als ich in die Armee eintrat, hat sich mein Lebensstandard praktisch verdoppelt. Ich machte sechzig Dollar pro Monat bei der Versicherungsgesellschaft und mußte mein Fahrgeld zahlen und essen gehen oder mir was mitbringen. In der Armee bekam ich fünfundsiebzig Dollar im Monat, vom ersten Tag an als gemeiner Soldat, und Essen und Kleidung und Unterkunft und Arzt und Zahnarzt, das war alles umsonst. Und ehe es dann vorbei war, bekam ich als Sergeant mit Flugzulage, Überseezulage und Einsatzzulage im Monat mehr als ein Regierungsdrucker und war schon als junger Mann den hundert Dollar die Woche näher, als ich es je geglaubt hätte.

Wo kam das ganze Geld her?

Wie meine Mutter hätte sagen können (auf jiddisch): Am Montag war noch ein Drittel der Nation (das hatte der Präsident vor kurzem gesagt) schlecht genährt, schlecht gekleidet, schlecht behaust. Und am Donnerstag waren zehn Millionen beim Militär und verdienten mehr, als die meisten je zuvor bekommen hatten, und zwei Millionen Zivilangestellte, und Panzer, Flugzeuge, Schiffe, Flugzeugträger und Hunderttausende Jeeps und Lastwagen und andere Fahrzeuge ergossen sich aus den Fabriken, beinahe schneller, als man sie zählen konnte. Plötzlich war genug für alles da. Ist das Ganze das Verdienst von Hitler? Kapitalismus, würde mein Vater wohl mit resigniertem Lächeln antworten, denn für diesen humanen Sozialisten ließen sich alle Schlechtigkeiten der Ungleichheit auf der Welt mit diesem einzigen sündhaften Wort erklären. »Für den Krieg ist immer genug da, bloß der Frieden ist zu teuer.«

Von der ersten Zugfahrt an, Pennsylvania Station bis Sammelstelle Long Island, erlebte ich in der Armee eine Einbuße persönlicher Bedeutung und individueller Identität, die ich – zu meinem Erstaunen – begrüßte. Ich war Teil einer gelenkten Herde und entdeckte, daß ich erleichtert war, alles genau vorgeplant zu sehen, gesagt zu bekommen, was ich tun mußte, und dasselbe zu tun wie alle anderen. Ich fühlte mich entlastet, freier als im Zivilleben. Ich hatte auch mehr freie Zeit, ein Gefühl größerer Freiheit, als dann einmal die Grundausbildung vorbei war.

Wir vier, die wir uns zusammen gemeldet hatten, kamen unverletzt wieder, obwohl's mir bei den beiden Einsätzen nach Avignon ziemlich dreckig ging und Lew in Gefangenschaft kam und ein halbes Jahr in einem Lager in Deutschland saß, ehe ihn die Russen befreiten. Er weiß, was es für ein Glückszufall war, daß er nach der Bombardierung von Dresden überhaupt noch gelebt hat. Aber Irving Kaiser, der unser Georgie Greenhorn gewesen war, in dem Sketch von Joey Heller und mir, ist in Italien vom Artilleriefeuer zerfetzt worden, und ich hab ihn nie wiedergesehen, und Sonny Ball ist auch dort umgekommen.

Als schließlich der Vietnamkrieg kam, da wußte ich, was Krieg hieß, und wußte Bescheid mit den Schweinereien im Weißen Haus, und ich schwor es Glenda, daß ich alles Erdenkliche tun würde, legal oder illegal, um den jungen Michael rauszuhalten, wenn er je durch seine Tauglichkeitsprüfung kam und es auch nur im entferntesten das Risiko gab, er könnte eingezogen werden. Ich bezweifelte, daß das geschehen würde. Schon ehe er alt genug war, um unter dem Einfluß von Drogen oder Arzneimitteln zu stehen, hatte er die entsprechenden Symptome. Er war gut, wenn es um Fakten und Zahlen ging, aber verloren bei Sachen wie Landkarten oder Lageplänen. Sein Gedächtnis für statistische Daten war phänomenal. Aber in Algebra oder Geometrie, in allem, was abstrakt war, war er nicht besonders. Ich ließ Glenda weiter in dem Glauben, daß das die Auswirkungen der Scheidung waren. Ich erzählte von heroischen Plänen, nach Kanada zu ziehen, wenn die Einberufung kam. Ich würde sogar mit ihm nach Schweden gehen, wenn das sicherer aussähe. Ich gab ihr mein Wort, aber ich mußte es nicht halten.

Lew wollte zu den Fallschirmspringern oder in einen Panzer mit einer Kanone vornedran, um Deutsche zu überrollen, welche die Juden verfolgten, aber er kam dann schließlich zur Infanterie, nachdem er bei der Feldartillerie ausgebildet worden war. Drüben wurde er dann Sergeant, als sein eigener Sergeant getötet wurde. Sogar schon vorher in Holland hatte er de facto dieses Kommando übernommen, als der alte Sergeant unsicher wurde und anfing, sich wegen der zu erteilenden Befehle ganz auf Lew zu verlassen. Ich wollte einen Jäger fliegen, die P-38, weil sie so schnell und rasant aussah. Aber ich hatte keine richtige Tiefenwahrnehmung, also wurde ich statt dessen Bombenschütze. Ich sah die Plakate, die dazu aufriefen, hier würden Leute gebraucht, und meldete mich freiwillig. Das war das Gefährlichste überhaupt, sagten die Gerüchte, aber es würde ne lockere Übung sein. Und für mich, wie sich's herausstellte, war's das auch.

Ich war klein genug, um den Schützen im drehbaren Geschützturm einer Fliegenden Festung in England abzugeben, aber glücklicherweise fiel das niemand auf, und ich wurde schließlich Heckschütze im sonnigeren Mittelmeer bei der leichter zu fliegenden, sichereren B-25.

Bei der Ausbildung mochte ich immer das Gefühl sehr, den Griff meines Maschinengewehrs, Kaliber 50, zu umklammern. Ich mochte es, durch die Luft zu fliegen und mit echten Kugeln auf Schleppziele in der Luft und feste Ziele auf dem Boden zu feuern, mich ihnen mit der Leuchtspurmunition mit ihren weißen Girlanden von vorne zu nähern. Ich begriff rasch die Sache mit der Trägheit und der relativen Bewegung, daß eine Bombe oder Kugel von einem Flugzeug, das dreihundert Meilen die Stunde fliegt, in derselben Richtung mit derselben Geschwindigkeit anfängt, und daß die Schwerkraft vom ersten Augenblick an wirksam ist, und gelegentlich stellte mich unser erster Waffenoffizier an eine Tafel, damit ich denen half, die Schwierigkeiten hatten. Ich lernte die spannendsten Sachen über Isaac Newtons Bewegungsgesetze: Wenn man selbst in Bewegung war oder das Ziel war in Bewegung, dann konnte man es niemals treffen, wenn man direkt draufhielt. Es gibt da eines, das mich immer noch erstaunt: wenn eine Kugel aus einer horizontalen Waffe im selben Moment abgefeuert wird, da eine gleiche Kugel an dieser Stelle von derselben

Höhe fallengelassen wird, schlagen beide gleichzeitig auf, obwohl die erste vielleicht eine halbe Meile weg landet. Die Simulatoren gefielen mir nicht so sehr, weil die Waffen nicht echt waren, obwohl es beinahe so unterhaltend war wie die Schießbuden auf dem Pier. Man saß in einem engen Gehäuse, und verschiedene Typen von Kampfflugzeugen flogen einen auf dem Bildschirm aus verschiedenen Höhen und Richtungen an, in Sekundenbruchteilen, und es war realistisch betrachtet unmöglich, so rasch Freund und Feind zu unterscheiden und zu visieren und das Feuer auszulösen. Niemand holte dabei besonders eindrucksvolle Ergebnisse, andererseits fiel auch niemand total durch. Zwei Jungs, die ich kannte, wurden versetzt, wegen Angst. Bei diesen Übungen wurde ich skeptisch: wenn es tatsächlich so ablief, dann konnte man überhaupt nur eines machen – so rasch wie möglich so viele Runden wie möglich in eine ungefähre Richtung abfeuern, in den wenigen Sekunden, die einem blieben. Und so war's dann auch, ziemlich überall. Die Seite, die die meiste Feuerkraft ins Spiel bringen konnte, war immer die, die gewann.

Die Leute hören's nicht gerne, daß die antike Schlacht an den Thermopylen, die heroische spartanische Verteidigung dort bis zum letzten Mann, kein Triumph war für die Griechen, sondern eine vernichtende Niederlage. All diese Tapferkeit war unnütz verschwendet. Das ist so die Art von Tatsache, die ich gerne den Leuten mal hinwerfe, um sie aufzurütteln und ein bißchen nachdenklich zu machen.

Ich hatte Vertrauen in mein Maschinengewehr, aber es kam mir nie, daß ich damit immer auf jemanden feuern würde, der angeflogen kam und auch auf mich zu feuern versuchte.

Ich mochte das ständige Rumgeflachse und war mit mehr Leuten befreundet, die mir gefielen, als das selbst in Coney Island der Fall gewesen war. Beim Militär hatte ich von meiner Persönlichkeit her Vorteile. Ich hatte mehr gelesen und wußte mehr. Ich hielt es für praktisch, den Leuten gleich zu Anfang zu sagen, daß ich Jude war, was sie sich sonst ohnehin hätten denken können, und ich fand irgendeinen Weg, das im Gespräch einzubauen und noch hinzuzufügen, daß ich aus Coney Island kam, in Brooklyn, New York. Ich hatte unkomplizierte, enge Beziehungen zu Männern, die Namen hatten wie Bruce Suggs aus High Point, North Carolina, und Hall A. Moody aus Mississippi, mit Jay Matthews und Bruce J. Palmer aus verschiedenen Orten in Georgia (die einander nicht besonders leiden konnten), mit Art Schroeder und mit Tom Sloane aus Philadelphia. In der Kaserne in Lowry Field, Colorado, wo ich zur Ausbildung im Geschützturm hinkam, begegnete ich der drohenden Feindseligkeit von Bob Bowers, der auch aus Brooklyn kam, aus einer härteren Nachbarschaft mit Norwegern und Iren, die bei uns wegen ihrer Antisemiten bekannt war, und genau dasselbe spürte ich bei John Rupini, der kam irgendwoher droben im Staat New York, und wir gaben sorgfältig acht, einander aus dem Weg zu gehen. Ich wußte, was sie empfanden, und sie wußten, daß ich's wußte, und sie waren beinahe allen anderen gegenüber fast genauso unfreundlich. Lew hätte sich wahrscheinlich sofort mit ihnen angelegt. Bei einem Pokerspiel am zweiten oder dritten Tag in dem Truppentransportzug, mit dem ich von Arizona nach Colorado fuhr, dachte ich, ich hörte einen der anderen Spieler etwas über »Juden« sagen, war aber nicht sicher. Dann grinste der mir gegenüber, der schon gesagt hatte, er käme aus einer Kleinstadt im Süden, und sagte: »Wir haben auch welche, denen gehört ein Kleidergeschäft. Die solltest du sehen, wie die ausschauen.« Jetzt *war* ich mir sicher und wußte, ich mußte etwas sagen.

»Einen Augenblick mal bitte, wenn's dir recht ist«, sagte ich abrupt und etwas pompös zu ihm. Innerlich war ich erregt und unsicher. Das war nicht meine Stimme. »Aber zufällig bin ich Jude, und es gefällt mir nicht, wenn ich dich so reden höre. Ich steig sofort aus dem Spiel aus, wenn du möchtest. Aber wenn du willst, daß ich weiterspiele, mußt du aufhören, da so Sachen zu sagen, die mich verletzen und kränken. Ich weiß so oder so nicht, warum du mir das antun willst.«

Das Spiel war ins Stocken geraten, und wir schwankten leicht hin und her und lauschten dem Geräusch des Zugs. Wenn ich aus dem Spiel ausstieg, würde Lesko mitgehen, und wenn es irgendwie gewalttätig werden wollte, dann wußten sie, Lesko wäre auf meiner Seite. Aber der, den ich angeredet hatte, Cooper, war zutiefst schuldbewußt und murmelte eine Entschuldigung. »Es tut mir leid, Singer. Ich hab nicht gewußt, daß du das bist.«

Lew hätte ihm wohl das Kreuz gebrochen und wäre dafür ins Gefängnis gegangen. Ich hatte in jemandem, der wohl schon immer etwas wiedergutmachen wollte, einen zeitweiligen Freund gefunden. Lew ist Lew, ich bin es nicht.

Mein Name ist Samuel Singer, kein mittleres Initial (Sammy K. M. I. Singer), und ich bin klein geboren und war, als ich aufwuchs, nicht so groß wie die anderen und körperlich wenig beeindruckend. Nicht wie ein anderer guter Freund aus der Nachbarschaft, Ike Solomon, der auch nicht größer war, aber einen dicken Bizeps hatte und eine breitere Brust, und Gewichte heben und Spaß an Klimmzügen haben konnte. Mein ganzes Leben lang habe ich mich vor Streitigkeiten gehütet, wo man die Fäuste zu Hilfe nimmt, und ich habe getan, was ich konnte, um in keine reinzugeraten. Ich konnte witzig und einfühlsam sein, und es ist mir immer gelungen, Freundschaften zu schließen. Ich war immer gut dabei, mit dreisten Fragen die Sache in Gang zu halten und bei einer Unterhaltung mit clever schockierenden Informationen Leben in die Sache zu bringen.

»Glaubt ihr, unserm Land würde es bessergehen, wenn wir den Unabhängigkeitskrieg gegen die Engländer verloren hätten?« fragte ich eindringlich, als würde mich das Problem wirklich beschäftigen, und ich hatte für jede mögliche Antwort kritische Fragen bereit.

»Wenn Lincoln so klug war, warum hat er den Süden nicht einfach seiner Wege gehen lassen? Wie hätte das schlimmer sein können als der Bürgerkrieg?«

»Ist die Verfassung verfassungsgemäß?«

»Kann Demokratie je auf demokratische Weise eingeführt werden?«

»War die Jungfrau Maria keine Jüdin?«

Ich wußte Sachen, die andere Leute nicht wußten. Ich wußte, wenn wir in irgendeinen Saal in irgendeiner Kaserne kamen, wo nicht weniger als vierzig Leute waren, gab es dort fast immer zwei Männer mit demselben Geburtstag, und in der Hälfte der Fälle noch zwei mit einem anderen gemeinsamen Geburtstag. Ich konnte sogar mit Leuten aus Nevada und Kalifornien wetten, daß Reno weiter westlich lag als Los Angeles, und beinahe noch ein zweites Mal dieselbe Wette mit ihnen abschließen, nachdem wir's nachgeschlagen hatten, so entschlossen waren sie, an einer vertrauten Vorstellung festzuhalten. Ich hab eine Frage für den Kardinal bereitliegen, wenn ich je neben ihm sitzen sollte und munter drauf bin.

»Wessen Gene hatte Jesus?« Und mit unschuldigem Blick würde ich ihn daran erinnern – welche Antwort auch immer die arme Figur finden mochte –, daß Jesus als kleines Kind geboren wurde, zum Manne heranwuchs und am achten Tag beschnitten wurde.

Im Ballistikunterricht kam ich beinahe in Schwierigkeiten mit dem hochdekorierten Offizier, der uns anleitete, als er erwähnte, daß die durchschnittliche Lebenserwartung eines MG-Schützen im Kampfeinsatz drei Minuten sei, und uns später aufforderte, Fragen zu stellen. Er hatte seine Einsätze in einer B-17 mit der zerzausten Achten Air Force in England abgeleistet, und ich wollte ihn nicht provozieren – ich war nur neugierig.

»Wie kann man das sagen, Sir?« fragte ich, und ich habe seitdem nie mehr irgendwelchen Schätzungen und Hochrechnungen viel Glauben geschenkt.

»Wie meinen Sie das?«

»Wie kann man so etwas messen? Sir, Sie müssen doch mindestens eine Stunde lang im Kampfeinsatz gewesen sein.«

»Sehr viel länger als eine Stunde.«

»Dann müssen für jede Stunde, die Sie überlebt haben, neunzehn andere schon in weniger als der ersten Sekunde gestorben sein, damit ein Durchschnitt von drei Minuten herauskommt. Und warum ist es für MG-Schützen gefährlicher als für Piloten und Bombenschützen? Sir, die schießen doch auf die ganze Maschine, oder?«

»Singer, Sie sind ein Klugscheißer, was? Bleiben Sie mal kurz hier, wenn die anderen gehen.«

Er ließ mich wissen, daß ich ihm nie wieder in der Klasse widersprechen durfte, und machte mich mit dem vertraut, was ich später mit Yossarian zusammen das Kornsche Gesetz nannte, nach Lieutenant Colonel Korn in Pianosa; das Kornsche Gesetz besagte, daß die einzigen, denen es gestattet war, Fragen zu stellen, die waren, die es nie taten. Aber er stellte mich an, andere mit einfachen Beispielen aus Algebra und Geometrie in den Gründen zu unterrichten, warum man immer ein gutes Stück vor das Ziel halten muß, das sich in bezug auf die eigene Position bewegt – und um vor ein Flugzeug zu zielen, mußte man dahinter halten. Wenn ein Flugzeug soundsoviel Yards entfernt ist und ein Geschoß soundsoviel Yards in der Sekunde zurücklegt, wie viele Sekunden braucht das Geschoß, um das Flugzeug zu erreichen? Wenn das Flugzeug mit soundsoviel Fuß pro Sekunde fliegt, wieviel Fuß wird es zurücklegen bis zu dem Zeitpunkt, da die Kugel es trifft? Sie sahen es bei den Übungen, wenn wir stundenlang Tontaubenschießen hatten und auf dem Schießstand von fahrenden Lastwagen aus feuerten. Aber obwohl ich das Ganze unterrichtete und wußte, hatte sogar ich meine Schwierigkeiten mit dem Prinzip, daß man auf eine angreifende Maschine immer so zielte, daß man einen Punkt hinter ihr anvisierte, zwischen dem Ziel und dem eigenen Heck, wegen der Geschwindigkeit der Kugeln, die das eigene Flugzeug abfeuert, und der Krümmung der Flugbahn der anderen Maschine, die sie verfolgen muß, um vorne auf einen zu feuern.

Die echten Freunde, die ich gefunden habe, waren immer großzügige Naturen. Und irgendwie war immer ein größerer, härterer

Bursche als mein Kumpel in der Nähe, falls was schieflaufen wollte, wie Lew Rabinowitz und Sonny Batolini, eine der derberen Figuren aus einer italienischen Familie in Coney Island. Und Lesko, der junge Bergmann aus Pennsylvania, den ich bei der Ausbildung kennenlernte. Und Yossarian beim Flugtraining in Carolina und später beim Einsatz in Pianosa, nachdem wir fünf, Yossarian, Appleby, Kraft und Schroeder und ich, als Crew nach Europa geflogen waren.

Die Angst, ich könnte verprügelt werden, war mir immer geblieben, sie nahm in meinen Gedanken mehr drohenden Raum ein als die Angst, ich könnte abgeschossen werden. In South Carolina, eines Nachts, da geschah's. Das war nach wieder so einem Übungsflug in der Dunkelheit, bei dem Yossarian sich nicht zwischen Punkten wie Athens, Georgia, und Raleigh, South Carolina, zurechtfand, und Appleby aus Texas uns wieder mit dem Funkkompaß zurückbringen mußte. Wir waren in die Mannschaftskantine gegangen, um noch gegen Mitternacht was zu essen, Schroeder und ich und Yossarian. Das Offizierskasino war geschlossen. Yossarian war immer hungrig. Er hatte seine Abzeichen abgenommen, um als normaler Soldat durchzugehen, der ein Recht hatte, hier aufzutauchen. Draußen wimmelte spätabends immer eine Menschenmenge durcheinander. Als wir uns hindurchbewegten, wurde ich plötzlich von einem großen, betrunkenen Dummkopf angeflegelt, einem Gemeinen, der mich so hart rempelte, daß kein Zweifel bestehen konnte: das war Absicht. Ich fuhr mit instinktivem Erstaunen herum. Ehe ich ein Wort sagen konnte, war er da und stieß mich wütend rückwärts in eine Gruppe von Soldaten hinein, die sich schon umgedreht hatten, um zuzusehen. Es geschah fast schneller, als ich es begreifen konnte. Während ich noch sprachlos verblüfft war und stolperte, kam er mit erhobenen Armen und einer zum Schlag zurückgezogenen Faust auf mich zu. Er war größer als ich, breit, auch schwerer, und es gab für mich keine Möglichkeit, ihn abzuwehren. Es war wie damals, als ich Lew das Boxen beibringen wollte.

277

Ich konnte nicht einmal wegrennen. Ich weiß nicht, weshalb er auf mich verfiel, ich kann es nur vermuten. Aber dann, ehe er zuschlagen konnte, war Yossarian zwischen uns, um uns zu trennen, mit ausgebreiteten Armen und erhobenen Handflächen, er versuchte, ihn zum Aufhören zu bewegen, ihn zu beruhigen. Ehe er auch nur den ersten Satz beenden konnte, schlug der Mann zu, verpaßte ihm einen Hieb seitlich gegen den Kopf und kam dann sofort hart mit der anderen Faust hinterher, daß Yossarian hilflos betäubt zurücksank, während der Mann ihm jetzt mit beiden Händen gegen den Kopf schlug, so daß Yossarian mit jedem Hieb taumelte, und ehe ich noch wußte, was ich tat, hatte *ich* mich vorwärts geworfen, um einen der dicken Arme des Mannes zu umklammern und mich dranzuhängen. Als das nichts nützte, ließ ich mich hinuntergleiten, um seine Hüften zu umklammern, und stemmte meine Füße fest gegen den Boden, um mit aller Kraft zu versuchen, ob ich ihn aus dem Gleichgewicht stoßen konnte. Inzwischen hatte Schroeder ihn auch angesprungen, von der anderen Seite, und ich hörte, wie er auf ihn einredete. »Du dummes Arschloch, das ist ein Offizier, du dummes Arschloch!« konnte ich ihn ins Ohr des Mannes zischen hören. »Das ist ein Offizier!« Dann kam Yossarian, der selber ziemlich stark war, von vorn, schaffte es, die beiden Arme des Mannes festzuhalten und ihn rückwärts zu stoßen, bis er den festen Stand verlor und sich festhalten mußte. Ich spürte, wie die ganze Kampfbereitschaft aus ihm wich, als er Schroeders Worte begriff. Er sah aus, als ob ihm schlecht wäre, als wir ihn losließen.

»Sie stecken mal besser Ihre Streifen wieder an, Lieutenant«, erinnerte ich Yossarian leise, keuchend, und als ich sah, wie er sein Gesicht befühlte, setzte ich hinzu: »Kein Blut zu sehen. Gehen Sie besser mal und machen Sie Ihre Insignien wieder an die Uniform, ehe jemand kommt. Das Essen vergessen wir lieber.«

Von da an war ich bei seinen Auseinandersetzungen mit Appleby immer auf Yossarians Seite, sogar im Fall der – wie wir's beide schließlich nannten – Glorreichen Atabrinrevolution, obwohl ich gewissenhaft meine Antimalaria-Tabletten einnahm, als wir das Äquatorialklima auf unserem Weg nach Europa durchflogen, und er sich weigerte. Das Atabrin milderte die Symptome eines Malariaanfalls, hatte man uns vor dem ersten Aufenthalt in Puerto Rico mitgeteilt, obwohl es auf die Krankheit selbst keinen Einfluß hatte. Anweisung oder nicht, Yossarian sah keinen vernünftigen Grund, die Symptome zu behandeln, ehe sie auftraten. Bei der Auseinandersetzung zwischen ihnen ging es schließlich darum, daß keiner das Gesicht verlieren wollte. Kraft, der Kopilot, war wie gewöhnlich neutral. Kraft sagte wenig, lächelte viel, schien sich oft vieler Dinge, die geschahen, gar nicht bewußt. Als er nicht viel später im Einsatz über Ferrara getötet wurde, war er für mich immer noch der Neutrale.

»Ich bin auf diesem Schiff der Kapitän«, sagte Appleby unvorsichtigerweise in Puerto Rico in unserer Gegenwart zu Yossarian, bei unserem ersten Aufenthalt nach dem Start in Florida, auf der vierzehntägigen Flugreise nach Europa. »Und Sie müssen meine Befehle befolgen.«

»Ach Scheiße«, sagte Yossarian. »Das ist ein Flugzeug, Appleby, kein Schiff.« Sie waren gleich groß und hatten denselben Rang, damals Second Lieutenant. »Und wir sind an Land, nicht auf See.«

»Ich bin trotzdem der Kapitän.« Appleby sprach langsam. »Sobald wir wieder fliegen, werde ich Ihnen den Befehl erteilen, sie zu nehmen.«

»Und ich werde das ablehnen.«

»Dann werde ich Sie melden«, sagte Appleby. »Ich werde es nicht gerne tun, aber ich werde Sie Ihrem kommandierenden Offizier melden, sobald wir einen haben.«

»Tun Sie das«, erwiderte Yossarian störrisch. »Es ist mein Körper, es ist meine Gesundheit, da kann ich machen, was ich will.«

»Nicht nach unseren Vorschriften.«

»Die sind verfassungswidrig.«

Wir kamen jetzt mit der Aerosolbombe in Kontakt, es war das

erste Mal, daß ich eine sah – heute heißen sie Spraydosen –, und man wies uns an, sie sofort im Flugzeuginneren einzusetzen, sobald wir an Bord gegangen waren, zur Abwehr von Moskitos und von den Krankheiten, die sie vielleicht übertragen könnten, während wir über die Karibik nach Südamerika weiterflogen. Bei jedem Abschnitt der Reise nach Natal in Brasilien wurden wir aufgefordert, Ausschau zu halten nach Wrackspuren von ein, zwei Flugzeugen, die vielleicht einen Tag zuvor vom Himmel verschwunden waren und jetzt im Meer oder im Dschungel lagen. Das hätte auf uns in stärkerem Maße ernüchternd wirken sollen, als es der Fall war. Dasselbe galt auf den Achtstundenflügen über den Ozean von Brasilien zur Insel Ascensión in einem Flugzeug, das eigentlich nur für einen Flug von maximal vier Stunden gebaut war, und von dort aus, zwei Tage darauf, nach Liberia in Afrika und dann hoch nach Dakar im Senegal. Die ganze Zeit auf diesen langen langweiligen Flügen über Wasser weg hielten wir die Augen offen nach Wrackresten und gelben Rettungsflößen, wenn wir gerade dran dachten. In Florida hatten wir viel Zeit und freie Abende gehabt, und es gab dort Tanzveranstaltungen in Saloons und Bars.

Ich wollte jetzt endlich einmal mit einer Frau schlafen. Ältere Jungs aus Coney Island wie Chicky Ehrenman und Mel Mandlebaum, die schon vorher Soldat geworden waren, kamen auf Urlaub von fernen Orten wie Kansas und Alabama zurück mit ganz ähnlichen Berichten von Frauen, die nur allzu bereit waren, sich für unsere tapferen Jungs beim Militär hinzulegen, und jetzt, da ich selbst zu den Jungs beim Militär gehörte, wollte ich auch mal landen.

Aber ich wußte immer noch nicht, wie das gehen sollte. Ich konnte Witze machen, aber ich war schüchtern. Ich war allzuleicht entflammt von irgendeinem Zug eines Gesichts, einer Linie der Figur, die ich hübsch fand. Ich war zu rasch erregt und verklemmt wegen der Befürchtung, man könne es bei mir sehen. Es konnte mir vorzeitig kommen, das war mir klar, doch das war damals für die meisten von uns besser als gar nichts. Wenn ich eng mit einem Mädchen tanzte, hatte ich immer fast sofort eine Erektion und wich mit großer Verlegenheit zurück, soweit es ging. Nun weiß ich, daß ich das Ding fester an sie hätte pressen sollen, um keinen Zweifel daran zu lassen, daß es da war, und anfangen, anspielungsvolle Scherzchen zu machen, was ich wollte und was ich wohl bekommen würde, dann hätte ich bessere Chancen gehabt. Wenn ich mit einer Frau ins Hinterzimmer ging, um mit ihr zu knutschen, oder eine in dem Apartment besuchte, wo sie beim Babysitting war, bekam ich meist ziemlich rasch, was ich wollte, und kam mir ziemlich scharf vor, bis ich mich gezwungen sah, einzugestehen, daß es noch eine Menge mehr gab. Ich war klein, das wußte ich, und ich dachte immer, ich hätte einen kleinen Schwanz und die meisten anderen hätten ziemlich große Exemplare, bis ich einmal im Sommer im Umkleideraum des Steeplechase-Schwimmbads furchtlos in den Spiegel schaute, während ich neben Lew stand, und entdeckte, daß meiner genausogut war.

Aber er setzte seinen ein. Und mir kam's immer zu schnell, oder gar nicht. Das erste Mal, als Lew und sein anderer Freund Leo Weiner mich mit einem Mädchen zusammenbrachten, das sie entdeckt hatten – es war den Sommer über nach Coney gekommen, um in einer Eisdiele zu arbeiten, und war nicht abgeneigt, jeden, der wollte, ranzulassen; sie konnten sich beide sehr gut auf die Art mit Mädchen verständigen –, da kam's mir in den Gummi, ehe ich noch drin war. Das erste Mal, als ich es selbst soweit brachte, mit einem Mädchen im Klub, das mir, als ich noch mit meiner Hand zugange war, klarmachte, sie wollte es richtig haben, da verschwand meine Erektion, sobald wir uns beide entblößt hatten, obwohl ich gewiß steif und bereit genug gewesen war, ehe wir unsere Unterhosen ausgezogen hatten. Glenda liebte diese Geschichten.

Ich kann es nicht mit Bestimmtheit sagen, aber ich glaube, ich habe schließlich erst dann mit einem Mädchen geschlafen, als ich in Europa war. Da geschah es ohne jede Anstrengung, ich war einer in einer Menge Jungs, die alle mit jugendlicher Selbstsicherheit dasselbe taten und viel Sinn für burschikose Vergnügen hatten, und wir befanden uns in der größten Stadt in der Nähe, Bastia, in der Nähe von Scharen einheimischer Mädchen, die unsere Sprache nicht verstanden, und vor allem dann in Rom, wo die Frauen, die wir auf den Straßen trafen, lächelten, um uns wissen zu lassen, weshalb sie da standen, und erwarteten, daß wir uns mit unseren Nachfragen, mit Bargeld und Zigaretten und Schokoladenriegeln näherten, und mit sorgloser Fröhlichkeit und bereits halb geöffneter Hose. Wir konnten sie nicht als Prostituierte oder Huren betrachten, es waren für uns Straßenmädchen. Ich kann mir nicht ganz sicher sein, daß ich's nicht schon vorher gebracht hatte, wegen dieses Vorfalls mit einem süßen Südstaatengirl in einem Tanzlokal in West Palm Beach, Florida, wo sie uns hingeflogen hatten, damit wir das Flugzeug überprüfen sollten, mit dem wir dann nach Europa fliegen würden, und die verschiedenen Instrumente wegen möglicher Abweichungen und Fehlanzeigen kontrollieren.

Ich weiß immer noch nicht, ob das zählt oder nicht. Sie war wirklich hübsch, mit ganz schwarzem Haar und fast lavendelfarbenen Augen, einen Zoll kleiner als ich, sogar mit Grübchen, und stark beeindruckt von meiner scharfen Lindy-Hop-Nummer aus New York, die sie noch nie gesehen hatte und lernen wollte. Schroeder hatte das auch noch nie gesehen, und auch nicht Lieutenant Kraft, der den Jeep bei der Fahrbereitschaft angefordert hatte, mit dem wir alle hergekommen waren. Nach einem Weilchen gingen wir nach draußen, um etwas frische Luft zu schnappen. Ich hatte im Gehen immer noch den Arm um ihre Taille, und wir kamen langsam, ohne darüber zu reden, in eine dunklere Ecke des Parkplatzes. Wir kamen an Paaren vorüber, die einander in verschiedenen geschützten Ecken umarmten. Ich half ihr, auf dem Kotflügel eines niedrig gebauten Sportwagens Platz zu nehmen.

»O nein, Sammy, Honey, das machen wir heute abend nicht,

nicht hier, nicht jetzt«, gab sie mir sehr entschieden zu verstehen und hielt mich zurück, die Hände gegen meine Brust gedrückt, während sie mir einen raschen freundlichen Kuß auf die Nase gab.

Ich hatte mich zwischen ihre Beine geschoben, nahe genug, um sie weiter küssen zu können, und ich war eben mit meinen Händen unter ihr Kleid gefahren, die Beine hoch bis zum elastischen Saum ihres Höschens, und rieb mit den Daumen dabei innen ihre Schenkel. Bis sie sprach, war das so ziemlich das Äußerste, was ich mir auf diesem Parkplatz erhofft hatte.

Ich starrte ihr in die Augen und gestand mit einem Lächeln: »Ich wüßte, glaub ich, gar nicht, was ich machen sollte. Ich hab's noch nie getan.« Wir brachen am nächsten Tag nach Puerto Rico auf, erster Abschnitt der Reise, und ich konnte es wagen, die Wahrheit zu sagen.

Darüber lachte sie, als würde ich immer noch meine Witzchen machen. Sie konnte es kaum glauben, daß ein flotter Hirsch wie ich noch Jungfrau war.

»O du armer Junge«, bemitleidete sie mich mit ihrem wohltönenden Südstaatenakzent. »Du hast ein Leben voller Entbehrungen hinter dir, hm?«

»Ich hab dir das Tanzen beigebracht«, deutete ich zart an.

»Dann zeig ich dir, wie wir es machen«, stimmte sie zu. »Aber du darfst nicht richtig rein. Das mußt du mir versprechen. Jetzt geh mal einen Augenblick zurück, daß ich mich etwas anders hinsetzen kann ... So ist es besser. Siehst du? O, der ist aber lieb, den du da hast, hmm? Und so ein gutaussehender Kleiner!«

»Mich hat ein Bildhauer beschnitten.«

»Jetzt nicht so schnell, Sammy, Honey. Und nicht so rasch. Nicht da, Baby, nicht da. Das ist ja fast mein Nabel. Du mußt es lernen, mir die Chance zu lassen, meins nach da oben zu bringen, wo du dran kannst. Dran, aber nicht rein, ja? Mehr spielt sich heute abend nicht ab. Verstehst du? Komm wieder etwas näher. So ist es besser, hm? Aber nicht reinstecken! Steck ihn nicht rein. *Du steckst ihn rein!*«

Der letzte Satz war ein Schrei, der die ganze Nachbarschaft hätte aufstören können. Sie hüpfte etwa fünfzehn Sekunden lang wild unter mir herum und versuchte hektisch, loszukommen, und ich tat die ganze Zeit nichts anderes, als daß ich versuchte, mein Gewicht anzuheben, um ihr behilflich zu sein, und das Nächste, was ich wahrnahm, das war, wie ich aufrecht stand und mir selber zusah, wie ich meine Ladung über die Kühlerhaube weg abschoß, in hohem Bogen durch die Luft. Die Sahne flog eine Meile weit. Losschießen ist genau das richtige Wort für einen neunzehn-, zwanzigjährigen Jungen. Wenn ein Mann über achtundsechzig ist, kommt es ihm. Wenn er kann. Wenn er es will.

Ich hätte nie gedacht, daß ich so alt werde, mit steifen Gelenken aufwache und im Grunde mit meinen meisten Tagen nicht viel anzufangen weiß, gerade mal meine Arbeit als Spendensammler für die Krebshilfe. Ich lese spät des Nachts, wie der Dichter sagt, und oft auch am Morgen, und im Winter gehe ich nach Süden mit einer befreundeten Dame, die ein Haus in Naples, Florida, hat, damit ich in der Nähe des Ozeans bin, und manchmal besuche ich eine Tochter in Atlanta, und manchmal gehe ich nach Houston, Texas, zu der anderen Tochter, die da mit ihrem Ehemann lebt. Ich spiele Bridge, und so lerne ich Leute kennen. Ich habe ein kleines Sommerhaus in East Hampton, in der Nähe des Ozeans, mit einem Gästezimmer mit eigenem Bad. Jedesmal, wenn Lew wieder in Therapie gehen muß, fahre ich mindestens einmal in der Woche mit dem Bus zu ihm hin, vom Busbahnhof aus. Das braucht den ganzen Tag. Ich hätte nie gedacht, daß ich länger lebe als er, und vielleicht werde ich das auch nicht, weil in den langen guten Zeitabschnitten, die er immer gehabt hat in den über zwanzig Jahren, seit ich von seiner Hodgkinschen Krankheit weiß, da ist er kräftiger als ich und unternimmt viel mehr. Diesmal aber scheint er länger mager zu bleiben, niedergeschlagen, fatalistisch, und Claire, die mit Teemer geredet hat, macht sich mehr Sorgen über seine innere Haltung als über die Krankheit.

»Ich möchte mich nicht länger ad nauseam erbrechen«, sagte er das letzte Mal zu mir, als wir allein zusammen redeten, als ob er nahe daran wäre, aufzugeben, und ich konnte nicht erkennen, ob er das als Witz meinte.

Also versuchte ich's selber. »›Ad nauseam‹ heißt ›bis zum Erbrechen‹.«

»Was?«

»Man kann sich nicht bis zum Erbrechen erbrechen.«

»Sammy, quatsch mich jetzt nicht klug an hier. Nicht jetzt.«

Ich kam mir töricht vor.

Es ist nicht drin, daß ich im Alter mit meinen Kindern lebe, also habe ich Geld für ein Pflegeheim beiseite gelegt. Ich warte auf meinen Prostatakrebs. Ich könnte vielleicht bald wieder heiraten, wenn meine gutsituierte verwitwete Freundin ihr finanzielles Mißtrauen überwindet und mir sagt, das sollten wir. Aber auf wie lange? Noch sieben Jahre? Ich vermisse das Familienleben.

Glenda entschied, daß das vor dem Tanzlokal nicht zählte. »Meine Güte!« sagte sie jedesmal lachend und kopfschüttelnd, wenn wir auf dieses Erlebnis kamen. »Du hast nicht die geringste Ahnung gehabt, was?«

»Nein, nicht die geringste.«

»Versuch's jetzt nur nicht mit deiner Hilf-mir-doch-Taktik.«

Es war nicht immer nur Taktik. So ziemlich alle Frauen, mit denen ich je zusammen war, schienen mir erfahrener, als ich's war. Es gibt zwei Arten von Männern, glaube ich, und ich gehöre zur zweiten.

Sie selber hatte es zuerst auf dem College gemacht, als sie zum erstenmal weg war von Zuhause, mit dem Mann, den sie dann kurz nach dem Studienabschluß heiratete, der Krebs bekam, ehe es ihr dann passierte, sein Melanom, und dann noch zweimal heiratete und sogar noch ein Kind zeugte. Ich hatte nicht die Chance, aufs College zu gehen, erst nach dem Krieg, und da war es dann kaum mehr schwierig, ein Mädchen dazuzukriegen, daß es mit mir ins Bett ging, weil ich weniger unerfahren war, und die meisten Mädchen es auch machten.

Appleby schaffte es den ganzen Weg von Natal in Brasilien zur Insel Ascensión mit Funkkompaß, mit einem zusätzlichen Treibstofftank im Bombenschacht für den überlangen Flug. Er hatte kein Vertrauen mehr in Yossarians Navigationskünste. Yossarian hatte auch keine mehr und war nur leicht beleidigt. Appleby war der, der sich zusehends ärgerte. Das Risiko bei dem Flug nach Funkkompaß, erfuhr ich von Yossarian, der zumindest soviel gelernt hatte, lag darin, daß wir uns der acht Stunden entfernten Insel in einer weiten runden Kurve näherten anstatt in gerader Linie, und so mehr Benzin verbrauchten.

Ich erfuhr Näheres über Krieg, Kapitalimus und die westliche Gesellschaft in Marrakesch in Marokko, als ich reiche Franzosen auf den Terrassen der Luxushotels mit ihren Kindern und gepflegten Ehefrauen den Aperitif nehmen sah: sie warteten gemächlich, bis andere in der Normandie und später im Süden Frankreichs landeten, um ihr Land zurückzuerobern, damit sie zurückkehren und ihre Ländereien wieder in Besitz nehmen konnten. In dem riesigen amerikanischen Sammellager in Constantine in Algerien, wo wir zwei Wochen lang auf unsere endgültige Zuteilung zu einer Bomberstaffel warteten, erfuhr ich zuerst etwas Genaueres über Sigmund Freud. Dort teilte ich ein Zelt mit einem Medizinalassistenten, älter als ich, der ebenfalls den Wunsch hatte, Kurzgeschichten wie William Saroyan zu schreiben, und ebenfalls fest überzeugt war, daß er es konnte. Keiner von uns beiden begriff, daß es nicht mehr als einen Saroyan brauchte. Heute könnte man aus der Bedeutungslosigkeit Saroyans schließen, daß nicht einmal der eine gebraucht wurde. Wir tauschten Bücher aus, die wir durchgelesen hatten.

»Hast du je Träume, daß dir die Zähne ausfallen?« fragte er mich eines Tages schlau, ohne daß unsere Unterhaltung einen besonderen Anlaß geboten hätte. Wir hatten nichts zu tun, während wir herumsaßen und warteten. Wir konnten Softball oder Volleyball spielen, wenn wir wollten. Man hatte uns gewarnt, nach Constantine zu gehen und dort sorglos herumzustreifen, auf der Suche nach Whisky oder Weibern, gewarnt mit der Geschichte von einem ermordeten GI, den man kastriert gefunden hatte, den Hodensack in den Mund genäht, eine Geschichte, die wir für wahrscheinlich apokryph hielten. Wir aßen aus unseren Kochgeschirren.

Seine Frage traf ins Schwarze. Ich fuhr zusammen, als fände ich mich in Gegenwart eines magisch begabten Gedankenlesers. »Ja, davon träume ich manchmal!« gab ich arglos zu. »Letzte Nacht erst.«

Er nickte selbstgefällig. »Du hast dir gestern einen runtergeholt«, verkündete er ohne Zögern.

»Du hast sie ja nicht alle!« antwortete ich wütend und fragte mich schuldbewußt, wie er es herausgefunden hatte.

»Ist ja kein Verbrechen«, verteidigte er sich beruhigend. »Es ist nicht einmal eine Sünde. Frauen machen's auch.«

Ich traute dieser letzten Information nicht. Da würde ich ganz schön überrascht sein, versicherte er mir.

Nach der Landung in Pianosa betrachtete ich bezaubert die Berge und die Wälder, die so nahe am Meer lagen, während wir auf die Fahrzeuge warteten, die uns mit unserem Gepäck zur Schreibstube unserer Staffel bringen sollten, wo wir uns mit den Marschbefehlen melden mußten und unsere Zelte zugeteilt bekommen würden. Es war Mai, die Sonne schien, es war in jeder Hinsicht wunderbar. Viel war nicht los. Wir waren erleichtert, daß wir heil und gesund hier waren.

»Gut gemacht, Appleby«, lobte Yossarian ihn unterwürfig, wobei er für uns alle sprach. »Wir hätten's nie geschafft, wenn Sie sich auf mich hätten verlassen müssen.«

»Das sagt mir gar nichts«, antwortete Appleby unerbittlich in seinem mäßig texanischen Akzent. »Sie haben die Vorschriften mißachtet, und ich habe gesagt, ich würde Sie melden.«

Auf der Schreibstube, wo uns der hilfsbereite Erste Sergeant Towser willkommen hieß, konnte Appleby sich kaum zurückhalten, solange die Formalitäten abgewickelt wurden. Dann – er sprach durch zusammengekniffene Lippen mit einem vor beleidigter Wut fast zitterndem Gesicht – bat er, forderte er, den Kommandanten wegen der täglichen Insubordination eines Mannschaftsmitglieds zu sprechen, das es abgelehnt hatte, seine Atabrintabletten zu nehmen, und einen ausdrücklichen diesbezüglichen Befehl verweigert hatte. Towser verbarg seine Überraschung.

»Ist er da?«

»Jawohl, Sir. Aber Sie werden etwas warten müssen.«

»Und ich möchte mit ihm sprechen, solange wir alle hier noch zusammen sind, damit die anderen Zeugen sein können.«

»Ich verstehe. Sie können sich alle setzen, wenn Sie möchten.«

Der Kommandant der Staffel war ein Major, und sein Familienname lautete ebenfalls Major, wie ich sah, was mich als kleine Seltsamkeit erheiterte.

»Ja, ich denke, wir setzen uns hin«, sagte Appleby. Wir anderen waren still. »Sergeant, wie lange werde ich wohl warten müssen? Ich muß noch eine Menge erledigen heute, damit ich morgen früh zeitig und vollständig vorbereitet zur Verfügung stehe, sofern man mich für einen Einsatz braucht.«

Mir kam es vor, als traute Towser seinen Ohren nicht.

»Sir?«

»Was gibt's, Sergeant?«

»Wie war Ihre Frage?«

»Wie lange werde ich wohl warten müssen, bis ich hineingehen und den Major sprechen kann?«

»Nur, bis er zum Essen geht«, antwortete Sergeant Towser. »Dann können Sie einfach reingehen.«

»Aber dann wird er nicht da sein, oder?«

»Nein, Sir. Major Major wird erst nach dem Essen wieder in seinem Büro sein.«

»Ich verstehe«, entschied Appleby unsicher. »Dann komme ich wohl besser nach dem Essen wieder.«

Schroeder und ich standen stumm dabei, wie wir es immer

taten, wenn die Offiziere etwas austrugen. Yossarian lauschte mit einem Ausdruck wachen Interesses.

Appleby ging als erster durch die Tür hinaus. Er hielt abrupt inne, eben als ich hinter ihn getreten war, und prallte mit einem erstaunten Aufstöhnen zurück gegen mich. Mein Blick folgte seinem, und ich war mir sicher, daß ich einen hochgewachsenen, dunkelhaarigen Offizier mit den goldenen Insignien eines Majors aus dem Fenster der Schreibstube springen und rasch um die Ecke verschwinden sah. Appleby schloß fest die Augen und schüttelte den Kopf, als fürchte er, ihm sei nicht wohl.

»Haben Sie –«, fing er an, und dann tippte ihm Sergeant Towser auf die Schulter und sagte ihm, er könne jetzt hineingehen und Major Major sprechen, falls er das noch wolle, da Major Major jetzt gegangen sei. Appleby fand seine gute militärische Haltung wieder.

»Danke, Sergeant«, antwortete er mit großer Förmlichkeit. »Wird er bald zurückkommen?«

»Er wird nach dem Mittagessen wieder hierherkommen. Dann müssen Sie sofort sein Büro verlassen und hier draußen auf ihn warten, bis er zum Abendessen geht. Major Major empfängt nie jemand in seinem Büro, wenn er in seinem Büro ist.«

»Sergeant, was haben Sie eben gesagt?«

»Ich sagte, Major Major empfängt nie jemanden in seinem Büro, wenn er in seinem Büro ist.«

Appleby starrte Sergeant Towser konzentriert einige Augenblicke lang an und wählte dann einen strengen Tonfall offiziösen Tadels. »Sergeant«, sagte er und hielt dann inne, als warte er, bis er sich ungeteilter Aufmerksamkeit gewiß sein konnte, »wollen Sie mich hier zum Narren halten, nur weil ich neu zur Staffel komme und Sie schon lange hier in Europa sind?«

»O nein, Sir«, antwortete Towser. »Das sind meine Anweisungen. Sie können Major Major fragen, wenn Sie ihn sehen.«

»Genau das ist meine Absicht. Wann *kann* ich ihn sehen?«

»Nie.«

Aber Appleby konnte einen schriftlichen Bericht vorlegen, wenn er das wünschte. Nach zwei oder drei Wochen waren wir praktisch Veteranen, und die Angelegenheit beschäftigte niemand mehr, nicht einmal Appleby.

Appleby flog bald die Führung einer Formation und hatte einen Bombenschützen mit größerer Erfahrung namens Havermeyer. Yossarian war am Anfang gut genug, auch als Bombenschütze einer Führungsmaschine zu fliegen, und kam zu einem liebenswürdig geduldigen Piloten namens McWatt. Später zog ich Yossarian wegen seiner schnelleren Bombenabwürfe vor.

Wir hatten, wie es mir schien, einfach alles. Die Zelte waren komfortabel, und ich konnte nirgendwo irgendwelche Feindseligkeit irgend jemandem gegenüber entdecken. Wir waren miteinander im Frieden, auf eine Weise, die uns nirgendwo anders möglich erschienen wäre. Wo Lew war, mit der Infanterie auf dem Kontinent, da waren Tod, Terror, Schuld. Wir waren alle größtenteils gut aufgelegt und trauerten nicht allzusehr um unsere gelegentlichen Verluste. Der Verpflegungsoffizier für die Mannschaftskantine wie für das Offizierskasino damals war Milo Minderbinder, der jetzt der Industriemagnat und große Import-Export-Mann ist, und er war hervorragend, er war der Beste im ganzen Kampfgebiet Mittelmeer, das wußte jeder. Wir bekamen jeden Morgen frische Eier. Die Kräfte in der Küche unter Corporal Snark waren italienische Arbeiter, die Milo Minderbinder rekrutiert hatte, und er fand in der Nähe italienische Familien, die gerne unsere Wäsche fast umsonst machten. Alles, was wir tun mußten, um gut zu essen, war, die Befehle zu befolgen. Wir hatten jedes Wochenende Ice Cream Sodas, die Offiziere jeden Tag. Erst, nachdem ich vor der französischen Küste mit Orr in den Bach ging, fanden wir heraus, daß die Kohlensäure für Milos Sodas aus den Zylindern stammte, die zum Aufblasen in unsere Schwimmwesten eingenäht waren. Als Snowden starb, entdeckten wir, daß Milo das Morphium aus den Erste-Hilfe-Packungen auch entnommen hatte.

Als ich an diesem ersten Tag in mein Zelt einzog, hielt ich beim Geräusch vieler Flugzeuge an und schaute auf und sah, wie drei Einheiten von je sechs Flugzeugen in makelloser Formation vor dem klaren blauen Hintergrund des windstillen Himmels von einem Einsatz zurückkehrten. Sie waren diesen Morgen gestartet, um eine Eisenbahnbrücke auf unserer Seite des italienischen Festlandes, vor einer Stadt namens Pietrasanta, zu bombardieren, und sie waren jetzt rechtzeitig zum Mittagessen wieder da. Keine Flak hatte gefeuert. Keine feindlichen Flugzeuge waren ihnen begegnet. Dieser Krieg sah mir gerade richtig aus, gefährlich und sicher, genau, wie ich es mir erhofft hatte. Ich hatte einen Beruf, der mir gefiel und der auch respektabel war.

Zwei Tage später flog ich meinen ersten Einsatz, zu einer Brücke in der Nähe eines Ortes namens Piombino. Ich bedauerte es, daß es keine Flak gab.

Erst als ich einen Jungen in meinem eigenen Alter, Snowden, nur ein paar Yards von mir entfernt im Heck eines Flugzeugs bluten und sterben sah, ging mir endlich die Wahrheit auf, daß man auch versuchte, *mich* zu töten, wirklich versuchte, mich zu töten. Leute, die ich nicht kannte, schossen fast jedesmal mit Kanonen nach mir, wenn ich zu einem Einsatz aufstieg, bei dem Bomben auf sie geworfen werden sollten, und das war nicht mehr komisch. Danach wollte ich nach Hause. Es gab noch mehr Dinge, die nicht komisch waren, weil die Zahl der Einsätze, die ich hinter mich bringen mußte, von fünfzig zuerst auf fünfundfünfzig und dann auf sechzig und fünfundsechzig erhöht worden war und könnte sich sogar noch weiter erhöhen, ehe ich diese Zahl erreichte – mit der entsetzlichen Möglichkeit, daß ich so lange gar nicht überlebte. Da hatte ich siebenunddreißig Einsätze – noch dreiundzwanzig zu fliegen, dann achtundzwanzig. Die Flüge wurden auch härter, und nach Snowden betete ich jedesmal, sobald wir aufgestiegen waren und ich meinen Platz auf dem Fahrradsitz im Heck eingenommen hatte, rückwärts gewandt, ehe ich mein Maschinengewehr lud und zur Probe schoß, während wir noch in Formation flogen, über den Ozean hinweg. Ich erinnere mich an mein Gebet: »Lieber Gott, bitte laß mich gesund nach Hause kommen, und ich schwöre, ich setze nie wieder einen Fuß in ein Flugzeug.« Ich brach dieses Versprechen dann bedenkenlos wegen einer Vertreterkonferenz. Ich erzählte Glenda oder irgend jemand anderem nie, daß ich je gebetet hatte.

In meiner zweiten Woche dort saß ich dann plötzlich in einem Jeep auf der Straße nach Bastia, mit einem Lieutenant namens Pinkard, mit dem ich mich auf einem Einsatz angefreundet hatte – der hatte den Wagen von der Fahrbereitschaft und lud mich ein, mir den Ort anzuschauen. Wenn wir keine Einsätze hatten, konnten wir über unsere Zeit verfügen. Nicht viel später stürzte Pinkard mit Kraft über Ferrara ab und wurde wie die anderen für tot erklärt. An der schnurgeraden Straße, die auf ebenem Grund nah am Strand nach Norden führte, trafen wir auf zwei grinsende Mädchen, die am Straßenrand den Daumen hoben und mitwollten, und er bremste mit quietschenden Reifen, um sie einzuladen. Ein paar Minuten später bog er von der Straße auf ein flaches, von Büschen umstandenes Stück Land ab, wo er den Wagen wieder schlitternd zum Stehen brachte und hinaus und auf den Erdboden deutete und Kauderwelsch redete.

»Ficky-Fick?« wollte die ältere der beiden wissen, als sie zu verstehen glaubte.

»Ficky-Fick!« antwortete Pinkard.

Die Mädchen sahen einander an und stimmten zu, und wir stiegen aus und gingen paarweise in verschiedenen Richtungen davon. Ich hatte die Ältere, und wir gingen dahin, die Arme umeinander geschlungen. Meine legte sich in der Nähe der rostenden Eisenbahngeleise hin, die an der Küste der Insel entlangliefen und nicht mehr in Gebrauch waren. Zwischen den Geleisen lag die metallene Rohrleitung, die unser Benzin von den Docks in Bastia brachte. Sie wußte, was zu tun war. Rasch bereitete sie sich vor und führte mich ein. Ich spürte nicht so viel Berührung, wie ich mir das vorgestellt hatte, aber ich war mir nicht im Zweifel, daß ich es nun endlich machte. Ich bäumte mich sogar einmal hoch und schaute befriedigt nach unten, um ganz sicher zu sein. Ich war vor Pinkard fertig, aber ich war früher wieder zu einer zweiten Runde bereit. Da saßen wir aber alle schon wieder im Jeep, und niemand von den anderen wollte noch einmal anhalten.

Eine Woche oder so danach zogen sich die Deutschen aus Rom zurück, und die Amerikaner marschierten ein, per Zufall am Tag der Invasion in Frankreich. Innerhalb von Stunden, so schien es, hatte der Exekutivoffizier unserer Staffel – ich weiß bis heute nicht, was ein Exekutivoffizier ist, aber unserer war ein gewisser Major de Coverley – zwei Wohnungen für uns dort angemietet, die wir auf Kurzurlauben benutzen konnten. Die für die Offiziere, ein elegantes Etablissement mit vier Schlafzimmern für vier Männer, mit Marmor, Spiegeln, Vorhängen und glitzernden Badezimmerarmaturen, lag an einer breiten Straße namens Via Nomentana, die ziemlich abseits gelegen war, ein ziemlich langer Weg zu Fuß. Unsere bestand aus den beiden obersten Stockwerken eines Hauses mit einem schleichenden Fahrstuhl ein paar Schritte von der Via Veneto mitten in der Stadt, und wegen der bequemen Lage waren die Offiziere, die gleichzeitig Urlaub hatten, auch oft dort, sogar zum Essen und gelegentlich auch, um's mit den Mädchen zu bringen, die ständig um die Wege waren. Wir kamen in größeren Gruppen mit Vorräten an Lebensmittelrationen, und dank Milo und Major de Coverley waren den ganzen Tag lang Frauen da, die für uns kochten. Wir hatten Dienstmädchen zum Saubermachen, denen es bei uns gut gefiel, und Freundinnen von denen kamen zu Besuch und blieben abends und oft auch nachts wegen des Essens und zum Vergnügen. Jedes spontane Bedürfnis ließ sich einfach und rasch befriedigen. Einmal ging ich in Snowdens Zimmer und traf Yossarian im Bett an, auf einem Dienstmädchen, das noch den Besen in der Hand hielt, und ihr grünes Höschen lag neben ihnen auf der Matratze.

Ich hatte nie vorher so gute Tage verlebt wie in dieser Wohnung; ich habe seither wahrscheinlich wenig bessere gehabt.

Am zweiten Tag meines ersten Urlaubs dort kam ich von einem kurzen Spaziergang zurück, den ich allein gemacht hatte, als gerade der Hungry Joe genannte Pilot aus einer Pferdedroschke stieg, zusammen mit zwei Mädchen, die lebhaft wirkten und gut aufgelegt. Er hatte eine Kamera.

»He, Singer, Singer, komm mit, auf geht's«, rief er mir mit der aufgeregten, hohen Stimme zu, mit der er eigentlich immer zu sprechen schien. »Wir brauchen zwei Zimmer da oben. Ich zahle, ich lad dich ein. Sie haben gesagt, sie lassen sich fotografieren.«

Er ließ mich mit der Hübschen anfangen – dunkelhaarig, füllig, rundes Grübchengesicht, tüchtige Brüste –, und es war sehr gut, wie Hemingway sagen würde, erregend, entspannend, erfüllend. Wir mochten uns. Als wir wechselten und ich mit der Drahtigen zuammen war, war es sogar noch besser. Ich sah, daß es stimmte: Frauen konnten es auch genießen. Und danach war es immer recht einfach für mich, vor allem, nachdem ich nach New York gezogen war, in mein eigenes kleines Apartment, und fröhlich in der Werbeabteilung bei *Time* arbeitete. Ich konnte reden, ich konnte flirten, ich konnte was springen lassen, ich konnte Frauen zu dem Entschluß verführen, mich verführen zu wollen – so wie ich Glenda verlockte, mich schließlich dazu zu verlocken, mit ihr zusammenzuziehen, nach den vielen Wochenenden, die wir zusammen fortgewesen waren, und dann zu heiraten.

Als ich danach wieder bei der Staffel war, fühlte ich mich sicher und unternehmungslustig, ein Abenteurer, ein Mann, der's mit den Frauen konnte, ein Don Juan fast. Ich hatte eine anständige Rolle in einem recht guten Film. *Movies* nannten wir sie damals. Alles lief glatt, hatte ich den Eindruck, ohne irgendeine Anstrengung meinerseits. Wir hatten jeden Morgen unsere frischen Eier, die Bomben waren immer schon eingeladen, wenn wir zu unserem Flugzeug gingen. Alles Notwendige übernahmen andere, die ganze Logistik fand ohne mich statt. Ich lebte unter Goyim und kam gut zurecht.

Als wir ankamen, war dort eine Reihe von Schützen und Offizieren, die schon ihre Einsätze hinter sich hatten. Sie hatten ihre fünfzig Flüge, viele hatten sich überreden lassen, noch ein, zwei dranzuhängen, wenn aus dem einen oder anderen Grund das Personal knapp war, und jetzt warteten sie auf den Befehl für ihren Rücktransport in die Staaten. Ehe die Bombereinheit vom Festland auf die Insel verlegt worden war, hatten sie Einsätze über Monte Cassino und Anzio geflogen, als die Deutschen noch Abfangjäger in der Region hatten, um sie anzugreifen, und später dann hatten sie mit den meisten anderen, die schon vor uns da waren, heiße Ziele angegriffen, über die sie oft sprachen, wie Perugia und Arezzo. Ferrara, Bologna und Avignon lagen noch vor uns, in meiner Zukunft. Als die Anzahl der Flugeinsätze, mit denen man seine Pflicht erfüllt hatte, von fünfzig auf fünfundfünfzig erhöht wurde, bekamen die, die noch nicht den Marschbefehl nach Neapel zur Heimreise hatten, Anweisung, die fehlenden Einsätze zu fliegen. Und sie flogen wieder los, sah ich, diese Einsatzveteranen, die mehr Erfahrung hatten als ich, sie flogen ohne Angst oder Wut, zwar mit einer gewissen Verärgerung wegen des Hin und Her, doch ohne Panik oder Protest. Ich fand das ermutigend. Die meisten waren nicht viel älter als ich. Sie waren unbeschadet durchgekommen. Ich würde es auch schaffen. Ich fühlte, mein Leben als Erwachsener begann. Ich hörte auf zu onanieren.

18. DANTE

»In welcher Sprache?«

»In Übersetzung natürlich. Ich weiß, du liest kein Italienisch.«

»Drei- oder viermal«, erinnerte sich Yossarian – es ging um Dantes *Göttliche Komödie* –, während sie auf den Fahrstuhl warteten, nachdem Michael seine fertigen Zeichnungen abgegeben hatte. »Einmal als Kind – ich hab mehr gelesen, als du je wolltest. Einmal in einem Seminar über Renaissanceliteratur, mit Noodles Cook zusammen. Vielleicht zweimal seither, nur das Inferno. Ich hab nie soviel davon gehabt, wie's eigentlich hätte sein sollen. Warum?«

»Es erinnert mich daran«, sagte Michael, mit Bezug auf den Busbahnhof, den PABT-Komplex, wo sie nun beide getrennt verabredet waren, Michael mit M2, um bei den Vorgängen auf den Videomonitoren die Zeit zu nehmen, Yossarian mit McBride, mit Polizisten in kugelsicheren Westen, falls notwendig, bewaffnet mit Betäubungsgewehren für die Hunde am Fuß der ersten Treppe.

»Schon der Name. Port Authority Terminal. Man weiß ja, was ›terminal‹ so bedeutet. Ich hab's nie zu lesen versucht«, fuhr er in kriegerisch-prahlerischem Tonfall fort. »Aber jedesmal, wenn ich an diesen Busbahnhof denke, habe ich die Vorstellung: das ist es vielleicht, wofür Dantes Inferno steht.«

»Ein neuer Ansatz«, bemerkte Yossarian trocken. Sie waren die einzigen Fahrgäste.

»Nur«, ergänzte Michael, als sie hinabfuhren, »daß der Busbahnhof frei zugänglich ist. Wie etwas Normales.«

»Das macht es nur noch schlimmer, oder?« sagte Yossarian.

»Als die Hölle?« Michael schüttelte den Kopf.

»Sartre hat gesagt, die Hölle sind die anderen Menschen. Solltest ihn mal lesen.«

»Ich will ihn nicht lesen. Das ist doch albern, wenn es ihm ernst war damit. Es hört sich an wie etwas, das man sagt, damit Leute wie du es dann zitieren.«

»Du bist schlau.«

»An das hier gewöhnt man sich«, sagte Michael.

»Macht es das nicht noch schlimmer? Glaubst du, in der Hölle gewöhnt man sich nicht dran?« Yossarian lachte. »Bei Dante beantworten sie Fragen, halten in ihren Foltern inne und erzählen lange Geschichten von sich. Nichts, was Gott geschaffen hat, hat je richtig funktioniert, wie? Nicht die Hölle. Nicht einmal die Evolution.«

Michael war ein gebildeter Mann, den der *Zauberberg* nicht bezaubert hatte. Er hatte den *Schwejk* nicht gelesen, obwohl er sich ein wohlwollendes Bild von ihm machte. Kafka und Josef K. fand er amüsant, aber unbeholfen und nicht weiter aufregend, Faulkner passé und den *Ulysses* eine altmodische Novität, die nicht mehr besonders reizvoll war, aber Yossarian hatte sich entschieden, ihn trotzdem leiden zu mögen.

Als er als junger Vater angefangen hatte, mit vier Kindern schließlich, war es Yossarian nie eingefallen, nicht ein einziges Mal, daß er in seinen Altersjahren immer noch mit ihnen verwandt sein könnte.

»Und ich habe langsam dasselbe Gefühl bei deinem Bürogebäude hier«, sagte Michael, als sie aus dem Fahrstuhl traten und durch die Empfangshalle gingen.

»Unserem Bürogebäude«, verbesserte Yossarian.

Michael hatte einen elastischen Schritt und einen Scheck von M. & M. in der Tasche, und seine lebhafte Laune stand in auffallendem Widerspruch zu seinen mürrischen Beobachtungen.

»Und die ganzen anderen Bauten hier im Rockefeller Center.

Die waren früher hoch wie richtige Wolkenkratzer. Jetzt scheinen sie auch zur Hölle zu fahren, sehen aus, als ob sie schrumpfen.«

Michael hatte da vielleicht wirklich nicht unrecht, überlegte Yossarian, als sie auf die sonnenhelle Straße traten, die mit Fahrzeugen verstopft war und von Fußgängern belebt. Tatsächlich wurden die schlanken Bauten aus einheitlich silberglänzendem Stein mit ihren starren Linien, welche das ursprüngliche, echte Rockefeller Center ausmachten, überall in der Innenstadt nun von höheren Gebäuden in extravaganteren, kühneren Stilen überschattet. Alte Bauten waren neuen gewichen. Die hier bedeuteten nicht mehr viel. Die Dächer sahen in der Tat aus, als lägen sie tiefer, und Yossarian fragte sich verträumt, ob es denn tatsächlich möglich war, daß alles langsam in die geheimnisvoll schlammigen Tiefen eines unwirklichen Meers des Vergessens irgendwo absank.

Die Straße rüber zur Sixth Avenue standen bereits – nachdem ihre Vorstellungsgespräche bei der Bewerbung um verschiedene Managerposten vorüber waren – die gutgekleideten Bettler in Anzug und Weste aufgereiht: manche erheischten mit vorgereckten McDonald's-Pappbechern ein Almosen, andere sahen beinahe zu fühllos aus, um noch zu betteln, ihre starrenden Gesichter waren bis zum Halsansatz in den Körper abgesackt. Auf der anderen Straßenseite lag die Eisbahn und spiegelte die leuchtende Gegenwart ihres eigenen Raumes mit wunderbarer Klarheit wider. Die ragenden eckigen Architekturen der Bürogebäude ringsum stiegen in Quadern aus fensterbesätem Stein empor wie flache, matte Monolithen, von einem einzigen Steinmetzen gehauen. Wer innehielt, um zu lauschen, konnte leicht den Hall von unterirdisch verkehrenden Zügen wahrnehmen und die Vibration ihrer Durchfahrt spüren. Auf Straßenhöhe erschien an jedem Gebäude in aus dem Stein gemeißelten Lettern oder als Mosaik auf kleinen runden Wappenschilden, golden oder blau, der Name der wichtigsten hier residierenden Firma. Bald, wenn der augenblicklich noch gültige Mietvertrag neu verhandelt wurde, würde das alte *Time-Life*-Hauptquartier in »M. & M. Building« umbenannt werden.

Auf dem höchsten Gebäude von allen in dieser komplexen Architekturanlage, am Rockefeller Center Nr. 30, hatte bereits eine bedeutsame Veränderung stattgefunden. Der Firmenname des ursprünglichen Mieters, der Radio Corporation of America (eine berühmte Organisation, die Pionierleistungen in Radio und Fernsehen erbracht hatte und bei der Produktion beliebter vulgärer Unterhaltung für dankbares internationales Publikum), war spurlos ausgelöscht und durch den Namen der größeren Firma ersetzt worden, welche sie aufgekauft hatte – der General Electric Company, eines führenden Herstellers von Militärbedarf, Lokomotiven, Düsenflugzeugtriebwerken, wasserverschmutzenden Mitteln sowie Toastern, Heizdecken und Glühbirnen für den privaten Haushalt.

Das synthetische Gold in den Buchstaben des neuen Namens war von länger dauerndem Glanz als echtes Gold, und zwar billiger, aber viel wertvoller. Auf die Eisbahn hinab sah hoch in den Lüften eine Metallskulptur, eine Mannesgestalt in hochpolierter zitronengelber Vergoldung, angeblich eine Darstellung des mythischen Prometheus, eine eigenartige Wahl – ein Halbgott, der den Menschen das Feuer brachte, schaute hier auf das Eis.

»Gehen wir rüber«, sagte Yossarian vorsichtig, um den Jugendlichen mit ihren Turnschuhen und ihrer übermütigen Laune aus dem Weg zu gehen, die furchtlos durch die hastig den Weg frei machenden schwarzen und weißen Passanten hindurch auf sie zurannten.

Auf der Eisbahn selbst, auf der ovalen Eisfläche unterhalb des Niveaus der Straße, fand zwischenzeitlich eine Säuberungsoperation statt, durchgeführt von grinsendem japanischem Wartungspersonal auf Schlittschuhen, alle mit roten Jacken und grünen Jockeymützen und auffälligen Buttons am Revers, die eine Cartoonzeichnung eines grinsenden rosafarbenen Gesichts mit zu vielen Zähnen vor einem leuchtendweißen Hintergrund zeigten.

Feuchtigkeit glitzerte in Tröpfchen wie gefrorene Tränen auf den hohen Wangenknochen der asiatischen Arbeitskräfte in Rot und Grün. In unauffällig abgestimmten Bewegungen ließen diese uniformierten Bediensteten mit ihren demütigen Gesichtern, die jetzt das Tilyou-Steeplechase-Markenzeichen auf schneeweißen Buttons trugen, ihre Maschinen sanft über das schlittschuhzerkratzte Eis gleiten und trugen eine neue Schicht Wasser auf, so daß ein frischer, kalter Oberflächenglanz für die nächsten Kunden entstand. Von denen standen die ersten schon Schlange; fast alle aßen etwas, rohen Fisch mit Reis, Salzstangen oder ein Schweinefleisch-Barbecue-Sandwich, sie hatten bis zum Schlag der vollen Stunde nichts mehr zu tun.

Yossarian dachte an Dante, konnte sich aber nicht mehr erinnern, was unter dem See aus Eis in der Hölle lag, falls es nicht der Bezirk des haarigen, fürchterlichen Satans selbst war. Er wußte, was unter der Eisbahn und den Gebäuden ringsum lag: Kühlleitungen für das Eis, Wasserrohre, Stromkabel, Telefonleitungen, Dampfheizungsrohre, um winters die Büros zu wärmen. Und unter der Straße lagen auch die in verschiedene Richtungen führenden Fußgängerpassagen mit den nicht länger modischen Ladengeschäften, und mindestens eine U-Bahn-Linie aus einem anderen Distrikt mit Umsteigemöglichkeiten zu anderen Linien in andere Gegenden. Es brauchte wahrscheinlich Ewigkeiten, aber ein Fahrgast mit genügend Zeit konnte Anschluß so ziemlich überallhin finden, wo er hinfahren mußte.

»Wieder zurück«, sagte Yossarian nun, um nicht an den Mittelklasse-Bettelleuten vorbeistreifen zu müssen, deren betäubte Gesichter ihn immer verunsicherten. Er hätte nicht gedacht, daß die amerikanische freie Marktwirtschaft so viele ihrer kapitalistischen Jünger zernichtet hatte.

Ein Chor kichernden Gelächters hinter ihm ließ ihn zurückschauen, hinüber zu einem der leberfleckigen marmornen Pflanzencontainer auf der Aussichtsebene. Er sah einen rothaarigen Mann mit einem Spazierstock und einem schlaffen grünen Rucksack, wie er bereitwillig Fotos von einem fröhlichen Rudel leiser, dunkelhaariger asiatischer Touristen machte. Yossarian hatte den Eindruck, ihn schon einmal gesehen zu haben. Der Mann hatte dünne Lippen, orangefarbene Wimpern, eine gerade, scharfgeschnittene Nase, und sein Gesicht hatte den verletzlich wirkenden, milchweißen Teint, der bei Menschen dieser Haarfarbe nicht selten ist. Als er die Kamera zurückreichte, drehte er sich mit arrogantem Gebaren in Yossarians Richtung, das zum Ausdruck brachte, er kenne sehr genau die Person, die er zu finden wissen würde. Ihre Blicke trafen sich und hielten sich fest, und mit einem Mal dachte Yossarian, er hätte diesen Mann schon einmal getroffen, auf dem Nördlichen Friedhof in München am Eingang zur Aussegnungshalle, zu Beginn jener berühmten Novelle von Thomas Mann, den geheimnisvollen rothaarigen Mann, dessen Erscheinung und rasches Verschwinden Gustav Aschenbach beunruhigten – ein rascher Blick, und er war fort, aus der Geschichte verschwunden. Dieser Mann schwenkte ungerührt eine qualmende Zigarette, als verachte er ihn und den Krebs gleichermaßen. Und während Yossarian mit trotziger, prüfender Empörung zurückstarrte, grinste der Mann dreist, und Yossarian verspürte ein schmerzliches inneres Erzittern, gerade als eine lange, perlweiße Limousine mit dunklen Fenstern langsam zwischen ihnen zum Stehen kam, obwohl keine Autos vor ihr waren. Die Limousine war länger als ein Leichenwagen, mit einem dunkelhäutigen Fahrer. Als sie wieder anfuhr, sah er breite Streifen Rot auf dem von Reifenspuren entstellten Boden, wie von den Rädern rinnendes Blut, und der Mann mit dem roten Haar und dem grünen Rucksack war weg. Die Asiaten blieben mit nach oben gewandten Gesichtern stehen, als müßten sie sich, eine undurchdringliche Botschaft an den leeren Mauern und im spiegelnden Glas der Fenster zu entziffern.

Wenn sie weiter westlich zur Eighth Avenue gehen würden, so wußte er, kämen sie zu den Sexboutiquen und engen Theatern für Erwachsene an dem Asphaltboulevard, der den Port-Authority-

Busbahnhof links mit seinem Luxusapartment rechts verband, in dem Hochhaus, das schon in Konkurs war, aber nicht weniger glatt funktionierte als vorher.

Die Tage wurden wieder kürzer, und er wollte nicht, daß Michael erfuhr, er würde jetzt zum dritten Mal mit Melissa MacIntosh ausgehen, zum Essen und ins Kino, wo er dann wieder mit den Fingerspitzen ihren Hals und ihr Ohr liebkosen würde, was sie beim ersten Mal mit grimmigem Lächeln hatte erstarren lassen, während sie bis zu den Augen hoch errötete, die klein und blau waren – und ihre Knie streicheln, die sie den ganzen Film über zusammengedrückt hielt und ebenso im Taxi zu ihrer Wohnung, in die, das hatte sie bereits klargestellt, sie ihn heute abend nicht einlassen würde und wo er auch eigentlich nicht hin wollte, worum er übrigens nicht einmal indirekt ersucht hatte. Sie mochte Filme lieber als er. Zwei der Männer, die ihm folgten, schienen fürs Kino überhaupt nichts übrig zu haben, waren ihm aber trotzdem gefolgt, und eine Frau mit einem roten Toyota wurde fast verrückt auf der Suche nach einem Parkplatz, wo sie auf ihn warten konnte, und wurde im übrigen von all den Süßigkeiten und Konditorteilchen dick, die sie gierig in sich hineinfraß. Bei seiner zweiten Begegnung mit Melissa hatte sie ihre Knie entspannt, als sei sie nun seine Berührung gewöhnt, und den Film genossen, wenn auch kerzengerade, die Hände fest über ihren Schenkeln gefaltet, die Unterarme entschlossen ausgestellt. Er schätzte diesen Widerstand. Er hatte nun genug von ihr – und noch mehr von Angela – erfahren, um zu wissen, daß Melissa in jüngeren, dünneren, leichteren, schnelleren und behenderen Tagen den Sex als pralles Vergnügen betrieben hatte, mit großer Geschicklichkeit.

»Ich mußte ihr sagen, wie«, lachte Angela. »Die meisten Männer sind dumm und haben keine Ahnung. Und Sie?«

»Bei mir kommen öfters Klagen«, antwortete er.

»Sie sind ein ganz Raffinierter.« Angela betrachtete ihn prüfend. »Oder wie sieht's aus?« fügte sie grinsend hinzu.

Yossarian zuckte die Achseln. Melissa selber lehnte es ab, Einzelheiten zu erzählen, und setzte eine Miene unerschütterlicher Biederkeit auf, wenn er Andeutungen in Richtung vergangener und bevorstehender erotischer Eskapaden machte.

Bei seinen Phantasieplanungen angenehmer Szenen mußte Yossarian auch ernsthaft die Handicaps bedenken, die sein eigenes Gewicht, sein Alter, seine Gelenke, seine Beweglichkeit und seine Manneskraft darstellten. Nicht zweifelhaft war ihm sein letztendlicher Erfolg bei dem Versuch, sie in jenen verspielten Zustand des lüsternen Enthusiasmus und der raschen Bereitwilligkeit zurückzuverführen, der ihr früher, wie man hörte, geläufig war. Sie war nicht gerade vollbusig, und das trug dazu bei, seine Glut in Grenzen zu halten. Er kalkulierte die Risiken und Kosten – vielleicht mußte er sogar ein- oder zweimal mit ihr tanzen gehen und Rockkonzerte oder Musicals durchstehen, vielleicht sogar gemeinsam mit ihr fernsehen, Nachrichten anschauen. Er war zuversichtlich, daß er ihre Ansteckungsfurcht mit Dutzenden roter Rosen und mit seinen vielsagenden Ankündigungen erlesener Unterwäsche in Paris, Florenz und München überwinden und ihr Herz mit der magischen Romantik einer ganz speziellen Beteuerung aus seinem Flirtrepertoire gewinnen konnte, zärtlich im genau richtigen Moment ausgesprochen: »Wenn du mein Mädchen wärst, Melissa, würde ich dich bestimmt tagtäglich ficken wollen.«

Er wußte auch, das wäre gelogen.

Aber er konnte sich wenig Freuden vorstellen, die befriedigender waren als das törichte Glück eines neuen sexuellen Triumphs, den zwei Leute teilten, die sich kannten, mochten und miteinander lachten. Und zumindest hatte er jetzt ein reizvolleres Ziel als die meisten Leute.

Er log noch etwas mehr und schwor, daß seine Scheidung endgültig war.

An der Ecke vor ihnen sammelte sich eine Menschenmenge vor einem berittenen Polizisten. Yossarian gab einem Schwarzen mit einer aufgesprungenen Hand einen Dollar und einem Weißen mit einer Hand wie ein Skelett einen Dollar. Er fand es erstaunlich, daß die Hand lebte.

»Das muß doch wohl wirklich«, verzweifelte Michael, »die beschissenste Stadt auf der ganzen Welt sein.«

Yossarian zögerte unschlüssig, dem beizupflichten. »Es ist die einzige Stadt, die wir haben«, entschied er schließlich, »und eine von den wenigen richtigen Städten auf der Welt. Sie ist so schlimm wie die schlimmsten und besser als der Rest.«

Michael sah blaß und betreten drein, als sie sich zusammen mit einigen anderen Passanten, die noch normalen Geschäften nachgingen, ihren Weg durch immer mehr müßige Penner, Bettler und Prostituierte suchten, die mit abwesendem Blick auf einen günstigen Zufall warteten. Viele der Frauen und Mädchen trugen gar nichts unter ihren schwarzen, rosafarbenen und weißen Vinylregenmänteln, und einige der werbenden Harpyen zeigten sich immer wieder einmal blitzschnell, haarig oder auch bloß und rasurgerötet, wenn die Polizei nicht direkt hersah.

»Mir wär es furchtbar, arm zu sein«, murmelte Michael. »Ich wüßte nicht wie.«

»Und wir wären auch nicht intelligent genug, um es zu lernen«, sagte Yossarian. Er spürte sardonische Zufriedenheit bei dem Gedanken, daß er dem allem bald entronnen sein würde. Es war ein weiterer Trost des Alters. »Komm hier herüber, jetzt zurück – der da sieht verrückt genug aus, um einen mit dem Messer anzufallen. Soll er jemand anderen schnappen. Was *ist* denn da an der Ecke los? Hat man sowas schon gesehen?«

Sie hatten so etwas schon gesehen. Abgebrühte Passanten standen da und sahen lächelnd zu, wie ein dürrer, schäbiger Mann mit einer Rasierklinge an der Arbeit war und einem Betrunkenen auf dem Bürgersteig die Gesäßtasche wegschnitt, um gewaltlos an den Geldbeutel dort zu kommen, während zwei Polizisten in adretter Uniform geduldig dabeistanden und warteten, bis er fertig war, um ihn dann verhaften zu können, bereits im Besitz der

Früchte seiner dubiosen Arbeit. Die ganze Szene wurde von einem dritten Polizisten beobachtet, dem auf einem großen braunen Pferd, der die Szene wie ein Gouverneur oder ein Götzenbild von oben betrachtete. Er war mit einem Revolver in einem Lederhalfter bewaffnet und sah mit seinem blinkenden Patronengurt aus, als sei er auch mit Pfeilen ausgerüstet. Der Mann mit dem Rasiermesser sah alle paar Sekunden auf, um ihm die Zunge herauszustrecken. Alles war gut, keine Ordnung wurde gestört. Alle spielten gemeinsam ihre Rollen, wie symbolisch kollaborierende Verschwörer auf einem Gobelin voll tiefer Bedeutung, die sich der Erklärung entzog. Es war voll himmlischer Friedlichkeit, höllischer Disziplin.

Yossarian und Michael wandten sich Richtung Norden und gingen um eine ältere Dame herum, die auf dem Gehsteig, gegen eine Mauer gelehnt, fest und geräuschvoll schlief, fester, als Yossarian es selbst seit dem Auseinandergehen – und dem Beginn, und der Mitte – seiner zweiten Ehe gewohnt war. Sie schnarchte zufrieden und hatte keine Handtasche, bemerkte Yossarian, als ihn ein braunhäutiger Mann in einer grauen Militärjacke mit schwarzen Applikationen und einem kastanienbraunen Turban ergriff, der unverständlich schnatterte, während er sie beide in die Drehtür eines schwach besetzten indischen Restaurants steuerte, wo Yossarian einen Tisch reserviert hatte, was sich nun als überflüssig herausstellte. In einer geräumig abgeteilten Nische bestellte Yossarian für beide indisches Bier und wußte, daß er das von Michael auch trinken würde.

»Wie kannst du jetzt all das hier essen?« fragte Michael.

»Mit großem Appetit«, sagte Yossarian und löffelte noch mehr von den würzigen Saucen auf seinen Teller. Für Michael bestellte Yossarian einen Salat und ein Tandoori-Huhn, für sich einmal Lamm-Vindaloo, nach einer scharfen Suppe. Michael gab vor, angewidert zu sein.

»Das ist ja beinahe zum Erbrechen.«

»Man muß im Leben ad nauseam weiteressen können.«

»Ad nauseam?«

»Bis zum Erbrechen.«

»Sehr witzig.«

»Das hab ich damals auch gesagt, als ich das zum ersten Mal gehört habe.«

»In der Schule?«

»In Columbia, South Carolina«, sagte Yossarian. »Dieser schlaue kleine Klugscheißer, der Heckschütze, von dem ich dir erzählt habe, Sam Singer, aus Coney Island. Er war Jude.«

Michael lächelte ein wenig überheblich. »Warum betonst du das denn?«

»Damals war das wichtig. Und ich versetze mich jetzt in diese Zeit zurück. Was war denn da mit mir, mit meinem Namen – Yossarian? So einfach war das nicht immer, mit all diesen Südstaatenfiguren und diesen bigotten Typen aus Chicago, die Roosevelt haßten und die Juden, die Schwarzen und überhaupt alle außer bigotten Typen aus Chicago. Man hätte denken sollen, daß nach dem Krieg all das Häßliche sich zum Besseren wenden sollte. Viel war's nicht. Beim Militär fragte mich jeder früher oder später nach dem Namen Yossarian, und alle waren zufrieden, als ich ihnen sagte, ich sei Assyrer. Sam Singer wußte, daß ich ausgestorben war. Er hatte eine Kurzgeschichte von einem Schriftsteller namens Saroyan gelesen, die wahrscheinlich jetzt nicht mehr erhältlich ist. Ausgestorben, wie Saroyan. Und ich.«

»Wir sind keine Assyrer«, erinnerte ihn Michael. »Wir sind Armenier. Ich bin nur Halbarmenier.«

»Ich hab damals Assyrer gesagt, um einen Witz zu machen, Blödmann. Die haben's für bare Münze genommen.« Yossarian sah ihn voll Zuneigung an. »Nur Sam Singer hat begriffen, weshalb. ›Ich wette, ich könnte auch Assyrer sein‹, hat er mal zu mir gesagt, und ich wußte genau, was er meinte. Ich glaube, ich war ihm ein Vorbild. Als es dann ums Ganze ging, da waren er und ich die einzigen, die ablehnten, mehr als die siebzig Einsätze zu fliegen, die wir schon hatten. Scheiße, der Krieg war da praktisch vorbei. ›Meine Vorgesetzten können mich mal‹, habe ich beschlossen, als mir klarwurde, daß man mir die zum größten Teil ohne jeden guten Grund vorgesetzt hatte. Jahre später habe ich bei Camus gelesen, daß die einzige Freiheit, die wir haben, die Freiheit ist, nein zu sagen. Schon mal Camus gelesen?«

»Ich will nicht Camus lesen.«

»Du willst gar nichts lesen, was?«

»Nur wenn ich mich langweile. Es braucht Zeit. Oder wenn ich mich einsam fühle.«

»Das ist eine gute Zeit dafür. Beim Militär habe ich mich nie ganz allein gefühlt. Singer war ein belesener kleiner Feger und hat angefangen, sich in meiner Gegenwart als der große Komiker aufzuführen, sobald er merkte, daß ich nichts dagegen hatte. ›Wäre es nicht besser, wenn unser Land den Unabhängigkeitskrieg verloren hätte?‹ fragte er mich mal. Das war, ehe ich herausgefunden hatte, daß man damals Leute ins Gefängnis warf, weil sie die neue politische Partei kritisierten. Michael, was liegt weiter westlich – Reno oder Los Angeles?«

»Los Angeles natürlich. Warum?«

»Falsch. Das ist auch was, was ich von ihm gelernt hab. In South Carolina fing einmal nachts ein großer betrunkener Urian an, ohne Grund auf ihn einzuprügeln. Er hatte keine Chance. Ich war sein Offizier, obwohl ich meine Streifen abgenommen hatte, damit ich um Mitternacht noch was in der Mannschaftskantine essen konnte. Ich hatte das Gefühl, ich müßte ihn beschützen, und sobald ich zwischen die beiden bin, um sie zu trennen, hat der Typ angefangen, mich nach Strich und Faden zusammenzuschlagen.« Yossarian brach in ein herzliches Gelächter aus.

»O Gott«, stöhnte Michael.

Yossarian lachte wieder, leiser, als er Michaels Betroffenheit sah. »Das Komische ist – und es war komisch, ich hab fast lachen müssen, während er auf mich eingedroschen hat, ich war so überrascht –, daß es mir gar nicht weh getan hat. Er schlug mich auf den Kopf und ins Gesicht, und ich empfand keinen Schmerz.

Schließlich hielt ich ihm die Arme fest, und dann zogen sie uns auseinander. Sam Singer hatte sich von der Seite an ihn gehängt, und der andere Schütze, der bei uns war, war ihm auf den Rücken gesprungen. Als sie ihn beruhigten und ihm sagten, ich sei Offizier, wurde er rasch nüchtern und starb beinah vor Schreck. Am nächsten Morgen, noch vor dem Frühstück, kam er in mein Zimmer in der Offizierskaserne und bettelte um Verzeihung. Er kniete vor mir. Buchstäblich. Ich habe nie jemand so winseln hören. Er fing nahezu an, zu mir zu beten. Auch das meine ich ganz buchstäblich. Und er wollte nicht aufhören, auch als ich ihm gesagt habe, es sei schon gut, er solle es vergessen. Ich hätte auch Schwierigkeiten bekommen können, weil ich meine Streifen runtergemacht hatte, bloß weil ich in die Mannschaftskantine wollte, aber da dachte er nicht dran. Ich habe ihm nicht gesagt, wie sehr es mich anwiderte, ihn so kriechen zu sehen. *Da* habe ich ihn gehaßt, da bin ich wütend geworden und habe ihm befohlen, wegzutreten. Ich möchte niemals mehr jemand sich so demütigen sehen, sage ich mir öfters.« Michael war nach dieser Geschichte mit dem Essen fertig. Yossarian tauschte die Teller aus, aß den Rest von seinem Huhn und erledigte den Reis und das Brot. »Meine Verdauung ist noch gut, Gott sei Dank.«

»Was ist denn nicht gut?« fragte Michael.

»Mein Geschlechtstrieb.«

»Ach, da scheiß doch drauf. Was noch?«

»Mein Gedächtnis, für Namen und Telefonnummern, mir fallen nicht immer die Wörter ein, die ich eigentlich weiß, ich kann mir nicht immer merken, was ich mir merken möchte. Ich rede viel und sage manches zweimal. Ich rede viel und sage manches zweimal. Meine Blase ein wenig, und mein Haar«, fügte Yossarian hinzu. »Es ist jetzt weiß, und Adrian redet mir immer zu, damit sollte ich mich nicht zufriedengeben. Er sucht immer noch nach einer Tinktur, um es grau zu machen. Wenn er sie entdeckt, werde ich sie nicht benutzen. Ich werde ihm sagen, er soll's mit den Genen versuchen.«

»Was ist denn das mit den Genen? Du redest viel davon.«

»Das ist wohl genetisch bedingt. Da kannst du Teemer dafür verantwortlich machen. Mein Gott, diese Prügelei war vor vierzig Jahren, und es kommt mir vor wie gestern. Alle, die mir jetzt aus der alten Zeit begegnen, haben was mit dem Rücken oder Prostatakrebs. Der kleine Sammy Singer, haben alle immer gesagt. Ich frage mich jetzt, was aus ihm geworden ist.«

»Nach vierzig Jahren.«

»Fast fünfzig, Michael.«

»Eben hast du vierzig gesagt.«

»Siehst du, wie rasch ein Jahrzehnt vergeht? Das ist wahr, Michael. Du bist vor einer Woche geboren worden – ich weiß es noch, als ob es gestern wäre –, und ich eine Woche davor. Du hast keinen Begriff, Michael, du kannst es dir nicht vorstellen – noch nicht! –, wie lächerlich es ist, wie verwirrend, in ein Zimmer zu gehen und dort nicht mehr zu wissen, weshalb man gekommen ist, in einen Kühlschrank zu schauen und nicht mehr zu wissen, was man wollte, und mit so vielen Leuten wie dir zu reden, die noch nie von Kilroy gehört haben.«

»Ich hab jetzt von ihm gehört«, widersprach Michael. »Aber ich weiß immer noch nichts von ihm.«

»Nur, daß er wahrscheinlich auch in diesem Restaurant war«, sagte Yossarian. »Kilroy war überall, wo man hinkam im Zweiten Weltkrieg – man sah es an allen Wänden angeschrieben. Wir wissen auch nichts weiter über ihn. Das ist der einzige Grund, weshalb wir ihn immer noch mögen. Je mehr man über jemand herausfindet, desto weniger kann man ihn achten. Nach dieser Schlägerei hat Sammy Singer gedacht, ich sei der beste Mensch auf der Welt. Und ich hatte danach keine Angst mehr, in eine richtige Prügelei mit den Fäusten zu geraten. Heute hätte ich sie wieder.«

»Gab es noch welche?«

»Nein – fast noch eine, mit einem Piloten namens Appleby, der, mit dem ich über den Ozean nach Europa geflogen bin. Wir konnten nie miteinander. Ich verstand nichts von Navigation, ich weiß auch nicht, weshalb sie das von mir erwarteten. Einmal hab ich mich auf einem Übungsflug verfranzt und gab ihm eine Richtung vor, mit der er über den Atlantik nach Afrika geflogen wäre. Wir wären an dem Tag alle gestorben, wenn er seinen Job nicht etwas besser verstanden hätte als ich meinen. Was für eine Pfeife war ich als Navigator! Kein Wunder, daß er sauer war. Rede ich zuviel? Ich weiß, ich rede jetzt ziemlich viel, nicht wahr?«

»Du redest nicht zuviel.«

»Manchmal rede ich sehr wohl zuviel, weil ich das Gefühl habe, daß ich interessanter bin als die Leute, mit denen ich mich unterhalte, und sogar die merken das. Du kannst natürlich auch reden. Nein, ich bin dann nie mehr in eine Schlägerei geraten. Ich hab früher ziemlich kräftig ausgesehen.«

»Ich würd's nicht machen«, sagte Michael beinahe stolz.

»Ich würde es jetzt auch nicht machen. Heute töten die Leute einen. Ich glaube, vielleicht tätst du's doch, wenn du eine Brutalität siehst und nicht lange darüber nachdenkst. So, wie der kleine Sammy Singer diesen Riesen da ansprang, als er sah, wie der mich abbürstet. Wenn wir uns Zeit nehmen, nachzudenken, rufen wir die Polizei an, 911, oder schauen in die andere Richtung. Dein großer Bruder Julian macht sich lustig über mich, weil ich mich niemals mit irgend jemand um einen Parkplatz streite und allen die Vorfahrt lasse, die sie mir nehmen wollen.«

»Darum würde ich auch nicht kämpfen.«

»Du willst nicht einmal das Autofahren lernen.«

»Ich hätte Angst.«

»Das Risiko würde ich eingehen. Wovor hast du sonst noch Angst?«

»Das würdest du gar nicht wissen wollen.«

»Eins kann ich mir jedenfalls denken«, sagte Yossarian rücksichtslos. »Du hast Angst wegen mir. Du hast Angst, daß ich sterbe. Du hast Angst, ich werde krank. Und es ist auch verdammt gut so, Michael. Weil es alles geschehen wird, obwohl ich so tue, als passiert es nie. Ich habe dir noch sieben gesunde Jahre versprochen, und jetzt sind's eher sechs. Wenn ich fünfundsiebzig bin, mein Junge, mußt du schwimmen lernen. Und man lebt nicht ewig, weißt du, obwohl ich mein Leben aufs Spiel setzen würde, um nicht zu sterben.«

»Willst du denn ewig leben?«

»Warum nicht? Sogar, wenn man traurig ist. Was gibt es sonst?«

»Wenn man traurig ist?«

»Wenn ich mich daran erinnere, daß ich nicht ewig leben werde«, scherzte Yossarian. »Und am Morgen, wenn man allein aufwacht. Das kommt schon vor, vor allem bei Leuten wie mir mit einer Neigung zu Depression im vorgerückten Alter.«

»Depression im vorgerückten Alter?«

»Das wirst du auch noch kennenlernen, wenn du Glück hast und lange genug lebst. Du findest das in der Bibel. Und bei Freud. Ich hab eigentlich keine Interessen mehr. Ich wünschte, ich wüßte, was ich mir wünschen soll. Es gibt eine Frau, der bin ich hinterher.«

»Ich will nichts davon hören.«

»Aber ich bin mir nicht sicher, ob ich mich je noch einmal richtig verlieben kann«, fuhr Yossarian trotzdem fort und wußte, daß er zuviel redete. »Ich fürchte, das ist vielleicht auch dahin. Ich habe mir in letzter Zeit etwas Abstoßendes angewöhnt. Nein, ich sag's dir so oder so. Ich denke an Frauen, die ich vor langer Zeit gekannt habe, und versuche mir vorzustellen, wie sie jetzt aussehen. Dann frage ich mich, warum ich damals verrückt war nach ihnen. Ich habe noch eine andere Angewohnheit, die ich nicht kontrollieren kann, die ist sogar noch schlimmer. Wenn eine Frau sich umdreht, dann muß ich immer, jedesmal, auf ihren Hintern schauen, ehe ich entscheiden kann, ob sie attraktiv ist oder nicht. Das hab ich früher nie gemacht. Ich weiß nicht, warum das jetzt sein muß. Und fast alle werden sie da zu breit. Ich möchte eigentlich nicht, daß meine Freundin Frances Beach je erfährt, daß ich das mache. Die Sehnsucht verläßt mich, und dieses Gefühl verläßt mich, von dem die Bibel spricht: Aber des Morgens ist Freude —«

»Ich mag die Bibel nicht«, unterbrach Michael.

»Niemand tut das. Versuch's statt dessen mal mit *König Lear*. Aber du magst ja gar nichts lesen.«

»Deshalb habe ich beschlossen, Künstler zu werden.«

»Du hast das auch nie richtig versucht, oder?«

»Ich wollte nie richtig. Es ist viel einfacher, wenn man mit gar nichts Erfolg haben möchte, oder?«

»Nein. Es ist gut, wenn man etwas will. Das stelle ich jetzt fest. Ich bin früher jeden Tag aufgewacht und hatte den Kopf voller Pläne, ich konnte es kaum erwarten, damit anzufangen. Jetzt wache ich lustlos auf und frage mich, womit ich mir wohl die Zeit vertreiben könnte. Über Nacht ist alles anders. Eines Tags war ich plötzlich alt, einfach so. Ich hab meine Jugend aufgebraucht, und ich bin kaum neunundsechzig.«

Michael sah ihn liebevoll an. »Färb dir das Haar. Färb's dir schwarz, wenn das mit dem Grau nicht klappt. Warte nicht auf Adrian.«

»Wie Aschenbach?«

»Aschenbach?«

»Gustav Aschenbach.«

»Wieder aus dem *Tod in Venedig*? Die Geschichte hat mir nie besonders gefallen, ich weiß nicht, weshalb du sie so magst. Ich wette, ich kann dir ein paar Sachen sagen, die da nicht stimmen.«

»Das kann ich auch. Aber sie bleibt unvergeßlich.«

»Für dich.«

»Für dich vielleicht auch eines Tages.«

Aschenbach hatte auch alles Interesse verloren, obwohl er sich mit seiner lächerlichen Obsession durchschlug und mit der Einbildung, es gebe noch viel für ihn zu tun. Er war ein Künstler des Intellekts, der es müde geworden war, an Vorhaben zu arbeiten, die sich mittlerweile auch seiner geduldigsten Anstrengung widersetzten, und wußte, daß er jetzt nur noch schwindelte. Aber er wußte nicht, daß seine eigentliche schöpferische Existenz abgeschlossen war und daß er und seine Ära sich ihrem Ende näherten, ob er wollte oder nicht. Und er war kaum über fünfzig. Yossarian war ihm da voraus. Er hatte nie viel gehabt, das er sich zu genießen gestattet hatte. Seltsam, daß Yossarian mit diesem Naturell sympathisierte, diesem Mann, der wie eine fest geschlossene Faust lebte und jeden Tag mit derselben kalten Dusche begann, der morgens arbeitete und sich nichts weiter wünschte, als daß er in der Lage sein würde, abends weiterzuarbeiten.

»Er hat sich das Haar schwarz färben lassen«, führte Yossarian wie ein Dozent aus, »hat sich von einem Friseur rasch dazu überreden lassen, und auch zu Schminke um die Augen, daß die Illusion eines Glanzes entsteht, die Wangen mit Karmin betupft, die Augenbrauen entschiedener gewölbt, der Haut mit Creme das Alter abgewischt und die Lippen mit Tönungen und Schatten geschwellt – und er hat dann trotzdem gleich den Geist aufgegeben. Und von seinen ganzen Bemühungen nichts gehabt außer dem quälenden Trugbild, daß er sich in einen Jungen mit zackigen Zähnen und Sand an der Nase verliebt hätte. Unser Aschenbach brachte es nicht einmal fertig, dramatisch zu sterben, nicht einmal mit Hilfe der Pest. Er senkte einfach das Haupt und gab den Geist auf.«

»Ich glaube«, sagte Michael, »du versuchst möglicherweise, daß es sich besser anhört, als es ist.«

»Vielleicht«, sagte Yossarian, der das schlechte Gewissen hatte, daß das stimmen könnte, »aber das ist jedenfalls der Punkt, wo ich angelangt bin. Thomas Mann hat damals geschrieben, monatelang hätte dem Kontinent Gefahr gedroht.«

»Der Zweite Weltkrieg?« fragte Michael nachsichtig.

»Der Erste Weltkrieg!« korrigierte Yossarian mit Betonung. »Sogar damals konnte Thomas Mann sehen, wohin sich diese nicht zu beherrschende Maschinerie bewegt, die wir unsere Zivilisation nennen. Und nun zu meinem Schicksal in dieser zweiten

Hälfte meines Lebens. Ich verdiene Geld durch Milo, den ich nicht mag und den ich verurteile. Und ich bin soweit, daß ich mich voll Selbstmitleid mit einem fiktiven Deutschen identifiziere, der keinerlei Humor hat oder sonst eine sympathische Eigenschaft. Bald werde ich mit McBride tiefer in den PABT-Komplex hinuntersteigen, unter den Busbahnhof, um herauszufinden, was da ist. Ist das mein Venedig? Ich habe in Paris mal einen Mann getroffen, einen sehr gebildeten Verleger, der konnte es nicht über sich bringen, je nach Venedig zu fahren, wegen dieser Geschichte. Ich habe einen anderen Mann getroffen, der konnte nicht einmal eine Woche an irgendeinem Ort in den Bergen Urlaub machen, wegen des Zauberbergs. Er hatte immer furchtbare Träume, daß er da sterben würde und nie mehr lebend rauskäme, wenn er länger bliebe, und am nächsten Tag reiste er in Panik ab.«

»Wird es eine Minderbinder-Maxon-Hochzeit geben?«

»Beide haben eine Braut zu bieten. Ich habe M2 vorgeschlagen.«

»Wann gehst du da hin mit McBride?«

»Sobald der Präsident sagt, er kommt vielleicht, und wir die Erlaubnis kriegen, das Ding zu untersuchen. Wann gehst du mit M2?«

»Sobald er scharf drauf ist, sich wieder unanständige Bilder anzuschauen. Ich werde auch von M. & M. bezahlt.«

»Wenn du unter Wasser leben möchtest, Michael, mußt du lernen, wie ein Fisch zu atmen.«

»Wie fühlst du dich dabei?«

»Wir hatten nie die Wahl. Ich fühle mich nicht wohl dabei, aber ich bin nicht bereit, mich schlecht zu fühlen. Es ist unser natürliches Schicksal, wie Teemer sagen würde. Biologisch gesehen sind wir eine neue Spezies und haben noch nicht gelernt, uns in die Natur einzupassen. Er glaubt, wir sind Krebsgeschwulste.«

»Krebsgeschwulste?«

»Aber er mag uns trotzdem, und Krebs mag er nicht.«

»Ich glaube, der ist verrückt«, protestierte Michael.

»Er glaubt das auch«, erwiderte Yossarian, »und ist in die psychiatrische Abteilung des Krankenhauses gezogen, um sich dort behandeln zu lassen, während er weiter als Onkologe arbeitet. Hört sich das verrückt an?«

»Es klingt nicht gerade vernünftig.«

»Das bedeutet nicht, daß er sich irrt. Die Sozialpathologie ist erkennbar. Was hast du sonst noch für Sorgen, Michael?«

»Ich bin ziemlich allein, das hab ich dir ja gesagt«, sagte Michael. »Und ich bekomme langsam Angst. Wegen Geld auch. Du hast es fertiggebracht, daß ich mir da jetzt Sorgen mache.«

»Ich bin froh, daß ich dir helfen konnte.«

»Ich wüßte nicht, wo ich welches herbekommen sollte, wenn ich keines hätte. Ich könnte nicht einmal jemand auf der Straße überfallen. Ich weiß nicht wie.«

»Und wahrscheinlich würdest du bloß überfallen, wenn du versuchen würdest, es zu lernen.«

»Ich kann nicht mal lernen, wie man Auto fährt.«

»Du würdest das tun, was ich tun würde, wenn ich kein Geld hätte.«

»Was ist das, Dad?«

»Mich umbringen, mein Sohn.«

»Du bist genial komisch, Dad.«

»Das würde ich tun. Es ist nicht schlimmer als sterben. Ich könnte auch nicht lernen, arm zu sein, und ich würde lieber gleich aufgeben.«

»Was wird mit diesen Zeichnungen, die ich gemacht hab?«

»Die werden in Broschüren gedruckt und nach Washington geschafft, für die nächste Besprechung wegen des Flugzeugs. Ich muß vielleicht auch dorthin. Da hast du Geld gemacht damit, mit dem fliegenden Flügel.«

»Ich hab was fertiggemacht, womit ich nicht einmal anfangen wollte.«

»Wenn du wie ein Fisch leben möchtest ... Michael, es gibt Dinge, die du und ich nicht für Geld machen würden, aber gewisse Dinge müssen wir tun, oder wir haben keins. Du hast noch diese wenigen paar Jahre, um herauszufinden, wie du allein durchkommen kannst. Lern doch um Gotteswillen mal Autofahren! Du kannst nirgendwo anders leben, wenn du das nicht kannst.«

»Wo sollte ich denn hin wollen?«

»Zu irgend jemand, den du sehen möchtest.«

»Ich will niemand sehen.«

»Wegfahren von Leuten, mit denen du nicht zusammensein möchtest.«

»Ich weiß genau, ich würde bloß jemand umbringen.«

»Gehen wir dieses Risiko doch ein.«

»Das hast du schon einmal gesagt. Gibt es wirklich eine Hochzeit im Busbahnhof? Ich würde gerne kommen.«

»Ich schau, daß du eine Einladung bekommst.«

»Oder zwei?« Michael wandte verlegen den Blick ab. »Marlene ist wieder in der Stadt, sie hat für eine Weile eine Unterkunft gebraucht. Ihr wird das wahrscheinlich gefallen.«

»Arlene?«

»Marlene, die, die vor kurzem fort ist. Vielleicht bleibt sie diesmal. Sie sagt, sie glaubt, es würde ihr nichts ausmachen, wenn ich als Anwalt arbeiten muß. Mein Gott, eine Hochzeit in diesem Busbahnhof! Was sind das für Leute, die an so einem Ort eine Hochzeit feiern, bloß damit ihr Name in die Zeitung kommt?«

»Solche Leute.«

»Und was für ein Arschloch hat überhaupt so einen wahnsinnigen Einfall gehabt?«

»So eins wie ich«, sagte Yossarian und brüllte vor Lachen. »Das war die Idee deines Vaters.«

19. BÜGMASP

»Und wie sieht ein fliegender Flügel aus?«

»Wie andere fliegende Flügel«, warf Wintergreen geschickt ein, als Milo sprachlos dasaß, weil er diese Frage nicht vorhergesehen hatte.

»Und wie sehen andere fliegende Flügel aus?«

»Wie unserer!« antwortete Milo mit wiedergewonnener Sicherheit.

»Wird er«, fragte ein Major, »wie die alte Stealth aussehen?«

»Nein. Nur dem Äußeren nach.«

»Ist das wahr, Colonel Pickering?«

»Genau so ist es, Major Bowes.«

Seit der ersten Sitzung zum Thema des M. & M.-Verteidigungszweitschlagsangriffsbombers hatte sich Colonel Pickering für eine vorzeitige Pensionierung bei vollen Bezügen entschieden, um die günstige Gelegenheit zu ergreifen und eine besser bezahlte, wenn auch diskretere Stellung in der Luftfahrtabteilung von M. & M.-Unternehmungen und Partner anzutreten, wo sein Anfangsjahreseinkommen genau fünfzigmal so üppig ausfiel wie seine Einkünfte in staatlichen Diensten. General Bernard Bingam hatte einen ähnlichen Schritt auf Milos Bitte hin noch aufgeschoben, in der Hoffnung auf Beförderung und den schließlichen Einzug in den Generalstab, und anschließend, wenn's auch nur einigermaßen gut lief mit einem anständigen Krieg, ins Weiße Haus.

Es war gut, daß Pickering da war und ihnen behilflich sein konnte, denn diese jüngste Sitzung zum Minderbinderbomber stellte sich als diffiziler heraus als die vorangegangenen. Eine

Andeutung bevorstehender Schwierigkeiten hatte sich schon mit dem unerwarteten Auftauchen des Dicken aus dem Innenministerium und des Mageren vom Nationalen Sicherheitsrat ergeben. Es war mittlerweile kein Geheimnis mehr, daß sie den Konkurrenzentwurf von Strangelove bevorzugten, und sie hatten sich an entgegengesetzten Enden des langen geschwungenen Tisches niedergelassen, um den Eindruck zu erwecken, sie sprächen jeder für sich mit unabhängiger Stimme.

Beide waren Karrierediplomaten, die regelmäßig eine gewisse Zeit als Strangelove-Partner im Ausland verbrachten, um dort Nachschub für jenen Einfluß aus zweiter Hand und jene besten Verbindungen zu besorgen, die mit Pomp und Bombast zusammen die hauptsächliche Handelsware des Strangelove-Imperiums darstellten. Eine weitere unangenehme Überraschung für Milo war das Fehlen eines Verbündeten, mit dem er gerechnet hatte – C. Porter Lovejoy, der anderswo beschäftigt war, vielleicht damit, befürchtete Milo, auf einer anderen BÜGMASP-Besprechung über Strangeloves Bomber als Verbündeter jenes Anbieters aufzutreten.

General Bingam war offensichtlich entzückt über die Gelegenheit, seine Fähigkeiten vor höherrangigen Offizieren anderer Waffengattungen und vor Meisterdenkern in Atomphysik und verwandt abstrusen Wissenschaften vorzuführen. Bingam wußte, wann er Pluspunkte sammeln konnte. Es saßen noch zweiunddreißig andere in dieser Eliteversammlung, und alle warteten eifrig darauf, zu Wort zu kommen, obwohl kein Fernsehen da war.

»Erzählen Sie doch was über die Technik, Milo«, schlug General Bingam vor, damit die Sache mal schön ins Rollen kam.

»Lassen Sie mich erst noch diese Bilder hier austeilen«, antwortete Milo, wie sie es geübt hatten, »damit mal klar wird, wie unsere Flugzeuge aussehen.«

»Die sind ja wunderbar«, sagte ein bebrillter Generalleutnant, der etwas von Werbegraphik verstand. »Wer hat die gezeichnet?«

»Ein Künstler namens Yossarian.«

»Yossarian?«

»Michael Yossarian. Er ist Spezialist für Militärkunst und arbeitet exklusiv für uns.«

Als sie, ihren Anweisungen folgend, aus dem BÜGMASP-Keller durch die Tür ins Untergeschoß A kamen, waren Milo und Wintergreen von drei bewaffneten BÜGMASP-Wachen in Uniformen empfangen worden, wie sie sie noch nie gesehen hatten: rote Kampfjacken, grüne Hosen und schwarzlederne Kampfstiefel, mit Namensschildchen, wo rote Lettern sich vor delikat schimmernder perlmutterfarbener Seide abhoben. Ihre Namen wurden in einer Liste kontrolliert, und sie gaben die richtige Antwort, als sie nach der Parole gefragt wurden: Bingams Baby! Man gab ihnen runde Pappkarten mit blauumrandeten Nummern, die an einer dünnen weißen Schnur um den Hals zu tragen waren, und wies sie an, sich auf direktem Weg in den Bingams-Baby-Konferenzsaal im Untergeschoß A zu begeben, den kreisrunden Raum, wo nun Michaels Bilder einen so günstigen Eindruck machten.

Alle Anwesenden wurden daran erinnert, daß das Flugzeug eine Zweitschlagwaffe war, konstruiert, um durch die noch übriggebliebenen Verteidigungssysteme hindurchzuschlüpfen und Waffen und Kommandozentren zu vernichten, die den ersten Schlag überdauert haben mochten.

»Also, alles, was Sie jetzt hier auf diesen Bildern sehen, ist absolut richtig«, fuhr Milo fort, »außer denen, die falsch sind. Wir wollen noch nichts zeigen, was anderen die Möglichkeit geben würde, unsere Technologie zu kontern oder zu kopieren. Das leuchtet doch ein, General Bingam?«

»Genauso ist es, Milo.«

»Aber wie soll irgend jemand hier von uns dann wissen«, wandte der Dicke aus dem Innenministerium ein, »wie es wirklich aussieht?«

»Scheiße nochmal, warum müssen Sie denn das wissen?« entgegnete Wintergreen.

»Es ist unsichtbar«, fügte Milo hinzu. »Warum müssen Sie es sehen?«

»Eigentlich brauchen wir's nicht zu wissen, oder?« räumte ein Generalleutnant ein und schaute einen Admiral dabei an.

»Warum müssen wir es denn wissen?« fragte der andere verwundert.

»Früher oder später«, sagte der magere Strangelove-Anhänger ärgerlich, »will es die Presse wissen.«

»Scheiß auf die Presse«, sagte Wintergreen. »Zeigen Sie denen das hier.«

»Aber sind diese Bilder richtig?«

»Was macht es denn für einen Scheißunterschied, ob diese Scheißbilder richtig sind oder falsch?« fragte Wintergreen. »Dann haben die schon wieder einen neuen Scheißaufmacher, wenn sie rauskriegen, daß wir gelogen haben.«

»Jetzt sprechen Sie meine Sprache, Sir, Scheiße nochmal«, sagte der Adjutant des Kommandeurs der Marines.

»Und ich kann Sie nur zu Ihrer Offenheit beglückwünschen«, gab ein Colonel zu. »Herr Admiral?«

»Mit dem kann ich leben. Wo ist das Scheißcockpit?«

»In dem beschissenen Flügel, Sir, mit allem anderen zusammen.«

»Wird eine Besatzung von zwei Mann«, fragte jemand, »genauso effektiv sein wie eine Scheißbesatzung von vier?«

»Effektiver«, sagte Milo.

»Und Herrgottscheiße nochmal, was macht es denn für einen beschissenen Scheißunterschied, ob diese Scheißer effektiv sind oder nicht?« fragte Wintergreen.

»Scheiße, ich sehe, worauf Sie hinauswollen, Sir«, sagte Major Bowes.

»Ich nicht.«

»Mit dem kann ich leben, scheißegal.«

»Ich weiß jetzt nicht, ob ich diese Scheiße begriffen habe.«

»Milo, wie ist denn jetzt Ihr Blickwinkel auf diese Scheiße?«

Es gab keine Winkel. Der fliegende Flügel erlaubte es, das Flugzeug mit abgerundeten Kanten in einem Material herzustellen, das Radarpeilungen ablenkte. Das Scheißangebot, das hier vorlag, erläuterte Wintergreen, war ein Scheißlangstreckenflugzeug, das über dem beschissenen feindlichen Territorium mit lediglich zwei Scheißfliegern an Bord eingesetzt werden konnte. Sogar ohne Treibstoffaufnahme in der Luft konnte die Maschine mit voller Bombenladung von hier bis San Francisco fliegen.

»Heißt das, wir können von hier aus San Francisco bombardieren und wieder zurückkommen, ohne zusätzliches Benzin?«

»Wir könnten auf dem Rückweg New York bombardieren.«

»Leute, jetzt mal ernsthaft«, befahl der anwesende Generalmajor. »Hier geht's um Krieg, nicht um soziale Planung. Wie oft muß nach China oder in die Sowjetunion nachgetankt werden?«

»Zwei-, dreimal auf dem Hinweg, vielleicht gar nicht auf dem Weg zurück, wenn Sie nicht sentimental werden wollen.«

Und nur ein einziger M. & M.-Bomber konnte die gleiche Bombenlast befördern wie *alle dreizehn* Kampfbomber, die an Ronald Reagans Luftangriff auf Libyen im . . . na . . . April 1986 beteiligt gewesen waren.

»Als ob's gestern gewesen wäre«, sann ein älterer Luftwaffenoffizier verträumt.

»Wir können Ihnen ein Flugzeug hinstellen«, versprach Wintergreen, »das *macht* das gestern für Sie.«

»Shhhhh!« sagte Milo.

»Die Shhhhh?!« sagte ein Experte für militärische Nomenklatur. »Das ist ein idealer Name für einen lautlosen Bomber.«

»Dann ist Shhhhh! der Name unseres Flugzeugs. Es fliegt schneller als der Schall.«

»Es fliegt schneller als Licht.«

»Sie können jemand bombardieren, ehe Sie sich noch dazu entschließen. Beschließen Sie's heute, es ist schon geschehen – gestern!«

»Ich glaube eigentlich nicht«, sagte jemand, »daß wir Bedarf an einem Flugzeug haben, das jemanden gestern bombardieren kann.«

»Aber denken Sie an das Potential!« beharrte Wintergreen. »Die greifen Pearl Harbor an – Sie können sie schon am Vortag abschießen.«

»Mit dem könnte ich leben. Wieviel mehr –«

»Einen Moment mal, jetzt einen Moment mal«, meldete sich ein anderer, während mehrere mit rebellischer Unruhe hin und her rutschten. »Wie kann das möglich sein? Artie, kann irgend etwas schneller sein als Licht?«

»Aber ja doch, Marty. Licht kann schneller sein als Licht.«

»Lesen Sie erst mal Ihren Scheiß-Einstein!« schrie Wintergreen.

»Und unsere erste einsatzfähige Maschine kann im Jahre 2000 fertig sein, dann haben Sie wirklich was zu feiern.«

»Was passiert, wenn wir vorher einen Atomkrieg führen?«

»Dann haben Sie unser Produkt noch nicht. Sie werden warten müssen.«

»Ihr Bomber ist also ein Werkzeug des Friedens?«

»Ja. Und wir haben da noch einen Mann, den geben wir drauf«, sagte Milo vertraulich, »der innerlich für Sie schweres Wasser produzieren kann.«

»Ich will diesen Mann! Um jeden Preis!«

»Ist das wahr, Dr. Teller?«

»Genau so ist es, Admiral Rickover.«

»Und unser Werkzeug des Friedens kann auch dazu verwendet werden, massive Abwürfe über Städten durchzuführen.«

»Wir bombardieren nicht so gern die Zivilbevölkerung.«

»Doch, das tun wir. Das ist kosteneffektiv. Sie können unsere Shhhhh! auch mit konventionellen Bomben bestücken, für Überraschungsangriffe. Die große Überraschung kommt, wenn keine Atomexplosion erfolgt. Das können Sie bei befreundeten Nationen einsetzen, ohne langfristige Strahlungsbelastung. Kann Strangelove das bieten?«

»Was sagt Porter Lovejoy?«

»Unschuldig, Euer Ehren.«

»Ich meine vor der Anklageerhebung.«

»Beide Flugzeuge kaufen.«

»Ist Geld da für beide?«

»Spielt keine Rolle.«

»Das würde ich ungern dem Präsidenten sagen.«

»Wir haben einen Mann, der mit dem Präsidenten reden wird«, meldete Milo. »Er heißt Yossarian.«

»Yossarian? Den Namen habe ich schon gehört.«

»Ein berühmter Künstler, Bernie.«

»Natürlich! Ich kenne die Bilder«, sagte General Bingam.

»Das ist ein anderer Yossarian.«

»Wäre es jetzt nicht mal Zeit für eine Pause?«

»Ich brauch Yossarian vielleicht«, murmelte Milo, die Hand behutsam vor den Mund gekrümmt, »daß er mit Noodles Cook redet. Und wo zum Teufel ist dieser Kaplan?«

»Wir verlegen ihn ständig hin und her, Sir«, flüsterte Colonel Pickering. »Wir wissen nicht, wo zum Teufel er steckt.«

Die Zehnminutenpause stellte sich als Fünfminutenpause heraus, während derer sechs BÜGMASP-Wachen strammen Schrittes mit einer blauroten Geburtstagstorte für General Bernard Bingam und der Beförderungsurkunde, die ihn vom Brigadegeneral zum Generalmajor machte, hereinkamen. Bingam blies die Kerzen beim ersten Versuch aus und fragte jovial:

»Gibt's noch irgendwas?«

»O ja! Einiges!« rief der korpulente Mann aus dem Innenministerium.

»Das will ich meinen!« rief der Dünne vom Nationalen Sicherheitsrat ebenso laut.

Der Dicke und der Magere wetteiferten miteinander, die Tatsache auszuschlachten, daß eine Reihe von Details bei der Shhhhh! von M. & M. identisch waren mit denen bei der alten Stealth.

»Sir, Ihre Scheißschleudersitze waren ursprünglich in den Plänen der beschissenen alten Stealth enthalten. Unsere Berichte weisen nach, daß diese Scheißsitze im Test die Versuchspuppen zerfetzt haben.«

»Wir können Ihnen«, sagte Milo, »alle Ersatzversuchspuppen liefern, die Sie brauchen.«

Der Dicke fiel um und verstummte.

»Es ging ihm, glaube ich«, warf hier der Dekan für Gesellschaftswissenschaften und Sozialarbeit an der Militäruniversität ein, »um die Männer, nicht um die Scheißpuppen.«

»Wir können Ihnen auch alle Männer liefern, die Sie brauchen.«

Der Dünne war verwirrt und der Dicke sprachlos.

»Wir fragen hier nach der Sicherheit, Sir. Ihre Maschinen, sagen Sie, können sehr lange Zeiträume in der Luft bleiben, Jahre sogar. Unsere Maschinen mit den Besatzungen an Bord müssen in der Lage sein, wieder zurückzukehren.«

»Warum?«

»Warum?«

»Ja, wozu denn?«

»Warum müssen die Scheißdinger denn zurückkommen?«

»Scheiße, was ist denn eigentlich los mit all euch scheißblöden Idioten?« wollte Wintergreen mit ungläubigem Kopfschütteln wissen. »Unser Flugzeug ist eine Zweitschlagwaffe, ihr Saftsäcke. Colonel Pickering, würden Sie mit diesen beschissenen Blödmännern reden und die Sache erklären?«

»Aber gewiß, Mr. Wintergreen. Meine Herren, was für einen Scheißunterschied macht es denn, ob diese Scheißmaschinen zurückkommen oder nicht?«

»Keinen, Colonel Pickering.«

»Danke Ihnen, Major Bowes, Sie Scheißkerl.«

»Keine Ursache, Sie Bastard.«

»Meine Herren«, sagte der Magere, »ich lege Wert darauf, daß aus dem Protokoll hervorgeht, daß ich in meinem ganzen Leben nicht mehr als Saftsack bezeichnet worden bin, seit ich ein kleiner Junge war.«

»Hier gibt's kein Protokoll.«

»Saftsack!«

»Arschloch.«

»Sie Wichser, wohin würden die denn zurückkehren?« fragte Wintergreen. »Hier ist doch dann auch das meiste weg.«

»Erlauben Sie«, zischte der Magere und ließ keinen Zweifel daran, daß er stark verbittert war, »Ihre Scheißbomber, sagen Sie, sind mit Atombomben ausgerüstet, die vor der Scheißexplosion tief in die Erde eindringen?«

»Genau. Das bringen Ihre Scheißraketen nicht.«

»Bitte sagen Sie uns, warum, verdammte Scheiße, wir das für wünschenswert halten sollten.«

»Also, Sie und Ihre ganzen Scheißer in Ihren Scheißvorgaben betonen immer, der Feind hat unterirdische Bunker für seine scheißpolitische und militärische Führungsspitze.«

»Wir betonen das? Tatsächlich?«

»Ist der Papst katholisch? Spielt der Präsident *Triage*?«

»Sie sollten mal lesen, was Sie schreiben.«

»Wir lesen nicht gern.«

»Wir hassen es, was zu lesen.«

»Wir können nicht lesen, was wir schreiben.«

»Wir haben Bomben, die hundert Meilen in die Erde reingehen, ehe sie explodieren. Und Ihre gegenwärtige Planungstiefe geht davon aus, daß Sie zweiundvierzig Meilen unter der Erde sitzen wollen. Wir können unsere Bomben so einstellen, daß sie so tief unter zweiundvierzig detonieren, daß auf unserer Seite und auf der anderen niemand zu Schaden kommt. Sie können einen Atomkrieg führen, der keine Leben und kein Eigentum auf der Erde bedroht. Das ist doch human gedacht, oder? Scheißhuman ist das, möchte ich meinen.«

»Ich würde das auch scheißhuman nennen.«

»Darf ich mal eines ganz beschissen klarstellen. Bitte, Mr. Mager, lassen Sie mich was sagen. Diese Scheißeinheiten sind für einen Zweitschlag unsererseits bestimmt?«

»Sie werden die überlebenden Kampfeinheiten des Feindes angreifen, die er in seinem Erstschlag nicht eingesetzt hat.«

»Warum sollte er die nicht im Erstschlag einsetzen?«

»Scheiße, woher soll denn ich das wissen?«

»Sie garantieren, daß Ihre Flugzeuge funktionieren?«

»Die haben jetzt schon zwei Jahre lang funktioniert. So lange sind Modelle schon hin und her geflogen. Sie müssen uns jetzt sagen, ob Sie weitermachen wollen. Sonst nehmen wir unsere Scheiß-Shhhhh! und gehen damit anderswohin.«

»Das können Sie gar nicht«, sagte Dick. »Entschuldigung, Mager, laß mich noch was sagen.«

»Ich bin dran, Dick. Das wäre ungesetzlich.«

Milo lachte gütig. »Wie würden Sie es merken? Die Flugzeuge sind unsichtbar und geräuschlos.«

»Ach, Scheiße, ich glaub das einfach nicht mit dieser ganzen Fragerei«, sagte Wintergreen. »Was macht es denn für einen Scheißunterschied, ob das funktioniert oder nicht? Der hauptsächliche Wert liegt in der Abschreckung. Zum Zeitpunkt, da das Flugzeug eingesetzt wird, hat es bereits versagt.«

»Ich habe trotzdem noch eine Frage. Lassen Sie mich jetzt, Dick.«

»Ich bin dran, Sie magerer Furz.«

»Stimmt gar nicht, Sie dicker Arsch.«

»Hören Sie gar nicht hin auf den Saftsack«, insistierte Dick. »Wenn es unsichtbar und geräuschlos ist, was sollte Sie dann daran hindern, es so oder so an den Feind zu verkaufen?«

»Unser Patriotismus.«

Und nach dieser Glanznummer kündigte Bingam eine letzte Pause an.

»Wintergreen«, flüsterte Milo in der Pause vor dem Schluß der Sitzung, »haben wir wirklich eine Bombe, die hundert Meilen tief runtergeht, ehe sie explodiert?«

»Wir müssen mal nachsehen. Und hier, mit der alten Stealth? Glaubst du, sie kommen drauf?«

»Es ist nicht wirklich dasselbe. Die alte Stealth ist nie gebaut worden. Also ist unsere Shhhhh! neuer.«

»Das würde ich auch sagen.«

Einige in der Runde wollten noch mehr Zeit, und andere wie Dick und Mager bestanden auf einem Vergleich mit dem Strangelove-Bomber. Sie würden doch Yossarian brauchen, knurrte Milo niedergeschlagen, während die beiden ranghöchsten Offiziere im Flüsterton berieten. Bingam wartete angespannt. Wintergreen kochte sichtlich. Milo riet ihm, aufzuhören, weil niemand hersah. Endlich schaute der Konteradmiral auf.

»Meine Herren.« Er sprach gemessen und ohne Eile. »Wir suchen eine Waffe für das neue Jahrhundert, die alle andern Waffen nachrangig und bedeutungslos macht.«

»Suchen Sie nicht länger!« warb Milo hoffnungsvoll.

»Ich selber«, fuhr der Admiral fort, als habe er nichts gehört, »bin geneigt, an die Seite von General Bingam zu treten. Bernie, das ist wieder ein Pluspunkt für Sie. Ich möchte Ihre Shhhhh! empfehlen. Aber ehe ich mich definitiv festlege, bleibt noch eine gewichtige Frage.« Er beugte sich näher zu ihnen hin, die Ellbogen auf dem Tisch, das Kinn auf die verschränkten Finger gestützt. »Ihr Flugzeug, Mr. Minderbinder. Sie müssen es mir offen und ehrlich sagen. Wenn es in ausreichender Zahl eingesetzt wird, kann es dann die Welt zerstören?«

Milo tauschte einen hektischen Blick mit Wintergreen. Sie entschieden sich, rücksichtslos alles zuzugeben. Wintergreen schlug die Augen nieder, während Milo schüchtern antwortete.

»Ich fürchte, nein, Sir«, gestand Milo errötend. »Wir können sie unbewohnbar machen, aber zerstören können wir sie nicht.«

»Damit kann ich leben!«

»Ist das wahr, Admiral Dewey?«

»Genau so ist es, General Grant!«

»Tut mir leid, daß ich Sie einen mageren Furz genannt habe«, entschuldigte sich der Mann aus dem Innenministerium demütig.

»Ist schon in Ordnung, Sie dicker Arsch.«

SIEBTES BUCH

20. KAPLAN

Jedesmal, wenn Kaplan Albert Taylor Tappman an einen neuen Ort verbracht wurde, hatte er immer noch das Gefühl, sich an der alten Stelle zu befinden, und das mit gutem Grund. Der mit Blei ausgekleidete Lebensraum, in dem er festgesetzt war, bestand aus dem Inneren eines Eisenbahnwagens, und weder vor noch nach einer Reise war es ihm gestattet, ihn nach freiem Willen zu verlassen. Seine Umgebung blieb immer gleich.

Die verschiedenen Laboratorien, Materiallager und Untersuchungsräume waren auch auf Rädern und ebenso, gleich hinter seiner Küche, die Büros und Wohnräume für die Exekutivoffiziere, die verantwortlich waren für das, was mittlerweile als Wisconsin-Projekt bezeichnet wurde. Seine Türen waren verschlossen und von Männern in Uniform bewacht, die automatische Waffen mit kurzen Läufen und großen Munitionsmagazinen trugen. Das eine hatte er über seinen Eisenbahnzug herausgefunden: es gab allgemein keinen Ort, an den er gehen konnte, als einen anderen Teil des Zuges.

Man erlaubte ihm nicht, auszusteigen, außer bei unregelmäßigen Gelegenheiten, wenn man ihn aufforderte, sich in eingeschränkter Form etwas Bewegung zu machen, was er inzwischen unweigerlich ablehnte. Die Freiheit, das zu verweigern, besaß er. Er hatte Gymnastik und dergleichen nie besonders geschätzt und war jetzt nicht versucht, damit anzufangen. Während er in seinem Ledersessel saß, wurde seine Muskulatur durch schmerzlose elektrische Stimulationen gekräftigt. Die vorteilhaften Wirkungen einer kräftigen Aerobic-Übung ließen sich ebenfalls ohne weitere

Anstrengung durch eine Spezialmaschinerie erzielen, die Puls und Atmungsfrequenz erhöhte und den Kreislauf anregte. Er war in besserer körperlicher Verfassung als vorher und sah, wie ihm jeden Morgen beim Rasieren auffiel, auch besser aus.

Manchmal dauerte die Fahrt von einem Ort zum anderen mehrere Tage, und er begriff rasch, daß er sich in einem Zug mit leisen, sanft sich drehenden, beruhigend wirkenden Rädern befand, mit einem lautlosen Motor, auf Schienen und auf einem Gleiskörper, die der Vollkommenheit so nahe waren, wie es irgend etwas auf dieser Welt Entworfenes und Erbautes nur sein konnte. Sein Wagen war ein Pullman-Abteil mit aneinander anschließenden Schlaf- und Wohnzimmern mit durchgehendem grauem Teppichboden. Er hatte dazu ein Arbeits- und Spielzimmer, wo ein dunkler mexikanischer Teppich mit einem Muster aus rosafarbenen Rosenblüten und weißen und gelben Wiesenblumen auf einem cremefarben gebleichten Fichtenholzboden mit einer Kunstharzpatina lag. Am anderen Ende lag eine Pullmanküche mit genug Raum für einen Tisch und zwei Stühle, und da nahm er seine Mahlzeiten und die ergänzende Nahrung zu sich, und während er kaute und schluckte, wurde er stets von mindestens einem mürrischen Beobachter in weißem Laborkittel konzentriert überwacht, der sich ständig Notizen machte. Er wußte von nichts, das man ihm irgendwie verborgen hätte. Alles, was er aß und trank, wurde gemessen, es wurden Proben davon entnommen, es wurde analysiert und vorher auf seinen Strahlungs- und Mineraliengehalt überprüft. Irgendwo in der Nähe, hatte man ihm gesagt – vielleicht praktischerweise in einem anderen Eisenbahnwagen –, befand sich (mindestens) eine Kontrollgruppe aus Personen, die genau zu derselben Zeit dasselbe wie er zu sich nahmen, in denselben Mengen und Zusammensetzungen, die genau dasselbe taten wie er, von morgens bis abends. Und doch gab es keine Anzeichen einer weiteren Abnormität wie der seinen. In allen seinen Räumen waren Geigerzähler eingebaut, auch zu *seinem* Schutz, und die wurden zweimal täglich getestet. Alle, die in seine

Nähe kamen – die Chemiker, Physiker, Mediziner, Techniker und Militärs, sogar die Wachen mit ihren automatischen Waffen und die Kellner, die ihn bedienten und den Tisch wieder abräumten, und die Frauen, die zum Saubermachen kamen und beim Kochen halfen –, trugen Namensschildchen aus Perlmutter und Spezialmarken, die sofort die Stigmata von Radioaktivität anzeigen würden. Er war immer noch sicher. Sie gaben ihm alles, was er fordern konnte, außer der Freiheit, nach Hause zu gehen.

»Obwohl?«

Obwohl das Leben zu Hause, wie er zugeben mußte, aufgehört hatte, so angenehm zu sein wie früher, und er und seine Frau, übervoll von Fernsehdramen, Nachrichten und Komödienserien, sich oft überlegt hatten, wie sie die ruhige Existenz ihrer langjährigen Ehe wieder mit mehr eigenen Unternehmungen und unverhofften Annehmlichkeiten ausstatten konnten. Die Teilnahme an Reisegesellschaften ins Ausland hatte ihren Reiz verloren. Sie hatten weniger Freunde als früher, wenig Energie und Motivation, und ihre Aufregungen und Zerstreuungen kamen nunmehr fast ausschließlich durch Fernsehsendungen zustande und durch die Kontakte mit den Kindern und Enkeln, die – dafür dankten sie täglich – immer noch alle an Orten wohnten, die von Kenosha aus leicht zu erreichen waren.

Die geistige Malaise, die er schilderte, war unter Amerikanern seiner Generation nicht ungewöhnlich, sagte der verständnisvolle Psychiater in Uniform, der jeden zweiten Tag vorbeigeschickt wurde, damit er tat, was er konnte, um die Streßsituation der Gefangenschaft für den Kaplan zu mildern und dabei gleichzeitig – gab er zu – ihm alle vielleicht zugänglichen Informationen zu entlocken, die wichtig waren für seinen bemerkenswerten Zustand und die er bewußt noch nicht preiszugeben bereit war.

»Und mit zweiundsiebzig, Herr Kaplan, sind Sie mit ziemlicher Wahrscheinlichkeit auch gut für das, was wir als Depression im vorgerückten Alter bezeichnen«, sagte der gut ausgebildete Psychiater. »Soll ich Ihnen erklären, was ich damit meine?«

»Das hat man mir schon gelegentlich erklärt«, sagte der Kaplan.

»Ich bin halb so alt wie Sie, und ich bin wahrscheinlich auch ein Anwärter dafür, falls Sie das irgendwie tröstet.«

Er vermißte seine Frau, vertraute er dem Experten an, und wußte, daß auch sie ihn vermißte. Es ging ihr gut, versicherte man ihm mindestens dreimal die Woche. Sie durften nicht direkt miteinander in Verbindung treten, nicht einmal schriftlich. Das jüngste seiner drei Kinder, das noch kaum laufen konnte, als er im Krieg in Europa war, war jetzt fast fünfzig. Den Kindern ging es ausgezeichnet, den Enkeln auch.

Trotzdem machte sich der Kaplan über seine ganze Familie unmäßig Sorgen (»Pathologische Sorgen?« vermutete der Psychiater diskret. »Aber das wäre natürlich auch bloß normal«) und wandte sich von diesen Gedanken qualvoll anderen Befürchtungen zu, von denen er spürte, daß sie sich unmittelbar erfüllen könnten, die er aber nicht zu nennen wußte.

Das war auch normal.

Wider Willen regredierte er nun gewohnheitsmäßig in dieselben starr fixierten Katastrophenphantasien, mit denen er sich damals geplagt hatte, als ihn der verzweifelte Schock von Einsamkeit und Verlust bei seiner ersten Trennung von Frau und Kindern während des Militärdienstes traf.

Wieder mußte er sich Sorgen wegen aller möglichen Unfälle machen und wegen Krankheiten wie dem Ewing-Sarkom, Leukämie, der Hodgkinschen Krankheit und anderen Formen von Krebs. Er sah sich wieder als jungen Mann auf Pianosa, und er sah seinen jüngsten Sohn wieder als kleines Kind jede Woche zwei- oder dreimal sterben, weil seine Frau immer noch nicht gelernt hatte, eine Arterienblutung zu stillen; sah wieder in tränenüberströmtem gelähmtem Schweigen zu, wie seine ganze Familie sukzessive an einer Steckdose einen tödlichen Stromschlag bekam, weil er seiner Frau nie gesagt hatte, daß der menschliche Körper Elektrizität leitet; alle vier gingen fast jede Nacht in Flammen auf, wenn der Wasserboiler explodierte und das zweistöckige Holzhaus in Flammen setzte; in entsetzlichen, herzlosen, widerlichen Einzelheiten sah er den schlanken, zarten Körper seiner Frau wieder an der Ziegelmauer der Markthalle von einem schwachsinnig betrunkenen Autofahrer zu einer formlosen Masse zerquetscht und sah seine hysterische Tochter, nun wieder fünf, sechs, sieben, zehn oder elf, von der Schreckensszene fortgeleitet von einem gütigen Herrn mittleren Alters mit schneeweißem Haar, der sie immer wieder und wieder vergewaltigte und ermordete, sobald er mit ihr zu einer abgelegenen Sandgrube gefahren war, während die beiden jüngeren Kinder zu Hause langsam Hungers starben, nachdem die Mutter seiner Frau, die – mittlerweile längst friedlich in hohem Alter dahingegangen – damals das Babysitting übernommen hatte, mit einem Herzschlag tot umgefallen war, als sie am Telefon vom Unfall seiner geliebten Frau hörte.

Sein Gedächtnis war mit diesen Illusionen gnadenlos. Nostalgisch und erniedrigt regredierte er in immerwährender hilfloser Wiederholung (und mit einer gewissen enttäuschten Sehnsüchtigkeit) in diese einstigen Zeiten junger Vaterschaft vor fast einem halben Jahrhundert, da er nie ohne Elendsgefühl gewesen war und nie ohne Hoffnung.

»Das ist auch ein typischer Zug dieser Altersdepressivität«, konstatierte der Psychiater mitfühlend und kennerisch. »Wenn Sie älter werden, werden Sie vielleicht feststellen, daß Sie in Zeiten regredieren, als Sie noch jünger waren. Ich tue das bereits.«

Er fragte sich, wo sein Gedächtnis enden würde. Er wollte nicht über seine erstaunliche Vision – ein Wunder möglicherweise – reden, als er den nackten Mann auf dem Baum gesehen hatte, gleich vor dem Militärfriedhof in Pianosa, bei dem traurigen Begräbnis eines sehr jungen Mannes namens Snowden, der in seinem Flugzeug während eines Einsatzes zur Bombardierung von Brücken bei Avignon in Südfrankeich umgekommen war. Er hatte am offenen Grab gestanden, Major Danby zur Linken und

Major Major zur Rechten, ihm gegenüber jenseits des klaffenden Lochs in der roten Erde ein Soldat namens Samuel Singer, der bei dem Einsatz mit dem Verstorbenen mitgeflogen war, und er konnte sich mit peinlicher Deutlichkeit daran erinnern, wie er erschauernd in seiner Gedenkansprache gestockt hatte, als er die Augen gen Himmel erhoben und statt dessen diese Gestalt auf dem Baum erblickt hatte, mitten im Satz, als hätte ihn Sprachlosigkeit übermannt, und der Atem fehle ihm mit einem Mal. Die Möglichkeit, daß tatsächlich ein nackter Mann auf dem Baum gesessen haben könnte, war ihm immer noch nicht eingefallen. Er behielt diese Erinnerung für sich. Er wollte nicht, daß der sensible Psychiater, mit dem er sich so gut verstand, zu dem Schluß kam, er sei verrückt.

Kein anderes vergleichbares Zeichen göttlicher Immanenz war ihm seitdem zuteil geworden, obwohl er nun um eines bat. Insgeheim und voller Scham betete er. Er schämte sich nicht dafür, daß er betete, doch erfüllte es ihn mit Scham, daß es jemand entdecken und fragen könnte, was er da mache. Er betete auch darum, daß Yossarian wie Superman in sein Leben gesaust käme (ein weiteres Wunder) – es fiel ihm kein anderer ein, den er herbeiwünschen könnte – und ihn aus dieser unauslotbaren Krisis befreite, in die er jetzt hilflos verwickelt war, damit er nach Hause gehen konnte. Sein ganzes Leben lang hatte er zu Hause sein wollen.

Es war nicht sein Fehler, daß er schweres Wasser ließ.

Zu verschiedenen Zeiten, wenn er nicht reiste, führte man ihn die paar Stufen aus seinem Wagen hinunter, damit er raschen Schritts zwanzig, dreißig, vierzig Minuten lang um ihn herumging, von bewaffneten Wachtposten aus einiger Entfernung beobachtet. Immer schritt jemand neben ihm her – ein Facharzt, ein Wissenschaftler, ein Geheimdienstler, ein Offizier oder der General selber –, und in Abständen wurde ihm eine Meßmanschette um den Arm gelegt, um seinen Blutdruck und seinen Puls festzustellen, und eine Maske mit einem Metallbehälter bedeckte Nase und Mund, daß sein Ausatmen aufgefangen werden konnte. Bei diesen Bewegungs- und Testintermezzi erkannte er, daß er sich zumindest den größten Teil der Zeit unter der Erde befand.

Innen in seinem Quartier konnte er auf beiden Seiten in allen Räumen ans Fenster gehen und auf Paris schauen, wenn er wünschte, Montmartre vom Arc de Triomphe aus, oder eine Aussicht wiederum vom Montmartre auf den Louvre, jenen Triumphbogen, den Eiffelturm und die Windungen der Seine. Der Anblick der in der Tiefe des Raumes verschwindenden Dächer war auch monumental. Oder er konnte aus dem Fenster sehen und, wenn ihm das lieber war, Toledo aus verschiedenen Perspektiven betrachten, die Universitätsstadt Salamanca, die Alhambra, oder Big Ben und dem Parlament den Vorzug geben, oder Saint Catherine's College in Oxford. Die Schalter an den Konsolen unter jedem Fenster waren einfach zu bedienen. Jedes Fenster war ein Videobildschirm, der eine buchstäblich unbegrenzte Auswahl von Örtlichkeiten bot.

In New York war, wenn nichts anderes gewünscht wurde, die Standardperspektive die aus einem großen Fenster in einem oberen Stockwerk eines Apartmenthochhauses. Er konnte sich so mühelos durch die Stadt bewegen wie durch die ganze Welt. Auf der anderen Seite der Avenue vom Port-Authority-Busbahnhof sah er eines Tages kurz nach seiner Festsetzung Yossarian aus einem Taxi steigen – er war sich so gewiß, daß er fast seinen Namen rief. In Washington konnte er drinnen in der Eingangshalle von BÜGMASP in aller Ruhe an den Schaufenstern vorbeiflanieren und ebenso an den üppigen Auslagen der Einzelhandelsgeschäfte in den Zwischengeschossen. An allen seinen Orten veränderten sich Licht und Farbe im Lauf der Stunden, wie es seiner eigenen Tageszeit entsprach. Seine Lieblingsausblicke bei Dunkelheit waren die Kasinos von Las Vegas und Los Angeles, bei Nacht vom Sunset Strip aus gesehen. Es stand ihm frei, von seinen Fenstern aus fast jeden Ort zu betrachten, den er sehen wollte, außer dem, was tatsächlich dort lag. In Kenosha, Wisconsin, hatte er den Anblick seiner Stadt von der überdachten Veranda vor seinem Haus und den ebenso beruhigenden Ausblick von seinem kleinen Patio hinten am Garten, wo er in der Abenddämmerung milder mondheller Nächte oft mit seiner Frau in der Schaukel gesessen, nach den Glühwürmchen gesehen und gemeinsam mit ihr in leise traurigen Erinnerungen sich gefragt hatte, wohin all die Zeit gegangen war, wie rasch das Jahrhundert hatte vergehen können. Mit dem Garten ging es nicht mehr so gut wie früher. Er liebte das Jäten immer noch, aber er wurde rasch müde und verlor oft über den Schmerzen in den Beinen und unten am Rückgrat (Ischias, meinte sein Arzt) den Mut. Als er einmal durch das Fenster seines Zuges vorne aus seinem Haus heraussah, sah er einen Nachbarn auf der anderen Straßenseite, von dem er genau wußte, daß er vor einigen Jahren gestorben war, und er war momentan vollkommen verwirrt. Der Gedanke betäubte ihn, daß unter der Oberfläche seiner vertrauten Stadt, in der er fast sein ganzes Leben verbracht hatte, diese verborgene unterirdische Eisenbahn fahren mochte, deren unfreiwilliger Passagier er nun war.

Mittlerweile hatte man alles und – obwohl die meisten es nicht bemerkten – jeden in der weiteren Nachbarschaft um das Haus des Kaplans in Kenosha untersucht, überprüft, inspiziert und ausgewertet, mit den feinsten und subtilsten Instrumenten und den fortschrittlichsten Techniken: die Nahrungsmittel, das Trinkwasser aus den Brunnen und aus dem Stausee, die Luft, die man hier atmete, die Abwässer, den Müll. Das Ergebnis jeder Toilettenspülung wurde verzeichnet und analysiert, und jeder Schluck eines jeden Müllschluckers. Es gab bis jetzt keine Indizien für eine Kontamination, die irgendwie im entferntesten mit der zu vergleichen gewesen wäre, deren nach wie vor einzigartiger Träger er war. Nirgendwo in Kenosha fand sich auch nur ein Molekül Deuteriumoxyd, oder einfacher gesagt: Schweres Wasser.

»Es hat als Problem beim Urinieren angefangen«, wiederholte Kaplan Albert Taylor Tappman noch einmal.

»Sowas hab ich auch schon gehabt«, gestand der Psychiater

und seufzte laut. »Aber natürlich nicht so wie Sie. Sonst wäre ich wohl hier mit Ihnen in Quarantäne. Sie wissen wirklich nicht, wie Sie das machen, oder was Sie gemacht haben, daß es angefangen hat?«

Der Kaplan verneinte wieder mit entschuldigendem Stottern. Er saß da, seine weichen Fäuste ruhten auf den Knien, und der Doktor schien ihm zu glauben. Sein Arzt zu Hause hatte gleich geahnt, daß da etwas nicht stimmte, und eine zweite Probe angefordert.

»Ich weiß nicht, Albert. Es kommt mir immer noch merkwürdig vor, so schwer irgendwie.«

»Was bedeutet das, Hector?«

»Ich weiß nicht genau, aber ich glaube, für das, was du da machst, braucht man eine Regierungsgenehmigung. Schauen wir mal, was das Labor meint. Vielleicht müssen sie's melden.«

Sofort danach war eine wimmelnde Schar von Agenten der Regierung in sein Haus eingedrungen; dann kamen die Chemiker, die Phyiker, die Radiologen und Urologen, die Endokrinologen und Gastroenterologen. In rascher Folge war er von jedem erdenklichen Spezialisten und Umweltfachmann durchgetestet worden, im Verlauf eines entschlossenen und umfassenden Versuches, herauszufinden, wo dieses zusätzliche Wasserstoffneutron in jedem Molekül des von ihm ausgeschiedenen Wassers herkam. Es fand sich nicht in seinem Schweiß. Der war sauber, wie auch alle anderen restlichen Flüssigkeiten in seinem Inneren.

Dann kamen die Verhöre, zuerst manierlich, dann grob und mit Andeutungen von Brutalität. Hatte er flüssiges Hydrogen getrunken? Nicht, soweit er wußte. Oh, das würde er dann schon wissen. Er wäre tot.

»Weshalb fragen Sie mich dann?«

Das war eine Fangfrage, krähten sie triumphierend, gackernd vor Gelächter. Sie rauchten alle Zigaretten, ihre Finger waren gelb. Flüssiges Oxygen? Er wußte nicht einmal, wo er das herbekommen sollte.

Das müßte er ja wohl wissen, wenn er es trank.

Er wußte nicht einmal, was das war.

Wie konnte er dann sicher sein, daß er es nicht getrunken hatte?

Das schrieben sie der Vollständigkeit halber mal auf. Es war auch eine Fangfrage.

»Und Sie sind darauf reingefallen, Herr Kaplan. Nicht schlecht, Ace. Was, Butch?«

»Du sagst es, Slugger.«

Es waren drei, und sie bestanden darauf, zu erfahren, ob er irgendwelche Freunde, Frauen oder Kinder in irgendeinem der Staaten hinter dem ehemaligen Eisernen Vorhang hatte, oder jetzt irgend jemanden beim CIA.

»Ich hab auch niemand beim CIA«, sagte der Psychiater. »Ich wüßte gar nicht, wie ich mich rechtfertigen sollte, wenn's der Fall wäre.«

Als erstes hatten sie seinen Paß eingezogen und sein Telefon angezapft. Seine Post wurde abgefangen, sein Konto eingefroren, sein Schließfach zugenagelt. Am schlimmsten war, daß sie ihm seine Sozialversicherungsnummer weggenommen hatten.

»Keine Schecks mehr?« rief der Psychiater entsetzt.

Die Schecks kamen immer noch, aber die Sozialversicherungsnummer war weg. Ohne sie hatte er keine Identität.

Der Psychiater wurde aschfahl und zitterte. »Ich kann mir vorstellen, wie Ihnen zumute ist«, sagte er voll Mitgefühl. »Ich könnte nicht leben ohne meine. Und Sie können es denen wirklich nicht sagen, wie Sie das machen?«

Die Physikochemiker und Chemophysiker schlossen einen Insektenstich aus. Die Entomologen stimmten dem zu.

Anfangs waren die Leute insgesamt freundlich, leicht herablassend, und behandelten ihn rücksichtsvoll. Die Mediziner näherten sich ihm liebenswürdig, er war sowohl eine Kuriosität wie eine Karrierechance. Sehr rasch jedoch wurde bei allen außer dem Psychiater und dem General die Freundlichkeit gezwungen und bröckelte ab. Die wachsende Frustration führte zu ärgerlicher

Ungeduld. Die Frager hatten schlechteste Laune, die Besprechungen wurden zu wütenden Beschimpfungen. Das galt vor allem für die Agenten der Geheimdienste. Sie waren nicht vom FBI oder der CIA, sondern von einer tiefer verborgenen Agentur. Seine Unfähigkeit, Licht in die Sache zu bringen, war eine Beleidigung, und man schalt ihn wegen seiner störrischen Weigerung, Erklärungen zu liefern, über die er nicht verfügte.

»Sie sind wirklich stur«, sagte der größte der groben Agenten, die ihn verhörten.

»Die Berichte stimmen darin alle überein«, sagte der Dünne, bös Aussehende, Dunkelhäutige mit der scharfen krummen Nase, dem manischen Blick, hinter dem es amüsiert zu glühen schien, den kleinen unregelmäßigen nikotinfleckigen Zähnen und den kaum vorhandenen Lippen.

»Herr Kaplan«, sagte der Dickliche, der viel lächelte und blinzelte, ohne dabei irgendeine Fröhlichkeit zu verraten, und stets sauer nach Bier roch, »jetzt mal zur Frage der Strahlung. Haben Sie jemals, ehe wir Sie hierhergebracht haben – und wir wollen die Wahrheit, mein Junge, lieber wollen wir gar nichts, wenn wir nicht die Wahrheit kriegen, klar? –, haben Sie je illegalerweise Strahlung in sich aufgenommen?«

»Wie soll ich das wissen, Sir? Was ist illegale Strahlung?«

»Strahlung, von der Sie nichts wissen, aber wir.«

»Im Gegensatz wozu?«

»Zu Strahlung, von der Sie nichts wissen, aber wir.«

»Jetzt bin ich etwas verwirrt. Ich höre keinen Unterschied.«

»Der Unterschied ist implizit. In der Art, wie wir es sagen.«

»Und Sie haben ihn nicht gemerkt. Schreib das auf die Liste.«

»Da hast du ihn festgenagelt. Jetzt hast du ihn voll am Arsch, würde ich sagen.«

»Das reicht, Ace. Wir machen morgen weiter.«

»Selbstverständlich, Herr General.«

Der Tonfall, in dem Ace zu dem General sprach, war deutlich unverschämt, und der Kaplan empfand Verlegenheit.

Der Offizier, der insgesamt für das Wisconsin-Projekt verantwortlich war, war General Leslie R. Groves vom einstigen Manhattan-Projekt, das 1945 die ersten Atombomben entwickelt hatte, und allen Anzeichen zufolge war er von aufrichtiger Fürsorglichkeit, Herzlichkeit und Besorgnis. Inzwischen hatte der Kaplan ihm gegenüber Vertrauen. Er hatte von General Groves viel über die Logik hinter seiner despotischen Gefangennahme und unablässigen Überwachung erfahren sowie über den Unterschied zwischen Fission und Fusion und die drei Zustandsformen des Hydrogens, mit denen er anscheinend irgendwie zugange war, oder diese mit ihm. Nach dem Hydrogen 1 kam das Deuterium, mit einem zusätzlichen Neutron in jedem Atom, welches sich mit Oxygen zu schwerem Wasser verband. Und dann kam Tritium, das radioaktive Gas mit zwei zusätzlichen Neutronen, das Verwendung fand als Anstrichfarbe auf selbstleuchtenden Meßskalen und Uhrenzifferblättern (die einer neuen pornographischen Schlafzimmeruhr eingeschlossen, die sich über Nacht die lüsterne Phantasie der Nation erobert hatte) und außerdem als Verstärker der Explosivkraft von thermonuklearen Sprengkörpern wie der Wasserstoffbombe, die Lithiumdeuterid enthielt, eine Deuteriumverbindung. Die früheste dieser Bomben, die 1952 zur Detonation gebracht worden war, hatte eine Zerstörungskraft gehabt, die größer gewesen war – *tausendmal größer*, betonte General Groves – als die auf Japan abgeworfenen Bomben. Und wo kam dieses Deuterium her? Aus schwerem Wasser.

Und er hatte seines immer einfach runtergespült.

»Was haben Sie jetzt immer mit meinem gemacht?«

»Wir haben es weggeschickt, damit es in Tritium umgewandelt wird«, antwortete General Groves.

»Sehen Sie, was Sie da alles verpißt haben, Herr Kaplan?«

»Schluß jetzt, Ace.«

Mit General Groves an seiner Seite war der Kaplan einmal aus seinem Pullmanwagen auf einen kleinen Sportplatz mit weißen Betonplatten ausgestiegen, der hinter einem Gebäude mit fensterlosen Rauhputzwänden und einem Kreuz auf dem Dach lag, das aussah wie eine alte italienische Kirche. Ein Basketballkorb mit dem Brett dahinter hing hoch oben an einem Holzbalken, dessen dunkle Lackierung noch frisch aussah; auf dem Boden war in stumpfem Grün die Markierung eines Shuffleboard-Feldes aufgemalt. Ein Fußball aus schwarzen und weißen zusammengenähten Segmenten, die ihn aussehen ließen wie ein großes Molekularmodell, das gleich explodieren wird, lag in der Mitte des Platzes, als warte er darauf, weggekickt zu werden. In einer Ecke stand ein sonnengebräunter Händler an einem Souvenirkiosk mit Ansichtskarten, Zeitungen und ozeanblauen Matrosenmützen mit weißen Litzen und weißen Lettern, die das Wort VENEZIA bildeten, und der Kaplan fragte sich laut, ob sie jetzt wirklich in Venedig waren. Der General sagte, das sei nicht der Fall, aber es wäre eine hübsche Abwechslung, sich das vorzustellen. Trotz der Illusion von Himmel und frischer Luft befanden sie sich noch immer drinnen, unter der Erde. Der Kaplan wollte nicht Basketball oder Shuffleboard spielen oder den Fußball durch die Gegend treten und wollte auch keine Souvenirs. Die beiden gingen vierzig Minuten lang um den Eisenbahnwagen herum, wobei General Groves ein recht strammes Tempo vorgab.

Ein anderes Mal, als sie an einer schmalen Unterführung angehalten hatten, die fast senkrecht von den Geleisen abzweigte, hörte er schwache, winzige Schüsse, wie die Explosionen kleiner Feuerwerkskörper, die irgendwo aus der hallenden Ferne drinnen drangen. Es war eine Schießbude. Der Kaplan lehnte es ab, sein Glück zu versuchen und vielleicht einen Teddybären zu gewinnen. Er wollte auch keine Pennys werfen, um vielleicht eine Kokosnuß nach Hause zu bringen. Man hörte aus diesem Raum die Musik eines Karussells herandringen und dann das röhrend anwachsende und wieder absinkende Geräusch der kreischenden Stahlräder und ratternden Wagen einer fahrenden Achterbahn. Nein, der Kaplan war nie in Coney Island gewesen und hatte nie von George C. Tilyous Steeplechase-Vergnügungspark gehört, und er hatte auch jetzt keine Lust, dorthin zu gehen. Er wollte weder Mr. Tilyou persönlich kennenlernen noch sein prächtiges Karussell besuchen.

General Groves zuckte die Achseln. »Sie scheinen ganz apathisch«, meinte er nicht ohne Mitleid. »Nichts scheint Sie zu interessieren, keine Fernsehkomödie, keine Nachrichten, kein Sport.«

»Ich weiß.«

»Mich auch nicht«, sagte der Psychiater.

Es war auf der dritten Reise zurück in seine Heimatstadt Kenosha, daß ihm das erste Lebensmittelpaket von Milo Minderbinder ausgehändigt wurde. Danach kamen diese Pakete wöchentlich immer am selben Tag. Die Grußkarte war stets die gleiche:

WAS GUT FÜR MILO MINDERBINDER IST, IST GUT FÜR DIE NATION

Der Inhalt war ebenfalls stets derselbe. Säuberlich in Styroporschnitzel gebettet lagen da ein neues Wegwerffeuerzeug, ein Päckchen sterile Verbandswatte aus reiner ägyptischer Baumwolle, eine Luxuspralinenschachtel mit einem Pfund von M. & M.'s feinstem ägyptischen Baumwollkonfekt mit Schokoladenüberzug, ein Dutzend Eier aus Malta, eine Flasche Scotch von einer Brennerei in Sizilien, alles *Made in Japan*, und kleine Souvenirpröbchen Speck aus Quebec, Huhn aus Gabun und Tangerinen aus New Orleans, die alle ebenfalls aus Asien stammten. Der Kaplan erklärte sich damit einverstanden, als General Groves vorschlug, er solle das Paket doch für Leute droben stiften, die immer noch keine Unterkunft hatten. Der Kaplan war zum ersten Mal wirklich überrascht.

»Gibt es jetzt Obdachlose in Kenosha?«

»Wir sind jetzt nicht in Kenosha«, antwortete General Groves und ging zum Fenster, um den Lokalitätsknopf zu drücken.

Sie waren wieder in New York und schauten vorbei an den Schuhputzern und den Karren der fliegenden Lebensmittelverkäufer mit den qualmenden Holzkohlenfeuerchen, welche die Straßen um den Haupteingang des Busbahnhofs säumten, vorbei am PABT-Gebäude auf die sterile Architektur der beiden Türme des World Trade Center, möglicherweise immer noch die höchsten Kommerzbauten des Universums.

Ein anderes Mal, als er sich eigentlich sicher war, daß er bei BÜGMASP in Washington war, bemerkte der Kaplan durch eine zufällige Null-Schaltung, daß er im PABT war, irgendwo unten geparkt, während die Lokomotive und die Laborwagen ausgetauscht wurden. Er konnte durch sein Fenster sogar das Kontrollzentrum des Bahnhofs sehen und sich auf die Bildschirme dort konzentrieren, um die Busse ankommen und abfahren zu sehen, die täglichen Gezeiten der Menschen zu beobachten, die Zivilpolizisten, die wie Dealer gekleidet waren, und die Dealer, die sich kleideten wie Zivilpolizisten, die Prostituierten, Süchtigen und weggelaufenen Kinder, die schmutzigen schlaffen Kopulationen und die anderen unsauberen Vorgänge des gesellschaftlichen Lebens in den Nottreppenhäusern, er konnte sogar in die verschiedenen Toiletten spähen und sehen, wie die Leute pinkelten oder ihre Wäsche wuschen, und, falls er das wollte, in die einzelnen Zellen, um Drogeninjektionen, oralen Geschlechtsverkehr und Stuhlgang zu betrachten. Er wollte es nicht. Er hatte Fernsehapparate, die bei hervorragendem Empfang dreihundertzweiundzwanzig Programme brachten, aber er stellte fest, daß es keinen Spaß machte, irgend etwas anzusehen, wenn seine Frau es nicht mit ihm zusammen ansah. Fernsehen machte auch nicht sehr viel Spaß, wenn sie zusammen waren, aber zumindest konnten sie ihre Blicke auf den gemeinsamen Fixpunkt des Geräts richten, während sie nach etwas Neuem suchten, worüber sich reden ließe, etwas, das die Lethargie lindern würde. Das war das Alter. Er war immer noch kaum über zweiundsiebzig.

Ein anderes Mal in New York sah er durch sein Fenster auf das

Metropolitan Museum of Art, zu einer Stunde, als sich dort gerade eine BUFFKAMMA-Sitzung auflöste, und wieder war er sicher, daß er Yossarian sah, der diesmal in Begleitung einer älteren, modisch gekleideten Dame und eines Mannes, der größer als die beiden anderen war, herauskam. Wieder wollte er rufen, denn diesmal beobachtete er, wie ein Mann mit rotem Haar und einem grünen Rucksack die drei verschlagen musterte und hinter ihnen herging, und dann folgten zwei andere Männer mit helleren orangeroten Haaren ebenfalls, und hinter ihnen kam noch ein Mann, der ohne Zweifel denen allen folgte. Er traute seinen Augen nicht. Er hatte das Gefühl, wieder eine Erscheinung zu sehen wie damals bei der Vision von dem Mann auf dem Baum.

»Und was ist dieses andere Geräusch, das ich immer höre?« fragte der Kaplan schließlich General Groves, als sie wieder aus der Stadt hinausrollten.

»Sie meinen das Wasser? Das Geräusch eines Stroms oder Flusses?«

»Ich höre es oft. Vielleicht ständig.«

»Ich kann es nicht sagen.«

»Sie wissen es nicht?«

»Ich habe Befehl, Ihnen alles zu sagen, was ich weiß. Das da ist außerhalb meines Zuständigkeitsbereiches. Das ist geheimer und weiter drunten. Wir wissen von unseren Sonarmessungen, daß es ein ziemlich schmales, sich langsam bewegendes Volumen Wasser ist, und daß kleine Boote ohne Motor, vielleicht Ruderboote, in regelmäßigen Abständen dort entlangkommen, immer in eine Richtung. Es gibt auch Musik. Die Musikstücke sind als Orchestereinleitung und Brautlied aus dem dritten Akt der Oper *Lohengrin* identifiziert worden.« Und schwach hörbar unter dieser Musik, von einem tieferen Ort herdringend, hörte man einen mit der Oper nicht in Zusammenhang stehenden Kinderchor der Angst und Pein, welchen die Regierungsmusikologen noch nicht hatten identifizieren können. Man konsultierte Deutschland, wo man es ebenfalls als sehr peinsam empfand, daß hier ein Chorwerk von hoher musikalischer Komplexität vorlag, von dem man nichts wußte. »Der Fluß ist auf meinen Plänen als Rhine eingezeichnet. Mehr weiß ich nicht.«

»Der Rhein?« Der Kaplan war voll ehrfürchtigem Staunen.

»Nein. Der Rhine. Wir sind jetzt nicht in Deutschland.«

Sie waren wieder in der Hauptstadt der Vereinigten Staaten.

Es gab keinen Grund, General Groves nicht zu glauben, der es sich angelegen sein ließ, bei allen Sitzungen mit Ace, Butch und Slugger anwesend zu sein. Der Kaplan begriff, daß auch die Freundschaft des Generals nichts anderes sein mochte als eine kalkulierte Taktik im Rahmen einer umfassenderen Strategie, die ein geheimes Einverständnis mit den drei Agenten voraussetzte, vor welchen er sich am meisten fürchtete. Es gab keine Möglichkeit, etwas zu wissen, das wußte er – er konnte nicht einmal wissen, ob es eine solche Möglichkeit wirklich nicht gab.

»Ich habe oft dasselbe Gefühl«, stimmte ihm der General rasch zu, als er sein Unbehagen zum Ausdruck brachte.

»Ich auch«, gestand der Psychiater.

War der mitfühlende Psychiater auch nur ein Trick?

»Sie haben kein Recht, das mit mir zu machen«, protestierte der Kaplan, als er wieder mit General Groves allein war. »Ich glaube, soviel weiß ich.«

»Da täuschen Sie sich, fürchte ich«, antwortete der General. »Ich glaube, Sie werden entdecken, daß wir das Recht haben, alles mit Ihnen zu machen, wovon Sie uns nicht abhalten können. In diesem Fall hier ist das Ganze sowohl legal wie regulär. Sie waren ein Mitglied der Streitkräfte. Man hat Sie einfach wieder dienstverpflichtet.«

»Aber ich bin aus der Reserve entlassen worden«, antwortete der Kaplan triumphierend. »Ich habe den Brief, ich kann das beweisen.«

»Ich glaube nicht, daß Sie den Brief noch haben, Herr Kaplan. Und in unseren Unterlagen steht nichts dergleichen.«

»O doch«, sagte der Kaplan mit listiger Genugtuung. »Sie können ihn in meinen Unterlagen finden, nach dem Gesetz über Informationsfreiheit.«

»Herr Kaplan, wenn Sie da noch einmal nachsehen, werden Sie feststellen, daß die betreffenden Papiere geschwärzt sind. Sie sind nicht ganz unschuldig, wissen Sie.«

»Wessen bin ich schuldig?«

»Vergehen, von denen die Geheimdienste noch nichts wissen. Warum wollen Sie nicht zugeben, daß Sie schuldig sind?«

»Wie kann ich das sagen, wenn die mir nicht sagen, was ich getan habe?«

»Wie können sie es Ihnen sagen, wenn sie nicht wissen, was? Zunächst einmal«, fuhr General Groves in einem mehr belehrenden Tonfall fort, »ist da die Geschichte mit dem schweren Wasser, das Sie natürlicherweise herstellen, ohne daß Sie uns sagen, wie.«

»Ich weiß nicht, wie!« beteuerte der Kaplan.

»Ich bin's nicht, der Ihnen nicht glaubt. Dann kommt das zweite, das mit einem Mann namens Yossarian. Sie haben ihm einen geheimnisvollen Besuch in New York abgestattet, sobald wir von dieser Geschichte erfahren haben. Das war einer der Gründe, daß man Sie eingezogen hat.«

»Daran war nichts Geheimnisvolles. Ich bin ihn besuchen gegangen, als all das anfing. Er war im Krankenhaus.«

»Was hat ihm gefehlt?«

»Nichts. Er war nicht krank.«

»Aber im Krankenhaus? Versuchen Sie sich einmal vorzustellen, Albert, wie sich das alles anhört. Er war zur selben Zeit in diesem Krankenhaus wie ein belgischer Agent mit Kehlkopfkrebs. Dieser Mann kommt aus Brüssel, und Brüssel ist das Zentrum der EG! Ist das auch ein Zufall? Er hat Kehlkopfkrebs, aber es geht ihm nicht besser und er stirbt nicht. Wie kommt's? Und dann werden Codebotschaften über ihn an ihren Freund Yossarian weitergegeben, fünf- oder sechsmal am Tag, von dieser Frau, die so tut, als ob sie bloß gerne mit ihm telefoniert. So eine Frau ist mir noch nie begegnet. Ihnen vielleicht? Jetzt versagt wieder seine Niere, sagt sie, erst gestern. Warum soll dem seine Niere versagen und Ihre nicht? Sie sind doch der mit dem schweren Wasser! Ich habe dazu keine eigene Meinung. Ich weiß über diese Dinge nicht mehr als über die Orchestereinleitung zum dritten Akt von *Lohengrin* oder einen Chor von Kindern, die voll Angst und Pein singen. Ich lege Ihnen die Fragen vor, die andere stellen. Es gibt sogar einen hartnäckigen Verdacht, daß der Belgier vom CIA ist. Und das Gerücht, daß *Sie* beim CIA sind.«

»Bin ich nicht! Ich schwöre, ich war nie beim CIA!«

»Ich bin nicht der, den Sie überzeugen müssen. Diese Botschaften aus dem Krankenhaus werden durch Yossarians Krankenschwester weitergegeben.«

»Krankenschwester?« rief der Kaplan. »Ist Yossarian krank?«

»Er ist bei hervorragender Gesundheit, besser in Form als Sie oder ich.«

»Weshalb braucht er dann eine Krankenschwester?«

»Zum fleischlichen Genuß. Die beiden haben sich mittlerweile auf die eine oder andere Art vier- oder fünfmal die Woche vereinigt« – der General schaute sorgfältig auf ein Diagramm, das er im Schoß liegen hatte, um ganz sicherzugehen – »und zwar in seinem Büro, in ihrer Wohnung und in seiner Wohnung, häufig auf dem Küchenboden, während das Wasser lief, oder auf dem Boden eines der anderen Räume unter der Klimaanlage. Obwohl ich dieser Graphik entnehme, daß die Frequenz der libidinösen Begegnungen rapide abnimmt. Die Flitterwochen scheinen vorbei. Er schickt ihr nicht mehr so oft langstielige Rosen und redet nur selten von Unterwäsche, diesem letzten Gaffney-Bericht zufolge.«

Der Kaplan wand sich unbehaglich unter der Last dieser aufgehäuften privaten Einzelheiten. »Bitte –!«

»Ich will Ihnen lediglich zeigen, was sich abspielt.« Der General blätterte eine andere Seite auf. »Und dann noch diese geheime Absprache, die Sie anscheinend mit Mr. Milo Minderbinder haben und die Sie nicht für erwähnenswert halten.«

»Milo Minderbinder?« Der Kaplan war fassungslos. »Ich kenne ihn natürlich. Er schickt immer diese Pakete, ich weiß nicht, warum. Ich war mit ihm im Krieg, aber ich habe ihn fast fünfzig Jahre nicht gesehen oder gesprochen.«

»Kommen Sie, kommen Sie, Herr Kaplan.« Nun setzte der General eine Miene theatralischer Enttäuschung auf. »Albert, Milo Minderbinder beansprucht Eigentumsrechte an Ihnen, hat Sie als Patent angemeldet, hat ein Warenzeichen für Ihre Marke schweres Wasser eintragen lassen – mit einem Heiligenschein übrigens. Er hat Sie der Regierung im Zusammenhang mit einem Auftrag über ein Kampfflugzeug angeboten, um den er sich bewirbt, und er bekommt Woche für Woche eine sehr, sehr dicke Summe für jeden Liter schweres Wasser, den wir aus Ihnen herausholen. Sind Sie überrascht?«

»Das höre ich alles zum ersten Mal!«

»Albert, er hätte kein Recht, das alles einfach so zu tun.«

»Leslie, jetzt habe ich Sie.« Der Kaplan lächelte fast. »Eben erst haben Sie gesagt, daß die Leute das Recht haben, alles mit mir zu machen, wovon ich sie nicht abhalten kann.«

»Das stimmt, Albert. Aber in der Praxis sieht es so aus, daß das ein Argument ist, das wir verwenden können, aber Sie nicht. Wir können das alles bei der Wochenbesprechung morgen nachmittag noch einmal durchgehen.«

Bei der Wochenbesprechung, die jeden Freitag stattfand, war es der General selbst, der als erster von der neuesten Entwicklung Wind bekam.

»Wer hat hier gefurzt?« fragte er.

»Ja, was ist das für ein Geruch?«

»Den kenne ich«, sagte der Physikochemiker, der diese Woche Dienst hatte. »Das ist Tritium.«

»Tritium?«

Die Geigerzähler im Zimmer tickten. Der Kaplan schlug die Augen nieder. Eine furchtbare Verwandlung war soeben geschehen. Es befand sich Tritium in seinen Blähungen.

»Das ändert alles, Herr Kaplan«, sagte der General mit ernstem Vorwurf. Man würde jeden einzelnen Test und jede Messung wiederholen und neue Versuchsanordnungen finden müssen. »Und kontrollieren Sie sofort alle in den anderen Gruppen.«

Keiner in all den Kontrollgruppen blies irgend etwas aus dem Arsch außer dem normalen Methan und Schwefelwasserstoff.

»Ich zögere fast, diese Nachricht weiterzugeben«, sagte der General düster. »Von jetzt an, Herr Kaplan, bitte ich mir rückhaltlose Kooperation aus.«

»Und furzen Sie nur, wenn man's Ihnen sagt.«

»Schluß jetzt, Ace. – Finden Sie es nicht auch seltsam«, fragte General Groves in philosophischer Laune bei dem eine Woche später einberufenen allgemeinen Brainstorming, »daß es ein Mann Gottes ist, der jetzt vielleicht in sich die thermonukleare Kapazität aufbaut, das gesamte Leben auf diesem Planeten zu zerstören?«

»Nein, natürlich nicht.«

»Wieso seltsam?«

»Sind Sie verrückt?«

»Wie kommen Sie denn darauf?«

»Wer soll's denn sonst sein?«

»Die betatschen doch auch Ministranten, oder?«

»Sollte nicht die Macht, die die Welt erschaffen hat, auch die sein, welche die Welt zerstört?«

»Es wäre noch seltsamer«, stimmte der General zu, nachdem er diese Äußerungen abgewogen hatte, »wenn es irgend jemand sonst wäre.«

21. LEW

Dieses ewige Gefühl am Rande des Erbrechens macht mich fertig. Mittlerweile spüre ich den Unterschied. Wenn ich denke, es ist nichts, geht es weg. Wenn ich denke, es ist doch was, ist die gute Phase vorbei, und der Rückfall ist da. Bald werde ich mich an verschiedenen Körperstellen kratzen und nachts schwitzen und Fieber haben. Ich kann es früher als alle anderen merken, wenn ich an Gewicht verliere. Der Trauring an meinem Finger wird locker. Ich trinke gern was abends vor dem Essen, ein paar Gläser, dieselbe alte Kleinkindermischung aus meiner Jugend, über die heute die Leute lachen, Carstairs Whiskey und Coke, einen C und C. Wenn ich Schmerzen spüre, nachdem ich Alkohol getrunken habe, im Hals wieder oder jetzt auch in den Schultern oder im Bauch, dann weiß ich, es ist Zeit, den Arzt anzurufen und zu hoffen, daß ich nicht in die Stadt muß und wieder eine Runde mit Teemer durchstehen, vielleicht ins Krankenhaus zu einem von seinen Bestrahlungsscharfschützen. Ich sag's Claire immer, wenn ich das Gefühl habe, es ist was los. Unnötig erschrecken tu ich sie nicht. Sodbrennen ist kein Problem. Das kommt, wenn ich zuviel esse. Die Übelkeit, die ich so satt habe, kommt von der Krankheit und kommt von der Therapie. Kein Irrtum möglich. Wenn ich an diese Übelkeit denke, denke ich an meine Mutter und ihre grünen Äpfel. Für mich schmecken die wie das, was ich schmecke, wenn mir übel ist. Einmal als Kind hatte ich einen Abszeß im Ohr, der ist mir zu Hause von einem Spezialisten aufgestochen worden, den Dr. Abe Levine mitbrachte, und sie hat uns allen, mir und den Ärzten und jedem, der herumstand, erzählt, ich hätte bestimmt wieder ihre grünen Äpfel gegessen. Weil sowas kriegt man, wenn man grüne Äpfel ißt. Ich muß lächeln, wenn ich an das alte Mädchen denke. Sie hatte was, auch noch am Schluß, als sie nicht immer ganz da war. Sie erinnerte sich an meinen Namen. Sie hatte Schwierigkeiten, die anderen zu erkennen, sogar den alten Herrn mit seinen wäßrigen Augen, aber nicht mich. »Louie«, rief sie leise. »Jingelchen. Louele. *Kimm aher zu der Momma.*«

Ich will mich nicht länger ad nauseam erbrechen.

Sammy amüsiert sich immer, wenn ich das so sage, also bring ich das auf jeden Fall, wenn wir uns sehen, daß er was zu lachen hat, wenn er wieder hier raufkommt zu Besuch, oder wenn wir manchmal in die Stadt fahren. Wir gehen gelegentlich mal aus, einen Abend lang in die Stadt, um uns zu beweisen, daß wir das noch können. Wir kennen jetzt niemand mehr, der dort wohnt, außer ihm und dann noch eine von meinen Töchtern. Ich geh ins Theater mit Claire und tue mein Bestes, damit ich nicht einschlafe, und versuche auszusehen, als ob's mich interessiert, was auf der Bühne stattfindet. Oder ich sitze mit Sammy zusammen und esse und trinke was, während sie in die Museen geht oder in die Galerien, mit meiner Tochter Linda oder allein. Manchmal bringt Sammy eine nette Frau mit, gute Persönlichkeit, aber es läßt sich leicht erkennen, daß da nichts Heißes läuft. Winkler ruft alle paar Wochen aus Kalifornien an, nur um zu sehen, wie's so geht, und um zu erzählen, wer da draußen gestorben ist, den wir kennen, und die neuesten Nachrichten von den Bekannten zu hören, die wir hierzulande noch haben. Er verkauft jetzt Schuhe, echtlederne Schuhe, erzählt er mir, an die Schuhabteilungen von großen Kaufhausketten, und hält sich mit dem Geld, was da gerade reinkommt, über Wasser in den schwachen Zeiten, wenn mit seinen Schokoladeeiern und Osterhasen nichts läuft. Und er treibt noch was, wovon ich lieber gar nichts hören will, überschüssige Tiefkühlkost, vor allem Fleisch. Sammy kann sich auch immer noch über Marvelous Marvie und seine großen Geschäfte amüsieren. Sammy hat anscheinend nicht mehr viel, was ihm Spaß macht, seit er allein in seinem neuen Apartmenthochhaus sitzt. Er weiß immer noch nicht, was er mit seiner Zeit anfangen soll, abgesehen von dieser Arbeit für die Krebshilfe. Er kriegt eine gute Pension von seinem *Time Magazine*, sagt er, und hat Geld gespart, das ist also kein Problem. Ich mach ihm Vorschläge. Er rührt sich nicht.

»Geh nach Las Vegas und spiel mit ein paar Luxusmiezen rum.«

Claire billigt das sogar. Ich bin immer noch verrückt nach ihr. Ihre Brüste sind immer noch groß und sehen so gut wie neu aus, seit sie sie wieder hübsch hat richten lassen. Oder er könnte nach Bermuda gehen oder in die Karibik und sich eine nette Sekretärin auf Urlaub suchen und sie wie eine Prinzessin verwöhnen. Oder nach Boca Raton, eine flotte Witwe in mittleren Jahren oder eine geschiedene Frau über fünfzig auflesen, die wirklich wieder heiraten will.

»Sammy, du solltest echt daran denken, wieder zu heiraten. Du bist nicht die Sorte, die alleine leben kann.«

»Hab ich früher.«

»Jetzt bist du zu alt«, sagt Claire zu ihm. »Du kannst dir doch überhaupt nichts kochen, oder?«

Wir vergessen, daß Sammy bei Frauen immer noch schüchtern reagiert, bis das Eis gebrochen ist, und nicht weiß, wie er sich eine anlachen soll. Ich sage ihm, ich geh mit, wenn's mir besser geht, und helfe ihm, eine zu finden, die uns gefällt.

»Ich komm auch mit«, sagt Claire, die immer gleich dabei ist, irgendwo mit hinzugehen. »Ich kann sie dann alle ein wenig aushorchen und dir sagen, wenn eine spinnt.«

»Sammy«, dränge ich ihn, »komm doch mal hoch von deinem Hintern und mach eine Weltreise. Wir sind keine Kinder mehr, du und ich, und die Zeit ist vielleicht kurz, mit den Sachen noch anzufangen, die wir immer einmal machen wollten. Willst du denn nicht wieder nach Australien und deinen Freund dort besuchen?«

Sammy konnte damals überall hinreisen, als er in der internationalen Abteilung bei *Time Life Incorporated* war, und kennt immer noch Leute an den verschiedensten Orten.

Ich denke mir sogar, ich würde gerne selber einmal um die Welt reisen, wenn ich wieder mein Gewicht habe, weil Claire das gefallen würde. In letzter Zeit seh ich's immer gerne, wenn alle das kriegen, was sie haben möchten.

Vielleicht ist es auch mein Alter und nicht nur der Hodgkin, aber ich fühle mich besser, wenn ich dran denke, daß sie's alle gut haben werden, wenn ich nicht mehr da bin. Zumindest mal am Anfang. Jetzt, wo Michael Wirtschaftsprüfer ist, bei einer Firma, die ihm gut gefällt, scheinen sie alle versorgt zu sein. Claire hat immer noch ihr Gesicht und ihre Figur, dank den Schönheitsfarmen und den gelegentlichen kleinen Raffungen und Liftungen, zu denen sie sich immer mal wieder wegschleicht. Neben allem andern hab ich noch ein gutes Strandgrundstück in Saint Maarten, gerade reif für die Bebauung, das auch auf ihren Namen läuft, und noch eins in Kalifornien, von dem weiß sie nichts, auch wenn's ebenfalls auf ihren Namen läuft. In mehr als einem Schließfach liegen Sachen, mit denen sie noch nicht gelernt hat, umzugehen. Wenn sie nur besser im Rechnen wäre! Aber Michael ist jetzt da, um ihr damit zu helfen, und Andy in Arizona versteht auch ein wenig vom Geschäft. Michael scheint sich auszukennen mit seinem Beruf, und abgesehen davon weiß er noch ein paar Sachen von mir, die sie ihm in seiner Ausbildung nicht beigebracht haben. Ich traue meinem Anwalt und meinen andern Leuten, solange ich da bin, um sicherzustellen, daß sie wissen, was ich will, und zusehe, daß sie's auch sofort machen, aber danach würde ich's nicht darauf ankommen lassen. Sie werden bequem. Emil Adler ist im Alter auch bequem geworden und schiebt dich gerne schnell an einen anderen Spezialisten weiter. Die Kinder haben jetzt alle einen eigenen Arzt. Ich bringe Claire bei, mit Rechtsanwälten härter umzugehen als ich, unabhängig zu sein.

»Such dir nen anderen Anwalt, wenn du möchtest, jederzeit, zieh irgend jemand hinzu. Du kannst von jetzt ab alles für mich übernehmen. Laß dich keinen Augenblick hinhalten. Wir schulden denen gar nichts. Sie würden uns sofort daran erinnern, wenn's so wäre.«

In meiner Familie spielt keiner, nicht einmal an der Börse. Und nur Andy hat Geschmack an Extravagantem, aber er hat gut geheiratet, ein hübsches Mädchen mit einer guten Persönlichkeit, und er scheint solide drinzusitzen in der Partnerschaft mit seinem Schwiegervater, ein paar sehr aktive Autogeschäfte in Tempe und Scottsdale in Arizona. Aber eine Scheidung wird er sich nie leisten können, was vielleicht nicht schlecht ist. Sie schon. Mir gehört ein Stück von seinem Anteil, aber das ist bereits auf ihn überschrieben. Susan hat in der Nähe Kinder und ist mit einem netten Bauschreiner verheiratet, gute Manieren, dem ich geholfen habe, ins Baugeschäft reinzukommen, und soweit scheint das auch gut zu gehen. Linda ist fürs Leben versorgt als Lehrerin mit langen Ferien und einer guten Rente. Sie weiß, wie man attraktiv ist für Männer, und vielleicht wird sie wieder heiraten. Ich wünsche mir manchmal, Michael wäre mehr wie ich, schneidiger, mehr Charakter, würde sich öfter durchsetzen, mit größerer Lautstärke, aber das ist vielleicht mein eigener Fehler gewesen, und Claire meint das auch.

»Lew, wie denn anders?« sagt sie, wenn ich frage. »Nach deiner Nummer auf die Bühne, das ist nicht einfach.«

»Ich wär auch nicht glücklich, wenn's anders wäre.«

Claire will nicht mitmachen, wenn ich von meinen Plänen für das Vermögen reden möchte, und weigert sich, lange zuzuhören.

»Früher oder später –«, sage ich zu ihr.

»Also später. Themawechsel.«

»Mir gefällt das auch nicht. Gut, ich wechsle das Thema. Acht Prozent Zinsen von hunderttausend Dollar, macht im Jahr –?«

»Nicht genug für das neue Haus, das ich kaufen möchte! Lew, willst du wohl um Gotteswillen aufhören damit? Trink lieber was. Ich mach dir einen.«

Sie hat jetzt größeres Vertrauen in Teemer als ich, und als er selbst in sich zu haben scheint. Denis Teemer ist in die Meschuggenenabteilung in seinem eigenen Krankenhaus gezogen, erzählt er mir, zur Behandlung, obwohl er noch dieselben Sprech- und Behandlungszeiten hat. Das hört sich für mich verrückt an. Also weiß er vielleicht, was er tut, wie Sammy witzigerweise sagt. Wenn Emil mir hier im Krankenhaus bei uns droben nicht helfen kann, fang ich wieder an, in die Stadt zu Teemer zu gehen, und laß mir eins mit dem MOPP verpassen, mit den Injektionen, von denen diese Übelkeit kommt, die ich so hasse, mindestens einmal die Woche, günstigstenfalls. MOPP heißt das Präparat in der Chemotherapie, das ich jetzt kriege, und Teemer läßt mich in dem Glauben, daß der kleine Witz, daß man eins mit dem Mop übergezogen bekommt, sehr originell ist und daß er das noch nie von jemand anderem gehört hat.

Aber jetzt hasse ich es, wieder zu ihm zu gehen. Ich habe Angst, ich bin müde. Ich muß, sagt Emil mir, und ich weiß es auch. Jetzt, glaube ich, hasse ich Teemer ebenfalls. Aber nicht genug, um ihm das Kreuz zu brechen. Er ist zu meiner Krankheit geworden. In seinem Wartezimmer herrscht immer eine düstere Stimmung. Wenn Claire mich nicht hinbringt, fahre ich hin und zurück mit der schwarzen oder perlgrauen Limousine vom Mietwagenservice mit immer demselben Fahrer, diesem Frank, dem aus Venedig, und das Reinfahren ist auch so etwas Entsetzliches. Wenn man dann von Teemers Büro wieder nach Norden fährt, aus der Stadt nach Hause oder ins Krankenhaus, muß man an diesem Bestattungsinstitut an der Ecke vorbei, und das mag ich auch nicht. Fast immer steht mindestens einer von denen an der Türe, zu adrett für einen normalen Menschen, und meistens auch noch ein Typ mit einem Rucksack und einem Stock, der muß da arbeiten, sieht aus wie ein Wandervogel, und die beiden mustern jedes Auto, das vor der Kreuzung langsamer wird. Mich mustern sie auch.

Mittlerweile habe ich Angst, wieder in Teemers Krankenhaus zu gehen, aber ich zeige es nie. Jetzt, wo Sammys Glenda nicht mehr da ist und Winkler und seine Frau in Kalifornien leben, muß Claire ins Hotel gehen, allein oder mit einem von den Mädchen, und das macht eigentlich keinen Spaß. Die Übelkeit ist es, die mich noch schafft, ich erinnere mich, wie es sich anfühlt, und davon wird's mir auch wieder übel. Ich bin oft müde, müde vom Alter, denke ich mir, und müde von der Krankheit, und inzwischen, glaube ich, hab ich's ... wirklich ... und wahrhaftig ... *satt*! Ich mach mir Sorgen über die Zeit, wenn ich einmal ins Krankenhaus muß und nicht mehr auf meinen eigenen Beinen wieder rausgehen kann.

Niemand braucht mir zu sagen, daß ich länger gelebt habe, als es irgend jemand von uns gedacht hätte. Und niemand tut's. Wenn es einer täte, ich glaube, ich würde aufspringen wie der Lew Rabinowitz aus Coney Island in den alten Zeiten und ihm tatsächlich das Kreuz brechen. Teemer glaubt, ich schaffe noch eine Art Rekord. Ich sage ihm, er hat den Rekord geschafft. Das letzte Mal, als ich bei ihm war, hatte er einen Knochenspezialisten da, um sich die Tomographieaufnahmen von meinem Bein anzusehen, die dann in Ordnung waren. Sie glauben nachgerade, es könnte ein Virus gewesen sein. Paßt mir gut. Für Teemer macht es keinen Unterschied, seine Behandlungsmethode ändert sich nicht, aber es heitert mich auf, daß ich vielleicht die Geschichte nicht erblich weitergebe. Meine Kinder kriegen Symptome, wenn ich welche habe. Ich kann es an ihren Gesichtern sehen, wenn sie mit mir sprechen. Man sieht ihnen an, daß es ihnen übel ist. Und sie sind jedesmal drauf und dran, zum Arzt zu rennen, wenn ihr Magen sich blöd anfühlt oder wenn sie mit einem steifen Hals aufwachen. Ich war mit meinem Leben nicht unbedingt der unglücklichste Mensch auf der Welt, aber jetzt macht das keinen Unterschied mehr.

Ich bin nicht mehr jung. Das muß ich mir immer wieder einprägen. Ich vergesse es, weil ich mich zwischen den Schüben so wohl fühle wie eh und je und mich besser und auf mehr Arten amüsieren kann als die meisten Leute, die ich kenne. Aber als

Marty Kapp auf einem Golfplatz in New Jersey gestorben ist, und dann Stanley Levy, auch an einem Herzschlag, und David Goodman hätte es beinahe mit achtunddreißig erwischt, und Betty Abrams stirbt am Krebs in Los Angeles und Lila Gross hier, und als Mario Puzo einen dreifachen Bypass bekommen hat und Joey Heller diese Lähmung von diesem verrückten Guillain-Barré-Syndrom, von dem noch nie ein Mensch gehört hat, daß er sich jetzt überlegen muß, wieviel schwächer seine geschwächten Muskeln im Lauf der Jahre wohl noch werden, da mußte ich mich langsam an den Gedanken gewöhnen, daß die Zeit auch Lew Rabinowitz auf den Fersen ist, daß ich das Alter erreicht hatte, wo auch gesunde Menschen krank werden und sterben, und daß auch ich nicht ewig leben würde. Ich hab mir auf diesen karibischen Urlauben in Martinique und Guadeloupe neben dem Hang zu den Käsen auch den Geschmack an französischen Weinen angewöhnt, und Claire hat es nicht gemerkt, daß ich angefangen habe, alle unsere besseren Flaschen aufzumachen. Ich leere meinen Weinkeller. Es ist jetzt nicht mehr so einfach für mich wie früher, ordentlich Geld zu machen, und das ist vielleicht noch ein Zeichen, daß ich älter geworden bin. Jedesmal, wenn wir irgendwo hingehen, nehmen wir mehr diverse Medizinfläschchen mit. Es war leicht abzusehen, daß Sachen wie meine Wasserleitung einfach bald einmal aufhören würden, richtig zu arbeiten, und daß früher oder später die ernsten Beschwerden massenhaft anrücken. Eine hatte ich ja schon.

Früher hab ich mich nie so gefühlt, nie hab ich gedacht, das Leben könnte für mich kurz sein, nicht einmal beim Militär im Infanterieeinsatz in Europa. Ich wußte, es gab Gefahr, das war mir sofort klar, aber ich dachte nie, die könnte mich angehen. Als wir im August als Ersatzkontingent in eine französische Stadt namens Falaise einrückten, nach der großen Schlacht dort, hab ich genügend tote Deutsche in Haufen auf der Erde verfaulen sehen, daß es mir ein Leben lang reicht. Ich sah noch Dutzende mehr, ehe ich dann fertig war mit dem Krieg. Ich sah tote Amerikaner. Ich sah Eisenhower, wie er die siegreichen Truppen besuchte, und ich dachte, der sieht auch aus, als ob's ihm leicht mulmig wäre. In einer Stadt namens Grosshau hinter Belgien an der deutschen Grenze, in der Nähe einer anderen Stadt namens Hürtgen, stand ich nicht mehr als zwei Fuß von Hammer weg, der mir gerade sagte, die Deutschen seien abgezogen, der Ort sei sauber, als ihn ein Scharfschütze in den Hinterkopf traf. Er machte immer noch seine Meldung, daß alles sicher war, als er vornüber fiel, mir in die Arme, und in den Schnee sank. Es hat mich nicht überrascht, daß er's war und nicht ich. Ich setzte voraus, daß ich immer Glück haben würde. Wie sich herausstellte, hatte ich recht. Sogar im Gefangenenlager hatte ich Glück und eigentlich keine Angst. An dem Tag, als wir nach dieser elenden Zugfahrt endlich ankamen und uns in einer Reihe aufstellten, um registriert zu werden, sah ich diesen kalt aussehenden mageren Offizier in sauberer Uniform, der einen anderen jüdischen Gefangenen anstarrte, der hieß Siegel – mir gefiel das nicht, und ohne auch nur eine Sekunde nachzudenken, beschloß ich, etwas zu unternehmen und was zu sagen. Ich war dreckig wie der Rest, verlaust, todmüde dazu, und ich stank nach Diarrhöe, aber ich ging zu dem Offizier hin, wobei ich schüchtern dreinschaute, und fragte ihn mit höflichem Lächeln:

»*Bist du auch Jude?*«

Er machte den Mund auf und starrte mich an wie einen Wahnsinnigen. Ich habe nie jemand überraschter gesehen. Ich muß jetzt noch lachen, wenn ich daran denke. Man hat ihn wohl in der deutschen Armee nicht oft gefragt, ob er auch Jude ist.

»*Sag das noch einmal*«, befahl er scharf. Er konnte es nicht fassen.

Ich tat, was er befahl, und sagte es nochmals. Kopfschüttelnd fing er an, vor sich hin zu lachen, und warf mir einen Keks aus einem Päckchen zu, das er in der Hand hatte.

»Ich fürchte, nein«, antwortete er auf englisch und lachte. »Warum willst du wissen, ob ich Jude bin?«

Weil ich einer war, sagte ich auf deutsch, und zeigte ihm den Buchstaben J auf meiner Hundemarke. Mein Name war Rabinowitz, Lewis Rabinowitz, fuhr ich fort, und dann fügte ich etwas hinzu, was ich ihm einprägen wollte. »Und ich kann etwas Deutsch.«

Er lachte wieder und schaute mich an, als könne er's nicht glauben, und dann ging er langsam weg und ließ uns in Ruhe.

»He, Kumpel, bist du verrückt?« sagte ein großgewachsener Typ hinter mir mit lockigem, rostrotem Haar, der Vonnegut hieß und später Bücher schrieb. Er konnte es auch nicht glauben.

Sie hätten es vorne bei der Registrierung ohnehin gemerkt, dachte ich mir.

Ich hatte immer noch keine Angst.

Ich war vom ersten Tag an verliebt in mein Gewehr, und niemand brauchte mich je daran zu erinnern, es schön sauberzuhalten. Nach all dem Bruch im Altwarenladen von meinem Vater war es himmlisch, ein Gerät in der Hand zu haben, das wie neu war, das funktionierte und sich gut gebrauchen ließ. Ich hatte großes Vertrauen in alle meine Gewehre. Als ich in Europa in meine Einheit kam, als Neuer, als Nachrücker, da nahm ich liebend gern die BAR, diese Browning Automatic Rifle, selbst nachdem ich gesehen hatte, daß die erfahreneren Jungs einen Bogen um sie machten; ich fand bald heraus, warum. Der mit der größeren Feuerkraft war der, der sie auch anzog. Es war am besten, überhaupt nie zu schießen, wenn es nicht sein mußte. Das lernte ich auch rasch. Der Mann, der unsere Stellung verriet, wenn es nichts Wichtigeres zum Beschießen gab als irgendeinen einzelnen deutschen Soldaten, ging das Risiko ein, daß wir anderen ihn abstaubten. Ich hatte Vertrauen in meine Gewehre, aber ich kann mich nicht erinnern, daß ich sehr oft damit zu schießen hatte. Zuerst als Korporal und dann als Zugführer sagte ich meist dem Rest von den zwölfen, wo sie sich postieren sollten und worauf zielen. Wir drangen durch Frankreich vor, Richtung Deutschland, und es ist Tatsache, daß wir selten die Menschen sahen, auf die wir schossen, bis sie dann tot waren und wir an ihnen vorüberkamen, wie sie starr am Boden lagen. Das war fast unheimlich. Wir sahen leeres Gelände, wir entdeckten Mündungsfeuer und feuerten entsprechend zurück, wir wichen Panzern und Panzerwagen aus und warfen uns in den Dreck, wenn die Artillerie schoß – aber in unserer Einheit bekamen wir fast nie die Leute zu Gesicht, mit denen wir im Krieg lagen, und wenn sie uns nicht direkt angriffen oder uns bombardierten, war es fast wie in Coney Island in der Schießbude.

Nur machte es nicht immer soviel Spaß. Wir waren durchnäßt, wir froren, wir waren schmutzig. Die anderen neigten dazu, sich unter Feuer zusammenzudrängen, und ich mußte sie ständig anbrüllen, sich zu verteilen und wegzugehen von mir und von den anderen, wie sie's gelernt hatten. Ich wollte niemand in allzu großer Nähe haben, der mir meine eigene glänzende Zukunft versauen konnte.

Ich kam als Ersatz in eine Einheit, die schon größtenteils aus Nachschubkräften bestand, und man brauchte nicht lang, um sich darüber klarzuwerden, was das hieß: Keiner machte es lange. Der einzige, dem ich begegnete, der noch vom D-Day übrig war, der ersten Landung in der Normandie, das war Buchanan, mein Sergeant, und der baute zu der Zeit, als ich dann kam, schon stark ab, und wurde später vom Maschinengewehrfeuer erwischt, als er gerade über die Straße hinter eine Hecke hechten wollte, in diesem Grosshau im Hürtgenwald, das angeblich sauber war. Dann war da noch David Craig, der am zehnten Tag in der Normandie gelandet war und den Panzer knackte, den Tiger, und der war bald im Krankenhaus mit einer Wunde im Bein, von der Artillerie vor einem Ort namens Luneville.

Wie das mit dem Panzer war, wußte Buchanan schon nicht mehr, was er tun sollte, als er den Befehl bekam, und er schaute mich an. Ich konnte den armen Kerl zittern sehen. Wir hatten keine Feuerwaffen mit, die einem Tiger gefährlich werden konnten. Der Panzer hatte den Rest von unserer Einheit festgenagelt.

Ich übernahm. »Wer hat die Bazooka?« fragte ich und schaute mich um. »David? Craig? Geh du. Die Straße runter, zwischen den Häusern durch, und komm von hinten oder von der Seite wieder.«

»Ach, Scheiße, Lew!« Inzwischen hatte er auch genug.

Ach, Scheiße, dachte ich und sagte: »Ich geh mit. Ich nehm die Raketen. Schau dir an, wohin du zielen mußt.« Eine Rakete aus einer Bazooka würde die Panzerung von einem Tiger auch nicht einfach so durchschlagen.

Die Instruktionen waren gut: Das Geschoß in eine Schweißnaht des Geschützturms setzen. Ein zweites, wenn möglich, in die Raupenkette, aus weniger als hundert Fuß Entfernung. Ich trug vier Raketen. Als wir einmal an den Häusern vorbei waren und raus aus dem Dorf, folgten wir einem schmalen Abzugsgraben mit einem dünnen Streifen grünen Wassers, bis wir zu einer Kurve kamen, und da war er, hockte genau über dem Graben, keine dreißig Fuß vor uns. Die ganzen sechzig Tonnen von diesem Riesending direkt über uns und ein Soldat mit einem Feldstecher in der offenen Luke, mit einem Lächeln, das ich nicht abkonnte, der Nerv an meinem Kiefer spannte und fing an zu ticken. Wir machten keinerlei Geräusch. Ich legte trotzdem den Finger an die Lippen, schob eine Rakete rein und machte sie scharf. Craig war in Indiana auf die Jagd gegangen. Er setzte den Schuß genau auf den Punkt. Der Feldstecher flog davon, als die Rakete explodierte, und der Deutsche fiel mit schlaff hängendem Kopf nach unten und verschwand. Der Panzer fing an, zurückzusetzen. Der zweite Schuß traf die Ketten, und die Räder hörten auf, sich zu drehen. Wir schauten lang genug zu, um zu sehen, wie der Rest von unserem Zug Granaten in das Ding reinschmiß, als sie vorbeistürmten, und bald stand es ganz in Flammen.

Craig und ich wurden deshalb für den Bronze Star vorgeschlagen. Er wurde vor diesem Luneville im Oberschenkel verwundet, von einer Splittergranate, ehe er seinen entgegennehmen konnte, und ich geriet vorher in Gefangenschaft. Als Craig getroffen wurde, lag auf meiner anderen Seite etwa fünf Yards weiter ein toter Junge auf dem Boden, dem dasselbe Geschoß den Kopf aufgerissen hatte, und mich hat nichts angerührt. Die Granate hat acht von unseren zwölf erwischt.

Dieser deutsche Soldat in dem Panzer war der einzige deutsche Soldat, den ich je sah, der weder tot war noch gefangen, außer denen, die mich dann erwischten, und die sahen nagelneu aus.

Im Dezember fiel Schnee im Hürtgenwald, und wir wußten, wir würden an Weihnachten noch nicht daheim sein. David Craig vielleicht, wir nicht.

Mitte des Monats wurden wir eilig mit einem Konvoi von Truppentransportern aufgesammelt, der uns nach Süden bringen sollte, als Verstärkung für ein Regiment, das vor einem anderen Wald lag, nahe bei einer Stadt namens Ardennes. Als wir ankamen und ausstiegen, wartete ein Captain auf der Lichtung auf uns, und sobald wir uns versammelt hatten und ihn alle hören konnten, verkündete er: »Leute, wir sind umzingelt.«

Wir hatten da so einen Komiker namens Brooks dabei, und der fing an und schrie: »Umzingelt? Wie können wir umzingelt sein? Wir sind gerade angekommen. Wie sind wir denn hergekommen, wenn alles hier umzingelt ist?«

Es stimmte, wie sich herausstellte. Die Deutschen waren durch den Wald durchgebrochen, und die Sache war so komisch nicht.

Und am nächsten Tag entdeckten wir – nur, weil man es uns sagte –, daß wir uns alle ergeben hatten, das ganze Regiment.

Wie konnte das zugehen? Wir waren bewaffnet, wir waren vor Ort, wir waren gut ausgerüstet. Aber irgend jemand weiter hinten hatte verfügt, daß wir uns ergaben. Wir sollten alle unsere Waffen auf einen Haufen legen, auf den Boden, und warten, bis man uns gefangennahm. Das gab keinen Sinn.

»Captain, können wir versuchen, zurückzugehen?« rief einer nervös.

»Wenn ich mich jetzt wegdrehe, hab ich nicht mehr den Befehl hier.«

»Wohin sollen wir gehen?«
Niemand wußte darauf eine Antwort.

Zehn von uns kletterten in einen leichten Lastwagen, mit den beiden Fahrern zusammen, die uns hingebracht hatten, und wir fuhren los. Wir tankten an der Fahrbereitschaft voll, so ruhig war alles noch. Wir nahmen extra noch Wollschals vors Gesicht und um den Hals mit, trockene Socken. Wir hatten Gewehre, Karabiner und Granaten. Innen im Hemd auf meiner dicken Armeeunterwäsche hatte ich Lebensmittelrationen, Zigaretten, Nescafé, Zucker, Streichhölzer, mein gutes altes verläßliches Sturmfeuerzeug, daß man mal Feuer machen konnte, ein paar Kerzen.

Wir kamen nicht weit.

Wir wußten nicht einmal, wohin wir fuhren. Wir bogen ab von der Straße, auf der wir gekommen waren, und an einer Kreuzung hielten wir uns dann links, auf eine größere Straße zu, wir dachten, so kämen wir nach Westen zu unseren eigenen Stellungen. Aber dann machte die Straße einen großen Bogen, und wir sahen, daß wir wieder nach Norden fuhren. Wir folgten anderen Fahrzeugen. Der Schnee fiel immer dichter. Wir fuhren an Jeeps, Stabswagen und Lastern vorbei, die ins Schleudern gekommen waren und die man in den Schneewehen zurückgelassen hatte. Dann sahen wir andere, die zerschossen und ausgebrannt waren. Einige rauchten noch. Fenster waren zerschmettert. Wir sahen einige Leichen. Wir hörten Gewehrfeuer, Mörser, Maschinengewehre, Hupen, fremd klingende Trillerpfeifen. Als unser eigener Lastwagen schleuderte, sich um sich selbst drehte und gegen eine Böschung prallte, ließen wir ihn stehen und teilten uns in kleine Gruppen auf, um uns so vielleicht zu Fuß durchzuschlagen.

Ich stampfte auf die eine Straßenseite zu, den Hang hinauf und drüben auf der anderen Seite rasch wieder runter in Deckung, ich rutschte und glitt aus, als ich, so schnell ich konnte, vorwärtsstapfte. Zwei andere kamen mit mir. Bald hörten wir Fahrzeuge, Hunde, dann Stimmen, die auf deutsch Befehle riefen. Wir gingen auseinander und versteckten uns, flach auf den Boden gelegt. Sie hatten keine Probleme, uns zu finden. Sie kamen direkt aus dem Flockenwirbel auf uns zu und hatten die Gewehre auf uns gerichtet, ehe wir sie auch nur gesehen hatten. Sie trugen weiße Uniformen, die mit dem Hintergrund verschmolzen, und alles, was sie dabeihatten, sah brandneu aus. Während wir aussahen wie Hundescheiße, wie dieser Vonnegut sagte, als ich ihn da am Bahnhof traf, was er dann später auch in einem Buch geschrieben hat, wie mir Claire erzählte, und die Kinder auch.

Sie erwischten uns alle, alle zwölf, und hatten noch ein paar Hundert mehr, zu denen wir dann kamen, als sie uns weitertransportierten. Sie trieben uns auf Lastwagen, die einen Fluß überquerten, den Rhein, wie ich später herausfand, und setzten uns an einem großen Bahnhof ab, wo wir trübsinnig drinnen herumhockten, bis ein langer Militärzug mit lauter Güterwagen an einem Nebengleis hielt. Deutsche Soldaten sprangen eilig heraus und rannten zu den wartenden Lastwagen und Stabsautomobilen. Wir sahen ganze Abteilungen in amerikanischen Uniformen mit MP-Armbändern und weißen Helmen und fragten uns, was zum Teufel hier los war. Das war die Ardennenschlacht, und die traten uns noch einmal gewaltig in den Arsch, aber das kriegten wir erst ein halbes Jahr später mit.

Wir verbrachten drei Nächte und drei ganze Tage in den Wagen dieses Zuges, eingeschlossen. Wir schliefen stehend, sitzend, hockend und auch liegend, wenn wir Platz fanden. Wir hatten kein Toilettenpapier. Denen war's egal, wie wir zurechtkamen. Wir nahmen die Helme. Als unsere Taschentücher aufgebraucht waren, war auch unser Schamgefühl zu Ende. So lange brauchte es, uns in dieses große Gefangenenlager zu bringen, tief nach Deutschland hinein, fast bis auf die andere Seite. Sie hatten dort ein Lager für die Engländer. Wir erkannten das Zeichen am Tor des Stacheldrahtzauns. Ein anderes war für die Russen. Es gab auch eins für andere Europäer, wo dieser alte Bursche namens Schwejk herkam, den ich später dann traf. Und jetzt gab's eins für die Amerikaner. Ein paar von den Engländern, mit denen ich sprach, waren seit über vier Jahren in Gefangenschaft. Ich dachte, das würde ich nicht aushalten. Dann dachte ich: Wenn die das packen, pack ich's auch.

Etwa anderthalb Wochen nach der Ankunft ließ mich der Offizier, den ich am ersten Tag angesprochen hatte, mit Namen holen. Er fing auf deutsch an.

»Sie können also Deutsch, sagen Sie?«

»*Jawohl, Herr Kommandant.*«

»Lassen Sie mal hören«, fuhr er auf englisch fort. »Sprechen Sie jetzt nur Deutsch.«

Ich sprach ein wenig Deutsch, erklärte ich ihm. Nicht sehr gut, das wüßte ich, aber verstehen könnte ich mehr.

»Wie kommt es, daß Sie das können?«

»*Ich lernte es in der Schule.*«

»Warum haben Sie da Deutsch gelernt?«

»*Man mußte in der Schule eine andere Sprache lernen.*«

»Haben denn alle Deutsch genommen?«

»*Nein, Herr Kommandant.*«

»Und die anderen?«

»*Fast alle studierten Französisch oder Spanisch.*«

»Ihr Akzent ist fürchterlich.«

»*Ich weiß. Ich hatte keine Gelegenheit zu üben.*«

»Warum haben Sie sich Deutsch ausgesucht?«

Ich riskierte ein Lächeln, als ich ihm sagte, ich hätte gedacht, eines Tages würde ich Gelegenheit haben, es zu sprechen.

»Da hatten Sie recht, wie Sie sehen«, sagte er trocken. »Ich spreche jetzt Englisch mit Ihnen, weil ich keine Zeit vergeuden möchte. Gefällt es Ihnen hier im Lager?«

»*Nein, Herr Kommandant.*«

»Warum nicht?«

Ich wußte nicht, wie ich »langweilig« ausdrücken sollte, aber ich konnte genug, um ihm zu sagen, daß ich nichts zu tun hatte. »*Ich habe nicht genug zu tun hier. Hier sind zu viele Männer, die nicht genug Arbeit haben.*«

»Ich kann Ihnen einen besseren Vorschlag machen. Eine Arbeitskolonne in Dresden, das ist nicht weit entfernt. Meinen Sie, das wäre Ihnen lieber?«

»Ich glaube, ich —«

»Auf deutsch.«

»*Jawohl, Herr Kommandant. Entschuldigen Sie.*«

»Sie werden in Dresden sicher sein, so sicher wie hier. Es gibt dort keine kriegswichtige Industrie, es sind keine Truppen dort stationiert, und es wird nicht bombardiert werden. Sie werden etwas besser essen und haben Arbeit, so daß Sie beschäftigt sind. Wir schicken hundert Mann oder so. Das ist uns gestattet. Ja?«

Ich nickte. »*Ich würde auch gerne gehen.*«

»Sie wären als Dolmetscher nützlich. Die Wachen dort sind ungebildet. Sie sind entweder sehr alt oder sehr jung, wie Sie sehen werden. Die Arbeit ist auch korrekt. Sie werden Nahrungsmittel herstellen, vor allem für schwangere Frauen. Sind Sie immer noch dafür?«

»*Ja, das gefällt mir sehr, Herr Kommandant, wenn es nicht verboten ist.*«

»Es ist erlaubt. Aber —«, sagte er mit einer kleinen Pause und einem Achselzucken, um mich wissen zu lassen, daß die Sache einen Haken hatte, »wir können nur gemeine Soldaten zur Arbeit schicken. Das ist alles, was die Genfer Konvention gestattet. Offiziere dürfen wir nicht nehmen, nicht einmal Unteroffiziere. Und Sie sind Sergeant. Nicht einmal, wenn Sie sich freiwillig melden.«

»*Was kann ich tun?*« fragte ich. »*Ich glaube, Sie würden nicht mit mir reden, wenn Sie wüßten, daß ich nicht gehen kann.*« Warum hätte er mich sonst holen lassen, wenn er nicht wußte, wie sich das umgehen ließ?

»*Herr Kommandant*«, erinnerte er mich.

»*Herr Kommandant.*«

Er öffnete seine auf der Schreibtischplatte liegende Hand und schob mir eine Rasierklinge zu. »Wenn Sie sich Ihr Sergeantenabzeichen abtrennen, können wir Sie wie einen gewöhnlichen Soldaten behandeln. Sie verlieren nichts, keine Privilegien, nicht hier, nicht zu Hause. Lassen Sie die Klinge da, wenn Sie gehen, die Streifen auch, wenn Sie sich dazu entschließen, sie abzutrennen.«

Dresden war so ziemlich die hübscheste Stadt, die ich je gesehen hatte. Natürlich hatte ich gar nicht viele gesehen, die man wirklich Städte nennen würde. Nur Manhattan, und ein paar schmale Streifen von London, hauptsächlich Kneipen und Schlafzimmer. Ein Fluß ging mittendurch, und es gab mehr Kirchen, als ich im ganzen Leben gesehen hatte, mit hohen spitzen Türmen und Kuppeln und Kreuzen droben. Es gab ein Opernhaus an einem großen Platz, und auf einem anderen Platz waren um eine Statue von einem Mann zu Pferde – das Pferd hatte einen mächtigen Hintern – lange Zeltreihen aufgebaut, um die Flüchtlinge unterzubringen, die die Stadt überfluteten, auf der Flucht vor den Russen, die von Osten her anrückten. Die Stadt war ordentlich und geschäftig. Straßenbahnen fuhren regelmäßig. Kinder gingen zur Schule. Leute gingen zur Arbeit, Frauen und alte Männer. Dem einzigen Mann in unserem Alter, den wir erblickten, fehlte ein Arm, und er trug den leeren Ärmel hochgesteckt. In den Theatern wurde gespielt. Ein großes Metallschild warb für Yenidze-Zigaretten. Und nach ein paar Wochen hingen die Plakate da, und ich sah, daß der Zirkus in die Stadt kam.

Wir wurden in ein Gebäude verlegt, das ein Schlachthaus gewesen war, als es hier noch Vieh zum Schlachten gegeben hatte. Drunter lag ein Fleischkeller, der aus dem massiven Fels herausgehauen war, und da gingen wir hin, wenn die Sirenen ertönten und die Flugzeuge kamen, um anderswo ihre Bomben abzuwerfen. Sie flogen immer zu den Orten in der Nähe, die größere militärische Bedeutung hatten als wir. Bei Tage waren es Amerikaner, nachts waren es Engländer. Wir konnten die Bomben sehr weit weg einschlagen hören und fühlten uns wohl, wenn das geschah. Oft konnten wir auch die Flugzeuge sehen, sehr hoch und in großen Formationen.

Unsere Wachen waren halbe Kinder unter fünfzehn Jahren oder

asthmatische alte Männer über sechzig, bis auf einen hart aussehenden Burschen von Aufseher, der, wie es hieß, Ukrainer war und alle paar Tage in die Fabrik oder in unser Quartier reinschaute, um zu kontrollieren, daß wir alle noch da waren und daß unsere Uniformen in Ordnung gehalten wurden. Wenn einer von uns sehr krank wurde, nahmen sie die Uniform an sich und falteten sie sorgfältig zusammen. Die Russen rückten auf der einen Seite schon sehr nahe heran, und sie hofften – die Ukrainer vor allem –, als Amerikaner fliehen zu können. Die Frauen und Mädchen in der Fabrik waren alle Zwangsarbeiterinnen. Die meisten waren Polinnen, und manche von den Alten sahen aus wie meine Tanten und meine Großmutter, und sogar meine Mutter, aber dünner, viel dünner. Ich machte immer meine Späßchen, damit es munterer voranging, und flirtete im Scherz in der Gegend herum. Als ein paar anfingen, auf meine Späße zu antworten oder mir diese tiefen, sehnsüchtigen Blicke zuzuwerfen, dachte ich: Mensch, wär das nicht was, es hier zu bringen? Wär das nicht was zum später Erzählen? Ich flachste auch mit den Wachen über das Thema, ob sie mir nicht ein Zimmer lassen würden, wo ein *Fräulein* und ich unser *Geschmuse* bringen konnten.

»Rabinowitz, du spinnst«, sagte dieser Vonnegut mehr als einmal zu mir. »Mach sowas bloß ein einziges Mal bei einer Deutschen, und die erschießen dich.«

Gut, daß er mich gewarnt hat. Er muß gesehen haben, wie ich die Mädchen draußen beäugte, auf dem Marsch hin und zurück.

»Ziehen wir einen Tanzabend auf«, beschloß ich einmal. »Ich wette, ich könnte echt einen Tanz hier organisieren, wenn wir sie nur überreden können, uns die Musik zu stellen.«

»Ohne mich«, sagte Schwejk mit seinem massiven Akzent, und erklärte mir wieder, er wolle nur ein braver Soldat sein.

Vonnegut schüttelte ebenfalls den Kopf.

Ich beschloß, es alleine zu versuchen. Die Flugzeuge dröhnten fast jede Nacht über uns weg, und die Wachen sahen täglich sorgenvoller aus.

»Herr Reichsmarschall!« sagte ich zu dem Ältesten.

»Mein lieber Herr Rabinowitz?« antwortete er im selben Tonfall.

»Ich möchte ein Fest haben und tanzen. Können wir Musik haben, zum Singen und Tanzen? Wir werden mehr arbeiten.«

»Mein lieber Herr Rabinowitz.« Die hatten auch ihren Spaß mit mir. »Es ist verboten. Das ist nicht erlaubt.«

»Fragen Sie doch bitte. Würden Sie das nicht auch gerne haben?«

»Es ist nicht erlaubt.«

Sie hatten zu viel Angst, um irgend jemand zu fragen. Dann kamen die Zirkusplakate, und ich entschloß mich, es hier wirklich ernsthaft zu versuchen, mit Vonnegut und dem braven Soldaten Schwejk, wir drei. Die beiden wollten nichts davon hören. Ich konnte nicht sehen, daß wir irgend etwas zu verlieren hatten.

»Warum nicht? Scheiße, das wär doch was für uns alle! Wir gehen zusammen hin und fragen ihn. Wir brauchen mal eine Pause. Wir sterben alle noch vor Langeweile, wenn wir immer nur warten müssen.«

»Ich nicht«, sagte Schwejk in seinem sehr langsamen Englisch. »Ich bitte untertänigst um Verzeihung, Rabinowitz, ich kann schon in genügend Schwierigkeiten kommen, wenn ich nur tue, was man mir sagt. Ich hab das alles schon mitgemacht, schon länger, als du glaubst, öfter, als du weißt. Bitte untertänigst um Verzeihung —«

»Okay, okay«, unterbrach ich ihn. »Ich mach's selber.«

In dieser Nacht kamen die Bomber. Tagsüber schon flogen amerikanische Flugzeuge in weiten Abständen ziemlich tief an und sprengten Gebäude in verschiedenen Teilen der Stadt, und uns schien es seltsam, daß die Bomben so weit voneinander entfernt fielen und nur auf Häuser zielten. Wir fragten uns, weshalb. Die bereiteten Trümmerfelder mit zersplitterten Holzbalken für die Brandbomben vor, aber das wußten wir nicht. Als die Sirenen am Abend wieder heulten, gingen wir wie üblich in unseren Fleischkeller unter dem Schlachthaus. Durch die Felswände und die Betondecke hindurch hörten wir immer wieder ein seltsames wuchtiges dumpfes Aufprallen, das sich nicht wie eine Explosion anhörte. Das waren die Einschläge der Brandbomben. Nach einem Weilchen gingen die von der Decke hängenden Glühbirnen aus, und das Summen der Ventilatoren erstarb. Das Kraftwerk war getroffen. Die Luft blies trotzdem durch die Schächte, und wir konnten atmen. Ein ungewöhnliches Röhren erhob sich, kam näher, wurde lauter, dauerte Stunden. Es war das Geräusch eines Zugs, der mit heulendem Windschwall plötzlich in einen Tunnel einfährt, nur hielt es an und an – oder wie eine Achterbahn, die ganz droben Tempo für die Sturzfahrt aufnimmt. Aber es wurde nicht schwächer. Das Tosen war die Luft, es war der meilenweite Luftstrom, den die Flammen draußen in die ganze Stadt sogen, und es war mächtig wie ein Zyklon. Als es endlich gegen Morgen nachließ, gingen zwei Wachen ängstlich die Treppen hoch, um vorsichtig hinauszuschauen. Sie kamen wie Gespenster zurück.

»*Es brennt. Alles brennt. Die ganze Stadt. Alles ist zerstört.*«

»Alles steht in Flammen«, übersetzte ich mit demselben halb flüsternden Ton. »Die Stadt ist nicht mehr da.«

Wir konnten uns nicht vorstellen, was das hieß.

Am Morgen, als sie uns hinaufführten in den Regen, waren alle anderen tot. Sie lagen tot in den Straßen, zu schwarzen Stummeln verbrannt und braungefärbt von der Asche, die immer noch aus den Wolken des überall aufsteigenden Rauchs herabrieselte. Sie lagen tot in den geschwärzten Häusern, deren Holzteile alle verbrannt waren, tot in den Kellern. Die Kirchen waren weg, und das Opernhaus war vornübergesackt und auf den Platz gestürzt. Ein Straßenbahnwagen war von einer Explosion auf die Seite geworfen worden und brannte ebenfalls. Eine Rauchsäule stieg durch das Dach des schwarzen Bahnhofsskeletts empor, und die Regentropfen waren mit Ruß und Asche vermengt und erinnerten mich an das trübe Wasser aus dem Schlauch im Altwarengeschäft, mit dem wir uns am Ende des Arbeitstags immer säuberten. Auf der anderen Seite des Parks konnten wir die Bäume, alle Bäume, wie Fackeln brennen sehen, wie eine Darbietung bei einem Stadtfest, und ich dachte an flammende Funkenräder, an das Feuerwerk vor dem Steeplechase-Pier in Coney Island, das ich nachts jeden Dienstag im Sommer immer gern gesehen hatte, mein ganzes Leben, dachte an die Millionen blendendheller Lichter im Lunapark. Unser Gebäude war verschwunden, das Schlachthaus, in dem wir gewohnt hatten, und alle anderen Gebäude in unserem Stadtteil auch. Wir standen über eine Stunde lang bewegungslos da, ehe Leute in einem Auto angefahren kamen, um uns zu sagen, was wir machen sollten, und diese Uniformierten waren ebenso betäubt wie wir. Es dauerte noch über eine weitere Stunde, ehe sie zu einem Entschluß kamen, ehe sie in eine Richtung deuteten und uns sagten, wir sollten aus der Stadt hinausgehen, auf die Hügel und Berge zu. Um uns her, so weit wir sehen konnten, waren alle tot, Männer, Frauen und Kinder, Papagei, Hund und Katz, jeder Kanarienvogel. Sie dauerten mich alle. Die polnischen Zwangsarbeiter taten mir leid. Die Deutschen taten mir leid.

Ich tat mir selber leid. Ich zählte nicht. Eine Sekunde lang weinte ich fast. War es ihnen egal, daß wir vielleicht hier waren? Ich weiß immer noch nicht, wieso wir verschont blieben.

Ich sah, daß es nicht auf mich ankam. Es wäre alles ohne mich so gekommen, es wäre genauso ausgegangen. Es würde nirgendwo auf mich ankommen, außer zu Hause bei meiner Familie und vielleicht bei ein paar Freunden. Und nach dem hier, das wußte ich da, würde ich nie mehr zur Wahl gehen. Ich hab für Truman gestimmt, weil der gut für Israel war, aber danach nie mehr. Nach Roosevelt hat es keinen einzigen gegeben, von dem ich was gehalten habe, und ich will keinem von diesen aufgeblasenen Bastarden beider Parteien die Befriedigung verschaffen, daß er sich auch nur einen Augenblick einbildet, ich bin dafür, daß er seinen schäbigen Ehrgeiz wahr macht.

»Sie wissen es nicht, Lew«, hat Sammy schon vor langer Zeit zu mir gesagt, mit seinem überlegenen College-Lächeln, das er früher hatte. Er wollte mich für Adlai Stevenson interessieren, und dann später für John Kennedy. »Sie wissen es nicht, daß du ihnen diese Befriedigung verweigerst.«

»Aber *ich* weiß es«, antwortete ich. »Und übrigens geht's mir genau darum. Wir zählen nicht, und unsere Stimmen zählen auch nicht. Was meinst du denn, wie lange du brauchst, bis du Kennedy satt hast?«

Er brauchte wahrscheinlich weniger als eine Woche, glaube ich, ehe noch diese ganzen Inaugurationsbälle vorbei waren, und ich glaube, Sammy hat seit Lyndon Johnson, so um den Dreh rum, auch nicht mehr gewählt.

Ich verwende nicht viel Zeit darauf, mich zu informieren, wie die Welt aussieht, ich sehe auch nicht, daß das was ändern würde. Ich kümmere mich um meine Sachen. Was wichtig ist, das bekomme ich irgendwie zu hören. Was ich aus meinen Erfahrungen gelernt habe, das weiß ich noch, und wie sich herausstellt, stimmt es auch. Es hat nichts bedeutet, daß ich in der Armee war, es hat gar nicht gezählt. Es wäre ohne mich genauso passiert – die Asche, der Rauch, die Toten, das Endergebnis. Ich hatte nichts mit Hitler zu tun und nichts mit dem Staat Israel. Ich will mir nicht die Schuld geben lassen, ich will keinen Ruhm einheimsen. Der einzige Ort, wo's auf mich ankam, ist zu Hause, mit Claire und den Kindern. Irgendwo hab ich noch für die, die's später mal haben wollen, meine Enkel vielleicht, meinen Bronze Star, mein Infanterieabzeichen, die ehrende Erwähnung für meine Einheit, die Sergeantenstreifen, die ich bei der Entlassung aus der Armee hatte, und das Schulterabzeichen mit der großen roten Nummer 1 von der Ersten Division, der *Big Red 1*, die durch die Hölle marschiert ist, ehe ich dazukam, und durch ein weiteres Stück Hölle, als ich nicht mehr dabei war. Wir haben jetzt vier Enkel. Ich liebe alle in meiner Familie, und ich habe das Gefühl, ich würde jeden schwer demolieren, ihn vielleicht töten, der irgend jemand von denen zu verletzen droht.

»Du würdest ihm das Kreuz brechen?« sagte Sammy lächelnd bei seinem letzten Besuch.

»Ja, ich brech ihm das Kreuz.« Ich lächelte auch. »Sogar jetzt noch.«

Sogar jetzt noch.

Wenn es an einem bestimmten Punkt wieder anfängt, können die Bestrahlungsscharfschützen im Krankenhaus zielen und das wegsengen, was sie gern als neues Gewächs bezeichnen, und was, wie ich weiß, ein neuer Tumor ist. Wenn es an der Stelle wieder anfängt, die sie das Diaphragma nennen und ich den Bauch, ist mir vorher übel und nachher übel, ich fühle diese Übelkeit, an die zu denken ich nicht mehr ertrage, die mich vielleicht jetzt wirklich eines Tages schafft, wenn ich weiter mit ihr leben muß. Ich fühle die Übelkeit nur dann nicht, wenn ich mit Sammy zusammen bin, da heißt sie dann Nausea, weil er gerne dieses Spielchen macht, das er Pädagogik nennt und ich Klugscheißerei.

»Sag mal, Lew«, fragte er. Er lachte leise. »Wie vielen hast du denn im Leben das Kreuz gebrochen?«

»Den auf der Kühlerhaube mitgezählt, der die Handtasche geklaut hat?«

»Das war keine Prügelei, Lew. Und du hast ihm nicht das Kreuz gebrochen. Wie vielen?«

Ich dachte einen Augenblick nach. »Keinem. Es war nie nötig. Daß ich gesagt habe, ich mach's, hat immer gereicht.«

»Wie oft hast du mit einem gekämpft in deinem Leben?«

»In meinem Leben?« Ich dachte angestrengt nach. »Nur einmal, Sammy«, fiel es mir ein, und diesmal lachte ich. »Mit dir. Weißt du noch, wie du versucht hast, mir das Boxen beizubringen?«

ACHTES BUCH

22. RHEINFAHRT: MELISSA

Wie der Held Siegfried in der *Götterdämmerung*, dachte Yossarian, begann er selber das, was ihm in der Rückschau als seine eigene Rheinfahrt erscheinen sollte, mit einem raschen Liebesakt im Licht des Tages: Siegfried bei Morgenröte auf seiner Felsenhöhe, Yossarian gegen Mittag in seinem M. & M.-Büro im Rockefeller Center. Aber er beendete seine Reise vier Wochen später aufs angenehmste im Krankenhaus, wo man wieder beste Gesundheit bei ihm diagnostizierte (nach seinem Anfall von Verwirrtheit und dem halluzinatorischen Schub traumatischer Ischämie), und mit fünfhunderttausend Dollar und dem erfolgreich abgeschlossenen Verkauf eines Schuhs.

Siegfried hatte Brünnhilde, die nun sterblich war, und den Felsengipfel, den sie sich teilten.

Yossarian hatte seine Krankenschwester, Melissa MacIntosh, die ebenfalls höchst menschlich war, und die Schreibtischoberfläche, den Teppichboden, den Ledersessel und das altmodisch breite Fensterbrett in seinem Büro im kürzlich neu benannten M. & M.-Gebäude, ehemals *Time-Life Building*, wo man durch ein Fenster den Blick auf die Eisbahn hatte, auf der Sammy und Glenda öfter Schlittschuhlaufen gewesen waren, als Sammy sich jetzt würde erinnern können, damals, ehe sie Ehegatten wurden, bis der Tod sie schied.

Yossarian nickte, tastete sich weiter vor und pflichtete Melissa bei, daß die Bürotür nicht abgeschlossen war, obwohl er wußte, das Gegenteil war der Fall. Er stimmte ihr zu, daß jederzeit jemand hereinkommen könnte, während sie hier in lustvoller

Kopulation dalagen, obwohl er wußte, daß niemand das tun würde oder könnte. Ihre Besorgnis reizte ihn, ihr Erzittern, ihre Zweifel und Unentschlossenheiten elektrisierten ihn unerhört in wachsender Leidenschaft und Zuneigung. Melissa war voll Verwirrung in ihrer damenhaften Panik, man könne sie entblößt bei diesen decouvrierenden Anstrengungen sexueller Athletik überraschen, und wünschte sich zur Abwechslung errötend, daß er rasch fertig wurde. Doch sie lachte, als er das tat und seine List enthüllte, während sie kontrollierte, ob er seine Medikamente im Gepäck hatte, und sich anzog, um mit ihm zum Flughafen zu fahren, wo er die Maschine nach Kenosha nehmen würde. Neben den gewöhnlichen Toilettenartikeln brauchte er Valium für die Schlaflosigkeit, Tylenol oder Advil für die Rückenschmerzen, Maalox für seinen Hiatusbruch. Sehr zu seinem Erstaunen gab es nun direkte Jumbojet-Flüge nach Kenosha, Wisconsin.

Das Telefon klingelte, als er den Reißverschluß seiner Reisetasche schloß.

»Gaffney, was wollen *Sie* denn?«

»Wollen Sie mir nicht gratulieren?« Gaffney sprach in fröhlichem Ton und ignorierte Yossarians offensichtlichen Ärger.

»Haben Sie wieder zugehört?« fragte Yossarian mit einem verstohlenen Blick zu Melissa.

»Wem?« fragte Gaffney.

»Warum rufen Sie an?«

»Sie wissen meine Arbeit einfach nicht zu schätzen, was, John?«

»Wozu? Ich habe jetzt endlich eine Rechnung von Ihnen bekommen. Die war gar nicht sehr hoch.«

»Ich habe noch nicht viel gemacht. Außerdem bin ich dankbar für Ihre Musik. Sie ahnen gar nicht, wie glücklich es mich macht, wenn ich die Bänder abspiele, die wir aufnehmen. Ich liebe die Brucknersymphonien zu dieser dunkelnden Jahreszeit, und den *Boris Godunow*.«

»Mögen Sie den *Ring*?«

»Vor allem den *Siegfried*. Den höre ich nicht oft.«

»Ich laß es Sie wissen, wenn ich den *Siegfried* ins Programm nehme«, sagte Yossarian bitter.

»Yo-Yo, da wäre ich Ihnen so dankbar. Aber davon rede ich jetzt nicht.«

»*Mr.* Gaffney«, sagte Yossarian und machte eine kleine Pause, damit die Anredeform nachhallte. »Wovon reden Sie denn?«

»Sind wir jetzt wieder bei ›Mr. Gaffney‹, John?«

»Wir waren nie bei John, Jerry. Was wollen Sie?«

»Ein kleines Lob«, antwortete Gaffney. »Jeder möchte doch gelegentlich etwas Anerkennung. Sogar Señor Gaffney.«

»Ein Lob wofür, Señor Gaffney?«

Gaffney lachte. Melissa, auf die Armlehne des Ledersofas hingelagert, raspelte mit einer Sandfeile über ihre Fingernägel. Yossarian sah mit drohend gerunzelter Stirn zu ihr hinüber.

»Für meine Begabung«, sagte Gaffney. »Ich habe doch vorhergesagt, daß Sie nach Wisconsin fliegen werden, um Mrs. Tappman zu besuchen. Habe ich nicht gesagt, daß Sie in Chicago umsteigen werden, auf dem Weg nach Washington zu Milo und Wintergreen? Sie haben mich nicht gefragt, woher ich das weiß.«

»Gehe ich nach Washington?« Yossarian war verblüfft.

»Sie bekommen dann Milos Fax. M2 wird am Flughafen anrufen, um Sie daran zu erinnern. Da, jetzt kommt das Fax rein, stimmt's? Wieder liege ich genau richtig.«

»Sie haben mitgehört, oder, Sie Bastard?«

»Was denn?«

»Und vielleicht auch zugeschaut. Und weshalb ruft mich M2 an, wenn er hier gleich den Korridor runter in seinem Büro sitzt?«

»Er ist jetzt wieder mit Ihrem Sohn Michael im Busbahnhof und versucht sich darüber klarzuwerden, ob er bereit ist, dort zu heiraten.«

»Die Maxon?«

»Er wird zustimmen müssen. Ich habe wieder einen guten Witz, der Sie vielleicht amüsieren wird, John.«

»Ich werde noch mein Flugzeug verpassen.«

»Sie haben jede Menge Zeit. Das Flugzeug wird fast eine Stunde später starten.«

Yossarian brach in Gelächter aus. »Gaffney, jetzt haben Sie sich endlich geirrt«, triumphierte er. »Ich hab meine Sekretärin anrufen lassen. Die Maschine geht pünktlich.«

Gaffney lachte auch. »Yo-Yo, Sie haben keine Sekretärin, und die Fluggesellschaft hat gelogen. Der Flug geht fünfundfünfzig Minuten später. Ihre Krankenschwester hat angerufen.«

»Ich habe keine Krankenschwester.«

»Das freut mich herzlich. Bitte sagen Sie Miss MacIntosh, daß die Niere wieder arbeitet. Sie wird glücklich sein, das zu hören.«

»Welche Niere?«

»Ach, schämen Sie sich, Yossarian! Sie hören ihr nicht richtig zu, wenn sie Sie anruft. Die Niere des belgischen Patienten. Und wenn Sie schon nach Washington gehen, warum laden Sie nicht Melissa ein –«

»Melissa, Mr. Gaffney?«

»Miss MacIntosh, Mr. Yossarian. Aber warum laden Sie sie nicht ein, Sie dort zu treffen? Ich wette, sie würde sagen, das wäre ja wunderbar. Sie ist wahrscheinlich noch nie dortgewesen. Sie kann in die Nationalgalerie gehen, wenn Sie mit Milo und Noodles Cook zu tun haben, und ins Nationale Luft- und Raumfahrtmuseum von der Smithsonian Institution.«

Yossarian legte die Hand über den Hörer. »Melissa, ich mache auf dem Rückflug in Washington Station. Wie wär's, wenn du mich dort treffen würdest?«

»Das wäre ja wunderbar«, erwiderte Melissa. »Ich war noch nie da. Ich kann in die Nationalgalerie, wenn du zu tun hast, und in dieses Flugmuseum von der Smithsonian Institution.«

»Was hat sie gesagt?« fragte Jerry Gaffney.

Yossarian antwortete respektvoll. »Ich glaube, Sie wissen, was sie gesagt hat. Sie sind wirklich ein geheimnisvoller Mann. Ich weiß immer noch nicht, was ich von Ihnen halten soll.«

»Ich habe alle Ihre Fragen beantwortet.«

»Ich muß mir neue ausdenken. Wann können wir uns treffen?«

»Erinnern Sie sich nicht? In Chicago, wenn Ihr Anschlußflug Verspätung hat.«

»Wird er Verspätung haben?«

»Über eine Stunde. Wegen unvorhersehbaren Schneestürmen in Iowa und Kansas.«

»Sie sagen sie bereits voraus?«

»Ich höre und sehe verschiedenes, John. So verdiene ich mein Geld. Darf ich's jetzt mit meinem Witz versuchen?«

»Das glaube ich gern. Und Sie haben verschiedenes gehört, was? Vielleicht auch zugesehen.«

»Was habe ich gehört?«

»Sie glauben, daß ich ein schlichtes Gemüt bin, was, Gaffney? Möchten Sie *meinen* Witz hören? Jerry, lecken Sie mich am Arsch.«

»Nicht schlecht, Yo-Yo«, sagte Gaffney verbindlich, »obwohl ich ihn schon mal gehört habe.«

In der Oper *Siegfried*, so erinnerte sich Yossarian in der perlgrauen Limousine, begann der Heldentenor nach einer kurzen Berührung seiner Lippen mit dem Blut des erschlagenen Drachen sieghaft die Sprache der Vögel zu verstehen. Der Waldvogel sagte ihm, er solle das Gold nehmen, den Zwerg töten und durch den Feuerkreis hindurch auf den Felsen gehen, wo er Brünnhilde im Zauberschlaf finden würde – diese Botschaft in Vogelsang für einen Jüngling, der noch nie eine Frau gesehen hatte und die füllige Brünnhilde wiederholt ansehen mußte, um verwirrt festzustellen, daß das kein Mann war!

Siegfried hatte seine Vögel, doch Yossarian hatte seinen Gaffney, der ihm – als Yossarian vom Auto aus anrief – melden konnte, daß der Kaplan in seinen Blähungen Tritium von sich gab.

Schwester Melissa MacIntosh hatte noch nie von einem solchen Syndrom gehört, versprach aber, eine Anzahl Gastroenterologen zu fragen, mit denen sie befreundet war.

Yossarian war sich nicht sicher, daß er das wollte.

Er war von der Frage verletzt und verschüchtert, die ihm abrupt eingefallen war (und die zu stellen er sich schämte): ob sie mit diesen Ärzten ausgegangen war und mit ihnen geschlafen hatte, oder auch nur mit vier oder fünf davon. Das sagte ihm wieder, zu seinem unvorstellbaren Entzücken, daß er sich tatsächlich für verliebt hielt. Solche Regungen der Eifersucht waren bei ihm extrem selten. Sogar damals während seiner hitzigen Affäre mit Frances Beach war er – obwohl er da selbst fast monogam lebte – gleichgültig davon ausgegangen, daß sie sich, mit dem Alltagsausdruck der Zeit, von anderen »bohnern« ließ, die möglicherweise ihre Karrierepläne als Schauspielerin befördern konnten. Nun schwelgte er wie ein Gourmet in der Euphorie von Liebesempfindungen, die ihn verjüngten. Es machte ihn nicht verlegen oder ängstlich, abgesehen von der Möglichkeit, daß Michael oder die anderen Kinder es herausfinden könnten, solange es noch diesen bizarren Charakter der Hingerissenheit hatte.

Im Auto hielt sie seine Hand, drückte ihre gegen seinen Schenkel, fuhr ihm mit den Fingern durch die Locken am Hinterkopf.

Während Siegfried von Anfang an in den tückischen Händen eines bösen Zwergs war, der nach dem Drachenhort gierte und es kaum erwarten konnte, ihn zu liquidieren, sobald er das Gold in Händen hatte.

Melissa war dem vorzuziehen.

Sie und ihre Wohnungsgenossin, Angela Moore oder Moorecock, wie er sie jetzt nannte, mißbilligten es strikt, wenn verheiratete Männer sich insgeheim Freundinnen suchten, mit Ausnahme der verheirateten Männer, welche sich speziell sie beide ausgesucht hatten, und Yossarian war froh, daß seine jüngste Scheidung endgültig war. Er hielt es für das beste, ihr nicht zu offenbaren, daß sogar bei hinreißenden Frauen nach der ersten Verführung nur noch obsessiver Sex übrigblieb, und daß oft für Männer seines Alters Koketterie und Fetischismus erregender waren als jedes Aphrodisiakum. Er schmiedete bereits Pläne für einen Rückflug mit ihr aus Washington, mit der letzten Shuttle-Verbindung, wo er im Halbdunkel des Flugzeugs versuchen könnte, der am Fenster Sitzenden in den etwa fünfzig zur Verfügung stehenden Minuten die Unterhose auszuziehen. Falls sie keine Jeans trug natürlich.

Im Gegensatz zu Angela gab es bei Melissa nie verbale Indizien für das üppige Spektrum von Liebeserfahrungen, die ihre Mitbewohnerin und beste Freundin so unbekümmert für beide behauptet hatte. Ihr Vokabular näherte sich der Prüderie. Doch schien ihr nichts fremd, und sie schien keinerlei Hilfe oder Hinweise zu benötigen. Tatsächlich wußte sie das eine oder andere, das ihm nicht eingefallen wäre. Und sie lehnte es so störrisch ab, über ihre eigene Sexualbiographie zu reden, daß er bald aufhörte, nachzuforschen.

»Wer ist Boris Godunow?« fragte sie im Auto.

»Die Oper, die ich neulich abends gehört habe, als du von der Arbeit vorbeigekommen bist, und die ich ausmachen mußte, weil du die Scheißfernsehnachrichten sehen wolltest.«

»Wenn du wieder da bist«, wollte sie als Nächstes wissen, »können wir uns zusammen den *Ring* anhören?«

Auch hier, überlegte er, genossen sie beide im Vergleich mit ihren Prototypen bei Wagner bedeutende Vorteile.

Denn die gute Brünnhilde hatte wenig Reizvolles erlebt, nachdem Siegfried sich einmal zu seinen Heldentaten aufgemacht hatte, und nur Verrat, Elend und eifersüchtige Wut erfahren, nachdem er zurückgekehrt war, um sie zu überwältigen und einem anderen auszuliefern. Es kam ihr nicht in den Sinn, als sie sich zu seiner Ermordung verschwor, daß man ihm einen Trank gegeben haben könnte, der ihn vergessen ließ, wer sie war.

Während Yossarian Melissa glücklich machte.

Dies war etwas, was ihm seit langer Zeit bei keiner Frau gelungen war. Auch er hörte Vogelgesang.

Melissa fand ihn klug, erfahren und gütig, als er zu dem Schluß kam, daß sie tatsächlich ihre Krankenhausstelle aufgeben und mehr Geld und Zeit als private Krankenschwester haben könnte, *wenn* – und es war ein großes Wenn – sie bereit war, auf den bezahlten Urlaub und die Rente zu verzichten. Aber im Interesse ihrer zukünftigen Sicherheit *mußte* sie sich vollkommen klar darüber sein, daß sie bald einen Mann heiraten *mußte*, gutaussehend oder nicht, sogar einen Rüpel, einen Tölpel, von Charme keine Rede, der eine gute Rentenversorgung besaß und solide Ansprüche zu vererben hatte, wenn er starb.

»Hast du eine gute Rentenversorgung?«
»Mich kannst du vergessen. Es muß jemand anderer sein.«
Sie hielt ihn für einen brillanten Kopf.

Ein einfaches eingelöstes Versprechen, das er kurz nach ihrer ersten Begegnung im Krankenhaus gemacht hatte und das zwei überalterte Silberplomben ihres Oberkiefers betraf, bedeutete mehr, als er gedacht hätte; die Zähne waren sichtbar, wenn sie lachte, und er hatte sich verpflichtet, sie durch Porzellankronen ersetzen zu lassen, wenn sie gut auf ihn aufpaßte und er lebend aus dem Krankenhaus herauskam. Als er wirklich Wort gehalten hatte, hatte es eine intensivere Wirkung auf sie als alle langstieligen roten Rosen und alle Unterwäsche von Saks Fifth Avenue, Victoria's Secret und Frederick's of Hollywood, und erfüllte sie mit einer fröhlichen Dankbarkeit, wie er es noch nie erlebt hatte. Nicht einmal Frances Beach, die soviel von Patrick hatte, wußte, wie man Dankbarkeit empfindet.

John Yossarian lag manchmal nachts in unruhiger Erregung wach und befürchtete, daß diese Frau, mit der er sich hier vergnügte, schon in ihn verliebt sein könnte. Er war sich nicht sicher, daß er wollte, was er sich wünschte.

Seit dem Schock unter der Dusche war sein Liebesleben so harmonisch und glatt verlaufen, daß er sich verführen ließ, sich im Fiktiven, im Angeblichen, im Surrealen einzurichten. An dem denkwürdigen Abend nach seinem Gespräch mit Michael, im Kino im Untergeschoß seines Apartmenthochhauses, da zeigte sie keine Überraschung, als er die Hand auf ihre Schulter legte, um ein wenig ihren Hals zu liebkosen, dann die andere in ihre Kniebeuge, um zu sehen, ob er vielleicht da entscheidend weiterkam. Er war diesmal der Verblüffte, als ein Sträuben nur kurz und pro forma stattfand. Mit dem Nahen des Frühlings trug sie keine Strumpfhosen mehr. Ihre Jacke lag zusammengelegt in ihrem Schoß, ein geschmackvoller Sichtschutz. Als er höher ging, die seidene Berührung ihres Höschens spürte und das dichte Spitzenmuster der Haarlocken darunter, war er eigentlich so weit vorgedrungen, wie sein Ehrgeiz ihn lenkte, und war es zufrieden, aufzuhören. Aber dann sagte sie:

»Wir brauchen das nicht hier zu tun.« Sie sprach mit dem Ernst eines Arztes, der eine unausweichliche Diagnose stellt. »Wir können in deine Wohnung hochgehen.«

Er stellte fest, daß er lieber den Rest des Films sehen wollte. »Ist doch gut hier. Wir können weiter zusehen.«

Sie schaute sich um, musterte die anderen Besucher. »Ich fühle mich hier nicht sehr wohl. Ich will lieber hinauf.«

Sie fanden nie heraus, wie der Film endete.

»So kannst du es nicht machen«, sagte sie nach ganz kurzer Zeit in seiner Wohnung. »Ziehst du denn nichts an?«

»Ich hab eine Vasektomie. Nimmst du nicht die Pille?«

»Ich bin auch sterilisiert. Aber was ist mit Aids?«

»Du kannst meine Blutspenderanalyse sehen. Hängt gerahmt an der Wand.«

»Willst du meine nicht sehen?«

»Ich geh das Risiko ein.« Er legte ihr eine Hand auf den Mund. »Um Gotteswillen, Melissa, hör doch auf, soviel zu reden.«

Sie bog die Beine nach oben, und er drückte sich dazwischen, und danach wußten beide, was zu tun war.

Wie er am nächsten Morgen zurückzählte (als er schließlich glauben mußte, daß sie ans Ende gekommen waren), fand er sich überzeugt, daß er nie im Leben viriler und erstaunlicher gewesen war, oder begehrlicher, sehnsüchtiger, rücksichtsvoller und romantischer.

It's wonderful, pfiff er durch die Zähne, während er sich nach dem letzten Mal wusch, und ging dann in synkopiertem, swingendem Takt über zum Vorspiel und der orgasmischen Liebesmusik aus *Tristan*. Es war wunderbarer als alles in seiner erotischen Erfahrung, und er wußte in seinem Innersten, daß er nie, nie, nie, niemals wieder noch einmal all *das* durchmachen müssen wollte! Er nahm an, sie begriff, daß ein steiles Absinken seiner Leistungskurve bevorstand: tatsächlich war es möglich, daß er nie mehr den Wunsch, den Willen, das echte Begehren und die elementaren körperlichen Ressourcen haben würde, um sie oder eine andere Frau noch einmal zu lieben!

Er erinnerte sich daran, daß Mark Twain in einem seiner besseren Texte das Bild von Kerze und Kerzenhalter gebrauchte, um zu betonen, daß es zwischen Männern und Frauen in sexueller Hinsicht keine auch nur annähernd faire Konkurrenz gab. Der Kerzenhalter war immer da.

Und dann hörte er sie am Telefon.

»Und das war dann der fünfte!« vertraute sie Angela überschwenglich an, ihr Gesicht von Wohlgefühl gerötet. »Nein«, fuhr sie fort, nach einer ungeduldigen Pause des Zuhörens. »Aber meine Knie tun mir vielleicht weh!«

Er selbst hätte rein subjektiv die Rechnung mit fünf und drei Achteln abgeschlossen, aber er fühlte sich im Hinblick auf die nahe Zukunft wohler, als er hörte, daß ihr auch die Knochen weh taten.

»Er weiß soviel über alles mögliche«, fuhr sie fort. »Er kennt sich mit Zinsraten aus und Büchern und Opern. Angie, ich bin nie glücklicher gewesen.«

Das stimmte ihn sehr nachdenklich, denn er war sich nicht sicher, ob er je wieder die Verantwortung dafür übernehmen wollte, daß eine Frau noch nie glücklicher gewesen war. Aber die Nahrung für seine Eitelkeit schmeckte hervorragend.

Und dann kam der Schock unter der Dusche. Als er das Wasser abstellte, hörte er Männer in listigem Gespräch vor der geschlossenen Badezimmertür murmeln. Er hörte eine Frau mit dem Tonfall offensichtlicher Zustimmung sprechen. Es war ein Komplott, eine Falle! Er knotete sich das Badetuch um die Hüften und ging hinaus, um den Gefahren – welchen auch immer – gegenüberzutreten. Es war schlimmer, als er es sich hätte vorstellen können.

Sie hatte den Fernseher angemacht und hörte den Nachrichten zu!

Es gab keinen Krieg, keine landesweite Wahl, keine Rassenunruhen, keine Brand-, Sturm-, Erdbeben- oder Flugzeugkatastrophe – es *gab* keine Nachrichten, und sie hörte ihnen im Fernsehen zu.

Aber dann, als er sich anzog, roch er den appetitlichen Geruch von Rührei, brutzelndem Speck und Toast. Das Jahr, das er allein verlebt hatte, war das einsamste seines Lebens gewesen, und er lebte immer noch allein.

Aber dann schaute er, wie sie Ketchup auf die Eier tat, und mußte rasch wegsehen. Er schaute auf den Fernsehschirm.

»Melissa, Liebling«, hörte er sich zwei Wochen später vorsichtig ansetzen. Er hatte wieder den Arm auf ihrer Schulter liegen und streichelte abwesend ihren Hals mit einem Finger. »Laß mich mal erzählen, was nun geschehen wird. Es wird nichts mit dir zu tun haben. Es handelt sich um Veränderungen, die bei einem Mann wie mir eintreten, sogar einer Frau gegenüber, die ihm viel bedeutet: bei einem Mann, der gern die meiste Zeit allein ist, viel nachdenkt und vor sich hin träumt, im Grunde die Gesellschaft von gar niemandem auf Dauer besonders schätzt, die meiste Zeit schweigt und irgendwelchen Dingen nachhängt, und dem alles, was ein anderer vielleicht gerade sagt, gleichgültig ist, den nichts, was die Frau tut, besonders betrifft, solange sie nicht mit ihm darüber reden will und ihn irritiert. So was kommt öfter vor. Und bei mir ist es immer so.«

Sie nickte konzentriert bei jedem Satz seiner Aufzählung, entweder zustimmend oder aus kennerischer Weltklugheit.

»Ich bin genauso«, fing sie in eifriger Erwiderung an, mit funkelnden Augen und glänzenden Lippen. »Ich kann Leute nicht ausstehen, die viel reden oder mir etwas sagen wollen, wenn ich lesen will, und wenn's nur eine Zeitung ist, oder die mich anrufen, wenn sie nichts zu sagen haben, oder mir Sachen erzählen, die ich schon weiß, oder sich immer wiederholen oder mich unterbrechen.«

»Verzeihung«, unterbrach Yossarian sie, da sie in der Lage schien, noch lange so fortzufahren. Er schlug etwas Zeit auf der Toilette tot. »Ich glaube wirklich«, sagte er, als er wiederkam, »ich bin zu alt, und du bist wirklich zu jung.«

»Du bist nicht zu alt.«

»Ich bin älter, als ich aussehe.«

»Ich auch. Ich hab dein Alter auf den Krankenblättern gesehen.«

Ach du Scheiße, dachte er. »Ich muß dir auch sagen, daß ich keine Kinder will und nie einen Hund haben werde, und ich kaufe kein Ferienhaus in East Hampton oder irgendwo sonst.«

Wenn man in sein Apartment kam, gingen gleich links und rechts Türen zu je einem geräumigen Schlafzimmer mit Bad und einer Nische für einen persönlichen Fernseher ab. Vielleicht könnten sie auf dieser Grundlage anfangen und sich zu den Mahlzeiten treffen. Aber da hörte man schon wieder das Fernsehgerät, von neuem eingeschaltet, und Stimmen waren am Werk, die sie nicht beachtete. Man konnte nie wissen, ob nicht irgendwann etwas Interessantes kam. Obwohl Fernsehen das eine Laster war, das er bei einer Frau nicht ausstehen konnte, glaubte er, daß es bei dieser Frau einen Versuch lohnte.

»Nein, ich werde dir nicht ihren Namen sagen«, sagte Yossarian zu Frances Beach nach der nächsten tumultuarischen BUFF-KAMMA-Sitzung, bei der Patrick Beach mit einem dynamischen Auftritt den von Yossarian eingebrachten anonymen Antrag unterstützt hatte, daß das Metropolitan Museum of Art seine finanziellen Probleme dadurch lösen sollte, daß es die Kunstwerke abstieß und die Gebäude und das Grundstück an der Fifth Avenue einem Baukonsortium verkaufte. »Es ist keine Frau, die du kennst.«

»Ist es die Freundin von der üppigen Australierin, von der du immer erzählst, dieser Moore?«

»Moorecock.«

»Was?«

»Sie heißt Moorecock, Patrick, nicht Moore.«

Patrick kniff verwirrt die Augen zusammen. »Ich könnte schwören, daß du mich verbessert und gesagt hast, sie heiße Moore.«

»Hat er auch, Patrick. Hör ihm jetzt gar nicht zu. Ist es die Krankenschwester, von der du gesprochen hast? Ich wäre sehr traurig, wenn du so tief gesunken wärst, eine von meinen Freundinnen zu heiraten.«

»Wer redet hier von Heirat?« protestierte Yossarian.

»Du.« Frances lachte. »Du bist offenbar der Elefant, der alles vergißt.«

Würde er wirklich wieder heiraten müssen?

Niemand mußte den unschlüssigen Yossarian an einige der Segnungen des Alleinlebens erinnern. Da mußte er nicht zuhören, wie jemand anderer telefonierte. Er konnte in seinen neuen CD-Player mit Wechselautomatik den kompletten *Lohengrin, Boris Godunow* oder die *Meistersinger* eingeben, oder vier ganze Symphonien von Bruckner, und alles bis zum Ende in einer elysischen Umgebung reiner Musik abspielen, ohne daß eine Frauenstimme sagte: »Was ist das für Musik?« oder »Gefällt dir das wirklich?« oder »Ist das für den Morgen nicht ziemlich ernst?« oder »Kannst du das nicht leiser stellen? Ich versuche hier, bei den Fernsehnachrichten zuzuhören«, oder »Meine Schwester ist gerade am Telefon.« Er konnte eine Zeitung lesen, ohne daß ihm jemand den Teil wegnahm, den er als nächsten vornehmen wollte.

Er konnte eine weitere Ehe wohl aushalten, dachte er, aber er hatte keine Zeit mehr für eine weitere Scheidung.

23. KENOSHA

Mit solch gewichtig-widersprüchlichen Gedanken beschäftigte sich Yossarian eingehend, als er nach Westen flog, seiner Begegnung mit der Frau des Kaplans entgegen, die jetzt nur noch den einen Zweck haben konnte, daß er ihr sein Mitgefühl ausdrückte und sie sich beide ihr ruhmloses Scheitern gestanden. Ihr Gesicht zeigte eine nicht zu unterdrückende Enttäuschung, als sie ihn am Flughafen abholte.

Beide hatten sich jemand Jüngeren erhofft.

Der Held Siegfried, fiel ihm nachher ein, war wie ein Galeerensklave zu seinen großen Taten ausgezogen, er hatte Brünnhildes Roß in seinem Boot einhergerudert, und bald befand er sich tête-à-tête mit einer anderen Frau, mit der er rasch eine Verbindung einging.

Yossarian hatte seinen Erster-Klasse-Sitz in einem Jet und spann keinen solchen wahnwitzigen Tagtraum.

Siegfried mußte einen Berg ersteigen und durchs Feuer gehen, um Brünnhilde für sich zu gewinnen.

Yossarian ließ Melissa nach Washington kommen.

Als er auf alles zurücksah und daran dachte, eine Parodie für den *New Yorker* zu schreiben, entschied er, daß er im Vergleich mit dem Helden Wagners recht gut davongekommen war.

Um eine halbe Million reicher, stand er zwar vor einem Dilemma, lebte aber noch, um sich damit auseinanderzusetzen.

Siegfried war am Ende tot, Brünnhilde war tot, sogar das Pferd war tot, Walhall war in sich zusammengestürzt, die Götter waren dahin, und der Komponist triumphierte, als seine wollüstige Musik wie ein zarter Traum versank, denn so berechnend sind Kunst und Künstler.

Während Yossarian sich darauf freuen konnte, bald wieder mit Melissa zu schlafen. Er hatte die Genehmigung seines Arztes. Sein ganzes Leben lang hatte er Frauen geliebt, und einen großen Teil dieses Lebens mehr als eine.

Die kleine Hafenstadt Kenosha am Lake Michigan in Wisconsin, nur fünfundzwanzig Meilen südlich von der sehr viel größeren kleinen Stadt Milwaukee, hatte jetzt einen Flughafen für Düsenflugzeuge und erlebte ein rasches Anschwellen wirtschaftlicher Aktivität, das sich die Stadtväter nicht erklären konnten. Die lokalen Sozialingenieure schrieben den stattlichen Boom – vielleicht als Witz – dem milden Klima zu. Verschiedene neue kleine Firmen hatten sich angesiedelt, die recht komplizierten technischen Projekten nachgingen, und eine Bundesbehörde hatte in einer lange schon leerstehenden Fabrik Laboratorien eröffnet, die gerüchtweise als Tarnunternehmen der CIA galten.

Vor dem Abflug in New York hatte Yossarian die anderen Reisenden der Ersten Klasse beobachtet, alles Männer, die jünger waren als er und bei sehr guter Laune. Nur Wissenschaftler waren heutzutage so glücklich in ihrem Beruf. Sie hielten während der Unterhaltung Bleistifte bereit, und wovon sie am meisten sprachen – es verblüffte ihn, das zu hören –, das waren Tritium und Deuterium, von denen er nun ein wenig wußte, und Lithiumdeuterid, das (erfuhr er, als er fragte) eine Verbindung von Lithium und schwerem Wasser war sowie, was wohl größere Bedeutung hatte, die vorzugsweise verwendete Explosivsubstanz in den feinsten Hydrogenwaffen.

»Weiß das jeder?« Er war erstaunt, sie so offen reden zu hören.

Aber klar. Er konnte das alles gedruckt finden, in *The Nuclear Almanac* oder in Hogertons *Atomic Energy Handbook,* beide vielleicht am Kiosk drüben erhältlich.

Beim Einsteigen in das Flugzeug hatte er in der Business Class verschiedene Prostituierte und zwei Callgirls erkannt, die zu den

Sexclubs in seinem Hochhaus gehörten beziehungsweise die Straße an den Cocktailbars und Geldautomaten unmittelbar vor dem Haus entlang dekorativ auf und ab gingen. Die Callgirls gehörten zu seinen Nachbarinnen. In der Economy Class entdeckte er kleine Grüppchen Obdachloser, die irgendwie die Mittel für ein Ticket erworben hatten, um die lieblosen Straßen von New York zu verlassen und in Wisconsin obdachlos zu sein. Sie hatten sich für diese Pilgerfahrt gewaschen, wahrscheinlich auf den Toiletten des PABT, wo Plakate, die Michael einst entworfen hatte, streng den Besucher vermahnten, daß Rauchen, Herumlungern, Baden, Rasieren, Wäschewaschen, Ficken und Blasen an den Waschbekken und in den Toiletten sämtlich verboten waren, daß Alkohol schwangeren Frauen schadete und daß Analverkehr zu Aids und Hepatitis führen konnte. Michaels Plakate hatten Designpreise gewonnen. Das Kabinengepäck dieser Reisenden bestand aus Einkaufswagen und Papiertüten. Yossarian war sicher, daß er weit hinten die breite Schwarze mit den knorrigen Melanomleberflecken sitzen sah, der er bei seiner einzigen Expedition in die Tiefe mit McBride auf der Nottreppe begegnet war, wie sie sich in einem ärmellosen rosa Unterkleid saubergewischt hatte. Er hielt ohne Erfolg nach der verwirrten einbeinigen Frau Ausschau, die routinemäßig von dem einen oder anderen Penner vergewaltigt wurde, vielleicht drei- oder viermal am Tag, und nach der bleichen Blondine, an die er sich auch noch aus dem Nottreppenhaus erinnerte, wo sie lustlos einen Saum an ihrer weißen Bluse genäht hatte.

Von den Physikern im Flugzeug hörte Yossarian auch – ohne irgend etwas davon zu begreifen –, daß in der Welt der Wissenschaft die Zeit ständig rückwärts- oder vorwärtslief, oder vorwärts *und* rückwärts, und daß sich Materiepartikel rückwärts und vorwärts durch die Zeit bewegen konnten, ohne eine Veränderung zu erleiden. Warum konnte er das dann nicht? Er hörte auch, daß subatomare Partikel sich stets gleichzeitig an allen Orten befinden mußten, an denen sie sein konnten, und das brachte ihn auf den Gedanken, daß in seiner nicht-wissenschaftlichen Welt aus Menschen und Gruppen alles, was geschehen konnte, auch geschah, und daß etwas, was dort nicht geschah, auch nicht geschehen konnte. Was sich verändern *kann*, wird es auch tun, und irgend etwas, was sich nicht ändert, kann es nicht.

Mrs. Karen Tappman stellte sich als eine schmale, scheue und beunruhigte ältere Frau heraus, die sich vielen Aspekten der Notlage gegenüber, die beide zusammengebracht hatte, seltsam schwankend verhielt. Eines aber stand bald außer Zweifel: sie waren sich insofern einig, als es ihm leid tat, hergekommen zu sein, und sie es bedauerte, ihn eingeladen zu haben. Sie würden sich bald nicht viel zu sagen haben. Es fiel ihnen nichts Neues ein, was man noch versuchen könnte. Er hatte sie, sagte er wahrheitsgemäß, nach den Fotos erkannt, die der Kaplan, wie er sich erinnerte, bei sich getragen hatte.

Sie lächelte. »Ich war gerade dreißig. Ich erkenne Sie jetzt auch wieder, nach der Fotografie in unserem Arbeitszimmer.«

Yossarian hätte nicht gedacht, daß der Kaplan ein Bild von ihm besaß.

»O doch, ich zeige es Ihnen.« Mrs. Tappman ging voran in den hinteren Teil des zweistöckigen Hauses. »Er erzählt oft den Leuten, daß Sie ihm mehr oder weniger das Leben gerettet haben, als die Dinge besonders schrecklich waren.«

»Ich glaube, er hat geholfen, meines zu retten. Er hat sich hinter mich gestellt, als ich beschlossen habe, nicht weiter zu kämpfen. Ich weiß nicht, wieviel er Ihnen erzählt hat.«

»Ich glaube, er hat mir immer alles erzählt.«

»Ich hätte so oder so weitergemacht, aber er hat mir das Gefühl gegeben, daß ich recht hatte. Da ist ja eine Vergrößerung von dem Bild mit Ihnen und den Kindern, das er immer in der Brieftasche gehabt hat.«

An einer Wand des Arbeitszimmers hingen Fotografien, die beinahe siebzig Jahre umfaßten; hier war der Kaplan als kleiner Junge mit einer Angelrute und einem Lächeln mit fehlenden Zähnen zu sehen, hier Karen Tappman als kleines Mädchen im besten Kleidchen. Das Foto, an das er sich erinnerte, zeigte Karen Tappman mit dreißig, wie sie in einer Gruppe mit ihren drei kleinen Kindern dasaß, wobei alle vier tapfer in die Kamera blickten und traurig allein und verlassen aussahen, als würden sie von einem drohenden Verlust geängstigt. An einer Wand für sich hingen seine Kriegsfotos.

Yossarian blieb stehen, um eine sehr alte Fotografie in vergilbendem Braun anzusehen, die den Vater des Kaplans im Ersten Weltkrieg zeigte, eine kleine, von der Kamera versteinerte Gestalt, die einen Helm trug, der zu massiv war für das Kindergesicht darunter, und unbeholfen ein Gewehr mit aufgepflanztem Bajonett in Händen hielt und am Gürtel auf der einen Seite eine segeltuchbezogene Feldflasche hängen hatte, auf der anderen eine Gasmaske im Segeltuchbehälter.

»Die Gasmaske hatten wir noch lange als Andenken«, sagte Mrs. Tappman, »und die Kinder haben immer damit gespielt. Ich weiß jetzt gar nicht, was daraus geworden ist. Er hat in einer Schlacht etwas Gas abbekommen und war eine Zeitlang im Veteranenkrankenhaus, aber er hat auf sich aufgepaßt und ist alt geworden. Er ist am Lungenkrebs gestorben, hier in diesem Haus. Jetzt heißt es, er hat zuviel geraucht. Hier ist das von Ihnen.«

Yossarian lächelte. »Ich würde das nicht ein Bild von mir nennen.«

»Also er nennt das so«, sagte sie eigensinnig und zeigte ihm einen Zug von Streitlust, den er nicht bei ihr vermutet hätte. »Er hat immer alle darauf hingewiesen. ›Und das ist mein Freund Yossarian‹, hat er gesagt. ›Er hat mir viel geholfen, als mir's schlecht ging.‹ Das hat er zu jedem gesagt. Er wiederholt sich oft, fürchte ich.«

Yossarian war von ihrer Offenheit gerührt. Das Foto war eines, wie es der Public-Relations-Offizier der Staffel regelmäßig gemacht hatte: es zeigte Besatzungsmitglieder einer Maschine, die vor dem Start neben dem Flugzeug standen. Hier sah er sich selbst im Hintergrund stehen, zwischen den scharf aufgenommenen Figuren vorne und der B-25. Im Vordergrund waren die drei Soldaten zu sehen, die an diesem Tag mitflogen – sie saßen ohne erkennbare Besorgnis auf deaktivierten Tausendpfundbomben, die auf der Erde lagen, und warteten auf den Start. Und Yossarian, der so schlank und jungenhaft aussah wie die anderen mit seinem Fallschirmgeschirr und der flotten Offiziersmütze, hatte sich nur umgedreht, um zuzusehen. Der Kaplan hatte in Druckbuchstaben die Namen aller Männer hier aufgeschrieben. Der Name Yossarian stand als größter da. Hier waren wieder Samuel Singer, William Knight und Howard Snowden, alle Sergeants.

»Einer von diesen jungen Männern ist später getötet worden«, sagte Mrs. Tappman. »Ich glaube, es war der da. Samuel Singer.«

»Nein, Mrs. Tappman. Es war Howard Snowden.«

»Sind Sie sicher?«

»Ich war auch bei diesem Flug mit dabei.«

»Sie sehen alle so jung aus. Ich dachte, daß Sie vielleicht immer noch so aussehen, als ich Sie am Flugplatz abgeholt habe.«

»Wir waren jung, Mrs. Tappman.«

»Zu jung, um getötet zu werden.«

»Das dachte ich auch.«

»Albert hat bei seinem Begräbnis gesprochen.«

»Ich war da.«

»Es war sehr schwer für ihn, sagte er. Er wußte nicht, warum. Und er fand beinahe keine Worte mehr. Glauben Sie, daß er bald freikommt und sie ihn nach Hause zurückkommen lassen?« Karen Tappman sah, wie Yossarian die Achseln zuckte. »Er hat nichts Unrechtes getan. Es muß für ihn jetzt schwer sein. Für mich auch. Die Frau gegenüber ist eine Witwe, und wir spielen abends miteinander Bridge. Ich muß vielleicht wohl lernen, früher oder später wie eine Witwe zu leben. Aber ich weiß nicht, warum es schon jetzt sein soll.«

»Man ist wirklich um seine Gesundheit besorgt.«

»Mr. Yossarian«, antwortete sie mißbilligend, mit einem abrupten Stimmungswechsel, »mein Mann ist jetzt über siebzig. Wenn er krank wird, kann er dann nicht hier zu Hause krank sein?«

»Ich bin ganz Ihrer Meinung.«

»Aber ich nehme an, die wissen, was sie tun.«

»Da bin ich nie, niemals Ihrer Meinung. Aber sie haben auch Angst, er könnte explodieren.«

Sie verstand ihn nicht. »Albert war nie sehr temperamentvoll. Er ist nie wütend geworden.«

Es fiel ihnen beiden keine neue Anstrengung ein, die noch unternommen werden könnte – da doch die örtliche Polizei ihn als vermißt führte, ein Bundesministerium behauptete, nie von ihm gehört zu haben, ein anderes alle fünfzehn Tage Bargeld und Grüße schickte und ein drittes beharrlich angab, daß er wieder zur Militärreserve eingezogen worden war.

»Alles ziemlich undurchsichtig, nicht wahr?« bemerkte er.

»Wie kommt das?« fragte sie.

Die Presse, zwei Senatoren, ein Kongreßabgeordneter und das Weiße Haus waren alle nicht weiter beeindruckt. In der jüngsten Version der nach dem Gesetz über Informationsfreiheit vorgelegten Akte des Kaplans hatte Yossarian Veränderungen gesehen: alles über den Betreffenden war nun geschwärzt bis auf die Wörter *eine, einer, eines, einen* und *der, die, das*. Es gab keine Sozialversicherungsnummer, und in der Akte war nur noch die Kopie des ungefüge gekritzelten Privatbriefs eines Soldaten vom August 1944 verblieben, in dem alles außer der Anrede »Liebe Mary« geschwärzt war bis auf den Vermerk des Zensors Kaplan Tappman: »Ich sehne mich tragisch nach Dir. A. T. Tappman, Kaplan der U. S. Army.« Yossarian meinte, die Handschrift als seine eigene zu erkennen, konnte sich aber nicht erinnern, das geschrieben zu haben. Er sagte nichts zu Karen Tappman, weil er nicht riskieren wollte, sie durch den Hinweis auf eine Mary in der Vergangenheit des Kaplans zu kränken.

Dem vom FBI erstellten psychologischen Profil zufolge entsprach der Kaplan dem Typus von Pfarrer, der mit einer anderen Frau durchbrennt, und die empirischen Indizien machten es wahrscheinlich, daß die Frau, mit der er durchgegangen war, die Organistin seiner Gemeinde war.

Mrs. Tappman überzeugte das nicht, da es keine Gemeindeorganistin gegeben hatte und ihr Mann seit seiner Pensionierung ohne Kirche und Gemeinde gewesen war.

Yossarian wartete, bis sie ihr Essen fast beendet hatten, ehe er ihr die neueste Information mitteilte, die er durch einen Telefonanruf vom Flugzeug aus über dem Lake Michigan von Gaffney bekommen hatte. Sie waren auf ihren Wunsch hin zeitig essen gegangen und konnten so drei Dollar mit dem Spezialmenü für Unsere Zeitigen Gäste sparen. Das war für Yossarian etwas ganz Neues. Sie erhielten einen weiteren Nachlaß als Senioren, ohne daß sie sich ausweisen mußten. Das war auch neu. Er bestellte sich ein Dessert, nur weil sie es auch tat.

»Ich will Sie nicht ängstigen, Mrs. Tappman«, sagte er, als sie langsam fertig waren, »aber es gibt jetzt auch Spekulationen, daß es vielleicht« – das Wort fiel ihm nicht leicht – »ein Wunder ist.«

»Ein Wunder? Warum sollte mich das ängstigen?«

»Manchen Leuten würde das Angst machen.«

»Dann sollte ich vielleicht auch welche haben. Wer wird das entscheiden?«

»Wir werden es nie erfahren.«

»Aber die müssen doch wissen, was sie tun.«

»Soweit würde ich nicht gehen.«

»Sie haben das Recht, ihn dortzubehalten, oder?«

»Nein, das Recht haben sie nicht.«

»Warum können wir dann nichts tun?«

»Wir haben kein Recht dazu.«

»Ich verstehe das nicht.«

»Mrs. Tappman, Leute mit Macht haben das Recht, alles zu tun, wovon wir sie nicht abhalten können. Das ist der Catch, den Albert und ich beim Militär entdeckt haben. Und so ist das hier.«

»Dann gibt es wohl nicht viel Hoffnung?«

»Wir können auf das Wunder hoffen, daß sie zu dem Schluß kommen: es ist ein Wunder. Dann müssen sie ihn vielleicht freilassen. Es besteht auch die Möglichkeit, daß sie es« – er zögerte wieder – »eine natürliche evolutionäre Mutation nennen.«

»Weil er schweres Wasser macht? Mein Albert?«

»Das Problem mit der Wundertheorie ist, daß man da mit einem weiteren psychologischen Profil in Widerspruch gerät. Das ist jetzt fast immer eine Frau, in einem warmen Klima. Eine Frau, wenn Sie entschuldigen wollen, mit großen Brüsten. Ihr Mann paßt einfach nicht in die Typologie.«

»Tatsächlich?« Das Wort war eine grobe Zurechtweisung, mit kalter Würde erteilt. »Mr. Yossarian«, fuhr sie fort, mit dem Ausdruck kriegerischer Gewißheit auf ihrem spitzen Gesicht, »ich werde Ihnen jetzt etwas mitteilen, was wir nie jemandem erzählt haben, nicht einmal unseren Kindern. Mein Mann ist bereits Zeuge eines Wunders gewesen. Einer Vision. Ja. In der Armee, da wurde sie ihm zuteil, um seinen Glauben in eben dem Augenblick zu retten, als er zu dem Entschluß gekommen war, öffentlich zu erklären, daß er ihn verloren hatte, daß er nicht länger glauben konnte. Also bitte.«

Nach einem Augenblick, wo er befürchtete, sie verärgert zu haben, fand Yossarian diese Kampfeslust beruhigend. »Warum wollte er denn nie jemandem davon erzählen?«

»Sie wurde nur ihm zuteil, und nicht, damit er sich wichtig machte.«

»Darf ich diese Information weitergeben?«

»Es war auf dieser Beerdigung in Pianosa«, berichtete sie, »beim Begräbnis dieses jungen Samuel Singer, von dem wir vorher sprachen.«

»Es war nicht Singer, Mrs. Tappman. Es war Snowden.«

»Ich bin sicher, er hat Singer gesagt.«

»Es tut nichts zur Sache, aber ich habe ihm noch Erste Hilfe gegeben. Bitte fahren Sie fort.«

»Ja, er führte also den Begräbnisgottesdienst für diesen Singer durch und spürte, daß er schließlich keine Worte mehr fand. So hat er es beschrieben. Und dann schaute er auf zum Himmel, um zu bekennen und sein Amt niederzulegen, um jeglichem Glauben an Gott oder die Religion oder Gerechtigkeit oder Moral oder Gnade abzusagen, und dann, als er das gerade tun wollte, vor diesen Offizieren und Soldaten, da wurde ihm dieses Zeichen zuteil. Es war eine Vision, die Erscheinung eines Mannes. Und der saß auf einem Baum. Gleich vor dem Friedhof, mit einem kummervollen Gesicht, und er sah dem Begräbnis mit sehr traurigen Augen zu, und die Augen waren auf meinen Mann gerichtet.«

»Mrs. Tappman«, sagte Yossarian mit einem langen Seufzer, und sein Herz war schwer: »Das war ich.«

»Auf dem Baum?« Sie zog spöttisch die Brauen hoch. Er hatte solche Blicke schon gelegentlich bei Gläubigen gesehen, die ihrer Sache, irgendeiner Sache, sicher waren, doch nie mit einer solch unerschütterlichen Selbstgewißheit. »Das ist nicht möglich«, teilte sie ihm mit fast brutaler Sicherheit mit. »Mr. Yossarian, die Gestalt war unbekleidet.«

Mit diskreter Vorsicht fragte er: »Ihr Mann hat Ihnen nie gesagt, wie so etwas hätte geschehen können?«

»Wie anders, Mr. Yossarian? Es war offensichtlich ein Engel.«

»Mit Flügeln?«

»Nun werden Sie blasphemisch. Er brauchte keine Flügel zu einem Wunder. Warum sollte ein Engel je Flügel brauchen? Mr. Yossarian, ich will meinen Mann wiederhaben. Alle anderen sind mir gleichgültig.« Sie begann zu weinen.

»Mrs. Tappman, Sie haben mir die Augen geöffnet«, sagte Yossarian mitleidig und mit wiedergewonnener Energie. Er hatte aus einem langen Leben voller Skepsis gelernt, daß eine Überzeugung (und sei es eine sehr naive Überzeugung) letztendlich mehr nährte als die Ödnis des Lebens ohne eine solche. »Ich werde mein Bestes tun. In Washington habe ich eine letzte Möglichkeit, einen Mann im Weißen Haus, der mir einen großen Gefallen schuldet.«

»Bitte fragen Sie ihn. Ich will wissen, ob Sie es weiter versuchen.«

»Ich werde bitten und flehen. Mindestens einmal am Tag hat er Zugang zum Präsidenten.«

»Zu dem kleinen Wichser?«

Es war noch zeitig, als sie ihn an seinem Motel absetzte.

Als er nach drei doppelten Scotch Whiskys von der Bar zurückkam, sah er einen roten Toyota aus New York auf dem Parkplatz, und drinnen eine Frau, die etwas aß, und als er anhielt und hinüberstarrte, schaltete sie die Scheinwerfer an und fegte davon, und er wußte mit einem halbbetrunkenen schniefenden Lachen, daß er sich den Toyota und die Frau nur eingebildet haben konnte.

Als er im Bett lag und Schokoriegel, Erdnüsse und Dosencola aus dem Automaten draußen zu sich nahm, fühlte er sich zu hellwach, um zu schlafen, und zu träge für das Werk ernster Literatur, das er hoffnungsvoll wieder einmal eingepackt hatte. Es war ein Taschenbuch mit dem Titel *Tod in Venedig und sieben andere Erzählungen* von Thomas Mann. Leichtere Literatur fiel ihm inzwischen noch schwerer. Sogar sein verehrter *New Yorker* hatte selten noch die Macht, seine Aufmerksamkeit zu fesseln. Die Klatschnachrichten betrafen nun meist Berühmtheiten, von denen er nichts wußte, die Oscars gingen an Filme, die er nicht kannte, und an Darsteller, die er nie gesehen und von denen er nicht einmal gehört hatte.

Er vermißte Melissa, aber er war froh, daß er allein hier war – oder, wie er mit genüßlicher Präzision das schwer Faßbare variierte: er war froh, daß er allein hier war, aber er vermißte Melissa. Er fand einen Sender mit klassischer Musik und hörte mit Entsetzen, wie ein deutscher Bachchor Melodien aus dem amerikanischen Musical *Carousel* zu singen begann. Er tat sich weh, als er sich mit ausgestrecktem Mittelfinger gegen den Suchknopf warf. Beim zweiten Sender hatte er mehr Glück: er schaltete sich in ein Potpourri ein, das ihm den Kinderchor aus *La Bohème* brachte

und darauf den Kinderchor aus *Carmen,* und dann, zur Begleitung anschwellender Störgeräusche wegen eines fernen Wetter-
leuchtens, kam das Getöse der Ambosse, das er wiedererkannte:
es kündigte im *Rheingold* den Abstieg der Götter in die Eingeweide der Erde an, wo sie den Zwergen das Gold stehlen wollten,
um die Riesen auszuzahlen, die ihnen ihr herrliches neues Heim,
Walhall, gebaut hatten, unter Vertragsbedingungen, von denen
die Götter sich bereits zu distanzieren begannen. Den Riesen war
die Göttin versprochen worden, die ewige Jugend gewährt – sie
mußten sich schließlich mit Geld begnügen. Wenn man Geschäfte
mit den Göttern machte, überlegte sich Yossarian mit schwerer
werdenden Lidern wieder, war es immer klüger, gleich im voraus
zu kassieren.

Wie der Klang der Ambosse langsam in das atmosphärische
Knistern versank, hörte er schwach in den Störgeräuschen ein
alogisches musikalisches Pandämonium primitiven wilden Gelächters, das durch die Tonleitern und Tonarten nach oben stieg,
und dann – nebulos, hinter einer zischenden Wand elektrischer
Störung – eine ganz andere, einsame, liebliche, engelsreine Klage
eines Chors von Kinderstimmen in eigenartigster polyphoner
Trauer, die er zu erkennen glaubte und doch nirgendwo einzu-
ordnen wußte. Er dachte an den Roman von Thomas Mann, über
den er einmal etwas hatte schreiben wollen, und fragte sich, ob
er in seiner müden Verwirrung am Ende träume, er lausche der
Apokalipsis Leverkühns, von der er gelesen hatte. Und nach einigen weiteren Sekunden erstarb der verschwindende Sender
ganz, bis in einer Ur-Leere menschlichen Schweigens nur das
nicht zu stillende Gezisch der siedenden, nicht enden wollenden
Elektrizität zu hören war.

Er träumte in dieser Nacht in stockendem Schlaf, daß er wieder
zu Hause in seiner Hochhauswohnung war und daß der vertraute
rote Toyota mit der Frau, die süße Teilchen aß, wieder an dieselbe
Stelle auf dem Parkplatz vor seinem Motel in Kenosha gefahren
kam, während ganz hinten am Parkplatzrand ein dicker, unter-

setzter, bärtiger Jude mittleren Alters, der vom FBI war, mit sich lautlos bewegenden Lippen und gesenktem Kopf auf und ab schlurfte. Ein schlaksiger, auffälliger Mann mit orangerotem Haar in einem Leinenanzug sah harmlos von einer Ecke aus zu, tanzende Flammen in den Augen und in der Hand einen Orangendrink mit Strohhalm in einem großen Plastikbecher, während ein dunkelhäutigerer Mann mit eigenartig asiatischen Zügen alle listig beobachtete, penibel gekleidet mit einem blauen Hemd, einer rostroten Krawatte und einem rehbraunen Fischgrätjackett mit dünnen roten Streifen. Schlau im Schatten verborgen stand ein zwielichtiger Mann mit einer dunklen Baskenmütze, der eine Zigarette rauchte, ohne die Hände aus den tiefen Taschen eines schmutzigen Regenmantels zu nehmen, welcher nicht zugeknöpft war und sich jederzeit blitzschnell auseinanderreißen ließ, damit der Träger seinen haarigen Körper entblößen konnte, mit der lüsternen Aufforderung, den abstoßenden Anblick seiner Unterwäsche und seiner Genitalien zu genießen. Yossarian hatte am Ende seines Traumes eine befriedigende sexuelle Begegnung mit seiner zweiten Frau. Oder war es die erste? Oder beide? Er wachte mit schuldbewußten Gedanken an Melissa auf.

Als er zum Frühstück hinausging, war der rote Toyota mit dem New Yorker Nummernschild und der kauenden Frau auf dem Fahrersitz wieder dort geparkt. Das Auto fuhr davon, als er stehenblieb und es anstarrte, und er wußte, das konnte er sich nur einbilden. Er phantasierte. Sie konnte nicht da sein.

24. APOKALYPSE

»Und warum auch nicht?« fragte Jerry Gaffney auf dem Flughafen in Chicago. »Mit Milos Bomber und dem schweren Wasser und Ihren zwei Ehescheidungen und Schwester Melissa MacIntosh und dem belgischen Patienten und dieser Eskapade mit der verheirateten Dame – da muß Ihnen doch klar sein, daß Sie für andere Leute von Interesse sind.«

»Von New York nach Kenosha, nur für einen Tag? So schnell kann sie doch gar nicht fahren, oder?«

»Manchmal haben wir unsere kleinen Geheimnisse, John.«

»Ich habe die Frau in meinem Traum gesehen, Jerry. Und Sie auch.«

»Dafür können wir ja nun nichts. Ihre Träume gehören immer noch Ihnen. Sind Sie sicher, daß Sie sich das nicht nur eingebildet haben?«

»Meinen Traum?«

»Ja.«

»Wegen des Traums habe ich Sie jetzt wiedererkannt, Gaffney. Ich wußte, ich hatte Sie schon einmal gesehen.«

»Das sage ich Ihnen doch ständig.«

»Als ich letztes Jahr im Krankenhaus war. Sie waren einer von denen, die mich immer mal wieder kontrolliert haben, was?«

»Nicht Sie, John. Ich habe Angestellte kontrolliert, die sich krankgemeldet haben. Einer hatte eine Staphylokokkeninfektion und der andere eine Lebensmittelvergiftung von –«

»Von einem Eiersalatsandwich aus der Cafeteria, richtig?«

Als er auf dem chaotisch konfusen Flughafen angekommen

war, den die Ausfälle zahlreicher Flüge wegen unvorhersehbarer Schneestürme in Iowa und Kansas durcheinandergebracht hatten, hatte Yossarian gleich einen dunklen, gepflegten, penibel gekleideten Mann von mittlerem Wuchs und leicht asiatischen Gesichtszügen gesehen, der ein Flugticket schwenkte, um seine Aufmerksamkeit zu erregen.

»Mr. Gaffney?« hatte er gefragt.

»Na, der Messias ist es nicht«, sagte Gaffney lachend. »Setzen wir uns doch und trinken einen Kaffee. Wir haben noch eine Stunde.« Gaffney hatte ihn ins nächste Flugzeug nach Washington umgebucht und gab ihm die Karte und die Bordkarte. »Es wird Sie freuen, zu hören« – er schien dies mit großer Zufriedenheit mitzuteilen –, »daß diese Erfahrung Sie wesentlich bereichern wird. Um etwa eine halbe Million Dollar, würde ich sagen. Für Ihre Arbeit mit Noodles Cook.«

»Ich habe nie mit Noodles Cook gearbeitet.«

»Milo wird wollen, daß Sie es tun. Mir erscheint Ihre Reise langsam als eine Art Rheinfahrt.«

»Mir auch.«

»Das kann kein Zufall sein. Aber eine mit glücklicherem Ende.«

Gaffney war dunkelhaarig, elegant, urban und gutaussehend – türkischer Abstammung, enthüllte er, wenn auch aus Bensonhurst in Brooklyn, New York. Seine Haut war glatt. Sein schwarzes Haar, an den Seiten ganz kurzgeschnitten, umgab eine kleine Glatze, und schwarz waren auch seine Augenbrauen. Die Augen waren braun und schmal und verliehen zusammen mit den hohen, schmalen Wangenknochen seinem Gesicht etwas reizvoll Kosmopolitisch-Östliches. Er war tadel- und makellos gekleidet: rehbraunes Fischgrätjackett mit dünnen roten Streifen, braune Hose, blaßblaues Hemd und eine leuchtend rostrote Krawatte.

»In meinem Traum«, sagte Yossarian, »hatten Sie dasselbe an. Waren Sie gestern in Kenosha?«

»Nein, nein, Yo-Yo.«

»Die Kleider habe ich im Traum gesehen.«

»Ihr Traum ist unmöglich, Yo-Yo, weil ich mich an aufeinanderfolgenden Tagen nie gleich kleide. Gestern«, fuhr Gaffney fort, blätterte in seinem Terminkalender und leckte sich, der Wirkung seiner Worte wohl bewußt, die Lippen, »habe ich ein dunkleres Harris-Tweedjackett mit orange gemustertem Futter getragen, schokoladenbraune Hosen, ein ruhiges rosafarbenes Hemd mit dünnen senkrechten Streifen und einen Paisleyschal, rotbraun, kobaltblau und bernsteingelb gemustert. Sie wissen es vielleicht nicht, John, aber ich schwöre auf schlichte Eleganz. Schlichte Eleganz setzt sich durch. Jeden Tag ziehe ich mich an wie für einen besonderen Anlaß, damit ich im Falle eines besonderen Anlasses für den Anlaß richtig gekleidet bin. Morgen, sehe ich hier, werde ich hafergelbes irisches Leinen tragen, wenn ich nach Süden gehe, oder einen blauen Blazer mit Hornknöpfen und graue Hosen, wenn ich hier im Norden bleibe. Flanellhosen. John, nur Sie können es mir sagen – hatten Sie eine sexuelle Begegnung im Traum?«

»Das geht Sie nichts an, Jerry.«

»Sie scheinen es überall sonst zu treiben.«

»Geht Sie ebenfalls nichts an.«

»Ich träume immer vom Sex in der ersten Nacht, wenn ich allein unterwegs bin. Das ist einer der Gründe, weshalb ich ganz gerne wegfahre.«

»Mr. Gaffney, das ist wunderschön. Aber es geht mich nichts an.«

»Wenn ich mit Mrs. Gaffney verreise, brauche ich nicht zu träumen. Glücklicherweise vollzieht sie ebenfalls gerne in jeder neuen Umgebung gleich den Geschlechtsakt.«

»Auch das ist wunderschön, aber ich will nichts davon hören, und ich will nicht, daß Sie von meinen Geschlechtsakten erfahren.«

»Sie müssen gut aufpassen.«

»Dazu hab ich Sie doch angestellt, verdammt nochmal! Sie folgen mir, und andere folgen mir, von denen ich überhaupt nichts weiß, und ich will, daß diese Scheiße aufhört. Ich will mein Privatleben wiederhaben.«

»Dann rücken Sie doch den Kaplan heraus.«

»Ich habe den Kaplan doch gar nicht!«

»Das weiß ich, Yo-Yo, aber die nicht.«

»Ich bin zu alt für einen Namen wie Yo-Yo.«

»Ihre Freunde nennen Sie Yo-Yo.«

»Sagen Sie mir einen einzigen, Sie Flachkopf.«

»Ich werd's überprüfen. Aber Sie sind genau zum Richtigen gekommen, als sie sich Señor Gaffney ausgesucht haben. Ich kann Ihnen sagen, auf welche Art und Weise die Sie überwachen, und ich kann Ihnen beibringen, sich der Überwachung zu entziehen, und dann kann ich Ihnen die Techniken sagen, die sie anwenden, um jemand wie Sie auszutricksen, der gelernt hat, sich ihrer Überwachung zu entziehen.«

»Widersprechen Sie sich jetzt nicht?«

»Doch. Aber inzwischen habe ich vier identifiziert, die Ihnen folgen und sich schlau verkleidet haben. Schauen Sie, da kommt der Mann, der uns als der jüdische Herr vom FBI bekannt ist, und will ein Flugzeug nach New York. Er war gestern in Kenosha.«

»Ich hab ihn irgendwo gesehen, ich war mir aber nicht sicher.«

»Möglicherweise in Ihrem Traum. Wie er auf dem Motelparkplatz auf- und abgeht und seine Abendgebete spricht. Wie viele erkennen Sie?«

»Mindestens einen«, sagte Yossarian, der jetzt langsam Gefallen an ihren konspirativen Erörterungen fand. »Und da muß ich mich nicht einmal umsehen. Ein großer Mann in Leinen mit Sommersprossen und orangerotem Haar. Es ist fast Winter, er trägt immer noch einen Leinenanzug. Richtig? Ich wette, er ist da, lehnt irgendwo an der Wand oder an einer Säule und trinkt was aus einem Pappbecher.«

»Limonade, *Orange Julius*. Der will gesehen werden.«

»Von wem?«

»Ich werde das feststellen.«

»Nein, lassen Sie mich das machen!« erklärte Yossarian. »Ich gehe jetzt zu dem Bastard hin und stelle ihn. Ein für allemal. Und Sie halten mir den Rücken frei.«

»Ich trage eine Pistole im Knöchelhalfter.«

»Sie auch?«

»Wer noch?«

»McBride, ein Freund von mir.«

»Im PABT?«

»Sie kennen ihn?«

»Ich war schon dort«, sagte Gaffney. »Sie werden bald auch wieder hingehen, jetzt, wo die Hochzeit festgesetzt worden ist.«

»Tatsächlich? Ist das abgemacht?« Das war Yossarian neu.

Gaffney sah wieder selbstzufrieden aus. »Noch nicht einmal Milo weiß es, aber ich. Sie können schon mal den Kaviar bestellen. Bitte lassen Sie mich es ihm sagen. Das Kartellamt muß noch einwilligen. Finden Sie den Witz komisch?«

»Den hab ich schon mal gehört.«

»Sagen Sie nicht zuviel zu dem Agenten. Er ist vielleicht von der CIA.«

Yossarian ärgerte sich über sich selber, weil er keine wirkliche Wut verspürte, als er auf sein Opfer zumarschierte.

»Hallo«, sagte der Mann neugierig. »Was gibt's?«

Grob sagte Yossarian: »Habe ich Sie nicht gestern in New York gesehen, wie Sie mir gefolgt sind?«

»Nein.«

Und das war offensichtlich alles.

»Waren Sie in New York?« Yossarian war bei weitem nicht mehr so unhöflich.

»Ich war in Florida.« Sein manierliches Benehmen schien eine durch nichts zu verändernde Maske. »Ich habe einen Bruder in New York.«

»Sieht der aus wie Sie?«

»Wir sind Zwillinge.«

»Ist Ihr Bruder beim FBI?«

»Das brauche ich nicht zu beantworten.«
»Sind Sie es?«
»Ich weiß nicht, wer Sie sind.«
»Ich bin Yossarian, John Yossarian.«
»Zeigen Sie mir Ihren Spezialausweis.«
»Sie sind mir beide gefolgt, stimmt's?«
»Weshalb sollten wir Ihnen folgen?«
»Das möchte ich eben herausfinden.«
»Ich brauche es Ihnen nicht zu sagen. Sie haben keinen Spezialausweis.«

»Ich habe keinen Spezialausweis«, berichtete Yossarian Gaffney geknickt.

»Ich habe einen. Lassen Sie mich mal.«

Und nach weniger als einer Minute schwatzten Jerry Gaffney und der Mann im Leinenanzug in unbekümmerter Herzlichkeit wie zwei sehr alte Freunde miteinander. Gaffney zeigte ein Fenster in seiner Brieftasche vor und gab ihm etwas, was für Yossarian wie eine Geschäftskarte aussah, und als ein Polizist und vier, fünf andere Leute in Zivil, die möglicherweise auch Polizeibeamte waren, sich rasch näherten, verteilte Gaffney an jeden eine ähnliche Karte und gab dann auch allen in der kleinen Menschenmenge, die sich gebildet hatte, eine, und schließlich auch den beiden jungen schwarzen Frauen hinter der Imbißtheke, die Hot Dogs verkauften, fertig abgepackte Sandwiches, weiche Brezeln mit großen Körnern aus koscherem Salz und Erfrischungsgetränke wie zum Beispiel Orange Julius. Gaffney kam schließlich zurück, äußerst zufrieden mit sich selbst. Er sprach leise, und nur Yossarian hätte seine Befriedigung erkannt, denn sein Gebaren war gelassen wie zuvor.

»Der folgt nicht Ihnen, John«, sagte er, und für irgendeinen Beobachter hätte er über das Wetter reden können. »Er folgt irgend jemandem anderen, der Ihnen folgt. Er will herausfinden, wieviel sie über Sie herausbekommen.«

»Wer?« wollte Yossarian wissen. »Wem folgt er?«

»Er hat es noch nicht herausgefunden«, antwortete Gaffney. »Vielleicht bin ich's. Das wäre für jemand anders wohl komisch, aber wie ich sehe, lachen Sie nicht. John, er meint, Sie sind vielleicht von der CIA.«

»Das ist eine Beleidigung. Ich hoffe, Sie haben ihm gesagt, daß das nicht stimmt.«

»Ich weiß es noch nicht, ob das nicht stimmt. Aber ich werde ihm nichts sagen, solange er kein Klient von mir ist. Ich habe ihm nur soviel gegeben.« Gaffney schob noch eine von seinen Karten über den Tisch. »Sie sollten eigentlich auch eine haben.«

Yossarian studierte die Karte mit gerunzelter Stirn, denn der Aufdruck identifizierte sein Gegenüber als den Inhaber einer Gaffney-Immobilienagentur, mit Büros in New York City und an den Küsten der Staaten New York und Connecticut sowie in Santa Monica und San Diego im Süden Kaliforniens.

»Ich bin nicht sicher, daß ich das verstehe«, sagte Yossarian.

»Eine Tarnfirma«, sagte Gaffney. »Ein kleines Lockvogelangebot.«

»Jetzt verstehe ich.« Yossarian grinste. »Das ist die Tarnung für Ihr Detektivbüro, was?«

»Falsch rum. Das Detektivbüro ist der Vorwand für mein Immobiliengeschäft. Mit Immobilien ist mehr Geld zu machen.«

»Ich bin mir nicht sicher, ob ich Ihnen glauben kann.«

»Meine ich das vielleicht komisch?«

»Es ist unmöglich, das zu entscheiden.«

»Ich locke ihn weiter heran«, erklärte Jerry Gaffney. »Direkt in eins von meinen Büros hinein, wo er dann so tut, als sei er ein Interessent, während er herauszukriegen versucht, wer ich wirklich bin.«

»Und so können Sie herausfinden, was er vorhat?«

»Und so kann ich ihm ein Haus verkaufen, John. Da kommt mein eigentliches Einkommen her. Das sollte Sie übrigens interessieren. Wir haben ganz erlesene Mietangebote in East Hampton für den nächsten Sommer, für die Saison, fürs ganze Jahr und kurzfristig. Und auch ein paar exzellente Strandgrundstücke, wenn Sie daran denken sollten, etwas zu kaufen.«

»Mr. Gaffney«, sagte Yossarian.

»Sind wir wieder da angelangt?«

»Ich weiß weniger über Sie als zuvor. Sie haben gesagt, ich würde diese Reise machen, und hier bin ich. Sie haben die Schneestürme vorhergesagt, jetzt stürmt es.«

»Meteorologie ist kein Problem.«

»Sie wissen anscheinend alles, was auf der Erdoberfläche vor sich geht. Sie wissen soviel, daß Sie Gott sein könnten.«

»Im Immobiliengeschäft ist mehr Geld zu holen«, antwortete Gaffney. »Deshalb weiß ich, daß wir keinen Gott haben. Gott wäre dann auch Immobilienmakler. Der ist jetzt doch nicht schlecht, oder?«

»Ich hab schon schlimmere gehört.«

»Ich weiß noch einen, der vielleicht besser ist. Ich weiß auch vieles, was unter der Erde vor sich geht. Ich bin ebenfalls unter dem Busbahnhof gewesen, wissen Sie.«

»Sie haben die Hunde gehört?«

»Aber ja«, sagte Gaffney. »Und das Kilroy-Material gesehen. Ich habe auch Verbindungen bei BÜGMASP – elektronische Verbindungen«, setzte er hinzu, und seine dünnen sinnlichen Lippen mit ihrer üppigen, beinahe an Leber erinnernden Farbe wurden wieder breit und zeigten jenes Lächeln, das kryptisch war und irgendwie unvollständig. »Ich bin sogar«, fuhr er fort, »Mr. Tilyou begegnet.«

»Mr. Tilyou?« wiederholte Yossarian. »Welchem Mr. Tilyou?«

»Mr. George C. Tilyou«, erklärte Gaffney. »Dem Mann, der den alten Steeplechase-Vergnügungspark in Coney Island gebaut hat.«

»Ich dachte, der ist tot.«

»Richtig.«

»Ist das Ihr Witz?«

»Müssen Sie lachen?«

»Nur ein wenig lächeln.«

»Sie können nicht sagen, daß ich mir keine Mühe gebe«, sagte Gaffney. »Gehen wir jetzt. Schauen Sie sich ruhig um, wenn Sie wollen. Dann kommen die alle hinterher. Sie werden nicht wissen, ob sie an Yossarian dranbleiben oder mir folgen sollen. Sie werden einen guten Flug haben. Sehen Sie in dieser Begegnung ein Intermezzo, ein Entr'acte zwischen Kenosha und Ihren Geschäften mit Milo und Noodles Cook. Ein Zwischenspiel. Wie Wagners Musik für Siegfrieds Rheinfahrt oder die Trauermusik in der *Götterdämmerung*, oder diese klirrenden Ambosse in *Rheingold*.«

»Das habe ich letzte Nacht gehört, auf meinem Zimmer in Kenosha.«

»Ich weiß.«

»Und ich habe etwas erfahren, was vielleicht dem Kaplan helfen könnte. Seine Frau glaubt, er hätte schon einmal ein Wunder erlebt.«

»Das ist doch alt, John«, sagte Gaffney wegwerfend. »In Kenosha wird alles abgehört. Aber hier wäre was, das ist vielleicht wirklich gut. Sie könnten Milo einen Schuh vorschlagen.«

»Was für einen Schuh?«

»Einen Militärschuh. Vielleicht einen offiziellen Regierungsschuh der Vereinigten Staaten. Bei den Zigaretten war er zu spät dran. Aber Schuhe wird das Militär immer brauchen. Für Damen auch. Und vielleicht Büstenhalter. Bitte grüßen Sie Ihre Verlobte!«

»Welche Verlobte?« fragte Yossarian scharf.

»Miss MacIntosh?« Gaffney zog seine schwarzen Augenbrauen fast zu Fragezeichen empor.

»Miss MacIntosh ist nicht meine Verlobte«, protestierte Yossarian. »Sie ist nur meine Krankenschwester.«

Gaffney warf mit einer lachenden Geste den Kopf zur Seite. »Sie haben keine Krankenschwester, Yo-Yo«, insistierte er fast kokett. »Das haben Sie mir oft und oft gesagt. Soll ich alles rückspulen und nachzählen?«

»Gaffney, gehen Sie in Ihrem irischen Leinen nach Norden oder mit Ihrem Blazer und den Flanellhosen nach Süden. Und nehmen Sie diese ganzen Schatten mit, die mir auf die Hacken treten.«

»Kommt schon noch. Sie mögen deutsche Musik, wie?«

»Was gibt es denn sonst? Falls Sie nicht noch die italienische Oper dazunehmen wollen.«

»Chopin?«

»Den finden Sie bei Schubert«, sagte Yossarian. »Und beide bei Beethoven.«

»Nicht zur Gänze. Und was ist mit den Deutschen selber?« fragte Gaffney.

»Die mögen einander nicht besonders, was?« erwiderte Yossarian. »Ich kenne kein anderes Volk, wo man so rachsüchtige Abneigung füreinander empfindet.«

»Außer unserem?«

»Gaffney, Sie wissen zuviel.«

»Es hat mich immer interessiert, Sachen herauszufinden.« Gaffney gestand dies in zurückhaltendem Ton. »Es hat mir bei meiner Arbeit genützt. Sagen Sie, John«, fuhr er fort und richtete den Blick bedeutungsvoll auf Yossarian, »haben Sie je von einem deutschen Komponisten namens Adrian Leverkühn gehört?«

Yossarian sah Gaffney starr und konsterniert an. »Ja, das habe ich, Jerry«, antwortete er und suchte in dem glatten, undurchdringlichen, dunklen Gesicht irgendeinen winzigen Hinweis, eine Erhellung. »Ich habe von Adrian Leverkühn gehört. Er hat ein Oratorium mit dem Titel *Apokalypse* geschrieben, *Apocalipsis cum figuris.*«

»Ich kenne eine Kantante von ihm, *Fausti Weheklag.*«

»Ich dachte, die ist nie aufgeführt worden.«

»O ja. Da kommt dieser rührende Kinderchor vor, und diese höllische Passage mit lauter Glissandi von erwachsenen Stimmen in wildem Gelächter. Das Lachen und der traurige Chor erinnern mich immer an Fotos von Nazisoldaten im Krieg, in Ihrem Krieg

damals, wie sie diese jüdischen Kinder aus den Ghettos in den Tod treiben.«
»Das ist die *Apokalypse*, Jerry.«
»Sind Sie sicher?«
»Ganz sicher.«
»Ich werde es feststellen. Und vergessen Sie Ihren Schuh nicht!«
»Welchen Schuh?«

25. WASHINGTON

»Scheiße, ein Schuh?« höhnte Wintergreen, als Yossarian den nächsten Abschnitt seiner Rheinfahrt angetreten hatte. »Was ist denn so besonderes an einem Scheißschuh?«

»Scheiße, das war nur so eine Idee«, sagte Yossarian in einer der Hotelsuiten, die in Washington die Büroräume von M. & M.-U. & P. abgaben. Er hatte mit Melissa ein neueres Hotel mit vergleichbarem Prestige, aber flotterer Kundschaft vorgezogen, das sich (wie er sich mit einer Art seliger Eitelkeit erinnerte, als er dann im Krankenhaus lag, und sein Zustand stabil und die Gefahr einer Hirnschädigung oder Lähmung vorüber war) eines stolzen Angebots hochwertiger Superpornos in den Sprachen sämtlicher Mitgliedsstaaten der UNO rühmte. »Ihr habt doch gesagt, ihr sucht einen Konsumartikel.«

»Aber einen Schuh? Mittlerweile muß es fünfzig Schuhfabriken geben, die Scheißschuhwerk für die Füße von all den Scheißkerlen wie uns herstellen.«

»Aber keine mit einem Exklusivvertrag für einen regierungsoffiziellen amerikanischen Schuh.«

»Herrenschuhe oder Damenschuhe?« überlegte Milo.

»Beides, jetzt können Frauen ja auch auf dem Schlachtfeld fallen.« Yossarian bedauerte es, daß er davon angefangen hatte. »Vergiß es. Es gibt so vieles an der Wirtschaft, was ich nicht verstehe. Ich begreife immer noch nicht, wie ihr die Eier für sieben Cents das Stück gekauft habt, für fünf Cents verkauft und einen Profit dabei gemacht.«

»Machen wir immer noch«, prahlte Wintergreen.

»Eier sind leicht verderblich«, sann Milo larmoyant. »Und sie zerbrechen. Ich hätte lieber einen Schuh. Eugene, schau mal nach.«

»Ich hätte lieber das Flugzeug«, murrte Wintergreen.

»Aber nach dem Flugzeug? Angenommen, es gibt keine Kriegsgefahr mehr?«

»Ich schau mal nach.«

»Mit der Flugzeuggeschichte bin ich nicht so glücklich«, sagte Yossarian.

»Überlegen Sie sich wieder, ob Sie uns verlassen?« spottete Wintergreen. »Sie haben doch seit Jahren schon Einspruch erhoben.«

Der Hohn erzürnte Yossarian, aber er ignorierte die Bemerkung. »Eure Shhhhh! könnte die Welt zerstören, oder?«

»Sie haben wohl heimlich geguckt«, antwortete Wintergreen.

»Und sie kann's nicht«, sagte Milo schmerzlich. »Das haben wir auf der Sitzung zugegeben.«

»Aber vielleicht kann es die von Strangelove?« stichelte Wintergreen.

»Und deshalb«, sagte Milo, »möchten wir eine Besprechung mit Noodles Cook.«

Yossarian schüttelte wieder den Kopf. »Und die Atombombe gefällt mir auch nicht. Ich bin nicht mehr einverstanden damit.«

»Wen möchten Sie denn mit dem Auftrag abziehen sehen?« meinte Wintergreen aggressiv. »Diesen Scheißstrangelove?«

»Und wir haben doch die Bombe gar nicht«, besänftigte Milo. »Wir haben nur Pläne für ein Flugzeug, das sie hinbringt.«

»Und unser Flugzeug funktioniert nicht.«

»Das garantieren wir, Yossarian. Sogar schriftlich. Unsere Flugzeuge fliegen nicht, unsere Raketen lassen sich nicht abfeuern. Wenn sie starten, stürzen sie ab; wenn sie schießen, geht's vorbei. Immer. Wir liefern Perfektion. Das Motto unserer Firma.«

»Können Sie in unserem Briefkopf lesen«, fügte Wintergreen

hinzu und fuhr mit einer wohlüberlegten Provokation fort: »Aber darf ich Sie mal eines fragen, Mr. Yo-Yo? Welches Land würden Sie denn gerne als stärkstes sehen, wenn nicht uns? Das ist doch die Scheißpointe bei dem Ganzen, oder? Das ist der Catch.«

»Das ist in der Tat der Catch, das stimmt«, mußte Yossarian ihm beipflichten.

»Und wenn wir unser Scheißrüstungsmaterial nicht an alle verkaufen, die's haben wollen, dann machen es unsere befreundeten Scheißverbündeten und die Konkurrenz! Man kann nichts dagegen machen. Die Zeit für Ihre beschissenen Ideale ist abgelaufen. Sagen Sie mir doch, wenn Sie so schlau sind, was, Scheiße nochmal, würden Sie denn machen, wenn Sie das Land regieren würden?«

»Ich wüßte es auch nicht«, gab Yossarian zu und war wütend auf sich selber, daß er sich in dieser Diskussion so besiegen ließ. So war es früher nie gewesen. »Aber ich weiß, daß ich gerne ein reines Gewissen hätte.«

»Unser Gewissen ist rein«, antworteten beide.

»Ich will nicht die Schuld haben.«

»Das ist doch Kacke, Yossarian.«

»Und ich wollte nicht verantwortlich sein.«

»Ebenfalls Kacke«, konterte Wintergreen. »Sie können gar nichts dagegen tun, und Sie *sind* verantwortlich. Wenn die Welt ohnehin in die Luft fliegt, was macht es dann noch für einen Scheißunterschied, wer's war?«

»Wenigstens sind meine Hände dann sauber.«

Wintergreen lachte vulgär. »Die werden Ihnen am Handgelenk weggefetzt, Ihre beschissenen sauberen Hände! Niemand wird je wissen, daß es Ihre waren. Man wird Sie gar nicht mehr finden.«

»Lecken Sie mich doch am Arsch, Wintergreen!« rief Yossarian zornig. »Gehen Sie zur Hölle mit Ihrem reinen Gewissen!« Er wandte sich mürrisch weg. »Ich wünschte, Sie wären schon tot, daß ich doch wenigstens einmal im Leben ein wenig Vergnügen an Ihnen habe.«

»Yossarian, Yossarian«, tadelte Milo. »Sei vernünftig. Eins weißt du nicht über mich – ich lüge nie.«

»Wenn er nicht muß«, ergänzte Wintergreen.

»Ich glaube, das weiß er, Eugene. Ich bin so moralisch wie irgendeiner. Richtig, Eugene?«

»Genauso ist es, Mr. Minderbinder.«

»Milo, hast du je in deinem Leben«, fragte Yossarian, »etwas Unehrliches getan?«

»O nein!« antwortete Milo sofort. »Das wäre doch unehrlich. Und es war nie nötig.«

»Und deshalb«, sagte Wintergreen, »wollen wir dieses Geheimtreffen mit Noodles Cook, damit wir ihn dazu kriegen, insgeheim mit dem Präsidenten zu reden. Wir wollen alles ohne Heimlichtuerei durchziehen.«

»Yossarian«, sagte Milo, »bist du bei uns nicht sicherer? Unsere Flugzeuge können nicht funktionieren. Wir haben eben die Technologie. Bitte ruf doch Noodles Cook an.«

»Arrangieren Sie das Treffen und reden Sie keine Scheiße mehr. Und wir wollen dabeisein.«

»Vertraut ihr mir nicht?«

»Scheiße! Sie sagen doch, Sie verstehen so vieles an der Wirtschaft nicht.«

»Du sagst, du begreifst's nicht.«

»Ja, und vor allem begreife ich nicht, beschissenerweise«, sagte Yossarian und gab nach, »warum Typen wie ihr es versteht.«

Noodles Cook erfaßte rasch, was man von ihm erwartete.

»Ich weiß, ich weiß«, fing er gleich an, nachdem man sich vorgestellt hatte, direkt zu Yossarian gewandt. »Du hältst mich für ein Arschloch, wie?«

»Kaum einmal«, antwortete Yossarian ohne Überraschung, während die anderen beiden warteten. »Noodles, wenn die Leute an den Dauphin denken, denken sie nicht immer an dich.«

»Touché«, lachte Noodles. »Aber ich bin wirklich gerne hier. Bitte frag mich nicht, warum.« Was sie von ihm wollten, fuhr er fort, war ganz offensichtlich ungehörig, unangemessen, unvertretbar und möglicherweise ungesetzlich. »Normalerweise, meine Herren, könnte ich gerne auch als Lobbyist für Sie einsteigen. Aber wir haben jetzt ethische Prinzipien in der Regierung.«

»Wer leitet unsere Ethikbehörde?«

»Sie lassen den Posten noch unbesetzt, bis Porter Lovejoy aus dem Gefängnis kommt.«

»Ich habe da eine Idee«, sagte Yossarian, der das Gefühl hatte, daß diese Idee nicht schlecht war. »Es ist dir doch erlaubt, Vorträge zu halten?«

»Das tue ich regelmäßig.«

»Und ein Honorar dafür entgegenzunehmen?«

»Ohne würde ich es gar nicht machen.«

»Noodles«, sagte Yossarian, »ich glaube, diese Herren hier möchten, daß du einen Vortrag hältst. Vor einem Auditorium, das aus einer Person besteht. Vor dem Präsidenten ganz allein, mit der Empfehlung, daß die Regierung ihr Flugzeug kauft. Könntest du einen solchen Vortrag mit Erfolg halten?«

»Einen solchen Vortrag könnte ich mit großem Erfolg halten.«

»Und sie würden dir dafür ein Honorar geben.«

»Ja«, sagte Milo. »Wir würden Ihnen ein Honorar geben.«

»Und wie hoch würde dieses Honorar denn sein?« erkundigte sich Noodles.

»Milo?« Yossarian trat einen Schritt zurück, weil es immer noch viel in der Wirtschaft gab, was er nicht verstand.

»Vierhundert Millionen Dollar«, sagte Milo.

»Das klingt angemessen«, antwortete Noodles in ebenso unbekümmertem Tonfall, als ob auch er nichts Außergewöhnliches zu hören bekäme, und dann – erinnerte sich Yossarian später amüsiert, als er in seinem Krankenhausbett die Zeit totschlug – bot ihm Noodles an, rasch einen Blick in das Spielzimmer des Präsidenten zu werfen, nachdem die anderen davongerannt waren, zu einer dringenden finanziellen Besprechung, die sie schon erwähnt hatten und die sie stark beschäftigte, denn Gaffneys Witz über die Notwendigkeit einer Zustimmung des Kartellamts zur Hochzeit von M2 und Christina Maxon war, wie sich herausstellte, am Ende doch kein Witz.

»Und dir, Yossarian . . .«, begann Milo, als die drei sich trennten.

»Für die wunderbare Idee, die Sie da hatten . . .«, fiel Wintergreen jovial ein.

»Deswegen brauchen wir ihn, Eugene. Dir, Yossarian, geben wir als Zeichen der Dankbarkeit fünfhunderttausend Dollar.«

Yossarian, der nichts erwartet hatte, antwortete gleichmütig (er lernte schnell). »Das klingt angemessen«, sagte er im Ton der Enttäuschung.

Milo schaute verlegen drein. »Es ist ein bißchen mehr als ein Prozent«, betonte er empfindlich.

»Und ein bißchen weniger als eure üblichen anderthalb für den Mittelsmann, nicht wahr?« sagte Yossarian. »Aber es klingt trotzdem angemessen.«

»Yossarian«, lockte Wintergreen, »Sie sind fast siebzig, und es geht Ihnen nicht schlecht. Gehen Sie doch einmal in sich. Macht es wirklich etwas aus, ob Sie noch hunderttausend Dollar mehr verdienen, oder auch nur, ob die Welt in einer Atomexplosion endet, wenn Sie nicht mehr da sind?«

Yossarian betrachtete sein Inneres genau und gab eine ehrliche Antwort.

»Nein. Aber ihr zwei seid doch genauso alt. Liegt euch wirklich etwas daran, ob ihr noch mehr Millionen macht oder nicht?«

»Ja«, sagte Milo mit Nachdruck.

»Und das ist der große Unterschied zwischen uns.«

»Na, jetzt sind wir allein«, sagte Noodles. »Du glaubst doch, ich bin ein Arschloch, stimmt's?«

»Nicht mehr als ich.«
»Spinnst du?« rief Noodles Cook. »Das ist gar kein Vergleich! Schau dir an, wozu ich mich gerade verpflichtet habe!«
»Ich habe es vorgeschlagen.«
»Ich habe angenommen!« argumentierte Noodles. »Yossarian, es gibt hier neun weitere Tutoren, die viel größere Arschlöcher sind, als du es je sein wirst, und die kommen nicht entfernt an mich heran.«
»Ich gebe auf«, sagte Yossarian. »Ihr seid das größ're Arschloch, Meister Cook.«
»Ich bin froh, daß du das einsiehst. Jetzt zeige ich dir mal das Spielzimmer. Ich bin nun schon ganz gut bei den Videospielen, besser als all die anderen. Er ist sehr stolz auf mich.«
Der Raum des renovierten Oval Office, des Amtszimmers des Präsidenten der Vereinigten Staaten, war drastisch reduziert worden, um Platz zu schaffen für das geräumige Spielzimmer, zu dem es nun führte. In dem geschrumpften Arbeitsraum konnten sich nun nur noch drei oder vier Besucher ohne Unbequemlichkeiten aufhalten, die Besprechungen des Präsidenten wurden bald weniger und verliefen schneller, die Verschwörungen waren einfacher, die Vertuschungen automatisch. Der Präsident hatte mehr Zeit für seine Videospiele, und die fand er lebensechter als das Leben selbst, wie er einmal öffentlich gesagt hatte.
Die äußerliche Entschädigung für den Umbau war der größere, imposantere zweite Raum, der mit einem Nebenzimmer geräumig genug war, um die Stühle und die Spieltische für die vielfältigen Bildschirme, Kontrollarmaturen und anderen Apparate aufzunehmen, die nun wie eine Dienerschar von Robotern an der ovalen Wand entlang standen. Der Abschnitt gleich neben dem Eingang hieß ABTEILUNG KRIEG und enthielt einzelne Spiele, die jeweils als *Die Napoleonischen Kriege, Die Schlacht von Gettysburg, Die Schlacht von Bull Run, Die Schlacht von Antietam, Sieg auf Grenada, Sieg in Vietnam, Sieg in Panama, Sieg in Pearl Harbor* und *Golfkrieg II* bezeichnet waren. Ein fröhliches Plakat

zeigte einen strahlenden Marineinfanteristen mit rosigen Apfelbäckchen über den drei Sätzen:

VERSUCHEN SIE IHR GLÜCK!
JEDER KANN MITMACHEN.
JEDE SEITE KANN GEWINNEN.

Yossarian kam an Spielen mit den Namen *Indianapolis Speedway, Bomben los!, Wer muß nicht zum Militär?* und *Stirb lachend* vorüber. Den Ehrenplatz im Spielzimmer des Präsidenten nahmen ein Bildschirm ein, der größer war als die anderen, sowie, in Hüfthöhe auf einer Oberfläche mit den Proportionen und dem Unterbau eines Billardtisches, eine durchsichtige Reliefkarte des ganzen Landes, leuchtend von verschiedenen Grün-, Schwarz- und Blautönen und dem Rosa und Braun der Wüsten. Auf dem bunten Modell führten die labyrinthischen Strecken elektrischer Eisenbahnen in verschiedener Höhe kreuz und quer über den Kontinent und verschwanden unterirdisch in Tunneln. Als Noodles mit einem rätselvollen Lächeln die Knöpfe drückte, die helle Lichter im Inneren des Modells angehen ließen und die Züge in Bewegung setzten, sah Yossarian eine ganze neue Miniaturwelt von größter, hermetischer Komplexität vor sich, die unter der Oberfläche des Kontinents auf verschiedenen Ebenen funktionierte, von Grenze zu Grenze und über die Grenzlinien hinweg, nördlich durch Kanada hindurch nach Alaska und nach Osten und Westen in die Ozeane. Der Name dieses Spiels lautete

TRIAGE

Auf der Karte fiel ihm zuerst auf der Halbinsel Florida eine kleine barackenförmige Markierung auf, auf welcher »Bundesreserve Zitrusfrüchte« stand. Eine große Zahl der unterirdisch hin- und herfahrenden Eisenbahnwagen trugen auf die Lafetten montierte Raketen, und viele andere transportierten Kanonen und Panzerfahrzeuge. Er sah mehrere Hospitalzüge, mit dem Roten Kreuz bezeichnet. Sein Blick fand ein »Bundesdepot Wisconsinkäse« am Ufer des Lake Michigan, nicht weit von Kenosha. Eine weitere Zitrusfruchtreserve fiel ihm in Kalifornien auf, und es gab ein die ganze Nation unterirdisch umspannendes System von Pizzerien und Fleischkühlhäusern. Da stand der Atomreaktor am Savannah River, über den er jetzt Bescheid wußte. Das sternförmige Washington war blau innerhalb eines weißen Kreises markiert; dort las er Markierungen für das Weiße Haus, den Burning Tree Country Club, BÜGMASP, den neuen nationalen Militärfriedhof, das neueste Kriegerdenkmal und das Walter-Reed-Hospital. Und unter allen diesen befand sich unterirdisch – wenn er richtig begriff, was er vor sich sah – eine perfekte Rekonstruktion der jeweiligen oberirdischen Anlage, auf einer tieferen Ebene verborgen. Aus der Hauptstadt hinaus führten parallel zu den Eisenbahnstrecken Richtungspfeile, die auf unterirdischen Wegen zu verschiedenen Zielen führten, unter anderem dem Greenbrier Country Club in West Virginia, den Livermore-Laboratorien in Kalifornien, dem Zentrum für Seuchenkontrolle in Atlanta, dem Zentrum für die Therapie von Brandwunden am New York Hospital sowie (ebenfalls in New York), wie er zu seiner immensen Überraschung sah, dem PABT, dem Busbahnhof so nahe bei dem Gebäude, wo er augenblicklich wohnte.

Er war vollkommen verblüfft, zu sehen, daß das PABT in Verbindung mit BÜGMASP stand und einem ganzen lokalen Netzwerk angegliedert war – mit einem unterirdischen Tentakel, der durch den zugeschütteten Kanal unter der Canal Street und durch eine Mauer, welche die Wall Street umschloß, hindurchschlüpfte. In Brooklyn sah er Coney Island an der Oberfläche durch eine eisenrote Miniatur eines phallischen Turmes symbolisiert, in dem er den einstigen Fallschirmsprungturm des alten Steeplechase-Parks erkannte. Und im Untergrund, anscheinend am Faksimile eines Vergnügungsparks – Steeplechase Park – angebracht, sah er das Bild eines grinsenden Gesichts mit flachgedrücktem Haar und jeder Menge Zähnen, das er auch kannte.

»Aber unsere funktionieren«, sagte Noodles stolz. »Oder sie wären nicht auf der Karte. Er hat das ganze Modell hier bauen lassen, um sicherzugehen, daß es so gut ist wie das im Spiel. Wenn es ein Wort gibt, nach dem er lebt, dann ist das: Bereit sein.«

»Das sind zwei Wörter, oder?« korrigierte Yossarian.

»Das habe ich früher auch immer gedacht«, sagte Noodles, »aber jetzt sehe ich das mehr aus seiner Sicht. Mein Golfspiel wird auch besser.«

»Sind deshalb diese Country Clubs hier drauf?«

»Er bringt sie auch in das Videospiel, daß beides genau zusammenpaßt. Siehst du, da droben in Vermont?« Yossarian sah ein »Bundesreservoir: Ben & Jerry Ice Cream«. »Das hat er erst vor kurzem in dem Videospiel entdeckt, und jetzt will er auch eines. Häagen-Dazs kriegen wir auch noch. Wir werden vielleicht ziemlich lange da drunten sein, wenn's wirklich mal dazu kommt, und er will sichergehen, daß mit seinem Eis und seinem Golf alles klargeht. Das ist jetzt vertraulich, aber wir haben schon einen Golfplatz mit neun Löchern unter dem Burning-Tree-Club fertig, und der ist genau identisch mit dem hier oben. Er ist jetzt dort drunten und übt, daß er den anderen gegenüber schon mal einen Vorteil hat, wenn die Zeit dann kommt.«

»Wer wären diese anderen?« fragte Yossarian.

»Die von uns, die zum Überleben ausgewählt sind«, antwortete Noodles, »und dazu, das Land unterirdisch weiterlaufen zu lassen, wenn oben nicht mehr viel los ist.«

»Ich verstehe. Und wann wäre das?«

»Wenn er den Kasten aufschließt und den Knopf drückt. Siehst du da den Apparat neben dem Spiel? Das ist der Football.«

»Was für ein Football?«

»Die Journalisten nennen das gerne den Football. Das ist die Anlage, die alle unsere Flugzeuge und Verteidigungs-Angriffswaffen losschickt, sobald die Nachricht kommt, daß wir überfallen werden, oder wir uns entschließen, selber unseren Krieg anzufangen. Das muß früher oder später passieren.«

»Das weiß ich. Was passiert dann?«

»Wir gehen nach unten, der kleine Wichser und ich, bis die Asche auskühlt und die Strahlung weggeweht ist. Mit den anderen, die zum Überleben ausgesucht worden sind.«

»Wer übernimmt das Aussuchen?«

»Der Nationale Überparteiliche Triage-Ausschuß. Die haben natürlich sich selbst ausgesucht und ihre besten Freunde.«

»Wer sitzt in dem Ausschuß?«

»Da ist sich niemand ganz sicher.«

»Was geschieht mit mir und meinen besten Freunden?«

»Ihr seid natürlich alle entbehrlich.«

»Das klingt angemessen«, sagte Yossarian.

»Jammerschade, daß wir jetzt nicht Zeit für ein Spiel haben«, sagte Noodles. »Das ist schon ein Anblick, wenn wir anfangen, uns wegen des sauberen Trinkwassers zu bekämpfen. Möchtest du eins anfangen?«

»Ich bin mit einer Dame im Luft- und Raumfahrtmuseum in der Smithsonian Institution verabredet.«

»Und ich habe jetzt eine Geschichtsstunde, wenn er vom Golf zurückkommt. Der Teil der Arbeit ist nicht einfach.«

»Lernst du viel?« fragte Yossarian unschuldig.

»Wir lernen beide viel«, sagte Noodles beleidigt. »Also, Yossarian, jetzt noch schnell zur Sache. Wieviel willst du haben?«

»Wofür?«

»Dafür, daß du mir diesen Vortragstermin verschafft hast. Du willst natürlich was davon. Sag nur, wieviel.«

»Noodles«, sagte Yossarian vorwurfsvoll, »ich darf hier nichts annehmen. Das wäre ja Schmiergeld. Ich will keinen Cent.«

»Das klingt angemessen«, sagte Noodles und grinste. »Siehst du, was ich für ein größeres Arschloch bin? Ich schulde dir wieder was.«

»Einen Gefallen sollst du mir tun«, bat Yossarian eindringlich, wie er sich später erinnerte. »Ich will, daß der Kaplan freikommt.«

Und hier war Noodles ernst geworden. »Ich hab's versucht. Es gibt da Komplikationen. Sie wissen nicht, was sie mit ihm anstellen sollen. Es tut ihnen jetzt leid, daß sie ihn je gefunden haben. Wenn sie ihn als radioaktiven Abfall problemlos entsorgen könnten, ich glaube, sie würden's tun.«

Nach dem Tritium mußten sie jetzt abwarten, was als nächstes aus dem Kaplan herauskam. Plutonium wäre entsetzlich. Und noch schlimmer: Lithium, was er als Medikament gegen seine Depressionen bekommen hatte, verband sich mit schwerem Wasser zum Lithiumdeuterid der Wasserstoffbombe, und das könnte eine Katastrophe sein.

26. YOSSARIAN

Noodles Cook hatte seine Geschichtsstunde vorzubereiten, und Yossarian hatte seine Verabredung im Museum. Yossarian dachte eine Woche später an Noodles, als er sich dem PABT näherte und die Dampfpfeifchen der in der Nähe stehenden Verkäufer von heißen Erdnüssen hörte. Die erinnerten ihn an die melodischen Töne des »Waldwebens« in *Siegfried* und an den Kampf um jenen magischen Ring aus gestohlenem Gold, der angeblich demjenigen die Macht über die ganze Welt schenkte, der ihn besaß – und allen Elend und Untergang brachte, denen er gehörte. Als er die Türen aufstieß, um den Busbahnhof zu betreten, stellte er sich diesen germanischen Helden vor (der bloß ein Isländer war), wie er an der Höhle des träumenden Drachen stand, der dalag und sich um seine eigenen Angelegenheiten kümmerte. »Laß mich schlafen«, war der knurrende Dank für den erbärmlichen Götterkönig Wotan, der – in der traurigen Hoffnung, den Ring aus Dankbarkeit zurückzuerhalten – angeschlichen kam, um den Drachen vor dem Nahen des furchtlosen Helden zu warnen.

Jung Siegfried hatte seinen Drachen, dem er gegenübertreten mußte, und Yossarian hatte die wilden Hunde drunten am Eingang jener geheimnisvollen Unterwelt von Untergeschossen, die McBride jetzt offiziell inspizieren konnte.

Als er später zurücksah, konnte Yossarian sich nicht erinnern, daß er irgendeine Vorahnung dessen gehabt hätte, was ihm dann nachher im Krankenhaus beim Nachsinnen über seine Rheinfahrt als erzählerische Ironie erschien – keine Vorahnung, daß er noch am selben Tag plötzlich alles zweimal sehen und sich im Hospital wiederfinden würde, mit einem ungelösten Melissa-Problem, mit seiner halben Million und seinem großen Verkaufserfolg mit dem Schuh.

Nun, da Deutschland wiedervereinigt war und von gewalttätigen Neonazis wimmelte, mochte ihm vielleicht der *New Yorker* diese bissige Rheinfahrt-Parodie aus den Händen reißen, in der ein zeitgenössischer Middle-Class-Amerikaner von unklar semitischer Abstammung den assyrischen Siegfried gab, gewiß ein markanter Widerspruch. Aber es ließ sich nicht vermeiden, daß die Ablenkungen durch Besucher und Ärzte ihn rasch seiner Zeit beraubten und ihm die optimistische Energie nahmen, die für die Erneuerung und Vollendung ernsthaften literarischen Ehrgeizes notwendig ist.

Yossarian mußte die erfahrene Virtuosität bewundern, mit der Melissa und sogar Angela in Anwesenheit von Frances und Patrick Beach oder von seinen Kindern sofort vollkommen unauffällig wirkten, harmlos in den Hintergrund zurücktraten oder ohne Geräusch aus dem Zimmer glitten. Und dann erschien durch die Macht des Zufalls plötzlich aus dem Nichts sogar der alte Sam Singer, der Heckschütze, der seinen starkknochigen Freund, den Krebspatienten, hier besuchte, und der eigenartige, leicht unheimliche Freund der beiden aus Kalifornien mit dem runden Gesicht und den verkniffenen Augen fühlte bei Yossarian wegen seines Drahts zu Milo vor. Sogar eine flüchtige phantasmagorische Begegnung mit einem entsetzlichen Kriegsopfer in Gips und Bandagen, genannt der Soldat in Weiß, ereignete sich als mystischer Rückfall in eine andere Trugwelt.

Siegfried, so legte er sich die Analogie zurecht, war zu Fuß davongesaust, um Brünnhilde mit einem Kuß zu wecken, nachdem er den Ring eingesackt hatte, welcher der Arbeitslohn des erschlagenen Drachen gewesen war, der wie ein Riese geschuftet hatte, um den unsterblichen Göttern das ewige Walhall zu bauen, die doch bereits wußten, daß auch ihre Dämmerung angebrochen war.

Während Yossarian andererseits im Taxi fuhr und mehr als nur einen Kuß für Melissa plante, als er sie praktisch alleine im Halbdunkel des Museumskinos fand, wo der sich dauernd wiederholende Film zur Geschichte der Luftfahrt lief. Doch so schnell schlugen ihn die flimmernden alten Filmaufnahmen von den ersten Flugpionieren in ihren Bann, daß er völlig vergaß, über seine Freundin herzufallen. Lindberghs Flugzeug, das hier ausgestellt war, wirkte erstaunlicher auf ihn als jede Raumkapsel. Auch Melissa empfand Ehrfurcht. Der vierundzwanzigjährige Lindbergh war mit Periskop geflogen, der direkte Blick nach vorn war durch einen zusätzlichen Treibstofftank blockiert gewesen.

Abends beim Essen fühlte er sich wie tot von der Reise und schon zu vertraut mit seinem und ihrem erotischen Programm, um noch Begierde auf Sex zu verspüren. Falls sie gekränkt war, ließ sie es nicht erkennen. Leicht ungläubig merkte er, daß sie vor ihm eingeschlafen war.

Allein auf dem Rücken vor sich hin meditierend, traf er spontan den befriedigenden Entschluß, sie mit einem Fünftel des Halbmillionengoldhortes zu überraschen, den er heute aufgesammelt hatte, und die Steuer selbst zu übernehmen. Er dachte, ein Geschenk von hunderttausend Dollar, das eine hart arbeitende Frau, die weniger als sechstausend zurückgelegt hatte, für ihre Zukunft aufbewahren könnte, würde sie vielleicht ebenso rühren wie das Ersetzen der beiden Silberplomben, die acht Dutzend Rosen in zwei Tagen und die seidige rüschenbesetzte Oberkörperunterwäsche von Saks Fifth Avenue, Victoria's Secret und Frederick's of Hollywood. Für jemand wie sie könnten unerwartete hunderttausend Dollar wie eine Menge Geld aussehen.

Sie trug auf dem Flug einen Rock, doch er hatte sein Begehren verloren, dort an ihr herumzuspielen. Er sprach wieder von der Hochzeit im Busbahnhof. Sie wollte kommen, obwohl er sie noch nicht eingeladen hatte. Was seine Gedanken am meisten beschäftigte, war die Aussicht auf ein paar Abende ohne sie.

Für Yossarian verringerte sich die lüsterne Vorfreude auf unerwartete laszive Köstlichkeiten und Entdeckungen mit Melissa zusammen bereits mit der Wahrscheinlichkeit ihres Stattfindens. Sie waren zu rasch miteinander vertraut geworden – das war schon vorgekommen; es geschah jedesmal –, und er hatte schon beschlossen, daß sie anfangen sollten, sich nicht mehr so oft zu sehen. Wenn sie nicht dabei waren, ins Bett zu gehen, oder überlegten, was sie essen sollten, hatten sie oft nicht viel zu tun. Auch das war schon früher vorgekommen; immer war es so gewesen. Und nichts zu tun war oft viel spannender, wenn man es alleine tat. Auf keinen Fall würde er je wieder mit ihr tanzen gehen, und er würde eher sterben, als sich noch einmal ins Theater zu setzen. Nach den Hunderttausend war es vielleicht das Klügste, sich als Freunde zu trennen. Er hatte wegen dieser altruistischen Regung noch nichts zu ihr gesagt. Ihm waren schon öfters solche Donquichotterien in den Kopf gekommen.

Und dann brach er zusammen.

Wieder ergab sich ein Kontrast auf der Rheinfahrt.

Siegfried ging zur Jagd und wurde von hinten erstochen.

Yossarian brach Richtung Busbahnhof auf und wurde im Krankenhaus gerettet.

Er hatte einen Anfall gehabt und eine temporäre Ischämie, und die nächsten zehn Tage waren er und seine Krankenschwester Melissa (die er eigentlich nicht mehr so häufig hatte sehen wollen) jeden Morgen und den größten Teil jedes Nachmittags zusammen, und auch noch einen großen Teil des Abends, bis sie dann fortging, um zu schlafen, damit sie am nächsten Morgen wieder zum Dienst konnte und helfen, ihn am Leben zu erhalten, indem sie achtgab, daß niemand vom medizinischen Personal irgend etwas falsch machte. Erst am vorletzten Tag entdeckte sie, daß sie schwanger war. Er zweifelte nicht daran: das Kind war von ihm.

NEUNTES BUCH

27. PORT AUTHORITY BUS TERMINAL

Die Hunde waren selbstverständlich ein Tonband. McBride hüpfte die Treppe hinunter bis zu den Stufen, die sie anschlagen und aufheulen ließen, dann zur nächsten, die sie wieder verstummen machte. Die wilde Attacke kam von dreien, sagten die offiziellen Audiologen. Oder von einem – brachte Yossarian vor – mit drei Köpfen.

»Michael nicht da?« fragte McBride zu Anfang.

»Kommt Joan nicht mit?«

Joan, eine Hausjuristin der Port Authority, war McBrides neue Freundin. Es wäre sehr komisch, hatte Yossarian bereits gedacht, wenn *die* beiden im Busbahnhof heiraten würden. Er konnte sich den sogenannten Hochzeitsmarsch aus *Lohengrin* im Polizeirevier vorstellen und anschließend die Prozession – vorüber an den in die Mauer eingelassenen Handschellen – zu dem improvisierten Altar in der zur Kapelle umgebauten Gefangenenzelle hinten. McBrides Niederkunftszelle war mittlerweile ein Ruheort für McMahon. Die Spielzelle für Kinder war ein Treffpunkt, den die Polizisten in ihren Pausen benutzten, und wo auch die Kollegen, die es nicht eilig hatten, nach Hause zu gehen, noch herumhingen. Es gab Damebretter und Puzzles, Pin-Up-Magazine, einen Fernseher und ein Videogerät, auf dem man die von Pornohändlern konfiszierten Filme laufen lassen konnte, während man Hasch rauchte, das man von den ebenfalls verachteten Dealern erpreßt hatte. McMahon mußte all das ignorieren. McBride war wieder desillusioniert.

»Wo ist Ihre Freundin?« fragte McBride schüchtern.

»Sie muß arbeiten, Larry. Sie ist immer noch Krankenschwester.«

»Sind Sie nicht eifersüchtig«, wollte McBride wissen, »auf die Patienten und die Ärzte?«

»Ständig«, gab Yossarian zu und dachte an das eigene Abenteuer, wo seine Finger den Spitzensaum ihres Unterrocks gestreichelt hatten. »Was wissen Sie über diese Agenten?«

»Sie sind drunten. Sie glauben, ich bin von der CIA. Ich trau ihnen eigentlich nicht über den Weg. Ich nehme an, das andere Geräusch ist auch nicht echt.«

»Welches andere Geräusch? Das Karussell?«

»Welches Karussell? Ich meine die Achterbahn.«

»Welche Achterbahn? Larry, der Zug ist doch keine Achterbahn. Warten wir noch auf Tommy?«

»Er sagt, es geht ihn nichts an, weil es nicht auf seinem Plan steht. Er ruht sich wieder aus.«

Yossarian fand McMahon, wo er ihn zu finden erwartet hatte: im Bett in der Zelle hinten. Ein Fernseher lief. Captain Thomas McMahon hatte praktisch den gesamten Papierkram aus seinem Büro sowie sein Telefon in die Zelle mit dem Bett geschafft und verbrachte nun einen großen Teil jedes Arbeitstags damit, sich auszuruhen. Er kam auch an freien Tagen her. Seine Frau war dieses Jahr an einem Emphysem gestorben, und das Leben allein, erklärte er (während er Zigaretten rauchte und, einen Glasaschenbecher neben sich auf der Lehne, in dem Schaukelstuhl saß, den er aufgetan hatte), das Leben allein war nicht besonders angenehm. Er hatte den Schaukelstuhl auf einem Basar gefunden, wo Geld für die Krebshilfe gesammelt wurde. Seine Augen in dem schmalen Gesicht waren jetzt groß geworden, und seine Knochen schienen massiv und grobschlächtig, denn er hatte stark an Gewicht verloren. Vor etwa einem Jahr war er außer Atem geraten, als er einen Jugendlichen verfolgte, der in einem anderen Teil des Bahnhofs jemanden ermordet hatte, und sein Atem war immer noch nicht ganz zurückgekehrt. McMahon haßte seine Arbeit nun, aber er ließ sich nicht pensionieren, denn diese Arbeit, die er verabscheute, war für ihn als Witwer jetzt das einzige Vergnügen.

»Es sind jetzt mehr als wir«, sagte McMahon immer wieder mürrisch über die Kriminellen. »Und das ist etwas, woran ihr gebildeten Klugscheißer mit eurer Verfassung nie gedacht habt. Was ist jetzt da draußen los?« fragte er müde und faltete ein Sensationsblatt zusammen. Er verfolgte gerne groteske neue Verbrechen. Beruflich langweilten sie ihn.

»Ein Betrunkener auf dem Boden, drei Süchtige auf den Stühlen. Zwei braun, einer weiß.«

»Muß ich mir wohl mal ansehen.« McMahon stemmte sich hoch und stand keuchend auf, schlaff vielleicht vom langen Daliegen. Er schien Yossarian jetzt ein weiterer vielversprechender Anwärter auf die Altersdepressivität. »Wissen Sie, wir verhaften nicht jeden Gauner, den wir fangen könnten«, wiederholte er in ständig gleichem Lamento. »Wir haben nicht das Personal für den Papierkrieg, wir haben nicht genug Zellen, um sie festzusetzen, wir haben die Gerichte nicht, die sie verurteilen würden, und wir haben keine Gefängnisse, wo wir sie hintun könnten. Und das ist etwas, was viele von euch nicht begreifen wollen, wenn ihr die ganze Zeit über die Polizei und die Gerichte herzieht, nicht mal dieser Mann von *Time*, dem sie hier die Brieftasche geklaut haben und der so einen Aufstand gemacht hat.« McMahon hielt inne und lachte kurz. »Wir mußten ihn einsperren, und diese Diebe, die ihn bestohlen haben, sind dabeigestanden und haben uns alle angelächelt.«

McMahon lächelte auch und erzählte weiter von dem pensionierten Werbeleiter bei *Time, The Weekly Newsmagazine*, der ohne einen Cent dagestanden hatte, weil er sein Kleingeld den Bettlern gegeben hatte und sich dann die Brieftasche stehlen ließ. Er hatte seine Sozialversicherungsnummer, konnte aber nicht beweisen, daß es seine war. Er drehte durch, als die Polizisten keine Anstalten machten, irgend jemand in der geschniegelten Phalanx der Taschendiebe zu verhaften. Die Brieftasche war bereits Meilen entfernt; es würde keine Beweise geben. »Wir haben nun mal dieses lausige Rechtssystem, das sagt, daß jeder unschuldig ist, bis wir die Schuld beweisen können«, sagte McMahon. »Seit wann denn, möchten *wir* mal wissen! Das hat ihn verrückt gemacht, glaube ich. Da standen die Gauner. Hier die Polizisten. Und da war die nackte Tatsache, daß wir überhaupt nichts machen konnten. Und er hatte keine Papiere. Er konnte nicht einmal beweisen, wer er war. Da bekam er Panik und machte einen solchen Wirbel, daß wir ihn an die Wand schließen mußten, bis er halbwegs zur Vernunft kam und den Mund hielt. Er hat gesehen, was da in den Zellen auf ihn wartete, bei der Konkurrenz hätte er keine Chance gehabt. Wir auch nicht, Sie auch nicht. Dann konnte er nicht nachweisen, wer er ist. Das ist immer hochkomisch, da zuzusehen. Da geraten sie dann wirklich in nackte Angst. Niemand, bei dem wir angerufen haben, war zu Hause. Er konnte nicht einmal beweisen, daß er so hieß, wie er sagte. Am Ende« – McMahon lachte jetzt vor sich hin – »mußte er uns den Namen von einem Freund irgendwo droben in Orange Valley geben, der sich als großer Held aus dem Zweiten Weltkrieg herausstellte. Großes Tier jetzt bei den Veteranen. Und ein großer Mann in der Bauindustrie, sagt er, und jemand, der immer tüchtig für die Wohltätigkeitskasse der Polizei gibt. Er hieß irgendwie Berkowitz oder Rabinowitz und tobte kräftig rum am Telefon, wie Sie beim erstenmal damals, Yossarian, nur hat dieser Mann die Wahrheit gesagt und keine solchen blöden Schoten erzählt wie Sie. Dann hat dieser Singer kein Geld, um nach Hause zu fahren. Da gibt ihm Larry hier einen Zwanzigdollarschein, weißt du noch? Und wissen Sie was? Der Mann hat das zurückgezahlt. Richtig, Larry?«

»Er hat mir einen Scheck geschickt. Tommy, ich denke, du solltest jetzt auch mitkommen.«

»Ich will jetzt überhaupt nichts Neues mehr herausfinden. Und ich mag diese Figuren nicht. CIA, wenn ihr mich fragt.«

»Die glauben, du bist vom CIA.«

»Ich geh mal wieder in deine Niederkunftszelle.« McMahons Energie verließ ihn wieder. »Mich etwas ausruhen, bis eins von deinen schwangeren Mädels anrückt und uns eines von deinen Babys gibt, das es wegschmeißen möchte. Bis jetzt haben wir noch keine.«

»Du läßt es mich ja nicht offiziell erklären. Wir hören von vielen.«

»Man würde uns beide einsperren. Also, Larry, tu mir einen Gefallen – finde irgendwas da drunten, daß wir diese verrückte Hochzeit abblasen müssen, die er hier angesetzt hat. Ich bin zu alt für solchen Zinnober.«

»Sie haben schon was gefunden, was sie sich nicht erklären können«, berichtete McBride Yossarian. »Ein Fahrstuhl da unten, der sich nicht bewegt und von dem wir nicht rauskriegen können, woher er kommt.«

Vor dem Revier war plötzlich der explosive Lärm einer Prügelei zu hören.

»O Scheiße«, stöhnte McMahon. »Wie ich sie mittlerweile alle hasse. Sogar meine eigenen Leute. Deine schwangeren Mütter auch.«

Zwei stämmige junge Männer, alte Kumpel, hatten sich gegenseitig das Nasenbein gebrochen und den Mund aufgeschlagen – im Verlauf einer Auseinandersetzung über das Geld, das sie einer drogensüchtigen jungen schwarzen Prostituierten geraubt hatten, einer engen Freundin von ihnen, mit weißer Haut, gelbem Haar, Aids, Syphilis, Tuberkulose und resistenten Formen von Gonorrhöe.

»Und komisch ist bei diesen Agenten auch«, sagte McBride vertraulich zu Yossarian, als die beiden das Revier verlassen hatten, »daß für die diese Schilder gar nichts Merkwürdiges haben. Als ob sie die schon gesehen hätten.«

Sie kreuzten jetzt den Hauptverkehrsweg unter dem Kontrollzentrum, und Yossarian fiel ein, daß er nun auf einem der fünf Dutzend Monitoren da oben zu sehen war, wie er mit McBride durch das Gebäude zog. Vielleicht war Michael wieder droben und schaute mit M2 zu. Wenn Yossarian in der Nase bohrte, würde es jemand sehen. Auf einem anderen Schirm, dachte er, sah man vielleicht den rothaarigen Mann im Leinenanzug, wie er sein Orange Julius trank, und vielleicht den schäbigen Mann mit dem dreckigen Regenmantel und der blauen Baskenmütze, der ihm auch folgte, ein beobachteter Beobachter.

»Die scheint überhaupt nichts zu überraschen«, murrte McBride. »Wollen bloß darüber reden, wann denn jetzt die Hochzeit ist, damit sie sich eine Einladung besorgen können, für ihre Ehefrauen auch.«

Das Treppenhaus war praktisch leer, der Boden fast sauber. Aber die Gerüche waren stark, die Luft stank nach Körperlichkeit, nach den ranzigen Ausdünstungen ungewaschener Leiber und ihren reichlichen Ausscheidungen.

McBride ging voran und schritt sorgsam auf Zehenspitzen um die einbeinige Frau herum, die wieder vergewaltigt wurde, nicht weit entfernt von der großen, braunhäutigen Frau mit den verdickten Leberflecken, die aussahen wie Melanome – die hatte wieder ihren Schlüpfer und ihren Rock ausgezogen und rieb sich den Hintern und die Achselhöhlen mit ein paar feuchten Handtüchern ab, und wieder wußte Yossarian, daß es kein einziges Thema gab, über das er sich mit ihr unterhalten wollte – außer vielleicht der Frage, ob sie mit demselben Flugzeug wie er nach Kenosha geflogen war, was ein Ding der Unmöglichkeit war und durchaus nicht ausgeschlossen.

Auf den letzten Stufen saß die magere blonde Frau mit einem ausgefransten roten Pullover, immer noch verträumt damit beschäftigt, einen Riß in ihrer schmutzigen weißen Bluse zu nähen. Am Ende der Treppe lag bereits frischer menschlicher Kot in der Ecke auf dem Boden. McBride sagte nichts dazu. Sie wandten sich unter die Treppe und gingen zu dem zerbeulten Metallschrank mit der falschen Rückseite und der verborgenen Tür. Hintereinander traten sie wieder in den winzigen Vorraum und standen dann vor der Brandtür mit ihrem militärisch grünen Anstrich, auf der die Warnung zu lesen war:

NOTEINGANG
Eintritt verboten
Zuwiderhandelnde werden erschossen

»Das kommt denen gar nicht komisch vor«, sagte McBride beleidigt. Yossarian machte die massive Tür nur mit der Fingerspitze auf und stand wieder auf dem winzigen Treppenabsatz unter der Tunneldecke, oben an der steil abfallenden Treppe. Drunten lag die Strecke wieder leer da.

McBride führte auf den Aktivationsstufen ein kleines Tänzchen auf, das die schlafenden Hunde weckte und dann sofort mit einem kurzen Protestgeheul in den reglosen Orkus zurücksandte, wo ihre stumme Wohnung lag, wo sie ihre zeitlosen Stunden verbrachten. Stolz grinste er Yossarian an.

»Wo sind die Lautsprecher?«

»Wir haben sie nicht gefunden. So weit zu suchen, das ist noch nicht genehmigt. Wir kontrollieren hier nur die Sicherheitslage für den Präsidentenbesuch.«

»Was ist mit diesem Wasser?«

»Welchem Wasser?«

»Ach Scheiße, Larry, ich bin hier der, der angeblich schwerhörig ist. Ich höre Wasser, einen Strom ziehen, ein Bächlein rauschen.«

McBride zuckte ungeduldig die Achseln. »Ich werde nachsehen. Wir checken heute mal alles durch. Wir wissen noch nicht mal, ob es geheim sein soll. Das ist auch geheim.«

Als sie sich dem unteren Ende der unregelmäßigen Ellipse dieser Treppenkonstruktion näherten, erblickte Yossarian flüchtig durch die Stufen hindurch Schultern, Hosenaufschläge und schäbige Schuhe: ein Paar von einem abgewetzten Schwarz, ein zweites orangebraun. Yossarian empfand keinerlei Erstaunen mehr, als er die letzten Stufen erreichte und die beiden unten wartenden Männer sah: einen freundlich schlaksigen rothaarigen Mann in einem Leinenjackett und einen dunkelhäutigen, verschwiemelten, untersetzten Mann in einem abgerissenen Regenmantel, mit schlecht rasierten Wangen und einer blauen Baskenmütze. Letzterer schaute mißmutig drein und hielt eine schlaffe Zigarette zwischen den zusammengepreßten feuchten Lippen. Beide Hände steckten tief in den Taschen seines Regenmantels.

Es waren Bob und Raul. Bob war anders als der Agent in Chicago. Aber Raul war das präzise Abbild des Mannes vor seinem Hochhaus und in seinem Traum in Kenosha. Raul quälte die schlappe Zigarette in seinem Mund hin und her wie in unmutigem Protest gegen irgendeine Vorschrift, die es verbot, sie anzuzünden.

»Waren Sie letzte Woche in Wisconsin?« mußte Yossarian ihn nun doch mit unschuldig-freundlicher Miene fragen. »In der Nähe vom Motel am Flughafen in Kenosha?«

Der Mann zuckte ungerührt die Achseln, mit einem Blick zu McBride.

»Wir waren jeden Tag zusammen die letzte Woche«, antwortete McBride für ihn, »und haben die Lagepläne von diesem Restaurantservice durchgesehen, den Sie empfohlen haben.«

»Und ich war in Chicago«, meldete sich der Rothaarige namens Bob. Er knickte ein Stück Kaugummi zusammen, schob es in den Mund und warf das zusammengeknüllte grüne Papierchen auf den Boden.

»Habe ich Sie nicht in Chicago gesehen?« Yossarian blickte ihn mit zweifelndem Gesicht an und war sich völlig sicher, daß er den Mann noch nie zu Gesicht bekommen hatte. »Auf dem Flughafen?«

Bob antwortete nachsichtig: »Würden Sie das denn nicht selber wissen?«

Yossarian hatte diese Stimme schon gehört. »Und Sie?«

»Natürlich«, antwortete der Mann. »Das soll ein Witz sein, oder? Aber ich komm nicht mit.«

»Yo-Yo, dieser Typ, der die Hochzeit ausrichtet, will sechs Tanzflächen und sechs Orchesterbühnen haben, jeweils eine zur Reserve, falls die anderen fünf ausfallen, und ich seh wirklich nicht, wo sie dafür Platz finden wollen, und ich weiß nicht einmal, was zum Teufel das heißen soll.«

»Ich *aussi*«, sagte Raul, als sei es ihm im Grunde egal.

»Ich werde mit ihm reden«, sagte Yossarian.

»Und etwa dreitausendfünfhundert Gäste! Das sind dreihundertfünfzig Tische! Und zwei Tonnen Kaviar. Yo-Yo, das sind viertausend Pfund!«

»Meine Frau möchte auch kommen«, sagte Bob. »Ich trage dann eine Pistole im Knöchelhalfter, aber ich würde gern so tun, als wäre ich Gast.«

»Ich kümmere mich darum«, sagte Yossarian.

»*Moi* auch«, sagte Raul und warf seine Zigarette fort.

»Auch darum kümmere ich mich«, sagte Yossarian. »Aber sagen Sie mir mal, was hier vor sich geht. Was ist das hier?«

»Wir sind hier, um das herauszufinden«, sagte Bob. »Wir reden mit den Wachtposten.«

»Yo-Yo, warten Sie hier, während wir mal rübergehen.«

»Yo-Yo«, kicherte Raul abfällig. »Mein *dieu*.«

Alle drei sahen nach links in den Tunnel. Und dann entdeckte Yossarian dort auf einem Bugholzstuhl einen Soldaten in rotem Kampfanzug mit einem Sturmgewehr auf den Knien sitzen, und hinter ihm an der Wand stand ein zweiter Soldat mit einer massiveren Waffe. Auf der anderen Seite konnte er in dem bernsteinfarbenen Dunst, der sich in der Ferne zu einem leuchtenden Fluchtpunkt zusammenzog, zwei andere reglose Soldaten ausmachen, in genau derselben Gruppierung. Es hätten Spiegelbilder sein können.

»Was ist da drüben?« Yossarian deutete zu dem Eingang zu den UNTERGESCHOSSEN A-Z hinüber.

»Wir haben noch nichts gefunden«, sagte McBride. »Schauen Sie sich mal um, aber gehen Sie nicht zu weit weg.«

»Noch etwas hier ist *très* komisch«, sagte Raul und lächelte endlich. Er stampfte ein paarmal mit dem Fuß auf und fing dann an, hochzuspringen, um wuchtig wieder auf beiden Fersen zu landen. »Fällt Ihnen was auf, mein *ami*? Kein Geräusch hier drunten, *nous* können kein Geräusch machen.«

Alle schlurften, stampften, hüpften auf der Stelle, um das zu erproben, Yossarian auch. Die Stille war unantastbar. Bob schlug mit den Knöcheln gegen das Treppengeländer, und der dumpfe Hall kam wie erwartet. Als er damit auf den Boden klopfte, geschah nichts.

»Das ist ziemlich bizarr, was?« sagte Bob lächelnd. »Als ob wir gar nicht da wären.«

»Was haben Sie in den Taschen?« fragte Yossarian Raul abrupt. »Sie nehmen nie die Hände raus. Nicht in meinem Traum und nicht, wenn Sie gegenüber von meinem Haus stehen.«

»Meinen Schwanz und meine Eier«, sagte Raul sofort.

McBride war peinlich berührt. »Seine Pistole und seinen Dienstausweis.«

»Das sind *mon* Schwanz und *mes* Eier«, scherzte Raul, doch er lachte nicht.

»Ich habe noch eine Frage, wenn Sie zur Hochzeit kommen wollen«, sagte Yossarian. »Warum haben Sie dort Ihre Wachen stehen – um die Leute am Reinkommen oder am Rausgehen zu hindern?«

Alle drei schauten ihn überrascht an.

»Das sind nicht unsere«, sagte Bob.

»Das wollen wir jetzt gerade herausfinden, wer das ist«, erklärte McBride.

»*Allons* los.«

Sie gingen davon, ohne ein Geräusch ihrer Schritte.

Yossarian erregte auch keinen Laut, als er in die andere Richtung ausschritt.

Als nächstes fiel ihm eine weitere merkwürdige Tatsache auf. Sie warfen keine Schatten. Er warf auch keinen, als er den sterilen Tunnel wie ein Phantom oder ein lautloser Schlafwandler durchquerte, hinüber zu dem weißgefliesten Steg. Die Stufen, die dort hinauf führten, waren ebenfalls weiß, und der Handlauf des Geländers war aus einem weißleuchtenden Porzellan, das schimmernd vor dem Hintergrund des reinen Weiß fast zu Unsichtbarkeit zerging, und auch dies warf alles keinen Schatten. Und es gab keinen Schmutz, und nicht das winzigste Stäubchen blinkte in der Luft auf. Er fühlte sich nirgendwo. Er erinnerte sich an das Kaugummipapier und die feuchte Zigarette. Er sah zurück, um sicherzugehen, daß er sich nicht irrte. Er irrte sich nicht.

Das von Bob weggeworfene zusammengeknüllte grüne Papierchen war nirgendwo zu sehen. Die nicht entzündete Zigarette war auch verschwunden. Wie er hinsah, materialisierte sich das grüne Kaugummipapier durch die Oberfläche des Tunnelbodens hindurch und lag wieder da. Dann schrumpfte es rückwärts wieder zusammen und war fort. Die nicht angerauchte Zigarette kam als nächstes zurück. Und dann verschwand auch diese wieder. Sie waren von nirgendwoher gekommen und irgendwohin wieder verschwunden, und er hatte ein unheimliches Gefühl, daß er nur an einen Gegenstand zu denken brauchte, um ihn vor sich zu einer unwirklichen Wirklichkeit erstehen zu sehen – wenn er einer halb entkleidet in elfenbeinfarbener Unterwäsche daliegenden Melissa nachträumte, wäre sie entgegenkommenderweise gleich da; er tat es, sie war es –, und seine Vorstellungskraft nur etwas anderem zuwenden mußte, und das erste würde wieder ins Nicht-Existente versinken. Sie verschwand. Dann war er sicher, daß er die unverwechselbare stampfende Musik einer Karussellorgel hörte. McBride war nicht da, um die Realität des Klanges zu bestätigen. Möglicherweise würde McBride das als Achterbahn hören. Und dann war Yossarian sich nicht mehr sicher, weil die Dampforgel nun in munterem Walzertakt die düstere, gewaltige Trauermusik für den toten Siegfried aus der alles abschließenden *Götterdäm-*

merung spielte, die um weniger als eine Stunde dem Feuertod Brünnhildes und ihres Walkürenrosses, der Zerstörung Walhalls und dem Ende jener großen Götter vorausgeht, die stets unglücklich waren, stets in Pein.

Yossarian ging den Steg entlang und betrat gleich hinter der Gedenktafel, die verkündete, daß Kilroy hier gewesen war, den abzweigenden halbrunden Gang. Das Gefühl überlief ihn, daß der unsterbliche Kilroy auch tot war, daß er in Korea oder dann in Vietnam gestorben war.

»Halt!«

Der Befehl hallte mit einem Echo durch den Gang. Vor ihm saß, wieder auf einem Bugholzstuhl, ein kleines Stück vor einem Drehkreuz aus Stahl, eine weitere bewaffnete Wache.

Auch diese Wache trug Uniform – eine karmesinrote Kampfjacke und eine grüne Schildmütze, die wie eine Jockeykappe aussah. Der Posten war jung, trug das helle Haar in einem Bürstenschnitt, hatte scharfe Augen und einen dünnen Mund, und Yossarian sah, als er nahe genug war, um seine Sommersprossen zu erkennen, daß er genau wie der junge Fliegerschütze Arthur Schroeder aussah, mit dem er vor fast fünfzig Jahren übers Meer nach Europa geflogen war.

»Wer da?«

»Major John Yossarian, pensioniert«, sagte Yossarian.

»Kann ich Ihnen helfen, Herr Major?«

»Ich möchte hinein.«

»Sie müssen bezahlen.«

»Ich gehöre zu denen.«

»Sie müssen trotzdem bezahlen.«

»Wieviel?«

»Fünfzig Cents.«

Yossarian gab ihm zwei Fünfundzwanzigcentstücke und bekam ein rundes blaues Ticket, auf dem sich eine Zahlenreihe um den Rand der dünnen Pappscheibe flocht, die an einer weißen Schnurschleife hing. Der Posten machte ihm in hilfsbereiter Pantomime vor, wie er sich die Schnur über den Kopf ziehen und um den Hals legen sollte, daß die Eintrittskarte ihm vor der Brust hing. Der Name über der Paspelierung seiner Brusttasche lautete A. SCHROEDER.

»Es gibt einen Fahrstuhl, Sir, wenn Sie direkt fahren wollen.«
»Was ist da unten?«
»Das sollten Sie wissen, Sir.«
»Ihr Name ist Schroeder?«
»Jawohl, Sir. Arthur Schroeder.«
»Das ist verdammt komisch.« Der Soldat sagte nichts, als Yossarian ihn musterte. »Waren Sie je beim Air Corps?«
»Nein, Sir.«
»Wie alt sind Sie, Schroeder?«
»Ich bin hundertundsieben.«
»Ein gutes Alter. Wie lange sind Sie schon hier?«
»Seit 1900.«
»Hmmmm. Waren Sie so um die siebzehn, als Sie sich gemeldet haben?«
»Ja, Sir. Ich bin im Spanisch-Amerikanischen Krieg zur Armee.«
»Das sind alles Lügen, oder?«
»Ja, Sir. Das stimmt.«
»Danke, daß Sie mir die Wahrheit gesagt haben.«
»Ich sage immer die Wahrheit, Sir.«
»Ist das auch eine Lüge?«
»Ja, Sir. Ich lüge immer.«
»Das kann dann nicht wahr sein, oder? Sind Sie aus Kreta?«
»Nein, Sir. Ich bin aus Athens, Georgia. Ich bin in Ithaca, New York, zur Schule gegangen. Jetzt ist meine Heimatstadt Carthage, Illinois.«
»Tatsächlich?«
»Ja, Sir. Ich kann nicht lügen.«
»Sie sind also doch ein Kreter, wie? Kennen Sie das Paradox von dem Kreter, der einem erzählt, daß alle Kreter immer lügen?

Es ist unmöglich, ihm zu glauben, nicht wahr? Ich möchte hineingehen.«

»Sie haben Ihre Eintrittskarte.« Die Wache knipste ein Loch in die Mitte und ein weiteres in eine Ziffer. Die Ziffer war für den Menschlichen Billardtisch.

»Kann ich da nicht hin?«

»Da waren Sie schon, Sir«, erklärte der Wachtposten Schroeder. »Da hinten gleich nach dem Eingang stehen unsere aluminierten Metalldetektoren. Führen Sie keine Drogen oder Explosivsubstanzen mit sich. Seien Sie auf laute Geräusche gefaßt und auf das helle Licht.«

Yossarian schob sich durch das Drehkreuz und ging zwischen den silbernen Metalldetektoren hindurch, die den Eingang zum Inneren säumten. In diesem Moment erlosch die Beleuchtung einen Moment. Und dann leuchteten grellweiße Lampen von einer solchen Helle auf, daß er zusammenfuhr und fast stolperte. Er entdeckte, daß er sich in einem strahlendhell erleuchteten Korridor voller magischer Spiegel befand. Ein dröhnendes Geräusch stürmte ohrenbetäubend auf ihn ein. Es war wie der Lärm eines Resonanzdiagnosegeräts. Und er sah, daß die auf allen Seiten und über ihm grotesk glitzernden Spiegel seine Spiegelbilder auf ganz verschiedene Weise verformten, als würde er sich zu scharf beleuchtetem Quecksilber verflüssigen und aus jeder Perspektive in eine andere Form zerschmelzen. Einzelne Teile seiner selbst wurden vergrößert und gelängt, wie für eine genaue Untersuchung; seine Abbilder blähten sich zu riesigen Wogenkämmen auf. In einem Spiegel sah er Kopf und Hals zu einem schmalen Streifen Yossarian komprimiert, während sein Leib und seine Beine verkümmert und aufgedunsen waren. Im Spiegel daneben war sein Körper ungeheuerlich aufgeblasen und sein Gesicht auf eine Rosine geschrumpft, auf einen Pickel mit Haar, winzigen zerquetschten Zügen und einem Grinsen. Er merkte, daß er nahe daran war, zu lachen, und das Überraschende dieser Wahrnehmung reizte seine Lachlust noch mehr. Seine authentische Erscheinung, seine objektive Struktur waren nicht länger absolut. Er mußte sich fragen, wie er denn in Wahrheit aussah. Und dann begann sich der Boden unter seinen Füßen zu bewegen.

Der Boden ruckte vor und zurück. Er paßte sich geschickt an und erinnerte sich an die lustigen Tricks des alten George C. Tilyou damals im Steeplechase Park. Dies war einer davon. Der betäubende Lärm hatte aufgehört. Die Hitze der Lampen war geradezu sengend. Am schmerzhaftesten war ein Flammen von reinweißem Licht, das direkt über seinem rechten Auge brannte, und ein weiteres, ebenso heißes, das wie eine Leuchtkugel zu seiner Linken glühte. Er konnte sie nicht identifizieren. Wenn er sich umzuwenden versuchte, bewegten sie sich mit seinem Gesichtsfeld und blieben an ihrem Platz, und dann fühlte er den Boden unter seinen Füßen sich wieder bewegen: ein anderer Scherz, bei dem die rechte Hälfte des Korridors abwechselnd nach vorn und hinten schnellte, während die andere die Gegenbewegung ausführte – und beide folgten ihrem Wechselrhythmus im regelmäßigen Takt eines stetigen Herzschlags. Er ging auch hierbei ohne Mühe voran. Die Lichter waren nun indigoblau, und vieles an ihm erschien schwarz. Die Lichter wurden rot, und wieder waren Teile seiner Abbilder aller Farbe beraubt. Wieder in normaler Beleuchtung angelangt, wurde er fast ohnmächtig, als ein entsetzliches Selbst vor ihm stand: obdachlos, abscheuerregend, dreckig und obszön. In einem anderen Spiegel blähte er sich in widerlicher Metamorphose zu einem fett aufgeschwellten Insekt in einer zerbrechlichen braunen Panzerhülle; dann war er Raul, und Bob, und dann sah er sich mit einem erneuten Schock angeekelter Angst als die gedrungene, schlampig ungepflegte Frau mittleren Alters mit dem dicken Kinn und den groben Zügen, die ihn in ihrem roten Toyota verfolgte, und dann veränderte er sich wieder zu dem Aussehen, das er immer zu haben glaubte. Er ging weiter, er eilte davon, und fand sich am Ende von einem letzten Spiegel herausgefordert, der ihm wie eine schwere Schranke aus Glas den Weg versperrte. In diesem Spiegel war er noch er selbst, doch das Gesicht, das der Kopf auf seinen Schultern zeigte, war das eines lächelnden jungen Mannes mit hoffnungsvoller, unschuldiger, naiver und trotziger Miene. Er sah sich selbst, noch keine dreißig, voll blühendem Optimismus – eine Gestalt, die der stattlichsten Gottheit an Schönheit und Unsterblichkeit nichts nachgab (wenn sie ihr vielleicht auch nichts voraus hatte). Sein Haar war kurz, schwarz und lockig, und er befand sich in einem Lebensalter, da er immer noch selbstgefällig an der kühnen Erwartung festhielt, daß alles möglich war.

Ohne Zögern nützte er den Schwung seiner Bewegung, um mit einem Riesenschritt direkt in den Spiegel zu gehen, hinein in diese Illusion seiner selbst als eines gesunden Jünglings (schon ein ganz klein wenig in die Breite mittleren Alters gegangen), und er kam auf der anderen Seite als weißhaariger Erwachsener an die Siebzig hervor und trat in die geräumige Landschaft eines Vergnügungsparks, die sich in ebenem Halbkreis vor ihm entfaltete. Er hörte ein Karussell. Er hörte eine Achterbahn.

Er hörte die schrillen Schreie von Fröhlichkeit und gespielter Panik, die von einer entfernten Gruppe von Männern und Frauen kamen, die in einem flachen Boot eine hohe Wasserrutsche hinabrumpelten, um mit einem Aufklatschen drunten in einem Teich zum Stillstand zu kommen. Langsam rotierte vor ihm im Uhrzeigersinn der vollkommene Kreis eines sich drehenden großen Fasses: das Faß voll Spaß, Nummer Eins auf seinem blau-weißen Ticket. Die Dauben der sich drehenden runden Kammer vor ihm waren vom Himbeerrot der Kinderbonbons und des süßen Sirups auf einem Eisbecher, und das Himmelblau des Randes war mit gelben Kometen belegt, mit weißen Sternen bezuckert und aprikosenfarbenen lächelnden Halbmonden bestreut. Er ging gleichmütig durch das rotierende Faß hindurch, indem er einfach einer Linie folgte, die der Drehrichtung entgegen verlief, und kam auf der anderen Seite zu einer Unterhaltung zurecht, die der verstorbene Schriftsteller Truman Capote mit einem anderen Mann führte, dessen Name ihn zusammenzucken ließ.

»Faust«, wiederholte der Fremde.

»Dr. Faust?« erkundigte sich Yossarian eifrig.

»Nein, Irvin Faust«, sagte der Mann, der ebenfalls Romane schrieb. »Gute Rezensionen, aber nie ein Bestseller. Das ist William Saroyan. Ich wette, Sie haben nie auch nur von ihm gehört.«

»Natürlich habe ich das!« Yossarian war pikiert. »Ich habe *The Time of Your Life* gesehen. Ich habe ›The Daring Young Man on the Flying Trapeze‹ gelesen und ›Forty Thousand Assyrians‹. An die Geschichte erinnere ich mich sehr gut.«

»Sie sind nicht mehr erhältlich«, sagte William Saroyan traurig. »Man kann sie in den Bibliotheken nicht mehr finden.«

»Ich habe einmal so wie Sie zu schreiben versucht«, gestand Yossarian. »Weit bin ich nicht gekommen.«

»Sie hatten nicht meine Phantasie.«

»Die versuchen immer, zu schreiben wie ich«, sagte Ernest Hemingway. Beide trugen einen Schnurrbart. »Aber sie kommen auch nicht weit. Wie wär's, wollen Sie kämpfen?«

»Ich will niemals kämpfen.«

»Die versuchen auch immer, so zu schreiben wie er«, sagte Ernest Hemingway und deutete zu William Faulkner hinüber, der in tiefem Schweigen in einer Ecke saß, in der sich starke Trinker drängten. Faulkner hatte auch einen Schnurrbart. Ebenso Eugene O'Neill, Tennessee Williams und James Joyce, die sich nicht weit entfernt von der Zone der zu nervösen Zusammenbrüchen neigenden Altersdepressiven aufhielten, wo Henry James schweigend neben Joseph Conrad saß und beide Charles Dickens anstarrten, in dessen Nähe der dichtbevölkerte Bereich der Selbstmörder begann, wo Jerzy Koszinski in der Nähe von Arthur Koestler und Sylvia Plath mit Virginia Woolf flirtete. In einem braunen Sonnenlichtkegel auf violettem Sand entdeckte er Gustav Aschenbach in einem Liegestuhl und erkannte in dem Buch auf seinem Schoß dieselbe Taschenbuchausgabe von *Tod in Venedig und sieben andere Erzählungen*, wie er sie besaß. Aschenbach winkte ihn heran.

Und Yossarian reagierte mit einem innerlichen »Am Arsch!«, und in Gedanken zeigte er ihm den Mittelfinger und machte die obszöne italienische Geste der Zurückweisung, während er weitereilte, am Peitschenrad, der Brezel und dem Strudel vorüber. Er sah, wie Kafka ihn mit blutendem Husten in einem schattendunklen Winkel belauerte, unter dem geschlossenen Fenster, an dem Marcel Proust ihn beobachtete, am Eingang einer dämmrigen Gasse mit dem Schild VERLASSENHEITSSTR. Er kam an einen Berg, den ein Eisengerüst umgab, und sah den Namen DRACHENSCHLUCHT.

»Menschenskind!« triumphierte McBride, der nirgendwo in der Nähe war. »Da gibt's eben doch eine Achterbahn!«

Als nächstes kam er an das Karussell, das reichverzierte, komplizierte, spiegelbesetzte Karussell, das sich drehte mit seinen bemalten Paneelen in altweißer Fassung, die auf dem ganzen Rundpodest und auf der inneren Kranzleiste abwechselten mit spiegelndem Glas in senkrecht ovalen Rahmen. Der lebhafte Walzer, den die Dampforgel spielte, war in der Tat die Trauermusik zu Siegfrieds Tod, und in großer Pose saß in einer der bunten, von Schwänen gezogenen Gondeln ein ältlicher deutscher Beamter mit hochgewölbtem Helm und enzyklopädisch bestückter Ordensbrust, majestätisch genug für einen Kaiser.

Yossarian sah das Boot, ehe er den Kanal erblickte – ein hölzernes Boot, in dem die Passagiere aufrecht zu zweit, zu dritt und viert nebeneinander saßen, schwamm ohne Antrieb in sein Blickfeld, auf dem künstlichen Kanal, der gerade breit genug für ein Fahrzeug auf einmal war: Yossarian stand vor dem Liebestunnel, wo ein Aufseher mit roter Jacke und grüner Jockeymütze den Eingang bewachte, mit einem Funktelefon und einer Kartenzange. Er hatte orangerotes Haar und einen milchblassen Teint und trug einen grünen Rucksack. Grelle Plakate und lavendel- und ingwerfarbene Illustrationen gaben verlockende Hinweise auf ein exquisites Wachsfigurenkabinett im Inneren des Liebestunnels, wo insbesondere lebensgroße Abbilder des hingerichteten Bruno

Hauptmann, der das Baby der Lindberghs entführt hatte, und einer nackten, auf einem Bett liegenden Marilyn Monroe zu sehen waren, in jeder Einzelheit dem lebensechten Tode wiedergeschenkt. Das exquisite Wachsfigurenkabinett hieß DIE TOTENINSEL. Auf dem ersten Sitz des flachen Bootes, das aus einer düsteren Öffnung des Tunnels herausglitt, um in das tiefe Schwarz der anderen Öffnung hineinzutreiben, sah er Abraham Lincoln mit einem hohen Zylinder unbeweglich neben dem gesichtslosen Todesengel sitzen, und die beiden Figuren schienen sich an den Händen zu halten. Er sah seinen verwundeten Schützen Howard Snowden auf derselben Bank. Seite an Seite auf der Bank unmittelbar dahinter sah er Bürgermeister Fiorello H. La Guardia und Präsident Franklin Delano Roosevelt im Boot sitzen. Der Bürgermeister trug einen eleganten breiten Hut mit hochgestülpter Krempe, etwa wie ein Cowboyhut, und FDR hatte einen Homburg mit Kniff und stellte seine lange Zigarettenspitze zur Schau, und beide grinsten, als lebten sie auf dem Titelfoto einer alten Tageszeitung. Und auf dem Sitz hinter La Guardia und Roosevelt sah er seine Mutter und seinen Vater, und dann Onkel Sam und Tante Ida, Onkel Max und Tante Hannah und dann seinen Bruder Lee, und er wußte, daß auch er sterben würde. Es fiel ihm ganz plötzlich auf, daß alle, die er schon lange kannte, alt waren – nicht alt wurden, nicht mittleren Alters waren, sondern *alt waren*! Die großen Unterhaltungsstars seiner Zeit waren keine Stars mehr, die gefeierten Romanschriftsteller und Dichter seiner Zeit waren für die neue Generation lächerlich unwichtig. Wie RCA und *Time* waren sogar IBM und General Motors keine Giganten mehr, und die Western Union hatte aufgehört zu existieren. Die Götter wurden alt, und es war Zeit für einen rücksichtslosen Wechsel. Jeder mußte einmal abtreten, hatte Teemer bei ihrem letzten Gespräch gemeint, und hatte in einer untypischen Anwandlung von starker Emotion hinzugefügt: »Jeder!«

Yossarian rannte an diesem Liebestunnel mit seinen lebensechten Wachsfiguren auf der Toteninsel eilig vorüber. Nachdem er eine schmale weiße Brücke mit Rokokobalustraden überquert hatte, fand er sich in Neapel im Jahre 1945 wieder, und vor ihm wartete eine lange Schlange auf den Rücktransport per Dampfer, vor der alten L.-A.-Thompson-Panorama-Eisenbahn an der Surf Avenue neben dem verschwundenen alten Steeplechase-Park, und ganz hinten standen der unerschütterliche alte Soldat Schwejk und der junge Soldat namens Krautheimer, der seinen Namen in Josephka geändert hatte.

»Immer noch hier?«

»Was ist dir so passiert?«

»Ich bin auch wieder hier. Was war mit dir?«

»Ich bin Schwejk.«

»Ich weiß. Der brave Soldat?«

»Brav, na ja, ich weiß nicht.«

»Ich dachte, ich wäre jetzt der Älteste«, sagte Yossarian.

»Ich bin älter.«

»Ich weiß. Ich bin Yossarian.«

»Ich weiß. Du bist einmal Richtung Schweden ausgerückt.«

»Weit hab ich's nicht geschafft. Nicht einmal bis Rom.«

»Konntest du nicht nach Schweden fliehen? Auf einem kleinen gelben Rettungsfloß?«

»Das gibt's nur im Film. Wie heißt denn du?«

»Josephka. Ich hab's dir schon einmal gesagt. Weshalb fragst du?«

»Ich hab jetzt so meine Schwierigkeiten mit den Namen. Weshalb fragst du?«

»Weil mich jemand verleumdet haben muß.«

»Vielleicht stehen wir deshalb noch in der Schlange«, sagte Schwejk.

»Warum gehst du nicht in die Tschechoslowakei zurück?«

»Warum sollte ich?« sagte Schwejk. »Wenn ich nach Amerika gehen kann? Warum gehst denn du nicht in die Tschechoslowakei?«

»Was machst du dann in Amerika?«

»Hunde züchten. Irgendwas Leichtes. Die Leute leben ewig in Amerika, was?«

»Eigentlich nicht«, sagte Yossarian.

»Wird es mir in Amerika gefallen?«

»Wenn du Geld machst und glaubst, es geht dir gut.«

»Wo zum Teufel bleibt dieser Scheißdampfer?« nörgelte Josephka. »Wir können hier nicht ewig warten.«

»Doch, doch«, sagte Schwejk.

»Da kommt was!« rief Josephka.

Sie hörten das klappernde Geräusch überalterter Räder auf überalterten Eisenschienen, und dann erschien ein Zug aus Achterbahnwagen, rot und blaßgolden bemalt, an dem Ende der Anlage, wo die L.-A.-Thompson-Panorama-Eisenbahn langsam wieder ausrollte. Doch anstatt wie erwartet anzuhalten, rollten diese Wagen an ihnen vorbei, wieder aufwärts, um die ganze Strecke noch einmal abzufahren, und während Josephka vor Enttäuschung zitterte, starrte Yossarian die Passagiere an. Wieder erkannte er vorne Abraham Lincoln. Er sah La Guardia und FDR, seine Mutter und seinen Vater, seine Onkel und Tanten und auch seinen Bruder. Und er sah sie alle doppelt, sah den Todesengel doppelt und den Schützen Snowden auch, er sah sie zweimal.

Er wirbelte taumelnd herum und eilte zurück, er floh und versuchte in panischer Verwirrung, den Soldaten Schroeder zu finden, der nun behauptete, hundertundsieben Jahre alt zu sein, fand aber nur McBride, beide, und nahebei Bob und Raul, alle vier. McBride dachte, Yossarian sehe komisch aus – er ging stockend und zur Seite gebeugt, eine auf und ab rudernde Hand ausgestreckt, um nicht das Gleichgewicht zu verlieren.

»Ja, mir ist auch komisch«, gestand Yossarian. »Geben Sie mir Ihren Arm.«

»Wie viele Finger sehen Sie?«

»Zwei.«

»Und jetzt?«

»Zehn.«
»Jetzt?«
»Zwanzig.«
»Sie sehen doppelt.«
»Ich fange an, alles zweimal zu sehen.«
»Wollen Sie Hilfe?«
»Ja.«
»He, Jungs, faßt mal mit an. Von denen auch?«
»Gern.«

28. KRANKENHAUS

»Schneiden«, sagte der Gehirnchirurg, in diesem letzten Stadium von Yossarians Rheinfahrt.
»Machen Sie das besser«, sagte der Praktikant.
»Nicht schneiden«, sagte Yossarian.
»Jetzt seht mal, wer sich da einmischt.«
»Sollen wir weitermachen?«
»Ich hab sowas noch nie gemacht.«
»Das hat meine Freundin immer gesagt. Wo ist der Hammer?«
»Kein Hammer«, sagte Yossarian.
»Redet der jetzt ständig dazwischen, während wir uns hier zu konzentrieren versuchen?«
»Geben Sie mal den Hammer her.«
»Legen Sie den Hammer weg«, ordnete Patrick Beach an.
»Wie viele Finger siehst du?« wollte Leon Shumacher wissen.
»Einen.«
»Wie viele jetzt?« fragte Dennis Teemer.
»Immer noch einen, denselben.«
»Er macht jetzt Unsinn, meine Herren«, sagte die einstige Bühnenschauspielerin Frances Rolphe, geborene Frances Rosenbaum, die nun zur reifen Frances Beach gealtert war, mit einem Gesicht, dem man seine Jahre ansah. »Merken Sie das nicht?«
»Wir haben ihm schon sehr geholfen!«
»Was zu essen«, sagte Yossarian.
»Ich würde diese Dosis halbieren, Herr Doktor«, gab Melissa MacIntosh ihre Instruktionen. »Halcion weckt ihn auf, und Xanax macht ihn unruhig. Prozac deprimiert ihn.«

»So gut kennt die dich, was?« sagte Leon Shumacher und schnalzte mit der Zunge, nachdem Yossarian wieder was zu essen bekommen hatte.

»Wir haben uns gelegentlich gesehen.«

»Wer ist die stramme blonde Freundin von ihr?«

»Ihr Name ist Angela Moorecock.«

»Tja, haha, sowas habe ich mir fast vorgestellt. Wann kommt sie her?«

»Nach der Arbeit und vor dem Abendessen, und sie kommt dann vielleicht noch einmal mit einem Freund aus der Baubranche. Meine Kinder werden vielleicht hier sein. Jetzt, wo ich außer Gefahr bin, wollen sie sich von mir verabschieden.«

»Dein Sohn da —«, fing Leon Shumacher an.

»Der von der Wall Street?«

»Der wollte nur hören, wie das Maximalrisiko steht. Jetzt wird er keine Zeit mehr investieren, wenn du nicht stirbst. Ich habe ihm gesagt, das wird nicht der Fall sein.«

»Und ich habe ihm natürlich gesagt, Sie werden sterben«, sagte Dennis Teemer in Schlafanzug und Bademantel, als Patient in lebhafterer Stimmung denn als Doktor. Seine verlegene Gattin sagte ihren Freunden, daß er ein Experiment durchführe. »Wieviel halten Sie? hat er gesagt und wollte mit mir wetten.«

»Glauben Sie immer noch, daß es natürlich ist?«

»Daß wir sterben?«

»Daß ich sterbe.«

Teemer schaute weg. »Ich glaube, das ist natürlich.«

»Daß Sie sterben?«

»Ich glaube, das ist auch natürlich. Ich glaube an das Leben.«

»Jetzt kann ich nicht mehr folgen.«

»Alles, was lebt, lebt von Lebendem, Yossarian. Sie und ich nehmen eine Menge. Wir müssen was zurückgeben.«

»Ich habe im Flugzeug nach Kenosha einen Teilchenphysiker kennengelernt, der sagt, daß alles Lebendige aus Dingen besteht, die nicht leben.«

»Das weiß ich auch.«

»Das bringt Sie nicht zum Lachen? Das bringt Sie nicht ans Weinen? Das setzt Sie nicht in Erstaunen?«

»Am Anfang war das Wort«, sagte Teemer. »Und das Wort hieß *Gen*. Jetzt heißt das Wort *Quark*. Ich bin Biologe, kein Physiker, ich kann nicht ›Quark‹ sagen. Das gehört zu einer unsichtbaren Welt des Leblosen. Also bleibe ich beim Gen.«

»Und wo ist der große Unterschied zwischen einem lebenden Gen und einem toten Quark?«

»Ein Gen lebt nicht, und ein Quark ist nicht tot.«

»Ich kann auch kaum ›Quark‹ sagen, ohne zu lachen.«

»Quark.«

»Quark.«

»Quark, Quark!«

»Sie haben gewonnen«, sagte Yossarian. »Aber gibt es einen Unterschied zwischen uns und dem?«

»Nichts in einer lebendigen Zelle lebt. Trotzdem pumpt das Herz, und die Zunge spricht. Das wissen wir beide.«

»Weiß es eine Mikrobe? Ein Champignon?«

»Die haben keine Seele?« versuchte der Praktikant die Antwort zu raten.

»Es gibt keine Seele«, sagte der ausbildende Chirurg. »Das ist alles nur was in unseren Köpfen.«

»Das sollte jemand mal dem Kardinal sagen.«

»Der Kardinal weiß das doch.«

»Selbst ein Gedanke, selbst dieser Gedanke ist nur eine elektrische Interaktion von Molekülen.«

»Aber es gibt gute Gedanken und schlechte Gedanken«, rief Leon Shumacher ärgerlich, »also arbeiten wir jetzt weiter. Warst du je bei der Marine, zusammen mit einem Mann namens Richard Nixon? Er glaubt, er kennt dich.«

»Nein, war ich nicht.«

»Er will vorbeikommen und dich mal anschauen.«

»Ich war nicht bei der Marine. Bitte halte ihn mir fern.«

»Hast du je Altsaxophon in einer Jazzband gespielt?«
»Nein.«
»Hast du je den Soldaten in Weiß beim Militär gesehen?«
»Zweimal. Warum?«
»Der ist in einem Stockwerk weiter unten. Er möchte, daß du mal hereinschaust und Hallo sagst.«
»Wenn er dir das alles sagen konnte, ist es nicht derselbe.«
»Waren Sie je mit einem gewissen Rabinowitz beim Militär?« fragte Dennis Teemer. »Lewis Rabinowitz?«
Yossarian schüttelte den Kopf. »Nicht, daß ich wüßte.«
»Dann täusche ich mich vielleicht. Was ist mit einem Sammy Singer, seinem Freund? Er sagt, er sei aus Coney Island. Er glaubt, Sie könnten sich aus dem Krieg an ihn erinnern.«
»Sam Singer?« Yossarian setzte sich auf. »Klar, der Heckschütze. Ein kleiner Bursche, mager, lockiges schwarzes Haar.«
Teemer lächelte. »Er ist jetzt fast siebzig.«
»Ist er auch krank?«
»Er ist mit jemand befreundet, den ich mir gerade ansehe.«
»Sagen Sie ihm, er soll bei mir reinschauen.«
»Hallo, Captain.« Singer schüttelte die Hand, die Yossarian ausstreckte. Yossarians prüfender Blick sah einen Mann, der gerührt schien, ihn zu sehen – eher klein, mit leicht vorstehenden braunen Augen in einem freundlichen Gesicht. Singer lachte vor sich hin. »Schön, Sie wiederzusehen. Ich habe oft an Sie gedacht. Der Arzt sagt, es ist alles in Ordnung mit Ihnen.«
»Sie haben zugelegt, Sam«, sagte Yossarian gutgelaunt, »und sehen ein wenig runzlig aus, und vielleicht ein bißchen größer. Sie waren so mager. Und grau sind Sie, und das Haar hat sich gelichtet. Und bei mir ist es genauso. Erzählen Sie mal, Sam. Was ist in den letzten fünfzig Jahren los gewesen? Gibt's was Neues?«
»Sagen Sie doch einfach Sammy.«
»Sag Yo-Yo zu mir.«
»Mir geht's wohl ganz gut. Ich habe meine Frau verloren. Ovarienkrebs. Ich bin ein bißchen durcheinander.«

»Ich bin zweimal geschieden. Ich weiß auch nicht so recht, wo ich hingehöre. Ich werde wohl wieder heiraten müssen. Bin eben daran gewöhnt. Kinder?«

»Eine Tochter in Atlanta«, sagte Sammy Singer, »und eine in Houston. Enkel auch, schon auf dem College. Ich laß sie lieber alle in Ruhe. Ich hab hier ein Gästezimmer, wenn jemand zu Besuch kommen will. Ich habe lange für *Time* gearbeitet – aber nicht als Reporter«, fügte Singer mit Nachdruck hinzu. »Mir ging's gut, ich habe schön verdient, und dann haben sie mich abgeschoben, damit junges Blut ins Haus kommt und das Magazin lebendig bleibt.«

»Und jetzt ist es praktisch tot«, sagte Yossarian. »Ich arbeite jetzt im alten *Time-Life*-Gebäude im Rockefeller Center. Mit Blick auf die Eisbahn. Warst du da früher?«

»Das kann man wohl sagen.« Singer dachte liebevoll zurück. »Ich erinnere mich gut an die Eisbahn. Waren schöne Zeiten damals.«

»Jetzt ist es das neue M. & M.-Gebäude, von den M. &. M. Enterprises, Milo Minderbinder. Weißt du noch, der alte Milo?«

»Natürlich.« Sammy Singer lachte. »Der hat uns gut versorgt, dieser Milo Minderbinder.«

»Das stimmt. Ein besserer Lebensstandard, als ich das vorher gewöhnt war.«

»Ich auch. Später hat's geheißen, er wär's gewesen, der damals unsere Staffel bombardiert hat.«

»Der war das auch. Das ist auch einer der Widersprüche des Kapitalismus. Es ist komisch, Singer – als ich das letztemal hier im Krankenhaus war, stand plötzlich wie aus dem Nichts der Kaplan da und hat mich besucht.«

»Welcher Kaplan?«

»Unser Kaplan. Kaplan Tappman.«

»Klar. Den kenne ich. Ein ganz Ruhiger, hm? Ist beinahe zusammengebrochen, als diese beiden Flugzeuge über La Spezia zusammengestoßen sind, mit Dobbs in der einen Maschine und

Huple in der anderen, und Nately und die alle waren tot. Weißt du diese Namen noch?«

»Ich weiß sie alle noch. Erinnerst du dich noch an Orr? Der war bei mir im Zelt.«

»Ich erinnere mich. Es hieß, daß Orr es auf einem Floß bis nach Schweden geschafft hat, als er nach dem Avignon-Einsatz ins Meer gestürzt ist, kurz bevor wir heim sind.«

»Ich bin einmal nach Kentucky gefahren und hab ihn dort besucht«, sagte Yossarian. »Er hat da in so einem Supermarkt die Regale aufgefüllt, wir haben uns nicht viel zu sagen gehabt.«

»Ich war in der Maschine, als wir nach diesem ersten Avignon-Einsatz runter sind. Er hat sich um alles gekümmert. Weißt du noch? Ich war dann mit dem Kanzelschützen Sergeant Knight auf einem Rettungsfloß.«

»Ich erinnere mich an Bill Knight. Er hat mir das alles erzählt.«

»Das war damals, als keine von den Schwimmwesten sich aufblasen ließ, weil Milo die Gaszylinder rausgeholt hatte, damit er euch Jungs im Kasino diese ganzen Ice Cream Sodas mit schön viel Kohlensäure hinstellen konnte. Er hat statt dessen einen Zettel reingelegt. Ein klassischer Milo«, lachte Singer.

»Ihr habt doch sonntags auch immer euer Soda gekriegt, oder?«

»Ja, stimmt schon. Und dann beim zweiten Einsatz über Avignon, da hatte er das Morphium aus dem Erste-Hilfe-Kasten rausgenommen, hast du erzählt. War das wirklich wahr?«

»Ja, das hat er auch getan. Da lag dann auch ein Zettel von ihm drin.«

»Hat der damals mit Drogen gehandelt?«

»Ich weiß nicht, da hab ich nicht den Überblick gehabt. Aber mit Eiern auf jeden Fall, mit frischen Eiern. Erinnerst du dich?«

»Ich erinnere mich noch an diese Eier. Ich kann's immer noch nicht glauben, daß Eier so gut schmecken können. Ich esse immer noch oft welche.«

»Ich fang jetzt auch wieder an«, beschloß Yossarian. »Du hast mich eben überzeugt, Sammy Singer. Es hat jetzt keinen Sinn mehr, sich wegen dem Cholesterin noch große Sorgen zu machen, oder?«

»Erinnerst du dich noch an Snowden damals, Howard Snowden? Auf dem Avignon-Einsatz?«

»Sam, wie könnte ich das je vergessen? Ich hätte sämtliches Morphium in dem Erste-Hilfe-Kasten aufgebraucht, als ich ihn mit solchen Schmerzen da liegen sah. Dieser Scheiß-Milo! Ich habe ihn oft verwünscht. Jetzt arbeite ich für ihn.«

»Bin ich wirklich so oft ohnmächtig geworden?«

»So hat's mir damals ausgesehen.«

»Das kommt einem jetzt komisch vor. Du warst ganz voller Blut. Und dann all das andere Zeug. Er hat bloß gestöhnt und gestöhnt. Er hat gefroren, oder?«

»Ja, er hat gesagt, ihm ist kalt. Und daß er stirbt. Ich war mit all dem Zeug da voll und dann noch mit meinem eigenen Erbrochenen.«

»Und dann hast du alle deine Sachen ausgezogen und wolltest längere Zeit gar nichts mehr anziehen.«

»Ich hatte genug von Uniformen.«

»Ich hab dich beim Begräbnis völlig nackt auf einem Baum sitzen sehen.«

»Ich hatte Turnschuhe an.«

»Ich hab auch gesehen, wie Milo zu dir hochgeklettert ist, mit seiner schokoladeüberzogenen Baumwolle. Wir haben alle irgendwie zu dir aufgeschaut, Yossarian. Ich tu das eigentlich immer noch.«

»Warum, Sam?« fragte Yossarian und zögerte. »Ich bin bloß ein Pseudo-Assyrer.«

Singer begriff, was er meinte. »Nein, nicht deshalb. Jedenfalls nicht mehr nach der Armeezeit. Ich hab mich dort mit manchen Goyim gut angefreundet. Du warst einer davon, als der Typ in South Carolina auf mich los ist. Und nicht mehr nach den Jahren bei *Time*, als ich viel mit Protestanten und meinen ersten echten Alkoholikern rumgezogen bin.«

»Wir sind assimiliert, wir haben's geschafft. Das ist auch was Nettes an diesem Land. Wenn wir uns verhalten wie sie, lassen sie uns vielleicht rein.«

»Ich hab dort meine Frau kennengelernt. Weißt du was, Yossarian?«

»Yo-Yo.«

Sam Singer schüttelte den Kopf. »Als ich verheiratet war, hab ich nicht ein einziges Mal meine Frau betrogen, ich wollte es nicht einmal, und das kam allen anderen Leuten urkomisch vor, den Frauen auch. Ihr aber nicht. Die haben wohl fast gedacht, ich sei schwul. Ihr erster Mann war das genaue Gegenteil. Ein Casanova, die Sorte, wo ich immer dachte: so möchte ich sein. Sie wollte dann lieber mich, als wir uns kennengelernt haben.«

»Sie fehlt dir.«

»Sie fehlt mir.«

»Mir fehlt die Ehe. Ich bin es nicht gewöhnt, alleine zu leben.«

»Ich kann mich auch nicht daran gewöhnen. Ich kann kaum was kochen.«

»Ich versteh auch nichts davon.«

Sam Singer dachte nach. »Nein, ich glaube, zuerst hab ich zu dir aufgesehen, weil du ein Offizier warst, und ich hatte damals noch diese kindliche Vorstellung, daß alle Offiziere mehr drauf haben als wir anderen. Sonst wären wir ja auch welche gewesen. Du hast immer den Eindruck gemacht, als wüßtest du, was du tust. Abgesehen von dem Flug, wo du dich verirrt und uns über den Atlantik hinaus gelotst hast. Selbst als du diese verrückten Nummern abgezogen hast, schien mir das viel sinnvoller als manches andere. Nackt in Reih und Glied zu stehen bei der Ordensverleihung! Das hat uns allen hervorragend gefallen.«

»Das war keine Angabe, Sammy, keine Nummer. Ich war die meiste Zeit total in Panik. Morgens bin ich aufgewacht und hab versucht, herauszufinden, wo ich bin, und was zum Teufel ich eigentlich dort zu suchen habe. Manchmal wache ich heute noch so auf.«

»Quatsch«, sagte Singer und grinste. »Und du hast's immer viel mit Frauen gebracht, während wir anderen so unsere Schwierigkeiten hatten.«

»Nicht so viel, wie du denkst«, sagte Yossarian lachend. »Oft hab ich mir am Ende auch bloß an den Mädels einen abgerieben.«

»Aber Yossarian, als du gesagt hast, du weigerst dich, noch weiter zu fliegen, da haben wir alle dir den Daumen gehalten. Wir hatten auch unsere siebzig Einsätze und saßen im selben Boot.«

»Warum seid ihr nicht aus dem Boot raus und mit mir losmarschiert?«

»So mutig waren wir nicht. Sie haben uns sofort nach Hause geschickt, als sie dich wieder eingefangen hatten, also hat's für uns was gebracht. Ich habe dann auch nein gesagt, aber da haben sie einem schon keine Wahl mehr gelassen. Was ist mit dir passiert?«

»Mich haben sie auch heimgeschickt. Sie haben gedroht, mich hinzurichten, mich ins Gefängnis zu stecken, sie sagten, sie würden mich fertigmachen. Sie haben mich zum Major befördert und nach Hause geschickt. Sie wollten keinen Ärger.«

»Die meisten von uns haben dich bewundert. Und jetzt weißt du anscheinend auch genau, was du machst.«

»Wer sagt das? Es gibt jetzt nichts mehr, dessen ich mir sicher bin.«

»Na, hör mal, Yo-Yo. In unserem Stockwerk erzählt man sogar, daß du nicht schlecht bei einer von den Schwestern vorankommst.«

Yossarian errötete vor Stolz. »So weit hat sich das rumgesprochen?«

»Wir haben es sogar vom Arzt meines Freundes gehört«, fuhr Singer fröhlich fort. »Damals in Pianosa, ich weiß es noch, da konntest du auch ganz gut mit einer Krankenschwester, was?«

»Eine Zeitlang. Sie hat mich dann fallenlassen, ich hatte keine sehr soliden Aussichten zu bieten. Wenn man jemand den Kopf verdreht, ist das Problem, daß man täglich wieder von neuem dran drehen muß. Liebe funktioniert anders.«

»Ja, das weiß ich auch«, sagte Singer. »Aber du und ein paar andere, ihr wart doch mit ihr baden am Strand, an dem Tag, als Kid Sampson von dem Flugzeug getötet worden ist. Kid Sampson, du weißt doch noch?«

»Ach Scheiße, natürlich weiß ich das noch«, sagte Yossarian. »Glaubst du, ich könnte Kid Sampson je vergessen? Oder McWatt, der in dem Flugzeug saß, das ihn zersäbelt hat. McWatt war mein Lieblingspilot.«

»Meiner auch. Er ist auf dem Einsatz über Ferrara geflogen, als wir noch ein zweites Mal abwerfen mußten, wo Kraft getötet worden ist, und ein Bombenschütze namens Pinkard auch.«

»Warst du da auch im selben Flugzeug wie ich?«

»Aber sicher. Ich war auch dabei, als Hungry Joe vergessen hat, den Nothebel zu ziehen, um das Fahrwerk runterzulassen. Und die haben ihm einen Orden gegeben.«

»Mir haben sie meinen Orden für den Einsatz über Ferrara gegeben.«

»Kaum zu glauben, daß das alles wirklich passiert ist.«

»Das Gefühl kenne ich«, sagte Yossarian. »Es ist kaum zu glauben, daß ich das alles mit mir habe machen lassen.«

»*Das* Gefühl kenne ich. Es ist komisch wegen Snowden.« Singer zögerte. »Ich hab ihn nicht sehr gut gekannt.«

»Mir ist er vorher nie aufgefallen.«

»Aber jetzt kommt es mir vor, als sei er einer meiner engsten Freunde gewesen.«

»Das Gefühl habe ich auch.«

»Und außerdem«, insistierte Sammy, »ist es mir, als wäre das mit ihm etwas vom Besten in meinem Leben gewesen. Das klingt unerhört, es hört sich unmoralisch an. Aber das war ein Ereignis für mich, etwas Dramatisches, wovon ich erzählen konnte, und etwas, das mich daran erinnert hat, daß der Krieg wirklich Wirklichkeit war. Die Leute glauben nicht mehr viel davon, meine Kinder und Enkel sind an etwas so Altem nicht interessiert.«

»Bring doch mal deinen Freund vorbei, und ich sag ihm, daß es wahr ist. Weswegen ist er hier?«

»Irgendein Checkup.«

»Als Patient von Teemer?« Yossarian schüttelte den Kopf.

»Die kennen sich«, sagte Sammy, »schon lange.«

»Ah ja«, sagte Yossarian im Ton sarkastischen Zweifels, daß Singer wußte: er glaubte das nicht. »Na, Sammy, wie geht's jetzt weiter mit uns? Als Navigator bin ich nie zurechtgekommen, aber ich bin anscheinend doch mehr zielgerichtet. Ich kenne viele Frauen. Vielleicht will ich wieder heiraten.«

»Ich kenne auch einige, aber das sind meist alte Freundinnen.«

»Heirate nicht, wenn du nicht das Gefühl hast, es muß sein. Wenn du nicht mußt, bist du nachher kein guter Ehemann.«

»Ich gehe vielleicht jetzt mehr auf Reisen«, sagte Singer. »Meine Freunde sagen mir immer, ich soll eine Weltreise machen. Aus meiner Zeit bei *Time* kenne ich noch verschiedene Leute. Ich habe einen guten Freund in Australien, den hat vor langer Zeit diese sogenannte Guillain-Barré-Krankheit erwischt. Er ist nicht mehr jung und kann sich mit seinen Krücken nicht so leicht bewegen. Den würde ich gerne wiedersehen. Einer lebt noch in England, pensioniert, und einer in Hongkong.«

»Ich glaube, an deiner Stelle würde ich das machen. Hat man doch was zu tun. Und was ist mit dem hier? Mit dem Patienten von Teemer.«

»Der wird wahrscheinlich bald nach Hause gehen. Er war als Kriegsgefangener in Dresden mit Kurt Vonnegut und einem gewissen Schwejk. Kannst du dir das vorstellen?«

»Ich bin mal in Neapel mit einem Soldaten namens Schwejk in der Schlange gestanden, und da hab ich einen gewissen Josephka kennengelernt. Ich hatte von Dresden überhaupt nichts gehört, bis ich den Roman von Vonnegut gelesen habe. Schick doch deinen Freund vorbei. Ich würde gerne hören, wie's Vonnegut geht.«

»Er kennt ihn nicht.«

»Sag ihm bitte, er soll trotzdem vorbeischauen, wenn er möchte. Ich bin noch das Wochenende hier. Na, Sammy, wollen wir's riskieren? Meinst du, wir sollten uns mal draußen sehen?«

Der Vorschlag überraschte Singer. »Yossarian, das hängt ganz von dir ab. Ich habe Zeit.«

»Ich schreib mir deine Nummer auf, wenn du sie mir geben magst. Ist vielleicht einen Versuch wert. Ich würde gerne noch einmal mit dir über William Saroyan reden. Du hast doch früher mal versucht, Geschichten zu schreiben wie der.«

»Du ja auch. Und was war dann?«

»Ich hab nach einer Weile aufgehört.«

»Ich auch. Hast du's mal beim *New Yorker* versucht?«

»Das ist noch jedesmal in die Hose gegangen.«

»Bei mir auch.«

»Sammy sagt, Sie haben ihm das Leben gerettet«, sagte der starkknochige Mann im Morgenmantel und im eigenen Pyjama, der sich sehr munter und unbekümmert als Rabinowitz vorstellte, mit einer rauhen, stetigen Stimme. »Erzählen Sie mal, wie Sie das gemacht haben.«

»Die Details soll er Ihnen erzählen. Sie waren in Dresden?«

»Er kann Ihnen auch da die Details sagen.« Rabinowitz streifte wieder Angela mit seinem Blick. »Junge Dame, Sie sehen aus wie eine Frau, der ich einmal begegnet bin, aber ich weiß nicht mehr, wo. Die war auch eine Wucht. Sind wir uns je begegnet? Ich hab früher jünger ausgesehen.«

»Ich weiß nicht, ich bin mir nicht sicher. Das ist mein Freund Anthony.«

»Hallo, Anthony. Hören Sie mir gut zu, Anthony, ich mach jetzt keine Witze, seien Sie heute abend ganz besonders nett zu ihr, weil, wenn Sie sie nicht gut behandeln, dann kriege ich das raus und fange an, ihr Blumen zu schicken, und Sie haben das Nachsehen. Nicht wahr, Darling? Gute Nacht, meine Liebe. Viel Spaß. Anthony, ich heiße Lew. Amüsieren Sie sich gut.«

»Werde ich, Lew«, sagte Anthony.

»Ich hab mich jetzt vom Geschäft zurückgezogen, ich mach noch ein bißchen in Immobilien, zieh ein paar Häuser mit meinem Schwiegersohn hoch. Und Sie?«

»Ich hab auch aufgehört«, sagte Yossarian.

»Sie arbeiten doch noch für Milo Minderbinder.«

»Auf Teilzeit.«

»Ich habe einen Freund, der würde ihn gerne treffen. Ich bring ihn mal vorbei. Ich bin wegen meinem Gewicht hier, ich hab da Probleme, ich muß es wegen einer ziemlich harmlosen Herzgeschichte drunten halten, und manchmal nehme ich zuviel ab. Das laß ich dann gerne genau kontrollieren.«

»Bei Dennis Teemer?«

»Ich kenne Teemer schon lange. Diese schöne blonde Lady sieht nach was ganz Besonderem aus. Ich weiß genau, ich hab sie schon gesehen.«

»Ich glaube, daran würden Sie sich noch erinnern.«

»Deshalb weiß ich's.«

»Hodgkinsche Krankheit«, sagte Dennis Teemer vertraulich.

»Scheiße«, sagte Yossarian. »Er will nicht, daß ich es weiß.«

»Er will, daß es kein Mensch weiß. Nicht einmal ich. Und ich kenne ihn seit fast dreißig Jahren. Der stellt Rekorde auf.«

»War er immer so? Er flirtet gern.«

»Sie doch auch. Mit jeder. Sie möchten, daß alle hier verrückt nach Ihnen sind. Er ist einfach offener. Sie sind so ein Raffinierter.«

»Sie sind klug, und Sie wissen zuviel.«

Rabinowitz erschien Yossarian als großgewachsener, sehr direkter Mann mit breitem Körperbau, der viel Gewicht verloren hatte. Sein Schädel war fast kahl, und er trug einen golden-grauen Bürstenschnurrbart und war Angela gegenüber von aggressiver Aufmerksamkeit, mit einem unzerstörbaren sexuellen Selbstvertrauen, das ihr eigenes überwältigte und verringerte. Yossarian sah amüsiert, wie sie sich so hielt, daß ihre Brüste nicht zu sehr auffielen, wie sie beim Sitzen die Hände auf die Schenkel legte, um den Rock am Hochrutschen zu hindern, wie sie ihre Beine züchtig aneinanderdrückte. Sie sah sich einem Übermaß augenzwinkernder Rücksichtslosigkeit gegenüber, von einer Art, die sie nicht schätzte, doch nicht zu besiegen wußte.

»Und er ist nicht einmal Italiener«, tadelte Yossarian.

»Du bist auch kein Italiener, und bei dir mag ich es. Das Eigenartige ist, daß ich ihn von irgendwoher kenne.«

»Ah, Miss Moore, ich hab's jetzt, glaube ich«, sagte Rabinowitz mit forschendem Lächeln, als er hereingeschlendert kam und sie wieder sah. »Sie erinnern mich an eine wunderbare kleine Lady mit einer guten Persönlichkeit, die ich mal in Begleitung eines Herrn aus der Baubranche getroffen habe, mit dem ich Geschäfte hatte draußen in Brooklyn, in der Nähe von Sheepshead Bay. Ein Italiener namens Benny Salmeri, glaube ich. Sie haben damals gerne getanzt.«

»Tatsächlich?« antwortete Angela und sah ihn mit halb gesenktem Lidschattenblick an. »Ich habe einmal so einen Baulöwen namens Salmeri gekannt. Ich bin mir nicht sicher, ob das derselbe ist.«

»Haben Sie je mit einer Krankenschwester zusammengewohnt?«

»Tu ich noch«, sagte Angela, schnippischer jetzt. »Mit der, die hier vorher Dienst hatte. Das ist meine Partnerin Melissa.«

»Dieses nette junge Ding mit der guten Persönlichkeit?«

»Sie kümmert sich um unseren Freund dort. Deshalb ist er hier. Sie fickt mit alten Herren, und die kriegen dann einen kleinen Schlaganfall.«

»Das solltest du wirklich nicht zu den Leuten sagen«, meinte Yossarian mit mildem Vorwurf, nachdem Rabinowitz weg war. »Du verdirbst ihr alle Chancen. Und ich hatte keinen Schlaganfall. Meine verdirbst du mir auch noch.«

»Und du«, sagte Angela, »solltest den Leuten nicht erzählen, daß ich Moorecock heiße.«

Sie betrachteten einander scharf. »Wem hab ich das erzählt?«

»Michael. Diesem Dr. Shumacher.« Angela Moore zögerte dramatisch. »Patrick.«

»Patrick?« Überrascht sah Yossarian die Antwort schon kommen, ehe er die Frage stellte. »Was für ein Patrick? Patrick Beach?«

»Patrick Beach.«

»Aua«, sagte er nach seinem ersten überraschten Zusammenzucken. »Du triffst dich mit Patrick?«

»Er hat mich angerufen.«

»Du wirst segeln gehen müssen. Wahrscheinlich wird das ganz schrecklich für dich.«

»Ich war schon. Hat mir nichts ausgemacht.«

»Hat der nicht Prostataprobleme?«

»Im Augenblick nicht. Deshalb kommt er hier nicht mehr vorbei. Du warst mal eng mit seiner Frau befreundet. Meinst du, sie weiß es?«

»Frances Beach weiß alles, Angela.«

»Ich bin nicht die erste.«

»Das weiß sie schon. Sie wird es erraten.«

»Es ist da wirklich was zwischen dir und dieser Krankenschwester, oder?« erriet Frances Beach. »Ich kann den Koitus fast in der schwiemeligen Luft hier riechen.«

»Zeige ich das so?«

»Nein, Darling, aber sie. Sie bewacht dich viel schützender, als sie es müßte. Und sie ist viel zu korrekt, wenn andere hier sind. Gib ihr den Rat, nicht so angespannt zu sein.«

»Das macht sie nur noch angespannter.«

»Und du hast immer noch diese vulgäre, zwanghafte Angewohnheit, die ich nie ausstehen konnte. Du schaust einer Frau sofort auf den Hintern, sobald sie sich umdreht, bei allen Frauen, und auf ihren mit solchem Stolz. Dieser Besitzerstolz ist es. Du beäugst meinen auch, hm?«

»Ich weiß, daß ich das immer tue. Stolz bin ich da nicht. Du siehst immer noch gut aus.«

»Das würdest du nicht denken, wenn du die Erinnerungen nicht hättest.«

»Ich habe noch eine weitere schlechte Angewohnheit, die du noch schlimmer finden wirst.«

»Ich wette, ich weiß, welche. Weil ich es auch tue.«

»Dann sag's mir.«

»Hast du das elende Stadium erreicht, wo man kein menschliches Gesicht ernsthaft betrachten kann, ohne sich schon vorzustellen, wie es im Alter aussehen wird?«

»Ich begreife nicht, wie du das wissen kannst.«

»Wir sind uns zu ähnlich gewesen.«

»Ich mach's nur bei Frauen. Es hilft mir, kein Interesse zu empfinden.«

»Ich mache es bei allen Gesichtern, die schon Indizien zeigen. Es ist böse, es ist morbid. Die hier wird immer noch gut aussehen.«

»Sie heißt Melissa.«

»Laß sie wissen, daß man mir trauen kann. Obwohl ich reich und elegant bin und früher mal einen gewissen Ruhm als Schauspielerin, Spezialfach spitz und schlagfertig, gehabt habe. Es freut mich, daß du nicht wegen des Geldes heiratest.«

»Wer denkt ans Heiraten?«

»Bei Patrick damals war's für mich viel mehr als das Geld. Ich glaube, ich finde das gut, was du machst. Obwohl ich ihre Freundin nicht mag. Patrick geht jetzt wieder öfter segeln. Ich glaube, er fliegt vielleicht auch. Was kannst du mir noch erzählen?«

»Ich kann dir überhaupt nichts erzählen.«

»Und ich will auch nichts wissen, auch diesmal nicht. Ich bekäme solche Schuldgefühle, wenn er glauben würde, ich hätte eine Ahnung davon. Ich würde nie irgend jemand bei seinem Glück stören wollen, besonders nicht Patrick. Ich hätte gerne auch mehr, aber du weißt ja, wie alt ich bin. Für unsere Freundin Olivia würde ich allerdings vielleicht eine Ausnahme machen. Sie kommt einen kaum besuchen, aber sie füllt einem das Zimmer mit Massen von Blumen. Und auf der Karte steht immer ›Olivia Maxon‹, als ob das ein britischer Titel wäre oder als ob man tausend Olivias kennen würde. Dein Restaurantservice ist übrigens göttlich.«

»Es ist der von Milo Minderbinder.«

»Zwei Tonnen Kaviar, das ist göttlich.«

»Eine hätte wohl auch gereicht, aber es ist immer besser, etwas Spielraum zu haben. Diese Hochzeit im Bahnhof ist eigentlich so ziemlich das größte Vergnügen, das ich in meiner Zukunft entdecken kann.«

»Es ist so ziemlich mein einziges. Ach, John, Johnny, du hast mir etwas Schlimmes angetan«, sagte Frances Beach. »Als ich gehört habe, daß du krank bist, da habe ich mich schließlich doch zum erstenmal alt gefühlt. Du wirst dich wieder erholen, ich nicht. Da kommt jemand. Herein bitte! Sie heißen Melissa?«

»Ja, das ist mein Name. Hier ist noch ein Besuch für ihn.«

»Und mein Name ist Rabinowitz, gnädige Frau, Lewis Rabinowitz, aber meine Freunde nennen mich Lew. Hier ist noch jemand – Mr. Marvin Winkler, gerade aus Kalifornien angekommen, um seine Aufwartung zu machen. Wo ist unsere wunderschöne Angela? Marvin, das ist Mr. Yossarian. Das ist der Mann, der alles für dich regeln wird. Winkler will Milo Minderbinder sprechen, wegen einer neuen Produktidee. Ich habe ihm gesagt, wir machen das schon.«

»Was ist das für ein Produkt?«

»Lew, laß mich allein mit ihm reden.«

»Also, Winkler?«

»Schauen Sie auf meinen Fuß.« Winkler war ein Mann von mittlerer Größe und beträchtlicher Leibesfülle. »Fällt Ihnen nichts auf?«

»Was soll ich da sehen?«

»Meinen Schuh.«

»Und was ist mit dem?«

»Der ist absolut aktuell. *State-of-the-art.*«

Yossarian musterte ihn aufmerksam. »Kein Witz?«

»Ich mache keine Witze übers Geschäft«, antwortete Winkler, der seine Worte angestrengt formte, als stieße er Seufzer der Beschwernis aus. Seine Stimme war leise und guttural, fast unhörbar. »Ich bin schon zu lang drin. Ich habe nach dem Krieg Film aus Armeeüberschußbeständen hergestellt und verkauft. Ich war auch in der Backwarenbranche und war bekannt für die besten Doughnuts mit Honigglasur in New York, Connecticut und New Jersey. Alles, was ich gemacht habe, war *state-of-the-art*. Ich stelle immer noch Schokoladenosterhasen her.«

»Sind Sie je groß rausgekommen?«

»Ich hab immer Probleme mit meinem Timing gehabt. Ich war auch einmal im Dienstleistungsgeschäft, ich habe angeboten, sonntagmorgens Frühstück in die Wohnung zu liefern, damit die Leute ausschlafen können. Meine Firma war Greenacre Farms in Coney Island, und ich war der Alleininhaber.«

»Und ich war Kunde. Sie haben nie was geliefert.«

»Es war nicht kosteneffektiv.«

»Winkler, Sie kriegen Ihr Gespräch mit Minderbinder, ich kann nicht widerstehen. Aber ich möchte, daß Sie mir dann alles erzählen.«

»Ich werde kein Wort auslassen.«

»Wir haben an einen Schuh gedacht«, gab Milo zu, »den wir der Regierung verkaufen könnten.«

»Dann brauchen Sie auf jeden Fall meinen. Der ist *state-of-the-art*.«

»Was genau hat das zu bedeuten?«

»Es gibt keinen besseren, Mr. Minderbinder, und keinen guten Grund für die Regierung, einen anderen zu kaufen. Schauen Sie noch einmal auf meinen Fuß. Sehen Sie die Elastizität? Der Schuh sieht neu aus, wenn Sie anfangen, ihn zu tragen; wenn er älter ist, sieht er getragen aus, sobald Sie ihn eingelaufen haben. Wenn er stumpf wird, können Sie ihn wieder glänzend bürsten, oder Sie können ihn so lassen oder ihn abgewetzt tragen, wenn Sie das vorziehen. Sie können ihn heller oder dunkler tönen und sogar die Farbe ganz ändern.«

»Aber was leistet er?«

»Er paßt an den Fuß und hält die Socke sauber und trocken. Er hilft, die Fußsohle vor Schnitten und Kratzern und anderen Schmerzen und Unbequemlichkeiten zu bewahren, wenn Sie damit beim Gehen den Boden berühren. Sie können darin spazierengehen, rennen, oder einfach nur dasitzen und sich unterhalten, wie ich es soeben mit Ihnen tue.«

»Und er verändert seine Farbe. Wie, sagten Sie, macht er das?«

»Sie tauschen einfach diesen magischen Plastikstreifen hier im Absatz aus, und dann bringen Sie den Schuh zum Schuhmacher und sagen dem, er soll ihn umfärben, in jede erdenkliche Farbe, die Sie haben möchten.«

»Das klingt wie Zauberei.«

»Ich würde sagen, das ist es auch.«

»Können Sie das auch für Frauen herstellen?«

»Ein Fuß bleibt ein Fuß, Mr. Minderbinder.«

»Eines sehe ich noch nicht, Mr. Winkler. Was bringt Ihr Schuh, was die Schuhe nicht bringen, die ich jetzt trage?«

»Geld für uns beide, Mr. Minderbinder. Mein Schuh ist *state-of-the-art*. Schauen Sie runter, sehen Sie doch den Unterschied.«

»Ich fange an, zu begreifen. Sind Sie sehr reich?«

»Ich habe Schwierigkeiten mit meinem Timing gehabt. Aber glauben Sie mir, Mr. Minderbinder, ich habe meine Erfahrungen. Sie reden hier mit dem Mann, der den *State-of-the-art*-Schokoladenosterhasen entwickelt hat und immer noch herstellt.«

»Was war denn so Besonderes an Ihrem Hasen?«

»Er war aus Schokolade. Man konnte ihn verpacken, versenden, ins Schaufenster stellen und vor allem aufessen.«

»Trifft das nicht auch auf andere Osterhasen zu?«

»Aber meiner war *state-of-the-art*. Das drucken wir auf jede Verpackung. Die Kundschaft will keine zweitklassigen Osterhasen, und unsere Regierung will keinen zweitklassigen Schuh.«

»Ich verstehe, ich verstehe«, sagte Milo, dessen Gesicht sich aufhellte. »Sie kennen sich mit Schokolade aus?«

»Wie kein anderer.«

»Sagen Sie mir mal etwas. Versuchen Sie bitte das hier.«

»Natürlich«, sagte Winkler und nahm das Stückchen Konfekt mit genüßlicher Erwartung. »Was ist das?«

»Schokoladenüberzogene Baumwolle. Was halten Sie davon?«

Mit zarter Vorsicht, wie jemand, der es mit etwas Seltenem, Zerbrechlichem und Ekelerregendem zu tun hat, hob Winkler die Masse von seiner Zunge und behielt sein Lächeln. »Ich habe noch nie so feine schokoladenüberzogene Baumwolle gekostet. Das ist wirklich *state-of-the-art*.«

»Unglücklicherweise scheinen wir außerstande, sie abzusetzen.«

»Das ist mir unbegreiflich. Haben Sie viel davon?«

»Lagerhäuser voll. Haben Sie eine Idee?«

»Das ist meine Stärke. Ich werde mir eine einfallen lassen, während Sie meinen Schuh zu Ihrem Regierungseinkäufer in Washington bringen.«

»Das wird auf jeden Fall geschehen.«

»Dann überlegen Sie sich folgendes: Entfernen Sie doch die Schokolade von der Baumwolle. Spinnen Sie aus der Baumwolle feines Tuch für Hemden und Bettlaken. Heutzutage bauen wir etwas durch Zerlegung auf. Sie dagegen haben etwas zusammengefügt. Wir werden größer, indem wir verkleinern. Die Schokolade können Sie mir zu einem wunderbaren Preis verkaufen, für das Geld, das ich von Ihnen für meinen Schuh bekomme.«

»Wie viele Schuhe haben Sie jetzt?«

»Im Augenblick nur dieses Paar, das ich trage, und noch eins daheim im Schrank. Ich kann die Millionenproduktion sofort anlaufen lassen, wenn wir den Vertrag haben und ich vorab das ganze Geld bekomme, das ich für die Produktionskosten brauche. Ich lasse mich gerne im voraus bezahlen, Mr. Minderbinder. Nur so mache ich Geschäfte.«

»Das klingt angemessen«, sagte Milo Minderbinder. »So mache ich das auch. Unglücklicherweise haben wir jetzt eine Ethikbehörde in Washington. Aber unser Rechtsanwalt wird dort in leitender Position tätig, sobald er aus dem Gefängnis kommt. Inzwischen haben wir unsere privaten Einkäufer. Sie bekommen Ihren Vertrag, Mr. Winkler, abgemacht ist abgemacht.«

»Danke, Mr. Minderbinder. Kann ich Ihnen zu Ostern einen Hasen schicken? Ich kann Sie auf die Kulanzliste setzen.«

»Ja, tun Sie das bitte. Schicken Sie mir tausend Dutzend.«

»Und an wen geht die Rechnung?«

»Es wird schon jemand bezahlen. Wir wissen beide, umsonst ist nur der Tod.«

»Vielen Dank für diesen Hinweis, Mr. Minderbinder. Ich verlasse Sie mit guten Neuigkeiten.«

»Ich komme mit guten Neuigkeiten!« jubelte Angela und kam in einer Ekstase des Entzückens in das Krankenhauszimmer gerannt. »Aber Melissa meint, du bist vielleicht zornig.«

»Sie hat einen neuen Freund.«

»Nein, noch nicht.«

»Sie ist zu dem alten zurückgegangen.«

»Nein, bestimmt nicht. Sie ist zu spät dran.«

»Wofür?«

»Mit ihrer Periode. Sie glaubt, sie ist schwanger.«

Trotzig sagte Melissa, sie wolle das Kind haben, und die Zeit, noch ein Kind zu bekommen, sei für sie beide nicht unbegrenzt.

»Aber wie kann das sein?« beklagte sich Yossarian, am Ende seiner Rheinfahrt angelangt. »Du hast doch gesagt, du bist sterilisiert.«

»Du hast gesagt, du hast eine Vasektomie.«

»Das war nur im Scherz.«

»Das wußte ich nicht. Also hab ich auch einen Scherz gemacht.«

»Ahem, ahem, entschuldigen Sie bitte«, sagte Winkler, als er es nicht mehr aushielt. »Wir haben noch etwas Geschäftliches zu erledigen. Yossarian, ich verdanke alles Ihnen. Wieviel Geld wollen Sie haben?«

»Wofür?«

»Dafür, daß Sie dieses Gespräch ermöglicht haben. Ich stehe in Ihrer Schuld. Nennen Sie jede beliebige Summe.«

»Ich will nichts davon haben.«

»Das klingt angemessen.«

29. MR. TILYOU

Behaglich und sicher in einer eigenen jenseitigen Welt eingerichtet, genoß es Mr. George C. Tilyou, der nun gerade an die achtzig Jahre tot war, seinen Besitz zu betrachten und die Zeit vergehen zu lassen, denn diese verging nicht. Lediglich aus Gründen der dekorativen Wirkung trug er in seiner Westentasche eine goldene Uhr an goldener Kette mit einem Reißzahn aus grünem Blutstein als Anhänger, doch wurde sie nie aufgezogen.

Es gab natürlich zeitliche Zwischenräume zwischen Ereignissen, doch war es sinnlos, sie zu messen. Die Fahrten auf seinen beiden Achterbahnen, der Drachenschlucht und dem Tornado, und seinen Steeplechase-Pferden, allesamt von den Konstanten der Schwerkraft und Reibung beherrscht, wichen niemals von Anfang bis Ende wahrnehmbar voneinander ab, und ebensowenig änderte sich die Wasserfahrt im Boot durch den Liebestunnel. Er konnte natürlich die Laufzeit seines El-Dorado-Karussells ändern und die Umläufe des Peitschenrads, der Raupe, des Strudels und der Brezel verlängern oder verringern. Zusätzliche Kosten entstanden keine. Hier ging nichts verloren. Das Eisen rostete nicht, die Farbe blätterte nicht ab. Es gab keinen Staub und keinen Abfall. Sein Hemd mit dem spitzen Kragen war immer rein. Sein gelbes Haus war so sauber wie an dem Tag vor fünfzig Jahren, da er es endlich ganz heruntergebracht hatte. Holz verzog sich nicht und wurde nicht faul, Fenster klemmten nicht, Glas zerbrach nicht, nicht einmal ein Wasserhahn tropfte. Seine Boote leckten nicht. Es war nicht an dem, daß die Zeit stillstand: Es gab keine Zeit. Mr. Tilyou schwelgte in der Permanenz, in der ewigen Stabilität von allem. Hier war ein Ort, wo die Menschen nicht älter wurden. Es würden immer neue kommen, und deren Zahl würde nie abnehmen. Es war der Traum jedes Rummelplatzbetreibers.

Als er einmal sein Haus wieder hatte, gab es nichts mehr auf Erden, das er begehrt und nicht besessen hätte. Er verfolgte die Zustände draußen mit Hilfe der glücklichen Fügung seiner Freundschaft mit General Leslie Groves, der in regelmäßigen Abständen mit einem Privatzug auf sein Abstellgleis gefahren kam und vorbeisah, um einen Schwatz zu halten und sich mit den angebotenen Belustigungen aufs angenehmste zu vergnügen. General Groves brachte Zeitungen und wöchentlich erscheinende Nachrichtenmagazine mit, die sich – wie aller Müll – einfach in leere Luft auflösten, wenn Mr. Tilyou die wenigen Meldungen überflogen hatte, die eigenartig genug waren, seiner Aufmerksamkeit würdig zu sein. Ebenso pünktlich kam auf den Tag genau alle drei Monate Mr. Gaffney, ein angenehmer Bekannter anderer Art, der als Privatdetektiv arbeitete, von oben herunter, um sich möglichst umfassend über alles irgendwie Neue zu informieren. Alles sagte ihm Mr. Tilyou nicht. Mr. Gaffney war von bemerkenswerter Höflichkeit und schlichter Eleganz, und Mr. Tilyou freute sich auf den Tag, da er zum Verbleib bei ihm erscheinen würde. Manchmal kam General Groves mit einem Gast, bei dem er es angemessen fand, daß Mr. Tilyou ihn im voraus kennenlernte. Mr. Tilyou hatte Männer und Frauen in reichem Maße und hatte keinen dringenden Bedarf an Geistlichen, und so kränkte es ihn keineswegs, daß der Kaplan es abgelehnt hatte, ihm vorgestellt zu werden. Im größeren Aufenthaltsraum des einen der beiden Eisenbahnwagen, welche die geschmackvolle Dienstwohnung von General Groves bildeten, konnte sich Mr. Tilyou einzigartig unterhalten, indem er durch die Glasscheiben der verschiedenen Fenster schaute, und als er einmal mit den Schaltungen vertraut war, konnte er sich eigentlich jeden Ort der Welt besehen. Doch wollte er gewöhnlich nur New York City und vor allem jene Teile von Brooklyn betrachten, die er als sein spezielles Terrain ansah: den großen Rummelplatz in Coney Island mit seinen verschiedenen Buden und Vergnügungsparks und den Green-Wood-Friedhof im Stadtteil Sunset Park, wo er 1914 – zwischenzeitlich, wie er nun selbstzufrieden bestätigen konnte – zur Ruhe gebettet worden war.

Das Grundstück, wo sein Haus gestanden hatte, blieb leer, auf dem Höhepunkt der Saison ein Parkplatz für die Besucher, die jetzt mit dem Auto herkamen. Wo sein glitzerndes Wunderland einst geblüht hatte, operierten jetzt Anlagen von bescheidenerem Ruf. Nirgendwo unter der Sonne sah er etwas, was er hätte haben wollen. Sein goldenes Zeitalter war vorüber. Er sah den Niedergang und den Zerfall am Ende einer Ära. Wenn Paris ganz Frankreich war, wie er so gerne zitiert hatte, dann war Coney Island im Sommer gewiß nicht mehr die Welt, und er beglückwünschte sich dazu, rechtzeitig ausgestiegen zu sein.

Er konnte an den Fenstern von General Groves' Eisenbahnwagen mit den Farben der Dinge spielen und sehen, wie die Sonne schwarz wurde und der Mond sich blutig färbte. Die moderne Skyline großer Städte sagte seinem Gefühl für Ordnung und Verhältnismäßigkeit nichts. Er sah riesenhaft sich erhebende Bauten und gigantische Wirtschaftsunternehmen, die niemandem gehörten, und dies irritierte ihn schmerzlich. Die Leute kauften Aktien, die sie selbst vielleicht niemals zu Gesicht bekamen, und diese Aktien hatten nicht das geringste mit Besitz und Kontrolle zu tun. Er selbst hatte im Sinne der Maßstäblichkeit und der moralischen Verantwortung immer nur in solche Projekte seine Energie und sein Kapital investiert, die insgesamt ihm gehören würden, und hatte nur solche Dinge besitzen wollen, die er sehen, denen er zuschauen und derer er sich auch persönlich bedienen konnte, mit derselben Befriedigung und demselben Vergnügen wie die anderen Benutzer.

Es ging ihm nun besser als dem armen Mr. Rockefeller und dem selbstherrlichen Mr. Morgan, die ihren Reichtum in Stiftungen umgewandelt und ihr Vertrauen in ein geneigtes Höheres

Wesen gesetzt hatten, welches einem manierlichen Universum vorstand, und die das jetzt zeit ihres Lebens bereuten.

Das hätte Mr. Tilyou ihnen gleich sagen können, sagte er ihnen immer wieder.

Mr. Tilyou hielt immer ein glänzendes neues Zehncentstück bereit, das er Mr. Rockefeller schenken konnte, wenn dieser fast täglich (obwohl es keine Tage gab) betteln kam in seinem reuigen Bemühen, all die glänzenden neuen Zehncentstücke wieder anzuhäufen, die er bei seinem irregeleiteten Versuch verausgabt hatte, sich eine öffentliche Zuneigung zu erkaufen, die er – wie er nun begriff – nie nötig gehabt hatte.

Mr. Morgan mit dem bohrenden Blick und der ewigen Wut war fest davon überzeugt, daß es da einen Fehler gegeben hatte, dessen Opfer er auf unverdiente und diabolische Weise geworden war. Mit der Regelmäßigkeit eines Uhrwerks (obwohl es hier keine laufenden Uhren gab) wollte er wissen, ob keine Erlasse von oben gekommen waren, die seinen Status änderten. Er war es nicht gewohnt, so behandelt zu werden, betonte er ärgerlich voll mürrischer Verblüffung und störrischer Torheit, wenn man ihm sagte, das sei nicht der Fall. Er hatte keinen Zweifel, daß er in den Himmel gehörte. Er war zum Teufel gegangen und zu Satan auch.

»Könnte Gott denn einen Fehler machen?« sah sich Mr. Tilyou schließlich gezwungen zu fragen.

Obwohl es keine Wochen gab, verging fast eine ganze, ehe Mr. Morgan das beantworten konnte.

»Wenn Gott alles vermag, dann kann er auch einen Fehler machen.«

Mr. Morgan ärgerte sich auch schändlich wegen seiner nicht anzuzündenden Zigarre, denn Mr. Tilyou gestattete niemandem mehr zu rauchen. Mr. Morgan besaß ein Blatt Spielkarten, das er mit keinem teilte, und obwohl es Stunden nicht gab, verbrachte er viele davon beim Patiencespiel in einer der Gondeln des glitzernden El-Dorado-Karussells, ursprünglich für Kaiser Wilhelm II. geschaffen. Eines der barockeren Gefährte auf diesem nie seinen

Ort wechselnden Glücksrad war immer noch pompös mit dem kaiserlichen Wappen verziert. Fuhr der Kaiser mit, spielte das Karussell stets Wagner.

Mr. Tilyou hegte wärmere Empfindungen für zwei Flieger aus dem Zweiten Weltkrieg, der eine Kid Sampson mit Namen, der andere McWatt – Matrosen und Soldaten auf Urlaub waren immer zahlreich gewesen in Coney Island und willkommen im Steeplechase-Park. Mr. Tilyou freute sich an jedem Neuankömmling aus dem alten Coney Island, wie beispielsweise dem stattlichen neuen Gast Lewis Rabinowitz, der sich in Rekordzeit einlebte und sich noch an den Namen George C. Tilyou erinnern konnte.

Mr. Tilyou schätzte die Gesellschaft gutmütiger Seelen wie dieser und gesellte sich oft bei ihren raschen Sturzfahrten auf dem Tornado und der Drachenschlucht zu ihnen. Zur Entspannung und zur hartnäckigen Kontrolle ließ er sich oft ins Innere des Liebestunnels treiben, schwebte unter den grellen Plakatbildern (mit dem Lindbergh-Kidnapper auf dem elektrischen Stuhl und mit der toten Marilyn Monroe auf ihrem Bett) hindurch in das Dunkel, in sein Wachsfigurenkabinett auf der Toteninsel, um seine Zukunft zu finden, indem er in die Vergangenheit driftete. Er verspürte keine innerliche Abneigung, durchaus nicht, wenn er seinen Platz neben Abraham Lincoln und dem Todesengel einnahm, wo er sich dann meist vor einem New Yorker Bürgermeister namens Fiorello H. La Guardia und dem einstigen Präsidenten Franklin Delano Roosevelt fand, Sterblichen aus einer Vergangenheit, die für ihn in seiner Zukunft lag. Sie waren nach seiner Zeit gekommen, ebenso wie der Lindbergh-Kidnapper und Marilyn Monroe. Mr. Tilyou brachte es noch nicht über sich, zu sagen, daß der Mann, der nun im Weißen Haus war, auch nur wieder ein kleiner Wichser war, doch hatte dies allein den Grund, daß weder er noch der Teufel unanständige Ausdrücke gebrauchten.

Mr. Tilyou hatte genügend Raum, um sich auszudehnen. Unter

ihm lagen ein See aus Eis und eine glühende Sandwüste, einige Sümpfe, ein Fluß aus kochendem Blut und einer aus siedendem Pech. Es gab dunkle Wälder, die er hätte haben können, wenn er gewußt hätte, was er damit sollte, mit Bäumen voll schwarzer Blätter, und einen Panther, einen Löwen, einen Hund mit drei Köpfen und eine Wölfin, aber diese waren nie in einen Käfig zu bringen, so daß ein Zoo ausgeschlossen war. Doch seine Phantasie war nicht mehr so agil wie einst; er fürchtete, daß er langsam alt wurde. Er hatte mit Symbolen triumphiert, war gewöhnt an Illusionen. Sein Park war nie ein Park gewesen. Er schenkte seinen Kunden ein Als-Ob, an dem sie mitwirken durften. Sein Produkt war Vergnügen. Sein Tornado war kein Tornado, seine Drachenschlucht keine Schlucht. Niemand meinte, daß sie es seien, und er konnte sich nicht vorstellen, was er mit einem echten Tornado angefangen hätte, einer wirklichen Schlucht oder einem realen Drachen. Er war sich nicht sicher, ob es ihm gelingen könnte, Anlässe zu fröhlicher Heiterkeit in einer glühenden Sandwüste, einem Feuerregen oder einem Fluß aus kochendem Blut zu inszenieren.

Der Wiedergewinn seines Hauses erfüllte ihn immer noch mit Stolz auf die eigene geduldige Hartnäckigkeit. Es hatte dreißig Jahre gedauert, aber da, wo es keine Zeit gibt, hat man immer genug.

Das Haus war aus gelbem Holz, mit drei Stockwerken und einem giebelbesetzten Dachgeschoß. Niemand schien darauf zu achten, als kurz nach seinem Tod das unterste Stockwerk verschwunden und das dreigeschossige Haus zu einem zweigeschossigen geworden war. Passanten aus der Nachbarschaft stellten gelegentlich fest, daß die Lettern auf der Vorderseite der untersten Eingangsstufe in den Boden einzusinken schienen, was in der Tat der Fall war. Als der Krieg kam, war der Name schon halb unsichtbar. Während des Kriegs gingen junge Männer zum Militär, Familien zogen weg, und Mr. Tilyou sah wieder seine Chance zum Handeln gekommen. Kurz nach dem Krieg fand niemand das leere Grundstück merkwürdig, wo einst das Haus gestanden hatte; bald war es ein Parkplatz. Als kurz danach der Steeplechase-Vergnügungspark auch verschwand und als dann das Tilyou-Kino zumachte, war sein Name aus Coney Island und aus dem Bewußtsein der Menschen verschwunden.

Nun, im Besitz aller Dinge, die er wollte, und sicher im eigenen Heim sitzend, war er der Neid der Morgans und Rockefellers. Seine liebenswürdigen Zauberspiegel hatten auf sein Bild oder das seiner Kartenverkäufer nie eine verzerrende Wirkung.

Als er nach der Arbeit am Ende eines Tages in sein Büro zurückkam, obwohl es keine Tage gab und er keine Arbeit hatte, fand er dort Mr. Rockefeller. Er gab ihm wieder zehn Cents und scheuchte ihn fort. Es fiel schwer, diese armselige Figur auch nur entfernt mit dem großen Komplex von Geschäftshäusern im Rokkefeller Center und mit der ovalen Perle der Eisbahn dort in Verbindung zu bringen. Er entnahm einem Zettel mit einer diktatorischen Notiz, der auf seinem Schreibtisch lag, daß Mr. Morgan wiederkommen würde, um mit ihm ernsthaft über sein neues Rauchverbot zu reden. Da er ihm nicht schon wieder gegenübertreten wollte, nahm Mr. Tilyou seine staubfreie Melone erneut von ihrem Haken am Kleiderständer. Er fuhr kurz über die Blütenblätter der Blume in seinem Knopfloch, die immer frisch war und es immer sein würde. Mit energischem Schritt eilte er aus seinem Büro nach Hause und summte leise die herrliche Musik zu Siegfrieds Tod mit, die von seinem Karussell herüberhallte.

Mit raschen Schritten die drei Stufen vor der Haustür emporspringend, stolperte er ganz leicht an der obersten, und das war ihm noch nie geschehen. Auf dem Brett über der Doppelspüle an seinem Küchenfenster nahm er etwas Eigenartiges wahr. Die Kristallvase mit den weißen Lilien sah vollkommen normal aus, doch mysteriöserweise schien das Wasser darin schräg zu liegen. Bald hatte er eine Wasserwaage gefunden und legte sie auf das Fensterbrett. Ein Schauer kalter Überraschung überlief ihn. Das Haus war nicht im Lot. Er schritt verwundert hinaus, die Stirn gerunzelt. An den Treppenstufen, deren unterste seinen Namen an der Stirnseite trug, brauchte er die Wasserwaage nicht, um zu sehen, daß die Stufen schräg lagen und sein Plattenweg zum Haus ebenso. Die rechte Seite war ein Stück abgesunken. Die Unterkante des Schriftzuges TILYOU kippte weg, und die ovalen unteren Rundungen der beiden letzten Buchstaben waren schon nicht mehr zu sehen. Er wurde starr vor Erschrecken. Ohne sein Wissen oder seine Absicht begann sein Haus, tiefer hinabzusinken. Er wußte nicht, warum.

ZEHNTES BUCH

30. SAMMY

Aus ihr unbekannten Gründen hatte ihr Vater sie anscheinend als Kind nicht gemocht und auch später, als sie älter war und geheiratet hatte, nie ein stärkeres Maß an Zuneigung gezeigt. Ihrer Schwester und ihrem Bruder gegenüber war er freundlicher, aber nicht viel.

Sie war das älteste von drei Kindern. Ihre Mutter war ihr ein gewisser Trost, doch konnte auch sie durch keine wirklichen Erleichterungen die strenge Atmosphäre des Hauses mildern, das von dem verschlossenen und unzugänglichen Vater beherrscht wurde. Es war eine lutheranische Familie in Wisconsin, nicht weit entfernt von der Staatshauptstadt Madison, wo im Winter die Tage kurz, die Nächte schwarz und lang und die beißenden Winde eisig kalt sind. »Er war eben so, wie er immer war«, erklärte ihre Mutter, um ihn zu verteidigen. »Wir haben uns aus der Kirche und der Schule gekannt.« Sie waren gleich alt und waren beide noch unberührt, als sie heirateten. »Unsere Familien haben uns füreinander ausgesucht. So haben wir das damals eben gemacht. Ich glaube, er ist nie richtig glücklich gewesen.«

Er betrieb einen kleinen Handel mit landwirtschaftlichem Gerät, den er geerbt und vergrößert hatte, und er machte eher einmal einen Scherz mit seinen Angestellten und Lieferanten, die ihn gerne mochten, als je einmal zu Hause. Er fühlte sich ganz allgemein in Gegenwart anderer wohler. Das hatte nichts mit ihr persönlich zu tun, sagte ihre Mutter ihr immer wieder, denn sie war als Kind immer brav gewesen. Doch beim Tod ihres Vaters – ebenfalls Krebs, Lungenkrebs – stellte sich heraus, daß er sie in seinem Testament nicht bedacht hatte, obwohl er ihren drei Kindern Anteile hinterließ, die insgesamt denen für ihren Bruder und ihre Schwester entsprachen, und ihr die Verfügungsgewalt als Vormund übertrug. Sie war nicht unbedingt überrascht.

»Was hätte ich erwarten sollen?« fragte Glenda, wenn sie darüber sprach. »Glaub nicht, daß es mir nicht jetzt noch weh tut.«

Als Junge hatte der lutheranische Vater – der kein Gefühl für Musik hatte und keinen Geschmack am Tanzen fand oder an irgendwelchen anderen Formen unbeschwerten Feierns, wie die Mutter sie genoß (sie bastelte Masken an Halloween und liebte Kostümfeste) – eine große Begabung für das Zeichnen und ein erregt neugieriges Interesse an den Strukturen von Gebäuden und an komplizierten Architekturen gezeigt. Aber diese Anlagen wurden unter den kärglichen Umständen einer Existenz auf dem Lande ignoriert, wo ein Vater regiert, der noch viel strenger war, als er selbst es später sein sollte, und wo die Eltern unter noch viel härteren Beschränkungen lebten. An den Besuch eines College oder an Kunststudien war nicht zu denken, und die Unterdrückung dieser Neigungen bei ihm mochte entscheidend zur Herausbildung seiner lieblosen Persönlichkeit und jenes nicht auszudrückenden Schmerzes beigetragen haben, in dem sein Charakter wurzelte. Erst später konnte sie sein Leben so interpretieren und ihn gelegentlich auch bedauern. Ein sparsamer Mann, jeder Extravaganz gegenüber vorsichtig, ließ er trotzdem seine Kinder früh wissen, daß er vorhatte, jedem von ihnen ein Studium zu ermöglichen, und er brachte das Gefühl zum Ausdruck, daß es ihm Freude bereiten würde, wenn sie diese Möglichkeit nützten. Glenda machte als einzige Gebrauch von dieser außergewöhnlichen Großzügigkeit, und seine Enttäuschung über die beiden anderen verwand er nie, als sei er bewußt abgewiesen und gekränkt worden. Er war mit ihren Fortschritten an ihren ersten Schulen zufrieden, äußerte sein Lob aber immer kritisch, in einem vorwurfsvollen Zusammenhang, so daß es ihr wenig Freude machen konnte. Wenn sie eine Klassenarbeit in Algebra oder Geometrie mit nach Hause brachte, wo sie neunzig von hundert möglichen Punkten bekommen hatte (vielleicht die einzige in der Klasse mit einem so guten Ergebnis), wollte er nach einem zögernden Kompliment wissen, weshalb sie die eine Aufgabe unter zehn, die sie nicht gelöst hatte, nicht zu bewältigen wußte. Bei einer Eins Minus gab es Erkundigungen nach den Ursachen des Minus, eine Eins ließ ihn mürrisch fragen, warum sie keine Eins Plus bekommen hatte. Sein Ernst hatte nichts Komisches; eine gewisse trockene Komik lag dann in ihren Nacherzählungen.

Es ist auf eine Art ein Wunder, daß sie als Frau so heiter war, ohne große Selbstzweifel, kompetent und rasch entschlossen, was gerade das war, was ich brauchte.

An der High School gelang es ihr, mit einer gewissen Unterstützung durch ihre Mutter und viel Ermunterung durch ihre jüngere Schwester, bei den Cheerleaders aufgenommen zu werden, die bei Sportveranstaltungen die Mannschaft der Schule anfeuerten. Doch da sie immer noch etwas schüchtern und ganz im Gegensatz zu später nicht sehr gesellig war, fand sie nie vorbehaltlos Aufnahme in das aufgeregt lustige Leben der anderen Mädchen, die immer mit den Schulsportlern und mit ihren plumpen Verehrern zusammensteckten. Es gab viele Partys und Sportfeste, an denen sie nicht teilnahm. Sie war ein, zwei Zoll kleiner als die meisten anderen ihres Alters, mit Grübchen, braunen Augen und honigfarbenem Haar; dünn damals, aber mit einem ausgeprägten Busen. Sie ging nicht sehr oft mit Jungen aus, im wesentlichen deshalb, weil es ihr dabei oft unbehaglich war, und auch das gab Anlaß zu widersprüchlichen Reaktionen ihres Vaters. Es irritierte ihn, wenn sie ohne weitere Begleitung mit einem Jungen ausging, als ob dies allein schon etwas Unanständiges wäre, und andererseits machte er, wenn sie an den Wochenenden abends zu Hause blieb, Bemerkungen, die zeigten, daß er sich gedemütigt fühlte, als würde er selbst verschmäht. Er stieß düstere Warnungen aus und prophezeite, welche lebenslangen traurigen Gefahren darin liegen würden, wenn man frühzeitig »ein

Mauerblümchen« wurde – wie er sich selbst in seiner Jugend zu sehen geneigt war, deren Chancen nicht genutzt zu haben ihn verbitterte. »Mauerblümchen« war ein oft von ihm gebrauchtes Wort. Ein anderes war »Persönlichkeit«; er war zu dem grimmigen Schluß gekommen, daß man davon nie genug haben konnte. Weder sie noch ihr Bruder oder ihre Schwester konnten sich erinnern, daß er sie je einmal in den Arm genommen hatte.

Sie war sexuell nicht aktiv. Einmal ließ sie sich auf dem Vordersitz des Automobils eines älteren Footballspielers ihr Höschen herunterziehen, ehe sie begriff, was geschah, und war starr vor Schreck. Sie zog an seinem Glied; küssen wollte sie es nicht. Hier sah sie zum erstenmal Sperma, von dem sie die Mädchen in der Schule schon kichernd oder mit ernstem Sachverstand hatte reden hören, wie sie sich beunruhigt erinnerte, als ich sie fragte. Ich setzte bei diesen Expeditionen in ihre Vergangenheit immer eine Miene blasierter Objektivität auf, aber tatsächlich plagten mich widerspruchsvolle Gefühle der Lüsternheit und der Trauer. Nach dem Footballspieler war sie vorsichtiger bei Verabredungen und versuchte immer, jede Situation zu vermeiden, wo ein älterer Junge, selbstsicherer und erfahrener, sie allein irgendwohin mitnahm. Bis sie auf dem College Richard kennenlernte. Sie mochte das Petting und wurde natürlich auch erregt, doch sie verabscheute es, wenn man fordernd und gewaltsam an ihr herumtatschte, und ihre recht starken erotischen Regungen und machtvollen romantischen Sehnsüchte blieben, soweit ich herausfinden konnte, offenbar den ganzen Rest ihrer High-School-Zeit unerfüllt und wurden mit reiner, religiöser Rechtschaffenheit verdrängt.

Während ihres ersten Jahres auf dem College hatte sie das große Glück, sich mit zwei jüdischen Mädchen aus New York und einer schönen blonden Musikstudentin aus Topanga Canyon in Kalifornien anzufreunden. Sie war erstaunt und fasziniert von ihrem Lebensstil, ihren Kenntnissen und Erfahrungen, ihren lauten Stimmen und ihrer ungerührten Selbstsicherheit, dem unverklemmten Humor und den kühnen und unverblümten Enthüllungen. Es machte den dreien Vergnügen, ihr alles beizubringen. Sie empfand immer eine gewisse Verlegenheit beim Gebrauch des anscheinend an der Universität allgemein üblichen ungenierten Sexualvokabulars. Aber sie kam ihnen an Witz und Intelligenz gleich, und auch in der Herzlichkeit und Loyalität ihrer Freundschaft. In ihrem zweiten Studienjahr wohnten die vier in recht sorglosen Umständen in einem großen Haus, das sie zusammen gemietet hatten. Sie blieben später in Verbindung, und alle drei besuchten sie in jenem letzten Monat. Alle bekamen mehr Geld von zu Hause als sie, aber sie teilten es großzügig.

Richard war der erste Mann, mit dem sie schlief, und beide waren glücklich und zufrieden, weil er das Notwendige stolz und mit Geschick tat. Er war zwei Jahre älter, stand bereits vor seinem Abschluß und war zu diesem Zeitpunkt mit allen anderen dreien mindestens schon einmal ins Bett gegangen, aber damals machte man sich da noch keine besonderen Gedanken. Sie sahen sich dann öfter in Chicago, wo sie sommers arbeiten ging, weil er dort schon angestellt war und sie mit anderen Leuten in den verschiedensten untereinander zusammenhängenden Freundeskreisen bekanntmachen konnte. Er war im Regionalbüro einer großen Versicherungsgesellschaft aus Hartford tätig, wo er sehr gut vorankam und sich rasch als hervorragende Persönlichkeit und ehrgeiziger Arbeiter einen Namen machte. Beide tranken gern abends nach der Arbeit etwas, und oft auch schon zum Mittagessen, und gewöhnlich unterhielten sie sich gut miteinander. Sie wußte, daß er dort andere Freundinnen hatte, aber sie entdeckte, daß ihr das nichts ausmachte. Auch sie ging mit anderen aus, wie sie das auf dem College getan hatte, und mehr als einmal mit Männern, von denen sie wußte, daß sie verheiratet waren.

Bald nach dem Studienabschluß zog sie nach New York, wo er nun bei einer anderen Firma in wesentlich günstigerer Stellung tätig war, und sie wohnte jetzt in ihrem eigenen kleinen Apartment und hatte eine aufregende Stelle in der Informationsbeschaffung bei *Time*. Und bald danach beschlossen sie zu heiraten.

Sie war jetzt soweit, sich zu verändern, und er war es nicht. Er war immer noch reizend zu ihrer Mutter, viel reizender, als es irgendwie sinnvoll oder notwendig war, und er brachte ihren Vater zum Lachen, und sie fing an, seine gewohnheitsmäßige extrovertierte Liebenswürdigkeit irritierend und unecht zu finden. Er reiste viel und war selbst, wenn er zu Hause war, oft spät abends noch weg, und als das dritte Kind, Ruth, mit einer Bindehautentzündung auf die Welt kam, die von einer Trichomonadeninfektion herrührte, wußte sie genug über die medizinische Forschung und die entsprechenden Methoden nachzuschlagen, um festzustellen, daß das eine Geschlechtskrankheit war, und genug über ihn, um sich klarzuwerden, woher das Leiden des Kindes kam. Ohne irgendein Wort zu ihm ging sie eines Tages zu ihrem Gynäkologen und ließ sich sterilisieren, und erst danach sagte sie ihm, sie wolle keine Kinder mehr von ihm haben. Vor allem wegen des jüngsten Kindes brauchten sie noch zwei weitere Jahre, um sich zu trennen. Sie hielt damals zu sehr auf ihre Prinzipien, als daß sie Alimente von ihm genommen hätte, und das stellte sich rasch als fürchterliche Fehlentscheidung heraus, weil er mit den vereinbarten Zahlungen für das Kind unverbesserlich trödelte, nie den vereinbarten Betrag überwies und bald vollkommen im Rückstand mit seinen Verpflichtungen war, wenn er eine neue Freundin hatte.

Sie konnten nicht lange miteinander reden, ohne sich zu streiten. Nachdem ich aufgetaucht war, war es für beide einfacher, mich jewuils mit dem anderen sprechen zu lassen. Ihre Mutter kam in den Osten, um in dem großen Apartment mit der von der Stadt limitierten Miete in der West End Avenue mitzuhelfen, und sie war also wieder in der Lage, bei gutem Gehalt in der Werbeabteilung bei *Time* zu arbeiten, und da habe ich sie getroffen. Sie saß mit dem Gesicht zu einer niedrigen Trennwand, und ich lehnte mich immer über diesen Raumteiler und schwatzte mit ihr, wenn wir beide gerade nichts Dringendes hatten. Sie war klüger als der Mann, für den sie arbeitete, und verantwortungsvoller und genauer, aber das machte damals in dieser Firma bei einer Frau überhaupt keinen Unterschied – keine Frau konnte bei irgendeiner Publikation des Hauses Redakteurin oder Journalistin werden oder irgendeine Abteilung leiten. Ohne mich wäre sie mit dem Geld nicht über die Runden gekommen und hätte sich wahrscheinlich mit ihrer Mutter und den drei Kindern aus der Stadt zurückziehen müssen. Naomi und Ruth hätten nicht die Zeit und das Geld für einen Collegeabschluß gehabt. Es wären keine Mittel für die Privatschulen in Manhattan dagewesen oder später – trotz des hervorragenden Krankenversicherungsplans bei *Time, Inc.* – für die teure Psychotherapie von Michael, die am Ende gar nichts nützte.

Sie fehlt mir, wie Yossarian bei unserem Gespräch im Krankenhaus bemerkt hat, und ich versuche nicht, es zu verbergen.

Sie fehlt mir sehr, und die wenigen Frauen, mit denen ich jetzt gelegentlich meine Zeit verbringe – meine verwitwete Freundin mit dem kleinen Vermögen und dem schönen Ferienhaus in Florida, zwei andere, die ich noch von der Arbeit her kenne, die noch nie besonders viel Glück dabei hatten, ihr eigenes Leben auf die Reihe zu bringen, jung sind wir alle nicht mehr –, diese Frauen wissen, daß sie mir immer fehlen wird und daß ich im Grund jetzt nur zusehe, daß die Zeit vorbeigeht. Ich habe viele Interessen, ich spiele Bridge, gehe zu verschiedenen Erwachsenenbildungsveranstaltungen, bin auf Konzerte im Lincoln Center abonniert und unterstütze die Young Men's Hebrew Association, mache kleine Reisen, treffe mich mit alten Freunden, wenn sie in die Stadt kommen, mache meine Arbeit mit den Briefen für die Krebshilfe. Aber ich fülle im Grunde nur meine Zeit aus. Im Gegensatz zu Yossarian erwarte ich nicht mehr viel Neues und Schönes in meinem Leben, und das Leben freut mich noch weniger, seit Lew endlich, wie Claire es formuliert hat, »ein Ende hat nehmen wollen«. Seine Familie ist stark, bei der Beerdigung hat niemand geweint, nur ein älterer Bruder von ihm und eine Schwester. Aber ich habe dann daheim ein paar Tränen vergossen, nachdem Claire mir von seinen letzten Tagen berichtet und mir seine letzten Worte gesagt hatte, die mich betrafen und meine Weltreise.

Die Reise interessiert mich jetzt eigentlich doch, die ich zu planen begonnen habe, natürlich um mir überall dies und jenes anzuschauen, aber vor allem, um die Leute zu sehen, die ich in Australien, Singapur und England kenne, und in Kalifornien auch, wo ich immer noch Marvin und seine Frau habe und einen Neffen mit Familie und ein paar andere Bekannte, die noch aus den Coney-Island-Tagen übrig sind. Ich werde, so haben wir es beschlossen, mit kurzen Aufenthalten in Atlanta und Houston anfangen und Naomi und Ruth, ihre Ehemänner und meine Enkelkinder besuchen. Die beiden Mädchen sehen in mir schon seit langem den eigenen Vater. Richard hat keine Einwände gegen die Adoption erhoben. Von Anfang an habe ich gemerkt, daß ich mich ihnen gegenüber verhalten habe, als seien es meine eigenen leiblichen Kinder, und ich empfinde kein Bedauern darüber, daß ich selbst keine gezeugt habe. Aber näher stehen wir uns doch nicht. Wie in den meisten Familien, die ich kenne, ist es für alle nur mäßig unterhaltend, zusammenzusein, und in der Gesellschaft der anderen sind wir bald nervös. Richard hat sich nie eifersüchtig gezeigt, weil wir uns so rasch gut verstanden haben, und hat sich von jeglichem Familienleben, auch dem nur rein äußerlichen, ganz zurückgezogen, sobald es irgendwie möglich war. In wenigen Jahren hatte er zwei neue Ehefrauen und mit der letzten noch ein Kind.

Es interessiert mich auch, mehr über diese groteske Hochzeit im Busbahnhof herauszufinden, die Hochzeit des Jahrhundertendes, wie Yossarian und andere sie jetzt bezeichnen, zu der ich, wie er zu meinem amüsierten Knurren gesagt hat, eingeladen würde.

»Ich bin in diesem Busbahnhof einmal bestohlen worden«, erklärte ich.

»Mein Sohn ist dort verhaftet worden.«

»Ich auch«, sagte ich.

»Weil man dich bestohlen hat?«

»Weil ich Krach geschlagen habe, hysterischen Krach, als ich gesehen habe, daß die Polizei überhaupt nichts tut.«

»Ihn haben sie an die Wand geschlossen.«

»Mich auch«, teilte ich ihm mit, »und ich glaube immer noch, daß ich dieses Gebäude eigentlich nie mehr betreten möchte.«

»Nicht einmal zu einer Hochzeit? Einer solchen Hochzeit? Mit viertausend Pfund bestem Belugakaviar?«

Ich will nicht hin. Es gibt immer noch einige Kompromisse, die ich nicht eingehen möchte. Obwohl Esther, die Witwe, die Dame, die ich am häufigsten sehe, »sterben würde« vor Begeisterung, wenn sie auch dort herumstehen und gaffen könnte.

Als ich Glenda kennenlernte, waren die Tage ihres lockeren Lebenswandels vorbei. Ich fühlte mich ganz gelegentlich ein klein wenig um das Beste betrogen, weil ich in ihrer großen Bohème-Zeit nicht dagewesen war, um die Früchte ihrer sexuellen Befreiung zu genießen – wie es mehr andere getan hatten, als sie sich eigentlich erinnern wollte – und auch in den Genuß ihrer drei Hausgenossinnen und anderen Freundinnen zu kommen. Der Gedanke an die Freiheit, in der diese drei gelebt hatten, fuhr fort, mich zu reizen und zu plagen. Ich hatte auch meine schöne Promiskuitätsphase gehabt, mit Mädchen aus dem Studium an der New York University und im Greenwich Village und dann aus der Firma, und mit Frauen, die ich durch andere Firmenkollegen kennenlernte, und sogar ein-, zweimal in jedem Semester ein kleines Tralala, als ich die zwei Jahre an meinem College in Pennsylvania unterrichtete. Trotzdem spürte ich eine Zeitlang, so um unsere Heirat herum, immer wieder eine intime, patzige, ärgerliche Eifersucht, die sich auf ihre gesamte erotische Vergangenheit richtete und auf all ihre Männer, auf die Jungs, diesen Footballspieler in der High School, alle Partner all ihrer unzüchtigen Begegnungen schließlich. Vor allem haßte ich diejenigen, die sie in meiner Phantasie stets und aufs einfachste zu schwindelerregenden Höhepunkten bringen konnten. Ausmaß und Ausdauer der Männlichkeit schienen für sie keine Rolle zu spielen. Für mich schon, und unter die Don-Juan-Figuren, von denen ich ein wenig wußte oder die ich mir erfand, mußte ich ihren Ehemann Richard einreihen. Ich sah ihn in diesen würdelosen Theaterstückchen, die ich mir konstruierte, als einen eroberungslustigen Kavalier und unwiderstehlichen Herausforderer, und das blieb auch so, nachdem ich ihn als einen unangenehmen, eitlen Mann abgeschrieben hatte, oberflächlich und strohköpfig, dessen borniertér Ehrgeiz immer energische Pläne hatte, einen Mann, den auch Glenda nun nur noch langweilig und peinlich fand. Daß sie lange eine leidenschaftliche Zuneigung zu ihm und seinesgleichen empfunden hatte, war eine beschämende Erinnerung, die für uns beide fast unerträglich war.

Ich weiß immer noch nicht, wie so ein Mann mit einem Melanom in der Lage war, weiterzuarbeiten, Gehaltserhöhungen zu kassieren und sich neue Freundinnen und sogar noch zwei Ehefrauen zuzulegen. Aber Richard konnte das. Lew hätte es mir sagen können, dachte ich immer; aber ich wollte nicht, daß Lew erriet, was ich selber jetzt an mir begriffen hatte: daß ich nie richtig erwachsen geworden war, nicht einmal mit Glenda, wenn es darum ging, bei Frauen ein Mann zu sein.

Richards erste neue Freundin, die wir zu Gesicht bekamen, war die Sprechstundenhilfe im Büro seines Onkologen. Sie war fröhlich und munter und wußte genau über seine Gesundheit Bescheid, und bald schlief sie trotzdem mit ihm und meldete sich am Telefon in seiner Wohnung, als würde die ihr gehören. Die nächste war ihre beste Freundin, der sie ihn ohne Verstimmung überließ; die wußte auch von seinem Krebs, heiratete ihn aber trotzdem. Während diese Ehe auseinanderging, gab es nacheinander und gleichzeitig verschiedene Freundinnen, und dann kam die schlanke intelligente Frau aus guter Familie, die er als nächste heiratete, eine erfolgreiche Anwältin aus einer großen Kanzlei in Los Angeles, wohin er dann auch umzog, um eine sogar noch bessere Stelle anzutreten als seine alte, um mit ihr zusammenzuziehen und sich möglichst weit von allen Ansprüchen seiner ersten Familie zu entfernen. Und das waren nur die, mit denen er uns gezielt bekannt machte, die Attraktiven, von denen er sich direkt in unserer Wohnung abholen ließ, wenn er dort auftauchte, um sein Besuchsrecht wahrzunehmen, was er anfänglich noch tat, oder über die Unterhaltszahlungen zu streiten oder die Probleme mit Michael, die zunahmen, als der Junge älter wurde. Richard war schon in den Westen abgezogen, als wir das erschreckende Wort »Schizophrenie« vorsichtig ausgesprochen hörten und uns in der Bibliothek und dem Archiv von *Time* darüber informierten, was man damals unter einem Borderline-Syndrom verstand. Glenda spottete über meinen Respekt vor Richard.

»Der Mann ist ein Vertreter, ein Verkäufer, mein Gott, und ein großer Angeber!« rief sie dann abschätzig, wenn sie mich neidisch laut über Richard und die Frauen nachdenken hörte. »Wenn er hundert Frauen anmacht, *muß* er einfach ein paar finden, die sich denken: besser als gar nichts oder jedenfalls als die Blödiane, mit denen sie schon verehelicht sind. Reden kann er, das wissen wir ja.«

Wir wußten, daß er einen gewissen hartnäckigen Charme hatte, wenn auch für uns nichts davon übrigblieb. Manchmal, wenn sie in trübsinniger Stimmung war, griff ich zu der klärenden Argumentation, die wir gemeinsam bei der morgendlichen Lektüre der Tageszeitung entwickelt hatten, wenn es um das Thema des jeweiligen Mannes im Weißen Haus ging: Der Mann war niederträchtig, egoistisch, eingebildet, seicht und verlogen, warum sollte man also von ihm erwarten, daß er sich anders aufführte? Ich weiß immer noch nicht, ob der kleine Wichser, den wir jetzt dort sitzen haben, ein größerer kleiner Wichser ist als die beiden kleinen Wichser vor ihm, aber er scheint ja wirklich groß genug zu sein, mit Noodles Cook als Vertrautem und diesem gierigen silberhaarigen Parasiten C. Porter Lovejoy, den er gerade mit wieder so einer Amnestie aus dem Gefängnis herausgeholt hat, als moralischem Mentor.

Ich habe die Verhandlungen mit Richard immer geschickt gehandhabt. Auch bei mir hatte er das Bedürfnis, liebenswürdig und welterfahren zu wirken, und ich ließ ihn nie ganz zu der Gewißheit kommen, daß ihm das gelungen war.

»Verabreden Sie ein Mittagessen mit ihm«, bot ich mich an, bald nachdem Glenda und ich angefangen hatten, einander Verschiedenes zu erzählen und auf Partys immer zusammenzusitzen. »Lassen Sie mich mit ihm reden.«

»Wegen was?«

»Weswegen«, hörte ich mich spontan sagen.

»O mein Gott!« rief sie, und ihre düstere Stimmung verflog. »Sie sind so etwas von pedantisch, Singer, wissen Sie das? Sie sind ein netter und kluger Mann, aber was für ein Pedant!«

Das war das erste Mal, daß ich das Wort »Pedant« nicht nur las, sondern gesprochen hörte. Da, glaube ich, in genau diesem Moment vielleicht, begann ich bewußt, meinen alten Widerstand einzuschläfern gegen irgendein dauerhaft bindendes Gefühl für irgendeine Frau – selbst für die, die mich eine Weile fieberhaft fasziniert hatten. Nicht vor der Hingebung hatte ich dabei Angst, sondern vor der Vereinnahmung. Aber eine Frau, die das Wort »Pedant« verwenden, ihren Ex-Mann als »Narziß« und »Sophisten« bezeichnen und einen stellvertretenden Direktor, für den wir beide arbeiteten, einen »Troglodyten« nennen konnte, war, so dachte ich mir, eine Frau, mit der ich mich unterhalten konnte, mit der ich vielleicht sogar zusammenleben wollte, trotz den drei Kindern, dem ersten Mann und dem einen Lebensjahr, das sie mir voraushatte. Und Christin war sie auch. Die Jungs in Coney Island dachten, ich sei verrückt geworden, als sie hörten, wen Sammy Singer am Ende heiratete: eine Frau mit drei Kindern, keine Jüdin, ein Jahr älter als er. Und nicht mal reich!

Glenda hatte einen anderen Wesenszug, von dem ich nie jemandem erzählt habe, bis sie nicht mehr da war, und auch dann nur Lew, als wir beide einmal was zusammen tranken, ich Scotch mit Eis, er wieder sein Carstairs and Coke: sie war sehr amourös und liebte dabei das Risiko, wenn wir ausgingen und etwas getrunken hatten, sie war voll verstohlener erotischer Laune, und ihre Spontaneität und ihre entzückenden Überraschungen waren endlos, bis sie dann krank wurde und ihr Leben sich verlangsamte. Mehr als einmal, wenn wir mit Leuten, die wir nur flüchtig kannten, von einer Party nach Hause fuhren, fing sie hinten im Auto an zu schmusen und zu fummeln und zu reiben, und sie ging immer weiter und weiter, und ich durfte mich anstrengen, eine gleichmütige Unterhaltung mit dem Ehepaar vorne zu führen, ich machte unmäßig laute Witze, um eine Erklärung für mein plötzliches Auflachen zu haben, und redete laut und konfus, denn sie warf plötzlich auch Bemerkungen ein und beantwortete Fragen, ehe sie sich wieder hinabbeugte, um weiter an mir zu arbeiten, und ich hatte zu tun, daß mir nicht mindestens die Stimme versagte, wenn sie endlich sicherging, daß es mir kam. Ich hatte betäubende Orgasmen, wie sie wußte, und so ist es immer noch. Sie beginnen langsamer, dauern aber viel länger. Lew erzählte Claire, ich hätte Tränen in den Augen gehabt, als ich davon erzählte, das sagte sie mir, als wir uns das letzte Mal getroffen haben, zum Mittagessen im Restaurant, nicht lang nach Lews Tod, ehe sie zum erstenmal nach Israel flog, um dort vielleicht ein Haus am Strand zu kaufen, für sich im Urlaub und für die Kinder, die kommen wollten.

Glenda und ich flirteten nie miteinander, und das gehört zu den Gründen, weshalb unsere Ehe dann auf die Weise zustandekam, wie es sich schließlich ereignete. Sie nahm mich eines Nachmittags mit hinunter zum Schlittschuhlaufen auf die Eisbahn im Rockefeller Center. Als Kind war ich auf Rollschuhen ein As gewesen, bei unserem speziellen Straßenhockey, und ich fand mich so rasch auf den Schlittschuhen zurecht, daß sie fast glaubte, ich hätte sie vorher auf den Arm genommen. Ich mietete an einem Sonntag im Frühling einen Wagen und nahm sie und die Kinder mit nach Coney Island, wo sie nie gewesen waren. Ich führte sie durch den Steeplechase-Park. Sie rollten alle im großen Faß voll

Spaß umher und lachten vor ihren Zerrbildern in den vielen Spiegeln, und anschließend führte ich sie über die Straße, um ihnen das zweistöckige Haus des Gründers Tilyou zu zeigen. Ich zeigte ihnen den eingehauenen Namen auf der Stirnseite der untersten Stufe, die immer weiter in den Gehsteig hineinsank und schon fast verschwunden war. Meinem Eindruck, daß das Haus auch versank und früher ein Stockwerk höher gewesen war, standen sie skeptisch gegenüber. Eine Woche später mietete ich ein größeres Auto und nahm auch ihre Mutter mit, als wir wieder hinfuhren und dann früh zu Abend aßen, in einem großen Fischrestaurant in Sheepshead Bay namens Lundy's. Als Glenda und ich uns diesmal beim Abschied küßten, kam es zu einem zweiten Kuß, bei dem wir uns die Zungen in die Münder preßten, und wir wußten, es hatte begonnen. Ich spürte eine starke sentimentale Zuneigung für ihre Mutter. Mir fehlte meine. Ich lebte in der unteren Stadt und Glenda im Norden von Manhattan, und einmal spät am Abend, als sie keine Lust mehr hatte, heimzufahren (nach Geburtstagscocktails für eine Kollegin nach der Arbeit, die sich zu einem langen Abendessen ausdehnten, an dem etwa zwölf von uns teilnahmen, und danach einem Besuch in einem Jazzclub mit einer Tanzfläche in Greenwich Village), sagte ich, sie könne in meiner Wohnung schlafen. Sie sagte: Natürlich. Ich hatte ein Bett und auch ein langes Sofa.

»Wir müssen ja nichts machen«, versprach ich beruhigend, als wir dort waren. »Das ist wirklich mein Ernst.«

»Doch, müssen wir«, entschied sie, mit lachender Entschlossenheit. »Und komm mir nicht mit dieser Schüchterner-Kleiner-Jungen-Nummer. Ich hab dich schon auf Pirsch gesehen.«

Und danach gingen wir selten aus, ohne eine Möglichkeit einzuplanen, unbeobachtet allein zu sein. Wir gingen ins Kino, wir gingen ins Theater, wir fuhren übers Wochenende fort. Einmal wollte sie mit den Mädchen *Der König und ich* ansehen.

Ich sagte: »Du meinst *Den König und mich*, nicht wahr?«

Nach einer Überraschungssekunde sah sie, daß ich Spaß machte, und lachte laut auf. »O Gott!« rief sie mit ungläubiger Bewunderung. »Du bist immer noch der alte Pedant, was? Wie kann man nur auf so einen Unsinn kommen! Aber ich bin lieber mit einem Pedanten verheiratet als mit einem Arsch, besonders mit einem Pedanten, der mich zum Lachen bringen kann. Sam, es wird jetzt Zeit. Zieh doch zu mir. Du wohnst ja praktisch jetzt schon dort, und ich hab genügend Platz. Die Kinder machen dir nichts aus, du verbringst mehr Zeit mit ihnen, als Richard das je getan hat. Du nimmst sie mit nach Coney Island und zum *König und mir*, und mit Michael kommst du besser aus als wir andern alle. Naomi und Ruth schauen auf zu dir, obwohl Naomi schon größer ist als du. Und mit meiner Mutter verstehst du dich besser als ich selber, wenn ich gerade meine Periode habe. Keine langen Diskussionen jetzt. Zieh einfach ein und probier's mal aus. Du mußt mich nicht heiraten.«

»Du weißt, daß das nicht stimmt. Du weißt, daß das gelogen ist.«

»Nicht sofort.«

Ich war nicht sicher, ob ich sie jeden Tag sehen wollte.

»Du siehst mich jeden Tag im Geschäft. Wir sind an den Wochenenden immer zusammen.«

»Du weißt, daß das etwas anderes ist.«

»Und wenn ich dann aufhöre und du allein unser Geld nach Hause bringst, dann hast du mehr Zeit ohne mich, im Büro, als jetzt.«

Sie hatte ihren Haushalt nicht so in Schuß wie meine Mutter, und sie kochte nur mittelmäßig. Sogar ihre eigene Mutter machte besseres Essen, und das war auch nicht besonders gut. Ich sagte ihr unerschütterlich, es käme nicht in Frage.

Aber als wir immer wieder am Wochenende weggingen, fing ich an, ein paar Kleider bei ihr in der Wohnung zu lassen, und wenn es sehr spät wurde, war es einfacher, wenn ich gleich dort schlief, und wenn ich dort schlief, wurde es bald einfacher und schließlich ganz einfach, mit ihr zu schlafen. Sie hatte ihre Kleider bei mir, und eine Toilettentasche auch, mit einem Diaphragma. Niemand in ihrer Familie schien meine Anwesenheit dort irgendwie neu und bemerkenswert zu finden. Nur Michael war manchmal neugierig und murmelte vielleicht etwas Kryptisches oder Drolliges, aber Michael konnte bei fast allem plötzlich neugierig werden, doch hielt diese Neugier nie lange an. Manchmal verlor Michael das Interesse an dem, was er sagte, schon während er es aussprach, und wechselte mitten im Satz das Thema. Die anderen dachten, das sei eine spezielle Art von ihm, sie zu necken. Er tat auch so, aber ich nahm ihn ernst und fing an, das Gefühl zu haben, daß das noch etwas anderes war.

Der ganze Haushalt tat sich zusammen, um uns unsere Begegnungen zu erleichtern: Bald war das Wohnzimmer ein für uns reservierter Ort, wenn es einmal spät geworden war und wir die Türe geschlossen hatten. Und das war auch gut so, denn wenn wir beide immer noch von unseren Drinks animiert waren, konnte es sein, daß wir mit einer beiläufigen Umarmung begannen und dann aber auch gleich weitermachten, und wohin unsere Kleider flogen, war reiner Zufall. Und zu Anfang und recht viele Jahre danach verging selten ein Abend, wenn wir zusammen waren, auch wenn es schon sehr spät geworden war, und kaum ein Morgen oder Nachmittag auf einer Reise, ohne daß wir uns mindestens einmal liebten, selbst wenn sie ihre Periode hatte. Später wurden wir etwas ruhiger und ließen manche Möglichkeiten aus – allzuoft deshalb, weil sie elend deprimiert war und den Nöten und Sorgen nachhing, die wir mit Michael hatten. Mittlerweile hatten wir Richard als völlig nutzlos abgeschrieben. Sie sprach ernst und weinte leise in meinen Armen, bis wir uns küßten, um einander zu trösten, und selbst dann, wenn sie spürte, daß ich steif geworden war, liebten wir uns in einer anderen Stimmung, auf fürsorgliche und zärtliche Weise. Ich wartete lange genug, um ihre Reaktionen einschätzen zu können, und ließ mich dann los, und sie hatte ihren Genuß oder nicht, aber sie war auf jeden Fall erfreut, daß ich zufrieden war, und dankbar, daß ich sie wieder ein wenig abgelenkt hatte von der drückenden Last unserer Probleme mit Michael, die inzwischen ebensosehr meine waren wie ihre. Ich bin immer noch der festen Überzeugung, daß ich im Leben niemand begegnet bin, der selbstloser, freundlicher und weniger egoistisch gewesen wäre als sie, oder weniger anspruchsvoll und fordernd, und ich kann mir eine Frau, die für mich als Ehegattin und Freundin besser gewesen wäre als sie, nicht einmal abstrakt vorstellen. Und das galt für all die Jahre, die wir verheiratet waren, sogar für die Zeit von Michaels Ausbrüchen und seinem schließlichen, unvermeidlichen Selbstmord, galt bis hin zu der Zeit, da sie anfing, zu oft im Magen und im Bauch Beschwerden zu spüren und die Ärzte nach einigen Tests sich einig waren, daß sie einen Ovarienkrebs hatte, und erst dann waren die Flitterwochen vorbei.

Und das waren die besten, *besten* Jahre meines Lebens, ohne eine Minute des Bedauerns. Es war besser als der Krieg. Yossarian wüßte, was ich damit sagen will.

Sie starb nach dreißig Tagen, wie Teemer es festgelegt hatte, verlosch langsam in ihrer Krankheit ohne viel akute Schmerzen, wie er es fast garantiert hatte, und ich fühlte mich ihm immer noch verpflichtet, als ich ihn im Krankenhaus traf, wo er sich um Lew kümmerte und wo ich verwirrt erfuhr, daß er sich dort in die psychiatrische Abteilung überwiesen hatte, weil ihn die nie nachlassenden Schwierigkeiten bei der Formulierung seiner eigenwilligen »Theologie der Biologie« quälten, die sich als so schwierig herausstellte, daß er allein nicht damit fertig wurde. Er arbeitete tagsüber wie zuvor, aber schlief nachts dort, allein. Seine Frau konnte dort im Prinzip mit ihm wohnen, doch zog sie es vor, das nicht zu tun.

Teemer – konzentriert, fleißig, melancholisch – war auch älter und (wie Yossarian ihn beschrieb) ein Schwerverletzter seines Kriegs gegen den Krebs. Er hatte nun eine Weltanschauung, die lebende Krebszellen und sterbende Gesellschaften als Repräsentationen ein und desselben Zustandes entschlüsselte. Er sah überall Formen von Krebs. Was er in der Zelle wahrnahm, sah er in vergrößertem Maßstab im Organismus, und was im Menschen vorging, das fand er in größeren Gruppen wieder. Er trug an der Last einer verwirrenden Überzeugung – einer Überzeugung, insistierte er, deren Wachstum so gesund und kräftig war wie das eines jener typischen Tumore, auf die er spezialisiert war: der Überzeugung, daß all die sinistren Exzesse, die er sich überall unaufhaltsam vervielfältigen sah, im Zusammenhang unserer Lebensweise so normal und unvermeidlich waren wie die ihm bekannten Vermehrungen von Krebszellen in tierischen und pflanzlichen Lebensformen.

Dennis Teemer konnte die Zivilisation betrachten, scherzte er gerne mit einem pessimistischen Paradox, und in ihrer Welt den ganzen Mikrokosmos einer Zelle erkennen.

»Es gibt noch zweierlei an diesen Krebszellen, was Sie vielleicht interessieren dürfte. Sie leben im Labor endlos. Und es fehlt ihnen die Selbstkontrolle.«

»Hmmmm«, sagte Yossarian. »Sagen Sie, Teemer, lebt eine Krebszelle so lang wie eine gesunde Zelle?«

»Eine Krebszelle ist eine gesunde Zelle«, war die Antwort, die uns allen mißfiel, »wenn man Stärke, Wachstum, Mobilität und Expansion als Maßstäbe nimmt.«

»Lebt sie so lange wie eine normale Zelle?«

»Eine Krebszelle ist normal«, war die frustrierende Antwort, »gemessen an dem, was sie ist. Wie sonst soll sie sich, biologisch gesehen, anders verhalten? Sie kann endlos leben –«

»Endlos?«

»Im Labor, im Gegensatz zu unseren. Krebszellen vermehren sich unwiderstehlich. Hört sich das nicht gesund an? Sie sind in ständiger Migration, Kolonisation und Expansion begriffen. Biologisch gesehen, auf die Welt des Lebendigen bezogen – warum sollte man da erwarten, daß es keine Zellen gibt, die aggressiver sind als der Rest?«

»Hmmmm.«

»Und das Biologische tut immer, was es muß. Es weiß nicht warum, und es ist ihm gleich. Es hat keine Wahl. Aber im Gegensatz zu uns sucht es auch nicht nach Gründen.«

»Das sind sehr große Gedanken, mit denen Sie da arbeiten«, sagte ich vieldeutig zu ihm.

»Ich wünschte, er würde aufhören damit«, sagte seine Frau.

»Das ist mein Vergnügen«, sagte Teemer mit etwas, was einem Lächeln ähnelte. »Bestrahlung, Chirurgie und Chemotherapie sind meine Arbeit. Aber nicht die Arbeit deprimiert mich. Die Depression deprimiert mich.«

»Ich wünschte, er käme wieder heim«, sagte Mrs. Teemer.

Er fühlte sich geehrt, daß seine medizinischen Kollegen in der Psychiatrie ihn ernst nahmen: sie hielten ihn für verrückt, doch erschien ihnen das unerheblich.

Die Begegnung mit Yossarian brachte wieder eine Flut von Kriegserinnerungen zurück, kostbar, selbst die von schrecklichen Ereignissen, die gefährlich und abstoßend waren wie die vom Sterben des verwundeten Snowden, dem so kalt war, und von Yossarian, der sich neben ihm wie betäubt über den eigenen Körper erbrach. Und wie ich jedesmal, wenn ich das Bewußtsein wiedererlangte, vor Schwindel wieder ohnmächtig wurde, weil ich wieder etwas sah, dessen Anblick ich nicht ertrug: Yossarian, der einen Fleischlappen wieder in eine Schenkelwunde zurückfaltete, der Verbandszeug zerschnitt, ein Würgen unterdrückte, den perlfarbenen Stoff von Snowdens Fallschirm als Decke benutzte, um ihn zu wärmen, und dann als Leichentuch. Oder dieser Absturz ins Meer mit Orr, und die fehlenden Kohlensäure-Zylinder, die Milo für die Ice Cream Sodas brauchte, welche die Offiziere jeden Tag bekamen und wir Mannschaftsdienstgrade nur sonntags. Bei der Untersuchung stellte es sich heraus, daß logistisch nur entweder Schwimmwesten oder aber Sodas möglich waren. Man stimmte für Sodas, weil es einerseits mehr von uns gab, die Sodas genießen konnten, als je andererseits Schwimmwesten brauchen würden. Ich machte die Bruchlandung mit Hungry Joe mit. Sie gaben ihm einen Orden, weil er das Flugzeug zurückgebracht und unnötigerweise ruiniert hatte. Und Yossarian bekam einen, weil er zum zweitenmal über die Brücke bei Ferrara geflogen war, mit McWatt, der am Steuerknüppel sang: »Also dann, was soll's.« Yossarian, der die Linien des Fadenkreuzes auseinanderdriften sah und wußte, daß er das Ziel verfehlen würde, hatte seine Bombenladung nicht verschwendet. Wir waren die einzige Maschine, die noch eine Chance bei diesem Ziel hatte, und jetzt würde sich die ganze Flak auf uns konzentrieren.

»Werden wir wohl noch einmal zurück müssen, was?« hörte ich McWatt über den Sprechfunk, als die Brücke unbeschädigt geblieben war.

»Müssen wir wohl«, antwortete Yossarian.

»Müssen wir?« fragte McWatt.

»Ja.«

»Also dann«, sang McWatt, »was soll's.«

Und zurück ging's, und wir trafen die Brücke und sahen Kraft, unseren Kopiloten damals in den Staaten, im Flugzeug daneben umkommen. Und dann natürlich auch Kid Sampson, am Strand von McWatts Flugzeug entzweigeschnitten, während er auf einem im Wasser verankerten Floß herumkapriolte. Und McWatt hatte man dann im Kontrollturm »Also gut, was soll's« singen hören, ehe er eine ruhige Schleife flog, gegen einen Berg. Und natürlich immer Howie Snowden, kalt und blutend, nur ein paar Fuß von mir entfernt, der plötzlich, während er blutete, ausrief: »Es fängt an und tut weh!«

Und dann sah ich, daß er Schmerzen hatte. Bis dahin hatte ich nicht gewußt, daß es Schmerzen geben konnte. Und ich sah den Tod. Und von diesem Einsatz an betete ich jedesmal beim Start zu Gott, obwohl ich nicht an Gott glaubte und kein Vertrauen in das Gebet setzte.

Zu Hause interessierte man sich nie besonders für den Krieg, meinen Krieg, mit Ausnahme von Michael, der sich nie lange konzentrieren konnte. Für die Mädchen war es nur eine Münchhausensaga und ein Reisebericht. Michael hörte eine Minute oder zwei aufmerksam zu, ehe er plötzlich mit etwas ganz anderem, Persönlicherem anfing. Als Heckschütze blickte ich nach hinten und kauerte auf den Knien und saß auf einer Stütze wie ein Fahrradsitz. Und Michael konnte sich das genau vorstellen, warf er rasch ein, weil er ein Fahrrad mit einem Sitz hatte und damit zum Strand fahren würde und immer die Wellen anstarren und die Badenden, und konnte ich geradeaus sehen, wenn ich nach hinten blickte? Michael, das war jetzt nicht komisch, schalten die Mädchen. Er grinste, als mache er einen Spaß. Nein, antwortete ich, ich konnte nur gerade nach hinten sehen, aber ein Turmschütze wie Bill Knight konnte seine Maschinengewehre in alle Richtungen rundum schwenken. »Ja, das kann ich auch«, sagte Michael, »immer schwenken. Ich kann ein Handtuch schwenken wie da am Strand. Wißt ihr noch, wie wir alle da am Wasser waren, und ich habe am Turm oben in alle Richtungen mein Handtuch geschwenkt?« Die Mädchen warfen enerviert die Hände hoch. Glenda auch. Ich hatte den Eindruck, daß Michael nicht immer komisch sein wollte, obwohl er gefügig diese Rolle einnahm, wenn man ihn deswegen zur Rede stellte. Wir nannten ihn Sherlock Holmes, weil er auf Einzelheiten und Geräusche achtete, die uns anderen nicht auffielen, und er spielte auch diese Rolle mit derselben übertrieben komischen Theatralik. Er hatte Schwierigkeiten mit sprichwörtlichen Redensarten, wie ich sie mir vorher gar nicht vorstellen konnte. Er verstand, daß man vor der eigenen Tür kehren sollte, begriff aber nicht, wie sich das auf etwas anderes beziehen könnte als auf den Haushalt. Er war absolut perplex, als Glenda ihm einmal sagte, er solle den Tag nicht vor dem Abend loben, denn er hatte das mit keinem Gedanken vorgehabt. Wie seine Mutter als Kind war er allen gehorsam. Er half beim Abwasch, wenn man es ihm sagte. Und als Klassenkameraden ihm sagten, er solle Drogen nehmen, nahm er sie. Als wir verlangten, er solle damit aufhören, hörte er auf. Er fing wieder an, als man ihn drängte. Er hatte keine engen Freunde und schien mit tragischer Sehnsucht nach einer solchen Freundschaft zu verlangen. Als er fünfzehn war, war uns klar, daß er nicht in der Lage sein würde, einen Collegeabschluß zu erreichen. Wir machten uns zu zweit Gedanken über irgendeine Tätigkeit für ihn, die keine engen Beziehungen zu anderen einschloß – Waldhüter, Nachtwächter, Leuchtturmwärter, diese Vorschläge gehörten zu unseren sardonischsten Scherzen und am weitesten hergeholten Spekulationen. Als er neunzehn war, fragten wir uns, was wir mit ihm anfangen konnten. Michael traf die Entscheidung für uns. Glenda fand ihn, als sie mit einem Korb eben aus der Maschine genommener Wäsche durch die Hintertür kam. Im Hof des Hauses, das wir auf Fire Island gemietet hatten, stand nur ein kleiner Baum, eine kurzgeratene Schottische Kiefer, wie man uns sagte, und da hatte er sich aufgehängt.

Die Fotos, die wir von Michael hatten, konnten einem das Herz brechen. Glenda sagte nichts, als ich sie in das Kästchen legte, wo sie ihre eigenen Fotos von sich als Cheerleader und ihrem Vater in seinem Laden für landwirtschaftliche Werkzeuge liegen hatte. In dasselbe Kästchen kamen meine Air Medal und das Flugschützenabzeichen, meine Sergeantenstreifen, das alte Bild von mir, wo ich mit Snowden und Bill Knight auf einer Reihe Bomben sitze und Yossarian aus dem Hintergrund zuschaut, und das ältere Bild von meinem Vater mit Gasmaske und Helm im Ersten Weltkrieg.

Nicht lange danach begann Glenda, die immer gesund gewesen war, an Symptomen unklaren Charakters zu leiden, die sich einer präzisen Diagnose entzogen: Reiter-Syndrom, Epstein-Barr-Virus, Fluktuationen der Blutwerte, Lymesche Krankheit, chronische Müdigkeit, Taubheitsgefühl und Prickeln in den Extremitäten und schließlich Verdauungsstörungen und jenes Leiden, das nur allzu spezifisch war.

Ich hatte Teemer über Lew kennengelernt, der vorgeschlagen hatte, wir sollten doch zumindest den Onkologen beiziehen, der seine Hodgkinsche Krankheit behandelte. Teemer prüfte die Daten und hatte der Diagnose des Kollegen nichts hinzuzufügen.

Das ursprüngliche Gewächs im Eierstock war nicht länger das Hauptproblem. Diejenigen in anderen Bereichen könnten schlimmer sein.

»Es wird«, erläuterte er ausweichend, als er zum erstenmal mit uns sprach, »von der individuellen Biologie der Tumore abhängen. Unglücklicherweise werden diejenigen in den Eierstöcken erst auffällig, wenn sie bereits Metastasen gebildet haben. Ich würde nun –«

»Habe ich noch ein Jahr?« unterbrach ihn Glenda abrupt.

»Ein Jahr?« fragte Teemer stockend und schien bestürzt.

»Ich meine noch ein gutes Jahr, Herr Doktor, können Sie mir das versprechen?«

»Das kann ich Ihnen nicht versprechen«, sagte Teemer mit dem düsteren Bedauern, das, wie wir rasch merkten, typisch war für ihn.

Glenda, die ihre Frage mit künstlicher, munterer Zuversicht gestellt hatte, war von seiner Antwort schockiert. »Können Sie mir sechs Monate versprechen?« Ihre Stimme war schwächer. »Gute?«

»Nein, das kann ich Ihnen nicht versprechen.«

Sie zwang sich ein Lächen ab. »Drei?«

»Es hängt nicht von mir ab.«

»Nach weniger will ich nicht fragen.«

»Ich kann Ihnen einen Monat garantieren, und der wird nicht durchgehend gut sein. Aber viel Schmerzen werden Sie nicht haben. Wir müssen sehen.«

»Sam.« Glenda holte tief Atem. »Hol die Mädchen nach Hause. Ich glaube, wir fangen am besten an, jetzt zu planen.«

Sie starb mit einem Mal im Krankenhaus, gerade dreißig Tage später, an einer Koronarembolie, als gerade ein neues Medikament experimentellerweise eingesetzt wurde. Und ich habe immer den Verdacht gehabt, daß es hier eine geheime humanitäre Anweisung gab, von der ich nichts erfuhr. Yossarian, der Teemer gut kannte, hielt die Möglichkeit für plausibel.

Yossarian – mit einem Bauch, breit, das Haar langsam weiß – war nicht so, wie ich ihn mir vorgestellt hätte. Ich war auch nicht so geworden, wie er gedacht hatte. Er hätte einen Rechtsanwalt oder Professor erwartet. Ich war überrascht, zu erfahren, daß er mit Milo Minderbinder zu tun hatte; er beglückwünschte mich auch nicht zu meiner Arbeit bei *Time*. Trotzdem stimmten wir darin überein: es war wunderbar, daß wir es mit Glück und gewissen natürlichen Vorteilen geschafft hatten, im Wohlstand zu überleben.

Es schien logisch, daß wir beide eine Zeitlang unterrichtet hatten und dann in die Werbe- und Public-Relations-Branche gegangen waren, wegen der höheren Gehälter und des lebhafteren Milieus, und daß wir beide versucht hatten, literarische Prosa zu schreiben, die uns in die Elite der Berühmten und üppig Lebenden emporgehoben hätte, und bedeutende Bühnenstücke und Drehbücher auch.

»Mittlerweile schätzen wir den Luxus und nennen ihn Sicherheit«, bemerkte er mit beiläufigem schlechtem Gewissen. »Wenn wir älter werden, Sammy, sind wir immer in Gefahr, zu der Art von Menschen zu werden, die wir als junge Leute angeblich immer verachtet haben. Was hast du dir denn vorgestellt, wie ich aussehen würde?«

»Ein Air-Force-Captain, noch in den Zwanzigern, der ein wenig verrückt aussieht und immer genau weiß, was er tut.«

»Und arbeitslos?« antwortete er lachend. »Wir haben keine große Wahl, was?«

»Ich bin in Rom mal in ein Zimmer gekommen«, gestand ich ihm, »ein Zimmer, das ich mir bei einem unserer letzten Erholungsurlaube mit Snowden geteilt habe, und da sah ich dich auf diesem pummeligen Dienstmädchen drauffliegen, das uns immer alle gelassen hat, wenn wir wollten, und immer diese limonengrünen Höschen trug.«

»Ich erinnere mich an sie. Ich erinnere mich an alle. Sie war lieb. Überlegst du dir je, wie sie jetzt aussieht? Ich habe damit keine Schwierigkeiten, ich mache das die ganze Zeit. Ich täusche mich nie. Rückwärts geht's allerdings nicht. Ich kann nicht eine Frau jetzt ansehen und erkennen, wie sie ausgesehen hat, als sie jung war. Es fällt mir viel leichter, die Zukunft vorherzusagen als die Vergangenheit. Dir nicht? Rede ich zuviel?«

»Ich glaube, mit dieser letzten Beobachtung hörst du dich an wie Teemer.«

Ich dachte auch, daß er mit einem Funken Feuer des alten Yossarian sprach, und es gefiel ihm, das zu hören.

Er und Lew wurden nicht richtig warm miteinander. Ich konnte bei jedem spüren, wie er sich wunderte, was ich wohl in dem anderen sah. In diesen Krankenhausgesprächen war nur für einen Alleinunterhalter Platz, und es war schwer für Lew, mit seiner extrovertierten Lebhaftigkeit zu triumphieren, wenn er sechs Fuß groß war und sein Gewicht unter hundertfünfzig gesunken war. Lew hielt sich in Gegenwart von Yossarian und seinen gesetzteren Besuchern taktvoll etwas zurück, bei Patrick Beach etwa und der feinen Olivia Maxon mit ihrem absurden Entzücken über die zwei Tonnen Kaviar, und sogar bei der munteren blonden Frau und der hübschen Schwester.

Oft versammelten wir uns abends auf Teemers Saal in der psychiatrischen Abteilung und sprachen über Vernunft, Demokratie, Neodarwinismus und Unsterblichkeit, unter all den anderen Patienten dort, alle schwer sediert, die uns unbeweglich und ohne Interesse anschauten, wie Kühe mit herabgesunkenem Unterkiefer wartend, während wir uns zu unseren Schlußfolgerungen durchkämpften, und das schien auch einigermaßen verrückt. Leben oder nicht leben, das war für Yossarian noch immer die Frage, und es besänftigte ihn nicht, zu hören, daß er schon sehr viel länger gelebt hatte, als er immer dachte, vielleicht seit dem Ursprung der Art, und durch die an seine Kinder weitergegebene DNS lange nach seinem Tod noch weiterleben würde, genetisch gesehen.

»Genetisch gesehen ist nicht das, was ich meine, Dennis, und das wissen Sie auch. Pflanzen Sie mir ein Gen ein, das die anderen ausschaltet, die mich altern lassen. Ich will ewig bleiben, so wie ich jetzt bin.«

Teemer war in diesen privaten Gesprächen verrückt fasziniert von der Laborerfahrung, daß die Zellen einer Metastase einen genetischen Fortschritt gegenüber dem ursprünglichen Tumor darstellten, da sie viel widerstandsfähiger, geschickter und zerstörerischer waren. Er mußte sie also als evolutionäre Fortschritte sehen und sich fragen, ob seine ganzen medizinischen Interventionen zugunsten der Patienten nicht Vergehen wider die Natur waren, Übergriffe, welche die Strömungen des biologischen Lebens störten, die er überall in allem Lebendigen in harmonischer Synchronizität entstehen sah. Was war denn schließlich, hatte er sich fragen müssen, so nobel an der Menschheit, was war an ihr wesentlich?

»Wir haben nichts mit unserer eigenen Evolution zu tun gehabt und haben alles zu tun mit unserem eigenen Niedergang. Ich weiß, es klingt revolutionär, aber ich muß diese Möglichkeit in Betracht ziehen. Ich bin Neodarwinist und ein Mann der Wissenschaft.«

»Ich bin ein Mann des Altwarenhandels«, sagte Lew, der inzwischen genug hatte vom Krankenhaus. »So hab ich angefangen.«

»Nein, Lew, angefangen haben Sie in einer Spermazelle als eine Strähne DNS, die immer noch nicht weiß, wer Sie sind.«

»Ach du dickes Ei«, sagte Lew.

»Ganz genau«, sagte Teemer. »Und mehr sind wir nie gewesen.«

»Na gut, Dennis, wenn Sie meinen«, sagte Lew, der genug hatte von diesen intellektuellen Reden und am nächsten Tag nach Hause ging, um dort zu warten.

Abgesehen davon waren Yossarian und ich uns auch nicht so sehr nahe. Von seinen Drehbüchern hatte ich nichts gehört, und er schien etwas vergrätzt, als ich auf seine Idee für ein Stück über die

Familie Dickens nur mit einem Lächeln reagierte und mit gar nichts auf seine Skizze für einen komischen Roman über Thomas Mann und einen Komponisten aus einem von dessen Romanen, die einen faustischen Pakt geschlossen hatten.

Was mir an Yossarian nicht gefiel, war, daß er sich doch sehr bewußt zu sein schien, daß er jemand ganz Besonderer war, und selbstgefällig wirkte wegen seiner vielen ganz verschiedenen Freundschaften.

Und was mir an mir selbst nicht paßte, war, daß ich immer noch dazu neigte, ihn als jemand Überlegenen anzuerkennen. Zu meinem Erstaunen erschien unter seinen Besuchern McBride, der Mann aus dem Busbahnhof, mit einer angenehmen, helläugigen Frau, die er als seine Verlobte vorstellte. Ein Mann namens Gaffney kam vorbei, um Yossarian mit vorwurfsvollem Kopfschütteln in seinem Krankenbett zu mustern. Er erläuterte seine Vorstellung von einem urzeitlichen Faustpakt zwischen Gott, oder vielleicht war es der Teufel, und dem ersten Mann auf Erden, oder vielleicht auch der Frau.

»Ich werde dir Wissen verleihen«, schlug der Schöpfer vor, »genug Intelligenz, um alles auf der Erde zu zerstören, doch du mußt sie gebrauchen.«

»Gemacht!« sagte unser Ahn, und das war unsere Genesis.

»Wie gefällt Ihnen das?« fragte Gaffney.

»Lassen Sie mich da mal gut darüber nachdenken«, sagte Teemer. »Vielleicht ist das der Schlüssel für meine Metatheorie.«

»Komm nach Hause«, sagte seine Frau.

»Bist du verrückt?« rief Teemer. »Erst, wenn ich fertig bin.«

McBride war der Mann im PABT, der mir das Geld gegeben hatte, damit ich heimfahren konnte, nachdem ich damals verhaftet worden war. Es war faszinierend, zu sehen, daß er mit Yossarian befreundet war und daß beide gemeinsam an den Vorbereitungen für diese Hochzeit im Bahnhof arbeiteten, zu der vielleicht der Präsident mit einem unterirdischen Eisenbahnzug kommen würde und bei welcher der Kardinal unter den mehreren amtierenden hohen Geistlichen sein würde.

»Wenn du die Chance hast«, schlug ich Yossarian verschwörerisch vor, »dann frag doch mal den Kardinal, wessen Gene Jesus hatte.«

»Teemer will das auch wissen.«

Ich möchte diese Reise um die Welt machen, solange es noch eine Welt gibt. In Hawaii lebt eine Frau, die damals mit mir gearbeitet hat, und auch die frühere Ehefrau von einem Freund, dem ich damals Zeichnungen abgekauft habe, als ich noch Diavorträge für die Anzeigenverkäufer bei *Time* hielt. Sie ist jetzt schon lange mit jemand anderem verheiratet. Ich würde gerne diese beiden Bekannten noch einmal sehen. Yossarian rät mir, Neuseeland nicht zu versäumen, wenn ich nach Australien gehe, und vor allem nicht die Südinsel mit den hohen Bergen und dem Gletscher. Ich könnte dort vielleicht sogar mal Forellenfischen mit Hüftstiefeln versuchen. Das ist auch etwas, was ich nie getan habe. In Sydney habe ich meinen alten Bürokollegen und seine Frau, mit ihrem Haus an der Bucht und einem Swimmingpool für die Übungen, die er macht, seit er neunundzwanzig ist, um die Oberkörpermuskeln kräftig zu erhalten, und sie haben schon entschieden, daß ich mindestens zwei Wochen bei ihnen bleibe. Er hat den Gebrauch beider Beine verloren, als ihn diese sogenannte Guillain-Barré-Krankheit gelähmt hat, nachdem er sich für eine Vertreterkonferenz in Mexiko einer Präventivimpfung unterzogen hatte. Yossarian kennt unverheiratete Frauen in Sydney und Melbourne, und er hat sich erbötig gemacht, anzurufen und mich anzukündigen. Er schlägt vor, daß ich jeder vorab ein Dutzend rote Rosen schicke. Er sagt, rote Rosen wirken immer gut. Danach will ich nach Singapur, wo eine Frau, eine ehemalige Sekretärin, jetzt mit ihrem Mann wohnt, einem Juristen für eine amerikanische Firma dort, und dann nach Hongkong, wo ich auch immer noch Leute kenne. Danach will ich nach Italien fliegen, nur nach Rom. Ich will versuchen, das Haus oben in der Via

Veneto zu finden, wo wir diese beiden Stockwerke für uns hatten. Ich glaube, jetzt könnte es mir in Rom besser gefallen als letztesmal, wo ich als Stellvertreter bei einer raschen Geschäftskonferenz einspringen mußte, aber nicht annähernd so gut wie beim erstenmal als junger Soldat im Krieg, mit einem gierigen Appetit auf die italienische Küche und einer jugendlichen Libido, die höchst entflammbar war und sich auf magische Weise unerschöpflich erneuerte. Danach werde ich nach England gehen, wo ich ein paar andere ehemalige Kollegen aus der Firma kenne. Eigentlich schade, Paris auszulassen, aber ich kenne niemanden mehr in Frankreich, und ich wüßte, glaube ich, nicht, was ich dort alleine mit mir selber anstellen sollte. Und dann wieder zurück in mein Hochhaus, nach sieben oder acht Wochen, in eine Wohnung und ein Leben ohne den Menschen, der mir mehr bedeutet hat als irgendein anderer.

Ich habe mir sichere Länder und neutrale Luftlinien ausgesucht. Aber wahrscheinlich werde ich doch von Terroristen entführt, sagt Esther witzigerweise, und dann wegen meines amerikanischen Passes und meiner jüdischen Herkunft erschossen. Esther würde mich wahrscheinlich heiraten, wenn ich mich überwinden könnte, sie zu fragen, aber nur, wenn sie alle ihre Witwenbesitztümer juristisch einwandfrei sichern könnte. Sie mischt sich überall ein, sie ist eigensinnig. Wir würden nicht miteinander auskommen.

Yossarian geht es besser als mir, weil er immer noch große Entscheidungen zu treffen hat. Sagt wenigstens Winkler, der dort im Krankenzimmer war und von seinem geschäftlichen Abkommen mit Milo Minderbinder über seinen neuen *State-of-the-art*-Schuh berichtete – ich muß immer noch lachen, wenn ich an die Zeit denke, als wir noch ganz jung waren, und Winkler sein neues *State-of-the-art*-Frühstücksgeschäft begonnen hat, Sandwiches direkt ins Haus geliefert, und ich ihm die Werbung für seine Handzettel schrieb, Überschrift: SONNTAGS WIRD JETZT AUSGESCHLAFEN! Eben da kam die auffällige Blondine ins Zimmer gerannt mit dieser Neuigkeit für Yossarian, die ziemlich schockierend sein mußte. Er war nun an die Siebzig und stand vor der entmutigenden Wahl, wieder Vater zu werden oder nicht und ein drittes Mal zu heiraten oder nicht.

»Ach du Scheiße«, waren in diesem Augenblick seine Worte, wie sich Winkler erinnerte.

Die also befruchtete Frau war die dunkelhaarige Krankenschwester. Es war allen klar, daß sie sich seit einiger Zeit nahe gestanden hatten. Wenn sie je ein Kind haben wollte, sollte es seines sein. Und wenn sie jetzt nicht dieses bekamen, könnten sie beide vielleicht bald zu alt sein.

»Weiß sie denn nicht«, rief Yossarian beschwörend, »daß ich vierundachtzig Jahre sein werde, wenn der sagt: Papa, jetzt kommt ein ganz weiter Ball?«

»Das ist ihr gleichgültig.«

»Sie will wohl, daß ich sie heirate?«

»Natürlich. Ich will das auch.«

»Hör mal – Sie auch, Winkler, hören Sie gut zu! – kein Wort darüber!« befahl Yossarian. »Ich möchte nicht, daß es irgend jemand erfährt.«

»Wem würde ich das denn erzählen?« fragte Winkler und erzählte es sofort mir. »Ich weiß, was ich tun würde«, fügte er mit der pompösen Sicherheit hinzu, die er als Geschäftsmann gerne zeigte.

»Was würdest du tun?« fragte ich.

»Ich weiß nicht, was ich tun würde«, antwortete er, und wir lachten beide wieder.

Yossarian dort im Krankenhaus anzutreffen und all das zu sehen, was er so macht, mit dieser enthusiastischen Blondine als Freundin und dieser schwangeren Schwester, die ihn heiraten möchte, mit Patrick Beach und seiner Frau zu Besuch und mit irgend etwas, was insgeheim zwischen Beach und der Blondine vor sich geht, wie auch irgend etwas zwischen Yossarian und der Frau von Patrick Beach ist, und daß McBride mit seiner Verlobten da auch regelmäßig vorbeikommt, und diese Gespräche über den Busbahnhof und die verrückte Hochzeit, die da geplant ist, mit diesen bereits bestellten zwei Tonnen Kaviar – bei all dem und noch mehr fühle ich mich doch irgendwie töricht und voll Bedauern, daß ich vieles versäumt habe, und ich spüre, daß nun, wo ich es nicht mehr habe, das Glück allein nicht genug war.

31. CLAIRE

Als es wieder seinen Magen erreicht hat, da hat er sich entschieden, aufzugeben, er hat ein Ende nehmen wollen. Es gab nichts Vorstellbares mehr, das schlimmer gewesen wäre als die Übelkeit. Er konnte damit leben, den Witz machte er noch, daß ihm die Haare ausgingen, aber wegen dem anderen war er sich nicht mehr sicher. Es gab so vieles um ihn, was er nicht mehr aushielt. Ihm war übel vom Krebs, übel von der Therapie, und dann kam noch etwas Neues, das nannten sie Lymphom. Er wollte einfach nicht mehr dagegen ankämpfen. Er hatte jede Art von Schmerzen gehabt. Er sagte, die Übelkeit schlägt sie alle. Ich hatte gleich das Gefühl, daß diesmal etwas an ihm anders war. Sobald wir zu Hause waren, fing er mit dem Rechnen an. Er wollte nicht aufhören.

»Was ist mehr – acht Prozent oder zehn Prozent?«

»Wovon?« gab ich zurück. »Zehn Prozent. Was erwartest du für eine Antwort?«

»So? Was wiegt dann mehr – ein Pfund Federn oder ein Pfund Blei?«

»Ich bin keine Idiotin, weißt du. Du mußt nicht noch einmal ganz von vorne anfangen.«

»Was ist mehr wert – ein Pfund Kupfer oder ein Pfund Zeitungen?«

Wir lächelten beide bei dieser Erinnerung.

»Die Antwort weiß ich mittlerweile.«

»Ja, Titty? Schauen wir doch mal, gehen wir sicher. Wie viele Drei-Cent-Briefmarken gibt's pro Dutzend?«

»Lew!«

»Also gut – was ist mehr: zehn Prozent von achtzig Dollar oder acht Prozent von hundert Dollar?«

»Ich hol dir mal was zum Essen.«

»Diesmal kommt's aufs gleiche raus. Siehst du das nicht?«

»Lew, laß mich zufrieden. Als nächstes fragst du noch nach sieben mal acht. Sechsundfünfzig, ja, Lew?«

»Wundervoll. Ist sieben mal acht mehr als sechs mal neun? Komm schon, Baby. Versuch's. Wie verhält sich das zueinander?«

»Herrgott, Lew, frag mich doch was, was ich weiß! Willst du dein Omelett eher flüssig oder gut durch, oder möchtest du Spiegeleier, von beiden Seiten angebraten?«

Er war nicht hungrig. Aber der Geruch von Käse ließ ihn immer lächeln. Er aß vielleicht nicht viel, aber sein Gesicht hellte sich auf, und es war eine Möglichkeit, daß er endlich aufhörte. Es war, als ob er glaubte, ich könnte das Einmaleins vergessen, ich würde jeden Cent verlieren, den er mir hinterließ. Es gab kein Scrabble mehr oder Backgammon oder Rommé oder Kasino, und er konnte sich keinen Film mehr auf dem Video ansehen, ohne das Interesse zu verlieren und einzuschlafen. Er bekam gerne Briefe, diese Briefe von Sammy machten ihm immer Spaß. Deshalb habe ich Sam gebeten, immer wieder zu schreiben. Besucher wollte er keine. Sie machten ihn müde. Er mußte sie unterhalten. Und er wußte, daß ihnen auch übel wurde von ihm. Emil kam ins Haus, um ihn zu behandeln, wenn irgend etwas war, außer er spielte gerade Golf. Das gibt er jetzt für kaum jemand drein, unser Hausarzt, nicht einmal, wenn bei ihm selbst zu Hause jemand krank ist. Ich hab ihm einmal richtig den Kopf gewaschen. Aber er ist ja auch müde. Inzwischen hatten wir alle genug von Teemer, und ich glaube, Teemer hatte uns auch aufgegeben. Diese Geschichte mit dem Verrücktwerden ist nur ein Manöver. Er hält einfach seine Patienten nicht mehr aus; er hat's Lew mehr oder weniger selber gesagt. Er glaubt, wir sind soweit, daß wir *ihm* wegen allem Vorwürfe machen. Also haben wir beschlossen, das Krankenhaus hier in der Nähe zu nehmen, weil Teemer nichts Neues mehr vorschlagen konnte. Lew ging immer hin, wenn er mußte, und kam nach Hause, wenn er sich danach fühlte. Er hat sich immer wohler gefühlt bei uns zu Hause, aber er wollte dort nicht bleiben, wenn es endete. Und ich weiß, warum. Er wollte mir nicht auch noch dieses Elend aufladen. Also ging er zurück, als er wußte, es war Zeit. Die Schwestern dort waren immer noch alle verrückt wegen ihm, die jungen und die alten verheirateten. Mit ihnen war er noch in der Stimmung, seine Scherzchen zu machen. Niemand glaubt das vielleicht – er würde es glauben, weil ich es ihm immer gesagt habe, wenn es mich wirklich geärgert hat –, aber ich war immer stolz, daß die Frauen ihn so attraktiv fanden, obwohl ich mich auch insgeheim aufregen konnte, wenn manche von den anderen Ehefrauen im Club sich ihm allzu offen an den Hals warfen, ich sah, wie er sie ermunterte, und fragte mich, wo das wohl aufhören sollte. Was ich gerne machte, das war, hinzugehen und das teuerste Kleid zu kaufen, das ich finden konnte, und sie alle zu einer schönen großen Party einzuladen, nur daß sie sahen: ich war immer noch die Dame des Hauses. Im Urlaub hat es mir immer viel Spaß gemacht, zuzuhören, wie er mit anderen Paaren, bei denen wir dachten, wir würden vielleicht gerne etwas mit ihnen unternehmen, zum Angriff übergegangen ist, mit aufgedrehtem Charme. Aber diesmal war er wirklich irgendwie anders, und diese Rechenübungen konnten mich verrückt machen. Er war ärgerlich, weil ich die Sachen nicht so lernen konnte, wie er es wollte – es war schon ein Anblick, wie sich sein Gesicht verwandeln konnte, wenn er zu kochen anfing, und der Muskel an seinem Kiefer fing zu ticken an wie eine Zeitbombe, und dann wurde ich auch ärgerlich.

»Ich glaube, er bereitet sich aufs Sterben vor, Mom«, sagte mir meine Tochter Linda, als ich meinte, ich würde das nicht mehr aushalten, und unser Michael war auch gerade da und stimmte ihr bei. »Deshalb immer diese Buchhaltungsgeschichten, und der ganze Kram mit den Geldanlagen.«

Das hatte ich nicht erkannt, und ich hatte ihn doch immer lesen können wie ein offenes Buch. O nein, sagte ich zu ihnen, Lew würde nie zu kämpfen aufhören. Aber er hat es getan und hat es nicht geleugnet.

»Willst du wissen, was Linda glaubt?« sagte ich zu ihm, versuchsweise. »Sie sagt, sie glaubt, du hast dich entschieden und bereitest dich auf den Tod vor. Ich hab ihr gesagt, sie spinnt. Sowas entscheidet man nicht einfach, nicht normale Leute, und du schon gar nicht. Du wärst für so etwas der Letzte.«

»Ach, Baby, das ist lieb von dir, braves Mädchen«, sagte er erleichtert, und einen Augenblick lang sah er glücklich aus. Ich glaube, er hat tatsächlich gelächelt. »Claire, ich bin's jetzt müde, dagegen zu kämpfen«, sagte er dann auf einmal, und dann, ich schwör's, hab ich gedacht, er fängt an zu weinen. »Was nützt es noch?« Ich weiß noch, seine blauen Augen, wie blaß die waren, und ich erinnere mich, plötzlich waren sie feucht. Er weinte nicht, er erlaubte es sich nicht, nicht, solange ich da war und es sehen konnte, aber jetzt möchte ich wetten, daß er es getan hat, zumindest ein wenig, als es niemand sehen konnte, vielleicht mehr als ein wenig, vielleicht die ganze Zeit. Was er sagte, war das: »Es sind jetzt viele Jahre gewesen, Claire, ja? Ich hab's fast bis siebzig geschafft, oder? Sogar Teemer meint, daß das nicht schlecht ist. Ich halte es nicht aus, daß es mir immer so übel wird, daß ich jetzt ständig so schwach bin. Sammy würde mir jetzt wieder mit ›ad nauseam‹ kommen, aber was weiß der schon von dem hier? Es ist noch nicht so lange her, daß ich diesen Burschen geschnappt habe, der die Handtasche geklaut hat, und hab ihn auf die Kühlerhaube gewuchtet. Was könnte ich jetzt anstellen mit ihm? Ich halt's nicht aus, so mager auszusehen. Deswegen geh ich so oft ins Krankenhaus zurück. Ich halt's nicht aus, daß du mich so siehst, oder die Kinder.«

»Lew, sprich nicht so zu mir.«

»Claire, hör gut zu. Du mußt immer viel Bargeld in einem Schließfach liegen haben, falls du ganz rasch irgendwo zuschlagen mußt. Du findest genug in zweien davon. Sie werden die Schließfächer versiegeln, wenn ich abtrete, also mußt du jetzt zwei neue in deinem eigenen Namen mieten, an zwei verschiedenen Orten, und etwas Geld dorthin schaffen. Du weißt, ich plane immer gern im voraus. Gib den Kindern einen Satz Schlüssel, damit sie die schon mal haben, aber sag ihnen nicht, wo die Fächer sind, bis es Zeit ist. Das sollen sie von den Anwälten erfahren, und denen darfst du auch nicht alles erzählen. Nie einem Anwalt vertrauen! Deshalb hab ich immer zwei. Wenn sie anfangen, sich gegenseitig zu vertrauen, beide rausschmeißen. Es gibt ein großes Stück Land auf einer von den Inseln, schöne Strandgrundstücke, von dem hab ich dir nie erzählt, und das läuft alles auf deinen Namen, und ein weiteres sehr gutes Stück Land in Kalifornien, von dem weißt du auch noch nichts. Verkauf das rasch, daß du mit der Erbschaftssteuer klarkommst. Dem Partner, den du dort hast, dem kannst du vertrauen. Du kannst auch Sammy Singer trauen bei Sachen wie Ratschlägen wegen den Kindern, wenn du dir da einmal nicht sicher bist. Und Marvin Winkler auch. Aber behalte das Mietshaus, wenn's irgendwie geht. Denk nicht dran, was wir früher immer über die Hausbesitzer gesagt haben. Die Münzen aus den Waschautomaten – schon allein wegen denen lohnt sich's, das Haus zu behalten.«

»Soviel weiß ich, Lew. Das hab ich gesehen, eh du es gemerkt hast.«

»Natürlich. Aber sag mir folgendes, Claire, wenn du so schlau bist: Wenn du eine Million Dollar in steuerfreien Obligationen zu sechs Prozent investiert hast, was bringt dir das?«

»Im Jahr?«

»So ist's gut, Baby. Du hast doch Köpfchen.«

»Mit ein paar Kronen im Mund. Und einem ein bißchen renovierten Gesicht.«

»Warum kannst du denn dann deine Zahlen nicht lernen?«

»Sechzigtausend Dollar im Jahr, und keine Steuern zu zahlen.«

»Hervorragend, meine Süße. Und das ist das Großartige, wenn

man wirklich reich ist. Wenn ein Rockefeller oder sonst jemand hundert Millionen in diesen Papieren hat, dann macht das –«

»Sechhunderttausend? Ganz schöne Moneten.«

»Noch mehr, meine Liebe! Sechs *Millionen* im Jahr an Zinsen fürs Garnichtstun, und keine Steuern, und das ist mehr, als du und ich je haben werden. Ist die Hochfinanz nicht was Wundervolles? Also, wenn du jetzt beispielsweise statt einer steuerfreien Million nur neunhunderttausend zu eben diesen neun Prozent investiert hast –«

»O Lew, laß mir um Gotteswillen meine Ruhe!«

»Denk nach. Arbeite dran.«

»Das sind wieder deine sechs mal neun, oder?«

»Richtig, richtig, das ist der einzige Unterschied. Also, wieviel Geld verdienst du mit sechs mal neun?«

»Die Kinder wissen das dann.«

»Vergiß die Kinder! Ich will nicht, daß du von denen abhängig bist, und ich will nicht, daß sie von dir abhängen. Menschen ändern sich, Menschen werden verrückt. Schau dir Teemer an. Schau dir doch an, was das für ein Aufstand und eine Streiterei war mit Glenda und ihrer Schwester wegen dem Farmhaus, als die Mutter starb. Du weißt, wie das mit meinem Vater war und den Zehntausend, die ich mir geliehen hab, und du hast gesehen, was bei meiner Mutter im Kopf los war, noch ehe sie alt geworden ist.«

Als sein Vater ihm die zehntausend Dollar geliehen hat, damit er das Geschäft mit den gebrauchten Sanitärinstallationen und Rohren aufmachen konnte, aus dem dann auch unser Holzhof entstand, da hat er die ganze Summe in bar hingelegt, und keiner wußte, wo das herkam oder wo er es aufbewahrt hatte, ehe er die Bedingungen festgelegt hat und die Papiere hat aufsetzen lassen, alles offiziell und sehr legal, daß es an Minnie gehen würde und dann an all die anderen, wenn ihm zuerst etwas zustieß. Es mußte offizielle Papiere geben, und Zinsen auch. Der alte Mann, der alte Morris, hat sein ganzes Leben lang vor niemand Angst gehabt, aber er hat Angst gehabt, im Alter arm zu sein, und er war schon über achtzig.

Gott, ich erinnere mich noch an die Altwarenhandlung, als wär das gestern gewesen. Sie war klein, ein kleiner Raum, vielleicht so breit wie eine Lastwagengarage, etwa so groß wie das Restaurant in der Stadt, wo Sammy Singer und ich zu Mittag gegessen haben, und der Lastwagen war immer draußen geparkt, weil drinnen soviel Kram lag, und hinter dem Geschäft auch noch. Haufen von Metall, sortiert nach Messing, Eisen und Kupfer, und eine große Waage, die in ihrer Schale einen Ballen Zeitungspapier fassen konnte, und soviel Dreck, Schmutz. Die sauberen Zeitungen stammten aus den Kellern der Hausmeister in den Häusern kreuz und quer in Coney Island, die sie für Geld sammelten, und die kamen außen um die großen Ballen herum. Innendrin konnte alles mögliche sein. Am Ende des Tages schrubbten sich alle – Lew, sein Vater, die Brüder, die Schwager und sogar Smokey Rubin und der Schwarze – den Körper und die Fingernägel mit kaltem Wasser aus dem Schlauch, einer großen Werkzeugbürste und Seifenlauge ab. Und ich wartete, schön feingemacht, und wollte mit ihm ausgehen.

Seine einzige Furcht war vor Ratten, nicht nur die Ratten selber, sondern der Gedanke an sie, auch beim Militär, als er drüben war, und dann in dem Gefangenenlager. In dem Schlachthaus in Dresden war alles sehr sauber, sagte er.

All das, diese Leute, diese Arbeit, das war für mich so fremd, wie mir die Israelis erstmal sein werden, wenn ich je ein Haus kaufe und dort zu leben anfange. Lew hätte der Gedanke gefallen, daß ich in Israel bin, obwohl ich ihn nie überreden konnte, hinzugehen – ich konnte ihn kaum je dazu bringen, irgendwohin zu verreisen, wo er die Sprache nicht konnte und wo man nicht wußte, wer er war. Das ist jetzt so ziemlich der entfernteste Ort auf der Welt, der mir einfällt, wo ich wohnen und mich ausruhen kann und mich vielleicht an ein paar Erinnerungen freuen, während ich versuche, neue Erfahrungen zu machen, an einem Ort alter Überlieferung für mich, bei einem Volk, das durchhält mit einer Art Hoffnung und einem Sinn. Ich will das genießen.

Ich bin auch jüdisch erzogen worden, aber mein Leben daheim in einer kleinen Familie oben im Staat New York war völlig anders. Mein Vater war Buchhalter. Und dann war er Buchmacher wie der von Marvin, und er hat oft gespielt, aber er trug immer einen Anzug, Hemd und Krawatte, und er mochte diese Panamahüte und diese ganz besonderen schwarz-weißen Schuhe, die man früher hatte, ich weiß es noch, mit diesen großen Löchern im Oberleder. Diese große, laute, hart arbeitende Familie von Lew mit ihrem jiddischen Tonfall und dem Brooklyn-Akzent dazu hat mich verwirrt und angezogen. Das galt für den ganzen offenherzigen, lautstarken, riskanten Haufen von Jungs aus Coney Island. Ich traf ihn zum erstenmal bei einer Verabredung gemeinsam mit meiner Cousine, die da wohnte, und ich sollte eigentlich mit dem anderen Jungen gehen, aber als er mich mal so angeschaut und angesprochen hatte und klar war, daß er irgendwie weitermachen wollte, hatte kein anderer, den ich je gesehen habe, noch eine Chance. Wir waren genau richtig füreinander. Wir haben nie darüber geredet, aber ich dachte mir schon, ich würde wohl gerne wieder heiraten, ob ihm das nun gefällt oder nicht, und ich glaube, ich will's auch. Wir haben jung geheiratet, ich habe immer verheiratet gelebt und weiß nicht, ob ich mich je daran gewöhnen würde, allein zu leben, aber wo soll ich einen Mann finden, der in seine Fußstapfen treten kann?

»Zähl da nicht auf mich«, sagte Sammy, als ich ihm mein Herz ausschüttete.

»Mußt du mir nicht sagen«, fauchte ich ihn an. Das ist so eine Angewohnheit: Es hört sich bei mir gröber an, als ich's eigentlich meine. »Sam, sei nicht böse, aber ich könnte nie ein Schlafzimmer teilen mit dir.«

»Ich glaub's auch nicht«, sagte Sam mit seinem leisen Lächeln, und ich war froh, daß ich ihn nicht verletzt hatte. »Er wird schwer zu ersetzen sein.«

»Weiß ich das vielleicht nicht? Aber dich hat er immer beneidet, sehr beneidet, wegen deinem Leben in der Stadt, oder wegen dem, was er sich da als dein Leben vorgestellt hat. Selbst nachdem du Glenda geheiratet hast, hat er sich das immer so ausgemalt, daß du jede Nacht trinken gehst, und daß du bei all diesen tollen Mädchen im Büro landest und bei den anderen, die du in der Werbung immer triffst.«

Sam schaute sehr erfreut drein. »So war das nie«, sagte er, ein wenig stolz, ein wenig beschämt. »Nicht, als ich Glenda dann geheiratet hatte. Ich wollte es nicht mehr, solange sie lebte. Und übrigens, Claire, du weißt doch, Glenda war einige Jahre mit mir zusammen in dem Büro, was glaubst du, wie ich mit solchen Geschichten hätte durchkommen können? Was meinst du, wo wirst du jemanden finden, Claire? Du weißt es vielleicht nicht, aber du hast sehr strenge Maßstäbe.«

Mir fiel dazu nichts ein. Mir gehörte immer noch der größte Teil dieser Kunstschule in Italien, bei Florenz, die mir Lew als Überraschungsgeschenk zum Geburtstag gekauft hat. Wieviel andere Frauen haben je so ein Geschenk bekommen? Aber ich traue italienischen Männern im allgemeinen nicht und habe mit Künstlern nichts im Sinn, ich meine, außer *als* Künstlern. Ich traue israelischen Männern nicht, aber die sagen dir wenigstens gleich, daß sie deinen Körper wollen, für die Nacht, für eine halbe Stunde, und dein Geld auch noch gern. Über Männer aus Coney Island bin ich jetzt raus. Sie sind ohnehin alle weg. Ich werde wegen meinem Alter lügen müssen, und wie lange komme ich damit durch?

»Sam, weißt du noch, der Altwarenhandel an der McDonald Avenue?«

Er erinnerte sich an das Geschäft, aber nur an ein paar in der Familie, weil die mit Fremden nie sehr freundlich waren, oder auch nur miteinander. Immer wohnten mindestens zwei Familien eng zusammen in dem kleinen Mietshaus, das Morris gekauft hatte und jetzt besaß. Sie konnten einander gar nicht unbedingt leiden (sein Schwager Phil gab sich die größte Mühe, allen anderen auf die Nerven zu gehen, und stimmte sogar für Republikaner wie Dewey und Eisenhower und Nixon), aber sie waren loyal wie niemand sonst, wenn es darum ging, füreinander einzustehen, Angeheiratete eingeschlossen, und dann mich auch, als ich einmal angefangen hatte, gelegentlich zum Essen zu kommen und im Zimmer von einer von den Schwestern zu schlafen, sogar schon ehe wir verheiratet waren. Gott helfe jedem, der mich irgendwie verletzte oder irgend etwas Unhöfliches zu mir sagte, auch wenn ich im Unrecht war. Außer vielleicht Sammy und dann Marvin mit ihren Sticheleien und dann noch ein paar anderen Witzbolden, die ihre Bemerkungen zu Lew machten wegen meinem großen Busen. Es gefiel mir eigentlich nicht, von ihm zu hören, daß sie über meine Brüste witzelten, große Titten dazu sagten, aber ich konnte mir nie ganz darüber klarwerden, ob es nicht im Grunde doch ein Kompliment war, wie Sammy Singer das immer schlau betonte. Dem alten Herrn gefiel ich, und er fing an, mich beschützen zu wollen, weil mein Vater gestorben war. Er betrachtete mich als Waise. »Louie, hör mir zu, hör mir gut zu«, sagte er zu ihm, sogar wenn ich direkt daneben stand. »Heirate sie oder laß sie in Ruhe.« Er wollte nicht, daß Lew bei uns in der Wohnung schlief, sogar wenn meine Mutter da war. »Vielleicht sieht ihre Mutter nicht gut, ich aber schon.«

Und Lew hörte ihm zu. Er hörte auf ihn, bis wir heirateten, und dann fingen wir richtig an und hörten kaum jemals auf, nicht einmal in den Krankenhäusern, fast nicht bis zum letztenmal. Lew war ein Casanova, ein großer Poussierer, aber entschieden prüde, wenn's um die Familie ging. Mit den Bikinis und den kurzen Röcken bei den Mädchen und mit ihren Schulmädelliebeleien hat er sich nie richtig abgefunden, er konnte das nicht haben. Ich abgesehen davon eigentlich auch nicht. Und ich mochte die Ausdrücke nicht. Das war schlimmer als bei den Jungs, und sie schienen nicht einmal zu merken, daß das unanständig war. Aber ich durfte ihnen das nicht zeigen, weil ich nicht wollte, daß sie merkten, ich war genauso altmodisch wie ihr Vater, und weil ich versuchen wollte, sie dazu zu überreden, halbwegs vernünftig zu sein. So hab ich ihn auch in Fort Dix zur Raison gebracht, als er diesen armen deutschen Krankenwärter tyrannisiert hat, den wir Hermann den Teutonen nannten, und ich wollte, daß er damit aufhört. Das ist mir dann endlich gelungen, als ich ihm gesagt habe, ich würde mich ausziehen und mich dort im Bett auf ihn setzen, Bruchoperation oder nicht, vor Hermann, der da Haltung angenommen hatte und zusehen konnte. Ohne Humor, ohne ein Lachen hat er Hermann dann schließlich gehen lassen. Und das war nach fast einer halben Stunde, wo der Mann da stehen und seine Vergangenheit aufsagen mußte. Er konnte richtig gemein sein, wenn's um die Deutschen ging, und ich schwör's, ich mußte ihn praktisch anflehen, aufzuhören. Aber das hat ihn dann überzeugt, weil Lew hatte mich ohne Kleider gesehen, aber sonst kein anderer Mann, und ich war da noch Jungfrau. Wir haben 1954 geheiratet, bald nachdem er aus der Gefangenschaft zurück war und seine Operation gehabt hatte. Und das war nach drei Jahren, wo ich ihm immer Pakete mit koscherer Salami und Dosen mit Halva und anderen haltbaren Sachen schickte, die er gerne aß, und sogar Lippenstifte und Nylons für die armen Mädchen drüben, von denen er schrieb. Ich war zu klug, um eifersüchtig zu sein. So oder so haben ihn die meisten Pakete nicht erreicht, gar keine mehr in der Gefangenschaft.

Gott, wie sie geschuftet haben in dem Altwarenladen, haben sich krummgelegt bei der Arbeit mit den dünnen Stahlstreifen, die um die Zeitungsballen gezogen wurden und teuflisch gefährlich waren. Der alte Herr hatte die Stärke von drei Männern und erwartete von seinen Söhnen und Schwiegersöhnen, daß sie ebensoviel hatten, und deshalb wurde der Ankauf von modernen Maschinen zum Bündeln immer hinausgeschoben. Sie hatten Haken und Zangen, mit denen sie die Packstreifen um die Ballen legten, und sie hatten die Rohrsägen für die alten Installationen, die sie an Land zogen, aber vor allem hatten sie ihre Hände. Und diese breiten Schultern. Und da stand Lew, eigentlich immer noch ein Junge, mit nacktem Oberkörper, einen Haken in der rechten Hand, und er blinzelte mir zu, während ich mit der Buchhaltung half oder einfach wartete, daß er fertig wurde, damit wir ausgehen konnten. Ein gemeiner Hieb mit dem Haken in den Papierballen hinein – ein Ruck mit dem Arm, ein Schwung aus dem Knie, und der Ballen wurde hochgehievt und drehte sich und landete auf dem Ballen darunter, und beide zitterten, und uns erinnerte das an Sex.

Morris kannte den Wert des Geldes und wollte keins unnütz aus der Hand geben. Ehe er uns die Zehntausend lieh, die wir zu Anfang brauchten, kam er vorbei, um sich das Gebäude anzusehen, das wir pachten wollten, eine aufgegebene Mausefallenfabrik, jetzt voll von Mäusen, armer Lew, für fünfundsiebzig Dollar im Monat, gerade unser Budget. Er lieh uns das Geld – wir wußten, er würde es tun –, aber auf zehn Prozent, wo die Banken vier nahmen. Aber er ging das Risiko ein, als die Banken nichts davon wissen wollten, und das Geld, das er für seine alten Tage haben wollte, war auch für uns andere da, wenn wir es brauchten. Wucherer verlangten weniger, zogen wir ihn auf, aber der Alte hörte nie auf, sich Sorgen zu machen wegen dem Geld für sein Alter. Sogar als er nach seinem Schlaganfall wieder aus dem Bett aufstand, ließ er sich von jemand in den Altwarenladen fahren, um soviel zu arbeiten, wie er konnte.

Lew war das sechste Kind, der zweite Sohn unter acht Kindern, aber er traf bereits die Entscheidungen, als ich ihn kennenlernte. Nach dem Krieg erwartete Morris, daß Lew weiter dort arbeitete und vielleicht einmal das Geschäft übernehmen würde und sich um den Laden und die ganze Familie kümmern. Ich war blöd genug, daß ich dachte, er sollte doch beim Militär bleiben, aber da spielte sich nichts ab. Er hatte von seinem Sergeantengehalt ein paar Tausend gespart, das meiste auf der Bank – sie zahlten es ihm die ganze Zeit weiter, als er in Gefangenschaft war –, und er hatte das Geld, das er im Spiel gewann und nach Hause schickte. Sein

Vater wollte ihm eine Lohnerhöhung geben, damit er blieb, von seinen dreißig Dollar oder so vor dem Krieg auf fünfundsechzig. Lew lachte ohne eine Spur von Spott.

»Hör zu, Morris, hör mir gut zu, weil ich dir was Besseres anbiete. Ich geb dir ein Jahr umsonst, aber dann setze ich mein Gehalt selber fest. Ich bestimme, wann, wo und wie ich arbeite.«

»Akzeptiert!« sagte Morris mit diesem leisen Knirschen des Gebisses. Damals hatten alle alten Leute eins.

Natürlich hatte Lew immer zusätzlich Geld in der Tasche, um mit Hausmeistern und Schrotthändlern zu feilschen. Manchmal konnte man einen Dampfboiler noch intakt aus einem Miethaus rausholen. Der wurde dann irgendwie repariert und an einen anderen Hausbesitzer als gutes gebrauchtes Teil verkauft. Bei der Knappheit damals ergaben sich viele solche Gelegenheiten, auch bei Spülen, Rohren, Heizkörpern, Toilettenschüsseln, bei allem, was in ein Haus reinkommt. Junkers hat nicht soweit vorausgedacht wie wir. Den Hausmeistern – Lew sagte immer Mister und sprach von ihnen als den Verwaltern, die dort die Geschäfte führten – gefiel es immer, wenn sie nebenbei noch einen kleinen Profit machen konnten. Es gab so viel von dem Zeug, und so kamen wir auf die Idee, ein Geschäft mit solchen Baumaterialien aus zweiter Hand aufzumachen, irgendwo draußen vor der Stadt, wo es nicht genügend gab. Ich glaube, mir kam die Idee zuerst. Es war eine Zeit, wo man ein Risiko eingehen mußte und was versuchen. Was wir am meisten brauchten, war ein Sinn für Humor und ein starkes Selbstbewußtsein, und inzwischen hatten wir beide eine Menge davon.

Ich muß oft wieder lachen, wenn ich mich erinnere. Wir wußten beide so wenig, und bei vielem wußte ich mehr als er. Ich wußte, was es für Gläser gab, Lew hatte nie von Gläsern mit Stiel gehört. Aber als ich einmal gesagt hatte, so *stemware* wollte ich gerne haben, da sorgte er dafür, daß wir für unsere erste Wohnung welche hatten. Sie stammte von einem Mann namens Rocky, einem italienischen Händler für alles, der so verschiedene Beziehungen hatte, so ein »Braucht ihr irgend etwas?«-Künstler, mit dem sich Lew irgendwo angefreundet hatte. Er war immer picobello angezogen, sogar wenn er im Altwarenladen vorbeischaute, das reinste Modefoto, mit Brillantine im Haar. Unser erster Wagen stammte auch von Rocky, ein gebrauchter. Rocky: »Was braucht ihr?« Lew: »Einen Wagen.« Rocky: »Welche Marke?« Lew: »Einen Chevy. Blau. Aqua will sie haben.« Rocky: »Wann?« Lew: »März dieses Jahres.« Im März stand er da. Das war 1947, und das Auto war Baujahr 1945. Und die *stemware*, von der Rocky auch noch nie gehört hatte – ich sehe immer noch das Bild vor mir, den halb verlegenen Blick, den er mir zuwarf, und wie er sich den Kopf kratzte, mit den Fingern sein volles lockiges Haar zurückschob. Aber sonst kein Anzeichen, daß er den Artikel nicht kannte. Wer wußte damals schon, was das war? Aber nächste Woche waren die Gläser da, in zwei in sich abgeteilten Pappkartons, jedes Teil in bräunlichem Seidenpapier eingewickelt, auf den Kartons stand Woolworth's. Keine Rechnung. Ein Hochzeitsgeschenk von Rocky. Mensch! Ich hab immer noch einige Stücke davon, ich hab sie aufgehoben. Und jetzt sind fast fünfzig Jahre vergangen, und wieder sag ich: Mensch! Weil Rocky taucht plötzlich wieder auf, und es stellt sich heraus, er ist der Partner bei dem Stück Land in Kalifornien, der, von dem Lew gesagt hat, ich kann ihm vertrauen. Sie waren all die Jahre in Verbindung, und Lew hat nie einen Ton gesagt.

»Warum hast du das nie erwähnt?« fragte ich dann doch.

»Er war im Gefängnis«, sagte Lew.

Schließen die Leute heute noch so enge Freundschaften? Lew war hungrig, immer hungrig und voller Ehrgeiz, und immer ein Stückchen weit ein Fremder in der Welt, die er um sich herum sah und zu der er gehören wollte, dieser Wunsch hörte nie auf, daß er dabeisein wollte und etwas besitzen. Er hätte auch aufs College gehen können, weil er rasch lernte, aber er wollte sich nicht die Zeit nehmen. Seine Mutter mochte mich auch – sie mochten mich alle –, weil ich die einzige war, die ihre Geschenke in Geschenkpapier eingewickelt hat, mit einem Band drumherum. Ich saß manchmal bei ihr, verbrachte meine Zeit dort, obwohl wir nicht viel reden konnten miteinander. Ich verstand nicht viel Jiddisch, und sie hat kaum etwas anderes gesprochen, und bald hatte sie dann etwas, was die Ärzte Arterienverkalkung nannten und was wahrscheinlich die Alzheimersche Krankheit war, und man konnte kaum mehr begreifen, was sie wollte. Heute kriegen wir, scheint's, alle die Alzheimersche Krankheit, wenn wir nicht vorher am Krebs sterben.

»Mein Vater auch«, sagte Sam. »Und vergiß nicht den Schlaganfall.«

»Vergeß ich nicht. Meine Mutter hatte einen.«

»Meine schließlich dann auch«, sagte Sam.

Ich setzte mich trotzdem zu Lews Mutter. Meine Methode war es, immer ja zu sagen. Immer einmal wieder zwischenrein war ein Nein nötig, und ich konnte an ihrem Kopfschütteln und Gemurmel merken, daß ich das Falsche gesagt hatte, und wenn das dann auch nicht funktionierte und es immer noch zu keiner Verständigung kam, lächelte ich und sagte: »Vielleicht.«

Lew lernte schnell, und als ihm das mit der großen Ölgesellschaft danebenging, mit seinen Öluhren, da erkannte er, daß es Leute gab, bei denen er nicht weiterkam, und Bereiche, in die er nie vordringen konnte, und wir waren klug genug, nicht über unsere Grenzen hinauszuwollen. Er hat nicht einmal versucht, in den gojischen Golfclub zu kommen, selbst als er so viele Freunde dort hatte, daß er es wahrscheinlich geschafft hätte. Es machte ihm mehr Spaß, wenn er sie als Gäste in unseren Club einlud. Wir lernten beide rasch, und als das Geld für zwei Autos da war, hatten wir zwei Autos. Und als die ausländischen Wagen in Mode kamen und besser waren als unsere, hatten wir zwei von denen.

Keine Kunstfasern für Lew, niemals, keine Imitation. Maßgeschneiderte Baumwollhemden, solange die Baumwolle dafür nicht aus Ägypten kam. Bei Ägypten fing sein Muskel auch zu ticken an, nach den Kriegen mit Israel. Maßanzüge aus einem

Geschäft namens Sills, schon ehe irgend jemand wußte, daß sich John Kennedy da auch die Anzüge machen ließ. Und am wichtigsten von allem: Maniküre! Maniküre! Das bekam er nie über. Ich bin sicher, das kam von dem Schmutz im Altwarengeschäft und dann in Gefangenschaft. Wir haben so am Schluß die Zeit verbracht, als er nicht einmal mehr fernsehen konnte. Ich hab ihm auch Pediküre gemacht, er lehnte sich dann nur zurück und grinste. Das haben wir oft gemacht, als wir jung verheiratet waren, es war etwas Spezielles zwischen uns. Ich sagte den Schwestern im Krankenhaus, sie sollten ihm die Nägel richten, wenn sie ihn glücklich machen wollten, und sie haben's gemacht, die Pflegerinnen und auch die richtigen Krankenschwestern.

»Er ist lachend gestorben, weißt du?« sagte ich zu Sam.

»Wirklich?«

»Es ist wahr. Jedenfalls haben sie mir das erzählt.« Ich hab's absichtlich so erzählt, und Sammy war starr vor Überraschung: »Er ist gestorben und hat dabei über dich gelacht.«

»Weshalb denn?«

»Dein Brief«, sagte ich und lachte auch ein wenig. »Ich bin froh, daß du ihm den langen Brief über deine Reise geschickt hast.«

»Das wolltest du doch.«

Ich bin froh, daß ich ihn darum gebeten habe. Ich hatte Lew gleich teilweise den Brief vorgelesen, als er ins Haus kam, und wir lachten beide viel dabei. Dann las er ihn selbst. Er nahm ihn mit ins Krankenhaus, als er wußte, das wird das letzte Mal, und las den Schwestern daraus vor. Nachts ließ er sich manchmal selber von der Nachtschwester daraus vorlesen. Die Schwestern dort haben ihn angebetet, ich schwör's, nicht wie diese mürrischen eingebildeten Dinger in New York. Er erkundigte sich immer nach ihrem Leben und sagte ihnen, wie gut sie aussehen würden, auch den verheirateten mit Kindern und den älteren. Er wußte, wie er sie aufheitern konnte und was er zu ihnen sagen mußte, wenn sie Probleme hatten. »Mary, sagen Sie Ihrem Mann, er soll sich lieber in acht nehmen, weil sobald es mir wieder etwas besser geht, müssen Sie immer nach der Arbeit mit mir ausgehen und an den Wochenenden auch, er soll schon mal lernen, sich selbst was zu kochen. Und Frühstück machen auch, weil manchmal morgens, wenn er aufwacht, da werden Sie nicht da sein.« – »Agnes, wir machen jetzt folgendes. Morgen melde ich mich hier ab. Sie können mich um fünf Uhr mit Ihrem Honda abholen, wir fahren zum Motel on the Mountain, trinken was und essen gemütlich zu Abend. Bringen Sie mit, was Sie brauchen, falls Sie die ganze Nacht wegbleiben wollen.« – »Agnes, lachen Sie nicht«, sagte ich dann auch, weil ich saß ja daneben. »Es ist sein Ernst. Ich hab ihn schon öfter in Aktion gesehen, und er bekommt immer seinen Willen. Deshalb bin ich ja bei ihm.« Es war wirklich eine große, schöne Reise, die Sam uns in dem Brief da ausmalte.

»Neuseeland, Australien, Singapur ...« lobte ich ihn. »Und dazu noch Hawaii, Fidschi, Bali und Tahiti? Ist das dein Ernst?«

»Das meiste. Nicht Fidschi, Bali oder Tahiti. Das war für euch beide.«

»Nun, es hat funktioniert. Er hat sich köstlich amüsiert, als er sich vorgestellt hat, wie du dort hinkommst. ›Der arme Sammy‹, hat er zur Nachtschwester gesagt, als sie es ihm noch einmal in der letzten Nacht vorgelesen hat. Er ist in der Nacht gestorben, morgens haben sie mich angerufen, und das waren so ziemlich seine letzten Worte, Sam. ›Wenn er mich am dringendsten braucht, sitze ich hier im Krankenhaus fest. Da macht der arme Kerl jetzt ohne uns eine Reise um die Welt und weiß immer noch nicht, wie man Frauen kennenlernt.‹«

ELFTES BUCH

32. HOCHZEIT

Die viertausend Pfund bester Kaviar wurden durch automatische Maschinen in Portionen zu einer Achtel-Unze für fünfhundertzwölftausend Canapés zerlegt, die zusammen mit importiertem Champagner in Kelchgläsern bereitstehen würden, um von zwölfhundert Kellnern den dreitausendfünfhundert engsten Freunden von Regina und Milo Minderbinder und Olivia und Christopher Maxon sowie einer Handvoll Bekannter der Braut und des Bräutigams gereicht zu werden. Der Exzeß war Absicht, ein Anreiz für die Medien. Ein gewisser Teil des Überschusses war für das Personal reserviert. Der Rest wurde in derselben Nacht in Kühltransportern in die Notunterkünfte in den Vorstädten und in New Jersey geschafft, wohin die Obdachlosen und die anderen ständigen Bewohner des Busbahnhofs zusammengetrieben und für diesen Tag und diese Nacht konzentriert worden waren. Die abgerissenen Bettler, Prostituierten und Dealer, die deportiert worden waren, wurden durch ausgebildete Komparsen ersetzt, deren Imitationen man als authentischer und erträglicher empfand als das Auftreten der Originale.

Der Kaviar kam in den Verarbeitungsräumen der Restaurantserviceabteilung der Milo-Minderbinder-Unternehmen und Partner in achtzig Designerkanistern zu fünfzig Pfund an. Diese wurden fotografiert, worauf die Bilder in verschiedenen erlesen bunten Magazinen veröffentlicht wurden, die dem guten Geschmack und den Berichten über majestätische gesellschaftliche Anlässe vom Umfang der Minderbinder-Maxon-Hochzeit gewidmet waren.

Scharfschützen in Smoking und schwarzer Krawatte von der Liquidierungsserviceabteilung von M. & M. waren diskret hinter Vorhängen in den Galerien und Arkaden der verschiedenen Balkone des Busbahnhofs postiert und hielten vor allem scharf Ausschau nach irgendwelchen illegalen Aktivitäten von seiten der Scharfschützen der städtischen Polizei und der verschiedenen Bundesbehörden, denen es oblag, für die Sicherheit des Präsidenten und der First Lady und anderer hoher Regierungsbeamter zu sorgen.

Zu Kaviar und Champagner waren dann noch Tee-Sandwichs, eisgekühlte Shrimps, Muscheln, Austern, *crudités* mit einem milden Curry-Dip sowie *foie gras* vorgesehen.

Vulgarität kam nicht in Frage, hatte Olivia Maxon von Anfang an mit Nachdruck betont.

In diesem Punkt wurden ihre Befürchtungen durch den selbstsicheren jungen Mann an der Konsole des Computermodells der bevorstehenden Hochzeit ein wenig zerstreut; auf den Bildschirmen des Kontrollzentrums des PABT-Gebäudes, wo das Modell für die Preview-Analyse aufgestellt worden war, fand im Augenblick die geplante Hochzeit als bereits vergangenes Ereignis statt. Er schaltete wieder zu einem anderen der sechzig Bildschirme.

Dort beantwortete nach dem Ereignis, das noch nicht stattgefunden hatte, der führende Gesellschaftsjournalist eines Medienkonzerns Fragen, die noch nicht gestellt worden waren.

»Das Ganze hatte keineswegs irgend etwas Vulgäres«, bekräftigte er, ehe er überhaupt dort gewesen war. »Ich war auf der Hochzeit. Ich fand es phantastisch.«

Olivia Maxon, deren Befürchtungen durch diese beruhigende Demonstration des als unvermeidlich bevorstehend Projizierten für den Augenblick zerstreut waren, drückte Yossarians Arm mit einer Geste des wiedergewonnenen Vertrauens und angelte nach einer neuen Zigarette, während sie diejenige ausdrückte, die sie soeben geraucht hatte. Olivia Maxon, eine kleine, dunkle Frau, runzlig, lächelnd und modisch ausgezehrt, war alles andere als begeistert gewesen über den unvorhergesehenen Rückzug Frances Beachs von der aktiven Mithilfe bei den Vorbereitungen, weil ihr Mann einen ernsten Schlaganfall erlitten hatte, und über die sich daraus ergebende Notwendigkeit, sich stärker, als sie eigentlich wollte, auf John Yossarian zu verlassen, dem gegenüber sie sich nie ganz sicher gefühlt hatte. Frances blieb viel daheim bei Patrick und ließ keine beiläufigen Besuche vor.

Die Installation in der Kommandozentrale im Südflügel des Bahnhofs, zwischen dem Hauptgeschoß und dem ersten Stockwerk, war Eigentum der Gaffney-Immobilienagentur, und der muntere junge Computerexperte, der soeben nur für Yossarian, Gaffney und Olivia Maxon Erläuterungen gab, war ein Angestellter von Gaffney. Er hatte sich als Warren Hacker vorgestellt. Gaffneys burgunderrote Krawatte war im Windsorknoten gebunden. Die Schultern seines Kammgarnjacketts waren breit und eckig geschnitten.

Christopher Maxon war abwesend, da ihm seine Frau klargemacht hatte, daß er jetzt nur stören würde. Milo, gelangweilt von diesem Replay des in der Zukunft stattfindenden Ereignisses, war hinaus auf den rund um das Kontrollzentrum laufenden Balkon geschlendert. Da er unbehagliche Gefühle in so großer Nähe zu den Transvestiten empfand, die am Geländer droben mit strahlender Immoralität auf die Gestalten drunten hinabsahen, deren er eine war, war er mit der Rolltreppe hinunter ins Hauptgeschoß gefahren, um dort auf Yossarian zu warten und dann mit diesem die Tour durch den ganzen Bahnhof anzutreten, die ihnen nun allen genehmigt worden war und von der gewisse Familienmitglieder meinten, er solle sie jetzt auch machen. Da nun die Einkünfte von seinem Flugzeug gesichert waren, beschäftigten sich seine Gedanken mit Wolkenkratzern. Ihm gefiel sein M. & M.-Gebäude, und er wollte mehr davon. Er war außerdem wegen eines irritierend rätselhaften Vorfalls etwas durcheinander; droben hatte er sich auf einem Bildschirm verwirrt selbst auf der Hochzeit in Schwalbenschwanz und weißer Krawatte eine kurze Rede halten hören, die er noch gar nicht gesehen hatte, und dann mit dieser dunkelhaarigen Olivia Maxon tanzen sehen, die er eben erst kennengelernt hatte, und er konnte doch immer noch nicht tanzen. Er war sich nicht sicher, an welchem Punkt in der Zeit er sich befand.

Ehe er hinuntergewandert war, hatte er Yossarian auf ein Wort beiseite genommen. »Wo liegt denn das Scheißproblem«, hatte er sich geistesabwesend verwundert gefragt, »bei dem Scheißkaviar?«

»Es geht nicht um das Geld«, hatte Yossarian ihm mitgeteilt. »Es ist was mit den Scheißfischen. Aber jetzt, glauben sie, haben sie genügend gefangen.«

»Gott sei Dank«, sagte Olivia noch einmal, als sie diese Nachricht wieder vernahm.

In den Archiven des Metropolitan Museum of Art, wo die großen gesellschaftlichen Ereignisse dokumentiert waren, fanden sich Präzedenzfälle mit Vorgaben und Maßstäben, die es nachzuahmen und zu übertreffen galt. Die Minderbinder-Maxon-Feier würde alle in den Schatten stellen. Selbst in der Rezession strömte das Geld knöcheltief durchs Land. Selbst unter lauter Armut gab es genügend Raum für Verschwendung.

Obwohl es Frühjahr war, hatte der verantwortliche Florist achtzig Weihnachtsbäume in den fünf Bankettsälen aufgestellt und sie mit Tausenden von Töpfen mit weißen Narzissen umringt. Es gab im Hauptgeschoß und im Obergeschoß des Südflügels je zwei Tanzflächen und Orchesterpodien, und eine Tanzfläche mit Orchester im Hauptgeschoß des Nordflügels. Von den Nachmittagsstunden an wurden die Eingänge an der Eighth Avenue und Ninth Avenue und die kleineren, abgelegeneren Zugänge in den Seitenstraßen von Scheinwerfern angestrahlt. Die Wirkung drinnen, durch die Rauchglasfenster der Außenwand, die sich zwei Straßen breit erstreckte, war die von sehr viel Sonnenlicht auf Kirchenfenstern. Rollende Busse, die man durch die Fensterscheiben sah, fanden Beifall als clevere Nachahmungen der wirklichen Welt. Als ebensolche kluge Suggestion von Realität wurde das gelegentliche Hereinwehen von Dieselgeruch gelobt, der sich in die natürlichen Parfümwolken der Frauen und die durch die zentrale Ventilation verteilten diskreten Duftstoffe mischte. Alle Lieferanten, Floristen und andere im Auftrag der M. & M.-Restaurantserviceabteilung arbeitenden Unternehmen mußten streng vertrauliche Verträge mit der Liquidierungsserviceabteilung von M. & M.-U. & P. unterzeichnen, und der geheime Charakter dieser vertraulichen Verträge fand weitestes öffentliches Interesse.

Das Untergeschoß des Nordflügels, das vom Südflügel durch eine öffentliche Straße getrennt war, welche die Braut mit ihrer Prozession überqueren mußte, war als Trauungszone und als Bankettareal für ausgewählte Gäste eingerichtet worden. Dies hatte die Entfernung massiver Treppen zum Stockwerk darunter notwendig gemacht, sowie eines Informationskiosks und der enormen Skulptur aus sich bewegenden bunten Bällen, die normalerweise einen großen Teil des Raumes einnahmen. Die Treppen, der Kiosk und die Skulptur wurden im Metropolitan Museum of Art unter einem zeitweilig installierten Schutzdach ausgestellt, an der Stelle, wo sich gewöhnlich die große Halle des Museums befand, und die Exponate brachten respektable Besucherzahlen und anständige Rezensionen von der Kunstkritik. Die große Halle des Museums selbst war in den Busbahnhof umgesetzt worden, ausgeliehen für diesen Anlaß gegen ein Entgelt von zehn Millionen Dollar. Daß man die Treppen und die Skulptur aus dem Nordflügel entfernt hatte, schuf Platz für Chorstühle und Reihen von Nußbaumbänken und insbesondere für den Aufbau des Tempels von Dendur dort im Busbahnhof, der durch den friedlichen Druck großer Überzeugungskraft und für eine Leihgebühr von noch einmal zehn Millionen auch für den Abend vom Museum ausgeliehen worden war. Im Nordflügel des PABT würden die jetzt im Kontrollzentrum die Bildschirme Beobachtenden bald den Vollzug der Hochzeitszeremonie sehen. Es blieb dort auch noch Raum für einen kleinen Tisch mit Ehrenplätzen für das Brautpaar und seine zwei Gäste aus dem Weißen Haus und für sechs runde Tische mit jeweils zehn weiteren Gästen, die in besonders enger Verbindung mit den Festivitäten und mit den Berühmtheiten an dem einen Längstisch vor der Säulenreihe des Tempels standen. Der Altar im Tempel von Dendur war mit Blüten bedeckt und mit lodernden Kandelabern besetzt.

Eine Million einhundertzweiundzwanzigtausend Champagnerkelche waren als Souvenirs bereitgestellt. Dichte Reihen von Kristallüstern aus verschiedenen Stilepochen hingen in allen fünf Bankettsälen, und diese selbst waren mit Weidenzweigen ausgeschlagen. Zarte Baststreifen hingen an den gebogenen Zweigen, und an allen Blättern und im Gezweig der achtzig Weihnachtsbäume funkelten winzige Lichter. Wunderbare Gobelins als Tischtücher, Massenaufmärsche von Kerzen, alte Vogelkäfige voll lebender Vögel sowie seltene Bücher und Tafelsilber verschiedener Jahrhunderte waren überall in großer Zahl zu sehen. Dickichte aus Sommerastern in zweitausendzweihundert malaiischen Töpfen flankierten alle Eingänge zu den Bahnhofshallen und halfen mit, den Südflügel des Hauptgeschosses als ein Versailles *en miniature* erscheinen zu lassen: Tausende von Lichtern in den Terracottatöpfen simulierten Millionen von Kerzen. In hundertundvier Vitrinen an den Wänden der Bankettsäle standen lebende Schauspieler in verschiedenen Posen charakteristischer Aktivitäten, welche die Zuhälter, Huren, Dealer, entlaufenen Kinder, Bettler, Süchtigen und anderen Randexistenzen darstellten, die gewöhnlich den Bahnhof bewohnten. Ladengeschäfte, die immer noch profitabel im Busbahnhof existieren konnten, wurden dafür bezahlt, daß sie die ganze Nacht hindurch geöffnet blieben, was die Novität der Umgebung und des Dekors noch verstärkte, und viele Gäste unterhielten sich damit, in den Pausen des Festes verschiedenes einzukaufen. Einundsechzig Paare attraktiver weiblicher eineiiger Zwillinge, alle, die man auf der Welt für diesen Zweck gefunden hatte, posierten als Nixen in den etwa fünfzig künstlichen Teichen und Brunnen, die man angelegt hatte, und achtunddreißig Paare männlicher eineiiger Zwillinge dienten als Herolde und Fahnenschwenker und gaben lustige Antworten auf Fragen.

Überall standen Angestellte des PABT-Informationsservices in roten Jacken bereit, um mit Instruktionen und Hinweisen behilflich zu sein. Das AirTransCentre des Bahnhofs war für Verbindungen zu den drei hauptsächlichen Flugplätzen der Stadt offen geblieben, für diejenigen Gäste, die von der üppigen Minderbinder-Maxon-Festivität eilig zu üppigen Partys in Marokko und Venedig, Musikfestspielen in Salzburg oder Bayreuth, zur Chelsea Flower Show oder zum Tennismatch in Wimbledon flogen.

Erfahrene Headhunters für das Spitzenmanagement hatten durch ausführliche und intensive Einstellungsgespräche sichergestellt, daß nur wohlerzogene Modelle und Schauspieler aus gutem Hause, mit Abschlüssen renommierter Colleges, für die Rollen der männlichen und weiblichen Huren und der anderen mittellosen und degenerierten Bewohner des Gebäudes, die normalerweise hier ihren Lebensunterhalt verdienten, eingestellt wurden – und sie warfen sich mit gesunder Fröhlichkeit in ihre Rollen und mit einem liebenswerten Enthusiasmus für sauberes Entertainment, die die Herzen der Zuschauer in allen Sälen gewannen. Gegen Ende der Party konnten die Beobachter auf den Bildschirmen sehen, wie sie sich in den Kostümen ihrer angeblichen Berufe unter die Gäste mischten, und dies war wiederum eine Innovation, die viel zur allgemeinen Heiterkeit beitrug.

Andere Schauspieler und Schauspielerinnen und männliche wie weibliche Modelle schlenderten durch die verschiedenen Hallen, kostümiert als die Figuren auf berühmten Bildern und aus dem Film – sie nahmen die charakteristischen Haltungen und Posen der von ihnen nachgeäfften Gestalten ein. Es gab eine Anzahl von Marilyn Monroes, eine Reihe von Marlon Brandos als Stanley Kowalskis, hie und da einen Humphrey Bogart, zwei sterbende Marats und mindestens zwei Mona Lisas, die von allen erkannt wurden. Die Kellner trugen wallende weiße Blusen und bestickte Tuniken in Stil verschiedener Epochen. Das Rennwettbüro und Arby's Restaurant im oberen Geschoß und Lindy's Restaurant und Bar ein Stockwerk tiefer waren zu flämischen Wirtschaften des sechzehnten-siebzehnten Jahrhunderts umgebaut worden, und alle möglichen kleinen und großen Gebrauchsgegenstände der Zeit füllten die Tavernen als angemessenes Dekor. In einem dieser Tableaus stand ein hagerer Mann, der eine Zigarette anstatt einer Pfeife rauchte und alles schlau musterte; er hatte milchigblasse Haut, rosa Augen und kupferrotes Haar. Er trug bayerische Lederhosen und hatte einen Wanderstab und einen grünen Rucksack dabei, und Yossarian, der sich auf unklare Weise ganz sicher war, ihn schon einmal gesehen zu haben, konnte sich nicht darüber klarwerden, ob er dort bei der Arbeit war oder kostümiert als Teil der Ausstattung fungierte. Es gab einige wandelnde Rembrandt-Selbstporträts und eine Jane Avril. Jesusse gab es keine.

Nach dem Essen konnten die Gäste ganz nach Wunsch tanzen oder an griechischen und römischen Antiken vorüberschlendern und Zaros Brot bei Zaros Brotkorb kaufen gehen, Fanny-Farmer-Süßigkeiten oder Lose der New York State Lottery erwerben oder in einen Drago-Schuhreparaturladen hineinschauen oder in eine der Tropica-Saftbars, wo die Orangenpyramiden im Stil des Directoire mit Schleifen, Rosetten und Liebesknoten dekoriert waren. Viele hatten noch nie so einen Stapel Orangen gesehen. Die Tafelaufsätze an den Tischen bestanden aus vergoldeten Magnolienblättern und Frühlingszweigen, und die Säulen des Kontrollzentrums lagen majestätisch in silbernem Scheinwerferlicht, von weißschäumenden Brunnen umringt und einer Menge von segelgleich gehißten Firmenfahnen und Konzernwimpeln, die im künstlichen Luftzug wehten und knallten. Eine Halle, die zu Abfahrtsbahnsteigen nach Westen (Richtung Kenosha, Wisconsin) und nach Norden Richtung Pol führte, war im Stil griechischer Renaissance dekoriert und mit italienischen Wandbehängen, japanischen Wandschirmen, mittelalterlichen Rüstungen und reichgeschnitzter Nußbaumtäfelung aus einem französischen Château eingerichtet. Gegenüber lag eine weitere Durchgangshalle für Abreisende; diese war mit Regency-Möbeln, chintzbezogenen Polstersesseln und Mahagoniwandverkleidungen eingerichtet, alles unmittelbar vor den schmiedeeisernen Toren eines mittelalterlichen Innenhofes. Dieser, der Charles Engelhardt Court, ebenfalls vom Metropolitan Museum of Art ausgeliehen, glühte von rosafarbenem und goldenem Licht und zeigte fünfzigtausend französische Rosen und fast ebenso viele goldbetupfte Magnolienblätter um eine für diesen Abend von Hand aufgemalte Tanzfläche aus grünen, gelben, roten und schwarzen Rauten herum.

Siebenundvierzig Protokollchefs des Auswärtigen Amtes hatten bei der Lösung der delikaten Probleme der Sitzordnung geholfen und sichergestellt, daß die dreitausendfünfhundert Gäste korrekt (wenn auch nicht in allen Fällen zufrieden) placiert wurden. Auf die Anordnung, die am Ende gewählt wurde, reagierten viele der dreitausendfünfhundert enttäuscht und unerfüllt, doch sahen sie sich in gewissem Maße durch die sichtliche Enttäuschung anderer entschädigt.

Es gab in den Sälen keinen herausgehobenen Platz für besondere Gäste, abgesehen von jenem kleinen Tisch vor dem Tempel von Dendur im Nordflügel für das Paar sowie natürlich den Präsidenten und die First Lady. Noodles Cook hatte bereits ersatzweise den Platz des Staatschefs eingenommen, bis dieser auftreten würde.

Die First Lady war zeitig gekommen, um Autogramme von Berühmtheiten zu sammeln.

»Ich frage mich, wo der Präsident bleibt«, sagte Olivia Maxon mit ungeduldiger Erwartung. »Ich wünschte, er würde jetzt kommen.«

Er würde, so wußten es einige, direkt vom geheimen unterirdischen BÜGMASP-Hauptquartier in Washington mit einem speziellen Hochgeschwindigkeitszug zum PABT kommen. Und er würde natürlich unter den letzten eintreffenden Gästen sein und gerade noch rechtzeitig auftauchen, um mit breitem Lächeln zu winken, nur einige wenige Hände schütteln und dann die Braut zum Altar geleiten sowie seinen Platz neben M2 als Trauzeuge einnehmen. Diese Doppelfunktion war auch etwas noch nie Dagewesenes und versprach, bei zukünftigen Hochzeitsfeiern stilbildend zu wirken und vielleicht sogar königliche Familien mit jahrhundertealten Traditionen zu beeinflussen.

Alle anderen Tische waren rund, damit niemand an einen besonderen Platz zu sitzen kam, und die Stühle waren demokratisch einheitlich. Und an jedem der weiteren dreihundertvier runden Tische außerhalb des Nordflügels saßen eine wichtige Figur des öffentlichen Lebens und ein Multimillionär oder eine Frau, die mit einem solchen verheiratet war. Die Multimillionäre waren nicht ganz glücklich, denn sie hätten alle den Präsidenten als Tischnachbarn bevorzugt oder ersatzweise zumindest einen der acht eingeladenen Milliardäre, die ihre symbolische Funktion als Gottheiten, Trophäen, Inspirationen und Ornamente durchaus begriffen. Einige der Milliardäre hatten in derselben Woche Hotels in Manhattan gekauft, nur um entsprechende Möglichkeiten für private Feste mit Freunden zu haben.

Der Kardinal hatte den Präsidenten haben wollen, oder wenn nicht ihn, dann den Gouverneur und den Bürgermeister, einen Besitzer einer großen Zeitung der Stadt, mindestens zwei von den acht Milliardären und einen Physiker mit Nobelpreis zum Bekehren. Yossarian wies ihm statt dessen Dennis Teemer zu und einen bedrückten Multimillionär, der sich ein vertrauliches tête-à-tête mit einem Milliardär erhofft hatte. Er setzte sie an einen Tisch mit einem guten Blick auf die Braut an der Ninth-Avenue-Seite des Südflügels, nicht weit vom Polizeirevier und von dem Tisch mit Larry McBride und seiner neuen Frau und Michael Yossarian und seiner alten Freundin Marlene, zwischen dem Sport Spot Lingerie Shop vor den Türen des Reviers und Jo-Ann's Nut House.

McMahon war auch da, er war zu Ehren von McBride und seiner neuen Gattin aus seiner Zelle hervorgekommen und trug dienstlich seine Paradeuniform als Captain statt des Abendanzugs.

McBride hatte sich wahrscheinlich eine spezielle Auszeichnung des Präsidenten verdient für seine Meisterleistung: Platz für die dreihunderteinundfünfzig Tische für die dreitausendfünfhundert engsten Freunde von Regina und Milo Minderbinder und Olivia und Christopher Maxon zu finden, die keine engen Freunde hatten und keine wollten, sowie für den Tempel von Dendur und die anderen monumentalen Aufbauten in den fünf strahlenden Hallen, dazu noch die Tanzflächen und Orchesterpodien. Er war außerdem für die Koordination verschiedener anderer Aktivitäten verantwortlich, mit denen er bisher zum Teil keinerlei Erfahrungen gemacht hatte.

Von entscheidender Bedeutung bei der Planung war die Notwendigkeit, die Prozession der Braut zum Altar ungehindert von der Ninth-Avenue-Seite des Südflügels fast ganz hinüber zur anderen Seite auf der Eighth Avenue bis zu Walgreens Drugstore zu führen, wo es dann um die Ecke durch verschiedene Ausgänge nach Norden ging, unter dem Schutzdach hindurch über die Forty-First Street und dann hinein in die Trau- und Banketthalle im Nordflügel, vor den Altar im Tempel von Dendur. Der Tempel von Dendur, der Blumenthal-Patio, der Engelhardt Court und die Große Halle, jene vier geheiligten Zonen des Museums, die für Partys und andere gesellschaftliche und geschäftliche Ereignisse zur Verfügung standen, waren alle für den Abend in den Busbahnhof umgesetzt und so angeordnet worden, daß alle Gäste ihr eigenes weltberühmtes Monument mit seiner Geschichte ruhmvoller Bewirtung auf Spesen im Blick hatten.

So, wie McBride alles arrangiert hatte, hatten alle Gäste wenigstens teilweise Blick auf die Braut mit ihrer Begleitung, wenn sie auf der Ninth-Avenue-Seite des Bahnhofs aus dem Untergeschoß auf der Rolltreppe heraufgeglitten kam und sich würdevoll Richtung Eighth Avenue und schließlich in den Nordflügel begab.

Diese Route, die eine gewisse Zeit beanspruchte, erlaubte ein musikalisches Programm, das den Anlaß ins Einzigartige steigerte.

Zur Eröffnung der Hochzeitsfeier war das Vorspiel zur Oper *Die Meistersinger* vorgesehen.

Und zu den ersten schmetternden, jubelnden Akkorden dieser Musik sah Yossarian die Braut auf der Rolltreppe in sein Blickfeld emporgehoben, als erschiene sie am Horizont. Die Musik, die für den langen Marsch ausreichte, war in ihrer Munterkeit perfekt, eine Musik wie zum Mitklatschen. Die Brautjungfern und Ringträger fanden sich von den schneller werdenden und wechselnden Tempi besonders stimuliert und zeigten sich dankbar, als der Tanz der Lehrbuben für die letzten zwei Minuten und sechs Sekunden angefügt wurde, die es brauchte, bis die letzten des bräutlichen Aufmarschs in den Korridor zum Seitenausgang zum Nordflügel eingeschwenkt waren. Dort ging die Musik, nachdem die Braut draußen um die Ecke gebogen war, die Straße überquert und den Nordflügel betreten hatte, in eine zeremonielle Orchesterfassung des Preislieds aus derselben Oper über, die mit einem weichen, zitternden Ton endete, als die Braut vor den Altar gelangte und endlich dort anhielt, wo der Kardinal, ein Reformrabbiner und sechs andere Geistliche verschiedener Religionsgemeinschaften mit dem Bräutigam und ihrem hauptsächlichen Gefolge warteten. Hier senkte sich die Musik während der entsprechenden rituellen Texte zu einer Hintergrundwiederholung des Liebesnachtsduetts aus dem *Tristan*, während der Kardinal zu ignorieren versuchte, daß die Musik sowohl himmlisch wie fleischlich war, und der Rabbiner sich bemühte, zu vergessen, daß sie von Wagner stammte. In diesem Teil der Zeremonie wurde das glückliche Paar neunmal zu Mann und Frau erklärt, von den acht Geistlichen und von Noodles Cook, der immer noch den Platz des überfälligen Präsidenten einnahm. Als sie sich vom Altar wegwandten und einen keuschen Kuß tauschten, bevor sie sich auf die Tanzfläche begaben, war die sich erhebende Melodie – verkündete Hacker, ehe sie begann – jene aus dem Beschluß der *Götterdämmerung*, mit den innig aufsteigenden Tönen des »Erlösung durch Liebe«-Motivs.

»Kennen Sie das?« fragte Hacker.

»Ich kenne es«, sagte Yossarian mit kennerischer Überraschung, und war versucht, mit den friedlichen Geigen und träumenden Blechbläsern mitzupfeifen, die sich nun zu einem so heiligen Finale hoben und sänftigten. »Ich wollte eigentlich genau das vorschlagen.«

»Tatsächlich?« fragte der junge Mann Gaffney und unterbrach mit einem Druck auf einen Knopf die Handlung.

»Nein, wollte ich nicht«, zog sich Yossarian zurück, ehe Gaffney antworten konnte. »Aber ich halte das für ideal. Es ist friedlich, melodisch, erotisch und auf jeden Fall ein Höhepunkt und ein krönender Abschluß.« Er gab seiner unruhigen und rachsüchtigen Vorahnung keinen Ausdruck, daß er auf dem Monitor einer zweiten Götterdämmerung zuzusehen schien, daß für alle die Menschen, denen er bei ihrer bewußtlosen Festlichkeit auf den Bildschirmen zuschaute, die Endzeit fast da war, ihn und Frances Beach eingeschlossen – er sah sie beide nun zusammen vorbeitanzen – und vielleicht auch Melissa und McBride und seine neue Frau, für die Braut und M2. »Das wird Ihren Gästen gefallen, Olivia. Sie werden auf die Tanzfläche eilen und dabei diese Götterdämmerungs-Melodie vor sich hin summen.«

»Nein, Sir«, korrigierte ihn der herablassende junge Mann selbstgefällig. »O nein, o nein. Weil wir etwas sehr viel Besseres für diesen Zeitpunkt haben, wenn die dort fertig sind. Warten Sie mal ab, bis Sie das hören.«

Gaffney nickte. »Ich glaube, Sie haben erzählt, daß Sie das schon kennen.«

»Es ist ein Kinderchor«, sagte der Computertechniker. »Der Wagner verklingt langsam, und ganz leise drunter und dann stetig anschwellend führen wir einen Chor von Kindern ein, den die meisten Leute noch nie gehört haben. Engelrein. Und wenn das so richtig im Schwung ist, schieben wir Komik nach, einen Chor musikalisches Gelächter, das die Kinderchen überwältigt und erstickt, und ab geht die Post. Beide von einem deutschen Komponisten namens Adrian Leverkühn. Kennen Sie den?«

»Ich habe von ihm gehört«, sagte Yossarian vorsichtig; ihm war wieder, als taumele er unsicher zwischen verschiedenen Zeiten. »Er ist eine Figur in einem Roman«, fügte er boshaft hinzu.

»Das wußte ich nicht«, sagte der junge Hacker. »Dann wissen Sie, wie bedeutend der war. Beide Chöre sind aus seiner Kantate mit dem Titel *Doktor Fausti Weheklag,* aber das müssen wir den Leuten ja nicht sagen.«

»Bestimmt nicht«, sagte Yossarian ärgerlich. »Weil's nicht wahr ist. Sie sind aus seinem Oratorium, der *Apokalipsis.*«

Der Computerfreak lächelte mitleidig zu Yossarian hoch. »Mr. Gaffney?«

»Er hat unrecht, Hacker«, sagte Gaffney mit einem Schulterzucken zu Yossarian hin, das einen Hauch höflicher Entschuldigung enthielt. »Yo-Yo, Sie machen diesen Fehler immer wieder. Das ist nicht die *Apokalipsis.* Das ist seine *Weheklag.*«

»Gottverdammt, Gaffney, Sie irren sich! Und ich sollte das wohl am besten wissen. Seit etwa fünfzehn Jahren überlege ich mir, einen Roman über dieses Werk zu schreiben.«

»Brav, Yo-Yo. Aber nicht ernsthaft gedacht, und kein ernsthafter Roman.«

»Hören Sie auf mit dem ›Yo-Yo‹, Gaffney. Wir streiten uns wieder. Ich habe Nachforschungen betrieben.«

»Sie wollten Thomas Mann und Leverkühn in denselben Szenen auftreten lassen, oder? Und diesen Gustav Aschenbach als Zeitgenossen von Leverkühn einführen? Nennen Sie das Nachforschungen?«

»Wer ist Gustav Aschenbach?« fragte Hacker.

»Ein toter Mann in Venedig, Warren.«

»Meine Herren, ich kann das leicht für Sie klären, direkt hier auf meinem Computer. Warten Sie drei Zehntausendstel einer

Sekunde. Aha, sehen Sie, da haben wir's. Da, Mr. Yossarian, *Doktor Fausti Weheklag*. Sie haben sich geirrt.«

»Ihr Computer irrt sich.«

»Yo-Yo«, sagte Gaffney, »das ist ein Modell. Es kann sich nicht irren. Machen Sie mit der Hochzeit weiter. Lassen Sie sehen, wie's gegangen ist.«

Auf den größten Bildschirmen wurde die Sonne schwarz, der Mond nahm die Farbe des Blutes an, und die Schiffe auf den Flüssen und im Hafen trieben kieloben.

»Warren, spiel jetzt nicht rum.« Gaffney war irritiert.

»Ich bin's nicht, Jerry. Ich schwör's. Ich lösche das ständig, und es kommt immer wieder. Da wären wir.«

Leverkühns Musik, sah Yossarian, war ein großer Erfolg. Als die ersterbenden Harmonien vom Schluß der *Götterdämmerung* sich dem Ende näherten, stahl sich langsam, ätherisch, ein zarter Kinderchor ins Hörbare, bei dem sich Yossarian nicht erinnern konnte, ihn je gehört zu haben. Ein Atmen erst, eine Ahnung, hob er sich nach und nach zu einem eigenen Wesen, zu einer himmlischen Vorahnung eines todtraurigen Herzzerbrechens. Und dann, als diese süße, schmerzerfüllte, leidvolle Ankündigung beinahe unerträglich war, krachten ohne eine Vorwarnung die berstenden, unvertrauten, amelodischen Tonfolgen unerbittlicher Männerstimmen in schmetternden Chören eines erbarmungslosen Lachens los, eines Lachens, Lachens, Lachens, und dies rief in den Zuhörern erstaunte Erleichterung und unerhörte, wachsende Fröhlichkeit hervor. Das Publikum fiel rasch mit eigenem Gelächter in die barbarische Kakophonie jubelnder Fröhlichkeit ein, die überall aus den Lautsprechern hallte, und die Feststimmung des Galaabends hatte nun begeistert eingesetzt, eines Abends mit Essen und Trinken und Musik und mit noch ingeniöseren Vorführungen und ästhetischen Delikatessen.

Yossarian war da und lachte auch, sah er mit Bestürzung. Er betrachtete sich mit stirnrunzelndem Vorwurf, während sich Olivia Maxon, die dort im Kontrollzentrum des Busbahnhofs neben ihm stand, im Trausaal des Nordflügels stehen sah und sagte, das sei göttlich. Yossarian sah jetzt an beiden Orten zerknirscht aus. Er machte an diesem Ort und an jenem Ort ein böses Gesicht, mürrisch-distanziert. Wie er in seine Zukunft starrte, sah sich Yossarian schockiert mit weißer Krawatte und Frack: in seinem ganzen Leben hatte er nie Frack und weiße Krawatte getragen, den für alle Männer in der Eliteschar von Insidern im Nordflügel vorgeschriebenen Anzug. Bald tanzte er einen zurückhaltenden Two-Step mit Frances Beach, dann nacheinander mit Melissa, der Braut und Olivia. Was Yossarian an sich selber oft mißfiel – so erinnerte er sich jetzt, als er diese Bilder seiner selbst sah, auf denen er stumm, fügsam und gefällig auf dieser ihn erwartenden Hochzeit tanzte –, das war es, daß er gegen Milo Minderbinder im Grunde nichts hatte und nie etwas gehabt hatte, daß ihm Christopher Maxon sympathisch und selbstlos erschien, und daß er Olivia Maxon zwar phantasielos und beschränkt, doch wirklich enervierend nur dann fand, wenn sie entschiedene eigene Meinungen zum Ausdruck brachte. Rein abstrakt hatte er die Meinung, daß er sich schämen müßte, und er hatte die weitere abstrakte Idee, daß er sich noch mehr deshalb schämen mußte, weil er es nicht tat.

Er saß mit Melissa und Frances Beach an einem Tisch, der nahe genug war, daß man sich mit den Minderbinders und Maxons hätte unterhalten können, in der Nähe von Noodles Cook und der First Lady, und man wartete auf die Ankunft des Präsidenten. Angela, die verzweifelt gerne gekommen wäre, war nicht da, weil Frances Beach das nicht zuließ.

»Ich bin nicht stolz darauf, daß ich so empfinde«, gestand Frances ihm. »Ich kann es einfach nicht ändern. Ich habe ja, weiß Gott, dasselbe mehr als einmal gemacht, bei Patrick auch.«

Als er mit Frances tanzte, für die er jene besondere mit einem anderen Menschen geteilte Freundschaft empfand, die manche vielleicht Liebe nennen würden, spürte er nur Knochen, Rippen, Ellenbogen und Schulterblatt, keine fleischliche Regung, und er fühlte sich unbehaglich, als er sie hielt. Als er ebenso ungeschickt mit der schwangeren Melissa tanzte, deren Bedrängnis, Sturheit und Unentschlossenheit ihn gegenwärtig in eine fast unablässige Wut versetzten, erregte ihn die erste Berührung mit ihrem Bauch in dem meergrünen Abendkleid, und es lüstete ihn, sie wieder in ein Schlafzimmer zu führen. Yossarian betrachtete nun verstohlen diesen Bauch, um abzuschätzen, ob er sich weiter gerundet hatte, oder ob die Maßnahmen, seinen Umfang wieder zu normalisieren, bereits ergriffen worden waren. Gaffney sah ihn belustigt an, als lese er wieder seine Gedanken. Frances Beach bemerkte auf der Hochzeit seine nun ganz andere Reaktion und sann melancholisch über die traurigen Tatsachen ihres Lebens nach.

»Wir sind nicht glücklich mit uns selber, wenn wir jung sind, und sind nicht glücklich mit uns selber, wenn wir alt sind, und diejenigen von uns, die sich weigern, so zu sein, sind unerträglich borniert.«

»Sie geben ihr ja keinen schlechten Text«, sagte Yossarian aggressiv zu Hacker.

»Das gefällt mir auch. Ich hab's von Mr. Gaffney hier. Es hört sich recht realistisch an.«

»Das sollte es wohl.« Yossarian fixierte Gaffney zornig. »Mrs. Beach und ich haben diese Unterhaltung bereits geführt.«

»Ich weiß«, sagte Gaffney.

»Ich dachte mir's doch, Sie Arsch«, sagte Yossarian ohne Ärger. »Entschuldigen Sie, Olivia. Wir sagen gelegentlich solche Sachen. Gaffney, Sie überwachen mich immer noch. Warum?«

»Ich kann nicht anders, Yossarian. Es ist mein Geschäft, wissen Sie. Ich produziere keine Informationen. Ich sammle sie nur. Es ist nicht wirklich meine Schuld, daß es so scheint, als wüßte ich alles.«

»Was wird mit Patrick Beach? Es zeigt sich keine Besserung.«

»O je«, sagte Olivia schaudernd.

»Ich würde sagen«, antwortete Gaffney, »daß er sterben wird.«

»Vor meiner Hochzeit?«

»Danach, Mrs. Maxon. Aber, Yo-Yo, das würde ich in Ihrem Fall auch antworten. Dieselbe Antwort würde ich in jedem Falle geben.«

»Über Sie selbst auch?«

»Natürlich. Warum nicht?«

»Sie sind nicht Gott?«

»Ich bin in der Immobilienbranche. Ist Gott nicht tot? Sehe ich tot aus? Übrigens, Yossarian, ich habe mir auch überlegt, ein Buch zu schreiben.«

»Über Immobilien?«

»Nein, einen Roman. Vielleicht können Sie mir helfen. Er fängt am sechsten Schöpfungstag an. Ich erzähle es Ihnen nachher.«

»Nachher bin ich beschäftigt.«

»Sie werden Zeit haben. Sie treffen Ihre Verlobte erst um zwei.«

»Heiraten Sie wieder?« Olivia wirkte erfreut.

»Nein«, sagte Yossarian. »Und ich habe keine Verlobte.«

»Doch, er heiratet«, antwortete Gaffney.

»Hören Sie nicht auf ihn.«

»Er weiß noch nicht, was er tut. Aber ich. Weiter mit der Hochzeit, Warren.«

»Er ist immer noch nicht gekommen«, berichtete Hacker ratlos, »und keiner weiß, weshalb.«

Bis jetzt hatte es keine Fehler gegeben bis auf die Abwesenheit des Präsidenten.

McBride hatte sich pflichtbewußt und unermüdlich um Parkplätze für die Automobile gekümmert und ihre Ankunft mit den An- und Abfahrten der Busse koordiniert, wobei er viele Fahrzeuge aus beiden Gruppen auf die Rampen und Ausfahrten der dritten und vierten Geschosse umleitete. Die eintausendundachtzig Parkplätze in den Parkhäusern droben boten Platz für den größten Teil der fast siebzehnhundertfünfundsiebzig erwarteten Limousinen. Die meisten waren schwarz, der Rest perlgrau. Andere Autos wurden auf den Parkplatz auf der anderen Seite der Avenue umgeleitet, wo den Gehsteig entlang Kebabbuden und

Erdnußverkäufer standen und Schuhputzstände, umringt von geselligen schwarzen und braunen Männern, die manchmal die lauen Nächte an ihren Ständen verbrachten, wo sie unter großen Sonnenschirmen schliefen. Sie benutzten die Waschbecken und Toiletten des Bahnhofs und ignorierten dabei die zeitlos überdauernden Arbeiten von Michael Yossarian, die ganz ausdrücklich »Rauchen, Herumlungern, Rasieren, Baden, Waschen von Wäsche, Betteln, Belästigung«, oralen Sex und Geschlechtsverkehr verboten. Die schäbigen Straßenszenen waren für viele amüsant, die die Avenue überquerten, um unter dem häuserblocklangen Vordach aus Metall und Rauchglas den Bahnhof zu betreten, und sie glaubten, das Ganze sei eigens für sie inszeniert worden.

Fotografen hielten auf allen Straßen jeden Zugang des großen Gebäudes besetzt, als sei der Ort belagert, und Journalisten waren aus dem Ausland angereist. Insgesamt siebentausendzweihundertdrei Presseausweise, die den Zugang erlaubten, waren an akkreditierte Journalisten ausgegeben worden. Dies war für eine amerikanische Hochzeit ein Rekord. Sechsundvierzig Besitzer ausländischer Publikationen waren zu Gast.

Die Einladungen zu dem Galaempfang waren in Umschlägen überbracht worden, die steif und eckig waren, denn sie waren auf Platin gedruckt, und von der ersten Adreßliste von dreitausendfünfhundert Eingeladenen hatte allein Sammy Singer abgesagt, der höflich schrieb, er habe bereits eine Reise nach Australien vor. Yossarian hielt mehr von Sam Singer denn je. Die Geheimagenten Raul und Bob (mit seinem roten Haar) sowie ihre Ehefrauen waren ebenso als Bewacher da wie als Gäste. Yossarian hatte sie mit Bedacht an verschiedene, entlegene und weit voneinander entfernte Tische exiliert; jetzt sah er mit indignierter Überraschung bei der zukünftigen Hochzeit, daß sie trotzdem gleich neben ihm an seinem eigenen Tisch im Sanktum des Nordflügels saßen, nahe genug, um Wache über das epische Spektakel zu halten, während sie gleichzeitig ein Teil davon waren, und daß Jerry Gaffney, der überhaupt nicht eingeladen war, mit seiner

Frau auch an seinem Tisch saß! Irgend jemand hatte irgendwo die Anordnungen geändert, ohne ihn zu informieren.

Wie erwartet, begann der Limousinenstau früher als erwartet. Um achtzehn Uhr kamen viele an, die sich nicht die Gelegenheit entgehen lassen wollten, fotografiert zu werden, ehe das dichtere Gedränge wichtigerer Leute begann. Und viele von denen, die als erste kamen, die First Lady darunter, waren begierig, gleich da zu sein, zu gaffen und sich nichts entgehen zu lassen.

Es war ein Festtag für die Moderedaktionen.

Die Frauen bekamen vorab den hilfreichen Hinweis von Olivia Maxon, daß es unmöglich sein würde, sich zu extravagant zu kleiden. Sie waren auch dankbar für ein Bulletin von führenden Couturiers, welche die Trends ihrer nächsten Kollektionen skizzierten. Das Resultat war eine extravagante Fiesta der aktuellsten Modetrends, mit höchster Brillanz von der Kamera festgehalten, bei der die Damen selbstbewußt als Zuschauer und Schauspiel auftraten. Während die verschiedensten Geschmacksrichtungen von den fast zweitausend anwesenden Frauen demonstriert wurden, gab es keine, die nicht auf der Höhe der Mode war.

Sie trugen alles, vom Cocktailkleid zum Ballkleid, sie kamen in selig regenbogenfarben schimmerndem, makellos glattem Leinen mit goldenen Nadelstreifen und Fransen mit indianischer Perlstickerei, in eher pastellfarbenen Tönen, im wesentlichen von Elfenbein zu Pfirsichfarben und Meergrün. Leopardenflecken waren ein bevorzugtes Muster auf Chiffonröcken oder bei Organdykleidern mit Fransensäumen und auf Seidenjacken. Es kamen Frauen in langen Abendkleidern, die entzückt waren, so vielen anderen Frauen in langen Abendkleidern zu begegnen, insbesondere in Kleidern mit zerbrechlichen Stickereien auf blaßknisternder Seide. Kurze Röcke waren ebenfalls aus Chiffon, in den Farben des Regenbogens. Satinjacken waren rosa, orange und chartreusegrün und mit Straß anstelle von Nägelköpfen gemustert, während weite schwarze *point d'ésprit*-Überröcke vorn die Knie zeigten und hinten auf den Boden tropften, und die, die kühn genug gewesen waren, richtig zu raten, waren besonders stolz auf ihre sexy mattglänzenden Jersey-Abendkleider.

Nach Champagner, Kaviar und Cocktails und lange vor der Ankunft von der Braut und M2 wurde die Beleuchtung aller Flügel des Busbahnhofs zu sakramentalem Dämmerlicht gedämpft, und alle nahmen um das jeweils nächste Orchesterpodium Platz, um zu lauschen, wie eine begabte Geigerin, jünger noch als Midori, und vier geklonte Pendants Paganini-Capriccios spielten. Es war unmöglich, das Original von den Klonen zu unterscheiden, und es gab keine Preise für korrektes Erraten. Christopher und Olivia Maxon konnten im Fleische und auch überlebensgroß auf den direkt geschalteten Fernsehschirmen gesehen werden, die groß waren wie die Leinwand eines Kinos. Sie saßen in der ersten Reihe ganz rechts im Hauptgeschoß des Nordflügels, und alle Gäste dort und anderswo bemerkten plötzlich, daß ein einzelner Scheinwerfer offenbar bewußt so aufgestellt war, daß sein Licht direkt hinab auf Olivia fiel, die mit ineinander verschränkten Händen dasaß und mit einem Ausdruck eleganter Ekstase auf ihrem berühmten Gesicht. Wie man im Kontrollzentrum auf den Schirmen sehen konnte, die zu Zeitungskiosken hinüberblendeten, wurde sie bereits in einer laufenden zukünftigen Ausgabe des *U.S. News & World Report* als »die Königin der Nouvelle Society« beschrieben. Und *Time* würde schreiben – wie sie an den Zeitungsständen vor dem Bahnhof sehen konnten, die eigens für sie offen hatten –: »Olivia Maxon ist eine Prinzessin der neuen Gesellschaftsordnung, und der Busbahnhof ist ihr Palast.«

Die Quintessenz dieser Tagtraumphantasie von der Hochzeit, die zwei Milliardärsfamilien zusammenbrachte, wurde in einer Zeremonie bei Kerzenlicht in stilvollem Weiß in Weiß zelebriert, bei der die Kleider aller Frauen und kleinen Mädchen des Brautcortège von Arnold Scaasi entworfen worden waren. Die Braut selbst trug ein altweißes Taftkleid, zart mit Gold bestickt und mit einer siebenundzwanzig Fuß langen Schleppe. Ihr Tüllschleier wurde von einer Tiara aus Diamanten und Perlen gehalten. Ihre

Brautführerin war eine ehemalige Miss Universum, der sie vorher nie begegnet war. Sie hatte zwanzig kastanienbraune und vierzig flachsblonde Brautjungfern im Gefolge, größer und schöner als sie selbst, und alle gingen in altweißem golddurchwirktem Moiré. Einhundertzwanzig Kinder unter zwölf Jahren, rekrutiert unter den Freunden und Verwandten beider Familien, waren als Blumenmädchen und Ringträger eingekleidet. Die Mutter des Bräutigams erschien nervös in Designerbeige, während Olivia Maxon in pfirsichfarbenem Satin mit überlappenden Rüschen, die mit Zehntausenden kleiner Perlen besetzt waren, überwältigend aussah mit ihren großen dunklen Augen und ihrem Stumpfnäschen, und mit den glitzernden *en cabochon* geschnittenen Smaragden, die ihren weißen Hals schmückten.

Das Brautgefolge versammelte sich privatim unter dem Expreßservice der Greyhound Bus Company im Untergeschoß. Dort wurden das schweigende Mädchen und ihr gesamter Troß (Miss Universum, sechzig wunderschöne Brautjungfern und einhundertzwanzig Blumenmädchen und Ringträger) gebadet, gekämmt und ansonsten für den großen Auftritt vorbereitet, von persönlichen Modisten und Make-up-Künstlern. Pünktlich nahmen sie ihre Plätze in sehr langen Reihen am Fuß der parallelen Rolltreppen ein und betraten mit dem auf Sekundenbruchteile genau erfolgenden musikalischen Signal die hinauffahrende Treppe, um der erwartungsvollen Festversammlung entgegenzuschweben. Eine frohe, herzerwärmende Fanfare gebieterischer Wagnerakkorde kündigte ihren Aufstieg ins Hauptgeschoß des Südflügels an, und die Braut trat am Arm ihres Stiefonkels Christopher Maxon hervor und kam zu zeremoniell gespendetem respektvollem Applaus heran, der sich zuerst an den Tischen vor dem Polizeirevier erhob, bei dem Sport Spot Lingerie Shop und JoAnn's Nut House.

Zum Vorspiel zu den *Meistersingern* und dem Tanz der Lehrbuben führten die Braut und Christopher Maxon die hundertachtzig anderen zur großen Erleichterung von jedermann ohne jeden Fehler mitten durch den Südflügel zu Walgreens Drugstore und der Abbiegung zum Ausgang auf die Straße, wo Auto- und Fußgängerverkehr umgeleitet worden waren (selbst die Busse), und dann ging es zur sentimentalen Orchesterversion des Preisliedes in den Nordflügel und endlich zum Altar im Tempel von Dendur.

Nachdem diese Riten vollzogen waren und das Leverkühnsche Interludium mit Kinderklage und Höllengelächter aus der *Apokalipsis* (es war die *Apokalipsis,* trotz Gaffneys absurden Einwänden) verklungen war, füllten sich die zu Bankettsälen verwandelten Hallen sanft mit Musik. Viel gesetztes Tanzen wie in alten Zeiten fand nun statt, während sich die Gäste langsam ihre Plätze suchten und dem ersten Essen entgegensahen (das zweite Essen war als unglaubliche Überraschung geplant!). Die dreitausendfünfhundert engsten Freunde der Minderbinders und der Maxons hüpften und knicksten zu Balladen, zwischen den einzelnen Gängen: pochierter Lachs mit Champagneraspik, Trio von Kalb, Lamm und Huhn, Orzo mit Porcini, und Frühlingsgemüsen. Die Weine für dieses Mahl waren 1986er Cordon Charlemagne Latour und 1978er Louis Roederer Cristal Champagne.

Die Tanzmusik spielte jeweils zwanzig Minuten. In den Zehnminutenpausen dazwischen sah man das lebhafte Schaupiel, wie die Musiker jedes Orchesters zu einem anderen Podium an einer der fünf Tanzflächen wechselten, um dort für ein anderes Publikum zu spielen. Sie gingen einer nach dem anderen die Rolltreppen hinauf und hinunter, ohne dabei in irgendeiner Weise (die jemandem außer ihnen selbst aufgefallen wäre) aus dem Takt zu kommen. Die Kellner, die mit ihren Tabletts hinter ihnen auf und ab fuhren, bewegten Hüften und Schultern im Rhythmus, und die Pikkolos sausten wie Windgeister umher, um die Tische lautlos abzuräumen und die Überreste nach draußen zu den gigantischen Müllautos zu schaffen, die an den Rampen bereitstanden und dann vollbeladen von ihren reservierten Parkplätzen davonröhrten, die neben denen der Kühltransporter lagen, aus welchen sich neue Köstlichkeiten in Höchstgeschwindigkeit ergossen. Einige gutgelaunte ältere Gäste begannen, den Musikern mit einem eigenen Tänzchen die Rolltreppen hinauf und hinab zu folgen, wobei sie ein eigenes Lied sangen, »The Hully-Gully«. Bald spielten alle Orchester jedesmal den Hully-Gully, wenn sie die Runde machten. Bei späteren Satellitenübertragungen des Festes wurde diese Sequenz immer schneller abgespielt, um den Stummfilmeffekt zu erzielen, daß sich die Personen in zappeliger Hast bewegten, und Milo Minderbinder im Frack mit seinem Schnurrbart und der peinlich berührt lächelnden Miene sah für viele, die ihn nicht kannten, wie Charlie Chaplin aus.

Sofort nach dem pochierten Lachs mit Champagneraspik, dem Trio von Kalb, Lamm und Huhn, dem Orzo mit Porcini und den Frühlingsgemüsen kamen vor dem Kaffee oder irgendeinem anderen Dessert an jeden Tisch drei große Portionen Mangosorbet, jeweils in der Form einer gefrorenen ägyptischen Sphinx, nur daß die eine das Gesicht von Milo Minderbinder hatte, die andere das von Christopher Maxon, sogar mit unangezündeter Zigarre. Die dritte Sphinx – alles kam zu dem hastigen und irrtümlichen Schluß, das würde der Präsident sein – zeigte das unbekannte Gesicht eines Mannes, der später als ein gewisser Mortimer Sackler identifiziert wurde. Nicht mehr viele wußten noch, wer Mortimer Sackler war, und diese List wurde als ein weiterer gelungener Witz des Abends genossen. Ohne Vorwarnung sprach eine Frauenstimme über die öffentliche Lautsprecherdurchsage:

»Wegen Staus auf der Route 3 muß bei allen Abfahrten und Ankünften von Bussen mit Verzögerungen gerechnet werden.«

Die Versammlung schrie vor Lachen und klatschte wieder.

Kaum hatte sich die festive Menge von ihrer Begeisterung erholt, als zu ihrem schockierten Entzücken das Servieren einer weiteren vollständigen Mahlzeit begann: ein zweites Dinner oder Überraschungssupper. Dieses bestand aus Hummer, gefolgt von Fasanenbouillon, gefolgt von Wachteln, gefolgt von gedämpfter Birne mit Fondant. Und diese Mahlzeit, sagte die vitale Stimme eines anonymen jubelnden Zeremonienmeisters durch die Lautsprecher an, ging »auf Kosten des Hauses«. Das hieß, sie wurde ohne Kosten für die Maxons von den Eltern des Bräutigams gestellt, von Regina und Milo Minderbinder, um die Liebe zu ihrer neuen Schwiegertochter zum Ausdruck zu bringen, die unauslöschliche Freundschaft für deren Stiefonkel und Stieftante, Christopher und Olivia Maxon, und die tiefempfundene Dankbarkeit für jeden einzelnen der Anwesenden, die sich die Mühe gemacht hatten zu kommen. Nach der gedämpften Birne mit Fondant, als die Zeit für Milos kurze Rede gekommen war (die zu dem Zeitpunkt, als die Zuschauer im Kontrollzentrum hörten, wie er sie hielt, noch nicht geschrieben war), sagte er ungelenk diesen Tribut an seine Frau auf:

»Ich habe eine wunderbare Frau, und wir lieben uns sehr. Ich habe das noch nie vorher in ein Mikrofon gesagt, aber es gibt nur ein Wort, mit dem es sich ausdrücken läßt. Yahoo.«

Er wiederholte dies noch dreimal für drei weitere Gruppierungen von Filmkameras und Mikrofonen, und hatte jedesmal Schwierigkeiten mit dem Wort »Yahoo«. Christopher Maxon, dessen rundes Gesicht sich zu einem Lächeln faltete, kam mit dramatischer Betonung rascher zur Sache:

»Meine Mutter hat immer gesagt: ›Sag nicht den Leuten, daß du sie liebst, zeig es ihnen.‹ Und so sage ich ›Ich liebe dich‹ zu meiner Frau Olivia, die heute abend so viel für unsere Wirtschaft getan hat. Wenn irgend jemand von einer Rezession redet – also das kann man vergessen!«

An einem entfernten Tisch im Südflügel draußen erhob sich der Bürgermeister von New York zu sporadischem Applaus und verkündete, daß Olivia und Christopher Maxon soeben zehn Millionen Dollar für den Busbahnhof gestiftet hatten, mit denen Küchenräume eingerichtet werden sollten, die bei künftigen Veranstaltungen benutzt werden könnten, sowie zehn weitere Millionen für das Metropolitan Museum of Art als Dank für die großzügige Überlassung des Tempels von Dendur, des Blumenthal-Patios, des Engelhardt Court und der Großen Halle.

Olivia Maxon sprang auf: »Kein Wunder – nach all dem hier! Ich habe meinen Mann noch bei keinem Geschenk an irgendeine Institution so spontan erlebt.«

Dann kam die Hochzeitstorte, an der Legionen von Bäckermeistern, -gesellen und -lehrlingen montelang im Cup Cake Café gefront hatten, nur einen Block weiter an der Ninth Avenue und der Thirty-Ninth Street. Der frühere Applaus war nichts gegen das spontane Aufschwallen kreischender Hingabe, als die Hochzeitstorte hereingerollt wurde, von der Winde eines Hebezeugs hängend, um sich dann zu senken und einem klatschenden Publikum an der großen Tanzfläche im Südflügel enthüllt zu werden, vor Au Bon Pain, wo früher eine Bank gestanden hatte und die Decke hoch war. Die Torte war ein fabelhaftes Monument aus Sahne, Fondant, unzähligen Zuckergüssen und luftigen Plateaus aus schwebenden Bisquitschichten, bestückt und durchsetzt mit Eis und Füllungen aus Likörpralinés, wie es noch niemand in diesem Ausmaß je erlebt hatte. Sie erhob sich vierundvierzig Fuß hoch, wog fünfzehnhundert Pfund und hatte eine Million und einhundertsiebzehntausend Dollar gekostet.

Man empfand es allgemein als sehr schade, daß sie nicht im Metropolitan Museum konserviert werden konnte.

Die Braut konnte den Kuchen nicht selbst anschneiden, denn sie war nicht groß genug.

In einem Auftritt, welcher des Anlasses würdig war, wurde die Torte von oben durch eine Truppe von Athleten und Trapezkünstlern in weißen Trikots und rosa Leibchen angeschnitten, die der Zirkus Ringling Brothers and Barnum & Bailey zur Verfügung gestellt hatte, der soeben ein paar Blocks weiter südwärts im Madison Square Garden gastierte. Die Torte wurde auf dreitausendfünfhundert Tellern serviert, jeder mit einem Freesienzweig aus Fondant dekoriert. Das Porzellan war Spode, und das Spode wurde mit dem Abfall hinausgeworfen, um Zeit zu sparen und den äußerst engen Fahrplan der Lieferantenwagen und Busse, die heranrollten und davonjagten, nicht umzuwerfen. Es gab mehr als genügend Torte für die dreitausendfünfhundert Gäste, und die achthundert Pfund, die übrigblieben, wurden in Stücke geschnitten und eilig in die Schutzräume für die evakuierten Asozialen geschafft, damit die sich damit vollstopfen konnten, ehe die Sahne und die Eisfüllung schmolzen und verdarben.

Limousinen und Lieferwagen und Müllautos benutzten die Hälfte der vierhundertfünfundsechzig numerierten Bahnsteige des PABT und paßten sich perfekt in den Fahrplan der vierzig Busgesellschaften mit ihren zweitausend täglichen Fahrten und zweihunderttausend täglichen Fahrgästen ein. Reisenden, die vom Bahnhof aus wegfuhren, wurde es gestattet, umsonst den Bus zu benutzen – als Lockung, rasch zu verschwinden. Ankommende Reisende wurden sofort zu ihren Gehsteigen, U-Bahnen, Taxis und Lokalbussen geleitet, und auch sie schienen kalkulierte Bewegungspartikel in einer klug inszenierten Pantomime.

Während es vorherzusehen gewesen war, daß der Präsident eine zeitige Ankunft vermeiden würde, um nicht mit all den dreitausendfünfhundert anderen Gästen Freundlichkeiten tauschen zu müssen, hatte man nicht erwartet, er würde so spät kommen, daß er die Hochzeitszeremonie selbst und den Beginn und das Ende der beiden Mahlzeiten versäumen würde. Unvorbereitet und ohne Probe nahm Noodles Cook widerstrebend den Platz als Trauzeuge des Bräutigams ein und führte auch die Braut von Christopher Maxon hinüber zu M2. Er erledigte es, sah aber dabei nicht präsidentiell aus.

Yossarian konnte sich im Kontrollraum deutlich sehen, wie er Noodles Cook beobachtete, der immer nervöser zu seinem Tisch herüberschaute und auf die Uhr sah. Yossarian, simultan an beiden Orten zu verschiedenen Stunden an verschiedenen Tagen, empfand an beiden Orten ebenfalls größtes verwirrtes Erstaunen. An beiden Orten konnte er hören, wie die First Lady sich bei Noodles Cook beklagte, daß es schwer war, zu wissen, was im Kopf des Präsidenten vor sich ging. Endlich verstand Noodles und erhob sich selbst.

In der Hauptschalterhalle des Südflügels stand das Werk des berühmten Bildhauers George Segal, das mit drei lebensgroßen menschlichen Figuren die Buspassagiere symbolisiert: zwei Männer und eine Frau gehen in Richtung eines Türrahmens. Yossarian wußte, daß die drei Statuen in verschwiegener Nacht durch drei bewaffnete Geheimdienstagenten ersetzt worden waren, die bekannt waren für ihre Hartnäckigkeit und ihren kaltblütigen Stoizismus und jetzt die Statuen nachahmten. Sie trugen verborgene Sprechfunkgeräte und hatten den ganzen Tag lang, ohne sich zu bewegen, den Nachrichten aus Washington gelauscht, die Aufenthaltsort und geschätzte Ankunftszeit des hohen Gastes betrafen.

Yossarian schob sich nun vorsichtig neben einen dieser als Statuen posierenden Männer und fragte *sotto voce*:

»Wo zum Teufel ist er?«

»Woher zum Teufel soll ich das wissen?« erwiderte der Mann, kaum die Lippen bewegend. »Fragen Sie sie.«

»Der Arsch kommt nicht aus seinem Büro raus«, sagte die Frau, ohne die ihren zu bewegen.

Es gab keine Information über den Grund der Verspätung.

In der Zwischenzeit setzten sich die Festlichkeiten fort. Die vielfältigen Hin- und Herbewegungen von Vorräten und Ausrüstungsgegenständen und von dem riesigen Personal waren eine ebenso komplexe Aufgabe wie eine Militärinvasion im arabischen Golf, mit geringeren Toleranzmargen für sichtbare Fehler. Erfahrene Logistikexperten wurden aus Washington abgeschickt, um mit McBride und den Angehörigen des Planungsausschusses von Milo Minderbinders Restaurantservice zusammenzuarbeiten.

Die Strategie, die im Sitzungszimmer des Services entwickelt worden war, wurde in seinen Küchen und Werkstätten umgesetzt sowie in den umfangreichen Wirtschaftsräumen des Metropolitan Museum of Art und in den zahlreichen Lebensmittelläden in der Nähe, die Lagerungsmöglichkeiten und verarbeitende Maschinerie besaßen und für diesen Krisenfall verpflichtet worden waren. Da die Architekten des PABT keine Zukunft im Partygeschäft gesehen hatten, fehlte es an Küchen, und es war notwendig, Allianzen mit verschiedenen Restaurants in der Nachbarschaft abzuschließen.

Am Tag des Ereignisses sollten die hauptsächlichen Lieferanten, wie Yossarian sah, Stunden vor Sonnenaufgang am Bahnhof ankommen (und taten es auch, wie Yossarian sah), und die für das Fest vorgesehenen Innenräume wurden von Bewaffneten in Zivil besetzt und vor der Öffentlichkeit abgeriegelt.

Um 7.30 Uhr waren fünfzehnhundert Arbeitskräfte an ihren vorherbestimmten Plätzen und begannen mit ihren Tätigkeiten.

Um 8.00 Uhr hatte sich in den Räumen des Restaurantservices eine von technischen Experten zusammengestellte Fließbandmannschaft gebildet, die die Canapés und die anderen kleinen Sandwiches zubereitete und den Räucherlachs säuberte und zerlegte. Die Arbeit dort hörte erst auf, als vierhundert Dutzend dieser Tee-Sandwichs fertiggestellt und abgeschickt worden waren.

Um 8.15 Uhr hatten sechzig Köche, siebzig Elektriker, dreihundert Floristen und vierhundert von den Kellnern und Barkeepern an beiden Orten die ursprünglichen Landungstruppen verstärkt.

Um 8.30 Uhr begann das Reinigen von fünfzig Scheffeln Austern und fünfzig Scheffeln Muscheln, das Kochen von zweihundert Pfund Krabben und die Herstellung von fünfundfünfzig Gallonen Cocktailsauce.

Um 9.00 Uhr kamen die Tische, Stühle und die andere Einrichtung am Bahnhof an, und Elektriker und Installateure hatten ihre umfangreichen Arbeiten begonnen, während in den Küchen des Restaurantservices und des Metropolitan Museum of Art die Hackmesser das Gemüse für die *crudités* attackierten und in Rekordzeit zerlegten: tausend Bund Sellerie, fünfzehnhundert Pfund Möhren, tausendundeinen Kopf Blumenkohl, hundert Pfund Zucchini und zweihundert Pfund roten Paprika.

Um 10.00 Uhr schwebten alle hundertundfünfzehntausend roten, weißen und schwarzen Luftballons mit dem Aufdruck FRISCH VERHEIRATET triumphal über allen Busbahnsteigen und sämtlichen Zugängen zum Bahnhof.

Am Mittag waren die Elektriker mit dem Aufhängen der Lüster fertig.

Um 1.00 Uhr wurden die tragbaren Toiletten geliefert und unauffällig an den dafür vorgesehenen Punkten aufgestellt. Es waren über dreitausendfünfhundert, mehr als eine für jeden Gast, alle in den Pastellfarben der Saison, hinter falschen Fassaden von Damenschneidern und Herrenausstattern aufgestellt, und die Gäste bemerkten mit einem Schauer plötzlicher Bewußtheit, daß keine Person mit einer Toilette in Kontakt kommen würde, die bereits vom Gebrauch durch jemand anderen befleckt worden war. Jede Toilette wurde sofort auf unsichtbaren Wegen von Möbelpackern, Schauerleuten und Sanitärtechnikern durch Hinterausgänge hinausgeschafft, um auf Lastwagen verladen, dann auf wartende Kähne auf dem Hudson gebracht und schließlich mit der Ebbe aufs Meer hinaus gefahren zu werden, wo man sie ins Wasser warf, was die nächsten ein, zwei Tage niemandem auffiel. Die rücksichtsvolle Voraussicht, welche die Bestellung dieser ganz individuellen Geräte der Marke Portosan zeigte, war ebenfalls ein großer Erfolg dieses wohlanständigen Bacchanals, und viele Gäste schlichen sich noch zweimal zurück, nur wegen des neuen Erlebnisses, wie jemand, der noch eine zusätzliche Runde durch einen keimfreien Vergnügungspark dreht. »Warum hat noch niemand daran gedacht?« war ein häufig wiederholter Satz.

Früh am Nachmittag um 2.55 Uhr wurden fünf Tonnen Eis wie bestellt angeliefert, und als die Uhr drei schlug, fingen zweihundert Kellner, dann weitere zweihundert Kellner, als das erste Kontingent vorgerückt war und den Weg frei gemacht hatte, und dann noch einmal zweihundert, als die letzteren ihrerseits ausgeschwärmt waren, mit dem Aufstellen der Tische an, während die als Reserve verbleibenden sechshundert Weißwein, Wasser und

Champagner mit Eis kühlten und hundertundzwanzig Bars im Hauptgeschoß und im Obergeschoß einrichteten sowie in dem geräumigen dritten Stockwerk, wo für die späten Nachtstunden laute Musik und wildes Tanzen vorgesehen waren.

Um vier bauten die Musiker ihre Instrumente auf den Podien und an den Tanzflächen auf.

Um fünf waren fünfzig Dessertbuffets solide eingerichtet, und die zwölfhundert oder mehr Sicherheitskräfte von der Stadt, der Bundesregierung und dem M. & M.-Liquidationsservice hatten ihre Positionen an höhergelegenen Punkten eingenommen. Draußen waren Lastwagen mit Einheiten der Nationalgarde stationiert für den Fall, daß Unruhen von Protestgruppen ausgehen sollten, die mit der festlichen Stimmung der Galaveranstaltung nicht im Einklang waren.

Nach dem Hochziehen, Absenken und Anschneiden der Hochzeitstorte wurde weiter getanzt; man sprach seine Glückwünsche aus. Zu den verschiedenen Finales vereinigten sich alle in der Großen Halle des Metropolitan Museum of Art, wo auf den Tischen immer noch mehr Fondantdesserts aufgehäuft wurden.

Dort wurde – ehe sich das Fest in kleinere, freundschaftlichere, fast verschwörerische Gruppen auflöste – eine Anzahl von Trinksprüchen auf die Minderbinders und Maxons ausgebracht, und es wurden kurze Ansprachen gehalten. Gier war etwas Gutes, verkündete ein Wall-Street-Arbitrageur. Verschwendung war in Ordnung, triumphierte ein anderer. Wenn man's hatte, warum sollte man es nicht zeigen. Schlechter Geschmack war ja nichts Geschmackloses, brüllte wieder einer, und wurde bejubelt wegen seines Witzes.

»Das war die Art von Veranstaltung«, rief freudig ein Sprecher der Obdachlosen, »die einen mit Stolz erfüllt, in New York obdachlos zu sein.«

Doch stellte er sich als nicht echt heraus, ein Sprecher von einer Public-Relations-Firma.

Das offizielle Ende der Festaktivitäten wurde durch eine sentimentale Wiederholung des »Erlösung durch Liebe«-Motivs angezeigt, das alle fünf der Orchester des Abends mit der Geigerin und ihren vier Klonen spielten, verstärkt durch die früheren Orchesteraufnahmen, und viele der Anwesenden hängten sich schamlos beieinander ein und summten lustig die Melodie, als wäre sie (ohne Worte) der neueste Ersatz für »Auld Lang Syne« oder für jenes andere unsterblich beliebte Lied »Till We Meet Again«.

Für jene nimmermüden Unternehmungslustigen, die sich entschieden hatten, noch zu verweilen, um auf den Bahnen im Obergeschoß Bowling zu spielen oder die Nacht zu vertanzen oder sich anderweitig der faszinierenden Attraktionen und Einrichtungen des Busbahnhofs zu bedienen, wurde an jeder der Hilfsküchenstationen die ganze Nacht hindurch eine dritte Mahlzeit serviert, und zwar (wie auf allen Monitoren zu lesen stand):

WEITERES MENÜ
Fricassee de Fruits de Mer
Les trois Rôti Primeurs
Tarte aux Pommes de Terre
Salade à Bleu de Bresse Gratinée
Friandises et Desserts
Espresso

Yossarian, der immer noch über das weitere Menü nachdachte, fuhr als nächstes zusammen, als er sich in die Filmkameras einer Fernsehshow sprechen sah, in Frack und weißer Krawatte, zwischen Milo Minderbinder und Christopher Maxon, und sagen hörte:

»Die Hochzeit war für jeden hier ein Highlight seines Lebens. Ich glaube nicht, daß irgendeiner von uns so etwas noch einmal zu Gesicht bekommt.«

»Ach du Scheiße«, sagte er real und hoffte, man würde seine lakonische Ironie bemerken.

Es bestand kaum ein Zweifel, daß die Minderbinders und die Maxons an diesem Abend den Port-Authority-Busbahnhof ganz nach vorne in die Reihe der großen Ausrichtungsorte festlicher Empfänge für das Ende dieses und die Morgendämmerung eines neuen Jahrhunderts katapultiert hatten. Jeder bekam eine bunte Broschüre, gemeinsam herausgegeben vom PABT und dem Metropolitan Museum of Art, mit dem jetzt den Bahnhof so viele Interessen verbanden. Schon für 36 000 Dollar konnte jedermann auf der Welt an dem einen wie dem anderen Ort ein Fest feiern.

Es war damit gerechnet worden, daß die meisten Gäste um 1.00 Uhr aufbrechen würden. Sie taten es, und die eine Million hundertzweiundzwanzigtausend Champagnerkelche, die als Souvenirs zur Verfügung standen, waren rasch verschwunden. Eine jüngere, flottere Gruppe von Gästen blieb zum Bowling, zum Essen, und um wie verrückt zu den Platten zu tanzen, die ein All-Night-Discjockey für die oberen Stockwerke auflegte. Schließlich schliefen diejenigen, die sich immer noch nicht losreißen konnten, auf kräftigen sauberen Korbliegen ein, die man in die Schalterhallen gestellt hatte, oder legten sich in einem der Nottreppenhäuser zur Ruhe, wo man frische, unbenutzte Matratzen auf den Treppenabsätzen und Stufen ausgelegt hatte. Als sie erwachten, gab's frischen Saft an den Saftbars für sie und Frühstück mit Eiern und Pfannkuchen in den Coffeeshops. Die Treppenhäuser waren gründlich geleert und gereinigt worden, statt nach Desinfektionsmittel roch es jetzt hier nach Aftershave und Designerparfums. Man hatte für die Treppenhäuser eine einbeinige Frau mit einer Krücke angestellt, damit sie umherwanderte und wirr vor sich hin murmelte, man habe sie vergewaltigt, aber das war eine kleine Schauspielerin mit einem hübschen Gesicht, das schon in der Kosmetikwerbung zu sehen gewesen war, und wohlgeformten Beinen, bekannt aus der Strumpfhosenwerbung. Eine große, freundliche, mütterliche Schwarze mit Leberflecken, die karzinomatös wirkten, und einer üppigen Altstimme summte Spirituals.

Um 4.30 Uhr am Morgen hatten die achtundzwanzig Transportunternehmen der Cosa Nostra, die über die Washingtoner Cosa Loro den Vertrag mit dem M. & M.-Restaurantservice bekommen hatten, den Rest des Abfalls entfernt, und um 6.00 Uhr, als die ersten der gewöhnlichen Busreisenden erschienen, war alles wieder normal, bis auf die Abwesenheit der Nutten und der Obdachlosen, die in ihrem Zwangsexil bleiben würden, bis niemand mehr sich vor ihnen erschrecken würde.

»Das war sehr subtil ausgedrückt«, sagte Gaffney als Lob für Yossarians kleine Ansprache.

»Ich kann nicht glauben, daß ich das gesagt habe«, sagte Yossarian reuevoll.

»Sie haben es noch nicht gesagt. Also?« fragte Gaffney mit genuinem Interesse, als sie auf dem Monitor zusahen, wie die Menschenmenge, die sich dort noch nicht versammelt hatte, langsam wie erschöpft auseinandersickerte und in blassen Spiegelbildern an die Orte zurückschlich, von denen sie noch nicht gekommen war. »Mrs. Maxon schien zufrieden.«

»Dann wird es ihr Mann auch sein. Die ganze Wagnermusik gefällt mir. Ich muß aber lachen – glauben Sie, daß das Ende der *Götterdämmerung* für diesen Anlaß eine taktvolle Wahl ist?«

»Ja. Würden Sie ein Requiem vorziehen?« Gaffneys dunkle Augen blinzelten.

»Jetzt wird sie wieder schwarz, diese gottverdammte Sonne«, sagte Hacker leichthin und lachte. »Ich krieg's irgendwie nicht weg.«

»Die Sonne kann nicht schwarz werden«, sagte Yossarian scharf, da ihn der junge Mann wieder irritierte. »Wenn sie schwarz würde, wäre der Himmel auch schwarz, und Sie könnten es nicht sehen.«

»Tatsache?« Hacker kicherte. »Schauen Sie mal.«

Yossarian schaute mal und sah, daß auf den großen Zentralschirmen tatsächlich die Sonne schwarz an einem blauen Himmel stand, der Mond war wieder rot, und alle Schiffe im Hafen und den umliegenden Wassern, die Schlepper, Lastkähne, Tanker, Frachter, Fischereiboote und verschiedenen Jachten lagen wieder kieloben.

»Da ist irgendwas weggerutscht«, sagte Hacker. »Ich muß einfach weiter daran arbeiten.«

»Mir ist auch ein Detail aufgefallen, das weggerutscht ist«, sagte Yossarian.

»Sie meinen den Präsidenten?«

»Er ist nicht gekommen, oder? Ich hab ihn nicht gesehen.«

»Wir kriegen ihn nicht dazu, daß er aus seinem Amtszimmer rauskommt. Hier – sehen Sie.« Yossarian erkannte das Vorzimmer zum Oval Office in Washington. »Da sollte er eigentlich rauskommen, zum BÜGMASP-Gebäude fahren und mit dem neuen Superzug hierher. Statt dessen geht er immer in die andere Richtung raus. Er geht ins Spielzimmer.«

»Sie müssen Ihr Modell neu programmieren.«

Hacker gackerte mit affektierter Verzweiflung vor sich hin und überließ die Antwort Gaffney.

»Wir können das Modell nicht umprogrammieren, Yo-Yo. Es ist das Modell. Sie müssen die Präsidentschaft umprogrammieren.«

»Ich?«

»Tatsächlich ist er jetzt gerade da drin«, sagte Hacker. »Was zum Teufel hat er da eigentlich in seinem Spielzimmer?«

»Fragen Sie Yossarian«, sagte Gaffney. »Der war schon dort.«

»Er hat ein Videospiel«, sagte Yossarian. »Es heißt *Triage*.«

ZWÖLFTES BUCH

33. ENTR'ACTE

Milo verlor rasch das Interesse, sauste in Geschäften davon und war schon aus dem Busbahnhof draußen, als das Alarmsignal ertönte, nicht in Sicherheit darunter mit Yossarian.

»Wo ist Mr. Minderbinder?« fragte McBride, als Yossarian allein durch die Tür auf den Treppenabsatz trat, wo McBride und Gaffney standen.

»Fort, um noch mehr Wolkenkratzer im Rockefeller Center einzukaufen«, berichtete Yossarian spöttisch. »Oder seine eigenen zu bauen. Er will sie alle.« Eines Tages, dachte Yossarian, als sie die schmiedeeiserne Treppe hinabstiegen, könnten die ungeheuerlichen Hunde, die man nun sich regen hörte, tatsächlich da sein, und was für eine trickreiche Schlußüberraschung *das* wäre! Sie hatten alle die Fahrstühle gefunden, sagte McBride ihm frohlockend. Michael und seine Freundin Marlene waren es müde geworden zu warten und waren mit Bob und Raul schon weit hinuntergegangen. McBride hatte Yossarian noch etwas Weiteres zu zeigen.

»Wie weit ist ›weit hinunter‹?« fragte Yossarian launig.

McBride kicherte nervös und sagte unruhig und wie ausweichend über die Schulter: »Sieben Meilen!«

»*Sieben Meilen?*«

Gaffney amüsierte seine kreischende Fassungslosigkeit.

Und das waren vielleicht Fahrstühle, fuhr McBride fort. Eine Meile in der Minute aufwärts, hundert Meilen in der Stunde abwärts. »Und Rolltreppen haben sie auch noch, die ganze Strecke runter. Es heißt, die fahren zweiundvierzig Meilen hinab!«

»Gaffney?« fragte Yossarian, und Gaffney nickte langsam. »Gaffney, Milo ist nicht glücklich«, teilte ihm Yossarian in scherzhaftem Ton mit. »Das wissen Sie wohl.«

»Milo ist niemals glücklich.«

»Er hat Befürchtungen.«

»Und was befürchtet er heute? Er hat den Vertrag.«

»Er befürchtet, daß er nicht genug gefordert hat und nicht soviel für die Shhhhh! bekommt wie Strangelove für sein Flugzeug. Und dabei funktionieren die nicht einmal.«

Gaffney blieb so abrupt auf der Treppe stehen, daß die beiden Männer aneinanderprallten. Zu Yossarians vollkommenem Erstaunen schaute er ihn ohne seine übliche ungerührte Gelassenheit an.

»Sie funktionieren nicht? Weshalb sagen Sie das?«

»Fuktionieren sie doch?«

Gaffney entspannte sich. »Das tun sie, Yo-Yo. Eine Sekunde lang habe ich gedacht, Sie wüßten etwas, was ich nicht weiß. Sie funktionieren bereits.«

»Das können sie nicht. Sie werden es nicht. Die haben mir ihr Wort gegeben.«

»Sie brechen ihr Wort.«

»Sie haben es mir versprochen.«

»Sie brechen ihre Versprechen.«

»Ich habe eine Garantie.«

»Nutzt nichts.«

»Ich hab's schriftlich.«

»Stecken Sie sich das in Ihre im Sinne des Informationsfreiheitsgesetzes einzusehenden Akten.«

»Ich versteh's nicht. Haben die Strangelove geschlagen?«

Gaffney stieß sein lautloses Lachen aus. »Yossarian, mein Freund, die *sind* Strangelove. Sie haben sich natürlich vereinigt. Sind Sie abgesehen von den unterschiedlichen Namen und Firmen nicht identisch? Sie haben schon seit Jahren Flugzeuge in der Luft.«

»Warum haben Sie das nie gesagt?«
»Wem denn? Niemand hat gefragt.«
»Mir hätten Sie es sagen können.«
»Sie haben nicht gefragt. Oft ist es zu meinem Vorteil, etwas für mich zu behalten. Manchmal ist Wissen Macht. Manche sagen, die endgültige Waffe wird gut sein für mein Geschäft, manche bestreiten es. Deshalb bin ich heute hier unten. Um das herauszufinden.«
»Welches Geschäft?«
»Immobilien natürlich.«
»Immobilien!« höhnte Yossarian.
»Sie weigern sich, mir zu glauben«, sagte Gaffney lächelnd, »und doch meinen Sie, Sie möchten die Wahrheit wissen.«
»Die Wahrheit wird uns frei machen, oder nicht?«
»Sie tut es nicht«, antwortete Gaffney, »und sie wird es nicht. Sie hat es noch nie getan.« Er deutete hinunter zu McBride. »Gehen wir, Yo-Yo. Er hat noch eine Wahrheit, die er Ihnen zeigen möchte. Erkennen Sie die Musik?«

Yossarian war sich fast sicher, daß er wieder die Leverkühn-Passage über die Lautsprecher hörte, Musik aus dem Opus, das nie geschrieben worden war, in einer tönenden Orchesterversion, *rubato, legato, vibrato, tremolando, glissando* und *ritardando* gespielt, süßlich für den populären Konsum verkleidet, ohne irgendeine zitternde, verstörende Andeutung der furchtbaren Klimax.

»Gaffney, Sie irren sich übrigens bei dem Leverkühn. Das ist aus der *Apokalipsis*.«

»Ich weiß es jetzt. Ich hab's nachgeschlagen, ich habe mich geirrt. Ich kann Ihnen gar nicht sagen, wie peinlich mir das ist. Aber ich wette, ich weiß, was Sie mich als nächstes fragen werden.«

»Fällt Ihnen was auf?« fragte Yossarian trotzdem.

»Natürlich«, sagte Gaffney. »Wir werfen keine Schatten hier, unsere Füße machen kein Geräusch. Fällt *Ihnen* was auf?« fragte

Gaffney, als sie bei McBride anlangten. Er meinte nicht den Wachtposten im Gang auf seinem Stuhl vor dem Aufzug. »Ja?«

Es war Kilroy.

Er war weg.

Die Worte auf der Tafel waren ausgelöscht.

Kilroy war tot, eröffnete ihm McBride. »Ich dachte, ich sollte es Ihnen sagen.«

»Ich hatte schon so ein Gefühl«, sagte Yossarian. »Es gibt Leute in meinem Alter, die es bedauern werden, das zu hören. Vietnam?«

»O nein, nein«, antwortete McBride überrascht. »Es war Krebs. Prostata-, Knochen-, Lungen- und Gehirnkrebs. Sie haben es als natürlichen Tod registriert.«

»Ein natürlicher Tod«, wiederholte Yossarian klagend.

»Es könnte schlimmer sein«, sagte Gaffney mitfühlend. »Jedenfalls gilt immer noch: Yossarian lebt.«

»Natürlich«, sagte McBride, im herzlichen Tonfall eines guten Kerls. »Yossarian lebt noch.«

»Yossarian lebt?« wiederholte Yossarian.

»Natürlich, Yossarian lebt«, sagte McBride. »Vielleicht können wir das dann auf eine Gedenktafel schreiben.«

»Natürlich, und für wie lang wohl?« antwortete Yossarian, und der Alarm ertönte.

McBride fuhr sofort zusammen. »He, was ist denn das?« Er wirkte verängstigt. »Ist das nicht Luftalarm?«

Gaffney nickte. »Ich glaube auch.«

»Ihr wartet hier!« McBride rannte bereits auf den Wachtposten zu. »Ich erkundige mich!«

»Gaffney?« fragte Yossarian zitternd.

»Ich weiß es hier unten nicht«, antwortete Gaffney grimmig. »Es kann der Krieg sein. Zeit zur Triage.«

»Sollten wir nicht hier raus, zum Teufel? Rasch, los!«

»Werden Sie jetzt nicht verrückt, Yossarian. Wir sind hier viel sicherer.«

DREIZEHNTES BUCH

34. FINALE

Als er den Alarm aufheulen hörte und die bunten Lämpchen an den Armaturen blinken sah, war der Präsident voller Stolz, daß er etwas in Gang gebracht hatte, und saß strahlend vor Selbstzufriedenheit da, bis ihm langsam aufging, daß er nicht wußte, wie er das anhalten sollte, was er in Bewegung gesetzt hatte. Er drückte einen Knopf nach dem anderen, ohne Erfolg. Als er gerade nach Hilfe rufen wollte, kamen sie schon durch die aufkrachende Tür gerannt: Noodles Cook, der dicke Mann aus dem Innenministerium, dessen Namen einem nie gleich einfiel, sein dünner Widerpart vom Nationalen Sicherheitsausschuß, Mr. Mager, und jener Luftwaffengeneral, der kürzlich in den Generalstab befördert worden war.

»Was ist passiert?« kreischte General Bingam mit einem entsetzten Gesicht, erhitzt von Konfusion.

»Es funktioniert«, sagte der Präsident mit breitem Grinsen. »Sehen Sie? Genau wie das Spiel hier.«

»Wer greift uns an?«

»Wann hat es angefangen?«

»Greift uns jemand an?« fragte der Präsident.

»Sie haben alle unsere Raketen abgefeuert!«

»Sie haben unsere Flugzeuge losgeschickt!«

»Hab ich? Wohin?«

»Überallhin! Mit dem roten Knopf, auf den Sie ständig gedrückt haben!«

»Mit dem da? Das wußte ich nicht.«

»*Drücken Sie jetzt nicht nochmal drauf!*«

»Wie soll ich denn das wissen? Rufen Sie sie alle zurück. Sagen Sie, es tut mir leid, es war keine Absicht.«
»Wir können die Raketen nicht zurückrufen.«
»Wir können die Bomber nicht zurückrufen.«
»Wir können die Bomber nicht zurückrufen! Und wenn jemand zurückschlägt? Wir müssen sie zuerst ausschalten!«
»Das wußte ich nicht.«
»Und wir müssen unsere Zweitschlagbomber auch rausschikken, falls die unseren ersten Schlag erwidern wollen.«
»Kommen Sie, Sir! Wir müssen uns beeilen!«
»Wohin?«
»In den Untergrund. In die Schutzräume. Triage – wissen Sie nicht mehr?«
»Natürlich. Das hab ich gespielt, ehe ich auf das hier umgestiegen bin.«
»Verdammt nochmal, Sir! Was zum Teufel gibt es denn da zu lächeln!«
»An der Sache hier ist nichts komisch, Scheiße nochmal!«
»Wie sollte ich denn das wissen?«
»Machen Sie zu! Wir sind die, die überleben müssen!«
»Kann ich meine Frau holen? Meine Kinder?«
»Sie bleiben auch hier!«
Sie rannten wie ein rasender Mob hinaus und warfen sich in den zylindrischen Fluchtaufzug, der sie erwartete. Dick stolperte über C. Porter Lovejoy, der hinzulief und verzweifelt ebenfalls in den Fahrstuhl drängte, und fiel drinnen zu Boden, und Lovejoy hing auf seinem Rücken wie ein wahnsinniger Affe in kratzendem Furor.

Während sie aus ihrem dunklen Haar heiße hellblaue Lockenwikkel entfernte, deren Farbe fast genau zu ihren Augen paßte, und mit Lippenstift und anderen Kosmetika hantierte, als wolle sie groß ausgehen (sie hatte ihre Gründe, daß sie so gut aussehen wollte wie möglich), entschloß sich Schwester Melissa MacIntosh wieder, beim Mittagessen mit John Yossarian endlich zu einem Entschluß zu kommen, was ihren Streit betraf, ob sie nun ihren Termin beim Geburtsspezialisten einhalten sollte, um ihre Schwangerschaft zu bewahren, oder den beim Gynäkologen, um Schritte zu ihrem Abbruch einzuleiten. Sie hatte keine Ahnung von Schreckensgeschehnissen anderswo.

Sie begriff seine Abneigung, so bald wieder zu heiraten. Sie nahm sich noch eine Praline aus der Ein-Pfund-Geschenkpackung neben ihr. Die hatte sie von dem belgischen Patienten und seiner Frau an dem Tag bekommen, als er das Krankenhaus nach fast zwei Jahren lebend verließ. Sie war erleichtert, daß die Belgier nach Europa zurückflogen, denn sie neigte dazu, emotionale Beziehungen einzugehen, und wollte jetzt einen klaren Kopf für die Lösung ihres eigenen Problems behalten.

Yossarian konnte sehr gute Gründe gegen eine erneute Vaterschaft seinerseits anführen.

Sie machten auf sie keinen Eindruck. Er konnte besser und rascher argumentieren und deshalb, so schien es ihr, auch unfairer. Sie konnte es sich selber und auch ihrer Wohnungsgenossin Angela gegenüber eingestehen, daß sie nicht immer alles genau durchdachte und über nicht sehr viel systematische Voraussicht verfügte.

Doch weigerte sie sich, das als Schwäche aufzufassen.

Sie hatte etwas, das Yossarian fehlte: ein Vertrauen, einen Glauben, daß alles am Ende gut werden mußte für Menschen wie sie, die gut waren. Sogar Angela, die seit Peters Schlaganfall der Arbeit und der Pornographie überdrüssig war, die zunahm und sich wegen Aids Sorgen machte, sprach nun sehnsüchtig davon, nach Australien zurückzugehen, wo sie immer noch ihre Familie und ihre Freunde hatte und eine Lieblingstante in einem Pflegeheim, die sie gerne regelmäßig besuchen würde. Wenn Angela jetzt anfangen mußte, an Kondome zu denken, würde sie am liebsten den Sex ganz aufgeben und heiraten.

Yossarian betonte den Altersunterschied so sehr, daß er sie erst vor zwei Tagen abends beinahe wieder unfairerweise überzeugt hätte – sie beglückwünschte sich dazu, ihm getrotzt zu haben.

»Davor habe ich gar keine Angst«, teilte sie ihm mit kerzengeradem Rückgrat mit. »Wir würden ohne dich durchkommen, wenn es sein müßte.«

»Nein, nein«, korrigierte er fast maliziös. »Angenommen, *du* bist es, die bald stirbt!«

Sie weigerte sich, darüber weiter zu reden. Dieses Bild ihrer kleinen Tochter, allein mit einem über siebzigjährigen Vater, war ein zu komplex verworrenes Problem, als daß sie es hätte lösen wollen.

Sie wußte, sie hatte recht.

Sie hatte keinen Zweifel, daß Yossarian sie ausreichend finanziell unterstützen würde, selbst wenn sie wider seinen Willen ihre Absicht wahrmachte und sie beide nicht mehr länger zusammenblieben. Sie wußte instinktiv, daß sie ihm da vertrauen konnte. Es stimmte zwar, daß er weniger häufig leidenschaftlich liebevoll mit ihr war als in den ersten Tagen und Wochen. Er machte nicht länger seine neckischen Anspielungen auf Unterwäschekäufe in Paris, Florenz oder München. Er schickte Rosen jetzt nur am Geburtstag. Aber auch sie war weniger liebevoll, überlegte sie mit einer gewissen Zerknirschung, und mußte gelegentlich bewußt daran denken, sich doch lasziver um die sinnlich beglückenden Leistungen zu bemühen, die sich zu Beginn bei ihnen eher unmittelbar ergeben hatten. Sie gab auf Angelas Frage hin zu, daß er nie mehr eifersüchtig schien und nicht länger irgendein Interesse an ihrer erotischen Vergangenheit zeigte. Er wollte nur noch selten mit ihr ins Kino. Er hatte bereits ohne Ärger und mit nur geringer Unzufriedenheit erwähnt, daß er bis heute nie mit einer Frau zusammengewesen war, die während einer längeren Liaison immer noch so oft wollte wie er, daß sie sich liebten. Sie dachte zurück und fragte sich, ob das bei anderen Männern, die ihre Freunde gewesen waren, auch der Fall war. Abgesehen davon strengte er sich auch nicht mehr so sehr an wie früher, sie zu befriedigen, und wirkte nicht besonders beunruhigt, wenn er sah, daß es ihm nicht gelungen war.

Sie hatte das Gefühl, daß nichts davon eine Rolle spielte.

Melissa MacIntosh wußte, sie hatte recht, und konnte nicht sehen, daß irgend etwas an dem, was sie wollte, falsch sein sollte. Sie war eine Frau, die gerne von ihren Instinkten sprach (wie sie ihre dogmatischen Eingebungen nannte), und im Augenblick wußte sie instinktiv, daß er am Ende, wenn sie geduldig war, wenn sie einfach ihre Stellung hielt und mit toleranter Miene unbeugsam blieb, wie gewöhnlich in alles, was sie wollte, einwilligen würde. Bei der Frage, ob sie ein Kind haben sollten, hatte er starke Argumente. Sie hatte nur ein schwaches, und das war genug: Sie wollte das Baby haben.

Der Gedanke, er könne gar nicht mehr im Restaurant auftauchen, um den Streit fortzusetzen, kam ihr erst, als sie sich vor dem Fortgehen noch einmal in der kleinen Wohnung umschaute. Sie schüttelte ihn mit rasch aufsteigender Furcht ab, ehe sie auch nur beginnen konnte, darüber nachzudenken, was ein solches Sich-Entziehen bedeuten mochte.

Sie hatte Stöckelschuhe angezogen, um noch besser auszusehen, und ging rasch mit verführerisch klackenden Absätzen hinaus.

Vor dem Haus, in der Nähe der Ecke, an der sie jetzt ein Taxi nehmen wollte, sah sie wie erwartet Fahrzeuge der Consolidated Edison Company und Männer, die den Asphalt aufrissen, um Verbesserungen oder Reparaturen vorzunehmen. Sie waren immer da, diese Männer von den Stromwerken, fast von Anbeginn der Zeit, so schien es ihr, als sie mit klappernden Absätzen rasch vorüberging. Sie war versunken in die Einzelheiten der erwarteten Auseinandersetzung und bemerkte kaum, daß der Himmel dunkler war, als es natürlicherweise der Tageszeit entsprach.

Nach so langer Zeit aus dem Krankenhaus entlassen, flog der belgische Patient nun nach Brüssel und zu seiner Führungsposition bei der EG zurück. Er sprach von sich selber humorvoll als dem »kranken Mann Europas«. Er war bei anständiger Gesundheit, in guter Stimmung, wenn auch abgemagert, und ein sehr viel schwächerer Mann, minus ein Stimmband, eine Lunge und eine Niere. Da man ihm geraten hatte, die hochprozentigen Alkoholika aufzugeben, hatte er sich während der zwei Wochen weiterer ärztlicher Überwachung seit seiner Entlassung auf Wein und Bier beschränkt. Durch die kleine, kreisrunde Öffnung in seinem Hals, wo permanent ein Plastikröhrchen für Absaugungen oder Intubationen implantiert worden war – und durch welche er in scherzhafter Stimmung auch sprechen konnte –, sog er Zigarettenrauch ein und keuchte zufrieden. Das Rauchen war ihm verboten, aber er entschied, daß es so nicht zählte. Seine verspielte, muntere Frau, voll Freude, daß sie ihn zurückhatte, rauchte ebenfalls für ihn. Mit erfahrenem Geschick und gespitztem Mund inhalierte sie aus ihrer eigenen Zigarette und blies kokett in schmalen zielsicheren Strömen Zigarettenrauch in ihn hinein, durch die chirurgische Öffnung mit ihrem Plastikzylinder und dem abzuschraubenden Deckel. Dann fingen sie, wenn sie zu Hause waren, an, sich zu umhalsen, zu küssen, zu kitzeln, und versuchten sich zu lieben. Zu ihrem Entzücken und Erstaunen gelang es ihnen regelmäßiger, als sie es beide noch vor kurzem für wahrscheinlich gehalten hätten. Er verbarg nun gewöhnlich die Prothese vor Außenstehenden mit einem hohen Hemdkragen und einer breitgeknoteten Krawatte oder einem Seidenschal oder einem bunten Halstuch. Er entdeckte eine Schwäche für großgepunktete Schalkrawatten. Mit seiner Frau allein teilte der kranke Mann Europas noch ein zweites Geheimnis: Seinen absoluten Glauben, daß nichts, was er, seine Kollegen oder irgendein Gremium von Experten tun konnten, irgendeine dauerhafte Wirkung zum Besseren auf das ökonomische Schicksal seines Kontinents oder der westlichen Welt haben konnte. Die Menschen hatten kaum eine Kontrolle über das Menschheitsgeschehen. Die Geschichte würde ihren eigenen Lauf nehmen, unabhängig von den Menschen, die sie machten.

Vor dem Verlassen des Krankenhauses hatten die beiden in seinem Zimmer eine kleine Feier gegeben, und alle Krankenschwestern und das ganze übrige Personal bekamen jeweils eine Flasche Champagner, ein Pfund Fanny-Farmer-Pralinen und eine Stange Zigaretten geschenkt. Sie hätten auch jedem hundert Dollar gegeben, aber das Krankenhaus sah Geldgeschenke nicht gerne.

Auf Flügen buchten der belgische Patient und seine Frau gewöhnlich Erste Klasse, doch sie genossen es, einen Teil der Zeit an Bord auf billigeren Plätzen zu verbringen, wegen der größeren, intimeren Körpernähe, die es ihnen gestattete, Schenkel und Arme mit frivoler Unanständigkeit aneinanderzudrücken, während sie rauchten, sich unter den hüllenden Decken auf ihren Knien zu liebkosen und einander bis zum Orgasmus zu masturbieren.

Auf dem Rückflug über dem Atlantik saßen sie diesmal gerade zufrieden in der Ersten Klasse und schauten den Film an, eine Komödie, als der Alarm, von dem sie nichts wußten, ausgelöst wurde. Beide dachten sich kaum etwas bei den zahlreichen Wattefäden aus weißem Dampf, die sich nun hinter ungesehenen Flugobjekten abspulten, welche in größerer Geschwindigkeit als sie über und unter ihnen flogen, am Himmel erscheinend, als die Kinoleinwand schwarz wurde, die Lichter mit einem aggressiven Aufglühen wieder angingen und die Blenden an den Fenstern wieder hochgezogen wurden. Da sie ostwärts der Nacht entgegen flogen, beunruhigte es sie nicht, daß sich der Himmel verdunkelte. Hinter ihnen war die Sonne grau wie Blei geworden. Ebenso wie der Projektionsmechanismus des Films schien die flugzeuginterne Sprechanlage einen Defekt aufzuweisen. Es war keine Musik oder irgendeine andere Unterhaltung in den Kopfhörern zu empfangen. Als eine Stewardeß mit einem Mikrofon vorne in der Kabine erschien, wurden ihre Worte nicht übertragen. Als Passagiere in gutgelaunt gemimter Empörung anderes Personal herbeigestikulierten und die Stewards und Hostessen sich hinunterbeugten, um zu antworten, machten ihre Stimmen kein Geräusch.

Dennis Teemer hörte es nicht, und dem Kardinal, den zuvor Ahnungen von irgendwelchen katastrophischen Vorhaben gestreift hatten, sagte man nichts. Viele waren auserwählt, doch dieser Mann der Wissenschaft und dieser Hirte der Seelen waren nicht darunter. Da es nicht länger möglich war, die Öffentlichkeit vor Angriffen zu schützen, gab es keine Schutzräume für die Öffentlichkeit, und man hielt es nicht für klug, Entsetzen und Verzweiflung durch eine Warnung auszulösen, die sich vielleicht als überflüssig erweisen mochte, wenn der befürchtete nukleare Gegenschlag nicht eintreten sollte.

Als der Alarm aufheulte, wurden nur die wenigen Glücklichen, denen schon vorher das Privileg zuteil geworden war, auf die Liste zu kommen, abgeholt, versammelt und nach unten gelassen. Dies waren Männer von seltenen Fähigkeiten, die als unverzichtbar für die Fortführung unseres Lebensstils unter der Erde galten. Man spürte sie auf und führte sie rasch zu den verborgenen Eingängen hitzeresistenter Aufzüge; dies übernahmen Spezialeinheiten ergebener BÜGMASP-Polizisten und -Polizistinnen, die sich nie überlegt hatten (bis der Augenblick der Wahrheit kam), daß sie selber als verzichtbar draußenbleiben würden.

»Hier spricht Harold Strangelove, und es wird Sie freuen zu hören, daß ich und meine engsten Mitarbeiter sicher hier unten angelangt sind und weiter zur Verfügung stehen werden, um Sie mit unseren Verbindungen und Ratschlägen zu unterstützen sowie mit unserem feinsten Pomp und Bombast«, sagte die Stimme, klar vernehmbar, über die Lautsprecher. »Der Präsident ist zurückgeblieben, und ich habe nun hier die Führung, weil ich mehr weiß als jeder andere. Unsere Raketen sind gestartet, und ich garantiere, daß wir unsere Ziele alle erfolgreich erreichen werden, sobald wir herausgefunden haben, welche Ziele wir mit dem Abschuß verfolgt haben. Wir wissen noch nicht, ob irgendwelche der von uns angegriffenen Territorien zurückschlagen werden. Um ihre Möglichkeiten zu begrenzen, haben wir nun alle unsere Erstschlagbomber in der Luft. Bald werden wir die Funksperre aufheben und Sie zuhören lassen. In der Zwischenzeit versichere ich Ihnen, daß an alles gedacht ist. Wir haben eine voll existenzfähige soziale Gemeinschaft hier unten, die bereits bis zu einer Tiefe von zweiundvierzig Meilen vorgedrungen ist, oder ich sollte vielleicht besser sagen: hinabgedrungen, und wir werden hier weiterhin reibungslos und demokratisch existieren, solange alle genau das tun, was ich sage. Wir sind militärisch abgesichert. Wir haben hier das Personal, das benötigt wird, um einen nuklearen Gegenangriff draußen zu überleben, sollte ein solcher eintreten. Wir haben die politischen Führer, Bürokraten, Mediziner, Intellektuellen, Ingenieure und sonstigen Techniker. Was bräuchten wir mehr? Die Eingänge zu allen unseren Verstecken sind nun von unseren BÜGMASP-Spezialeinheiten abgeriegelt. Jedem, der das Glück hat, sich jetzt hier zu befinden, und trotzdem mit seiner Lage unzufrieden ist und gehen möchte, ist dies gestattet. Dies ist ein freies Land. Aber niemand sonst wird ohne spezielle Genehmigung eingelassen, und keiner von den Überlebenden erhält Zutritt, ehe ich eine entsprechende Entscheidung treffe. Wir sind mit allem wohlversehen, was ein gerecht und billig Denkender nur braucht, und die Zeit, die wir hier komfortabel verbringen können, solange alle tun, was ich sage, ist fast unbegrenzt. Wir haben ein sehr breites Angebot an Unterhaltungsmöglichkeiten. Wir haben an alles gedacht. Nun gibt Ihnen der neue Vorsitzende meines Generalstabs einen Überblick über unsere militärische Lage, wie sie sich im Augenblick darstellt.«

»Meine amerikanischen Mitbürger!« sagte General Bernard Bingam. »Offen gesagt, ich weiß auch nicht mehr als Sie über die Gründe dafür, daß es diesen Krieg geben mußte, aber wir wissen, es waren gute Gründe, unsere Sache ist gerecht, und unsere militärischen Operationen werden ebenso restlos erfolgreich sein wie die, welche wir in der Vergangenheit durchgeführt haben. Unsere Antiraketen-Raketeneinheiten sind alle einsatzbereit und erzielen wahrscheinlich bereits unglaubliche Erfolge im Kampf gegen jegliche feindlichen Raketen, die im Gegenschlag auf uns herabregnen könnten. Unsere stärkste Waffe sind in dieser Phase die schweren Bomber. Wir haben Hunderte davon für unseren Erstschlag, und wir werden sie jetzt losschicken, als eine reine Vorsichtsmaßnahme. Es wird Ihnen gestattet, mich nun mit dem Kommandanten unserer Luftwaffenoperationen in Verbindung treten zu hören. Also dann. Hallo, hallo. Hier spricht Bingam, Bingam, Bigman Bernie Bingam, vom unterirdischen Hauptquartier im Ben & Jerry's-Depot in Washington. Bitte kommen, Commander, bitte kommen.«

»Häagen-Dazs.«

»Danke, Commander Whitehead. Wo befinden Sie sich?«

»Auf zweiundfünfzigtausend Fuß Höhe, in unserer fliegenden strategischen Kommandozentrale über dem geographischen Mittelpunkt unseres Landes.«

»Ausgezeichnet. Geben Sie Ihren Einheiten Anweisung, wie geplant vorzugehen. Zeit ist jetzt kostbar. Dann ändern Sie Ihre Position.«

»Wir haben bereits unsere Position geändert, noch während ich sie gemeldet habe.«

»Also ist sie nicht mehr korrekt?«

»Sie war schon da nicht korrekt.«

»Ausgezeichnet. Melden Sie alle gesichteten feindlichen Raketen oder Flugzeuge. Wir werden Ihnen dann alles Nähere sagen, wenn Sie wieder da sind.«

»Gut, Sir. Wohin sollen wir zurückkommen?«

»Hmmmm. Es ist vielleicht keine Örtlichkeit mehr da. Ich glaube, daran haben wir noch nicht gedacht. Sie können ebensogut in den Territorien landen, die Sie zerstört haben. So werden Sie vorgehen.«

»Ist das wahr, General Bingam?«

»Genauso ist es, Commander Whitehead.«

»Häagen-Dazs.«

»Ben & Jerry's. Dr. Strangelove?«

»Ganz hervorragend.«

»Ist das wahr, Dr. Strangelove?«

»Genauso ist es, General Bingam. Wir haben nichts übersehen. Nun muß ich mich aber bei Ihnen allen kurz entschuldigen, weil wir eine Kleinigkeit doch vergessen haben.« Er fuhr mit einer absichtlich etwas undeutlicheren Stimme fort und versuchte offenbar, seine Entschuldigung in fröhlichem, ablenkendem Tonfall vorzubringen. »Wir haben versäumt, irgendwelche Frauen mit herunterzubringen. Ach ja – ich kann mir gut vorstellen, wie alle ihr Machos euch jetzt vor die Stirn schlagt und stöhnt und tut, als wärt ihr todunglücklich. Aber denken Sie einmal an die ganzen Unstimmigkeiten, deren Ursache die Frauen bereits jetzt wären. Es steht mir nicht zu, hier eine offizielle Empfehlung auszusprechen, aber unser Oberarzt hat mich daran erinnert, daß Abstinenz schon immer ein vollwertiger Ersatz für das schwache Geschlecht gewesen ist. Weitere adäquate Substitute sind Masturbation, Fellatio und Analverkehr. Wir empfehlen dazu Kondome, und Sie werden große Vorräte in Ihren Drugstores und Supermärkten finden. Um eine nennenswerte Bevölkerungszahl aufrechtzuerhalten, müssen wir möglicherweise später einige Frauen hereinlassen, wenn noch welche da sind. Was Geistliche angeht, so glaube ich, daß wir für alle bedeutenderen Glaubensrichtungen ein paar hierhaben. Und was das Ende anbetrifft, bitte ich Sie, sich keine Sorgen zu machen. Wir haben nichts übersehen. Nach unserem Erstschlag halten wir geheime Verteidigungs-Angriffsflugzeuge für einen Zweitschlag bereit, um alle Waffensysteme zu zerstören, die unseren Erstschlag vielleicht überstehen und uns noch angreifen könnten. Sie haben nichts zu fürchten als die Furcht selbst. Wir sind fast absolut sicher, daß wir uns beinahe kaum fast nur kleine Sorgen machen müssen, dank unseren neuen alten Modellen des alten neuen Stealth-Bombers, meinem eigenen Strangelove-Modell und der Minderbinder-Shhhhh! Zeitungen wird es keine geben. Da alle Berichte aus offizieller Quelle stammen werden, wird es keinen Grund geben, ihnen zu glauben, und sie werden auf ein Minimum beschränkt bleiben. Häagen-Dazs.«

»Die Shhhhh!?« Yossarian war wie betäubt.
»Ich habe Ihnen doch gesagt, daß die funktionieren.«
»Gaffney, was wird geschehen?«
»Ich bin von meinen Quellen abgeschnitten.«

Die Schnellfahrt mit dem Fahrstuhl hinab zur Sieben-Meilen-Tiefe, hundert Meilen in der Stunde, hatte nahezu fünf Minuten gedauert. Der Rest der Strecke in die Tiefe von zweiundvierzig Meilen hätte noch etwa weitere zwanzig Minuten beansprucht, und die beiden hatten sich darauf geeinigt, zunächst mit den Rolltreppen weiterzufahren.

»Können Sie es sich denn nicht denken? Wo wird es alles enden?«

Gaffney hatte darauf eine Antwort. »Da, wo es begonnen hat, sagen die Physiker. Das ist meine Idee für den Roman, den ich vielleicht schreiben möchte. Er beginnt nach diesen beiden Geschichten von der Erschaffung von Adam und Eva. Es sind zwei, wissen Sie.«

»Ich weiß«, sagte Yossarian.

»Sie wären überrascht, wie viele Leute das nicht wissen. Meine Geschichte beginnt am Ende des sechsten Schöpfungstages.«

»Und wie geht sie dann weiter?«

»Rückwärts«, rief Gaffney lachend, als sei die Enthüllung seiner Idee für einen Roman bereits dessen Triumph. »Sie geht rückwärts, zum fünften Tag, wie ein zurückgespulter Film. Am Anfang von meinem verwandelt Gott Eva in eine Rippe zurück und setzt die Rippe wieder Adam ein, wie wir es in der zweiten Version lesen. Er hebt einfach ihre Erschaffung nach seinem eigenen Bilde auf (wie wir in der ersten Version lesen), als wären sie nie gewesen. Er läßt sie einfach verschwinden, zusammen mit den Tieren und dem Vieh und allerlei Gewürm auf Erden, die er an diesem sechsten Tag geschaffen hatte. An meinem zweiten Tag, seinem fünften, werden die Vögel und Fische zurückgenommen. Als nächstes verschwinden Sonne und Mond, zusammen mit den anderen Lichtern an der Feste des Himmels. Dann werden die fruchtbaren Bäume und das Gras und Kraut vom dritten Tag zurückgenommen, und die Wasser treten wieder zusammen, und die Feste, die man Erde nennt, verschwindet. Das war der dritte Tag, und an dem folgenden nimmt er die Feste, genannt Himmel, weg, die zwischen den Wassern geschaffen war. Und dann am ersten Tag, meinem sechsten, verschwindet auch das Licht, und nichts bleibt, um Tag von Nacht zu trennen, und die Erde ist wieder wüst und leer. Wir sind wieder am Anfang, ehe noch etwas war. Dann stehle ich ein sehr hübsches Detail aus dem Neuen Testament. Am Anfang war das Wort, und das Wort war Gott, Sie erinnern sich? Jetzt wird natürlich das Wort noch weggenommen, und ohne das Wort ist kein Gott. Was halten Sie davon?«

Yossarian sagte sardonisch: »Es wird allen Kindern gefallen.«

»Gibt das einen guten Film ab? Als Nachzieher fängt dann nämlich die ganze Geschichte zwei oder drei Milliarden Jahre später wieder von vorne an, und alles wird genau auf dieselbe Art und Weise wiedererschaffen, bis in das winzigste Detail.«

»Gaffney, so lange kann ich nicht warten. Ich habe droben eine schwangere Freundin, die bald ihr Kind zur Welt bringen will, wenn ich das zulasse. Gehen wir noch ein paar Meilen zu Fuß, ich traue diesem Aufzug nicht.«

Als er im Weitergehen hinabsah, traute Yossarian plötzlich seinen Augen nicht. Er hatte seine Brille nicht zur Hand. Aber auch mit dieser hätte er auf den ersten Blick nicht geglaubt, was ihm nun entgegenkam.

Als er den Alarm hörte, beschloß General Leslie R. Groves, der im Jahre 1970 an einem Herzleiden gestorben war, um sein Leben zu rennen, hinab in Richtung des schmelzflüssigen Herzens der Erde, wo es heiß war wie in der Hölle, wie er wußte, doch nicht so heiß wie die Temperatur einer Fusionsexplosion oder wie die Hitze, die der Kaplan abgeben würde, wenn seine Evolution hin zu einer nuklearen Mischung aus Tritium und Lithiumdeuterid weiterhin erfolgreich verlaufen und eine kritische Masse ergeben würde.

»Schlagt ihn nicht! Ergreift ihn nicht! Berührt ihn nicht!« brüllte er knappe Befehle, aus Pflichtgefühl seinem Lande gegenüber und als letzten Freundschaftsdienst für den Kaplan, der es ablehnte, mitzukommen und sich auch zu retten. »Laßt ihn sich nicht überhitzen! Er geht sonst los!«

Als sie den General davonrennen sahen, rannten auch alle seine Wissenschaftler, Techniker, Ingenieure und Hausangestellten los, und abgesehen von den Bewaffneten an allen Eingängen war der Kaplan allein.

Als der Zug rüttelnd zum Halten kam, sah der Kaplan die glänzende Eisbahn im Rockefeller Center aus seinem Bild herausstürzen, und die Wolkenkratzer ringsumher begannen auf dem Bildschirm zu schwanken und standen alle in schräger Unordnung da, als das Bild wieder ruhig war. Einmal hatte der Kaplan Yossarian dort die Straße überqueren sehen, in Begleitung eines jungen Mannes, der sein Sohn hätte sein können. Sie gingen hinter einer langen perlgrauen Limousine vorbei, deren Rädern Reifenspuren aus Blut zu entquellen schienen, und wurden mit bösem Schielen von einer drohenden, eckigen Gestalt beobachtet, die einen Wanderstab und einen grünen Rucksack trug. Er konnte Yossarian auch nicht vor dem Metropolitan Museum of Art ein zweites Mal entdecken, sooft er auch diese Szene erscheinen ließ und wartete. Auf den Gedanken, ihn im Port-Authority-Busbahnhof zu suchen, kam er nicht, als er dorthin schaltete, um sehnsüchtig die Gebäude zu betrachten. Da war er zum erstenmal in New York angekommen. Besuche in Kenosha waren mittlerweile schmerzhaft. Drei Abende in der Woche hatte er zugesehen, wie seine Frau langsam zu ihrer Nachbarin, der Witwe, über die Straße ging, um dann mit ihr im Auto zur Presbyterianerkirche zu fahren und wieder einmal Bridge zu spielen, in einer Gruppe, die vor allem aus Männern und Frauen bestand, die ihre Ehepartner verloren hatten – hatte voll Kummer zugesehen, weil er nicht länger Teil ihres Lebens war.

Als der Zug anhielt und die Eisbahn abstürzte, hörte er draußen den plötzlichen Lärm von Schreien und raschen Schritten und merkte, daß irgend etwas nicht stimmte. Er wartete darauf, daß irgend jemand kam, der ihm sagte, was er zu tun hätte. Weniger als zehn Minuten später war er ganz auf sich gestellt. General Groves ließ keinen Zweifel.

»Nein, ich will hinausgehen, zurück«, entschloß er sich.
»Dort ist vielleicht Krieg.«
»Ich will nach Hause gehen.«
»Albert, werden Sie doch wütend. Werden Sie nie wütend?«
»Ich bin jetzt derart wütend, daß ich explodieren könnte.«
»Nicht schlecht gesagt! Und ich will tun, was ich kann, daß ich Ihnen den Weg freimache.« Worauf der Kaplan ihn seine letzten Befehle rufen hörte, ehe der General davonlief.

Vorsichtig, versuchsweise, behutsam stieg der Kaplan aus dem Zug. Er hatte etwas Bargeld von General Groves bekommen, und seine Sozialversicherungsnummer hatte er auch wieder. Der Zug hinter ihm war leer. In einer gewissen Entfernung sah er eine Reihe von Rolltreppen, die nagelneu aussahen. Er war völlig allein bis auf die Wachen in den roten Jacken, grünen Hosen und braunen Kampfstiefeln. Die standen bewaffnet an allen Eingängen und am oberen und unteren Ende der abwärtsführenden Rolltreppe. Es stand ihm frei, hinaufzufahren, frei, zu gehen.

»Sie könnten Schwierigkeiten haben, wieder zurückzukommen, Sir.«

Sobald er die Rolltreppe betreten hatte, fing er an, die Stufen emporzugehen, weil es ihn drängte, so rasch wie möglich voranzukommen. Er beschleunigte seinen Schritt noch. Als er oben angelangt war, folgte er dem Pfeil zu einem zylindrischen Aufzug mit transparenten Fenstern, der sich nach seinem Druck auf den obersten Knopf mit einer solchen Geschwindigkeit aufwärtszubewegen begann, daß ihm zuerst der Atem wegblieb und sein Magen nach unten wegzusinken schien. Durch die vertikalen transparenten Fenster sah er sich durch einen Golfplatz fahren und dann durch einen Vergnügungspark mit einer Achterbahn und einem Riesenrad, wo das Personal Jacken vom selben Rot trug wie die Spezialeinheiten der Soldaten. Er kam an Straßen vorbei, wo Militärfahrzeuge und Limousinen mit Zivilisten fuhren. Er sah eine Eisenbahn mit einsatzbereiten mobilen Raketen und eine andere mit Tiefkühlwaggons, welche die Aufschriften WISCONSIN-KÄSE und BEN & JERRY'S ICE CREAM trugen. Als der Aufzug nach fast zwanzig Minuten hielt, fand er draußen wieder eine nagelneue Rolltreppe. An deren Ende bestieg er einen zweiten Aufzug und drückte wieder den höchsten Knopf. Dann fuhr er wieder mit der Rolltreppe weiter. Er hatte das Gefühl, meilenweit nach oben gefahren zu sein. Er wurde nicht müde. Er schaute die ganze Zeit nach oben, bis er sich plötzlich in aufschreckender Ungläubigkeit Yossarian von Angesicht zu Angesicht gegenübersah, der ihm rasch auf der anderen Rolltreppe entgegen kam. Sie erkannten einander und starrten sich offenen Mundes an.

»Was machen Sie hier?« riefen beide.

»Ich? Was machen *Sie* hier?« erwiderten beide.

Sie fuhren in entgegengesetzte Richtungen davon.

»Herr Kaplan, gehen Sie nicht hinaus!« rief Yossarian ihm

nach, die Hände als Schalltrichter an den Mund gelegt. »Es ist gefährlich draußen! Ein Krieg! Kommen Sie wieder herunter!«

»Am Arsch!« rief der Kaplan und fragte sich, wie um alles in der Welt ihm solche Worte eingefallen waren.

Nachdem sie ihm einmal über die Lippen gekommen waren, spornten sie ihn mit einem Geist der Befreiung an, der ihm selbst fanatisch erschien. Schließlich stürmte er aus dem letzten der Aufzüge heraus und stand in einer Tunnelstraße, die von Fahrzeugen und rennenden Menschen wimmelte; ihm gegenüber führte eine steile schmiedeeiserne Treppe in kurzen Absätzen um eine zentrale Achse hinauf und endete oben an einer Plattform vor einem Ausgang mit einer großen Metalltür. Er lief die Treppe hinauf und beachtete ein plötzlich hinter ihm ausbrechendes Gebell wilder Hunde nicht. Oben war eine Wache postiert. An der Tür standen die Worte:

NOTEINGANG
Kein Zutritt!
Diese Tür ist während des Gebrauchs zu verschließen und
zu verriegeln

Die Wache machte keine Anstalten, ihn aufzuhalten. Statt dessen drehte sie zuvorkommend den Schlüssel im Schloß, zog den Riegel zurück und öffnete die Tür. Zwei weitere Posten waren auf der anderen Seite stationiert. Auch sie hinderten ihn nicht. Er kam, wie er sah, durch einen Metallschrank in einen kleinen Wartungsraum und trat dann in einen Korridor unter eine Treppe hinaus, die über seinem Kopf nach oben führte, und dann sah er vor sich eine Ausgangstür, die auf die Straße führte. Sein Herz schlug. Gleich würde er das Licht sehen, sagte er sich, und schob die Tür auf, um in einen dunklen Tag hinauszugehen, wobei er an einem kleinen Scheißhaufen in der Ecke vorüberkam, auf den er nur einen kurzen Blick warf.

Er war am Busbahnhof, auf einer tiefer gelegenen Seitenstraße, über die Busse hinausfuhren. Einer stand mit warmlaufendem Motor da; er fuhr nach Kenosha, Wisconsin. Der Kaplan war einer von nur drei Passagieren. Als er es sich einmal auf seinem Sitz bequem gemacht hatte, schneuzte er sich, hustete, um einen freien Hals zu bekommen, seufzte schwer vor Erleichterung. Jedesmal, wenn der Bus hielt, damit man etwas essen konnte, würde er versuchen, sie anzurufen. Der Bahnsteig lag unter einem schützenden Vordach, und es überraschte ihn nicht, daß das Licht so schwach war. Doch als sie durch den Tunnel gefahren waren und den Highway erreichten, war der Himmel nicht heller. Fast ohne Neugier schaute er aus dem Fenster nach oben und sah, daß die Sonne selbst aschengrau und an ihrem Rand zu Schwarz verdunkelt war. In Wisconsin hatte er an trüben Tagen solche schwachen Sonnen oft hinter Wolkenbänken gesehen. Es fiel ihm nicht auf, daß keine Wolken am Himmel standen.

In der Redaktionssitzung der *New York Times*, in der täglich die Titelseite der nächsten Ausgabe festgelegt wurde, beschloß man, vorherzusagen (was infolgedessen die Fernsehnachrichten zu melden beschließen würden), daß eine unvorhersagbare Sonnenfinsternis stattfinden würde.

Frances Beach, die sich vor allem anderen mit der Pflege ihres invaliden Ehemannes befaßte, hatte schon lange das Stadium hinter sich, wo es sie noch irgendwie interessierte, was die *New York Times* oder irgendeine andere Zeitung über irgend etwas außer der Mode schrieb. In ihren letzten Jahren hatte sie ohne Überraschung gemerkt, daß sie sich wieder in Yossarian verliebt hatte. Was damals ihrer wechselseitigen Zuneigung gefehlt hatte, schloß sie wohlwollend mit einem reuigen Lächeln, als sie von ihrem Buch aufsah und ihre Lesebrille hochschob, waren Drama und

Kampf gewesen. Sie hatten sich beide nie wahrhaft gebraucht. Es war schlecht gewesen, daß sie sich so gut verstanden hatten.

Claire Rabinowitz fühlte sich in kriegerischer Opposition zu sämtlichen Mitreisenden auf dem El-Al-Flug, der sie nach Israel brachte, damit sie selbst das Sommerhaus am Meer vor Tel Aviv sehen konnte, auf das sie eine Anzahlung in Form einer Erwerbsoption geleistet hatte. Es hatte mit niemandem viel Blickkontakt in der Erste-Klasse-Lounge oder in der Wartezone für die anderen Passagiere gegeben, wohin sie aus aggressiver Neugier auch geschlendert war, um die Zeit herumzubringen. Es war kein Mann irgendeines Alters an Bord (ob nun mit oder ohne Familie), der auch nur in die Nähe dessen kam, was sie stolz als ihren Maßstab sah. Kein einziger konnte es auch nur von weitem mit Lew aufnehmen. Sammy Singer, nun in Kalifornien oder auf dem Weg nach Australien oder Hawaii, hatte ihr vorhergesagt, daß das passieren könnte, und sie hatte seine Warnung als Kompliment genommen. Wenn sie mit irgend jemandem über Lew sprach, mit den Kindern oder mit Sammy, sprach sie nie davon, daß er »ihrer« gewesen war. Wenn sie an ihn dachte, war er immer noch ihr Lew. Sie überwand langsam ihren Widerwillen, sich einzugestehen, daß es ihr immer unmöglich sein würde, das noch einmal zu erschaffen, was gewesen war. Sie setzte voraus, daß alle anderen an Bord auch Juden waren, selbst die, die (wie sie selber) amerikanisch und agnostisch aussahen.

Als sie bei Tagesanbruch das Mittelmeer überflogen, gab es kein Zeichen, daß irgendein neues Desaster bevorstand. Eine vage Nachrichtenmeldung berichtete, daß irgendwo unten ein Öltanker mit einem Kreuzfahrtschiff zusammengestoßen sei. Sie war in mürrischer Stimmung, und es war ihr gleichgültig, ob ihr Gesichtsausdruck das zeigte. Zu ihrer halb unbewußten Enttäuschung trug es auch bei, daß sie noch nicht, wie sie gehofft hatte, die Reise nach Israel als eine Heimkehr empfand.

Kurz nachdem der Alarm ausgelöst worden war, spürte Mr. George C. Tilyou, wie seine Welt erbebte. In seinem Steeplechase-Park sah er, wie die Antriebsenergie seines El-Dorado-Karussells ausblieb und die elegante rotierende Plattform mit dem Kaiser als Fahrgast langsam zum Stillstand kam. Er sah, daß eigenartigerweise seine zwei Piloten aus dem Zweiten Weltkrieg fort waren, wie abberufen. Sein Bekannter aus Coney Island, Mr. Rabinowitz, starrte aus der Ferne die Mechanik an, als analysiere er einen Defekt, den zu beheben er vielleicht in der Lage sein mochte. Stirnrunzelnd ging Mr. Tilyou in sein Büro zurück. Er fuhr mit dem Ärmel über seine Melone und hängte sie an ihren Haken an der Garderobe. Er spürte, wie sein Ärger nachließ. Seine Depression kehrte zurück.

Sein Gesprächstermin mit den höheren Autoritäten, mit Luzifer und möglicherweise mit Satan selbst, bei dem er eine Erklärung für das eigenartige Verhalten seines Hauses verlangen wollte, würde wieder verschoben werden. Es bestand nun kein Zweifel mehr, daß das Haus langsam hinabsank, ohne sein Einverständnis, seiner Kontrolle entzogen. Präzise Messungen ergaben subversiven Schwund. Wie er es nun von seinem alten Schreibtisch aus betrachtete, stürzte es mit einem Male vor seinen Augen hinunter. Beinahe ehe er begreifen konnte, was geschah, war das ganze Erdgeschoß verschwunden. Sein dreigeschossiges Haus war jetzt zweigeschossig. Von oben kamen, während er noch hinüberstarrte, sich verdichtende Kaskaden von losem Schmutz heruntergeprasselt, und dann fielen auch große grobe Klumpen Erde, Steine und Trümmerstücke. Etwas Neues, mit dem er nie gerechnet hatte, drang von draußen mit knirschendem Brüllen heran. Er sah zerrissene Stromleitungen herabbaumeln. Er sah Segmente genieteter Bleche. Er sah Rohrleitungen. Er bemerkte eine schwere, klobige Unterseite von irgend etwas, dicht überzogen von massiven, tropfenden Kühlleitungen, eingehüllt in eine kristalline Hülle aus schmelzendem Frost.

Seine depressive Stimmung verflog.

Er sah einen Japaner (mit einer roten Jacke), der sich mit Schlittschuhen an den Füßen verzweifelt an eine Ecke des Bodens klammerte.

Es war die Eisbahn aus dem Rockefeller Center!

Er mußte lächeln. Er sah Mr. Rockefeller erbleichen, erzittern und panisch davonfliehen. Mr. Morgan fiel mit gebeugtem Haupt nackt zu Boden, weinend, und begann zu beten. Der Kaiser hatte auch keine Kleider.

Mr. Tilyou mußte lachen. Nichts Neues unter der Sonne? Er sah etwas Neues, er lernte hinzu, es gab etwas, was er nicht im Traum für möglich gehalten hätte: Nicht einmal die Hölle war ewig.

Yossarian traute seinen Ohren nicht. Wo um alles in der Welt hatte der Kaplan gelernt, so geläufig »Am Arsch!« zu sagen? Als Yossarian schließlich unten an der Rolltreppe angekommen war, war der Kaplan schon lange oben und verschwunden. Gaffney hatte gerade angefangen, zu erklären, sie sollten lieber wieder den Aufzug nehmen, um sich McBride und den anderen unten anzuschließen, als die Stimme Strangeloves wieder ertönte, um zu verlautbaren, daß sie nichts zu fürchten hatten außer einem Mangel an ausgebildeten Schneidern.

»Das ist auch etwas, was wir vergessen haben, und ein paar von uns in der Zentrale stehen etwas schlampig da. Wir haben Bügeleisen, aber niemand weiß, wie man sie gebraucht. Wir haben Stoffe, Faden und Nähmaschinen. Aber wir brauchen jemand, der näht. Kann mich jemand hören? Antworten Sie, wenn Sie nähen können.«

»Häagen-Dazs. Ich kann waschen und bügeln. Mein Waffenoffizier ist der Sohn eines Schneiders.«

»Drehen Sie sofort um und kommen Sie hierher zu uns!«

»In Ordnung, Sir. Wie kommen wir zu Ihnen?«

»Das haben wir auch übersehen!«

»Gaffney«, sagte Yossarian, als sie noch zehn Meilen vor sich hatten. »Wie lange werden wir hier sein?«

»Meine Zukunft liegt vielleicht hier«, erwiderte Gaffney. »Wenn wir dann unten sind und Zeit haben, gibt es etwas, was ich Ihnen zeigen möchte. Es sind anderthalb Morgen an einem unterirdischen See in Vermont, in der Nähe von einem unterirdischen Golfplatz und mit guten Skilaufmöglichkeiten im Ben & Jerry-Territorium, falls Sie sich überlegen, etwas zu kaufen.«

»Jetzt? Sie meinen, ich überlege mir jetzt, etwas zu kaufen?«

»Man muß immer langfristig planen, sagt der gute Señor Gaffney. Es ist ein Strandgrundstück, Yo-Yo. Sie können in ein paar Monaten Ihr Geld verdreifachen. Sie müssen es sich einmal ansehen.«

»Ich werde keine Zeit haben. Ich bin zum Mittagessen verabredet.«

»Ihre Verabredung wird vielleicht entfallen müssen.«

»Ich werde sie vielleicht einhalten wollen.«

»Alle Planungen werden gestrichen, wenn das wirklich ein Krieg ist.«

»Die Hochzeit auch?«

»Wenn Bomben fallen? Wir brauchen die Hochzeit im Grunde nicht mehr, jetzt, da wir sie auf Video haben.«

»Fallen jetzt Bomben?«

Gaffney zuckte die Achseln. McBride wußte es auch nicht, erfuhren sie, als sie die lange Rolltreppe vom letzten Halt des Aufzugs bis ans Ende hinuntergefahren waren. Ebensowenig wußte es das ungleiche Paar von Agenten, die keine Ahnung hatten, was sie nun mit sich anstellen sollten.

Strangelove hatte dafür eine Antwort, als er sich das nächstemal hören ließ. »Nein, es sind noch keine Bomben gesichtet worden, die in diese Richtung fliegen. Das ist etwas verwirrend für uns. Aber wer hier unten ist, hat nichts zu fürchten. Nur eine einzige Luftwaffe der Welt hat Bomben, die so tief in die Erde eindringen können, ehe sie explodieren, und die gehören alle uns.

Wir haben nichts übersehen, nur die Friseure. Solange wir warten, ob jemand zurückschlägt, brauchen wir ein paar Friseure. Wenigstens einen! Jeder Friseur, der dies hört, soll sich sofort melden! Wir haben nichts außer acht gelassen. Unsere gesamten Anlagen werden in zwei oder drei Wochen einsatzbereit sein, wenn Sie alle meine Anweisungen befolgen. Wenn jemand von Ihnen befürchtet, er könne Schwierigkeiten haben, meine Anweisungen zu befolgen, dann befolge er jetzt bitte meine Anweisungen: Gehen Sie noch heute. General Bingham schickt jetzt alle unsere Strangelove-Bomber und Shhhhh!s zu einem Zweitschlag los, nachdem wir geprüft haben, ob nicht irgendwelche Schneider oder Friseure an Bord sind.«

Raul verzerrte wütend das Gesicht und sagte: »*Merde.*« Der schlaksige, orangerothaarige, sommersprossige Bob sah sehr viel weniger heiter aus als gewöhnlich. Beide hatten Familien, um die sie sich Sorgen machten.

McBride machte sich auch Sorgen. »Also, wenn da draußen Krieg ist, dann weiß ich eigentlich nicht, ob ich hier drunten sein will.«

Michael wollte es, wobei Marlene ihm zustimmte, und Yossarian konnte es ihm nicht verdenken.

Es wurde übrigens noch, sagte Strangelove, ein Schuhmacher gebraucht.

»*Merde*«, sagte Raul. »Dieser Mann hat nur *merde* im Kopf.«

»Ja, wir haben nichts übersehen, aber das haben wir auch vergessen«, fuhr Dr. Strangelove mit einem affektierten Lachen fort. »Wir haben Lagerhäuser voll mit diesen herrlichen neuen *State-of-the-art*-Schuhen, aber früher oder später müssen sie geputzt und repariert werden. Aber auch von dem abgesehen haben wir nichts übersehen. Wir können hier ewig leben, wenn Sie tun, was ich Ihnen sage.«

Sie befanden sich in der Nähe des Bahnsteigs einer Schmalspureisenbahn eines Typs, wie ihn Yossarian, da war er sicher, schon einmal gesehen hatte. Die niedrigen Tunnel wiesen auf einen Zug von geringer Höhe hin, etwa in der Art einer Miniatureisenbahn in einem Ausflugspark.

»Da kommt wieder einer«, rief McBride. »Schauen wir, wer es diesmal ist.«

Er kam näher heran, um den Zug besser beobachten zu können, als eine kleine hellrote Lokomotive mit mäßiger Geschwindigkeit und klingelnder Signalglocke in Sicht kam. Sie fuhr mit Elektrizität, prunkte jedoch mit einem scharlachroten Dampfschornstein mit glänzend polierten Messingbeschlägen. Den Klöppel der Glocke bediente – mit einem an seine Maschinenhebel gebundenen Stück Wäscheleine – ein grinsender Lokführer mittleren Alters in roter Uniformjacke mit einem kreisrunden BÜGMASP-Abzeichen an der Schulter. Der kleine Zug rollte an ihnen vorüber und zog hinter sich einige offene, schmale Passagierwaggons her, in denen Fahrgäste zwei und zwei nebeneinander saßen. Wieder traute Yossarian seinen Augen nicht. McBride deutete in hektischer Erregung auf die beiden Figuren, die auf der ersten Bank des ersten Wagens saßen.

»He, die Leute kenne ich! Wer ist das nochmal?«

»Fiorello H. La Guardia und Franklin Delano Roosevelt«, antwortete Yossarian und fügte absolut nichts über die beiden älteren Ehepaare hinzu, die mit seinem großen Bruder auf den hinteren Sitzen saßen.

Im nächsten Wagen erkannte er John F. Kennedy mit seiner Frau und den ehemaligen Gouverneur von Texas und seine Frau, die mit in dem Todesauto gesessen hatten.

Und allein auf einer Sitzbank des nächsten Wagens, der diesen Unsterblichen folgte, saß Noodles Cook, der verfallen, desorientiert und halbtot aussah, vor zwei Regierungsbeamten, die Yossarian aus den Nachrichten wiedererkannte. Einer war dick und einer war mager, und nebeneinander hinter ihnen saßen auf dem letzten Sitz dieses dritten und seinerseits letzten Wagens C. Porter Lovejoy und Milo Minderbinder. Lovejoy redete und zählte an seinen Fingern etwas ab. Beide lebten, und Milo lächelte.

»Ich hätte schwören können«, sagte Yossarian, »daß Milo draußengeblieben ist.«

Gaffney formte mit dem Mund das einzige Wort: »Niemals.«

In diesem Augenblick entschied sich Yossarian, seine Verabredung mit Melissa einzuhalten. Er wollte nicht hier unten bleiben mit Strangelove und den anderen. Gaffney war bestürzt und hielt ihn für wahnsinnig. Es war nicht drin.

»O nein, nein, Yo-Yo.« Gaffney schüttelte den Kopf. »Sie können nicht hinaus. Das gibt jetzt keinen Sinn mehr. Sie werden nicht gehen.«

»Gaffney, ich gehe. Sie täuschen sich wieder.«

»Aber Sie werden nicht weit kommen. Sie werden nicht lange leben.«

»Wir werden sehen. Ich werd's versuchen.«

»Sie müssen vorsichtig sein. Es ist gefährlich draußen.«

»Es ist gefährlich hier drinnen. Kommt jemand mit?«

McBride sprang vor, als ob er darauf gewartet hätte, und schloß sich ihm an. »Sie würden ohne mich nie hier rausfinden.« An Yossarians Seite gestand er: »Ich mache mir Sorgen wegen Joan allein da draußen.«

Gaffney würde warten, bis er sehr viel mehr wußte. »Jetzt weiß ich soviel, daß ich kein Risiko eingehe.«

Michael wollte ebenfalls kein Risiko eingehen, und auch das wollte Yossarian ihm nicht verdenken.

Bob und Raul waren zu sehr alte Agenten, als daß sie ein Risiko eingegangen wären, wenn sie nicht mußten, und konnten sich ebensogut auch von hier unten aus Sorgen um ihre Familien machen.

Als er Yossarian sich von ihm entfernen und davonfahren sah, die Rolltreppe zum Fahrstuhl hinauf, um eine Verabredung mit seiner Freundin zum Mittagessen einzuhalten, hatte Michael, der wegen der Liebesaffäre seines Vaters sowohl Stolz wie Verlegenheit empfunden hatte, das lustlose, hoffnungslose Gefühl, daß einer von ihnen beiden ein Sterbender war, vielleicht beide.

Yossarian, der unruhig die Rolltreppe hinaufschritt, um so schnell wie irgend möglich nach draußen zu kommen, fühlte sich freudig von einem wiederauferstandenen Optimismus beflügelt, der eigentlich eher Melissas Art war als die seine: der ihm anscheinend doch eigenen – der natürlich auch sehr albernen – Überzeugung, daß ihm nichts Schlimmes zustoßen konnte, daß einem Gerechten nichts Arges geschehen würde. Das war Unsinn, wie er wußte, doch wußte er auch instinktiv, daß er so sicher sein würde wie Melissa, und daß alle drei, er, Melissa und das Baby, überleben würden, gedeihen und glücklich sein. Herrlich und in Freuden leben, bis an ihr Ende.

»Häagen-Dazs.«

»Wie war das nochmal?« fragte der Flieger Kid Sampson hinten in der Kabine des Unsichtbaren und Geräuschlosen Infrasupersonischen Angriffsbombers.

»War dein Vater Schuhmacher?« antwortete der Pilot McWatt. »Bist du der Sohn eines Friseurs?«

»Nähen kann ich auch nicht.«

»Dann müssen wir los. Wir fliegen wieder einen Einsatz.«

»Wohin?«

»Ich hab's vergessen. Die Trägheit wird uns leiten. Steuerung durch das Trägheitsmoment bringt uns immer weiter.«

»McWatt?«

»Sampson?«

»Wie lange sind wir jetzt schon zusammen? Zwei Jahre, drei?«

»Es fühlt sich eher an wie fünfzig. Sampson, weißt du, was ich bedauere? Daß wir nie mehr miteinander geredet haben.«

»Wir hatten nie mehr zum Reden, oder?«

»Was ist das da drunten? Eine Rakete?«

»Laß mich mal auf dem Radar schauen.« Unter ihnen kreuzten auf einem beinahe rechtwinklig zu ihrem stehenden Kurs vier parallele Kondensstreifen, die wie Kreidespuren aus den Düsenmotoren hervorgingen. »Ein Passagierflugzeug, McWatt. Auf dem Weg nach Australien.«

»Wie wohl den Passagieren zumute wäre, wenn sie wüßten, daß wir hier droben wieder einen Einsatz fliegen ... *Ghost Riders in the Sky.*«

»McWatt?«

»Sampson?«

»Müssen wir wirklich nochmal los?«

»Sieht wohl so aus, was?«

»Müssen wir?«

»Ja.«

»Ja. Ich glaube, wir müssen.«

»Also dann. Was soll's.«

Sam Singer machte sich keine Illusionen. Im Gegensatz zu Yossarian hatte er nicht die Hoffnung, ein romantisches Glück zu finden und sich noch einmal in jemanden zu verlieben. Er überließ sich widerstandslos dem schmerzlichen Zwang, allein zu leben, zu dem es keine erträgliche Alternative gab, aber der gnadenlose Verlust hatte ihn nicht gebrochen. Er hatte mit Glenda über die Zukunft gesprochen, und sie hatte sich trotz ihres terminalen Zustandes mehr wegen der vor ihm liegenden einsamen Jahre gesorgt als er.

Er traf Freunde, las mehr, schaute die Fernsehnachrichten an. Er hatte New York. Er ging ins Theater und ins Kino, gelegentlich in die Oper, konnte immer schöne klassische Musik auf einem der beiden FM-Rundfunksender hören, spielte meist an ein, zwei Abenden in der Woche Bridge in dem einen oder anderen Kreis, der sich aus der weiteren Nachbarschaft zusammengeschlossen hatte, meist ausgeglichene und ihm angenehme Leute, die ihm stark ähnelten. Jedesmal, wenn er Mahlers Fünfte Symphonie hörte, war er von Ehrfurcht erfüllt und erstaunt. Er hatte seine freiwillige Arbeit bei der Krebshilfe, er hatte seine wenigen Damenbekanntschaften. Er trank nicht mehr als vorher. Er lernte rasch, alleine zu essen, zu Hause die fertig zubereiteten Gerichte, die er sich in den Läden oder Restaurants holen konnte, sonst Mittag- und Abendessen in den Coffeeshops und kleinen Restaurants der Nachbarschaft, Mahlzeiten, die nicht besonders üppig waren, bei denen er auch allein an einem Tisch sitzend las, sein Buch oder seine Zeitschrift oder die zweite Zeitung des Tages. Gelegentlich spielte er Binokel mit anderen, die noch aus Coney Island übrig waren. Er war immer noch nicht gut. Er ging abends gerade etwa so oft aus, wie er wollte.

Bis jetzt freute er sich sehr an seiner Reise um die Welt und war sehr überrascht von seinem Gefühl des Wohlbefindens und der Stimmung großer Befriedigung. Es war gut, daß er wieder aus der Wohnung herausgekommen war. In Atlanta und Houston hatte er bei seinen Töchtern mit ihren Ehegatten und Kindern endlich einen Punkt erreicht, wo ihm die Zeit, die er dort verbracht hatte, genügte, ehe irgend jemand unruhig wurde und seiner überdrüssig schien. Es war wohl sein Alter, brachte er jeden Abend als Entschuldigung vor, wenn er aufbrach und sich zurückzog. Er bestand immer darauf, in nahegelegenen Hotels zu übernachten. In Los Angeles fand er sich immer noch wie sein ganzes Leben lang in vollkommener Harmonie mit Winkler und seiner Frau. Sie wurden alle drei in perfekt synchronem Tempo müde. Er verbrachte ein paar schöne Abende mit seinem Neffen und dessen Familie und war von der frühreifen Intelligenz und Schönheit der Kinder wirklich entzückt. Doch ihn und all die jungen Erwachsenen, denen er begegnete, trennte – wie er sich gestehen mußte – mehr als eine Generation.

Als er einmal New York verlassen hatte, war er gleich dankbar, daß er seinen Kassettenrecorder und einige Bänder mitgenommen hatte, und ein paar Bücher mit solidem Inhalt, die konzentrierte Anteilnahme forderten.

In Hawaii sonnte er sich tagsüber und beendete die Lektüre von *Middlemarch*. Da er das Buch schon kannte, konnte er es beim erneuten Lesen mit besonderer Bewunderung genießen. An seinen beiden Abenden dort aß er mit der einstigen Frau seines alten Freundes und ihrem jetzigen Mann sowie mit der nun allein lebenden Frau, die bei *Time* seine Kollegin gewesen war und die Glenda auch gekannt hatte. Hätte sie ihn eingeladen, die Nacht mit ihr zu verbringen, wäre er sicher einverstanden gewesen. Aber das schien sie nicht zu wissen. Lew oder Yossarian hätten es besser gehandhabt.

Er war freudig gespannt auf die beiden Wochen in Australien bei guten alten Freunden, ebenfalls aus seiner Zeit bei *Time*. Er hatte nicht gezögert, die Einladung in ihr Haus in Sydney anzunehmen. Er und Glenda waren einmal schon zusammen dort gewesen. Der Mann ging mit Metallkrücken. Es war lange her, seit sie zuletzt in New York gewesen waren. In dem schmalen Swimmingpool draußen auf der Hafenseite des Hauses schwamm er vor dem Frühstück dreißig oder sechzig Längen – Sam war sich nicht sicher, woran er sich erinnern sollte – und gleich noch einmal dreißig oder sechzig bald danach, so daß er seinen Oberkörper kräftig genug erhielt, um sich weiter auf den Krücken fortbewegen und das ganz auf Handbedienung umgestellte Auto lenken zu können, das er benutzte, seit ihn die Krankheit vor vierzig Jahren halb gelähmt hatte. Von den Hüften aufwärts würde er wahrscheinlich immer noch den muskulösen Leib eines Gewichthebers haben. Sie hatten fünf erwachsene Kinder. Sam freute sich darauf, auch sie wiederzusehen. Einer war in Tasmanien in der Landwirtschaft, und sie planten, für zwei Tage dorthin zu fliegen. Ein anderer hatte eine Ranch, eine dritte arbeitete in einem Genetiklabor an der Universität Canberra. Alle fünf waren verheiratet. Niemand war geschieden.

Sam verließ Hawaii mit einer australischen Linienmaschine mitten in der Nacht; die planmäßige Ankunft in Sydney war nach dem Frühstück am nächsten Morgen. Er las, er trank, er schlief und wachte wieder auf. Die Morgendämmerung stahl sich lustlos heran, und die Sonne schien nur langsam aufgehen zu wollen. Unter ihnen lag eine massive Wolkendecke. Was an Licht erschien, blieb trübe an einem tiefen Horizont versunken. Auf der einen Seite war der Himmel marineblau, und ein gelber Vollmond hing da wie eine feindselige Uhr; auf der anderen Seite wirkte der Himmel grau und schwärzlich, fast holzkohlenfarben. Hoch droben sah er schneeweiße Kondensstreifen den Kurs seines eigenen Flugzeugs kreuzen, eine gespenstische Formation, die sich mit rascherer Geschwindigkeit nach Osten bewegte, und er nahm an, daß sie von einer Gruppe Militärflugzeuge bei einer Morgenübung stammten. Die Kabinencrew zeigte eine gewisse Bestürzung, als das Sprechfunksystem ausfiel. Doch die Navigationssysteme funktionierten weiter, und es gab keinen Grund zur Beunruhigung. Zuvor war die unklare Nachrichtenmeldung durchgegeben worden, unter ihnen sei ein Öltanker mit einem Frachtschiff zusammengestoßen.

Sam Singer hatte bald sein Kassettengerät mit einer Aufnahme der Fünften Symphonie von Gustav Mahler angeschaltet. Als er wieder lauschte, entdeckte er Neues, das ihn begeisterte. Die bemerkenswerte Symphonie war unendlich in ihren Geheimnissen und vielfältigen Befriedigungen, unaussprechlich lieblich, erhaben und dunkel mysteriös in ihrer genialen Kraft, die menschliche Seele so anzurühren. Er konnte es kaum erwarten, daß die letzten Töne des Finales jubelnd ihrem triumphalen Ende zugeeilt waren, um sogleich wieder von vorn zu beginnen und wieder dieselben faszinierenden Sätze zu genießen, an denen er sich nun sonnte. Obwohl er wußte, was kommen würde, und sich jedesmal darauf vorbereitete, war er stets erwartungsvoll verzaubert von der traurigsüßen Melodie, die so sanft durch die ahnungsvollen Hörner sickert, welche den ersten Satz eröffnen, so süßtrauernd und jüdisch. Der kurze Adagiosatz später war so wunderbar, wie wunderbare melodische Musik nur sein kann. Meistens zog er in letzter Zeit musikalisch das Melancholische dem Heroischen vor. Seine größte Angst in der Wohnung, in der er alleine lebte, war ein

Entsetzen, er könne dort verfaulen. Das Buch, das ihm im Schoß lag, als er sich zurücklehnte, um zu lesen, während er lauschte, war eine Taschenbuchausgabe mit acht Erzählungen von Thomas Mann. Der gelbe Mond wurde orange und war bald rot wie eine sinkende Sonne.

* * *

DANKSAGUNG

Hätte ich mich nicht dafür entschieden, diesen Roman ohne einleitende Bemerkungen zu veröffentlichen, so wäre er meiner Frau Valerie gewidmet und (wie ›Catch 22‹) meiner Tochter Erica und meinem Sohn Ted. Ich hätte in die Widmung das Ehepaar Marvin und Evelyn Winkler eingeschlossen sowie Marion Berkman und das Andenken an ihren Mann Lou – alle Freunde seit meiner Kindheit, denen gegenüber ich nicht nur wegen ihrer Ermutigung, Hilfe und Unterstützung Dankbarkeit empfinde.

Michael Korda war ein ehrfurchtgebietender und perfekter Lektor – einfühlsam, grob, ein Leser, der kritisch war und meine Arbeit zu schätzen wußte.

Ein Kapitel des Romans (witzigerweise das mit dem Titel ›Dante‹) entstand während meines Aufenthalts am Comer See als Gast des Studien- und Tagungszentrums der Rockefeller Foundation in Bellagio. Die Zeit dort war ein unvergleichlicher Genuß, und wir, Valerie und ich, sind allen Beteiligten dankbar für ihre Gastfreundschaft, für die Arbeitsbedingungen und die fortdauernden herzlichen Freundschaften, die wir mit anderen Gästen schließen konnten.

* * *

Joseph Heller
Catch 22
Roman
Aus dem Amerikanischen
von Irene und Günther Danehl
Band 12572

Catch 22, also *Falle 22* oder *Trick 22* – das ist die ebenso irrsinnige wie ausweglose Dienstanweisung für das amerikanische Bombengeschwader, der zufolge Bomberpilot Yossarian – stellvertretend für viele seiner Kameraden und stellvertretend auch für den Autor, der selbst in den letzten Kriegsjahren auf Korsika als Bomberpilot stationiert war – nur dann von weiteren Einsätzen verschont bleibt, wenn er als verrückt anerkannt wird. Verrückt aber kann niemand sein, der sich weigern will, immer weitere großenteils sinnlose Einsätze zu fliegen. Also muß Yossarian ebenso wie seine Kameraden weiterfliegen, obwohl er sich die größte Mühe gibt, als verrückt zu erscheinen. Durch scheinbar absurdes Verhalten der militärischen Maschinerie ihre eigene Absurdität zu demonstrieren – das versucht Captain Yossarian auf seine Art ebenso wie sein literarischer Kollege, der brave Soldat Schwejk. Aber die Kriegsmaschinerie, gespeist aus persönlichem Ehrgeiz, Dummheit, Brutalität und Duckmäuserei, erkennt ihren eigenen Irrsinn nicht in dem Spiegel, den Yossarian – im Grunde der einzig Normale unter lauter Verrückten – vorhält.

Fischer Taschenbuch Verlag

Joseph Heller
Was geschah mit Slocum?

Roman

Aus dem Amerikanischen von Günther Danehl

Band 12573

Bob Slocum – ein typischer Jedermann: Angestellter im mittleren Management eines nicht näher beschriebenen Großkonzerns, verheiratet, Vater von drei Kindern, ein Haus im Grünen. Der Schein: Ein arrivierter, zufriedener Prototyp der oberen amerikanischen Mittelklasse. Das Sein: Slocum liebt seine Frau – mittlerweile Alkoholikerin – vorzugsweise gegen ihren Willen, ebenso häufig wie sie stürzt er sich in Affären, seine Tochter ist aufsässig, der mittlere Sohn zurückgeblieben, allein der Jüngste ist ein engelgleiches Wesen und damit ein Schattenbild von Slocums ›besserem Ich‹. Heller zeichnet das Psychogramm eines Mannes, der von einer beispielhaften Midlife-crisis heimgesucht wird. Die allmähliche Entlarvung seiner entleerten Wertvorstellungen mündet in die kritische Betrachtung der gesellschaftlichen Verhältnisse. Slocums Konflikt – die Entscheidung für eine Welt der Liebe und Humanität oder für die Normen der *Company* mit ihrer Menschenverachtung, ihrer Korruption und dem rücksichtslosen Streben nach Macht – kulminiert in dem tragischen, vom Vater verursachten Tod des jüngsten Sohnes. Slocum, von dem latenten Imperativ des ›anderen Handelns‹ durch den Tod des Kindes gleichsam befreit, entscheidet sich für die Welt der *Company*, die ihm, um den Preis des sittlichen Verfalls, soziales Prestige verheißt.

Fischer Taschenbuch Verlag

Joseph Heller
Gut wie Gold
Roman
Aus dem Amerikanischen von Günther Danehl
Band 12574

Joseph Hellers Welt ist New York, seine Lebensbahn verläuft von Brooklyn nach Manhattan und kennzeichnet jenen charakteristischen Aufstieg, den wir von Woody Allens Stadtneurotikern kennen. Aus dieser geliebt-gehaßten Stadt, diesem Babylon, in dem man nicht mehr und ohne das man schon gar nicht leben kann, versucht sich der Titelheld Dr. Gold nach Washington zu verdrücken – in den politischen Erfolg. *Gut wie Gold* nimmt die Amtsträger und Scharwenzler am Hof der amerikanischen Präsidenten aufs Korn, den routinierten Umgang und die eitlen Bosheitsakte in den Vorzimmern der Macht. Fast wäre Bruce Gold, Professor für Literatur und mäßig erfolgreicher Sachbuchautor, zur Marionette dieser Sphäre in Washington verkommen, wäre nicht sein Bruder Sil gestorben, um dessen alptraumhafte und nervtötende Großfamilie in New York sich Bruce fortan kümmern muß: Das heißt – zurück in eine langweilig gewordene, nur von gelegentlichen Seitensprüngen trostlos aufgehellte Ehe, zurück zu fragwürdigen Verpflichtungen. Der Roman läuft zu auf die Frage: Sind Integrität und Moral im Dunstgreis der Macht möglich, müssen Intellektuelle, zumal jüdische, sich anbiedern und korrumpieren lassen, oder müssen sie resignieren?

Fischer Taschenbuch Verlag

Amerikanische Erzähler

Mark Helprin
Eine Taube aus dem Osten
und andere Erzählungen
Aus dem Amerikanischen von Hans Hermann
Band 9580

Richard Ford
Der Frauenheld
Novelle
Aus dem Amerikanischen von Martin Hielscher
Band 12919

Bobbie Ann Mason
Shiloh und andere Geschichten
Erzählungen
Aus dem Amerikanischen von Harald Goland
Band 5460

Jayne Anne Phillips
Maschinenträume
Roman
Aus dem Amerikanischen von Karin Graf
Band 9199

Anne Tyler
Nur nicht stehenbleiben
Roman
Aus dem Amerikanischen von Günther Danehl
Band 11409

Fischer Taschenbuch Verlag

Amerikanische Erzähler

Ernest Hemingway
Wem die Stunde schlägt
Roman
Aus dem Amerikanischen von Paul Baudisch
Band 408

Arthur Miller
Laßt sie bitte leben
Short Stories
Aus dem Amerikanischen von Harald Goland
Band 11412

Sylvia Plath
Die Bibel der Träume
Erzählungen, Prosa aus den Tagebüchern
Aus dem Amerikanischen von
Julia Bachstein und Sabine Techel
Band 9515

Thornton Wilder
Theophilus North
oder Ein Heiliger wider Willen
Roman
Aus dem Amerikanischen von Hans Sahl
Band 10811

Tennessee Williams
Moise und die Welt der Vernunft
Roman
Aus dem Amerikanischen von Elga Abramowitz
Band 5079

Fischer Taschenbuch Verlag

New York erzählt

23 Erzählungen

Ausgewählt und mit einer Nachbemerkung
von Stefana Sabin

Band 10174

New York ist die heimliche Hauptstadt der USA, die Welthauptstadt des zwanzigsten Jahrhunderts: die Hauptstadt des Geldes und der Ideen, Schmelztiegel von Rassen und Kulturen – Großstadtdschungel und Großstadtromantik. Immer schon Schauplatz von Fiktionen, wurde New York in den letzten Jahren auch von den jüngeren amerikanischen Autoren entdeckt, die eine neue Welle urbaner Literatur angeregt haben. Sie setzen eine Tradition fort, die dieser Band widerspiegelt, indem er mehrere Erzählergenerationen vereinigt. Die Erzählungen, darunter drei als deutsche Erstveröffentlichung, handeln von Geschäft und Erfolg, von Künstlerleben und bürgerlichen Existenzen, von Rassismus und Gewalt, von Liebe und Einsamkeit. Jede zeugt auf eine ganz eigene Weise von der Faszination der Stadt New York und gibt damit auch den Eindruck von der Vielfalt der amerikanischen Erzählliteratur dieses Jahrhunderts.

Es erzählen:

*O. Henry, Djuna Barnes, Thomas Wolfe,
Zelda Fitzgerald, James Thurber, John Cheever, Irwin Shaw,
Bernard Malamud, Herman Wouk, Arthur Miller,
James Jones, Grace Paley, Kurt Vonnegut, James Baldwin,
Truman Capote, Donald Barthelme, John Updike,
Woody Allen, Mary Flanagan, Mark Helprin, Stephen King,
Ann Beattie und Tama Janowitz.*

Fischer Taschenbuch Verlag

fi 1382 / 4